Praga

Arthur Phillips

Praga

Romance

Tradução
Fábio Fernandes

JOSÉ OLYMPIO
EDITORA

Título do original em inglês
PRAGUE: A NOVEL

EDITORA JOSÉ OLYMPIO LTDA.
Rua Argentina, 171 – 1° andar – São Cristóvão
20921-380 – Rio de Janeiro, RJ – República Federativa do Brasil
Tel.: (21) 2585-2060 Fax: (21) 2585-2086
Printed in Brazil / Impresso no Brasil

Atendemos pelo Reembolso Postal

ISBN 85-03-00820-3

Capa: HYBRIS DESIGN/ISABELLA PERROTTA
Foto: ORIENE PAVAN

CIP-Brasil. Catalogação-na-fonte
Sindicato Nacional dos Editores de Livros, RJ.

P638p Phillips, Arthur
Praga / Arthur Phillips; tradução de Fábio Fernandes. – Rio de Janeiro: José Olympio, 2004.

Tradução de: Prague: a novel
ISBN 85-03-00820-3

1. Romance americano. I. Fernandes, Fábio. II. Título.

04-1642 CDD – 813
CDU – 821.111(73)-3

Para Jan, é claro

Agradecimentos

Praga seria significativamente menos coerente (e provavelmente nem seria publicado) sem o bom trabalho ou os bons trabalhos do editor *superstar* Lee Boudreaux, Tony Denninger, Phebe Hanson, Erwin Kelen, Peter Magyar, Mike Mattison, ASP, DSP, FMP, MMP, da incomparável agente Marly Rusoff, Toby Tompkins, do livro *Budapest 1900*, de John Lukacs, e, claro, Jan.

A era das armas e das epopéias acabou (...) Estamos no limiar de uma era pragmática, você verá: dinheiro, inteligência, negócios, comércio, prosperidade (...) A paz perpétua finalmente pode ser uma realidade. É uma idéia bastante animadora: não há nada que se oponha a ela.

— THOMAS MANN, *Lotte em Weimar: The Beloved Returns*

SUMÁRIO

PARTE UM

PRIMEIRAS IMPRESSÕES

I.

AS REGRAS ENGANOSAMENTE SIMPLES DO JOGO DA SINCERIDADE, CONforme jogado no final de certa tarde de sexta-feira, em maio de 1990, no terraço do Café Gerbeaud, em Budapeste, Hungria:

1. Os jogadores (neste caso, cinco) se distribuem ao redor de uma mesa pequena do café e aguardam impacientes pelos seus pedidos, anotados displicentemente por uma garçonete mal-humorada e distraída usando botas engraçadas: xícaras minúsculas de café expresso, blocos densos de bolo com cobertura de glacê caramelo translúcido com volutas em estilo *art nouveau*, sanduíches parcimoniosos cobertos por um tom vermelho-alaranjado graças ao tempero nacional, dedais de vidro contendo licores doces, amargos ou esfumaçados, copos de água com gás ostensivamente caçada e capturada em fontes virgens no alto dos Cárpatos.

2. Procedendo de modo circular, os jogadores fazem declarações aparentemente sinceras, uma por rodada. Declarações de fatos passíveis de verificação são inadmissíveis. O jogo assim prossegue por quatro rodadas. Neste caso, portanto, o jogo consistiria de vinte declarações aparentemente sinceras. Interromper a competição com discursos ou tentativas de atrapalhar, ou mesmo mentiras auxiliares, é permitido e elogiado.

3. Das quatro declarações que um jogador fizer no decorrer do jogo, permite-se que apenas uma seja "verdadeira" ou "sincera". As outras três são "mentiras". Os jogadores guardam muito bem a identidade de suas declarações verdadeiras; a capacidade de simular embaraço, confusão, raiva, choque ou dor é altamente recompensada.

4. Os jogadores tentam identificar quais das declarações de seus oponentes eram verdadeiras. O jogador A adivinha quais declarações dos jogadores B, C, D e E eram verdadeiras. Em seguida, o jogador B faz a mesma coisa com os jogadores

A, C, D e E et cetera. Uma tabela de pontuação é feita num guardanapo cheio de migalhas de pão, usando-se uma caneta-tinteiro com monograma (CMG).

5. Os jogadores revelam suas declarações sinceras. Um jogador recebe um ponto para cada uma de suas mentiras aceita por um oponente como verdadeira, e um ponto para cada identificação da declaração verdadeira de um oponente. No jogo de cinco pessoas de hoje, um placar perfeito seria oito: quatro por enganar cada um dos pobres coitados e mais quatro por enxergar através de seus fúteis e transparentes esforços de engodo.

II.

SINCERIDADE — UMA SENSAÇÃO ENTRE DETERMINADOS CÍRCULOS DE JOVENS estrangeiros vivendo em Budapeste imediatamente após o desmoronar lento e gradual do comunismo em 1989-90 — é coincidentemente a muito admirada invenção de um dos cinco jogadores desta mesma partida, desta mesma tarde de maio. Charles Gábor, quando reunido com pessoas de sua idade, sempre parece ser o anfitrião, e, naquela mesa pequena de café, naquele pátio ensolarado, ele reina, confiante e sereno. Lembra uma pintura art déco de um dândi da década de 1920: dedos compridos, movimentos calculados, placas lisas e reluzentes de cabelos negros, uma gravata audaciosamente colegial, calças de sarja com pregas, suas favoritas, um nariz pontudo que lhe dá um ar engraçado, um meio-sorriso matreiro, uma sobrancelha projetada para dar um ar de expressividade. Sob as árvores verdes entrelaçadas que cercavam o terraço e balançavam sobre as cabeças dos turistas, estrangeiros residentes e um ou outro húngaro, Charles Gábor está sentado com outros quatro ocidentais, um grupo improvável que se reuniu ao longo das últimas semanas através de festas e referências familiares, conhecimentos por meio de um amigo do amigo do amigo, e (num dos casos, que está sendo apresentado neste momento) pura e quase intolerável intrusão: cinco pessoas que, na vida normal em sua terra nativa, teriam passado muito bem se jamais tivessem se conhecido.

Cinco jovens expatriados se espremem ao redor de uma mesinha de café pequena demais: um momento de total insignificância, exalando um forte perfume de clichê.

A menos que você fosse um deles. Então, este momento exagerado e sem sentido poderá (agora ou mais tarde) parecer de algum modo o resumo de uma era e de sua própria juventude, sua tarde inegável de definição (embora você dificilmente possa dizer isto em voz alta sem que se torne uma piada). De algum modo este jogo da Sinceridade se torna a recordação destilada de uma série muito mais longa de acontecimentos. Ele sobe persistente à superfície da sua memória – aquela tarde em que você se apaixonou por uma pessoa, um lugar ou um estado de espírito, em que saboreou o poder de tapear todo mundo, em que descobriu alguma grande verdade sobre o mundo, em que (como um filhote de pato olhando o traseiro balouçante de sua mãe e ouvindo seus grasnidos pela primeira vez) uma marca indelével foi queimada em seu coração, que é, naturalmente, um espaço finito com uma área limitada para marcas.

Apesar da sua insignificância, houve aquele momento, aquela hora ou duas, aquela tarde de primavera se desvanecendo na noite, num pátio de café em uma capital da Europa Central, nas primeiras semanas de sua era pós-comunista. Os copos de licor. Os padrões de luz em forma de diamantes entre sombras ovais, no formato de folhas, como ilusões de ótica. A curva entrelaçada da cerca de ferro fundido separando o pátio da praça da cidade que o cerca. A cadeira desconfortável. Um dia, essas coisas também representarão o fim da era dourada de alguém, cruelmente impossível de alcançar.

À direita de Charles Gábor está sentado Mark Payton, que um dia pensará neste exato momento como um dos triunfos brilhantes e inigualáveis de sua vida. A retrospectiva polirá desta tarde ambígua e complicada todas as suas arestas afiadas, até que Mark seja capaz de ver quase até seu núcleo cristalino, perceber a semente de eventos futuros, o reflexo (extremamente improvável) de si mesmo como um homem jovem e feliz, sentindo o cheiro do amor e da hospitalidade no ar de primavera.

Ele está sentado em paz, um estado que tem considerado cada vez mais difícil de atingir. Quando os cinco se encontraram no Gerbeaud nesta tarde, antes de Charles puxar a cadeira de Emily Oliver para ela, Mark já estava garantindo discretamente a cadeira que desejava, como sempre faz na meia dúzia de lugares pelos quais veio a se apaixonar em seus dois meses de Budapeste. Ele sabe que sua visão e, com ela, sua tarde e talvez até mesmo vários dias teriam sido destruídos se seus desejos secretos tivessem sido frustrados por uma diferença de posicionamento de até quarenta e cinco graus.

Acomodado em segurança, ele pode virar a cabeça para a esquerda e ver o Café Gerbeaud propriamente dito, seu interior antigo, ver o próprio passado: vitrines de doces, paredes cobertas de espelhos e painéis de madeira escura, estofamentos de veludo vermelho em cadeiras pintadas de dourado. À luz do dia, o estofamento está esfiapado e a tinta descascada, mas Mark Payton não se importa. Um estofador roubaria um certo não-sei-quê em troca do seu trabalho. A decadência atmosférica e a glória decadente reconfortavam Mark, provavam alguma coisa. Muito de Budapeste – sem pintura, sem limpeza, sem conserto, durante os quarenta e cinco anos de regime comunista imediatamente após uma guerra brutal – oferece prazeres semelhantes. Por ora.

Direto à frente, passando por seus amigos, o olhar de Novo Mundo de Mark recebe um afago com a grandiosa e intencionalmente surpreendente arquitetura européia do século dezenove (embora ela há muito tenha perdido a capacidade de surpreender sua platéia nativa). Por anos, Mark desejou olhar uma arquitetura dessas, inalá-la, ingeri-la de algum modo. Infelizmente, ele não pode esquecer que, descendo a Harmincad utca à esquerda, um certo hotel Kempinski foi construído para infligir sua modernidade corporativa de vidro e aço à estranha assimetria negligenciada da vizinha praça Deák. Mas, de onde está sentado, pelo menos não consegue ver as indizíveis marcas de esticamento e cicatrizes do local.

Logo à direita da pequena (praticamente fora do mapa) Harmincad utca, fica um edifício de escritórios em seu adorado estilo típico Haussmann século dezenove, o tipo de beleza com telhado de mansarda gigante espalhada por toda parte em Peste e Paris, em Madri e Milão. O fato de que o espaço da janela da frente de seu piso térreo seja ocupado pelo escritório de vendas empoeirado de uma linha aérea de segundo escalão, aberto apenas esporadicamente, não ofende a estética de Mark, pois a decoração do escritório, claramente visível de sua cadeira, é tão absurdamente Bloco Oriental década de 1960, tão não-intencional, mas mesmo assim agridocemente hilária, que evoca uma era de ouro toda própria: uma época esmaecida de *apparatchiks* em ternos tipo caixa e diplomatas Ivy League em branco e preto com óculos de metal redondos, de aeromoças com chapeuzinhos em formato de tampa de vidro de remédio, de assassinos búlgaros e traidores de Oxbridge, desta divertidamente estrangeira e irrelevante linha aérea adquirindo imóveis tão bons devido à compatibilidade ideológica em vez de recursos do mercado livre.

Esse prédio de escritórios define a maioria do lado leste, e o Gerbeaud todo o lado norte, da praça Vörösmarty, o centro turístico (mas não geográfico) de Budapeste: pintores e cavaletes espalhados ao redor do gigantesco poleiro de bronze de Vörösmarty, um poeta que Mark pretende pesquisar um dia, se conseguir encontrar traduções. E o lado sul da praça: prédios do século dezenove se abrindo para revelar a Váci utca, uma rua de pedestres com lojas, que faz uma curva e se perde de vista. De sua boca ecoa o som anacrônico de uma banda andina, tocando, com flautas e tambores, canções de amor dos altiplanos bolivianos. Os músicos servem a uma finalidade bem-vinda para Mark: os vibrantes românticos metidos em seus ponchos tapam a visão desgraciosa de uma imensa fila de húngaros, alguns vestidos a rigor para a ocasião, loucos para provar o primeiro McDonald's da Hungria.

Naturalmente, o resto do grupo não foi poupado do lado oeste da praça, do qual Mark se protegeu. Mas, mesmo de costas, ele pode sentir o prédio escarnecendo dele, as lajes de concreto e as arestas ofensivas da sua fachada anos 1970 (velha demais para ser nova, jovem demais para reclamar os privilégios estéticos de antigüidade) dolorosamente visíveis de dentro do Gerbeaud, a não ser que a pessoa tenha presença de espírito suficiente para pedir a cadeira mais a oeste, sob os galhos verdes delicados, perto da graciosa grade de ferro, com a vista voltada para o interior escuro do café, para o passado esfuziante.

Rapidamente perdendo os cabelos ruivos e ganhando peso, o rosto inchado e flácido sempre com ar ligeiramente exausto, mesmo quando a conversa acelera hiperativamente em questões de história e cultura, Mark Payton vem do Canadá, onde (à exceção de alguns enclaves quase franceses) as coisas não têm esse aspecto. Ele acabou de emergir de quase vinte e dois anos de estudo. Após a obtenção do seu Ph.D. em estudos culturais, alguns meses antes, está agora na terceira semana de um projeto de onze meses de viagens pela Europa, fazendo pesquisas para o livro que pretende que seja uma expansão de sua tese de doutorado para leigos: uma história da nostalgia.

Ao seu lado está sentada Emily Oliver, de Nebraska, embora tenha passado seus primeiros cinco anos, em grande parte esquecidos, em Washington, D.C. Ela também chegou recentemente, desembarcando em março para trabalhar como a nova assistente especial do embaixador dos Estados Unidos, um posto que conseguiu por seus próprios méritos, mas também com o auxílio de peculiares ligações de família. Respondendo às perguntas notavelmente perspicazes do último a chegar à mesa, ela acabou de descrever seu emprego como "bacana", mas também "um pouco, vocês sabem, subalterno, não que eu esteja reclamando", pois reclamações eram um crime que seu pai viúvo punia com cócegas (até Emily completar sete anos), aforismos incisivos (dos sete aos doze), e, depois disso, com descrições vívidas de *verdadeiro* sofrimento que ele havia testemunhado – no Vietnã, ou num acidente local com uma debulhadora, ou nas últimas semanas de sua mãe. Fim das reclamações.

Emily parece muito americana: até mesmo os americanos dizem isto. ("Ela tem cheiro de milho no sabugo", dirá Charles Gábor, estremecendo, quando mais tarde lhe perguntarem discretamente sobre a disponibilidade dela.) Ela usa os cabelos castanho-claros presos num rabo-de-cavalo, revelando inteiramente o que a sociedade de Nebraska educadamente denominava um queixo quadrado, mas que, na verdade, é muito mais próximo de um amplo triângulo isósceles pendendo paralelo ao chão, suspenso pelas orelhas. Por mais imponente que seja, ela sempre resistiu com bom humor às boas intenções das colegas de quarto e de cabeleireiros que bolam métodos para "suavizar" seus traços ou "acentuar seus olhos".

Ela incorpora e exalta publicamente a qualidade da franqueza, que seus conhecidos húngaros castigados pela história acham, ao mesmo tempo, fascinante e um pouco inexplicável, uma abordagem simplória do mundo. Funcionários mais antigos da embaixada e suas esposas citam sua capacidade de saber escutar, sua aura de certeza e solidez, a semelhança que tem com eles próprios quando mais novos, e ela não tem como discutir nenhuma dessas observações, embora não se importasse em ouvir a última comparação com um pouco menos de freqüência. Suas colegas de quarto nunca deixam de declarar que ela é simplesmente a mulher mais doce e confiável do mundo, não a garota chata que as pessoas acham que seria antes de conhecê-la.

Ali no Gerbeaud, naquela tarde, assim como na maioria dos dias, ela veste calças cáqui, camisa branca Oxford, *blazer* azul, a vestimenta-padrão dos jovens empregados não-diplomáticos da embaixada dos Estados Unidos, mas também o inconfundível traje tribal dos estagiários e assistentes de primeiro ano no mundo inteiro. Emily também parece ser um destes, apesar da sua postura otimista, um daqueles que enfrentarão a desilusão de empregos tediosos com títulos glamourosos, que logo baterão em retirada para o abraço caloroso de outro título, com mais apelo comercial e um pouco mais de tempo para pensar.

À sua direita, está sentado um rapaz que pouco tempo antes assegurou, um tanto seriamente, que voltará para a escola apenas "quando instituírem um mestrado em 'viver o momento'". A declaração de Scott Price dá testemunho de uma dieta à base de livros de auto-ajuda, breves e apaixonados casos de amor com filosofias orientais e uma prática cíclica de entrar e sair desajeitadamente de vários tipos de psicoterapia, consagrados ou não. Entretanto, as repetidas solicitações de Scott, cada qual mais ríspida que a anterior, de que Charles pergunte à esquiva garçonete se a água mineral dos Cárpatos contém sódio, e sua evidente frustração com a falta de disposição de Charles em cooperar ou mesmo levar a questão a sério, desmentem a afirmação pública recente de Scott de "ter alcançado um novo e melhor relacionamento com a raiva".

Sete meses atrás Scott estava perto demais de um poderoso amplificador na frente do palco de uma casa noturna de Seattle e tomou um banho de epifania há muito atrasada e doce como mel. "Look at Me, I'm Above It All" ("Olhem para mim, eu estou acima disso tudo") – um dos primeiros *hits* da dominação de Seattle na cena pop americana – atravessou seu corpo com um rugido ensurdecedor, e, embora soubesse que o título da canção era irônico, ele optou por não interpretá-lo desta maneira; daquele momento em diante estaria acima dos conflitos cotidianos, fora do alcance de outro relacionamento recém-bagunçado, de outra situação profissional infeliz e, acima de tudo, das restrições, indiferenças e crueldades em longa distância da sua família. Ele sabia que não voltaria, no dia seguinte, à pequena e atlética mulher que estivera orientando seu fracassado esforço de seis semanas para extirpar e incinerar qualquer memória reprimida de seus pais fazendo alguma coisa ainda mais sinistra do que conseguia se lembrar naturalmente. Ficou entre o amplificador e a multidão, e o som arrancou de sua pele anos de ressentimento, anos dos quais sabia que nunca mais precisaria outra vez.

Deixou os Estados Unidos uma semana mais tarde, sem informar a família em Los Angeles, pontuando quase dois anos durante os quais o contato com seus pais e seu irmão já não era freqüente. Ele atingiu a superfície, respirando com facilidade, em Budapeste. Ali, colocou seu diploma universitário para funcionar como Assistente-chefe de Programas do Instituto de Estudos de Línguas Estrangeiras, uma cadeia particular de escolas – primeiro em Praga, depois Budapeste, Varsóvia, Sófia, planos para Bucareste, Moscou, Tirana – que estava à caça de um bem preciosíssimo: a língua inglesa.

Não era só naquela escola ou nesta mesa que os cabelos louro-acinzentados de Scott, seus traços quase escandinavos, sua musculatura esbelta (de usar camisetas tipo regata) e saúde explicitamente californiana se destacavam. Em qualquer canto de Budapeste, ele parece positivamente exótico, um óbvio estrangeiro mesmo antes de pronunciar com a maior confiança, e errado, uma de suas poucas palavras em húngaro, ou, em um inglês lento e pedagógico, aporrinhar garçons mal pagos em restaurantes estatais, que não mudaram seus *menus* em que predomina a carne de porco desde o nascimento de Stalin, para que lhe preparem algo que seja vegetariano. Não é tão diferente assim, afinal, Scott brincava, da sua infância em L.A., passada entre três estrangeiros que afirmavam ser seus pais e seu irmão mais novo. (Embora Scott deixe de mencionar que era, naquela época, o judeu louro e tremendamente – caricaturalmente – obeso numa família de modelos mais tradicionais: baixos, magros, de cabelos encaracolados e pele morena.)

Após quatro meses na Hungria, Scott deu de cara com o seu previsível, mas de algum modo sempre surpreendente, momento de fraqueza sentimental. No final de uma noite qualquer, incomodado com a possibilidade de que sua mãe pudesse sofrer ainda mais do que ele desejava para ela, enviou para a Califórnia um cartão-postal com uma foto da Colina do Castelo, em Buda, e os dizeres *Estou passando um tempo aqui, lecionando. Espero que todos estejam bem. S.* Arrependeu-se no momento em que o cartão deslizou para dentro da pequena caixa de correio vermelha, mas consolou-se lembrando que não havia colocado seu endereço, e com certeza até *eles* seriam capazes de ler nas entrelinhas. Seu mundo cuidadosamente construído ainda estava seguro.

A não ser pelo fato de que dois meses depois, à direita de Scott está sentado o quinto competidor de hoje, seu recém-chegado e desproporcionalmente odiado irmão mais novo, John.

III.

PRIMEIRA RODADA

– BEM, VAMOS VER O QUE É O QUÊ, ENTÃO – DISSE O INVENTOR E INDIScutível mestre de Sinceridade. John Price viu Charles esticar os braços ao redor das costas da sua cadeira, entrelaçar os dedos das mãos e inclinar-se ligeiramente para trás para permitir que o sol poente lhe tocasse o rosto. Uma abertura simbólica do jogo, observou John, como se Gábor estivesse se mostrando na luz, uma ilustração de franqueza. E, no entanto, era uma ação simbólica *intencional*. De fato, achava John, podia ver que Charles gostava da idéia de que seus competidores/amigos notassem o simbolismo, mas fossem inteligentes o bastante para rejeitá-lo como não só um mero emblema, mas também um símbolo *impreciso*, um truque silencioso, já que ele certamente *não* acreditava que voltar seu rosto para o sol demonstrasse alguma franqueza *verdadeira*. E, John pensou ainda mais, talvez fosse também um pequeno elogio, já que Charles confiava que você fosse inteligente o bastante para *não* interpretar o gesto de forma literal, mas saber que o ato de se revelar de forma intencionalmente simbólica significasse uma demonstração de que ele *não* estava se revelando. Pensando bem, Charles poderia estar simplesmente se espreguiçando.

Charles mudou de direção, inclinou-se sobre a mesa atulhada, colocou um cotovelo sobre o mármore. Olhou de esguelha para Mark e seus olhos castanhos relaxaram, assumindo um calor nebuloso.

— Para ser perfeitamente honesto, Mark — disse Charles —, às vezes invejo a paixão que você tem por sua pesquisa. — Seu olhar permaneceu pousado em Payton por mais alguns segundos, o desejo de dizer mais lutando contra o arrependimento de ter dito tanto. Um meio-sorriso melancólico repuxou um dos lados de sua boca elegante. Suas sobrancelhas subiram um degrau cuidadosamente calibrado na direção da branquíssima linha que repartia seu cabelo completamente negro. — Sua vez, Mark.

John estava em Budapeste fazia só dois dias, dormindo no chão da casa do irmão, vagando sozinho pela cidade com um mapa novo e já datado, ocasionalmente sendo apresentado por um Scott meio de má vontade aos seus amigos. John mal havia acabado de conhecer esse grupo, mas até mesmo ele suspeitava de que Charles não tinha inveja da pesquisa de Mark. Essencialmente, Gábor havia acabado de dizer ao canadense que não tinha nenhum interesse no trabalho de sua vida, havia apenas se permitido o luxo de dizer o óbvio: para um capitalista de risco, as atrapalhadas obsessões estudantis de Mark com o passado eram risíveis. E Mark havia até mesmo começado a rir.

Mark se distraiu com uma garçonete que passou perto da mesa. Scott lembrou a ele:

— É a sua vez. Estamos indo no sentido anti-horário. — E Mark fez um pequeno gesto de que estava com a atenção de volta ao jogo, um pequeno jogo de franqueza que soou amador para John, em comparação com a abertura do mestre.

— Sabem — disse Mark com seu sotaque canadense cantado, aparentemente um tanto surpreso por ouvir a si mesmo admiti-lo. — Estou realmente começando a gostar dessas botas — referindo-se às botas *go-go* de vinil branco com cadarços até os joelhos e abertas na ponta dos dedos que adornavam os pés de todas as garçonetes do Gerbeaud, mulheres de dezoito a sessenta e cinco anos, que também estavam condenadas a minissaias amarelas e aventais brancos de renda. Todos os cinco ocidentais estavam desconcertados com o fato de que pessoas que já tinham deixado o comunismo para trás havia alguns meses não houvessem se livrado das botas *go-go* obrigatórias com o mesmo fervor libertário que demonstraram ao se livrar de um governo tirânico. De qualquer maneira, até o mais distraído recém-chegado ao jogo teria percebido que um homem escrevendo uma história popular da nostalgia, que havia visto chefes de torcida e canadenses *free-style* usando botas iguais àquelas a vida inteira, provavelmente não iria "gostar" desse visual naquele contexto.

Mas, mesmo assim, lá estava Emily Oliver, balançando a cabeça para a frente e para trás, tentando decidir se acreditava nele. Ela prendeu o lábio inferior entre os dentes e examinou Mark com visível dispêndio de energia mental, chegando até a dizer "hmmm". Por fim, pareceu perceber (de um modo um tanto transparente) que estava sendo um tanto transparente e se esforçou um pouco para se recompor. Todos viram essa transformação, e todos sorriram com ela numa luta comunitária para não caírem na gargalhada.

– Você é uma mestra do engodo, minha garota.

– Quer parar com isso? Foi você quem inventou esse jogo esquisito, então me desculpe se preciso de um pouco de prática. Gente normal foi criada para dizer a verdade, sabia? – Ela fechou o maxilar, respirou fundo e se preparou para mentir.

E John Price se apaixonou, às cinco e quinze de uma tarde de sexta-feira, em maio de 1990.

Emily levantou uma sobrancelha, numa paródia inconsciente de conspiração, e confessou:

– Vivo lutando o tempo todo com uma séria depressão. Quero dizer, períodos muito negros, em que me sinto totalmente sem esperança.

Depois de um silêncio momentâneo, Mark e Scott explodiram em sinceras gargalhadas. Até Charles abriu um largo sorriso, embora tentasse mostrar mais respeito para com o jogo. A própria Emily foi forçada a olhar para o colo.

– Vou pegar o jeito disso – disse ela. – Esperem só.

Mas John não estava rindo. Ele estava finalmente vendo sua vida se desenrolar diante dos olhos. Estava vendo uma mulher incapaz de mentir, e disse a si mesmo que este era um dos raros tesouros da vida. Viu que Emily – como a mentira dela revelou – nunca conhecera a depressão neurótica e, portanto, vivia perto da superfície da vida, encontrava nas camadas empapadas e em eterna multiplicação da autoconsciência e da identidade um peso fácil de se livrar. Ele sentiu uma estranha contração dos músculos ao redor dos olhos e arranhou o lábio superior com os dentes de baixo.

John não saboreou o momento por muito tempo porque, com um sorriso vencedor, Scott aproveitou a sua vez no jogo:

— Estou muito feliz por John ter me descoberto aqui em Budapeste. — Emily concordou balançando a cabeça, feliz com o caloroso sentimento fraterno. Mark e Charles olharam para as próprias mãos. — É verdade. É um sonho que se realiza.

Uma garçonete triste passou tão perto da mesa que atraiu a atenção de todos hipnoticamente, e John acenou esperançoso, conseguindo atrair a atenção dela por um instante, só que ele não falava uma palavra de húngaro. Scott, tendo passado cinco meses e meio ensinando inglês, falava quase tão pouco quanto ele. Mark estava tendo aulas particulares de húngaro havia um mês, sem resultados. Emily admitia que era capaz de pronunciar apenas palavras escritas em voz alta e levar a cabo conversas excruciantemente simples, graças às suas aulas diárias na embaixada, por isso John recorreu à ajuda de Charles Gábor, o filho bilíngüe de húngaros que haviam fugido para os Estados Unidos, em 1956.

— *Ö kér egy rumkólát* — disse Gábor à garçonete do rosto de pedra. Sem qualquer reação, ela se afastou.

— Meu Deus! O que disse a ela?

— Nada. — Gábor deu de ombros. — Disse que você queria outro rum com Coca-Cola.

— Nossa, parece que ela ficou puta — disse John, com um suspiro. — Deve ser porque eu sou tão obviamente judeu.

Embora no aspecto físico sua auto-avaliação fosse inegavelmente verdadeira, sua severa insinuação de anti-semitismo nas garçonetes húngaras acabou com o humor na mesa. Seu irmão louro de olhos azuis e nariz pequeno e achatado de cachorro o consolou de má vontade:

— Não, os garçons e as garçonetes daqui são todos assim. Eles também fazem isso comigo.

— Bem, de um jeito ou de outro, é a minha vez — disse John, e Gábor deixou escapar um pequeno e condescendente assovio de apreciação pela excelente jogada para um iniciante.

Sinceridade parecia ter surgido já inteiramente formado na cabeça de Charles Gábor, e, entre os americanos, canadenses e ingleses mais jovens que começa ram a pingar em Budapeste e depois a inundá-la em 1989-1990, a popularidade do jogo era um dos poucos interesses em comum numa sociedade que de outra forma teria sido improvável. Charles havia explicado as regras em outubro de 1989, na mesma noite da sua chegada à cidade que seus pais sempre lhe diziam que era o seu verdadeiro lar. Ele o jogou tarde, naquela noite de *jet lag*, com um grupo de americanos, num bar perto da Universidade de Budapeste, e o jogo se espalhou por entre os anglófonos "como uma leve porém incurável doença social", nas palavras de Scott. O vírus deixou a mesa gosmenta e foi transportado para os cursos de Inglês-Como-Segundo-Idioma, componentes de bandas *folk* e de jazz, sócios juniores de firmas de direito. Ele era explicado às gargalhadas e jogado todos os dias por estagiários de embaixadas e turistas mochileiros, artistas, poetas, roteiristas de cinema e outros novos (e freqüentemente endinheirados) boêmios, e pelos jovens húngaros que faziam amizade com esses invasores, voyeurs, naïfs, refugiados sociais. A cada dia, Sinceridade proliferava enquanto Budapeste começava a guinchar sob o peso de novas pessoas ansiosas para ver a história sendo feita, ou ganhar dinheiro num mercado turbulento, ou obter inspiração artística da fonte intocada de uma cidade arrasada pela Guerra Fria ou simplesmente para desfrutar de uma rara e fugaz conjunção de lugar e época em que ser americano, inglês, canadense, podia ser exótico, embora houvesse uma sensação de que esta licença tão potente perderia a validade muito em breve.

SEGUNDA RODADA

CHARLES OLHOU SEVERO PARA JOHN, COM UMA EXPRESSÃO QUE VISAVA transmitir uma sensação de "você não vai gostar disso, mas preciso falar a verdade" e disse:

— Chegará um momento, depois que esta exuberância pós-comunista inicial passar, em que os húngaros perceberão que não se pode ter democracia demais. Eles irão perceber que precisam de uma mão ligeiramente mais forte no timão e tomarão a decisão certa: uma Hungria mais forte com uma verdadeira filosofia nacional-corporativa. — Fez uma pausa, olhou com intensidade para John e Scott, e concluiu: — Assim como fizeram no início da década de quarenta.

Mark: Como meu pai sempre dizia, devemos sempre colocar a nossa dor em perspectiva. Sempre existe alguém pior do que você. Este é um conforto perene.

Emily: O mundo contém mais pessoas boas do que más. Eu realmente acredito nisso.

John podia ver que ela acreditava de verdade, e sabia que essa fé básica, rara e extraordinária era precisamente o que ele não tinha e de que precisava para viver uma vida plena e importante. Ele também adorava que o constrangimento de dizer duas mentiras tivesse sido demais para Emily, e agora ela enfrentava a perspectiva aterradora de produzir duas de uma só vez para terminar.

Scott, que realmente não era páreo para o jogo em seus níveis mais altos, voltou-se para possibilidades insossas:

— Gosto mais de Peste do que de Buda. — Ele vivia e trabalhava nas colinas de Buda, do outro lado do Danúbio de onde ficavam os anéis e malhas urbanas de Peste.

— Chato — murmurou Gábor. — Abaixo da dignidade do jogo. Você é chato.

— Vá se foder, seu babaca — ripostou o professor de inglês.

John (cujo rum com Coca-Cola já havia chegado e sido colocado sem nenhum bom motivo na frente de Mark por uma garçonete igualmente triste, mas completamente diferente): Daqui a quinze anos, as pessoas vão falar de todos aqueles fantásticos artistas e pensadores americanos que viviam em Praga, nos anos 1990. É aí que a vida real vai começar, não aqui. — Esticou a mão por sobre a mesa para pegar sua bebida, mas derrubou o licor de Gábor no colo de Scott. Scott deu um pulo, aceitou a rápida oferta de um guardanapo das mãos de Emily e aplicou uma borbulhante água mineral dos Cárpatos, com alto teor de sódio, na gosma marrom de ervas que se espalhava sobre a virilha de sua bermuda de corrida.

— Deixe secar, não esfregue — aconselhou Emily, realmente preocupada.

TERCEIRA RODADA

— TENHO QUE ADMITIR — DISSE GÁBOR LENTAMENTE QUANDO SCOTT VOLtou a se sentar — que fiquei com um pouquinho de ciúmes quando Emily demonstrou tamanho interesse em você, Scott. — Charles olhou para ela, e em seguida desviou o olhar, soltando rápido o ar e fazendo com que os lábios tremelicassem antes de acrescentar: — E esse negócio de secar sua bermuda — como se o fechamento sacana do comentário pudesse disfarçar sua embaraçosa verdade interior.

John parou de respirar, atordoado pelas súbitas barreiras ao plano de vida que estivera formulando durante a última meia hora. Forçado a admitir que havia uma história pessoal na mesa da qual ele não estava ciente, acabou se consolando com a probabilidade (75 por cento) de que Charles estivesse mentindo. Por outro lado, lembrou-se de que, enquanto explicava as regras, Charles havia citado "um dos mais belos aspectos do jogo: os jogadores às vezes não sabem ao certo o quanto de verdade estão dizendo".

— Você é uma pessoa má, não é, Charlie? — Emily apontou para ele, balançando o dedo.

Charles desviou o olhar, esperando disfarçar algo que havia revelado, ou revelar algo que só queria disfarçar aparentemente, e por isso enganou outra garçonete fazendo com que ela viesse à mesa, e antes que ela fosse capaz de perceber a armadilha, quando deu por si estava anotando pedidos para mais bebidas e comidas.

— Coitadinha — disse, quando ela voltou irritada para dentro do café. — Ela jamais sobreviverá à nova economia. O país inteiro precisa de um chute no rabo.

— Você não pode jogar duas vezes seguidas, Charles.

— Não, eu sei. Foi só minha opinião.

Mark concordou.

— Garanto que jamais se atendia de má vontade neste café quando ele foi fundado. Sua vez, Em.

— Ó, céus. Será que precisamos continuar? Não é assim que gente normal deveria passar o tempo. Ok, ok, um segundinho... Acho que eu poderia viver na Hungria para sempre. Não quero nunca mais voltar para os States.

John sorriu com a idéia dessa garota das mais americanas reduzindo seu ritmo e se acomodando numa permanência na Europa Central, criando seus filhos húngaros para serem os primeiros alegres e confiantes não-fumantes da história da nação.

A sugestão da terceira rodada de Scott: A língua inglesa é mais difícil do que a húngara.

E a de John: Scott é o favorito dos nossos pais.

Sempre era possível sentir a mesma sensação de mal-estar se aproximando sorrateira nos jogos da Sinceridade perto da quarta rodada, um desconforto peculiar logo além do alcance da consciência, uma onda de dormência ou distração. A conversação não ligada ao jogo proliferava, mas também ficava agressiva, pois os jogadores costumavam despender muita energia tentando se lembrar do que já haviam dito e qual parte disso havia sido ostensivamente verdadeira

Naquele fim de tarde de maio, era como se apenas Charles Gábor e, talvez, Emily não tivessem perdido seu brilho. À medida que as seis da tarde se aproximavam, todos, menos Scott, um ávido nutricionista, já haviam consumido muito açúcar, cafeína ou álcool. Scott estava recostado na sua cadeira de ferro trabalhado para olhar o céu que anoitecia, filtrado por entre os galhos carregados. John sentia aquela decepção triste e o peso nas pernas de quem sobe uma escada rolante imóvel. Mark havia ficado bêbado de Unicum, o forte licor de ervas amado pela nação húngara, e, como tendia a ficar sentimental sob essa influência, massageava um tentáculo de cabelos ruivos e olhava para o escritório empoeirado da linha aérea com um franzir melancólico dos lábios e as sobrancelhas ligeiramente levantadas em sinal de tristeza.

QUARTA RODADA

CHARLES GIRAVA UM CAFÉ EXPRESSO ENTRE O POLEGAR E O DEDO MÉDIO, e procurou inspiração nos arcos marrons que fazia na superfície interna da xícara branca.

— Acho que criar filhos é provavelmente o único investimento de alto retorno na oferta, para colher o lucro da autoconsciência e da auto-expressão, que seria a essência da existência.

— Suponho que não esteja inteiramente fora de questão dizer que existem MBAs que acreditam nisso — disse Mark. Desperdiçando uma rodada, mas se divertindo imensamente, acrescentou: — Empregos na área financeira são profundamente criativos e de importância vital para o bem-estar da cultura e da felicidade humana. Em particular o capital de risco.

Emily: Sou desonesta com tanta facilidade que isto às vezes me preocupa.

Scott Price: Eu fui adotado. Ou John.

— Esta foi melhor, Scottie — disse Charles. — Embora tecnicamente seja uma afirmação factual verificável. Vamos deixar passar, por divertimento.

— Agora posso ver por que todos as pessoas aqui são tão boas amigas — sugeriu John.

— São tão *bons amigos* — corrigiu o professor de inglês, recostado de olhos fechados, as duas pernas da sua cadeira balançantes um alvo tentador.

Numa rodada de Unicums, os jogadores revelaram as suas verdades e contaram os pontos. Charles Gábor marcou ótimos sete pontos em oito, embora estivesse visivelmente aborrecido com seu fraco desempenho. Cada uma das suas três primeiras afirmações foi considerada verdadeira por um competidor: Emily acreditou que ele tinha inveja da pesquisa de Mark. Mark acreditou que ele tinha ciúme das atenções que Emily dispensava a Scott e John acreditou (não sem uma ponta de irritação na voz) em seu apoio a uma Hungria fascista renovada. Mas foi a sua quarta afirmação — as glórias da criação dos filhos apoiada em terminologia financeira — que ele declarou ser sincera. Scott, tendo suspeitado que Charles iria pelo menos *reivindicar* sua sinceridade, marcou um ponto.

Charles também recebeu quatro pontos por identificar corretamente a verdade em cada um dos outros. Mark tinha certeza de que o atendimento mal-humorado era uma invenção do final do século vinte. Emily de fato acreditava que as pessoas boas do mundo superavam em número as más. Charles sabia que Scott, apesar de não ter ainda aprendido húngaro, não acreditava que fosse tão difícil quanto sua língua natal. E John, em seus dois dias em Budapeste, já havia rotulado a cidade como sendo menos histórica e culturalmente promissora do que Praga, onde havia passado dezesseis horas formativas em seu caminho para a cidade.

Scott conseguiu seis pontos. Recebeu o voto de Emily de que devia estar feliz por ter John em Budapeste, um voto que mexeu tanto com John que ele não ficou por muito tempo matutando sobre as implicações da mentira original. Scott também ganhou dois votos a favor de seu provocativo jogo da adoção. Sim, dois: até mesmo John achou que fazia sentido que muitos fatos observáveis não fossem verdadeiros, e isto talvez explicasse sua incapacidade de recomeçar logo uma relação adulta permanente com seu irmão mais velho. Scott também identificava facilmente a inveja que John tinha de Praga e a visão de mundo mais suscetível de Emily, mas tropeçou em Mark, acreditando em seu papo de manter a própria dor em perspectiva.

Mark ficou em terceiro, com mui respeitáveis quatro pontos: ele pagou para ver a verdade de Emily e abiscoitou três pontos pela sua teoria da dor improvisada.

— Meu pai é igualzinho — Emily o consolou.

— Na verdade, não — admitiu Mark. — Meu pai começou a reclamar da vida lá por volta de 1973 e nunca mais parou. — Entretanto, Mark votou pela trama anti-semita da garçonete de John e pela adoção de Scott.

John, portanto, ganhou três pontos. Emily, ao lhe dizer que não se sentisse mal com isso, comentou que é difícil ser o filho favorito, às vezes mais difícil ainda. ("Para ser honesto", respondeu John, "a nossa família é cientificamente única no fato de que nenhum dos filhos é o favorito.") Ele, por sua vez, percebeu a fé de Emily na humanidade, não sem respirar fundo lentamente, com um feliz reconhecimento de que as rodas do destino estavam girando.

A Assistente Especial Emily Oliver, exibindo uma incapacidade congênita de mentir ou perceber a desonestidade alheia, marcou, portanto, zero. Tomou um gole de seu segundo Unicum, fazendo uma careta inconsciente depois de cada gole. Suas faces começaram a se ruborizar no ar frio do começo da noite e por causa do arrepio quente do licor de ervas.

– Este jogo é doentio, Charles.

Naturalmente, o jogo tem uma falha fundamental. Ninguém jamais sabe realmente se os jogadores dizem a verdade no final, ou se sequer sabem qual é a verdade ("um dos mais belos aspectos do jogo").

IV.

A DECISÃO DE JOHN PRICE DE EMIGRAR DE LOS ANGELES PARA A HUNGRIA tinha levado oito minutos para ser tomada. Ele releu o cartão-postal do irmão mais velho e sentiu que a hora dos dois finalmente havia chegado. Lembrou-se de um artigo de jornal elogiando o nascente "potencial" da Hungria. Saboreou sua iminente demissão do Comitê para Levar as Olimpíadas de 2008 para L.A., para o qual ele havia preparado *releases* de imprensa com diversos erros de digitação e tirado cópias Xerox de sua bunda.

Admitiu que, na melhor das hipóteses, Scott iria encarar o reencontro de maneira dúbia. Ele havia rastreado Scott antes para consolidar um laço fraterno essencial, aparecendo esperançoso e ansioso duas vezes no seu dormitório da faculdade. E no primeiro e minúsculo apartamento de Scott em São Francisco. No barco de pesca logo antes de Scott partir para o Alasca. Novamente em Portland. E Seattle. E a cada uma dessas ocasiões Scott, irônico, meio brincalhão até, recebeu-o mal, diminuiu-o (no momento em que o próprio Scott havia começado o seu próprio e inabalável processo de diminuição física).

Scott nunca deixara de acreditar, para repetida surpresa de John, que a infância banal e desagradável de ambos havia importado, que de algum modo ainda importava, e, acima de tudo – o que não era nunca falado, mas ficava bem claro –, que o próprio John não era vítima da família deles (como Scott era), mas um dos membros da própria junta opressora governante, uma crença que John não conseguia deixar de lado nem compreender. Depois de cada retorno derrotado e zangado a L.A., era necessário que alguns meses se passassem antes que John se convencesse mais uma vez de que a próxima vez seria diferente, que Scott estava suficientemente curado para possibilitar o começo de um futuro fraternal.

E agora, Budapeste. Depois de tantos falsos começos, os dois irmãos iriam descartar tudo de velho e feio e brilhar um sobre o outro. Naquela cidade inimaginável, distante de tudo o que era familiar, eles iriam desenterrar o passado, romper barreiras até chegar àquela coisa essencial que tornaria John inteiro e forte, intocável e sábio. Velhas barreiras cairiam para revelar jardins bem-cuidados.

Querendo dar algum aviso de sua chegada — mas não tanto assim —, John planejava aparecer em Budapeste cerca de uma semana depois de uma eloqüente carta explicativa, cheia de nuances. Entretanto, ele havia superestimado a responsabilidade postal pós-comunista. Certa noite de quarta-feira, exibindo o frágil otimismo daqueles que se decepcionam com freqüência, havia batido à porta de Scott em Buda e deu de cara com surpresa e raiva, envolvidas numa difícil batalha em busca do domínio.

— Ahn — Scott conseguiu dizer, olhando a mala e a bolsa a tiracolo que combinavam, flutuando na noite enluarada de maio. — Então, onde é que você vai ficar?

A conversa, naquela noite, foi uma coisa quebrada, vazando; ninguém estava a fim de fazer as piadas necessárias para quebrar o gelo. Scott fez com que John repetisse a história de como havia encontrado seu endereço.

E agora, oito dias depois, depois de mais uma tarde se virando sozinho, John estava no alto da colina onde o irmão morava, olhando a neblina distorcer Peste, e depois voltou a se deitar no chão de mais um dos apartamentos insípidos e parcamente mobiliados de Scott. Pensou na possibilidade de bater em retirada para casa e implorar para ter o emprego antigo de volta; ainda faltavam dezoito anos para aquelas Olimpíadas. Mas também pensou na risada de Emily Oliver e, embora soubesse que mal a conhecia, admirava como ela não ocultava nada (ao contrário do seu irmão triste), encarava tudo de frente e abordava o mundo como um lugar fervilhante de possibilidades, como ele próprio fazia. Ela era motivo suficiente para estar ali. E então a correspondência de Scott foi enfiada pela fenda da porta e caiu no chão com um ruído surdo. John abriu sua própria carta de L.A., leu suas boas intenções e esperanças embaraçosas, delicadamente expressadas. Enfiou-a no meio de sua bagagem.

O telefone tocou e a voz perguntou por John, apresentando-se em seguida como Zsolt, "da classe de Scott".

— Essa afirmação é ambígua.

— Desculpe. O quê?

Zsolt tinha notícias, relatadas com o acompanhamento esporádico de um dicionário sendo folheado: o amigo do namorado de sua mãe conhecia um velho que tinha um quarto em Peste, na Andrássy út. John consultou rapidamente seu mapa encapado com plástico e percorreu com o dedo um dos amplos bulevares que passavam pelo centro da cidade.

— Scott pediu para que nós da turma dele ficássemos de ouvidos abertos para você, porque quer que tenha um lugar sozinho para você o mais rápido possível, ele diz muitas vezes, "Encontrem uma casa para meu irmão! Em Peste!", ele diz, então estou feliz por encontrar esse apartamento para você. O homem é um velho e está querendo estar com seu filho e sua cunhada no campo. — Deu a John um número de telefone e soletrou, duas vezes e pausadamente, o nome Szabó Deszö, explicando para o estrangeiro que os nomes de família húngaros vêm primeiro, uma trívia irrelevante para o *goulash* de consoantes dissonantes rabiscadas no bloco de notas de John. — Mas você não pode dizer à prefeitura que ele faz isso, ou senão eles vão tirar o lugar dele.

— Ele está sublocando um acordo de controle de aluguel ou coisa do gênero?

— Desculpe, o quê?

John ligou para o escritório de Charles Gábor em busca de ajuda, e no começo daquela noite — depois de seguir o mapa até Andrássy, ex-Népköztársaság, ex-Sztálin, ex-Andrássy —, os dois se sentaram no sofá-cama, no quarto de um homem muito velho, bebericando licor de pêra em copinhos de papel. John reclamou que o terno de Charles faria com que o preço pedido pelo homem fosse às alturas. Charles, cuja empresa de capital de risco lhe havia comprado um luxuoso bangalô nas colinas de Buda, mandou que ele parasse de resmungar.

Deszö Szabó vestia uma *t-shirt* sem mangas, calças *baggy* xadrez e sandálias de plástico saturadas com o logotipo de uma empresa alemã de artigos esportivos. Ele era extraordinariamente magro: era como se fosse composto de peças que caíram e se espalharam como os últimos canudinhos na jarra de um quiosque de cachorro-quente. Seus cabelos grisalhos arrepiavam em cima e caíam para os lados, um campo de trigo se abrindo ao meio para inspeção. Sabia duas palavras em inglês (*New, York*) e noções de alemão.

Os três homens se sentaram em silêncio, ouvindo a chuva cair com um zumbido de estática. Por entre as janelas francesas que davam para uma varanda, John podia ver galhos escuros balançando sobre o brilho molhado das luzes brancas da rua Andrássy. A poltrona amarela na qual Szabó estava sentado, um armário de madeira, uma cozinha embutida no quarto, uma mesinha-de-cabeceira com uma pequena lâmpada verde e um carrinho de metal barato, quase cedendo sob o peso de uma nova e enorme televisão com uma complexa ligação de cabo, completavam a mobília.

Lambendo licor de seus lábios finos como papel, Szabó emitiu algumas palavras no tom monocórdio profundo do homem húngaro. Muitos movimentos de lábios fechados se seguiram, um ajuste de dentadura ou um saborear do licor de pêra que John achou desagradável de ouvir e ver. Charles respondia concisamente no mesmo tom baixo de voz. O húngaro continuou, breves explosões de ambos os lados. John esperava por uma tradução, mas isto não aconteceu. Seus olhos corriam atrás das palavras, indo e vindo entre os dois homens incompreensíveis: Gábor ainda estava sentado ali, rígido com dobras, vincos e gel; Szabó, um saco solto e anguloso de carne enrugada, os dedos rígidos beliscando e raspando um nariz seco e cheio de pêlos.

"*Igen... igen... igen... jó.*" Charles balançava a cabeça afirmativamente, repetindo ritmicamente "sim" e "ótimo" durante o comando monológico de Szabó. "*Igen. Igen. Igen. Jó. Jó. Igen.*" Charles manteve os olhos em Szabó, mas inclinou-se para John, como se estivesse se preparando para traduzir a qualquer momento. Levantou um dedo para Szabó, assentindo ligeiro, pedindo uma pausa, mas o velho não conseguia ou não queria parar de falar (pelo menos não parou). "*Igen*", Charles continuava tentando.

— Ele diz que vive aqui há trinta e oito anos... *igen... jó.* Ele diz que... *igen... nem... igen.* — E finalmente Charles voltou a se sentar ereto e o velho continuou murmurando sem parar.

Depois de algum tempo, John decidiu que o que quer que estivesse sendo discutido não devia ser da sua conta. O ruído se arrastava às suas costas, e ele abriu as janelas francesas que davam para a varanda, três andares acima da Andrássy út. A chuva abafava a conversa de um lado só.

A varanda era um quadrado de pedra grande o bastante para acomodar duas ou três pessoas em pé, e mesmo debaixo de chuva a vista dali era maravilhosa: a Andrássy se estendia desde a praça Deák, à esquerda, na direção da praça dos Heróis, à direita, invisível na distância. O chão da varanda estava rachado, formando um mapa de rios coleantes, flocos demarcatórios e placas de concreto soltas o suficiente para serem retiradas. Parecia evidente que a varanda acabaria desabando sob seu próprio peso ou sob o de mais alguém. As paredes externas do prédio exibiam cicatrizes e buracos de balas de décadas de idade. No prédio em frente, a nova placa ANDRÁSSY ÚT brilhava num branco prateado por cima da placa NÉPKÖZTÁRSASAG ÚT, desbotada e manchada de sujeira e de chuva, mas ainda legível, apesar do X vermelho brilhante de tinta que a cobria de ponta a ponta.

John imaginou-se recostado em uma cadeira naquela varanda, pernas cruzadas e apoiadas nas curvas enferrujadas da sua grade de ferro, o sol do crepúsculo dourando o bulevar mais cosmopolita da cidade. Ele viu uma vida gloriosa começando naquela varanda. Viu-se saboreando os cigarros fortes do local, a primeira e vaga idéia de que iria desistir de fumar. Estava engajado em alguma exploração profissional – cuja natureza era indefinida – que lhe daria fama e renome. Em seu novo lar, o centro de círculos sociais concêntricos e elétricos, ele receberia, com fino humor e charme, artistas, figuras da sociedade, espiões, atores de teatro, estadistas, os grandes nomes dissipados da tradição ou famílias nobres falidas, e Emily Oliver. Ela ficaria depois que os outros convidados tivessem ido embora. "Venha para a varanda", ele diria. "Saia da varanda", ela diria.

– Ele quer saber se você vai pagar em dólares ou em pengö. – Charles estava encostado na parede interna das portas francesas.

– *Pengö?* – John entrou. – Isso é...?

– A moeda húngara antes do *forint*, até cerca de 1945, acho eu. – Charles sorriu como se fosse uma pergunta corriqueira, tópico natural de negociações para aluguel de apartamentos.

– E por que eu teria *pengö?*

– Excelente pergunta. Você parece ter uma cabeça boa para negócios. – Charles levantou seu copinho de papel florido para o velho e então encheu de novo generosamente todos os três copos. Voltou-se para John. – Ok, primeiro as más notícias. O Sr. Szabó está querendo voltar ao campo comigo. Ele tem saudades de mim. Não tem mais muita gente com quem conversar. Além disso, está muito feliz pelo fato de que você e o Exército finalmente chegaram. Ele sempre soube que os americanos viriam matar os russos e agradece a você por isto. O que nos coloca mais ou menos em 1956, eu diria, quando os americanos definitivamente não apareceram. Vamos ver o que mais... – Charles endireitou os punhos da camisa. – Ah, sim, ele *era* membro do Partido Comunista, mas quer que você saiba que todos eram, e agora que a luta acabou está louco para que os americanos instalem um governo democrático. E quer cooperar o máximo possível. E você vai influenciar muito nisso.

— A partir deste apartamento-estúdio.

— Exato. A boa notícia é que a TV é a cabo, embora passe, em sua maior parte, canais alemães e duas versões da CNN. Ele disse também que o encanamento do apartamento é muito bom e que o sofá-cama é novo em folha. — Szabó interrompeu-o, coaxando outro solilóquio. Charles traduziu:

— E mais uma notícia boa. Ele não tem problema nenhum com judeus vivendo aqui.

— É um grande alívio — disse John. — Você pode fazer com que ele pense apenas no aluguel em moeda corrente?

Depois de mais um minuto de diálogo sem legendas, Szabó se levantou, apertou a mão de John e abraçou Charles calorosamente, beijando-lhe ambas as bochechas diversas vezes.

— Uma ótima notícia, John. Seu senhorio ofereceu termos maravilhosos e você acabou de aceitar depois de barganhar só um pouquinho. — Citou uma cifra em *forints*.

— Por semana?

— Claro que não. Por mês.

— Isso é ridículo. Não é nada. Ofereça mais.

Szabó estava tornando a encher os copinhos de papel para fechar o contrato, mas a expressão de Charles estava rapidamente se dissolvendo em desgosto.

— Oferecer mais? Meu Jesus. Por favor, não seja bobo. Isso é duas vezes o que ele está pagando à cidade para viver aqui. É claro que ele está feliz com o acordo. Não seja condescend...

— Feliz com o acordo? Ele acha que eu sou ajudante-de-ordens de Eisenhower!

— Esta é a sua vantagem competitiva — explicou Charles, com um esforço hercúleo para ser paciente. — Não é algo que se possa simplesmente jogar pela janela.

— Não acho que seja condescen...

O velho começou a falar; o rosto tinha um ar preocupado. Olhou para Charles, mas apontando para John.

— *Nem, nem. Nagyon jól van. Nagyon* — Charles o tranqüilizou. — Faça uma cara alegre, John. Ele está com medo de ter ofendido você.

John sorriu por reflexo, sem a intenção de ser rude. Brindaram com os copinhos e beberam.

Szabó pegou os copinhos de papel vazios e os colocou na pia, jogou um pouco de água neles para seu novo inquilino e recolocou o licor na parte de baixo do carrinho da TV. Esfregou as mãos e começou a recitar algo num tom burocrático. A tradução simultânea de Charles estava muito melhor agora: John já poderia se mudar no dia seguinte; o aquecimento funcionava assim: você pagava suas contas de gás, e será que o Exército dos Estados Unidos fuzilariam pessoas no paredão? Concordaram em um aluguel por dois anos, que seria pago a cada três meses para um amigo de Szabó que morava a dois apartamentos de distância; a TV funcionava de um jeito xis, a unidade banheira/chuveiro esquentava de um jeito ípsilon; e se houvesse alguma informação sobre prisioneiros russos ou húngaros que Szabó pudesse fornecer, ele gostaria muito de ajudar. Nunca se interessara pelo Partido Comunista, mas como trabalhador realmente não tivera muita escolha. Aquele apartamento era bom, e ele teve sorte de consegui-lo. Fora graças ao Partido que ele e sua esposa haviam se mudado do campo para a cidade, conseguiram emprego numa fábrica e aquele apartamento, foram capazes de criar o filho ali. Hoje, ele vive perto de Pécs com a esposa e uma filha. A vida em Peste tem sido boa. A rua Andrássy é boa, este bairro é bom. É assim que se acende o fogão. O Partido parece estar fazendo um bom trabalho. É difícil não pensar que as coisas estão melhores agora que eles estão no governo. Szabó e sua esposa se mudaram no ano passado e esperam ter um filho em breve: Szabó quer uma menina, mas Magda quer um menino. O Partido tem ajudado muito no começo da nova vida deles. Essas são as chaves da porta da frente do prédio; essa é a chave da porta do apartamento; é assim que você consegue uma linha externa do telefone; esta é uma foto de minha esposa, Magda, ela morreu em 1988. Aqui está o número do telefone do meu filho no campo. Boa sorte com tudo. Obrigado por ter vindo. Vejo você amanhã às três.

— *Viszontlátásra* — disse o velho.

— *Viszontlátásra* — disse Charles.

John assentiu, sorriu mudo em despedida, e os americanos saíram para jantar.

V.

NO DIA SEGUINTE, ÀS TRÊS, CHARLES ESTAVA NO TRABALHO, PORTANTO A mudança foi basicamente uma questão de linguagem de sinais. Mas John não sentiu nenhuma trepidação por ficar sozinho com o velho, que recebia judeus com orgulho: Gábor havia confessado, na noite anterior, que havia inventado aquele comentário, porque as negociações tinham ficado chatas. Szabó, na verdade, havia ficado maravilhado com as oportunidades na América, levando-se em conta o fato de que um homem da idade de John havia conseguido tamanho poder.

John encontrou o filho do velho, com quase cinqüenta anos, ajudando a embalar as coisas para a mudança para o campo. Ele falava algumas palavras em inglês e, para o alívio de John, parecia satisfeito com a pechincha que seu pai mentalmente incapacitado havia conseguido:

— Negócio muito bom — era sua repetida validação do contrato. — Negócio muito bom — acrescentou. — Deszs meu nome é.

— John. Juan. Jan. Johann. Jean. — John pronunciou rapidamente seu nome, no maior número possível de idiomas que pôde.

— János. — O Dezsö mais moço forneceu a versão húngara. — János seu nome é — disse ele, batendo duas vezes com o dedo no peito de John.

— Exato. Obrigado. János meu nome é.

A bagagem de John (formação universitária) foi rapidamente instalada. Ele se ofereceu, por meio de mímica, para voltar mais tarde, depois que tivessem encurralado os pertences do velho espalhados em grande número pelo apartamento, mas o filho se recusou.

— Casa sua — disse ele. Pegou John pelo braço e o levou até a poltrona amarela. — Casa sua. Descansa. — Por vinte e cinco minutos, John ficou sentado de través sobre as molas invasoras da poltrona, vendo o filho embalar malas e caixas de papelão, e em seguida levá-las até um carro que aguardava, recusando a cada vez as ofertas mudas de ajuda da parte de John.

E, finalmente, o apartamento ficou sem objetos e sem vida, porcamente mobiliado. Quando o filho desceu na última viagem, o pai, em pé em frente ao seu armário totalmente vazio, ficou simplesmente olhando para ele. Sua cabeça girou lentamente até o ombro, e então ele foi descendo devagar até o chão, até terminar sentado de pernas cruzadas. John também sentiu a força inegável do armário vazio, escancarado, suas portas abertas em uma súplica melodramática. Szabó, de costas para John, ficou olhando para o armário vazio, a rachadura na madeira descendo pelo painel traseiro como um relâmpago, a barra dos cabides cedendo sob a simples lembrança de camisas, casacos, vestidos.

O velho se levantou e se virou. As orelhas eram cheias de pêlos, e ele não tinha feito a barba naquele dia; suíças se alojavam em profundos sulcos diagonais.

Ele assentiu e moveu os lábios daquela maneira que parecera tão desagradável na noite anterior, mas que agora, de algum modo, era diferente; a ação não provocava mais nojo em John. Agora parecia refletir algo além da necessidade de ajustar dentaduras ou saborear um licor. John imaginou palavras presas atrás de seus lábios; tinha certeza de que Szabó estava tentando ou esperando dizer alguma coisa. Ficou olhando com uma expressão que John supôs fosse de saudade, mas depois de um instante o velho foi até o sofá e se deitou de bruços, a cabeça enfiada debaixo do braço, de costas para a sala.

O filho achou o novo locatário encostado na grade da varanda, olhando para dentro do apartamento, vendo o velho aparentemente dormindo.

— Ok, János. Bom — pronunciou o Deszö mais moço. Apertou a mão de John e em seguida tornou a entrar para cutucar as costelas do pai. O velho murmurou algo em húngaro e se sentou, zonzo, mas não se levantou. O filho falou com rispidez, fez um gesto para John e para a porta; obviamente era hora de partir. O pai respondeu zangado: olhava para o chão, mas agora respondia aos gritos. O tom mudou rapidamente para uma discussão, que inchava e escurecia, formando uma frente de tempestade com uma velocidade que surpreendeu John. Ele continuou encostado na grade, acima do tráfego, o mais distante que pôde da briga, sem deixar o apartamento. Chegou a pensar em sair, mas isto teria exigido que passasse pelos magiares enfurecidos no caminho da porta, exibindo sua saída enquanto eles discutiam, o que poderia ser encarado como um esforço de fazer com que se sentissem mal por fazer o americano "rico" perder tempo, Por isso ficou onde estava, recostado na balaustrada, olhando para os homens, sem graça e sem entender nada.

O filho levantou os braços, exasperado, e fez o som de um pneu esvaziando. Meio que se virou na direção da varanda e gritou:

— Ok. *Bye-bye*, János. Ligue se precisar — e jogou para John as chaves: uma pequena chave do apartamento e uma chave mestra de pouco mais de um quilo para a porta de carruagem convertida em porta do prédio. O velho não se moveu quando o filho saiu. John ouviu a enorme porta da frente do prédio se abrir embaixo dele. Por sobre a grade, viu o homem caminhar a passos largos até seu Trabant verde, recostar-se contra o capô e acender um cigarro.

Atrás de John, o velho já havia se levantado do sofá, puxando algo da prateleira superior do armário.

— *Amerikai, für Sie* — gritou ele, e depois alguma coisa em húngaro. John ficou no limiar das portas francesas, dando de ombros daquele jeito desculposo que havia aprendido a fazer muito bem sempre que alguém insistia em falar com ele em húngaro. O velho segurava nas mãos duas fotos com molduras. Depois de alguma deliberação, colocou uma no alto do decodificador e a outra na mesinha-de-cabeceira, ao lado da lâmpada. Estendeu os braços para as duas fotos, os dedos bem abertos e as palmas das mãos voltadas para as molduras, como dizendo claramente: *Deixe elas assim como estão.*

— *Igen? Igen? Ja? Ja?*

— *Ja. Igen.*

Apertou a mão de John sem olhar para ele e foi embora. John recuou da porta que se fechava e voltou para a varanda, ainda mais desconfortável no apartamento vazio do que durante a preparação da mudança ou a briga. O eco da porta da frente tornou a vir da rua. O velho desceu a calçada arrastando os pés e curvou-se todo para entrar no banco do carona do carro do filho. O Trabant arrotou e tossiu, indo se juntar lentamente ao tráfego do bulevar. Nuvens caricatas de fumaça negra marcaram a trajetória do meio-fio até o seu desaparecimento.

John examinou a decoração que havia concordado em manter. No decodificador, uma fotografia em preto e branco num tamanho que nunca havia visto antes: um bebê, não mais de duas ou três semanas de idade, num monte de cobertores, fotografado do alto, chorando, os olhos bem fechados, punhozinhos se debatendo. Ao lado do sofá, novamente num tamanho estranho e em preto e branco, uma moldura de madeira pintada de dourado abraçando uma jovem em um vestido branco. Não era nenhuma grande beldade, não tinha nenhuma aura de magia ou romance. Apenas uma mulher em frente a uma árvore, mãos nas costas, usando um vestido que provavelmente não estaria na moda em lugar nenhum, em época alguma.

VI.

A FESTA HAVIA COMEÇADO NO GERBEAUD, E DE LÁ PASSADO PARA UM RESTAURANTE, cujo nome húngaro agora escapava, enterrando-se gosmento sob a superfície da memória de John, deitado no sofá-cama ainda fechado.

Emily havia se sentado meio apertada entre dois dos alunos de Scott, nas pontas distantes da mesa de madeira comprida. Músicos tradicionais húngaros iam de um lado para outro, e por isso John mal conseguia ouvi-la, mas um diretor visionário a havia enquadrado com húngaros jantando e garçons esperando, e cartazes de cavaleiros vestindo capas e guirlandas de fumaça, e o barulho de vozes estrangeiras e música estrangeira, e a cada vez que ele levantava a cabeça, ela havia acabado de descobrir algum gesto ou expressão facial nunca antes visto de um charme encantador. Ela se recostou, gargalhando, flagrou-o olhando para ela, e acenou, a primeira de muitas vezes.

— Então, como era o nosso Scott quando ele era garoto? — perguntou um aluno a John.

— Eu pesava trezentos quilos — respondeu Scott, antes que a mesma resposta pudesse ser dada a sério, e a multidão gargalhou com a impossibilidade. John o teria protegido, e lamentou a manobra desnecessária.

— Ele era como um deus para mim — disse John, observando Emily. — Como um deus da guerra, infelizmente.

— Logo depois que nasci, pedi desesperadamente à minha mãe para que ligasse as trompas, mas de nada adiantou.

Charles explicava aos húngaros de Scott por que o país deles estava condenado eternamente à pobreza, conquista, traição, e os alunos assentiam, apagavam seus cigarros amassando as pontas, enrolavam novos e concordavam absolutamente com tudo, gostavam de Charles por compreender como as coisas realmente eram, apesar de ser americano.

— Ah, o que é que há, *não* — insistia Emily, e o coração de John girava em seu eixo. — Não escutem esse tipo de conversa. — A Hungria tinha uma oportunidade que nunca tivera antes, um momento totalmente novo e único na história humana. John concordava, feliz em compartilhar com ela a condescendência de Charles e dos húngaros.

Foi servida uma salada peculiar, alface misturada com uma série de componentes improváveis ou irreconhecíveis, e então, os onipresentes paprikás, cozido de frango com muita páprica e garrafas de vinho húngaro. Gábor simplesmente não parava de pedir mais. Não era ruim, e custando apenas 118 forints a garrafa, algo abaixo de dois dólares, um preço que John achava cada vez mais hilário com o passar da noite. Ele discursou sobre o simbolismo único dos americanos tirando vantagem das taxas de câmbio pós-comunistas para beber muito vinho húngaro. Os detalhes significativos desse simbolismo, inteligentes e engraçados para a platéia que bebia, acabaram batendo asas e voando, e não puderam ser recapturados. Depois, no A Házam, uma casa noturna, Mark disse a John que ele era um gênio, mas não ficou claro por quê.

Agora, no seu apartamento novo, deitado pela primeira vez no sofá-cama do velho, com buzinas e motores vibrando três andares abaixo, John não tinha a menor recordação da danceteria, só conseguia se lembrar que Emily estivera com eles por um tempo, e depois não. Tinha uma vaga idéia de que Mark caminhara com ele até em casa, fizera com que tomasse duas aspirinas e um copo inteiro de água de uma vez. John dormira tranqüilo, entrando e saindo de um estado de sonolência para o qual agora retornava mais uma vez.

Sonhou com a mulher sobre a sua mesinha-de-cabeceira. Ela estava em pé na frente da árvore, e músicos tradicionais húngaros podiam ser vistos à distância, em um campo aberto. Ela balançava nos braços um embrulho feito de cobertores e sorria para John com infinita ternura e amor. Ele sabia que tudo estava bem, sabia que sua vida seria sempre feliz e completamente satisfeita, agora que estava finalmente começando, e caminhou na direção dela, cada passo marcando um compromisso e um começo irrevogáveis. Ela inclinou a cabeça para os cobertores. "*Amerikai. Für Sie*", disse ela. "*Igen*", disse John. "*Ja.*" Ela lhe entregou o embrulho. Aninhando-o cuidadosamente, ele abriu os cobertores na altura da cabeça, mas descobriu que segurava apenas a foto do bebê que chorava. Não estava surpreso, e isto o surpreendeu. Fez cócegas no queixo da criança na foto e balançou com carinho os cobertores, imaginando se suas ações fariam com que a mulher o amasse mais ou menos. Estava nervoso por olhar para ela, com medo de descobrir que as coisas não estavam mais tão bem na sua vida, mas finalmente não conseguiu mais adiar o momento. Levantou a cabeça, pronto para beijá-la, mas ela havia partido.

VII.

FOSSEM QUAIS FOSSEM AS PRECAUÇÕES QUE MARK PAYTON HAVIA TOMADO durante a faculdade, enquanto investigava clinicamente as toxinas da nostalgia, elas foram insuficientes.

"Criatividade extraordinária em metodologia de pesquisa" foi a avaliação que um professor fez do trabalho de doutorado de Payton. O professor empolgado estava se referindo às visitas acadêmicas que Mark fizera às lojas de presentes de museus, pinacotecas e cinematecas, agências de viagem, fabricantes de cartões-postais e cartazes, as convenções sufocantes e deprimentes de colecionadores de esquisitices variadas e sem valor, e lojas de antigüidades, entre outros *outlets* de nostalgia. Não havia uma loja de antigüidades, em Toronto ou em Montreal, que não tivesse recebido a carta peculiar, solicitando informações altamente específicas: "... registros categorizados de velhos pedidos e vendas, organizados por ano... alterações na popularidade de certos artigos/épocas, conforme listados abaixo... aumentos súbitos na demanda de estilos particulares... pinturas organizadas por tema, e não por artista... a lista de verificação anexa comparando vendas de itens específicos em intervalos de dez anos..." As cartas eram seguidas por visitas de um estudante ruivo pálido, gordo, incomodamente ansioso e com um ligeiro tique na pálpebra esquerda.

Nesse campo de trabalho, Mark havia se familiarizado com todas as grandes espécies canadenses de donos de antiquários: donos de penhores, rudes e quase analfabetos, que pareciam odiar compradores, vendedores e seu próprio negócio, mas que usavam viseiras e coletes antiquados que eram por si sós marcas de nostalgia; joalheiros reflexiva e calibradamente mentirosos, com rugas ao redor de um dos olhos apenas, um risco profissional de horas e semanas e anos apertando o olho para enxergar através de lupas; reformadores de móveis, tão untuosos quanto vendedores de carros usados, que falavam com sotaque carregado coisas sobre o Segundo Ampério e Louie Canze; matronas com duzentos anos de padrões de porcelanas nobres e exóticas arquivados em suas memórias, varrendo de suas cabeças os nomes dos próprios maridos, filhos, netos; divorciadas rechonchudas de meia-idade que haviam investido suas economias e pagamentos de pensão num sonho que era antigo, mas também uma péssima idéia, e por isso acabavam como donas de lojas desconfortavelmente limpas, porém com estoques bizarros com nomes do tipo O Antro das Antigüidades, Segredo Ancestral Chinês, a Colméia da Bea e o Sótão da Mamãe; vendedores de livros cobertos de pó, as peles como papel velino, os olhos compensando a aridez de suas lojas com excesso de umidade; especialistas em estátuas, homenzinhos rotundos que só podiam ser diferenciados dos cupidos de plástico que faziam parte de seus estoques pelas cinturas e por sua capacidade de andar e falar.

As perguntas que Mark fez a esse núcleo de amostragem de comerciantes de história o encheram com um dilúvio de dados, que preencheu blocos de notas e disquetes de computador aos galões, às arrobas, às onças *avoirdupois*.

Quantificar a nostalgia, esboçá-la em um gráfico retroativo, no passado nebuloso e de doces aromas, para enumerar suas causas, expressões e custos, determinar a natureza das sociedades e personalidades mais afetadas pelo distúrbio: estas eram as obsessões de Mark Payton, e ele fabricava lauréis acadêmicos a partir de suas folhas. Envidava grandes esforços para estabelecer leis tão mensuráveis e irrefutáveis quanto as da física ou da meteorologia. Lutou, por exemplo, para determinar a relação entre indivíduos com uma inclinação "forte" ou "muito forte" à Nostalgia Pessoal (isto é, nostalgia por eventos dentro de seu próprio passado) e aqueles com uma considerável inclinação para a Nostalgia Coletiva (isto é, nostalgia por eras, estilos ou lugares localizados fora da experiência pessoal). Ou seja, se você provavelmente fosse afetado por recordações da sopa de cereja azeda de sua avó húngara servida na terrina Herend com a joaninha no fundo, teria mais ou menos chances de sentir atração por filmes que tratassem com afeto carinhoso, quase erótico, da vida dos aristocratas ingleses em suas casas de campo antes da Primeira Guerra Mundial? Payton tinha certeza de que poderia chegar a uma taxa previsível p/m, a relação entre uma forte tendência à Nostalgia Pessoal e a posse de uma Memória objetivamente boa. Cada uma dessas hipóteses (de que a relação era direta, ou de que era inversa) lhe parecia viável. Finalmente, a taxa c/h, a relação da propensão de um indivíduo à Nostalgia Coletiva e seu verdadeiro Conhecimento Histórico do lugar-época pelo qual ele ou ela sentia essa nostalgia, era teoricamente determinável, e ali o estudioso suspeitava fortemente de uma proporção inversa: quanto menos se sabia a respeito da vida nessas casas de campo, mais se desejava ter vivido nelas.

Sua pesquisa produziu mais perguntas do que respostas, mas ele fora forçado pela meticulosa academia a restringir sua barulhenta e intrusiva curiosidade por uma questão de grau: sua dissertação fora necessariamente limitada a questões de metodologia e medições quantificáveis, em *Vacilações das Necessidades Retrospectivas Populares Coletivas no Canadá Anglófono Urbano, 1980-1988*. Mas agora ele estava livre para responder a tudo. O trabalho que o havia levado à Europa saciaria o insaciável *por quê* que se esgueirava por detrás de suas descobertas tangíveis.

Por que, segundo uma das pesquisas de Mark, 48% das calouras da McGill University traziam de casa uma cópia emoldurada da fotografia *O Beijo no Hôtel de Ville*, de Robert Doisneau, um ícone da Paris entreguerras (número 163 no catálogo de Lugar-época Nostalgipático)? Outros 29% das garotas compravam o cartaz menos de seis meses após a matrícula.

Por que, segundo dados de vendas disponíveis publicamente, cópias desse adorado cartaz vendiam imensamente mais do que o tematicamente indistinguível *Beijo do Dia da Vitória, Times Square*, de Alfred Eisenstadt, no qual um nível mensurável de inveja cultural cruzada deveria ter feito com que o americano suplantasse Doisneau? Ou, de forma contrária, se você não engolisse esta explicação, então por que a familiaridade e o orgulho étnico não forçaram as vendas de Eisenstadt a suplantarem as do francês em Nova York?

Por que houve um aumento súbito, entre 1984 e 1986, nos pedidos de *chaise-longues* vitorianas aos fabricantes de móveis especializados de Ontário, uma popularidade grande demais para ser atribuída unicamente aos filmes de época que apareceram em um furor de crinolina ondulada de 1982 a 1985?

Por que os anos imediatamente posteriores à Primeira Guerra Mundial mostram uma queda em todos os tipos de venda de antigüidades em Toronto, exceto fotos e equipamentos militares?

Por que o videocassete do filme *Casablanca* era alugado três vezes mais nas videolocadoras de Quebec do que nos *outlets* de Ontário, mesmo depois que foram feitas correções estatísticas para populações possuidoras de VCRs e o número de cópias dubladas disponíveis?

Por que o passado (e, com mais freqüência, no caso do Canadá, o passado de outros) faz isso com a gente?

Assim como um moribundo que lança imprecações contra um Deus injusto, Mark não parava de perguntar: "*Por quê?*" E toda pergunta acadêmica era meramente uma reafirmação de uma pergunta mais pessoal, que ele fazia havia quase tanto tempo quanto podia se lembrar, que tinha vergonha de fazer, muito embora a continuasse fazendo incontrolavelmente, uma pergunta que ele só compartilhava com algum amigo quando estava bêbado ou rindo: por que sou infeliz na época e no lugar que me foram dados?

Não foi necessário muito tempo de contato para que Charles rotulasse Mark como "impossivelmente triste, inadequado até mesmo para treinamento na área de *commodities*". Scott, por sua vez, identificara o canadense como "prematuramente envelhecido".

VIII.

MARK ESPERAVA VAGAMENTE ALGUMA VERSÃO HUNGARIZADA DE UM de seus antiquários canadenses familiares, na manhã em que passou por entre os dois canhões idênticos que guardavam a entrada da loja da colina Gellért. Depois de ter gasto todo o seu tempo de pesquisa na Europa em bibliotecas até então, esse era o seu retorno ao trabalho de campo, e ele estava preparado para encontrar, naquela cidade de ruas rebatizadas e re-rebatizadas, outra alma estranha vivendo mal e porcamente de vender as histórias de outras pessoas.

A porta se fechou atrás dele com o tilintar previsível de um sino, cuja forma e posição na loja ele já conhecia sem olhar. Depois do sol ofuscante, ficou parado ali durante um momento de cegueira, permitindo que os olhos se ajustassem à luz intencionalmente fraca da loja e, ele sabia, permitindo que o dono ainda invisível o inspecionasse e avaliasse a probabilidade que tinha de comprar algo.

— Americano? *Deutsch? Français?*

A voz era uma fala monocórdia húngara masculina, e Mark respondeu, antes de poder localizar seu dono.

— *Kanadai. Beszél angolul?*

— Sim, sim, claro. Mas você fala húngaro muito bem. Devíamos fazer isso. — E a voz atrás de uma mesa, atrás de uma luminária de pé dourada, tinha um rosto: cabelos pretos espessos, bigode preto espesso com as pontas caídas, muito branco, bolsas de gordura sob os olhos, a cabeça inclinada ligeiramente para trás, blusa gola pólo e um bracelete de correntes de ouro.

— Ah, não, não — disse Mark educadamente, ainda na porta, o som do sino desaparecendo aos poucos. — *Nem*, quero dizer — disse ele, terminando de esgotar seu vocabulário magiar. — Só sei como perguntar *Beszél angolul.*

— Canadá, você diz? Sua mamãe e seu papai são húngaros, claro.

— Não, na verdade irlandeses. E ingleses. Um pouco de francês e alemão. Cherokee, segundo uma avó. Sou mestiço.

— Então, como você fala húngaro tão bem? Você tem namorada húngara, acho.

— Na verdade, ah, não. Cheguei no mês passado.

— Muito tempo.

— Sim, mas na verdade não.

— Sim, mas você acha elas bonitas, não? Nossas garotas húngaras? As mais bonitas? Como as garotas francesas?

— Sim, claro. Muito bonitas.

— Bem, você sabe o que é verdade. O melhor lugar para aprender um idioma é na cama.

— Sim, já ouvi falar nisso. — O húngaro olhou para alguns papéis na mesa e Mark desviou o olhar, pronto para as inevitáveis canecas para barbear, os faqueiros de prata incompletos, os bibelôs que enfeitavam as casas dos mortos.

Em vez disso, seu olho encontrou uma fotografia na mesa do homem, uma pequena foto emoldurada de um grupo de soldados, material legítimo da Segunda Guerra Mundial. Payton não conseguiu identificar os uniformes, mas reconheceu quase instantaneamente o soldado muito branco agachado na fileira da frente, o segundo a contar da direita, olhando para a câmera com olhos sonolentos e um bigode com as pontas caídas.

— Você foi soldado?

Assim que falou, Mark percebeu que a pergunta era idiota; aquele homem não teria sido mais que uma criança na época.

— Sim, como você sabe isso de mim? Ah, entendi. Não, este aqui é meu pai. Muitos dizem que temos caras parecidas. Foi com amigos que se juntaram, esta foto. Bem no começo. Ele teve que raspar o bigode logo depois. Esta foi uma foto de adeus-aos-bigodes. — Mark pegou a fotografia e olhou o perfeito sósia do antiquário (a não ser pelas roupas), a cabeça do soldado inclinada para trás, permitindo que ele olhasse para baixo com uma bravura marcial irônica. — Venha ver aqui. — Levou Payton até um canto do estúdio, onde quadros a óleo em molduras douradas se alinhavam nas paredes e no chão, encostados uns nos outros. — Meu avô.

No alto de uma parede amarela, estava pendurado novamente o rosto do mesmo homem. Ali, seu bigode era ligeiramente maior e seus cabelos estavam penteados para trás. Vestia um uniforme azul de cavalaria com galardões dourados nos ombros, e seu olhar, de meio perfil, os encarava se destacando dos tons escuros do fundo. Os olhos altivos do oficial, a partir de uma cabeça ligeiramente inclinada para trás, acompanhavam Mark com franqueza militar enquanto o acadêmico caminhava de um lado para o outro na frente do quadro.

— Ele usa o uniforme da guarda do imperador. Nós ainda temos ele, ali. — O homem faz um gesto na direção do outro lado da loja, para um manequim sem cabeça vestindo uma jaqueta azul com galardões, calças justas combinando e botas de couro preto com esporas. — Estas, é claro, eu não vendo. Por enquanto. — O dono da loja voltou à mesa e vasculhou mais pinturas recostadas na parede dos fundos. — Aqui encontramos — exclamou, e voltou-se para encarar Mark com outra moldura dourada, esta menor. Dois cães de caça húngaros, vizslas, estavam deitados, porém acordados, sobre um piso de azulejos xadrez preto e branco. Um garoto estava ajoelhado ao lado deles e repousava uma das mãos na cabeça de cada cachorro. Usava calças curtas, camisa de veludo e colarinho com laços. Uma mulher, presumivelmente sua mãe, usava os cabelos pretos soltos, que caíam sobre os ombros e sobre o vestido vermelho-sangue. Ela sorria levemente de dentro do abraço de uma grande cadeira ornamentada. Segurava um bebê em roupas de batismo. Em pé, ao lado dela, mão no seu ombro, na frente de portas francesas semi-abertas revelando um parque verde, um homem — mais uma vez, para o deleite de Mark — com a cara do dono da loja. Agora ele tinha uma expressão de sereno orgulho paterno, a cabeça mais uma vez ligeiramente inclinada para trás. Seu uniforme era composto de um dólmã de caudas longas sobre calças brancas apertadas. Uma sobrancelha estava ligeiramente arqueada. Não usava bigode, e seus longos cabelos negros estavam presos por um pequeno rabo-de-cavalo, mas a semelhança, tirando isso, era total.

— Este — disse o dono da loja, apontando o dedo sobre o bebê na camisinha-de-pagão — é meu bisavô, o pai dele — fez um gesto na direção do manequim sem cabeça. — Este garoto, logo depois disso — apontou para a criança mais velha com os cães — morreu. Foi sorte, eu acho. Para minha linhagem. O quadro é feito em 1822. O garoto com os cachorros, que está morto, aqui tem cinco anos. O pai dele, meu tataravô, acho que nasceu em 1794. Era um nobre, você pode ver.

— Todos os homens da sua família prestam serviço militar? — O vendedor de antigüidades bateu os calcanhares dos sapatos *dockside*, e Mark perguntou se havia alguma foto dele próprio uniformizado.

— Claro, claro — respondeu, e seu inglês começou a ficar estranhamente pior: — Mas não é de orgulho. É só, você deve saber, tradição um lado e desejo outro. — Mark assentiu, incentivando-o a continuar. — Eu tenho uma foto, mas acho ela muito pouco. — Ele pegou um pequeno álbum de fotos de plástico, folheou algumas de suas páginas e apontou para um instantâneo em preto e branco colado sob uma folha de celofane. — Isso é quando eu tenho vinte. Estou em uma base perto de Györ e treinamos contra invasão da Áustria. Uma idéia ridícula, sabe, achar que combatemos austríacos em 1970.

A fotografia mostrava um jovem soldado com cabelo cortado à escovinha e uniforme verde, encarando a câmera, segurando seu bibico. A cabeça estava voltada ligeiramente para baixo, e isto tornava seu sorriso largo quase tímido. Os olhos estavam apertados, como se ele estivesse de frente para a luz brilhante do sol. O rosto era bronzeado e barbeado.

— Este aqui é você?

— Sim, sim, claro. Mas não é como meu pai ou avô, é? — O homem não estava se referindo a nenhuma diferença física. — Eu não sou um homem livre aqui que luta por seu povo, sou? Não, eu sou aqui um garoto que não tem escolhas. Lutar naquele exército húngaro era como ser escravo da Rússia. Era como a Legião Húngara do Exército Imperial Soviético Russo. Meu pai lutou pela

Hungria. Meu avô lutou por seu imperador. Meu bisavô e o pai dele, eles eram homens orgulhosos. E eles levam armas para seu povo e suas famílias e sua terra, para Magyarország, para a Hungria. E eu? – Olhou com dureza para Mark, aumentando a semelhança com seus ancestrais pintados. – Em 1970, devo me juntar ao exército de um conquistador. Eu deveria ser um oficial, um oficial de cavalaria para estar comandando, mas ao invés disso sou um escravo, ou um troféu, como quando a terra da minha família se torna uma terra coletiva. E nunca posso ser um alto oficial, porque a história da minha família faz de mim um criminoso de classes, você entende. O que devo fazer? Hein? O quê?

– Não sei.

– Um soldado luta, mas um húngaro não pode aceitar essa mentira de um império, essa merda russa. O que eu faço? Luto como um bravo ou digo não como um bravo?

– Não sei.

– Faço o que meu avô faria. Treino e trabalho com uma arma e correndo e cavando. Se um inimigo ataca a Hungria, eu lutava. Mas eles não atacam. Sabe por quê?

– Não sei.

– Porque o inimigo já aqui. Eles nunca vão embora depois da Segunda Guerra Mundial. Então, eu sou mau soldado. Cometo erros. Perco equipamento. Levo minhas tropas para a floresta com vinho e comida e conversamos o dia inteiro em vez de fazer o que os idiotas comunistas mandar fazer. Tenho honra lutando com o inimigo não lutando. Mas não tenho honra como eles tinham. – Acenou para seus ancestrais nas paredes, para o manequim vestido sem cabeça. – Sem honra como verdadeiro e aberto defensor da pátria.

Enojado com a violação da tradição pela ideologia corrompida, Mark procurou palavras para expressar sua empatia cada vez maior (e ligeira inveja), sem perceber que havia simplesmente sido fisgado por uma conversa de vendedor que jamais havia visto no Canadá e agora parecia tão ingênua quanto um turista americano pronto para comprar uma caneca para barbear comemorativa do Jubileu de Elizabeth II.

– E o que você compra hoje? Posso lhe mostrar talvez uma jóia bonita para sua namorada?

IX.

ATÉ O DIA DE SUA PARTIDA, RECÉM-CASADO E SEGUINDO AINDA MAIS PARA o Leste, Scott Price nunca se sentiu muito à vontade em Budapeste, e gostava das coisas do jeito que estavam. Ele era, para começo de conversa, legitimamente bronzeado e reluzentemente louro. Sorria com freqüência, fácil e, aos olhos do húngaro médio, excessivamente. Dava ênfase a conversas sobre nutrição e digestão e sobre as implicações político-econômicas de ambas. Enfrentava bravamente todos os dias as fumaças tóxicas de Trabants, Dacias, Skodas, Wartburgs e a ocasional Mercedes que passava alucinada para fazer *jogging* sobre as pontes dos guias de viagem, e ao longo dos parapeitos e caminhos que corriam ao longo do rio Danúbio, que naquela manhã, como sempre, apresentava o profundo tom azul cerúleo de caramelo ou mogno, típico de Matisse.

Em sua bermuda do tempo da faculdade, tênis de corrida, camiseta regata e uma bandana para segurar as mechas branco-douradas dos cabelos, ele irritava os pedestres húngaros, que, na maioria fumantes, olhavam para seus trajes quando passava correndo. Uma coisa era correr com os colegas de atletismo, todos com roupas de corrida combinando, ou no campo como parte do treinamento militar, mas não usar quase nada e passar suando para cima e para baixo do Corsó o rotulava como sendo agressivamente estrangeiro. Mais de uma velha, condicionada à sua própria maneira, ralhou com Scott quando ele passou. "Não corra rápido perto das pessoas!", elas explodiam, incapazes de encontrar as palavras para expressar seu desagrado. Não que isso importasse, já que Scott só sabia húngaro o suficiente para sorrir e soltar "*Kezét csókolom*", a saudação cordial padrão de homens para mulheres. "Você vai matar alguém!", elas sibilavam. "Eu beijo sua mão!", ele dizia, correndo de costas. "Isso não é certo, essa sua corrida!", elas gritam. "Eu beijo sua mão!", ele diz. "Não pode correr! Não pode correr!" "Eu beijo sua mão!" Scott disse aos seus alunos que achava as compatriotas mais velhas deles encantadoramente falantes e deliciosamente simpáticas para jovens que procuravam manter uma boa saúde cardiovascular.

Scott Price, mais feliz quando chegava ou partia (de cidades, grupos, relacionamentos), descobriu uma alegria constante surpreendente em viver num único lugar como um perfeito estrangeiro, vivendo sem idioma e fora do idioma. Para o professor de inglês em um mundo húngaro, todo dia era uma chegada e partidas renovadoras eram fáceis de executar. Isto tinha uma explicação: Scott sabia que a hostilidade era um vírus disseminado pelo idioma. Se ao menos algumas pessoas pudessem falar seu idioma, então a maioria das toxinas não teria acesso ao seu organismo. Viver aqui sabendo apenas inglês, mau espanhol e algumas frases de um hebraico melodioso e bíblico era estar quase completamente vacinado. Então, ter alguns amigos anglófonos e um bom emprego, um fluxo constante de garotas bonitas, ansiosas para pagar para aprender algumas palavras de seu valioso idioma (e, como ele havia ouvido dizer freqüentemente, o melhor lugar para aprender um novo idioma era a cama), bem, hoje não tinha como não ficar feliz, e amanhã provavelmente não seria muito diferente, e qualquer coisa desagradável estava agora do outro lado de um continente, de um oceano, e ainda de um outro continente. Naturalmente, a culinária vegetariana era difícil de encontrar, e a qualidade do ar deixava muito a desejar, mas a cidade era bonita, e você podia respirar bem se permanecesse em forma, evitasse hostilidade e gordura, comesse três dentes de alho todas as manhãs, absorvesse bastante antioxidantes, evitasse pão de levedo três horas antes de uma evacuação com hora marcada, vivesse nas colinas de Buda e evitasse rigidez em suas atitudes.

Do outro lado do rio, entre a neblina da manhã, a colina do Castelo brilhava, seu domo e sua agulha flutuando bem acima de seus gêmeos ondulantes na superfície do Danúbio, flutuando logo acima de onde Charles, John e Mark estavam jogando uma bola de aspecto bem estrangeiro de um lado para outro, discutindo às gargalhadas o nacionalismo eloqüente e as ironias não-intencionais do proprietário da loja de antigüidades, e determinando definitivamente o futuro da política e da economia européias. Scott afastou-se da margem do rio e enveredou pelas ruas estreitas entre e atrás dos três hotéis ao longo do Danúbio, passando pelo Hyatt e pelo Fórum, passando pelo John Bull English Pub e pelo Intercontinental, passando pelo pequeno armazém onde as frutas custam o dobro de qualquer outro lugar, mas onde você pode comprar pasta de dente dos Estados Unidos em vez das marcas locais (ou daquela da Alemanha Ocidental com o rótulo incômodo que mostrava diabos cabriolantes e ogros de dentes amarelos dançando ao redor de uma donzela de dentes ultrabrancos amarrada a uma árvore). Percebendo que ia se atrasar para o jogo de futebol americano se não voltasse pela direção na qual viera, Scott virou no meio da Váci utca, desviou-se das cordas de veludo que demarcavam como um curral a fileira de pessoas que esperavam para entrar no McDonald's, passou correndo pela fila semelhante na loja que vendia uma marca ocidental diferente de calçados esportivos. O suor escorria por seu rosto e cabelos quando passou pelas confeitarias que tentavam diariamente seu ego outrora obeso; passou por velhas camponesas sentadas e em pé na calçada, exibindo cachecóis e cobertores para os turistas; passando por jovens sírios oferecendo forints em troca de moeda forte de algum valor mágico maior do que a taxa bancária; por lojas de "folclore" (sem filas atulhando a entrada), nas quais se podiam comprar roupas campestres húngaras, bonecas tradicionais, porcelana, cristais, páprica. Homens de negócios alemães, as meias brancas aparecendo sob as pernas das calças de seus ternos reluzentes, entravam em bancos e lojas de moeda forte inacessíveis para os nativos da moeda de brinquedo. Scott passou por um jovem americano vestindo um terno caro e dizendo ao seu colega mais novo, um careca: "... escritórios com atendimento completo. Tudo topo de linha. Conheço um pessoal na prefeitura que aceita uma grana..." Adolescentes húngaros com casacos de couro fumavam cigarros enrolados a mão e faziam pose de James Dean. A banda andina cantava os altiplanos paraguaios e amores perdidos sob os céus estrelados, e as asas do condor sobre a cabana onde... e assim por diante, do mesmo jeito que as bandas andinas que ele havia ouvido em Palo Alto, Portland e Praga, Harvard Square, Halifax e Haia. Mas desta vez seria diferente, decidiu Scott: ele estava em Budapeste para ficar. Seria necessário ter um pouco de paciência até que John desistisse e fosse embora, mas isto não deveria demorar muito, e quando ele finalmente quebrasse a cara, levaria consigo sua inquietude contagiosa, sua insatisfação, sua culpa, seus pequenos gestos e frases e atitudes que tinham o fedor de seus parentes e do passado, e Scott voltaria a relaxar e provar a si mesmo que havia acertado as contas com isso, deixado tudo bem para trás.

Scott chegou ao campo na ilha Margaret, uma colher de pedreiro verde gigante virada de cara para cima no rio sujo de nuvens. Seu irmão e seus amigos já estavam lá, e — dispensando como irônico o espanto nada irônico de John ao constatar a incrível condição física de Scott — juntou-se alegremente ao time adversário, desejando apenas que fosse um jogo de tacadas, e não de toques.

X.

MAPAS EMOLDURADOS DE BUDAPESTE E DO CAMPO: FOTOS DO EDITOR APERtando as mãos de gente presumivelmente famosa (cada qual com aquela aura de celebridade, mas nenhum dos rostos era familiar para John); um velho cartaz de propaganda de um licor húngaro mostrando um homem num andaime, uma corda no pescoço, lambendo os lábios sorridentes em apreciação por seu último desejo; uma montagem fotográfica de cangurus e coalas brincando no palco da Sydney Opera House; a primeira edição (18-2-89) da *BudapesToday* envidraçada; dunas e escarpas de papel sofrendo erosão por toda parte, sobre a mesa, sobre as cadeiras, sobre arquivos de metal, sobre o piso, tremendo como se qualquer barulho pudesse derrubá-las, amarelando e se tornando obsoletas enquanto John aguardava o homem, cuja atenção estava toda concentrada, de forma intimidante, em outra parte.

— Estas palavras não foram colocadas aqui aleatoriamente, por Deus. — O resmungo australiano do editor havia finalmente emergido, mas ele não levantou a cabeça das páginas que marcava ferozmente. — Não senhor, uma inteligência, uma inteligência quase humana, colocou estas palavras nesta ordem para conseguir alguma espécie de sentido. — Ele examinou John. — Embora que merda de sentido isto aqui possa ter certamente é algo que me escapa, devo dizer.

— Não está bom? — perguntou John, mas o editor já estava vasculhando uma das gavetas da mesa.

— Onde foi que eu coloquei esta porra de merda, Mistah Proyce? — perguntou, curvado, invisível atrás das pilhas de papel.

— Qual porra de merda, senhor?

— Não me chame de senhor, Proyce. Eu só tenho trinta anos. Me chame de chefe. Rá! *Aqui* está a porra de merda! — O editor, tendo na mão um carimbo de borracha de pelo menos oito centímetros de comprimento, apareceu detrás das marés de papel. Desceu o carimbo no abraço vermelho e úmido de uma almofada de tinta aberta e bateu-o duas vezes no que havia lido. — *Esta* é a porra de merda que eu queria, John *boy*! — Segurou a folha, carimbada duas vezes com as palavras DESPERDÍCIO DA MINHA TINTA E DO MEU TEMPO. — E, olé!, *esta* é a porra de merda, não é, Proyce?

— É, chefe. Essa evidentemente é a porra de merda.

O editor abriu outra gaveta com força quase suficiente para arrancá-la da mesa.

— Olhe esta aqui. Acabei de receber. Agora as pessoas me mandam por fax umas merdinhas sem sal o tempo todo, John-o, olhe só pra isto. — Outro carimbo. O editor apertou um botão no aparelho de fax, e uma língua enorme de papel em branco emergiu dentre seus lábios. — Ok, ok, então vamos dizer que isto aqui é alguma merda não-solicitada que algum babaca me enviou, certo? Certo. Ok, vamos lá: merda, merda, merda. — Rasgou o papel da mandíbula da máquina e deu umas pancadinhas de agradecimento no painel superior do dispositivo preto. – Então, ok, eu li e é um, digamos, executivo júnior trabalhando na filial local de um banco de investimentos que gostaria mesmo era de ser jornalista, e então está tentando começar publicando em minhas páginas, certo? Certo, Proyce?

– Certo, chefe.

– Errado, seu babaca. Não, senhor! Eu li isto, os melhores esforços desta besta – o editor fez uma mímica de leitura da folha em branco de fax – e ele vai "blablablablabla" e incrível, fantástico, extraordinário, acontece que ele nos enviou sua sabedoria sobre – mas que coisa inédita – banqueiros de investimento americanos e garotas húngaras, e chega até a nos dizer que o melhor lugar para se aprender húngaro é na cama, não é esperto, ele, e claro que o artigo dele é uma bosta, meu camarada, como eu acho que vocês ianques dizem. É uma bosta, certo, Proyce, certo? Certo?

– É uma bosta, chefe.

– Então, o que é que eu faço, John? Pego isso – o novo carimbo – e catapumba! – na tinta – e catapimba! – nos esforços vacilantes de prosa do triste banqueiro de investimentos – e *voilà*, John *boy*, *voilà*, caralho! – O editor segurou a folha de fax bem alto, toda branca a não ser pelas palavras em vermelho brilhante: VOCÊ ESTÁ GASTANDO MEU TONER, POR FAVOR ME REEMBOLSE.

O editor olhou John nos olhos e respirou muito fundo três ou quatro vezes.

– Tudo certo então, Mistah Proyce. Você não vai desperdiçar meu tempo, minha tinta ou meu toner, vai, meu camarada?

– Não, chefe.

– Porra, onde foi que eu coloquei o seu currículo, John-o? – Ele tornou a mergulhar nas superfícies tectônicas deslizantes de sua mesa. – *Voilà*, meu filho. Esta é a sua vida. – Enquanto John esperava, o editor começou a ler, movendo furiosamente os lábios, mas sem qualquer relação aparente com o texto. Deixou o currículo cair sobre a mesa, e de lá ele deslizou para o chão. – Seja direto comigo, John. O que você quer fazer de verdade?

– Fazer? Este trabalho? Eu fui contratado. Já fui. Por isso é que estou aqui. – Pausa para a compreensão da resposta. – Neste país.

– Sim, Proyce, eu sei. Agora responda. O que você *realmente* quer fazer?

– O que for necessário fazer, eu acho.

– Caralho, John, não. O que quero saber é: *o quê*? Você é poeta? O que está fazendo, o roteiro de um filme sobre um jornalista num diário de língua inglesa, numa capital sem nome da Europa Central? Está planejando um documentário modernoso sobre as loucuras que os garotos americanos estão fazendo na cama na Hungria? Algum esquema secreto de negócios? Qual é o plano, rapaz?

John imaginou se a resposta correta seria negar qualquer interesse fora do jornal ou confessar algum objetivo profundo porém inatingível. O último.

— Sim, eu faço escultura...

— Ótimo. Então já confessamos isso, certo? Sem pecado. Desejo tudo de bom a você. Hemingway se acomoda no exterior, cansado e cínico, porém ambicioso, escreve matérias para jornais e coloca no papel *O sol também se levanta* nas horas vagas. Adorável. Maravilhoso caminho para a carreira. Espero que as coisas dêem certo para você e para o resto da sua geração perdida aqui em Paris sobre o Danúbio. Você já tinha ouvido esta, John-o? BP é Paris sobre o Danúbio? Revivendo Paris nos anos vinte, tudo isso?

— Não, chefe.

— Ótimo. Pés no chão. Gosto disso num foca. Escute aqui, você não sabe húngaro, sabe, meu camarada?

— Não, eu não disse na minha carta que...

— John. Por favor. Cale a boca. Estou só confirmando a situação. Não é preciso saber húngaro para o trabalho que tenho em mente para você. Vai adorar este trabalho. Não se preocupe, meu camarada, você logo terá roteiros saindo pelo ladrão.

— Ótimo. Parece legal.

— A *BudapesToday* é minha cria, e embora seja obrigado a confessar que ela não é nenhum *Prague Post*, vou deixar que você brinque com ela. Escreva uma coluna para mim duas vezes por semana sobre qualquer porra que estiver a fim, contanto que seja sobre Budapeste. Aprenda húngaro: mal não vai fazer, embora em cinco anos não vá haver uma alma humana fora do distante interior do cu-do-mundo da Hungria que fale esse idioma, e nada mais. Como dizem em latim, o inglês vai ser o francês por aqui, e nós vamos ser o diário de língua francesa, entendeu? — O editor havia saído detrás da mesa e estava andando em círculos ao redor de John, pontuando seu discurso bem praticado com gritos de "certo?" e "entendeu?" e ocasionalmente agarrando com força os ombros de John. — Agora, então, meu camarada, quando tiver acabado de escrever sua poesia, que não vai te dar dinheiro algum, você vai desejar ter trabalhado mais duro para mim para poder tirar uma boa grana e ir viver nas Ilhas Gregas da porra em vez de viver neste mercado-teste austríaco fedendo a páprica e esquecido por Deus. Escreva para mim coisas de expatriados com cor local. Dê um toque esperto, sacana, moderno. Faça isso muitas vezes e vamos achar outras coisas para você fazer, e então você vai ficar rico comigo, certo?

John perguntou quanto a reportagens, pois pensou que fora contratado como repórter.

— Mistah Proyce, eu tenho húngaros bilíngües. Tenho um serviço de telex. Não fique cercando o escritório do primeiro-ministro procurando um furo. É só dar um pouco de estilo ao meu jornal e eu ficarei contente. — Tornou a se sentar e acariciou seus carimbos de borracha, a tinta vermelha invadindo-lhe as fissuras dos dedos. — Mais uma coisa. Não escreva roteiros neste prédio, utilizando o meu tempo ou o tempo dos meus editores de texto. Não emputeça nossos anunciantes. Não minta nos seus textos: não que alguém vá nos processar, não que este país sequer tenha leis de injúria, calúnia e difamação, neste momento até onde meu advogado sabe. Não se esqueça de que você não fala húngaro e que provavelmente não vai conseguir nenhum outro trabalho que pague sequer a miséria que vou lhe pagar. Não se esqueça de que se você fosse tentar jornalismo de verdade em casa, talvez depois de trinta anos você teria uma oportunidade tão boa assim. Nunca se esqueça de que Hemingways e Fitzgeralds em potencial estão sendo trazidos para este país em aviões de transporte C-141 e caem de pára-quedas à noite em todos os bons cafés aos montes de gerações perdidas. Então. — O editor sentado ofereceu a John sua mão manchada de vermelho. — Não vá me foder com tudo, meu camarada. Você é altamente substituível. Primeira coluna na quinta, por favor. Bom dia.

E John voltou à "redação", um minúsculo escritório com equipamento de escrita e desenho abrangendo sessenta anos de materiais, com dez empregados de três diferentes nacionalidades, cada um em uma mesa, e cada gaveta do fundo de cada mesa contendo um roteiro de cinema inacabado sobre a vida em um diário de língua inglesa em uma capital sem nome da Europa Central sob o comando de um editor-proprietário australiano muito louco.

XI.

QUANDO O SOL DA SEGUNDA-FEIRA LANÇOU SEU PRIMEIRO ARCO AMARElo-ovo sobre uma colina a leste de Buda, Emily Oliver já estava esperando por ele na ampla varanda do recém-construído bangalô que ela compartilhava com outras duas embaixagatas (como um dos fuzileiros da guarda havia apelidado Emily, Julie e Julie). Ela estava na terceira parte de um programa de aeróbica de alto impacto de cinco partes, que praticava todas as manhãs desde seu primeiro dia na Universidade de Nebraska. Não importava a que horas ela havia ido dormir tarde na noite anterior, não importava a latitude ou a longitude, não importava se havia luz do sol nem a estação do ano, ela começava a rotina antes do amanhecer e, ao primeiro vislumbre do sol, dizia: "Bu!", como seu pai havia feito todas as manhãs no Nebraska, segurando a pequena Emily no colo em um balanço na varanda ou na mesa da cozinha. "Silêncio agora, Emmy. Desta vez vamos fazer uma surpresa para ele e vamos dar um susto nele e ele vai voltar para baixo e vamos todos poder voltar pra cama e dormir um pouco até amanhã, quando ele vai tentar aparecer no oeste."

"Bu!", ela ainda dizia todas as manhãs, como presente ao seu pai. "Bu!", ela dizia naquela manhã de segunda, enquanto as Julies ainda estavam dormindo. Emily tivera cerca de cinco horas de sono na noite anterior, mas se lembrava de que estava trabalhando duro em seu novo emprego e ainda estava se acostumando à nova comida, ao novo ar, às novas palavras, às novas pessoas, a não dar desculpas. Esperava que tudo isso explicasse o excessivo apetite de descanso e outros lapsos não característicos. Certamente era temporário.

No dia da sua formatura do segundo grau, uma amiga alertou Emily, com um ar sinistro, sobre os "sete das calouras", os inevitáveis quilos que todas as jovens ganham em seu primeiro ano de faculdade. Emily jamais ouvira a expressão antes e percebera que se não fosse pelo comentário casual de sua amiga talvez não tivesse conseguido se preparar para isso. Estava furiosa consigo mesma por não ter conhecimento de um perigo tão conhecido e evitável.

Emily ganhou dois quilos e meio em seu ano de caloura no Nebraska, dois quilos e meio de tônus muscular que ela mantinha até aquele dia, aquela manhã de segunda-feira em que fazia mais um esforço fútil de assustar o sol para que ele voltasse para baixo da terra, não porque quisesse voltar para a cama, mas porque tinha certeza de que seu pai, de quem sentia uma saudade terrível agora, podia precisar do descanso, e – sete zonas de tempo a leste dele – ela era sua primeira linha de defesa.

– *Kezét csókolom, kisasszony.* – O velho guarda de segurança húngaro, na porta da frente da embaixada, sempre cumprimentava Emily com as mesmas palavras: "Beijo sua mão, senhorita." Ele dava um sorriso tão largo quanto podia sem revelar os dentes que não sabia que eram ruins até que começou a trabalhar para os americanos.

— Então eu nunca mais vou lavá-la, Péter — dizia Emily, e ele rapidamente fazia uma mesura, sem ter entendido exatamente o que ela disse, enquanto ela passava pelo portão de segurança e entrava no saguão vigiado por dois fuzileiros dos EUA em um cercado à prova de balas. — Bom dia, fuzileiros.

— Bom dia, senhorita Oliver — os soldados respondiam em uníssono.

— Todd — disse ela, naquela segunda, apontando para a insígnia na manga do soldado negro. — Quando foi que você conseguiu essa segunda listra?

— Confirmada na sexta, costurada no sábado. Obrigado por notar, senhorita Oliver.

— Parabéns, fuzileiro. Vai jogar isso na cara do Danny agora? — perguntou ela, referindo-se ao cabo branco na cabine.

— Ele precisa mesmo de disciplina, senhorita Oliver. — Sorriu para ela, como as pessoas em toda parte tendiam a fazer.

Ela admoestou o novo promovido para que fosse firme, porém justo, e ganhou um ponto com ele chamando-o de sargento de artilharia. Passou pelo detector de metais, pegou de volta suas moedas e suas chaves com os soldados no outro lado, onde seu sorriso acionou ainda mais exibições dentárias. Ela passou por trás de portas de vidro deslizantes e entrou em áreas da embaixada com paredes forradas de chumbo e detectores de microfones e sistemas de embaralhamento de comunicações, um ambiente seguro no qual ela faria o café do embaixador, sorriria para o ministro das Finanças da Hungria, pegaria as camisas do embaixador e almoçaria em uma mesa com as mulheres (e um tímido marido com cara de professor) de diplomatas franceses, enquanto o embaixador viúvo se reuniria em um aposento separado com os diplomatas propriamente ditos.

Ela estava trabalhando duro. Estava gostando da oportunidade e da importância do seu trabalho. Admirava seu chefe e seus colegas; eram o que ela esperava. Estava excepcionalmente bem preparada para aquela experiência, lembrou a si mesma. Tudo estava ótimo. Seu pai havia lhe dito o quanto ela estava bem preparada para aquilo. Ele tinha um orgulho enorme dela. Ela o fazia se lembrar de sua mãe, disse a ela no aeroporto, e de um colega sul-vietnamita dele, morto nas terras altas do Laos, logo antes do Natal de 1971. Estes eram seus dois maiores elogios. Tudo estava indo bem e do jeitinho que ela havia esperado.

E, no entanto, como explicar certas aberrações?

Ontem, domingo, ela estava lendo debaixo de uma árvore na ilha Margaret. Os sinos soavam onze da manhã, ela estava lendo e vendo um grupo de sujeitos americanos e canadenses jogando um tipo esquisito de futebol de toque. Nenhum dos rapazes teria sido aprovado para jogar sequer no mais bagunçado jogo do Nebraska, exceto por Todd e Danny, claro. E, em seguida, ela estava abrindo os olhos e o sol estava bem atrás dela, ela estava olhando fixo para a parte de baixo da copa da árvore e os jogadores haviam ido todos embora, menos um, sentado ao seu lado, recostado na árvore, lendo o livro dela.

— Bom dia, dorminhoca.

— Que horas são?

— Quatro e meia.

Ela pediu que ele repetisse; achou que ele estava de brincadeira. Ainda estava zonza, chegou até a adormecer novamente por alguns minutos. Um cochilo de cinco horas e meia em público.

E, no entanto, continuou debaixo da árvore, não sentia necessidade nem desejo sequer de ficar em pé. Ficou deitada com as mãos atrás da cabeça, sua mochila servindo de travesseiro, e ficou conversando com John, porque não conseguia pensar em nada melhor para fazer ou nenhum lugar melhor para estar, uma sensação estranha. Ela falou da família, simplesmente porque ele perguntou. Falou mais da família do que nunca antes, não demonstrou quase nenhum reflexo de discrição ou lealdade, porque isto não parecia se aplicar àquela situação, para a qual ela não se sentia preparada, e, no entanto, não estava sentindo nada do fluxo de adrenalina e da análise cuidadosa que a falta de preparo costumava acionar.

— Me fale do seu pai — ele havia pedido, de algum modo farejando imediatamente o assunto central.

Por onde começar? Fazendeiro, viúvo... não, ela decidiu começar pelos círculos. Ken Oliver havia inculcado em seus filhos o valor dos círculos. Nós vivemos no meio de cinco círculos concêntricos — cada um de nós — e os círculos definem nosso lugar no mundo e servem de âncora contra o perigo, e também amplificam nossa própria força como ondas que se formam a partir de nós. Ao centro, existe o indivíduo, com seus dons individuais dados por Deus; depois, o círculo da educação, que é a capacidade de desenvolver esses dons; depois, o círculo da família; depois, o círculo da comunidade; depois, o do país. E, depois, o de Deus. O dever flui do centro para fora; a força flui de fora para o centro.

— Uau! Você acredita nisso?

Claro. Embora ninguém jamais tivesse lhe perguntado isso nesse tom antes. Ela normalmente não falava sobre isso com ninguém que já não soubesse do assunto. Beth, sua irmã mais velha, casada e mãe de dois filhos em outra fazenda cerca de sessenta quilômetros mais perto de Lincoln, disse, certa vez, que os círculos talvez não fossem tão úteis assim, nem mesmo para papai. (Beth se lembrava da mãe delas com mais clareza e dizia que a morte dela afetara papai simplesmente "fazendo com que ele ficasse mais parecido consigo mesmo".) Emily havia repetido a heresia de Beth para Robert, seu irmão mais novo, que agora era um fuzileiro em Twentynine Palms. Robert discordou, disse que Beth simplesmente não havia parado para pensar direito sobre isso ainda. Ninguém podia perguntar nada ao seu irmão mais velho, Ken Jr., claro, pois ele simplesmente saíra de casa um dia e nunca mais se ouviu falar em Ken Jr. "Drogas", explicara seu pai, e nunca mais voltou a mencioná-lo, embora fizesse algum trabalho voluntário com um grupo local da igreja que ajudava na recuperação de viciados.

— Então você vem daquela região onde os casamentos são arranjados — disse John.

— Com certeza. Fui prometida a um fazendeiro sete condados além do meu, e ele vai ganhar três lindas vacas de dote, mas preciso passar por um teste de pureza quando voltar da Hungria.

Ela não contou a John todo o resto da história, mas disse o bastante para, mais tarde, se perguntar o que estava acontecendo com ela naquele país.

De 1961 a 1967, as viagens de Ken Oliver ao Vietnã e aos países vizinhos foram razoavelmente raras e de razoável duração. Depois do Tet, entretanto, ele não teve escolha senão deixar esposa e quatro filhos em Georgetown e passar mais de três anos sem licença em Saigon, fazendo viagens freqüentes para o norte e entrando no Laos. A última dessas expedições ocorreu logo depois do Natal de 1971, durante a qual ele testemunhou a morte "do homem mais nobre que já conheci na vida, Emmy". Ele voltou para Saigon "pela graça de Deus" somente para receber a notícia de que sua esposa, Martha, havia subitamente ficado doente e que ele tinha licença imediata para retornar a Georgetown para vê-la. Ele nunca voltou ao Vietnã, dando baixa do serviço após a morte rápida de Martha e levando as crianças para o Nebraska, onde seus próprios pais viviam em uma vasta extensão agrícola mais adequada à criação de crianças do que as festas diplomáticas e alas de pacientes de câncer de Georgetown.

John deve ter ficado ali sentado olhando-a dormir por umas duas horas, ela percebeu, mesmo depois que os amigos e o irmão haviam deixado a ilha. Homens que pensavam e falavam como versões menores de seu pai estavam por toda a embaixada, mas pessoas como John não. Ele era tão sem objetivo.

Ele gostava desse tipo de conversa sem objetivo, parecia não ter necessidade de ser ocupado. Não era como as Julies, que eram apenas garotas festeiras, nem um pouco sérias, apenas matando tempo até acharem seus homens. Tampouco era como Charles, que parecia simplesmente como certos grandes latifundiários do Nebraska loucos por dinheiro (e loucos para agarrar Emily). Scott era mal-humorado, como um adolescente intelectualóide. Mas John... e Mark era um novo tipo também. O pensamento mais estranho lhe ocorreu enquanto ela olhava os pássaros nos galhos mais baixos e John falava sobre o que parecia uma infância miserável, embora estivesse rindo: havia provavelmente uma série de pessoas que ela jamais havia experimentado neste mundo e para as quais não estava preparada.

Ele perguntou sobre sua mãe, e ela simplesmente respondeu.

— Eu tinha apenas cinco anos. Lembro que meu pai chorou no enterro. Mas depois disso nunca mais, segundo Beth. Foi difícil, eu acho, para ele. Eu senti falta dela por muito tempo, mas não era realmente o tipo de coisa sobre a qual se pudesse falar. Não era justo para com ele lembrá-la ou fazê-lo pensar que ele não era o bastante para nós. Não que eu esteja reclamando.

— Meu Deus, Assistente Especial. Acho que você tem permissão para reclamar sobre isso. Você teve dois ótimos pais e perdeu um deles. Se não reclamar disto, vai reclamar de quê?

Ela ficou deitada em silêncio, olhando para os galhos e o céu azul tão suave. Realmente, reclamar *de quê*? Não havia resposta. Estava apenas borbulhando em sua memória, algo sobre — e ela reconheceu a expressão no olhar de John, havia visto este olhar turvar os rostos dos rapazes, logo antes deles se inclinarem para beijá-la.

— "Reclamar" — ela citou, com um sorriso, enfiando o livro na mochila, pondo-se de pé e limpando a terra das pernas — "é para pessoas que não sabem como melhorar as coisas."

Segunda-feira na embaixada, ela verificou suas listas de tarefas, leu os Memorandos de Segunda. Iria acompanhar o embaixador a uma recepção na embaixada saudita, naquela noite. Também lera um bilhete de seu supervisor, pedindo um instante de seu tempo, que utilizou para admoestá-la por um minúsculo lapso de julgamento da parte dela que ele testemunhara na semana passada — não fora um grande incidente, mas se ela queria aprender, então isso deveria ser levado à sua atenção.

— Obrigada — disse ela. — Não vai acontecer novamente.

— Como vai seu famoso pai? — perguntou ele.

Certamente não podia reclamar por ser corrigida por justa causa no trabalho, lembrou a si mesma quando desceu para confirmar os horários com o motorista do embaixador. E, no entanto, detestava essas admoestações escolares e pedestres por praticamente nada, e então ficou envergonhada, não só por não ter aceitado bem a correção (pela qual você deveria estar envergonhada), mas por seu verdadeiro erro original, pelo qual você jamais deveria ter ficado envergonhada. E isso — ficar envergonhada por cometer um erro normal — não revelava nada mais nobre do que um orgulho comezinho, que naturalmente era uma coisa vergonhosa.

XII.

A APENAS QUATRO RUAS DEPOIS DA IMPONENTE FACHADA DA EMBAIXADA americana, ficava uma *villa* ainda mais impressionante, alugada por um contrato de noventa e nove anos pelos empregadores de Charles Gábor, uma empresa de capital de risco de Nova York, cujo nome de 130 anos de idade iria literalmente, vários meses depois dos eventos descritos aqui, cair de seu poleiro em Wall Street e se arrebentar na calçada, desintegrando-se em pó de mármore e cascalho, apenas alguns dias antes que seu conselho executivo — com tumulto e negações — também se desintegrasse, devido a erros estruturais semelhantes, em presidiários cumprindo pena, outros em liberdade condicional, testemunhas de acusação, biógrafos e consultores.

Mas, em 1990, em um pedaço de topografia simbólica destinado a ser retratado em uma das colunas de John Price, Charles Gábor, capitalista de risco saído da escola de administração um ano antes, trabalhava em um escritório de frente para o rio que era maior, mais luxuoso e com uma vista melhor do que a do embaixador dos EUA.

Charles Gábor era um neto de 56, um daqueles americanos e canadenses cujos pais haviam deixado a Hungria após o fracasso do levante anticomunista, naquele ano. Em Toronto, Cleveland e Nova York, esta geração mais nova havia tentado explicar aos seus coleguinhas de escola primária que o S de Sándor era pronunciado como *Sh* antes de se curvar à maioria e acabar respondendo como Sandy, Alexander ou simplesmente Alex. Então eles explicariam pacientemente aos seus amigos do ensino médio que não importa o que o presidente Carter disse, os comunistas são maus, eles roubaram meu país, até que, finalmente, no final do ginásio, eles aceitavam resignados a idéia dos soviéticos como ameaçados ou incompreendidos e a Guerra Fria como uma inexplicável agressão mútua com muita culpa de parte a parte. Mais tarde, diriam aos seus professores de história do segundo grau que o nome correto do Tratado de Versalhes era Trianon e que era um ato vingativo e malconcebido que roubava de forma burra e impiedosa as terras dos governos derrotados que lutavam para reconstruir tudo, desalojavam famílias inocentes, incitavam mais guerras e levavam a gerações de tirania... antes de finalmente pararem de bater suas cabeças contra o currículo e admitirem que, sim, os vencedores haviam feito o que tinham de fazer. Em Versalhes.

Aqueles que iam para a faculdade se formavam em estudos do Leste Asiático, comunicações, finanças.

Mas, nas férias de verão, era possível estar em casa e ouvir com espanto seu pai, ligeiramente bêbado pela primeira vez em sua memória, deixar escapar que ele não havia só escapado em 1956, mas também havia lutado, subido correndo nas costas de um tanque, jogado um coquetel Molotov dentro de sua escotilha e atirado com um revólver velho de gerações bem no olho de um garoto russo de cabelos louros à escovinha, atirado bem embaixo de uma verruga da qual despontavam dois pêlos compridos, e depois havia saído correndo quando o corpo tombou de volta para dentro do tanque, bloqueando a única saída para seus camaradas, que morreram sufocados e queimados.

Os pais de Charles Gábor haviam se conhecido em Cleveland, embora ambos tivessem fugido da Hungria ao mesmo tempo. A lenda da família cresceu ao redor das incríveis coincidências do amor dos dois: ambos haviam estado nas mesmas marchas, e depois em algumas das mesmas batalhas no levante, deixaram o país com um dia de diferença um do outro, mataram tempo nas áreas de contenção de refugiados na Áustria, a um quilômetro um do outro, chegaram a Cleveland com um mês de diferença um do outro, mas, mesmo assim, só foram se encontrar dois anos mais tarde, na noite de Ano-novo de 1959-60, quando, em uma festa, o pai de Charles estava beijando outra garota ("Se eu me lembrar do nome dela, será um milagre: Jane, Judy, Jennifer, Julie, alguma coisa muito americana") e, de olhos fechados, uma das mãos transbordando com um peito coberto por um suéter de angorá e a outra acariciando quadris cobertos por uma saia xadrez, ouviu sua futura esposa gritar com alguém: "Feliz Ano-novo quando eles ainda estão sentados na minha Gerbeaud com seus rostos russos gordos e burros? Quando aqueles animais russos estão defecando nas minhas ruas?

Não é feliz. Nem um pouco feliz." O pai de Charles costuma dizer ao filho que se apaixonou por aquela voz, aquele jeito de pensar e aquele inglês arrevesado mesmo com a língua na boca de outra garota.

Charles, *né* Károly, não nascera de um casal que estivesse louco para experimentar as maravilhas da assimilação americana, e por isso seu primeiro idioma foi o húngaro.

— Em sua cidade natal, existe uma ilha no rio onde você pode jogar futebol e depois tomar sorvete, tomar um banho e uma massagem.

— Sou muito pequeno para futebol.

— Bobagem! Você seria um goleiro muito bom. Um dia você vai ser muito alto. Eu devia começar a ensinar você a jogar, para onde olhar quando a zaga deles passar pela sua defesa, como dobrar seus joelhos para poder pular em qualquer direção.

— Futebol não tem goleiro, pai.

— O que é que você está dizendo? Ildikó, o que ele está dizendo? O que estão fazendo com ele naquela escola?

— Seu pai tem razão, Károly. Você seria um excelente goleiro. Aquele sorvete — ela apertou a mão de seu pai —, meu Deus. Cereja azeda.

— Mas este sorvete é bom, não é?

— Sim, é bonzinho, mas o sorvete desta ilha não é nada comparado ao que fazem em Cleveland.

— Acho que eu tenho razão quanto ao futebol.

Seus pais freqüentemente tentavam reconstituir um para o outro as vidas que haviam levado paralelamente antes de se conhecerem, suas reminiscências freqüentemente deflagradas pela idade que Charles tivesse no momento, como no seguinte exemplo:

— Eu tentei caminhar sobre o lago Balaton quando era menina, não muito mais velha do que isso. — Fez um gesto na direção do filho. — Eu achava que era alta o bastante.

— Essa foi a idade em que eu beijei uma garota pela primeira vez. Dohány utca. Eu beijei ela no rosto. — Acariciou o rosto da esposa com as costas da mão. — Ela era judia, e muito embora eu não soubesse o que esta palavra queria dizer, sabia que algo nela era perigoso e eu me achei muito corajoso, porque meu pai teria achado isso muito alarmante.

— A primeira vez em que fui beijada foi bem ao lado do Vajdahunyad. Sinto saudades daquele castelo imbecil.

— Sempre que penso no Corvin não consigo acreditar que você estava lá e podia ter se ferido e jamais teríamos nos conhecido. Houve uma grande batalha nesse cinema, Károly. Não um filme sobre uma batalha, mas uma batalha no cinema! Já ouviu falar numa coisa dessas?

Seus pais freqüentemente falavam de propriedades em mãos misteriosas e lutavam para recriar um para o outro (e para seu herdeiro) os lares que haviam conhecido.

— Você tem um apartamento, Károly, menor do que esta casa, mas muito mais bonito, no quinto distrito de sua cidade natal. Ele é seu, e um dia você será capaz de reclamá-lo e viver lá.

— Você tem outro apartamento no primeiro distrito, meu garoto. Que também é muito bonito!

— Eu tenho dois apartamentos e esta casa? Como é que eu vou saber onde morar?

— Esta casa não tem nada de especial. Você vai gostar é dos apartamentos.

— Eu gosto desta casa. Clark é meu vizinho. E Chad mora na esquina. Não quero viver em nenhum outro lugar.

— Não seja bobo. Ninguém vai fazer você sair desta casa, mas um dia você vai querer, porque eles vão devolver seus apartamentos para você e você ficará muito orgulhoso de ter casas tão adoráveis em sua cidade natal.

Enquanto o garotinho, sentado no chão com seus soldadinhos de brinquedo, tinha medo de ser tirado à força daquela casa, seus pais descreviam os dois apartamentos dele, e quando faziam isto deixavam os lugares nos quais estavam (perto da lareira, perto do carrinho de bebidas), atravessavam a sala de encontro ao outro e se deitavam no sofá, o braço de seu pai ao redor do pescoço de sua mãe. Olhavam para o teto e sussurravam detalhes de seus apartamentos um para o outro em tons cada vez mais baixos, até que Charles não conseguia mais ouvi-los de jeito nenhum, e ficava aliviado que o deixassem sozinho brincando no chão de sua casa, na companhia de seu gato amigo, Imre Nagy (Grande Jim, como ele o apresentava aos seus amigos). O gato havia vivido naquela casa mais tempo do que o próprio Charles, e toda noite brincava e batia entre as patinhas um dos soldadinhos de Charles, um brilhante cavaleiro de prata com uma espada. Este brilho atraía o gato, e embora ele ignorasse o restante das minúsculas forças militares, esse cavaleiro era sempre agarrado.

— Quatro lances de escadas, sessenta e quatro degraus de alto a baixo, e no pátio um olmo. O garoto estaria escalando ele hoje. Está ouvindo, Károly? Uma árvore em seu... ah, deixa pra lá, ele está distraído com os soldadinhos...

— Os azulejos imitavam um mosaico bizantino... Tenho certeza de que algum vermelho filho da puta destruiu...

Mas, à medida que ele crescia, nenhuma das decisões ou práticas de seus pais podia protegê-lo do dilúvio de palavras em inglês e hábitos americanos. Amigos, filmes, escola, livros, televisão: Cleveland e Hollywood ocupavam muito mais do mundo conhecido do que aquela distante cidade desconhecida, as histórias em preto e branco de muito tempo atrás, as confusas, urgentes políticas paroquianas, e o idioma que nenhum de seus amigos podia falar, mas que vários deles comparavam ao gorgolejar de um alienígena gosmento de *Guerra nas estrelas.*

O garoto entregou sua sentença de banimento três anos antes de sua execução: aos nove anos de idade, anunciou aos pais que estava cansado das pessoas o chamarem de Ca-RO-li ao invés de KAR-ói, e portanto ele, dali por diante, se chamaria Charles, uma decisão aceita com alegria por todos que ele conhecia, exceto seus pais; mas tinha doze anos quando as palavras húngaras finalmente começaram a ficar menos familiares do que as inglesas. Károly, o húngaro de doze anos de idade, ficou adormecido dentro de Charles, o habitante de Ohio, ao longo do segundo grau, da faculdade e da escola de administração, desnecessário, despercebido, indesejado.

Seu húngaro parou de evoluir aos doze anos, mas continuava preso a ele como um apêndice vestigial. Só falava húngaro em ocasionais conversas particulares com seus pais na frente de terceiros. E com essa divisão lingüística veio uma inevitável divisão cultural. Seu pai, em particular, começou a ver Charles como um estrangeiro que precisava de instrução para recuperar sua herança.

— O almirante Horthy foi incompreendido. — Seu pai lhe fez uma palestra depois de, desgostoso, pôr de lado o livro de história do terceiro ano do segundo grau de Charles e sua única menção à participação da Hungria na Segunda Guerra Mundial, incluída em uma lista lateral de Outros Países Fascistas. — Os americanos não apreciam nada que não seja em preto e branco. Havia mais do que simplesmente mocinhos e bandidos. Não era um filme de caubóis e índios de John Wayne, você entende? Diga isto ao seu professor ridículo. Quem mais sua escolinha acha que poderia ter feito isso? Churchill? Aliás, você poderia informar ao seu professor do que passa por história neste país é que o termo adequado para aquele ato de estupro, na página 465, é Trianon.

Mas depois de muito esperar Károly, o húngaro, um dia acordou. As revoluções de 1989 na Europa Central e a crença onipresente de Charles de que ele estava destinado a alguma coisa melhor do que seus colegas de classe o levaram a dizer ao recrutador: "Sim, eu falo húngaro fluentemente e gostaria muito do desafio de ajudar a abrir os escritórios da empresa em Budapeste." Subitamente, Károly era mais uma vez um membro valioso e bem-vindo do elenco psíquico de Charles. Infelizmente, Károly ainda tinha doze anos. O resultado disso foi que o profissional de investimentos que chegou a Budapeste, em outubro de 1989, depois de três meses de um treinamento peculiarmente infantilizante em Nova York, era um capitalista de risco convencido e arrogante que tinha estilo, inteligência e intuição e que, em húngaro, sem que seus empregadores soubessem, falava com os gerentes de investimentos em potencial de modo muito parecido com o de um garoto de doze anos de idade no corpo de um homem bem-vestido.

Certa manhã, John sentou-se no sofá do escritório de Charles e o fotografou, com ares de importância em sua mesa, a janela panorâmica atrás dele abrangendo um terço do Danúbio, um terço da colina do Castelo, um terço de céus manchados de cirros. A foto, que Charles mandou para seus pais em casa, mostrava cinco pilhas de arquivos à sua frente. Cada pilha tinha uma altura diferente, e Charles explicou ao semi-interessado John o que ele fazia o dia todo, a maioria dos dias.

Toda manhã Zsuzsa, o gerente húngaro do escritório da empresa, acomodava novos arquivos dentro de pastas de couro com o logotipo da empresa trabalhado em relevo (um cavaleiro segurando alto uma espada, olhando adiante na penumbra enquanto protegia atrás de si uma donzela descabelada, quase nua). Esta pilha de arquivos à esquerda — Charles deu uma pancadinha na torre de livretos — representava PEs, Pedidos de Entrada: cartas e materiais que argumentavam desesperadamente em favor de velhas empresas comunistas de propriedade do Estado procurando investidores privados, inventores solicitando capital inicial, grupos de jovens empreendedores desejando montar um cassino et cetera.

Toda tarde Zsuzsa removia a pilha da extrema direita, quase igual em termos de altitude perigosa: RSs: Rejeições Sumárias. Ali estavam as empresas estatais de ontem, ineficientes demais para merecerem ressuscitação e com pouco valor até mesmo como ferro-velho; inventores implausíveis demais para merecerem sequer uma entrevista; e jovens gerentes cuja inexperiência fazia Charles balançar a cabeça bestificado. Ele havia concluído rapidamente que praticamente toda a classe gerencial do país não tinha experiência ou havia ficado sobrecarregada por anos de experiências erradas, por cortesia das ineficiências, irrelevâncias, imoralidades do comunismo.

Entre o pilar das esperanças húngaras e seu quase gêmeo de desespero, havia três pilhas significativamente menores. A primeira — Solicitações de Investigação — era composta das ofertas interessantes o bastante para permitir mais entrevistas, visitas aos locais, solicitações de dados financeiros e assim por diante. Charles passava esses arquivos com um resumo, sempre restrito a quatro linhas, de suas descobertas para o sócio-gerente do escritório, um VP de quarenta e quatro anos de Nova York, que levava nas costas o peso de não saber uma única palavra de húngaro, mas com dezenove anos de experiência em Wall Street. Este líder confiava inteiramente em Zsuzsa e nos membros juniores bilíngües da equipe. Mas, lamentando sua súbita dependência, ele freqüentemente e com declarado machismo lhes dava lições sobre "como se fazem as coisas nos States".

Com alguma animação no começo, Charles acompanhou os poucos casos aprovados pelo VP para posterior investigação — Sob Análise. Mas esta ação, longamente aguardada, normalmente decepcionava. Charles ria nas entrevistas com jovens empreendedores de talento que não estavam dispostos a entregar muito controle ou lucros hipotéticos pelos dólares americanos que eles procuravam: exibições irritantes de protótipos de invenções incapazes de realizar suas tarefas hipotéticas enquanto os inventores desesperados começavam primeiro a falar demais, depois a chorar; e excursões de fábricas dirigidas pelo Estado, tão risíveis quanto as descrições feitas por suas agências de RP americanas haviam dado a entender.

— Normalmente — disse Charles, com um suspiro.

Mas para cada cinco por cento de Solicitações de Investigação que o VP aprovava e elevava à categoria de Sob Análise, talvez apenas cinco por cento destas resistiam a um escrutínio. Estes se tornavam a minúscula pilha de PQs — Perspectivas Quentes. Então estes arquivos voltavam para o VP com o segundo relatório de Charles, que agora tinha permissão de inchar o texto para cinco linhas, pois para as Recomendações do Analista uma linha inteira era permitida. E depois de quase sete meses no trabalho Charles não vira exatamente nenhuma das suas PQs retornarem. Algumas haviam sido rejeitadas de saída pelo VP, que descobria, com sua experiência, uma minúscula falha no material que Gábor havia coletado de forma ingênua. Outras haviam recebido o endosso do VP apenas para serem vetadas pelo escritório de Nova York por serem insuficientemente espalhafatosas ou potencialmente lucrativas para serem o primeiro empreendimento húngaro da empresa.

— Primeiro? — perguntou John, com um sorriso bobo.

— Nosso primeiro — repetiu Charles, com desgosto. — Enquanto eles despejam dinheiro em Praga. — Oito meses após a chegada de Charles, nove a onze meses depois que artigos enfeitados no *The Wall Street Journal*, *The Economist* e a imprensa húngara declararam um admirável mundo novo, oito meses depois de encontros históricos com o ministro das Finanças e recepções com o primeiro-ministro, oito meses depois que o *lease* de noventa e nove anos fora assinado, entregando o ex-quartel-general de uma divisão obscura e extravagantemente desagradável da polícia secreta, sete meses depois que Charles havia lido seu primeiro e mal escrito pedido de dinheiro, nada havia sido realizado. – E ninguém está ligando – disse Charles ao voltar a desabar em sua cadeira. O custo de dirigir o escritório era uma despesa pequena para a empresa; eles podiam se dar ao luxo de aproveitar seu tempo e fazer direitinho seu trabalho de RP.

Mas Gábor não iria ser membro júnior da equipe para sempre, ou sequer por muito tempo. Um dia, o Vigarista Patético, o Vício-presidente, se cansaria de ser essencialmente analfabeto, a vontade desesperada de comer os bons e velhos almoços da Box Tree e da Quilted Giraffe o derrubaria, e ele voltaria a relaxar em Nova York com histórias dos húngaros esquisitos (dos quais, dizia Charles, o homem conhecia talvez dois, incluindo seu gerente do escritório). A essa altura, o valor de Charles para a empresa seria tão evidente que sua promoção a chefe do escritório, ou pelo menos a um cargo em que se tomassem decisões, estaria garantida.

Ao mesmo tempo, contou a John, sendo Budapeste o que era agora, ele não teria problemas em encontrar investidores para si próprio até mesmo naquele exato dia. Levantar dinheiro na Hungria era belissimamente fácil, explicou. Os saguões dos hotéis estavam chafurdando de dinheiro. Você só precisava de um terno e um balde. Homens ricos entediados e os representantes famintos com olhinhos vivos de homens ricos entediados ocupavam quase todos os quartos dos grandes hotéis, executando audaciosamente "missões de avaliação de terceiros", lembrando uns aos outros orgulhosamente que, "como a democracia exige mercados livres, um investimento de alto retorno não é nada menos que um ataque em nome da liberdade".

– Você iria adorar esses sujeitos, John. Não se pode dar um passo no saguão do Fórum sem derrubar um deles e ver o dinheiro cair dos seus bolsos. – Charles havia conhecido alguns desses peregrinos capitalistas em seu escritório, em festas na embaixada, nos saguões. Sua avaliação mais conservadora era que, em seis meses ou menos, ele poderia levantar o apoio de que precisava para fazer uma fortuna na Perspectiva Quente de sua escolha.

XIII.

QUEM GANHOU A GUERRA FRIA? NÓS. NOSSA GERAÇÃO. NOSSOS SACRIFÍCIOS *destruíram o leviatã comunista. Sim, certo, tudo bem: nossos pais viveram nos dias dos filmes em preto e branco sobre a crise dos mísseis de Cuba e do Vietnã. Mas aqueles de nós que nasceram nos governos Johnson, Nixon e Ford – nós somos a geração triunfante. Nós enfrentamos o Armagedon desde o berço; nunca conhecemos outra saída senão a destruição mútua garantida, e nunca piscamos. Chegamos à maturidade olhando de cima para Brejnev, Andropov, Chernenko, Ustinov. Estávamos acostumados com seus silêncios de pedra, rostos enrugados e reinados curtos. Quando Gorbachev meteu a cabeça para fora do seu* bunker *no Kremlin, o que ele viu? Ele nos viu entrando na faculdade, bastante dispostos a nos virarmos com bolsas escolares ligeiramente menores para financiar o projeto Guerra nas Estrelas, fazer o que tinha de ser feito, votar em Reagan.*

Nós éramos os formados em Estudos Soviéticos; nós lemos superficialmente todos os nossos textos sobre o comunismo e nem por um momento duvidamos da falta de valor daquela triste doutrina. Não havia nenhum círculo de espiões em Cambridge, nenhum companheiro de viagem cor-de-rosa em nossas fileiras. Aqueles que foram trabalhar em fazendas para os sandinistas foram ridicularizados e voltaram para casa envergonhados. Nós lemos os tecnothrillers *da CIA –* todos eles. *Às gargalhadas, nós nos registramos para um recrutamento teórico e em número tal a ponto de fazer o Kremlin estremecer. E nunca se esqueça de que nós fomos a geração que inspirou a* MTV *e a* CNN; *nenhum Muro de Berlim podia mantê-los à distância e nenhuma* Alemanha Oriental *vermelha de sangue podia olhar para a escolha entre* Madonna *ou* Erich Honecker, Miami Vice *ou a Stasi, e não achar que estava na hora de mudar.*

Meu Deus, aquilo é que era época, aquilo é que era sensação. Você sabia onde estava pisando. Você ficava lado a lado com seus amigos, em estágios de verão em Washington, D.C., ou excursionando de mochila nas costas pela França, argumentando com garotos dinamarqueses ranhetas que tinham certeza de que a Guerra Fria não passava de uma teimosia imperial americana.

"Onde o senhor estava quando as nações-satélites caíram, vovô? Onde o senhor estava no dia da Queda do Muro?" Estas são as perguntas que nossos netos nos farão, e eu sei que terei um orgulho tremendo em responder: "Eu e meus companheiros estávamos lá, Timmy – o tempo todo. Estávamos no nosso dormitório e vimos a coisa toda, em uma tela tão grande e com alto-falantes com surround sound *tão poderosos que podíamos praticamente sentir as marretas batendo na pedra. Isso era a liberdade, Timmy. Nós fizemos isso por você."*

Quem derrubou o Muro de Berlim? Você e eu, Jack, você e eu.

E no entanto, e no entanto, a que preço? Quem entre nós pode dizer que passamos por isso incólumes? Quem entre nós não olha para trás e vê uma juventude em grande parte roubada de nós? Dias de sol, mas não para aqueles de nós que estávamos no front*. Sim, nós forjamos amizades testadas pelo fogo. E nós somos homens, embora talvez cedo demais. Nossas almas viram o abismo. Uma bênção? Uma maldição? Simplesmente um fato, meus amigos.*

E agora nós somos o exército de ocupação, benevolente, oferecendo ao nosso antigo inimigo vencido uma mão *estendida e um novo começo: oportunidades inteligentes de investimento, instrução idiomática de primeira linha e toda uma geração de neo-retro-*hippies, *artistas péssimos e garotada de clubes. Exatamente como MacArthur no Japão.*

Um novo começo para eles, mas e para nós? Tenho medo da resposta a esta pergunta. Nós devemos simplesmente curar nossas feridas e esperar que nossos filhos e os filhos de nossos filhos e os filhos de nosso antigo inimigo e os filhos dos filhos de nosso antigo inimigo floresçam inteiramente nesta nova Arcádia, paga por nossos sacrifícios. Precisamos cultivar nosso jardim.

Vejo vocês sexta à noite no A Házam!

Scott pôs o jornal sobre a mesa, admitindo para si mesmo que John era pelo menos bom para risadas, ainda que para mais nada, e olhou para sua classe.

— Ok. Primeiro as perguntas sobre vocabulário. Sim, Zsolt?

— *Arcádia?* — perguntou o jovem engenheiro.

— Arcádia. Como o paraíso. Éden. Uma referência mitológica a um lugar verde, livre de preocupações. Kati?

A mulher da agência de viagens moveu os lábios formando uma frase muda antes de se lembrar do som:

— *Ranhetes?*

— *Ranhetas*. Gíria. Literalmente, os narizes deles estão escorrendo. Ranho é um termo vulgar para muco nasal. Figurativamente, o termo significa imaturidade e arrogância ao mesmo tempo, infantilidade de modo negativo.

— E esta palavra, esse *ranhetes*...

— Ranhet*as* — acentuou Scott. — É um adjetivo. — Ao longo dos quarenta e cinco minutos anteriores, a escrita cursiva de Scott havia se materializado em diferentes cores no quadro branco: *Comi uma refeição na casa da vizinha que era uma gostosura/Comi uma refeição que era uma gostosura na casa da vizinha. Capitão de fragata/cafetão de gravata. Exército. Excelência. Extemporâneo. Exsudação.* (Boa sorte, magiares!) E agora ele acrescentava: ranhet*as*.

— Sim, ok, esse negócio de ranhetash, só vale para os dinamarqueses?

— Se apenas os dinamarqueses são ranhetas? Não, mas é uma boa pergunta. Neste caso, o autor está se referindo a dinamarqueses, mas talvez não literalmente. Talvez ele se refira a um tipo *genérico* de meados dos anos oitenta, uma juventude do Oeste Europeu esquerdista por reflexo. Acho que o autor poderia ter usado *noruegueses* da mesma maneira. Eu diria que este é um ótimo exemplo de sinédoque, conforme discutimos ontem.

— Quem é este autor? — perguntou Ferenc, um advogado que trabalhava para uma das novas grandes empresas do Ocidente.

Scott respondeu que o artigo havia sido retirado do *BudapesToday* do dia anterior e indicado como o primeiro de uma nova coluna, "Notas da Nova Ordem Mundial".

Ferenc perguntou:

— Essa é uma visão que... não sei a palavra. Os americanos acreditam como isso? O que ele está escrevendo aí?

— Se os americanos acreditam nisso? Não sei. Acho que alguns podem acreditar nisso.

— Você acredita? — perguntou Zsófi, da escola de medicina. Havia um tom agressivo na pergunta dela que irritou Scott; ele reconheceu com desgosto a costumeira ambivalência dela para com a ambigüidade.

— Se eu acredito? — Scott foi até a frente de sua mesa, sentou-se sobre o tampo e deixou os pés balançarem algumas vezes, batendo no revestimento metálico amassado. — Bem, que tal isto: você acha que *o autor* acredita?

Os alunos da turma de Conversação Avançada, Compreensão e Análise de Scott Price, que tinham idades entre vinte e oito e quarenta e seis anos, não responderam imediatamente. O desconforto da classe estava ficando evidente — mais do que a timidez dos iniciantes ou a peleja dos intermediários em busca do vocabulário —, uma sensação que Scott via como um bom sinal, de muito raciocínio.

— Por que ele escreve isso na jornal...

— *No* jornal, Ildikó.

— Sim. Por que ele escreve isso no jornal se não vai estar acreditando...

— Acreditar é um verbo transitivo direto, Ildi, lembre-se disso.

— Ok. Sim. Por que ele escreve isso *no* jornal se *não acredita*? — Ildikó, sua gramática agora correta, olhou para Scott como se merecesse uma resposta.

— Por que ele escreve isso no jornal se não acredita nisso? Não estou dizendo que ele não acredita, Ildi. Não sei se ele acredita ou não. Que pistas podem ser encontradas no *texto*? O que está por trás das palavras? Esta é realmente a única coisa que importa. Separe tudo. O que você consegue encontrar? Esta é a pergunta que eu faço a vocês, pessoal.

— Estou pensando que talvez não seja uma boa pergunta, Scott — disse Zsófi, a pesquisadora médica.

— Pensar: verbo transitivo direto — respondeu ele. — No mundo da ciência você pode ter razão, Zsófi. Mas o que eu tenho dito sobre o inglês? Tibor?

Tibor falava muito devagar e com um vestígio de sotaque inglês que seu primeiro professor de inglês imprimira nele. Passava a mão em sua barba negra desalinhada enquanto falava.

— Inglês não é apenas uma questão de atitude, mas também de vocabulário, você tem dito, Scott. Eu sei que você tem dito isto. Parece ser mais verdadeiro para o inglês do que para o húngaro ou o alemão. Sua gíria muda mais rápido e seu estilo de cultura incentiva mais, hmmm, mais estilhaçamento? Estilhaçamento da língua em grupos de falantes?

Algumas tentativas foram necessárias para desembaraçar o cabeamento lingüístico do pensamento de Tibor, mas ele e Scott finalmente conseguiram, e Tibor continuou enquanto Scott imprimia o novo vocabulário no quadro branco.

— Sim, dividir em subculturas, cada uma com sua própria linguagem. Sim. Exatamente.

Tibor tinha um Ph.D. em literatura húngara, falava alemão fluentemente, lia latim e grego, publicara um livro sobre a obra dos poetas revolucionários húngaros do século dezenove Sándor Petöfi e Boldizsár Kis, e estava esperando um emprego na universidade no semestre seguinte. Scott, conforme dissera aos alunos no primeiro dia, "falava um inglês vernacular impecável, produto de vinte e sete anos de imersão lingüística rigorosamente reforçada em uma cultura anglófona".

Seu pupilo prosseguiu:

— Eu acredito que a ironia é a ferramenta da cultura entre períodos de grande criatividade. É o fertilizante necessário da cultura quando ela está em, como se diz... *mi az angolul, hogy parlagon hever?*

Zsófi, embora não estivesse entendendo nada do que Tibor estava querendo dizer, foi a mais rápida com o dicionário *Magyar-Angol*:

— Entressafra — esclareceu orgulhosa.

E Scott voltou ao quadro branco, escrevendo com marcador vermelho apagável: *Entressafra* (*substantivo feminino, agrário*). Tibor continuava a massagear a massa de cabelos negros retorcidos que lhe caíam do queixo.

— Suspensão. Sim — ele começou novamente. — A cultura americana está em entressafra hoje. Não há nada vivo, apenas coisas em espera. E a terra desprende apenas um cheiro. Este cheiro, que não é agradável, é a ironia. Assim como este escritor do jornal. Muito sabedor de si. — *Sabido (adjetivo psicológico)*. — Sim. Este é o lugar do jornalista sabedor de si no mundo, penso eu. É o papel agora de seus escritores e pensadores em sua cultura absorver o que veio antes, filtrar a última colheita boa, e jogar fora o... o trigo ruim. — *Joio (substantivo agrário)*. — Jogar fora o joio. Limpar a terra. Colocar fertilizante. Colocar os grãos bons no celeiro alto. — *Silo (substantivo agrário)*. — No shilo. Jogar fora o joio, colocar os grãos bons no shilo, colocar a ironia de cheiro ruim por toda parte, e esperar as novas colheitas. — Tibor acariciou a barba. O resto da turma olhou para Scott, pois o currículo do dia havia inesperadamente mergulhado em profundidade em questões agrícolas.

— Bem, quem concorda com...

— Ah, uma coisa, Scott. Desculpe.

— Sim, Tibor?

— Arcádia não é um paraíso mitológico como o Éden. É uma parte verdadeira da Grega. — *Grécia (país)*. — Uma parte verdadeira da Grécia. É simbolizada primeiro, como você diz, por uma verde e perfeita vida campestre, mas então aprendemos que os arcadianos eram muito incultos, violentos e cruéis. Para as pessoas inteligentes então, a Arcádia é um símbolo do esforço equivocado do intelectual em ver a felicidade nos selvagens.

Silêncio.

— Ok, ótimo. Obrigado, Tibor.

— Isto não é bom — insistiu Zsófi. — É uma pergunta simples, sim? Ele acha que é verdade, que ele nos salvou dos russos gostando de ver a MTV?

István, um jovem político de um dos partidos novos, que dali a seis anos se tornaria ministro do Interior, respondeu:

— É Marx de cabeça para baixo, e, acho eu, sim, ele pode ter razão. O capitalismo deu coisas melhores para as pessoas do que o comunismo, e com sinais fortes de TV todo mundo sabeu disso.

— Soube. Pretérito perfeito. Eu soube, tu soubeste, ele soube, nós sabíamos, vós sabíeis, eles sabiam.

— Todos nós sabíamos.

XIV.

— QUER VIR PARA CASA COMIGO?

Mark, que estava olhando para o rapaz do outro lado do bar quase vazio, respondeu que sim de supetão.

— Não — ele se corrigiu. — Você vem para casa comigo.

E foi assim que Mark Payton dormiu com seu primeiro húngaro, e depois, quando a necessidade de conversar voltou, descobriu-se no clichê do aventureiro cansado de guerra que procurava se sentir humano novamente com o estranho em sua cama.

O luar do começo do verão se derramava sobre o alpendre da janela do quarto e sobre Mark e László, ambos nus sobre a cama. László fumava um cigarro pós-coito enrolado a mão, uma afetação nostálgica que Mark achava encantadora e atmosférica, e ele interpretou o gesto como sinal de que este estranho húngaro se sentia no mundo da mesma maneira que o canadense. O cheiro do cigarro se elevando no velho apartamento deu vida ao prédio, fazia o lar de Mark em Buda parecer mais real para ele. Esse tipo de cigarro havia sido enrolado e fumado ali durante as guerras e as revoluções, sob tiranos, em momentos de esperança, durante períodos pacíficos de vida caseira simples. Mark pensou em seus próprios lares da infância, em dormitórios universitários e primeiros apartamentos, todos modernos, sem história e portanto sem paz. Ali, entretanto, estava uma ponte que dava para um passado melhor, com cheiro de tabaco retirado de uma bolsinha de plástico.

— Dizem que o melhor lugar para se aprender um idioma é na cama. — Mark disse esse provérbio ridículo em um tom de negação plausível, mas ainda esperando provocar a oferta de um tutorial colegial íntimo. O húngaro soltou um ruído baixinho de desprezo.

Mark tornou a tentar: rolou de lado e apoiou o queixo nos punhos fechados.

— *Elnézést, uram, megtudná mondani mennyi az idö?*

László soltou um risinho baixo.

— Você aprende em sala de aula?

— Sim. *Igen*. E por conta própria também. Por que está rindo? Eu falei errado?

O homem soprou uma nuvem de fumaça em um ângulo ligeiramente distante do rosto de Mark.

— Você fala alguma coisa além de inglês ou é igual a todos os americanos?

– Ok, primeiro: *Kanadai* é diferente de *amerikai*. E segundo, sim, eu leio latim clássico e canônico e grego antigo. Falo *quebecois* muito bem. Sei córnico instrumental e consigo ler em manquês.

– Não fique zangado comigo – disse László, batendo a cinza em um copo de água na cabeceira. – Só estou querendo dizer que nesses idiomas...

– Não estou zangado.

– Ótimo, ok, você não zangado. Mas escuta. Em inglês você diz: "Ei, cara, que horas são?" Certo? Então, onde você aprendeu *Megtudná mondani mennyi az idö?*

O desprezo surpreendeu Mark. Ele havia aprendido isso em um livro-texto de húngaro. Não queria dizer *Que horas são?*

– Não, quer dizer "Desculpe-me o incômodo, senhor mui elevado, não sou nada, o senhor é uma pessoa muito importante, somos de classes diferentes, eu sou como um animal. Sou culpado de incomodar o senhor e o senhor tem vergonha de falar comigo, mas sou pobre demais para possuir um relógio e tenho muito medo de entrar em uma loja para olhar um relógio, sou pó, mas o senhor poderia por favor, por favor, ser bom e me dizer que horas são e depois talvez cuspir em mim se quiser, já que para o senhor eu não passo de um verme?". – László deu uma última tragada, e depois deixou a bituca cair no copo com água, onde fez o som de expectativas que se desvanecem.

– Eu disse mesmo isso tudo? O húngaro é incrivelmente eficiente.

– Cara, que horas são? *Mennyi az idö?* É isso. Simples.

Mark levantou-se e foi até a estante para achar seu livro e anotações.

– Mas e a questão da educação?

O húngaro nu estava deitado de costas, olhando para o teto.

– O que eu disse foi educado. Mas você, você falou como inglês de merda. Não somos ingleses, cara. Temos uma chance de sermos novos agora, com o fim da merda comunista. O que seremos agora? Começamos do nada, então por que sermos ingleses? Estas são chances raras agora, você sabia?

A questão intelectual – a idéia de desenvolver uma nova cultura com base em eleições diretas – era para Mark algo risivelmente a-histórico, mas, pelo menos aliviado porque o homem nu se interessava por assuntos desse tipo, Mark agarrou a chance de uma ligação.

– Você não pode criar pessoas novas, Lázsló. Você ainda fala a mesma língua. Além disso, foi apenas o governo. Você ainda tem sua cultura, o país, os prédios e os hábitos das pessoas. – Mark desapareceu na cozinha e acendeu um fósforo para acender o fogão, uma necessidade do Velho Mundo que ele achava bonita e reconfortante. Colocou uma chaleira e gritou para o quarto ao lado, oferecendo chá.

László sentou-se de pernas cruzadas na cama e enrolou outro cigarro, depois vestiu a cueca e se levantou para examinar as estantes de Mark. Virava a cabeça de lado para ler as lombadas. Os nomes dos autores terminavam quase todos com Ph.D. e M.Phil. As capas não tinham cores e os títulos eram divididos por dois-pontos: *E o Diabo disse sim: Estado, sociedade e angústia em Berlim, 1899-1901. Sem mapa, sem bússola, sem sorte: imagens populares dos primeiros tempos da aviação. Pensei que era assim: um compêndio de erros científicos. Você tinha de ter visto: variações de humor, 1415-1914. Melindrados em Darien: expressões emocionais na cultura* WASP*, 1973-1979*, de Lisa R. Pruth, M.Phil.

Mark voltou ao quarto segurando duas xícaras de chá. Encontrou László de cueca. Agora duas lâmpadas estavam acesas, e o estrangeiro estava bagunçando a ordem dos livros de Mark. As cortinas ainda estavam abertas, e Mark não sabia o que fazer primeiro. Colocar sua própria cueca? Fechar as cortinas? Proteger seus pertences? Ele se sentiu subitamente começando a suar, e seu peito e estômago doíam. Colocou o chá em cima da mesinha da TV, pegou a cueca e as calças, vestiu-as apressado e se sentou na única cadeira do apartamento.

— Ei, relaxa, cara — disse László, sem levantar a cabeça da folha de rosto de *You Had to Be There*. — Você lê esses livros todos? — perguntou László no tempo presente. Mark achou que a voz do estranho trazia um quê de desdém ou dúvida. Somente mais tarde ele se perguntaria se não teriam sido simplesmente as entonações intraduzíveis de um estrangeiro, os inevitáveis erros de compreensão entre culturas diferentes que espreitavam em tons, olhares de esguelha e suposições.

— A maior parte de todos, toda a maior parte. — A resposta seca de Mark saiu de sua boca em uma única palavra insípida e sem inflexão — *amaiorpartedetodostodaamaiorparte* —, e ele a viu cair nos abismos lingüísticos entre os dois. Uma ou duas sílabas se quebraram e se alojaram na orelha do húngaro. Mark o viu pelejar com as palavras e ficou feliz por ter confundido aquele estrangeiro arrogante, por tê-lo forçado a reconhecer sua falta do que ele provavelmente mais valorizava: a fluência em inglês.

— Todos ou a maior parte deles?

— É. É isso — respondeu Mark. — A maior parte de todos sem contar com o resto ou não.

O húngaro assentiu e voltou a olhar o livro que sopesava aberto em suas mãos. Tomou um gole de chá.

— O que mais você aprendeu de seu livro de húngaro?

A coisa passou tão rápido quanto havia chegado. Mark ficou mais calmo e respondeu com um sorriso orgulhoso:

— *Legyen szíves, uram, kérek szépen egy kávét.*

— Cara, lá vem você fazendo de novo, caralho. Você quer café, é só pedir. Você diz por favor quinze vezes primeiro, o garçom dorme. *Kávét kérek.* É isto, cara. — Ele examinou a biografia do autor na segunda orelha de *Melindrados em Darien*.

— Sim, mas por que eu deveria confiar em você, László? E se todo mundo na Hungria acha que você é o sujeito mais grosso do país e eu aprender a falar húngaro com você e passar a ser o segundo sujeito mais grosso do país, muito embora na verdade eu seja educado no meu país, até mesmo para um canadense? De repente, o Mark educado se torna o Mark grosso e nem eu mesmo fico sabendo disso.

— Grande merda. Você não vai estar cagando, vai?

— Não estou me cagando. Só estou dizendo que...

— Ninguém vai estar cagando.

— Tá, pode ser que algumas pessoas estejam cagando, mas e daí?

— E daí que tá, um cara vai estar cagando, mas seja diferente, seja novo. Seja grosso, cara, se for isso o que a vida e a Hungria fizerem você ser.

— Você não é a Hungria, László. Você é apenas você. Você é apenas...

— Sim, bom trabalho. Você me pega. Eu engano você. A polícia secreta me paga para fazer homens estrangeiros serem grossos. Você é um gênio de ler todos os seus livros. — Jogou o livro em cima da cama e chutou o jeans do chão direto para as suas mãos.

Mark viu no ato do outro apanhar o jeans o primeiro passo claro para a porta. Quase sem pensar, ele se levantou, colocou seu chá em cima da mesa, tirou sua própria calça jeans e voltou a se deitar no sofá-cama.

— Ei, não vá embora. Me fale do novo, me fale de como serão os novos húngaros. Me fale disso. — As palavras saíam atabalhoadas da boca de Mark, mas László continuou se vestindo.

O húngaro vestiu sua camiseta da turnê dos Rolling Stones e desabou sobre a cadeira para calçar suas meias e seu Nike.

— Que merda é essa, cara? O que é isso? Uma pergunta para algum livro de estudo? Acabo de dizer que não somos ingleses ou alemães ou comunistas velhos. Seremos apenas pessoas agora. Você não está entendendo o que eu quero dizer, mas... — Ele se levantou e colocou seu casaco estilo *college* enquanto Mark erguia os quadris e tirava a cueca samba-canção. — Mas isso é coisa sua, eu acho. *Ciao*.

— *Ciao* — disse Mark baixinho, nu. László deu-lhe as costas: 1972 LIBERTE MEUS TIGRES DE VALOR era o que estava costurado em inglês nas costas de seu casaco no tipo de letras fluidas dos times esportivos de segundo grau dos Estados Unidos. A porta se fechou e Mark ficou ouvindo László passar pela janela, ao longo do pátio, descendo os degraus.

Mark Payton ficou deitado de barriga para cima, e embora chorasse até o travesseiro ficar com duas manchas molhadas em cada lado de sua cabeça, ele também era obrigado a admitir para si mesmo que havia achado aquela coisa toda muito, mas muito engraçada. Lutou para se lembrar das palavras exatas da jaqueta ridícula; isto seria essencial para recontar.

XV.

NO FINAL DE JUNHO, SUA RAZÃO PRINCIPAL PARA TER SE MUDADO PARA Budapeste ficando cada vez mais inalcançável e de qualquer maneira cada vez mais ridícula para ele próprio, John Price havia desenvolvido o hábito de dar boa-noite à sua esposa e seu filho antes de dormir. Sóbrio ou bêbado, ele parava para visitá-los em suas posições permanentes em cima do decodificador da TV a cabo e sobre a mesinha-de-cabeceira. Beijava os próprios dedos e os encostava sobre os lábios ou as testas deles. Quando estava sóbrio, todo esse ritual era, naturalmente, uma comédia. "Durma bem e sonhe comigo, bonequinha", ele dizia para a mulher do vestido. "Amanhã é outro dia, garotão", dizia ao bebê incuravelmente feliz.

Mas quando estava bêbado o ritual era mais complicado. Para um observador (não havia nenhum), não teria ficado definitivamente claro se John compreendia que aquelas fotografias não eram realmente de sua família. Não havia ironia em seu tom de voz quando ele descrevia seu dia para a fotografia em preto e branco da mulher na frente da árvore. Ele poderia estar sentado na cadeira do outro lado e se inclinar com as pernas afastadas em um esforço para permanecer acordado. Poderia cochilar por um minuto, e em seguida abrir os olhos murmurando um pedido de desculpas. Ele poderia dizer que havia cometido um erro ao se mudar para aquela cidade estrangeira – na Califórnia, isso tinha lhe parecido uma ótima idéia, mas agora para onde poderia ir? Ele explicaria, com todos os detalhes sórdidos, como Scott havia sido uma figura intolerável e intolerante durante a maior parte de sua juventude, como Scott o decepcionava todos os dias e parecia gostar, e então rapidamente dava uma risada e fazia imitações de seu editor ou de outras pessoas do jornal, tentando fazê-la rir, sabendo que era apenas uma fotografia e, no entanto, ainda falando com ela como se existisse um relacionamento, ou talvez apenas praticando para Emily. Horas se passariam, ele dormiria na cadeira e então talvez acordasse, um pouco mais próximo da sobriedade, e quando seus olhos se abrissem lenta e dolorosamente, ele veria a foto dela iluminada pela lâmpada da cabeceira, a apenas alguns metros dele na escuridão, como o fim de uma longa jornada só agora visível, só mais um pouco, e ele sorriria. "Você ainda está acordada?", ele poderia perguntar no sussurro íntimo de amantes que meio que acordavam às três da manhã, aquecidos e felizes, para descobrir que haviam estado na companhia de alguém durante todas aquelas horas perdidas de sono. E ele desabava sobre o sofá-cama ainda fechado.

Nas manhãs seguintes, nada disso permanecia, nenhuma lembrança, nenhuma idéia, nenhuma raiva de Scott, nenhum calor por ter dormido na companhia de outra pessoa, apenas a dor cansada e a acidez do estômago, os olhos e as gengivas secas e lenços de papel embolados, a água mineral quente e suspeita em garrafas plásticas, a porcelana rachada da pia antiga, a busca infrutífera por um canal de TV a cabo interessante, o primeiro cigarro na varanda e o primeiro pensamento que vinha em seguida, sobre Emily.

JOHN NÃO TINHA NENHUMA crença religiosa, não era um homossexual dolorosamente enrustido, não exibia nenhuma deformidade física particular. Inteligente o bastante, interessado no mundo ao seu redor, não tendo sido criado sob nenhum regime particular de anti-sexualidade, não sendo louco para se casar, atraído mulheres de modo geral e algumas mulheres em particular, John Price era virgem.

Um macho americano saudável, nascido em 1966, chegara à adolescência e à faculdade co-educacional e até 1º de julho de 1990 virgem?

Desde bem antes da puberdade, desde bem antes da primeira vez em que notou a forma e o perfume característicos de uma garota, desde bem antes de sua primeira experiência terrível causada pela desinformação sobre a mecânica pertinente, desde bem antes de sua primeira dolorosa e impiedosa ereção, que ameaçou drenar o sangue de seu cérebro até ele desmaiar, John Price já gostava de ler.

Leitor ávido e precoce como seu irmão antes dele, dos livros ele extraía vigorosas lições de vida que anotava em um caderninho cuja capa tinha uma foto de Willie Stargell, o carismático capitão e primeiro homem de base do time de beisebol dos Pittsburgh Pirates. Começando na letra de imprensa desmazelada de um garoto de oito anos, avançando para a cautelosa escrita cursiva de um menino de dez, desenvolvendo-se para os rabiscos descuidados de um garoto de doze tentando imitar a letra do pai e então chegando à grafia desmazelada de um calouro da faculdade, John escreveu lições como as seguintes:

8 anos: evitar viagens marítimas (*A ilha do tesouro*)
9 anos: quando você fica velho, já não consegue mais se divertir tanto (*O leão, a feiticeira e o guarda-roupa*)
9 anos: não saia por aí à procura de encrenca (*O Hobbit*)
10 anos: é preciso muito dinheiro para sair de uma encrenca (*O conde de Monte Cristo*)
11 anos: às vezes é melhor simplesmente deixar as coisas como estão (*O médico e o monstro*)
12 anos: se você não tomar muito, muito cuidado, vai crescer amargurado (*Moby Dick*)
13 anos: sempre saiba onde estão suas rotas de fuga e o que pode usar como arma em caso de encrenca (*O coração das trevas*)
13 anos: não leia demais (*Dom Quixote*)
15 anos: é melhor morrer, até mesmo morrer lentamente, do que se casar (*Guerra e paz*)
15 anos: muitas pessoas sentem o que eu sinto, mas aprenderam a esconder (*O estrangeiro*), porque são farsantes (*O apanhador no campo de centeio*)
16 anos: quero viver dentro de um círculo resplandecente de amor e romance (*título nunca incluído; apontamento violentamente riscado com tinta preta pouco depois de ter sido escrito*)
17 anos: o que passou, passou, esqueça; não vale a pena pensar a respeito (*O grande Gatsby*)
19 anos, *último apontamento, primeiro ano da faculdade:* Ninguém liga. E por que deveriam ligar? (*Entre quatro paredes*, *A náusea*)

Algumas dessas lições haviam sido esquecidas, rejeitadas conscientemente, superadas discretamente ou modificadas para uso futuro. Mas outras, não. Em seu caderninho esfarrapado, entre mais de duzentos apontamentos, um deles mantinha um vigoroso controle do comportamento de John havia muitos anos.

Fora escrito aos onze anos, exatamente no momento em que fora forçado a dormir na cama de Scott, porque o pai deles havia sido exilado para a de John pela primeira vez de muitas: "O sexo faz os homens se comportarem como ele quer, e não como eles desejam. O sexo transforma homens em idiotas e deveria ser evitado, embora isso pareça ser difícil." (Os exemplos que apoiavam este apontamento foram escritos ao longo de vários anos, em todos aqueles diferentes estilos de escrita: *Mike Steele and the Cleanest Killer, Os três mosqueteiros, Um escândalo na Boêmia* – das Aventuras de Sherlock Holmes –, *Ivanhoé*, o livro do Gênesis, *Lolita, Exodus, Tess*, o livro do Deuteronômio, *No caminho de Swann*, e assim por diante, no seu primeiro ano de faculdade.)

Havia alguma coisa naquele assustador *thriller* de Mike Steele, alguma coisa nas traições, confusões e incertezas de D'Artagnan e Athos um ano depois, algo em Sherlock (aquele sólido e confiável Sherlock!) devaneando com aquela ridícula Irene Adler, e isso tudo para não mencionar o Sr. Price. De algum modo, aos onze anos de idade, e com algum orgulho real, John Price tinha percebido, inteiramente sozinho, o que considerava ser sua primeira lei observada da natureza humana. Em um livro atrás do outro, em uma história atrás da outra, o sexo corrompia os princípios, arruinava carreiras, intrometia-se na paz, tentava heróis a agirem de modo desleixado e tolo. Por algum tempo a leitura se tornou literalmente enojante para ele à medida que um herói atrás do outro se transformava em bufão, como quase todos os livros mapeavam o mesmo terreno trágico. O garoto de onze anos sabia que teria de invocar muita força de vontade e fazer sacrifícios, mas estava preparado para isto: não queria nada com esse tal de sexo.

Ele havia elaborado um plano muito complexo aos quatorze anos: apesar de incontáveis esforços para se protegerem com pequenas "moralidades" e "regras gerais", as pessoas (especialmente seus pais e, mais tarde, o obeso Scott) continuavam a fazer a si mesmos de tolos; portanto, o único comportamento sexual digno, o único comportamento *moral* — se se insistisse nessa palavra — era uma completa, não comprometedora e vitalícia abstinência de sexo.

John adotara essa visão como a expressão mais verdadeira do seu ser. Ele a moldou em uma política coerente e afirmada publicamente que, até mesmo no segundo grau, propunha aos amigos e a defendia perante eles, primeiro surpreendendo, depois exasperando, depois simplesmente impressionando-os e apavorando-os com sua postura radical e impopular. Quando chegou à faculdade, estava cansado — mas não surpreso — de ser o único defensor da dignidade humana. A transição de uma escola de segundo grau do sul da Califórnia para uma universidade do norte da Califórnia parecia um momento ideal para um exame de consciência, e então John decidiu conscientemente nunca mais discutir sua posição. Mas se suas necessidades de evangelização eram reprimidas, seu pasmo bobo com o comportamento dos outros, não; a variedade de semi-éticas tolas ainda o surpreendia neste novo mundo, onde beliches e paredes finas tornavam o sexo uma realidade audível e onipresente. As pessoas ainda falavam alto e freqüentemente de seus ideais, suas filosofias, suas linhas divisórias sólidas como rocha (isso antes da meia-noite) entre o certo e o errado. Mesmo enquanto rejeitavam as regras sexuais de seus pais como o produto ingênuo de uma década de 1950 imaginária, insistiam em declamar as suas próprias, e John sabia que só ele estava calmo e feliz enquanto todos ao seu redor enlouqueciam de desejo, amor ou solidão.

Mas, tirando essa única excentricidade, John levara uma vida normal na escola. Bebia mais do que seus amigos, mas isto não chegava a ser visto como algo reprovável. Liberava a tensão sexual daquela forma particular consagrada pelo tempo que sua filosofia tolerava relutante, freqüentemente concluindo a prática com um meio-sério, meio-de-brincadeira "Pronto. Isso deve segurar o filho da puta por enquanto". Ele ia a festas, dançava e até saía um pouco com garotas. E, naturalmente, pensava cada vez com menos freqüência em suas teorias. Ao contrário do segundo grau, semanas se passariam sem que ele sequer pensasse em evitar o sexo e, ligeiramente bêbado em uma festa, às vezes acabava beijando uma garota com quem havia acabado de dançar. Mas anos de teorização haviam mexido na sua programação interna: sem pensar na dignidade humana ou nas naturezas heróicas, e apesar de sua atração pela garota, ele piscava como saído de um transe e murmurava as palavras que toda mulher sonha em ouvir: "É melhor eu ir embora." Seus princípios assumiam o controle sem que ele sequer tivesse de pensar neles. O álcool fazia o mecanismo funcionar de modo mais suave: ele se sentia quente, enrubescido e sem equilíbrio (um efeito colateral comum da mistura de álcool e saliva de outra pessoa) e precisaria de ar e solidão imediatamente. Um beijo frio e sóbrio a céu aberto teria sido fatal, mas de algum modo John nunca foi exposto a esta variedade.

XVI.

UM MURAL COBRIA AS PAREDES E O TETO AZUL-CELESTE DO BLUE JAZZ CLUB. Pintadas por alunos da Academia Nacional Húngara de Belas-artes, lendas mortas do jazz conversavam, fumavam, bebiam e tocavam no céu. Os músicos falecidos, vestidos como em vida, também tinham asas de anjos de diversos estilos. Billie Holliday — o frescor e a beleza da juventude restaurados, em um vestido de noite prateado, nos cabelos o hibisco que era a sua marca registrada — cantava em um microfone de cristal no alto das cordilheiras e encostas de uma paisagem de nuvens brancas e douradas. Ao seu lado, espiando por debaixo do seu *porkpie hat*, Lester Young tocava, o sax tenor retorcido e erguido para o lado como a flauta de um gigante. Duke Ellington se debruçava sobre um piano transparente e Billy Strayhorn pincelava mudanças na partitura à sua frente. À extrema esquerda deles, Ben Webster e Coleman Hawkins seguravam copos de uísque e riam enquanto dois querubins bochechudos — seus rostos copiados da *Madonna Sistina* de Rafael — tentavam produzir som com os saxofones dos homens, embora os instrumentos fossem grandes demais para os *putti* vacilantes segurarem. Bem na lateral do palco, Chet Baker estava deitado em uma nuvem de barriga para cima, as discretas asas discretamente ligadas a uma jaqueta de lona leve, com o zíper puxado pela metade. O além também lhe havia sido leve, e sua juventude havia retornado sem rancor. As marcas de abuso e sofrimento haviam sido apagadas e ele tinha novamente o mesmo aspecto da década de 1950, como um nativo daquelas nuvens. Vestia calça cáqui e sapatos brancos sem meias, tocava o seu trompete e olhava direto para cima, como se o céu fosse legal, mas um lugar melhor ainda um pouquinho mais acima pudesse existir. Atrás e abaixo dele, em uma banquisa de nuvens esculpidas como tronos em cúmulos, a Virgem Maria e meia dúzia de santas (reconhecíveis por seus emblemas tradicionais) estavam sentadas ou em pé em um grupo, fascinadas pela visão de Chet e pelo som do seu trompete; Santa Isabel da Hungria, sua cesta de rosas no colo; Santas Gisela e Petronila, quase desfalecidas, apoiadas em suas vassouras; e a matrona Santa Anastásia — seu queixo duplo apoiado na palma da mão carnuda, olhos úmidos e inchados fixos em Chet, as pernas imensas pesadas até mesmo ali (fazendo muito peso no cúmulo-nimbo sobre o qual repousavam) — fez uma pausa ligeira em seu tear, deixando inacabada uma tapeçaria que registrava (quase) aquele exato instante: Chet em uma nuvem, deitado de barriga para cima, as discretas asas discretamente ligadas a uma jaqueta de lona leve, mas o trompete flutuando sem uso ao seu lado enquanto ele beijava apaixonado uma Santa Anastásia não tão matrona assim.

No fundo do salão, Mingus, Monk e Parker conversavam logo acima da mesa redonda onde John Price e Emily Oliver estavam sentados lado a lado ouvindo uma banda *sui generis* terminar "I Cover the Waterfront". Som de bolas de bilhar se entrechocando bem à direita de John, e do bar à sua esquerda vinham os chamados amorosos de copos, garrafas e mangueirinhas de esguichar bebida. Ele usava seu único *blazer*, bebia Unicum em uma garrafa com o nome de um rum americano no rótulo e batia as cinzas do seu cigarro Mockba Red em um cinzeiro de plástico que anunciava os fumos ocidentais preferidos por amantes obsessivos e individualistas teimosos.

Alguns dias antes (após outro jogo de Sinceridade no qual Emily havia tido um desempenho patético ou encantador, dependendo do ponto de vista), John reunira a coragem para propor aquele encontro, que começou no Tabán Rooster: paprikás de frango, arroz, vinho tinto barato. John gastou suas poucas palavras novas de húngaro para pedir a refeição, e um garçom idoso balbuciou as poucas palavras em inglês que sabia para compensar. Emily pediu desculpas por não ser de muita ajuda, mas explicou que não estava prestando muita atenção na aula dela e, nos últimos tempos, andava confiando bastante no motorista e no cozinheiro do embaixador para ajudar na execução das tarefas que exigiam fluência no idioma.

Deu uma risada gostosa; de algum modo, ela era diferente da mulher que despertara debaixo da árvore; a palavra *luminosa* ocorreu a John. A conversa navegou sem esforço do jornal à embaixada, passando pela existência dos expatriados, os prazeres e loucuras da vida em Budapeste. Ela segurava a taça de vinho com ambas as mãos e riu quando o violinista cigano com um colete preto cheio de lantejoulas aceitou os forints de John para tocar longe da mesa deles. John explicou as complicações do acordo (o preço exato acertado em forints por metro, a partir da mesa) para mantê-la rindo. Ela lhe deu parabéns por suas primeiras colunas, e ele agradeceu, silenciosamente satisfeito por ela sequer tê-las lido. Ela descreveu seus dias – tarefas e cronogramas, servindo de anfitriã e inventando desculpas – com uma espécie de sinceridade discreta que John considerou um sinal de intimidade. O embaixador viúvo era um bom homem, ela disse, mas solitário; e precisava do conselho de uma mulher em certos assuntos. Ele tendia a fazer muitas perguntas sobre questões de protocolo social, por incrível que parecesse, e ultimamente estava começando a confiar em Emily em questões de vestuário, "especificamente quanto aos mistérios preocupantes da seleção de gravatas", disse ela. Ele era um diplomata de carreira, não um político. Seu nome — de família tradicional e muito rica — não lhe parecia um guia muito confiável de personalidade ou estilo; ficava inseguro em momentos engraçados e chegava mesmo a gaguejar quando não estava preparado para uma conversa. Ela havia esperado encontrar um chefe frio, mas gostava dele, apreciava que ele confiasse nela cada vez mais. "Embaixador de sorte", John se ouviu dizendo, ao que ela revirou os olhos e disse: "Ah, por favor."

Como John os vê após o jantar: atravessando a pé a ponte da Corrente — o principal cartão-postal da cidade —, cruzando o Danúbio na direção da nova casa de jazz que ele descobrira recentemente e que, no mesmo instante, dedicara ao primeiro encontro dos dois. Ele está andando de costas alguns metros à frente dela e ligeiramente inclinado na sua direção. Suas mãos gesticulam para complementar uma história engraçada que está contando, e ela caminha com as mãos nos bolsos da jaqueta. A cabeça se inclina para trás quando ela ri, e é assim que John se lembra dela (mesmo no exato instante em que tudo está acontecendo): caminhando na direção dele para sempre, para sempre rindo. As luzes da ponte da Corrente pintaram um amarelo suave em seus tijolos de pedra bexiguentos e um dourado escuro nos cabelos de Emily, e o rio se detém no seu curso para que John o memorize, para que ele conte as luzes azuis e brancas salpicadas por sobre o rolar de suas ondas imóveis, e os carros que passam ficam em silêncio e deixam de emitir fumaça, e por isso o único som é a risada dela, e o único cheiro, o de seu perfume.

Jogaram bilhar, depois se sentaram embaixo de Mingus, Monk e Parker, beberam Unicum e ouviram a música. Uma mulher branca americana de cerca de vinte e cinco anos, anunciada como Billie Fitzgerald, usava um hibisco nos cabelos e estava sentada sob a luz dos *spots* em uma banqueta com um microfone em uma das mãos e um copo de *scotch* na outra. Sua banda consistia de um pianista húngaro de dezenove anos usando uma camiseta e um paletó velho de *smoking*, calças de veludo cortadas e transformadas em *shorts* e sandálias havaianas de plástico azul com o logotipo de uma empresa esportiva alemã; e gêmeos russos de quinze anos de idade, um massageando um antigo baixo acústico com manchas albinas de sujeira, o outro batendo suavemente um par de escovas num *kit* de bateria minimalista montado a partir de vários *kits* doadores: um tambor vermelho, alguns pratos de marcas diferentes e um bumbo azul brilhante com o nome de alguma banda de rock'n'roll escrito em cirílico na frente.

"I Cover the Waterfront" terminou com um duo baixinho de baixo e piano. A cantora limpou a garganta com um pigarro amplificado e engoliu seu drinque. Emily verificou o relógio e pediu licença para ligar para suas colegas de quarto.

— Elas vão querer saber a que horas chegarei em casa. Já volto! Este grupo é bom, hein? — Ela foi até o telefone do outro lado do bar.

— É a última vez que vamos cantar esta canção, embora ela seja bonita — disse a cantora em inglês à platéia num contralto enrouquecido pelos cigarros. — É outra daquelas canções que fazem as mulheres parecerem patéticas, sempre esperando que seu homem lhes dê atenção. Não gosto de como aqueles caras da Tin Pan Alley descreviam as mulheres esperando pelo amor, esperando que o homem delas as tratasse direito. Então não vamos mais cantar esse tipo de canção. — Ela tomou mais um pouco de *scotch*, quebrou entre os dentes um pedaço de gelo e cuspiu metade de volta ao copo. A platéia, em sua maioria composta de húngaros, parecia escutar educadamente, e John estava tentando aferir se ela falava sério ou não, mas se distraiu vendo Emily pegar o fone, examinar e depositar moedas, discar, falar. Ela estava de costas para ele agora, expondo o pescoço num arco para fora do colarinho ao aninhar o fone no ombro. Tirou alguma coisa da bolsa. John imaginou-se caminhando até ficar bem atrás dela e tocando os lábios na orelha que estava desocupada ou nos músculos pulsantes da curva de seu pescoço. — Indivíduos precisam ter uma posição no seu lugar de trabalho. Este aqui é o meu lugar de trabalho. É aqui que tomo minhas posições, e todos os meus músicos de apoio concordam comigo ou eu não os contrataria. Certo, rapazes? — Seus músicos do Leste europeu assentiram e ela contou um, dois, três, quatro, para a canção seguinte.

Quando o coro de "Love for Sale" abriu caminho para um solo de piano, John ficou observando Emily, ainda no telefone, de costas para ele, a cerca de dez metros de distância, inaudível por conta da música e do burburinho do bar, de frente para o antiquado receptor de metal cinzento de parede. Aproximou-se dela por trás e começou a ouvir apenas os sons mais fracos de sua conversa, as palavras ainda não, apenas as mais fracas cadências murmurantes por baixo da música, cadências apenas vagamente estrangeiras. O solo de bateria começou com um bater de pratos, fazendo com que Emily olhasse para trás e visse John se aproximando.

— Eu vou — dizia. — A banda é bem bacana. Música antiga, tipo jazz e coisa assim, mas é um bar bacana. A gente devia vir aqui de vez em quando

É, tá. Até mais, sua maluca! – Ela desligou. – As Julies mandaram um abraço. Ok, amanhã é dia de branco, cara – continuou ela –, por isso vamos tomar mais uma bebida, mas depois preciso ir para casa.

Quando eles chegaram ao bar, o *bartender* – que até então estava vendo a banda de seu posto, perto do telefone – virou-se primeiro para Emily e disse algo rápido e ininteligível em húngaro. Ela fez cara de quem não entendeu, deu de ombros.

– *Nem beszélek magyarul* – conseguiu risivelmente e aos risos dizer com seu forte sotaque do Meio-Oeste norte-americano. O *bartender* riu e falou mais uma vez em húngaro disparado. Emily tornou a dar de ombros e disse: – Desculpe – com um sorriso, e voltou para a mesa.

– Ela é húngara, não é? – perguntou o *bartender* a John em inglês, o rosto mostrando uma mistura de indignação e espanto.

John voltou à mesa com bebidas enquanto a cantora aceitava aplausos e apresentava os colegas de banda.

– O *bartender* acha que conhece você, sei lá...

– Nós devíamos pagar uma rodada para a banda, não? É meio que tradicional, e seria tão divertido, não seria?

Em primeiros encontros, homens geralmente fazem o que lhes é dito; alguns minutos depois, Billie graciosamente aceitou outro copo de *scotch* de marca; Kálmán, o pianista, acompanhou John e Emily num Unicum; e Boris e Yuri, a cozinha russa, beberam colas.

– Coca de verdade. Pepsi não, sim? Coca de verdade. Por favor – insistiu Boris, mas Yuri pediu uma Pepsi.

Ele tornou a voltar do bar, segurando os copos de bebida de seus estranhos companheiros como se fossem um buquê. Duas crianças russas viciadas em cola, um pianista vestido de forma bizarra e uma cantora de jazz metida a besta e politicamente correta cercavam a garota com quem estava, e foi necessária muita força de vontade para não jogar os copos no chão e perguntar por que diabos ela estava entretendo a Sinfônica dos Desajustados quando os dois podiam estar lá fora no ar da noite, beijando-se sob as estrelas, dançando na margem do rio, planejando uma vida e um futuro onde eles... mas lá estava ela, ouvindo aquela maluca falar de jazz misógino. Ela ficou me ouvindo desse jeito no jantar, e agora eu a perdi. Ela consegue entrar e sair de conversas num piscar de olhos. E lá está ela, totalmente descontraída com a banda. Como atravessar o que quer que isso seja e chegar do outro lado, sentar-se ao lado dela sem pensar nisso? A culpa é minha. Alguma coisa me falta, senão eu estaria ali do lado dela sem pensar, assim como ela, do outro lado de onde quer que seja isto. E então acabou, já terminamos, sim, prazer em conhecer você também, realmente gostamos de sua música, claro, sim, excelente. Vamos? Uma caminhada até a porta, uma golfada de ar noturno de verão e, simplesmente por avistá-la, um táxi brota do chão e se abre para abraçá-la. Sim, eu também me diverti, foi bom. Então vejo você na festa do Quatro de Julho, sei que você vai estar trabalhando, mas vamos dar um jeito de conversar lá, sem problema, não, por favor, eu também me diverti, então não me agradeça, a hesitação e então o rosto. E pronto. Ainda no lado errado de onde quer que seja isto.

Ele se encostou no poste em frente ao clube barulhento e acendeu um cigarro, enquanto o táxi dela penetrava na corrente de luz e fumaça que levava até Buda.

Um momento pegajoso de tantos clichês: um jovem encostado em um poste, soprando fumaça de cigarro na noite. Música vazando, juntamente com uma nesga de luz, pela porta aberta de uma casa de jazz e entra sorrateira no círculo amarelo que ele ocupa debaixo do poste, e ele vê o táxi se afastar com a mulher que conseguiu dar um jeito de ficar na lembrança dele, a mulher cujo coração é um mistério para ele.

A vergonha chega em estágios rápidos e impiedosos: primeiro, ele assume aquela posição de clichê embaixo do poste sem pensar duas vezes, a expressão física natural de sua dor, sua fome e seus esforços inúteis, mas mal acende o cigarro e já percebe o que está fazendo, como deve estar a sua cara agora. Quando o primeiro tentáculo de fumaça sobe pelo poste na direção da luz, a própria postura de John – o joelho dobrado – pertence a um detetive particular de saco cheio da vida ou a um *crooner* apaixonado na capa do álbum *Music for Lonely Nights*. John é a suprema e incrivelmente cínica condensação, a mais bem-feita por um publicitário, de cinqüenta anos de imagens de amor, perda, solidão e nojo de si mesmo. Até mesmo o grunhido de desgosto que ele solta ao se dar conta disso – ele sabe antes mesmo de terminar – soou exatamente como o desgosto de um detetive com a traição de vagabundas ou aquele conhecimento que Bogart adquiriu a duras penas de que esta guerra está fazendo de todos nós uns idiotas ou o espanto do *crooner* por ter perdido seu amor novamente, oh, oh, oh, ter perdido seu amor novamente. E então, por fim, John é refrescado pelo bálsamo apaziguador da ironia: quando até mesmo seus grunhidos espontâneos são impossível e automaticamente falsos, ele só pode rir. Como se estivesse na frente de um daqueles espelhos triplos de alfaiate, ele vê a tolice que é perceber a tolice disso tudo, sente o divertimento agradavelmente seco e infinitamente regressivo que pode sentir à própria custa. Só agora finalmente perde o táxi dela de vista quando ele se mistura ao tráfego. (Parte dele está estupefata, porque o táxi consegue se misturar, porque ele não está marcado com alguma espécie de fosforescência.)

E quando ela desapareceu, uma pequena gangorra que John sem saber estava construindo dentro do seu coração ao longo do último mês pendeu para o outro lado: quando viu, estava em um táxi dando o endereço de seu irmão sem saber por quê. Atravessou a ponte, viu as luzes da ponte seguinte rio acima, inalou o vento quente, e percebeu que agora poderia dar a Scott o que ambos precisavam: uma questão de profunda importância pessoal sem nenhum elo com o passado, com suas lamentações, tristezas, ressentimentos mútuos. Ele encontraria seu irmão no presente, olhando direto para a frente, chegando humildemente em busca de ajuda e sinceridade. Ele descreveria o que havia encontrado em sua amiga Emily, até mesmo tramaria estratégias e táticas românticas com seu irmão, já que Scott sempre parecia ter namoradas, mesmo antigamente, quando ele era grotesco e o fazia sentir vergonha, e as garotas também.

Scott abriu a porta descalço, de jeans e camiseta, segurando uma espátula reluzente de margarina.

— Puxa, que bom te ver. Escute, eu queria mesmo conversar com você sobre...

— Irmãozinho! — gritou Scott. — Entre! Meu prazer em te ver me deixa sufocado de emoção!

John o acompanhou até a cozinha, e o cheiro de uma coisa estranha afastou de seu cérebro todos os motivos que ele tinha para ir até lá. Uma morena jovem e bonita, também descalça, estava sentada em uma banqueta alta. Vestia uma camiseta branca muito grande que cobria quase inteiramente calças de *jogging* cinza com o brasão da escola de segundo grau de Scott e John (do qual apenas a última sílaba era visível debaixo da camiseta). Ela havia enrolado as mangas diversas vezes para revelar suas mãozinhas, e as calças estavam enroladas até seus tornozelos nus.

— Johnny, Mária. Mária terminou hoje o curso de Iniciantes Dois da escola, e por isso estamos preparando um jantar para comemorar. — Scott estava em pé em frente ao fogão, raspando alguma coisa. — Mária, este é John, meu irmão de nascimento.

— Tenho muito prazer em conhecer você.

— E como é uma espécie de comemoração particular — disse Scott, com um sorriso largo e intencionalmente falando rápido demais para que sua parceira entendesse —, eu quero mesmo falar com você logo. Seria fantástico. Quero mesmo. E vamos combinar uma coisa: ligue sempre antes de vir. — A porta se fechou atrás de John, que chegou a pensar em ligar para Charles Gábor para beber, mas depois pensou melhor e desceu a colina suburbana escura e sem táxis na direção do rio distante.

XVII.

NAS CINCO OU SEIS DÉCADAS ANTERIORES, AS CASAS DO SÉCULO DEZENOVE de Peste — ao contrário das casas de estilo semelhante construídas pelos ricos do século dezenove em Paris, Boston ou Brooklyn — haviam sido abandonadas à erosão sob a maré dos anos, sem a proteção do dinheiro, expostas à ferocidade da espuma que quebrava impiedosamente. Uma caminhada ao longo de uma das ruas laterais estreitas e escuras da cidade, no final da tarde de 4 de julho de 1990, teria fornecido uma exibição dos estriamentos e das acreções resultantes digna de um museu de história natural.

A grade de ferro ornamental na frente do vidro jateado da porta pesada e recurvada no número 4, por exemplo, fora tocada apenas de leve: a tinta preta fora inteiramente raspada — não restara um único floco — e cracas de ferrugem haviam brotado em alguns pontos, mas as folhas gordas de ferro, a graciosa hera metálica, até mesmo as frágeis gavinhas de metal ainda permaneciam sólidas. Os painéis de vidro opaco atrás da grade, no entanto, havia muito se transformarem em madeira e pregos sob o ritmo das ondas.

À direita, no número 6, do lado de dentro da porta da frente destrancada, ainda era possível ver os velhos azulejos quadrados do chão da entrada. O tempo havia repintado os azulejos, insistindo teimoso em duas tonalidades de marrom-escuro com listras de cinza ao invés da opção humana esquecida de pérola e ébano, e depois rachara quase todos eles e engolira alguns por inteiro, deixando aqui e ali um pequeno quadrado de poeira cinzenta macia numa reentrância abaixo do nível do chão, armadilhas inteligentemente camufladas que atraíam e devoravam saltos altos e pontas de bengalas.

Uma multidão barulhenta se reunia na frente do número 16, na esquina onde a rua dava para uma pracinha. A fachada do prédio se desgastara a ponto de as guirlandas de pedra sob as janelas assumirem ao mesmo tempo um paradoxal aspecto suave e quebradiço. As varandas, como a de John na Andrássy út, eram convites a apostas. Buracos de balas, administrados em duas rodadas, ainda perfuravam a frente do prédio, como a obra de gigantescos cupins comedores de pedra. Uma dessas cavidades — para grande diversão de gerações de crianças das redondezas — penetrara o traseiro gordo de pedra de um querubim flutuante, que apoiava uma das pontas de uma guirlanda em processo de desintegração. Ele olhava por sobre o ombro direito na hora do tiro e agora estava tentando ver seu ferimento. Era possível até imaginar um jovem invasor russo ou alemão evitando certos detalhes cruciais e relatando este incidente como uma morte confirmada ou, em 1956, um atirador rebelde húngaro do outro lado da rua, atirando talvez da janela do próprio quarto, entediado num intervalo entre uma ação e outra e testando sua habilidade em um alvo promissor para o qual olhava todos os dias e noites havia dezenove anos.

O número 16 havia sido um presente quando fora terminado, em 1874. Sua data de nascimento estava esculpida ao lado de uma versão latinizada do nome do arquiteto húngaro na cantaria ornamental sobre a porta da frente, mas, em 1990, todo o número 7 e a metade direita do 8 já haviam se transformado em pó (um grão preguiçoso de pedra de cada vez: a eternidade descrita por um pregador amante da estética) até que só restara um misterioso hieróglifo, uma data sem década e quase sem século, 1‹ 4.

MAS, EM 1874, O PRÉDIO é moderníssimo, no último estilo (francês). É o presente de um rico decadente ao seu segundo filho por ocasião do casamento deste. O filho e sua nova esposa tomam posse da casa em junho daquele ano, um mês depois que a data é colocada sobre a porta. Marido e mulher chegam da estação ferroviária de Nyugati, em Budapeste, em sua carruagem, direto de uma viagem de lua-de-mel que os havia levado a Viena, Itália e Grécia. O marido ajuda a esposa a descer, pega o braço dela e a conduz pelos dez metros que separam a rua dos degraus da frente, passando por sebes e flores, passando pela criadagem que lhes dá as boas-vindas (uma cozinheira e duas empregadas vieram junto com a residência). No umbral, o marido sorri para a esposa, sussurra algo em seu ouvido que faz com que ela enrubesça, beija-lhe a mão. "Bem-vinda à sua casa, minha querida", diz ele, e uma empregada abre-lhes a porta.

EM 1990, AS SEBES e as flores se foram. A rua havia sido alargada, e uma calçada de pouco mais de um metro de largura separava os seis finos degraus de concreto da porta de frente da parada diária de canos de descarga fumegantes e pneus carecas. Uma porta lateral para inquilinos dava para o pátio, e de lá para os apartamentos lotados do andar de cima. Ao lado da porta da frente, entretanto, alguém havia pendurado uma placa pintada à mão, letras pretas e vermelhas sobre madeira: ISTEN HOZOTT A HÁZAMBAN [Bem-vindo à minha casa].

NO FINAL DE UMA TARDE, depois que a casa foi ocupada, a mobília arrumada e a vida social do casal deu seus primeiros passos, o novo marido recebe do pai a informação de que não há dinheiro bastante para sustentar três filhos sem carreiras. O grosso da fortuna do pai passará naturalmente para o filho mais velho, e uma pequena soma anual – o suficiente para pagar certas coisas essenciais, como a casa, por exemplo, mas nem de longe o bastante para tudo – irá para os dois irmãos mais novos. Em um pequeno estúdio depois do salão principal, o pai dá esta notícia para o rapaz em um tom jovial de inevitabilidade, o que não é nem um pouco surpreendente neste caso; não havia o que esperar ou supor. A casa, explica o pai, fora construída para fornecer um bom começo e deveria servir a este propósito na família por gerações. O pai, fingindo não reparar na expressão do filho, lista diversas possibilidades que podem ser arranjadas para ele, nenhuma delas terrivelmente desgastante ou inadequada, boas oportunidades para se pensar, sem pressa, claro, mas quero que me diga quais são suas preferências: um cargo na bolsa de valores, participação em alguns empreendimentos comerciais, uma posição no governo. O filho fica em silêncio, sua ira superando o espanto inicial pela traição. O pai, ainda evitando o olhar do filho, conclui suas observações ensaiadas, diz que compreende que o garoto irá querer algum tempo para pensar a respeito, e se oferece para sair sem que o levem à porta. O dono da casa espera até que os ruídos da saída de seu pai tenham desaparecido, para então atirar sua xícara de café contra a parede, onde ela se estilhaça com uma explosão abafada somente por sua obscena expressão de fúria.

A PLACA – ISTEN HOZOTT A HÁZAMBAN – fora pendurada em 1989 por Tamás Fehér, quando a situação jurídica de seu novo projeto ainda não havia sido definida. A placa era uma brincadeira, um disfarce bobo que não fora feito para tapear ninguém. E mesmo quando o *status* legal do clube fora assegurado, não apareceu nada mais oficial ou fácil de usar para substituir a velha placa. Ao invés disso, a instituição ganhou popularidade sem nenhum nome e ficou simplesmente famosa como A Házam [Minha Casa]. O *layout* do interior do prédio havia mudado substancialmente em seus 116 anos; em 1990, o pequeno estúdio (onde a primeira peça de porcelana do casamento fora quebrada) correspondia apenas aproximadamente ao "Quarto dos Fundos 2", onde várias caixas de bebida destilada estavam empilhadas ao lado da mesa de Tamás. Mas o pequeno estúdio depois do salão principal havia sido bem maior do que o Quarto dos Fundos 2, e se a xícara de porcelana havia se espatifado justo onde estava agora uma foto emoldurada de uma modelo húngara sobre a mesa de Tamás, ela, na verdade, havia sido atirada de um ponto localizado no outro lado da cortina que separava o Quarto dos Fundos 2 do bar.

O RUÍDO LOGO atrairá sua mulher curiosa. Pensar que ela pudesse vê-lo assim, humilhado pelo pai e pelo irmão mais velho, é insuportável. Ele sai a passos largos da sala, passando por uma empregada apavorada que aparece para limpar os restos da xícara, e se afasta da escadaria principal, fingindo não ouvir o chamado de sua esposa. Ainda não familiarizado com algumas partes de seu novo lar, ele acaba indo parar na cozinha, passando rapidamente pela cozinheira espantada (e territorialmente ofendida), que está conversando com a segunda empregada sem rosto, ambas as quais ficam em pé num pulo e baixam a cabeça quando seu mestre passa soltando fogo pelas ventas. Ele abre primeiro uma porta, que dá para um armário cheio de potes e panelas, depois uma segunda, e desce as escadas de tijolos à sua frente. As escadas são impossivelmente escuras, e, enfurecido, ele volta a subi-las. "*Gyertyát!*", exige, e a empregada obedece rapidamente. Armado agora com uma vela, fecha a porta atrás de si e se dirige para baixo novamente. Está pisando no piso novo de tijolos de um porão que não sabia que possuía, caiado e limpo, maior do que o espaço que sua vela consegue iluminar.

EM 1990, O PORÃO era iluminado por lâmpadas metálicas, quebra-luzes redondos e simples de aço inoxidável, abrigando lâmpadas extremamente brilhantes, com garras de plástico presas a cabos e canos de água. Estavam apontadas para os cantos, onde as paredes brancas sujas encontravam o teto manchado e rachado. A luz refletida era suficiente, até mesmo atmosférica. Tamás havia ficado satisfeito quando sua namorada manequim lhe trouxera quinze lâmpadas de presente, e ficara ainda mais orgulhoso quando ela descreveu como roubara uma ou duas de cada vez do estúdio de um fotógrafo de moda alemão ocidental baseado em Peste. O porão sem janelas e sem ventilação tinha cerca de 250 pessoas, na noite de 4 de julho de 1990.

ELE PERCORRE o perímetro do aposento enquanto pensa no que dizer à esposa. Corre a mão esquerda de leve ao longo do gesso branco. Ressaltos recortados na parede apóiam sacos de batatas, farinha, outros mantimentos. Percebendo o formato do aposento, ele o atravessa na diagonal. No centro desse retângulo frio, garrafas de vinho francês e vinho licoroso tócai estão reclinadas em estantes altas de madeira. O porão deve se estender por todo o caminho abaixo do pátio. Ele tenta recordar o traçado dos andares acima e caminha a esmo, levando consigo seu pequeno círculo de luz amarela, adivinhando que peças do mobiliário flutuam acima de sua cabeça. Logo acima dele, deduz, está a *chaise-longue* ao lado da lareira, e acima disso a cama, e acima disso ainda a bacia de água da empregada, depois o telhado com ninhos de pássaros, e depois o céu aberto. Através de todo este mobiliário, sem peso sobre sua cabeça, sobre pisos invisíveis, passeiam criadagem e esposa, sobrepostas uma sobre a outra, entre uma decoração flutuante e cuidadosamente arrumada. Então, o pensamento inesperado vem, o apazigua, soluciona tudo: se ele arrumasse a morte de seu irmão mais velho, tudo ficaria bem novamente. Ele fica em pé, vira-se para encarar a parede, torna a olhar para cima e se pergunta como isso poderia ser levado a cabo. Sabe que jamais o fará, mesmo torcendo para que seja capaz. Diz em voz alta que nunca fará isso, e é isto o que lhe permite fazer planos.

ENCOSTADO EM UMA parede pequena, Tamás havia construído um pequeno palco de madeira, com cerca de um metro e cinqüenta de altura. No 4 de julho de 1990, o palco apresentava Cash Ass, uma banda composta de três homens e uma mulher. Ela usava um vestido longo preto e sapatos pretos de salto alto. Seu cabelo louro platinado estava cortado no estilo suave e cheio de curvas de Hollywood no final dos anos 1950. Enquanto ela aguardava no fundo durante uma passagem instrumental, seu rosto expressava um interesse passageiro em seus colegas de banda e uma calma indiferença às centenas de olhos que a observam. Os três homens estavam tocando a abertura instrumental, a sexta e última música do terceiro e último *set* da noite. Os homens também usavam vestidos longos pretos e sapatos de salto alto combinando com os dela, e os cabelos louros platinados deles imitavam tão perfeitamente os dela que ela provavelmente também estava usando uma peruca. Um dos músicos tocava uma série de instrumentos de crianças – guitarras havaianas, banjos, violas –, todos pesadamente amplificados, explodindo os vários amplificadores grandes pendurados ao redor do porão. O segundo homem tocava um baixo elétrico com incrível facilidade, mantendo uma batida funkeada entremeada com trinados de fusas e semifusas, batidas imitando tiros de metralhadora, como quem usa uma cartucheira como acessório de moda. As batidas e pipocos faziam com que as pessoas se contorcessem e pulassem no calor abafado do salão. O terceiro músico estava sentado em frente a uma fileira de aparelhos cassete conectados a um único painel de controle. Afastando os cachos louro-platinados dos olhos, ele aumentava o volume de um cassete enquanto abaixava o outro. Durante aquela canção, ele orquestrou:

- Um bebê chorando e uma voz de homem velho tentando acalmá-lo em húngaro.
- Um discurso da era soviética em russo. (Todos os húngaros no local haviam, em um momento ou outro de suas vidas acadêmicas, sido obrigados a aprender russo, mas era uma questão de orgulho ostentar esquecimento; a maior realização era o desconhecimento de qualquer vocabulário russo, uma afirmação comum desmentida pelo número de pessoas dançando que agora riam e faziam caretas.)
- A canção-tema de um programa de televisão infantil americano, cantada em um alegre tom grave por um homem, uma mulher e várias crianças talentosas.
- Um casal húngaro se exercitando, com gemidos e cama rangendo.
- Comentários de uma partida de críquete em inglês britânico, cortados e editados: "Os sul-africanos têm uma colina um tanto íngreme para escalar tanto íngreme para escalar têm uma colinacolinacolina têm uma colinacolinacolina para escalar os sul-africanos têm uma colina um tanto íngreme para escalar esta tarde. Trevor. Trevor. Trevor. Trevor."
- O hino nacional húngaro, recitado de modo atonal por três amigos da banda. Eles imitaram crianças distraídas até que, depois de cerca de dez segundos, as três vozes estavam em pontos inteiramente diferentes do hino, e os aplausos e os gritos da multidão ficaram ensurdecedores à medida que o hino da nação se embaralhava até a incompreensão total.

ELE CAMINHA LENTAMENTE ATÉ o centro do aposento vazio, na direção da estante dos vinhos, e seus pensamentos vêm rápidos. É a coisa mais fácil do mundo afrouxar essa estante de vinhos, por exemplo, para que ela caia em cima de alguém que estiver tentando pegar uma garrafa em um nicho alto. Haveria sangue e ossos quebrados, e se fosse tarde da noite e a vítima já tivesse bebido em grande quantidade, a explicação para o acidente brilharia na própria face vermelha do falecido. Expressarei a meu pai como estou satisfeito por aceitar sua sugestão, que ótimo arranjo será aquele cargo na bolsa, e então convidarei meu bom irmão para um jantar fraternal. Poderíamos jantar tarde, eu poderia enviar minha esposa com alegria para a cama, com que prazer eu mandaria os serviçais embora, com que alegria eu ficaria até tarde acordado, papeando e bebendo com meu amado irmão. E então eu o levaria para baixo para lhe mostrar o porão. Como eu ficaria aterrorizado! Como eu ficaria arrasado! É como a perda do sol... Não, isso também já é demais.

NO MEIO DO APOSENTO, no centro exato da multidão, uma plataforma de madeira se ergue tão alto que as pessoas podem até dançar embaixo dela. Empoleirado lá em cima, com a cabeça quase batendo no teto, um colega de exército de Tamás operava o som. Logo embaixo de seu ninho, ao lado de sua escada de madeira lascada e grafitada. Charles Gábor, vestindo calça cáqui e uma camisa de gola pólo preta, levado de um lado para outro pelas contorções da multidão, beijava uma garota muito baixinha que ele jamais vira antes, mas que, momentos antes, dera um encontrão nele e enfiara as mãos dentro de sua calça.

COM QUE DIFICULDADE se envenena uma batata?, ele se pergunta de pé em frente aos ressaltos recortados na parede dos fundos. Não, o risco da pessoa errada comê-la, ou... é claro. É uma casa nova. Certamente as varandas poderiam ter sido mal instaladas, uma balaustrada poderia estar solta, uma pessoa poderia cair facilmente. A estante de vinhos parece o melhor plano.

NO FUNDO DO SALÃO, sobre um ressalto recortado na parede, Scott e Mária estavam de mãos dadas, gritavam coisas um para o outro, mas, sentados ali logo abaixo de um dos alto-falantes do clube, logo desistiram, roucos, e ficaram ali, se beijando e olhando a banda. Os volumes da guitarra e do baixo subitamente caíram, o *tape jockey* aumentou uma gravação arranhada de uma batida de bateria funkeada, e a loura se aproximou do microfone. Ela fechou os olhos, cruzou os braços, colocou as mãos sobre os seios e cantou em um inglês com sotaque húngaro, com uma voz operística bem treinada:

> *Todos nós vivemos sob o martelo*
> *Empunhado pela* Vogue, Mademoiselle *e* Glamour.

A massa, com fluência variável de inglês, juntou-se em um canto repetitivo dos dois versos enquanto o canto da mulher se distanciava lenta, porém definitivamente, para longe de seu treinamento operístico para uma voz de *hard rock*, e então para um grito cortante. Ela resfolegava, cada vez mais furiosa, e o som do bebê chorando ficou cada vez mais alto, a guitarra havaiana mais aguda, o *groove* do baixo ainda mais complicado e o hino nacional húngaro cada vez mais confuso. As pessoas pulavam para cima e para baixo e gritavam a letra, casais dançavam e rapazes empurravam outros rapazes que eles não conheciam. Húngaros e estrangeiros fumavam perto da frente do palco, tentando parecer moderadamente interessados, balançando os cérebros, quase em uníssono, em busca da coisa certa a dizer ou fazer para conquistar a mínima chance de dormir com a cantora.

SUA RAIVA PASSOU, e com ela os planos mais barrocos. Ele completa outra volta ao redor do porão, a mão livre coberta de pó branco de tanto corrê-la ao longo das paredes frias. Ele chega novamente à escada, ainda torcendo pela morte do irmão, mas agora apenas em um esforço vão de evitar pensar no que precisa contar à esposa, no que precisa concordar em fazer. Ele jamais matará o irmão. Soluções bem mais terríveis serão necessárias.

NO LADO ESQUERDO do salão, a única saída do salão de dança, uma abertura que dava em uma escada de tijolos erguida a partir do piso de concreto armado, iluminada pelas mesmas lâmpadas com quebra-luzes e garras. Esta única artéria estava entupida de dançarinos em potencial que desciam e bebedores que subiam em busca de ar fresco. Todos fumavam.

JUNHO VIROU MARÇO, e ele está novamente sentado nas escadas do porão, migalhas de cimento entre os dedos, e tenta não ouvir os gritos. Em vez disso, tenta pensar em alguns detalhes de seu emprego no governo. Não está infeliz com o cargo. Toda aquela insensatez que ele provocara, a xícara quebrada... Acabou sendo a coisa mais simples do mundo. Até mesmo agradável. Ele contou à esposa o anúncio do pai naquela mesma noite, claro, disse que havia esperado isso, já sabia havia meses, dissera, simplesmente não queria incomodá-la com os detalhes na lua-de-mel e será que ela não ficaria orgulhosa de dizer às amigas que seu marido tinha um cargo na bolsa de valores e... Mas, nesse momento, as malditas lágrimas começaram a brotar novamente, e muito embora ele tivesse tentado se levantar e ir para o outro aposento antes que ela as visse, permitiu-se cair nos braços dela novamente quando ela puxou sua mão, e ele simplesmente chorou lá, envergonhado, enquanto ela acariciava sua cabeça e limpava o pó branco de seus cabelos e começava a beijá-lo.

Os gritos pararam, mas ele não sabe quando, não sabe há quanto tempo está sentado em silêncio na escuridão. Sobe até a cozinha. Pára e apura o ouvido. Os gritos definitivamente pararam. Ela certamente deve estar fora de perigo, mas ele não sai de seu posto, perto do fogão frio da cozinha. Então os gritos voltam, mas agora são os primeiros protestos de um bebê. E mesmo assim ele não se move.

AS ESCADAS LEVAVAM do porão de dança da A Házam para seu bar e *lounge* no térreo. Atrás do bar, Tamás e dois outros homens atendiam as necessidades da multidão. Nas paredes atrás deles, pendiam fotografias emolduradas de vários líderes soviéticos e do Bloco Oriental, todos autografados para Tamás, embora em húngaro e com a mesma caneta de feltro preta e a mesma mão. "Grande Tamás", dizia a inscrição em húngaro na fotografia de Stalin. "Nunca me esquecerei daquela vez com as três garotas polonesas! Você é o melhor! Joe." "Tamás, sua casa é minha casa: sempre haverá uma festa. Rakósi." "Tamás, erros foram cometidos, excessos foram praticados, mas nunca por você, *cool baby* [estas últimas palavras em inglês]. Nikita K." "Venha até a <u>minha</u> casa, T. Vou mostrar a você do que as garotas gostam! VN Lenin." "Os melhores votos ao nosso querido jovem Tamás – Sr. e Sra. Ceausescu."

ELE AINDA SE LEMBRA, ocasionalmente, de tramar a morte do irmão tantos anos atrás e, naquela mesma noite, concebido o filho cuja triste chegada matou sua mulher, e em um instante de extrema dor, ele ainda não consegue negar que os dois eventos estejam conectados, e é espetado por uma farpa da religião perfumada que ele jamais toca em outros momentos: a criança foi concebida à sombra do seu pecado, e ele essencialmente assassinou sua mulher naquela noite, nove meses antes da morte dela, tomando-a para si quando a idéia de assassinato ainda fervilhava em sua cabeça. E, nesses momentos, a culpa pelo seu crime é tão dolorosa fisicamente que ele fecha os olhos para se defender. Este tique, que será muito menos comum dali a dez anos, ainda é imediatamente seguido não por alívio, mas por uma sensação quase igualmente dolorosa de que ele é um idiota. Esta noite, porém, na frente de uma lareira que não é suficiente para aquecer o aposento, o garoto notou o rosto do pai e pela primeira vez reuniu a coragem para perguntar que dor seu pai sofre para provocar tamanha expressão em seu rosto. "Você está quase grande demais para se sentar no meu colo", responde o pai, puxando o garoto de seus soldados de brinquedo para se juntar a ele na *chaise-longue*. Ele olha para um filho e invoca um pensamento favorito, que o apaziguou muitas vezes no passado: a maioria dos homens consideraria o garoto o assassino de sua mãe, mas eu não; ele é inocente aos meus olhos. Jamais farei com que ele pague pelo que me fez.

A MOBÍLIA DO *LOUNGE* consistia de cubos de madeira, algumas banquetas, duas cabines tiradas de salvados de demolição e que não combinavam uma com a outra, e vários sofás depauperados espalhados aleatoriamente pelo salão. Sobre cada superfície disponível, alguém fumava, bebia, beijava, ria, olhava. Uma gigantesca placenta de fumaça obscurecia o teto e se ligava a uma centena de fetos que fumavam através de uma centena de cordões umbilicais de fumaça.

ELE VIVE APENAS ATÉ a primavera do seu quadragésimo segundo ano, morrendo em uma noite anormalmente quente. Seu filho, hoje um soldado de dezenove anos no Exército do Império, descobre o corpo, mas só na manhã seguinte, pois passou a noite fora de casa, primeiro em uma patrulha, e depois em um bordel com dois de seus camaradas. Cabe aos seus tios e aos advogados dispor da casa, e isto, no começo, não lhe interessa muito. Nunca houve muita luz ou diversão ali, se quiserem saber a opinião dele. E com essas palavras animadoras ele dá as costas ao enterro do pai e marcha para o quartel, de braços dados com os companheiros, todos ansiosos para "sacudir a vida pelos calcanhares e ver o que cai dos bolsos dela".

NO COMEÇO DE JULHO de 1990, A Házam dançava sobre o abismo do excesso de popularidade: todos sentiam que seu segredo havia escapado do controle. Os húngaros mais descolados sentiam que havia estrangeiros demais. Os estrangeiros mais descolados tinham a impressão de que havia muitos estrangeiros nãodescolados. O resto dos estrangeiros, que não se dava conta de que não era descolado, notava a quantidade de turistas óbvios. Em setembro, ele se tornaria um bar favorito do passado ao qual você realmente não conseguiria mais ir sem sentir nostalgia pelos bons e velhos tempos em que ele era só seu. Mas, por algumas semanas em julho daquele ano, antes que ele fosse elogiado em um guia de viagens de baixo orçamento publicado por uma universidade por sua autenticidade como um local só de nativos, A Házam era a primeira escolha de todos.

ALGUNS MESES MAIS tarde, passando por cima dos conselhos dos advogados e dos avisos um tanto ríspidos dos tios, ele permanece impassível e ordena que a casa e todos os seus móveis sejam vendidos ao melhor preço possível e o dinheiro depositado em sua conta. Isto e a herança de seu pai lhe fornecerão um grande apoio para sua carreira militar. Derrotados, seus tios não viram o rapaz mais do que uma ou duas vezes por ano por toda a sua vida, já que o irmão deles havia ficado cada vez mais recolhido ao longo dos anos. Eles se lembram de um garoto silencioso disposto a fazer o que o pai instruísse, e ficam um tanto surpresos com sua decisão súbita, ofendidos porque o conselho que lhe deram fora ignorado de maneira tão brusca e agressiva. Mas o tio mais novo leva o soldado para almoçar no Cassino e acha o rapaz realmente agradável, com nada mais sério na cabeça do que mulheres, a mais recente ópera-bufa e progressos na carreira militar. A casa é vendida por um preço excelente em cinco semanas, e os tios não ouvem mais falar dele.

Vinte anos depois, em outubro de 1915, o tio que o levara para almoçar vê o nome dele na lista de heróis tombados no jornal *A Nação Desperta*.

AS PORTAS DA FRENTE, que deixavam entrar o calor de julho, se abriam para seis degraus de concreto que levavam para a calçada estreita e dali para a rua. No quarto degrau de baixo para cima, estavam sentados Mark Payton e John Price. Do outro lado da pracinha, algumas velhas estavam nas janelas de seus apartamentos observando, zangadas ou curiosas, a multidão de jovens se divertindo abaixo.

Emily Oliver ia se sentar com os dois homens de vez em quando, aparecendo em um lado ou outro de Mark, a luz da rua refletida curva sobre seus olhos escuros. Quando ela ria das piadas de John, quando ele a via ouvindo Mark falar de sua mais recente pesquisa (e quando ela e John haviam dançado no porão fervendo e bebido no bar enfumaçado), os sentidos de John ficavam mais aguçados, não só na quantidade de aromas que ele conseguia distinguir, por exemplo, mas nos significados subjacentes que estava percebendo: da última vez em que ela se sentou nas escadas, um elemento no perfume dela reagiu com a fragrância das árvores naquela rua em particular, e as fumaças de óleo diesel dos carros apareciam no ar de verão competindo com as marcas de fumaça de cigarros, até que tudo passava a ter um cheiro de significados e acontecimentos, de vida real e momentos permanentemente memoráveis.

— Porque não há nada realmente novo que tenha qualquer valor — respondeu Mark, com tristeza. — Na ciência, suponho que haja, mas mesmo isto realmente nunca provoca nenhum impacto em você ou em mim. Nós só nos beneficiamos das descobertas científicas anos depois do fato. Você, na verdade, deveria sentir nostalgia pelos pesquisadores médicos realmente velhos.

John bateu as cinzas do cigarro na rua e se inclinou de lado para permitir que uma multidão de americanos passasse entre ele e Emily. Quando tornou a se endireitar para uma posição de conversa, ela já estava desaparecendo escada acima entre um bando de Julies que gargalhavam.

E depois, quando as Julies a levaram escada abaixo até a rua, acenando para ele e Mark de modo indistinguível, John amaldiçoou, em rápida sucessão, sua inaptidão, o intrometimento das Julies e a inacessibilidade dela. Essa mesma mistura de aromas agora se coagulava com um leve travo de desespero, provavelmente permanente. Ela estava trancada atrás de alguma barreira, e ele não sabia dizer se ela queria que ele rompesse esta barreira ou não, e, caso quisesse, por que não podia ou não queria ajudá-lo? Suas teorias se multiplicavam e contradiziam umas às outras: ele não era esforçado e não tinha o coração aberto o bastante para combinar com ela, e por isso ela só podia desaprová-lo; ela tinha algum conhecimento que, assim como respirar, não podia ser ensinado, mas que ela inconscientemente esperava que ele provasse que compreendia. Talvez ele devesse ser mais atirado. Ou menos.

— É, é mesmo você, não é? — alguém lhe perguntou. Duas garotas húngaras, de cerca de dezessete ou dezoito anos, haviam parado no final das escadas e se voltaram para olhar para John, surpresas e ansiosas, na dúvida, mas animadas. Uma sussurrou alguma coisa, ambas deram risinhos, e então a garota mais magra empurrou a gordinha na direção dele. — É você, não é?

— Acho que sim — disse John. Lidar com essa situação de forma tranqüila divertiria Emily, ele achou, antes de se lembrar que ela não estava mais lá.

— Somos fãs muito grandes de você — disse a garota empurrada.

— Cada filme! — A magra deu um passo adiante, lamentando ter permitido que sua amiga tivesse uma proeminência tão fácil na conversa. — Já vimos cada um dos seus filmes!

— É mesmo? — disse John. — Qual é o seu favorito?

As garotas deram grandes gargalhadas.

— Não sei o nome em inglês — disse uma delas, ofegando ligeiramente. — Foi exibido mês passado no Corvin. Foi aquele em que você se perdeu nos espaços com a garota loura e os dois cachorrinhos engraçadinhos.

— Claro, claro — disse John. — Esse é o meu favorito também.

— Ela não está mesmo com você na vida real, está, essa loura do cinema? — perguntou a mais magra, ignorando as risadas de Mark.

— Ela não é a garota certa pra você — disse a mais gordinha com seriedade, e sua amiga chamou sua atenção em húngaro.

— Ok, deixamos você em paz agora, mas obrigada. Adoramos todos os seus filmes. Mas espere, queremos dizer uma coisa também — disse a magra. Ela olhou para o chão, então para sua amiga como a pedir apoio, e então para John por baixo de uma sobrancelha franzida. Falou com rapidez e seriedade: — Lemos isto no jornal. Por favor, dizemos isto porque adoramos os seus filmes. Fique longe das drogas, por favor. Você é tão bom ator de cinema e um garoto tão bonito, mesmo na vida real. Por favor, chega. De drogas. Nós sabemos que elas vão matar você se não parar elas. Sabemos que é difícil.

— Sabemos que é difícil — concordou a amiga. — Mas elas vão botar você de volta na cadeia se não parar. Por favor.

John ficou comovido com a preocupação delas. Nunca antes garotas haviam ficado à beira das lágrimas por causa do seu bem-estar. Ele sabia que não podia fazer promessa nenhuma; isso não seria realista, dado o tamanho do problema. Tornou a agradecer, disse apenas que iria fazer o melhor que pudesse. Elas ficaram ali, tímidas, mais um momento, até que uma delas perguntou se podia beijar o rosto dele e a outra rapidamente pediu o mesmo favor. John esperava que Mark contasse a Emily sem que precisasse instruí-lo para isto. Acenou de volta a cada vez que as garotas olhavam para trás, enquanto desciam de braços dados a rua escura.

Rindo, nem Mark nem John conseguiam adivinhar de que ator se tratava, mas, por um fragmento ou dois de tempo alcoólico, ele ainda sentiu o calor da atenção de suas fãs, até que a próxima onda de pessoas saindo do clube desceu para a rua e lentamente se dispersou, revelando Charles Gábor beijando a mulher baixinha que o havia agarrado no porão. Sua cabeça e pescoço se abaixavam muito para encontrar o rosto levantado dela. Ela ficava nas pontas dos pés e mantinha o equilíbrio agarrando a bunda dele com as duas mãos. Ele dobrava os joelhos de leve e ajudava a estabilizá-la pressionando uma das mãos nas costas dela e massageando seu peito com a outra. Em silêncio, John e Mark viram seu amigo lamber o pescoço da baixinha e falar em húngaro com ela. Impulsionada subitamente pelo desejo, a garota deu um pulo, enroscando as pernas ao redor da barriga de Charles e os braços ao redor do pescoço dele. Tornaram a se beijar, a cabeça dele agora se esticando para encontrar a dela, e Charles foi descendo a rua assim, às cegas, procurando um bulevar e um táxi.

— Você não detesta ver uma coisa dessas? — disse Mark, levantando-se e indo na direção da praça. — Vem cá, quero te mostrar uma coisa.

Quando deixaram o clube para trás, a rua rapidamente ficou silenciosa, como se uma porta tivesse sido fechada. John seguiu Mark até uma ruela lateral, onde húngaros se dependuravam de janelas abertas no térreo. Debaixo dos canos de descarga de Trabants e Skodas, poças tremiam, sobrepostas por espirais de arco-íris de gasolina que pareciam minúsculas galáxias perdidas.

— Eu adoro suas colunas, sabia? — disse Mark. — Elas parecem temas de uma lenda futura sobre algum tempo glamouroso perdido. Do tipo: "Lembra-se daquelas colunas, no começo dos anos noventa?"

— Obrigado — disse John distraído; não estava no clima para aquilo. — O que você queria me mostrar?

— Um monte de coisas. Quero te mostrar um monte de coisas. Estou curioso para saber se você... esta rua, para começar. — Mark passou os dedos pelos cabelos ruivos das têmporas, puxando-os até ficarem esticados nos lados, como tufos de penas em um pássaro doente. — Foi o que me fez iniciar esta pesquisa, já que você perguntou. Na verdade, acho que quem perguntou foi Emily, mas estou tão bêbado que não consigo lembrar. Adoro tudo nesta ruazinha. As vidas que foram vividas aqui. As coisas que as pessoas sentiam aqui. Como era ficar aqui e estar apaixonado. Você pode se imaginar em pé exatamente aqui, estar apaixonado e ver o mundo como ele era antes do cinema existir, antes dos filmes fazerem você ver tudo de uma maneira determinada?

Mark andou de costas até o meio da rua, a cabeça inclinada para trás para examinar os prédios pelos quais passava. Apontou detalhes arquitetônicos para o seu grupo de excursão meio a contragosto, descreveu em tons igualmente cuidadosos as características planejadas e as não-planejadas; nenhuma delas era superior para ele: cornijas e buracos de balas, datas escavadas e trabalhos de cantaria desmoronando, balaustradas de pedra outrora elegantes onde agora faltavam um ou dois pilares em forma de urna, arreganhadas como as bocas desdentadas de velhotas, cujo charme só Mark conseguia detectar.

— Por favor, por favor, me diga que você está entendendo o que eu quero dizer.

— Ah, sim, sim. Prédios.

— Eu adoro que esta ruazinha esteja tão perfeitamente decadente, mas você ainda pode ver como ela era quando era um novo projeto, provavelmente na década de 1890 ou coisa parecida. Olhe como a rua foi traçada para mostrar a casa de ópera com o máximo de surpresa e drama. — Parou justo onde a rua começava a revelar a Andrássy e a ópera. — Ou você pode vir por aqui, depois de uma noite romântica na ópera, e poucos metros depois dos lampiões e das carruagens, você tem um cenário íntimo para um passeio de enamorados. Você desce a rua e se sente perfeitamente feliz, perfeitamente vivo, e jamais se pergunta por quê. Mas os planejadores da cidade fizeram isso de propósito. Sabe, existem muito poucos lugares no mundo onde me sinto em casa. Isso não é patético? E existem, na verdade, menos lugares assim a cada dia que passa. E eles estão encolhendo. Isto acontece com você? Vai chegar um tempo em que só haverá um espaço muito pequeno. E é tudo o que eu vou ter. Vou ter de permanecer muito parado e olhar apenas em uma direção, mas aí acho que vai ficar tudo bem. — Ele deu uma gargalhada. — Entende o que eu digo, John?

E John riu, como supunha que Mark queria que ele fizesse.

Viraram na Andrássy, para o lado oposto de onde ficava o apartamento de John, seguindo a longa extensão do bulevar com árvores enfileiradas que dava na praça dos Heróis. O rosto de Mark brilhou ligeiramente verde sob um sinal em néon pendurado na vitrine de uma loja no piso térreo: 24 ÓRA NON-STOP anunciava uma loja de conveniência e um *snack bar*, e John o acompanhou para dentro do brilho fluorescente e banquetas altas na frente de um balcão, onde se sentaram.

— *Egy meleg szendvicset, kérek szépen* — disse o canadense à mulher cinqüentona que se materializou atrás do balcão.

John pediu o mesmo e um Unicum. Sua camisa tinha o fedor dos cigarros dos outros e seus olhos doíam; ficou tentando imaginar que horas eram. A mulher se voltou para um pequeno fogão elétrico em cima de uma prateleira e começou a cozinhar duas fatias de pão de centeio com queijo derretido e fatias de presunto rosado. Serviu o digestivo preto a John. Ficaram observando-a em silêncio, olhando seus próprios meios-reflexos na janela. John pediu mais um.

— Você algum dia já se perguntou por que os artistas sempre freqüentam cafés? — perguntou Mark baixinho, olhando para o avental da mulher, enquanto ela lambia um pedaço de queijo derretido das costas do polegar. — Foi o que eu fiz o dia todo hoje, e fiquei pensando em você por alguma razão, que você em particular gostaria disso. Sério. Então, por que os artistas pobres originalmente se reuniam em cafés? — Ele esperou uma resposta, e quando não apareceu nenhuma disse que aquilo era sério, que a resposta era importante.

— Não sei. A inspiração da atmosfera.

— Rá! Não, você também foi enganado, exatamente como o resto de nós. Os cafés não tinham atmosfera de inspiração no começo. Isto só veio mais tarde, quando as pessoas já sabiam que os artistas os freqüentavam. No começo, eles eram apenas lugares que serviam café. Não tinham mais atmosfera que este lugar.

— *Amerikai?* – perguntou a mulher do balcão. Os cabelos dela eram da cor de maçanetas de cobre muito desgastadas, e seus peitos pendiam da blusa de angorá imitação como bichos preguiças gordos demais.

— *Nem, kanadai* — respondeu Mark.

Ela assentiu, satisfeita com a conversa, e voltou-se para endireitar produtos nas prateleiras: licores, pacotes de bolos da Noruega, cereais de café da manhã alemães com mascotes de desenhos animados alemães, contraceptivos franceses trazendo fotografias de *marketing* e de instruções explícitas.

— Posso remontar tudo bem para trás, até o começo — disse Mark. Começou a tirar da cartola datas, nomes e eventos com a facilidade de um *expert*, começando devagar, para depois acelerar empolgado: 1945 — Lenoir espera que a vida do café seja igual a como era antes da guerra e chega até a organizar um grupo para garantir que os melhores cafés continuem abertos, com os mesmos horários, *menus* e mesas; 1936 — Agora, antes dessa guerra, Fleury declara tristemente o quanto os cafés mudaram desde a *última* guerra. Ele é jovem demais para saber disso como um fato observado em primeira mão, mas o escreve em seu diário mesmo assim. E também escreve, com um deleite infantil, que chegou realmente a *ver* Valmorin um dia em seu café. Ele acha incrível ver seu ídolo ali, em carne e osso. — Ele achava que Valmorin jamais voltaria ao café por causa de seu suposto declínio — disse Mark. — Depois desse dia, ele nunca mais escreveu uma palavra de reclamação até que Valmorin morreu. Então, naturalmente, ele declarou que os cafés estavam de uma vez por todas mortos, embora ainda os freqüentasse *o tempo todo*. Isso foi em 1939.

Mil novecentos e vinte: o próprio Valmorin, em uma carta a Picasso, escreve que talvez os cafés não sejam mais tão importantes para o mundo da arte quanto no tempo de Cézanne. Mil oitocentos e oitenta e nove: Cézanne escreve em seu diário que não se sente bem-vindo no café por causa de seu rompimento com alguém cujo nome escapava a Mark agora, apesar de bater na testa repetidamente em um esforço para liberar esta informação. Mas Cézanne tem de fazer sua aparição no café mesmo assim. Ele escreve que toda a cena do café é uma necessidade profissional, mas um embaraço, uma farsa desempenhada por macacos.

— Foi a palavra que ele usou, John — disse Mark, com admiração. — Macacos. E por aí vai — continuou. — É uma cadeia perfeita. Todo mundo cita alguém morto como razão pela qual precisa ir ao café. Todo mundo diz que os cafés funcionaram bem até algum ponto antes de seu próprio nascimento. Mas volte a *essa* data, e existe mais alguém dizendo que o auge foi alguns anos antes. E então eu realmente descobri. Minha descoberta. Minha. Você vai ficar surpreso com isso. Eu decorei. Li várias e várias vezes, tipo, por uma ou duas horas, na verdade. Mal consegui acreditar quando encontrei. Foi tão... — só conseguia balançar a cabeça. Descreveu uma carta para Jan van den Huygens, datada de 1607.

Van den Huygens era estalajadeiro e artista, especialista em pintar bêbados e prostitutas, já que, em sua estalagem, eles eram muitos e baratos, freqüentemente forçados a posar para pagar as suas contas do bar. Ele os vestia com roupas extravagantes da Roma antiga para que pudessem passar por Baco e Vênus, quadros que costumavam vender bem, naquela época. Mas os produtos acabados não tinham aquele algo mais clássico.

— Eles simplesmente pareciam pessoas tristes e acabadas enroladas em lençóis — riu Mark —, com um sorriso bêbado e bochechas vermelhas ou peitinhos expostos. Van den Huygens não vendeu muitos deles em toda a sua vida, mas pintou quilômetros e quilômetros. Hoje, eles aparecem nos museus provincianos holandeses menos criteriosos e em coleções de universidades dos EUA e do Canadá ansiosas por qualquer coisa que possa passar por um Velho Mestre.

John fez sinal pedindo um terceiro Unicum e Mark aguardou, paciente.

— Van den Huygens recebe uma carta em 1607 que, com toda razão, deveria ter sido imediatamente jogada fora. Ao invés disso, graças a Deus, ela sobrevive por quatro séculos, porque van den Huygens morre menos de uma semana depois. Ele morre, e sua viúva tem uma idéia sagaz: uma venda dos quadros e papéis de seu marido poderia trazer algum dinheiro imediato, na verdade. Acho que ela tinha um dom de relações públicas ao estilo do século dezessete, porque em menos de um mês consegue vender *todos* os quadros de um homem que jamais conseguira vender mais que alguns poucos durante sua vida. Ela adoçou o negócio com os "papéis" do falecido artista. Seus diários e suas cartas – incluindo de 1607, que, por acaso, ainda estava quente em uma mesa quando ele empacotou – são vendidos, e o comprador (um *marchand* que sempre, sempre, sempre apostava no azarão do páreo) cataloga cada pedacinho de papel que a viúva van den Huygens lhe vende. Os papéis são encadernados em couro fino, com relevo em ouro. E é isso.

Mark não tinha a menor noção de que havia perdido sua platéia: John estava saboreando o retinir nos ouvidos, o raspar agradável da garganta, os relâmpagos de cor e sombra atrás dos seus globos oculares – todos os efeitos desejáveis de um terceiro Unicum em rápida sucessão. Tecnicamente, estava escutando a história alucinada de Mark, mas os personagens menores estavam tomando forma em sua mente como pessoas que ele conhecia. Especificamente Emily Oliver, uma dama da noite holandesa do século dezessete, que olhava para ele por trás de uma mesa baixa e tosca de madeira na frente da enorme lareira acesa, um porco tostando e pingando gordura nas chamas, crepitando e levantando fagulhas. Emily vestia apenas uma toga e uma coroa de louros. Uma natureza-morta estava espalhada à sua frente sobre a mesa: frascos verdes de vidro contendo vinho dourado, maciços pedaços de pão partidos ao meio, limões fatiados com gomos pintalgados, arenques com brilho platinado, violinos envernizados com suas superfícies espelhadas, tigelas prateadas com uvas iluminadas pelo fogo e nozes cheias de ranhuras, um crânio ou dois apoiando velas quase nos tocos. Emily selecionou uma única uva vermelha e estendia um braço nu para o céu. Jogou a cabeça para trás, dobrou o braço, pegou a uva entre os dentes. Arregalou os olhos e mordeu suavemente, pressionando os dentes de modo quase imperceptível contra a pele da uva, com força suficiente apenas para fazer a fruta mudar de forma, mas não para romper sua casca delicada. John colocou sua paleta seca ao lado da tela negra, jogou sua boina de lado, aproximou-se de sua modelo. Ela deu dois passos lentos para trás, rindo por entre a uva ainda presa nos dentes, e deixou a toga cair.

– Até que a carta é incluída na biografia não de van den Huygens, cuja biografia *ninguém* jamais escreverá, isto eu garanto, mas na do *autor* da carta,

Hendrik Müller, um artista verdadeiramente significativo. Foi nela que eu li a carta, embora o biógrafo tenha desprezado completamente sua importância.

Mark sorriu e agora falava muito devagar e baixinho, recuperando por um breve instante a atenção de John.

— Müller escreve: "Jan, os meses de inverno são de um frio brutal. Trabalhar no meu estúdio durante o dia é suportável, mas conversar lá à noite é inviável. Poderia arrumar uma mesa regular para mim e alguns amigos perto da sua lareira? Nós compramos a comida e o vinho, e quem sabe você pudesse abaixar o preço se prometermos aparecer todas as noites até abril ou maio."

Mark recitou de memória esse poema de incrível eloqüência e poder emocional. A coisa mais importante do mundo naquele instante para Mark Payton, era fazer com que John Price compreendesse aquela carta e, por extensão, Mark. Agora ele falava muito baixinho, os dedos entrelaçados com força atrás da nuca.

— Entenda, John. Müller, que era um gênio reconhecido, está falando conosco. Com você e comigo. Ele está nesta sala conosco agora. Ele... ele está tocando o seu ombro assim. Ele é nosso amigo, o Müller. Nós adoramos o trabalho dele, claro, mas todo mundo também adora, não é isto o mais importante para nós. Não, eu o adoro porque, ah... como ele bebe bem. Ou porque ele é um livro tão aberto para nós. Ele dança muito mal, mas só quando não está bêbado. Ou o jeito como ele olha para o babaca do irmão dele, ou, ou... — (Mark tira a mão do ombro de John e encara o balcão novamente.) — ...de qualquer maneira, ele diz para nós: "Caras, John, Mark, meu apartamento é frio, sabem?" E nós sabemos, não sabemos? Estamos lá o tempo todo.

Emily estava tirando a toga e se revelando ao brilho libidinoso e tentacular da lareira do século dezessete. Ela mordeu a pele da uva e John arrancou a blusa branca solta de seu corpo com um grunhido, mas de algum modo conseguindo perguntar:

— O apartamento dele é frio?

— Sim. De congelar. — Mark esticou a palavra *congelar* em três sílabas elásticas. — "Meu apartamento faz tanto frio, na verdade, que eu acho que devia me encontrar com meus amigos e alunos em algum lugar mais confortável para o nosso papo diário sobre pintura. Por que não a estalagem do meu amigo Jan, onde tem uma lareira enorme, comida e vinho?" — Mark falava com um sotaque possivelmente holandês, e esperou que a magnitude do que estava dizendo despertasse em sua platéia.

— Acho que seria mais quente — arriscou John.

— Isso! Ele foi à estalagem de van den Huygens, a um *café*, porque seria *mais quente*! Apenas isso. *Seria mais quente*. Está vendo? John, você está vendo? Por toda a Europa, naquela época, os pintores deviam ter percebido que uma pousada, ou seja, um *café*, seria mais quente. Todo um mundo de pessoas indo a cafés, porque seria mais quente. Seus alunos, talvez, até continuassem a prática — não uma tradição, não, apenas uma prática — porque estariam mais aquecidos... Mas os alunos deles ou os alunos de seus alunos... — A voz de Mark se tornou mais baixa, lenta. Ele soprou o ar de suas bochechas infladas. — *Eles*, eles vão aos cafés, porque é *isto* o que os pintores fazem. Agora você entende? — Mark perguntou isto diretamente a John, e, no fundo, ele não podia sequer suportar esperar que John ou qualquer outra pessoa — amigo, amante ou estranho — sequer visse Hendrik Müller como um herói, um homem que agiu sem um olhar para o passado opressivo, para qualquer idade de ouro há muito desejada. Mark mal podia encontrar as palavras para expressar a si mesmo o significado arrasador de Hendrik Müller. Sentir-se em casa. Estar em paz. Saber que os desejos do outro são verdadeiramente os seus e não, inadvertidamente, inevitavelmente, apenas os desejos dos antepassados há muito mortos ou, pior — pior de tudo —, as manipulações dos invisíveis Hábito, Estilo, Tradição, História. Ir para algum lugar porque seria mais quente, para viver e simplesmente estar. Com a pessoa certa pelo motivo certo, como aquele exato momento, de modo que até mesmo aquele lugar, aquela lojinha sem história pudesse brilhar com a importância do passado, bem agora, esta noite. Uma última tentativa: — Você, de todos que conheço, John, você deveria ver como esta descoberta é fantástica.

— Estou vendo que você é um maníaco completo, se lhe serve de consolo.

XVIII.

QUANDO JOHN ADENTROU A REDAÇÃO, NO DIA SEGUINTE, CUMPRIMENTOU todo mundo a esmo e deslizou para a frente do seu computador para digitar suas notas da festa do Quatro de Julho da embaixada dos EUA. *Eles esperaram quarenta anos pela liberdade*, escreveu, e então olhou para esta frase improvavelmente precisa e observadora, e para o cursor da tela, que piscava. Ficou ali, alternadamente desprezando e saboreando a freqüência com que Emily entrava tempestuosa em seu cérebro, tirava algo mais relevante do caminho, o tentava. Seu maxilar afrouxou e ele ficou olhando a generalização inacabada e inacreditável na tela do computador. O cursor piscava cada vez mais devagar, preguiçoso e arrítmico, um suspiro ocasional. Pisca. Suas mãos repousavam imóveis sobre o teclado até que ele se lembrou de Emily em sua toga, os cheiros da noite na rua, seus olhos fechados quando dançou com ele, sua fuga rápida com as Julies, e suas mãos digitaram, por vontade própria, *asdfjkl;* e deixaram o cursor ofegante como uma hiena com fome de sangue.

— Acho que você e eu devíamos sair para almoçar hoje.

A voz frenética era de Karen Whitley (artes, restaurantes, vida noturna, classificados). Ela estava sentada à frente do computador adjacente e acabava de desligar seu telefone. O ruído o assustara e fizera com que ele começasse a digitar.

Eles esperaram quarenta anos pela liberdade, asdfjkl; e, ontem, membros seletos dos recém-oprimidos nos viram comemorar nossos dois séculos de liberdade e mercado livre como os ousados e velhos profissionais que somos. Bolo vermelho, branco e azul e conversa fiada, que, claro, são os benefícios da liberdade. Mesmo assim, esta semana era possível sentir uma certa dúvida mútua na festa anual do Quatro de Julho da embaixada dos EUA. Os pensamentos dos VIPs húngaros eram fáceis de se ler: "Isto é tudo, depois de nossos sacrifícios? Foi isto o que nos ensinaram a temer mas que instintivamente amávamos? Isto é tudo?" E do outro lado da divisa: "O que temos feito ultimamente para merecer este bolo? Se isso exigisse uma rebelião contra tiranos, nós conseguiríamos realizá-la?" Qual lado estava cansado? Qual estava pronto para o futuro? Quem havia vencido? E o que viria a seguir? Já digitei as minhas mil palavras? E agora? asdfjkl;lkfdsasdfjkl;lkfdsasdfjkl; Tem um grande insight *chegando, tem um grande* insight *chegando, lá vai:*

— Vamos almoçar quando você acabar isso — repetiu Karen, mas desta vez ela não estava ao telefone.

Karen Whitley havia se apresentado a John em seu primeiro dia de trabalho, apenas alguns momentos depois de ele ter emergido de sua torturante entrevista com o editor. Ela o levou para conhecer o escritório e compartilhar sua descoberta secreta (fonte confidencial) de que Editor (que não tinha artigo definido para os que o conheciam), apesar do sotaque australiano, era de Minneapolis, um jornalista de segunda e segundo filho de um dos mais ricos fabricantes de equipamentos para escritório do mundo. "Grampeadores elétricos estão bancando este pequeno empreendimento", ela revelou, em sua voz acelerada de ex-campeã de debates no segundo grau. No instante seguinte, deu o braço a John para apresentá-lo a outros membros da equipe, como a anfitriã de uma fabulosa festa. O resto da conversa deles entrou, em seguida, em um padrão que, embora relativamente novo para John naquele dia, foi ficando comicamente familiar quando a primavera de Budapeste deu lugar ao verão; como eles se meteram naquele estranho lugar, naquele estranho momento da história, o que esperavam de seus empregos obviamente temporários, o que sonhavam em fazer de suas vidas, naquela súbita janela de possibilidade: a mesma conversa intensamente pessoal que John viera a ter com expatriados a todo momento, muitas vezes imediatamente antes de nunca mais voltar a vê-los. E, certamente, desde aquele primeiro dia de franqueza mútua empolgada, John encarou Karen como sendo pouco mais do que uma peça de mobília falante.

Depois de produzir um rascunho viável, ainda que tosco, quando deu por si estava com Karen em um restaurante próximo ao escritório, um das dezenas de antigos lugares gerenciados pelo Estado e que servia, preguiçoso, *menus* idênticos e apenas toleráveis. Os colegas de trabalho se sentaram e comeram saladas da economia de comando e paprikás qüinqüenais, e John lutou para prestar atenção no vigoroso monólogo de Karen. Ela precisava de muito pouco combustível conversacional para manter o motor ligado. Ele escutava, pronunciava murmúrios de compreensão. Ela descreveu a infância em Nova York, a faculdade na Pensilvânia, traçou o perfil de um namorado húngaro. Não, não exatamente um namorado, "um casinho ligeiro", ela suspirou, cansada da vida, deixando uma garfada de frango vermelho-alaranjado flutuar logo acima da boca, "e estou começando a pensar que é só para isso que os húngaros servem, sabia? Você *deve* saber. Estou percebendo. Você *sabe* sim. Ah, sim senhor, você sabe. Escute só este exemplo de masculinidade magiar esclarecida. Esta história é verdadeira: aconteceu com uma amiga minha. Vida real. Ela estava com um sujeito, estavam tirando a roupa um do outro, e ele pergunta: 'Que cheiro é esse?' E minha amiga pensou, opa, legal, ele gostou do perfume. Ela estava usando um *spray* de baunilha para o corpo todo, certo? O que é, acho eu, um pouco doce demais, mas muito gostoso. Então ela responde: 'Ah, é baunilha', ou coisa parecida, e ele diz, vida real, o sujeito diz, e lembre-se, ok, este é o segundo encontro dos dois e a primeira vez, então sabe como é, ei, cara, seja um pouco sensível, ok? E ele: 'Baunilha?'"

Karen adotou um sotaque húngaro bem convincente:

— "Baunilha? Escuta, eu quero comer uma mulher, não um pedaço de doce. Chuveiro", ele diz "Chuveiro!". Dá pra acreditar?

— Comer um pedaço de *doce*?

— *Exatamente*. Então, minha amiga chutou ele pra fora, mas ele ficou dando uma palestra até o caminho da porta sobre o medo que os americanos têm do corpo e seus odores naturais e blablablá, você conhece essa velha cantilena. Então minha amiga me ligou na hora, assim, vapt-vupt, me contou esta história, e a gente morreu de rir. Mas perguntei a ela se podia usar essa frase no meu filme, e ela disse que eu deveria usar o nome completo dele.

E ela entrou no território vizinho, uma discussão do roteiro que suas experiências húngaras já estavam produzindo, a coisa muito, muito sólida que ela estava vendo todo santo dia, seus blocos de notas, como ela tomava cuidado para não deixar que Editor a visse trabalhando nisso, como ela estava escrevendo em um café e ia abrir uma sala de exposições, e...

E lá estava Emily, uma única uva entre os dentes. Ela a mordeu quase até o ponto de rompimento. As sombras da lareira acariciavam seus braços e dançavam ao longo do seu pescoço. Ela afrouxou o nó do ombro de sua toga...

— Porque alguém precisa dizer a esta nossa geração o que ela *significa*, você sabe. Será que nós defendemos alguma coisa? Ou somos contra alguma coisa? Bem, eu vou lhe dizer, estou dentro: estou começando essa conversa agora, no meu filme. Ele é todo sobre isso — *nós* —, nossa geração, porque agora é a nossa hora, não podemos esperar mais, precisamos redefinir as coisas antes que mais alguém — alguém mais velho e já corrompido — o faça por nós. Sabe, precisamos nos levantar e dizer: "Ei, nós não pensamos *assim*, pensamos *assado*..."

A mão de Emily cruzou seu peito, brincando com as últimas pontas cruzadas do nó do lençol que desaparecia. O som da lareira foi ficando pronunciado, cada estalido e crepitar enchia a sala...

— Me pergunta. Vá em frente e me pergunta. Eu vou te responder: a última vez em que uma geração estava em nossa situação foi em 1919. Este é um *fato*; este é um *fato* sócio-histórico. Você pode prová-lo. Com números. Estamos tão perdidos quanto qualquer geração antes, e eu *adoro* isso, meu amigo. Olhe os nossos significantes culturais, como cada interação é emoldurada por...

E a toga — o nó no ombro, o lençol esticado sobre os seios dela — caiu, derreteu-se, deslizou da barriga dela, como se um mágico a estivesse revelando com um floreio impossivelmente gradual de uma capa que se dissolvesse, a cabeça dela jogada para trás, os cabelos soprados por um vento forte, porém sem origem...

— E, além do mais, este jornal *não* vai dar lucro durante as nossas vidas. Esta dica eu te dou de graça. Editor está maluco se acha que vai fazer sua fortuna com essa porcaria. — Ela pagou a refeição ao garçom. — Esta é minha, faço *questão*. Você paga a próxima. — Levou a xícara de café à boca. — Além do mais, a gente não pode realmente esperar trabalhar eternamente num jornal de expatriados, certo? Embora haja algo deliciosamente *fin-de-siècle* nessa idéia, sabe? O que me lembra de uma coisa: conheci um sujeito lá de casa que hoje está vivendo em Praga, sortudo filho da puta, e ele está tentando abrir um negócio fazendo sobremesas congeladas com a cara de Proust e Freud, e iguais a velocípedes também, e ele os batizou de Fin-de-Picolés...

Toda nua agora, atrás da mesa longa e baixa, ela mordeu a uva e engoliu-a levantando minimamente o canto da boca. Ela o chamou com um gesto...

Levantaram-se da mesa.

— Obrigado pelo almoço — disse ele.

Karen sorriu, tentou não rir. Ela fez um gesto com a cabeça apontando para baixo, e levantando as sobrancelhas ao mesmo tempo.

— Espero que isso aí seja por minha causa. — Ela arregalou os olhos. John estava usando uma cueca samba-canção debaixo de calças cáqui folgadas.

XIX.

O *KIT* DE MICROSCÓPIO DE UMA CRIANÇA: UMA LÂMINA E UMA LAMÍNULA. A lâmina: um retângulo de vidro do tamanho de um *band-aid* e da espessura de uma moeda de vinte e cinco centavos de dólar. A lamínula: um quadrado de vidro com o formato e a espessura de um selo postal. Para utilizar o microscópio, a criança pinga com uma pipeta uma gota de fluido sobre a lâmina e, em seguida, pressiona a lamínula sobre ela. A lamínula desliza sobre a superfície da lâmina, separada de sua base fixa pelo fluido, deslizando enquanto a criança tenta pressionar os dois pedaços de vidro com firmeza suficiente para fazê-los aderir. Os dois pedaços flutuam tão perto um do outro quanto possível, sem jamais, na verdade, se tocarem, flutuando separados por uma camada de fluido da espessura de uma célula.

John não conseguia tirar da cabeça esta lembrança durante seu primeiro e breve intercurso sexual, logo depois do almoço de 5 de julho de 1990. Ele estava enlouquecido — de desejo, sim, mas também frustrado quase até às lágrimas. Mas isto é tudo?, pensou, mesmo enquanto agarrava espasmodicamente pedaços de Karen. Isto é o máximo de intimidade que dois corpos podem ter?

Ao mesmo tempo, ele ficou surpreso pelo peso das pessoas, surpreso pelo fato de que ela tivesse algum peso. Em sua imaginação, as mulheres sempre foram sem peso e infinitamente maleáveis. Era possível levantá-las, rolá-las, empurrá-las de uma posição sexual para a seguinte, de uma fricção rotacionada para outra. Ao invés disso, ali estava aquela superabundância de gravidade — outro planeta, mais denso, exatamente do tamanho de uma cama. Partes estavam encaixadas, cabelos eram puxados, acessos eram bloqueados, paredes impingiam seus limites, lençóis conspiravam para interferir, molas gemiam para distrair e fazer pouco da cara dele.

— Adoro quando você diz palavrão — disse ela, e soltou um na cara dele.

Ele ficou deitado embaixo da forma nua dela, que estava em pé, cada pezinho pressionando um lado do colchão.

— Você estava com fome, John Price. Não comia há algum tempo, não é isso? Vamos ter que trabalhar em você. Escuta, concentre um pouco esse entusiasmo. Ela pulava para cima e para baixo; seus pés balançavam a alguns centímetros dos quadris dele. — Que delícia brincar com todo esse entusiasmo, John Price! Tenho tantas coisas boas pra te ensinar! Que delícia! — Pula. — Delícia! — Pula. — Delícia delícia delícia! — Pula pula pula.

Emily estava em pé em frente à lareira, toda nua agora (com novos detalhes), mas cobria os seios com as mãos cruzadas. Ela deu um sorriso afetado para o maroto e inconstante John. Fez um biquinho fingindo decepção, reprimiu uma lágrima inexistente, e então deixou as mãos caírem e o chamou novamente...

— Está pronto de novo? — Pula. — Você *está*, não está?

Karen está dormindo ao seu lado, de costas para ele. O lençol se agarra a ela de um jeito que dá a impressão de que ela tem quatro pernas. O trabalho está muito longe dali, e Emily também. Ele está apoiado em um cotovelo. Traça a mais notável descoberta do dia: a paisagem curva da lateral dela, das nádegas até as costelas e até o alto dos quadris dela. A luz da tarde esmaeceu. O quarto está chapado uniformemente com uma sombra cinza-clara que ele nunca vira antes, como se uma espécie inteiramente nova de luz tivesse sido descoberta recentemente. Através da janela aberta, por sobre os cabelos despenteados dela e sua respiração lenta, ele pode ver todo o outro lado da rua. A uma rua e meio quarto de distância dele, em um recém-repintado prédio de apartamentos do século dezenove brilhantemente iluminado pelo sol, que fica em algum lugar sobre o prédio de Karen, a metade superior atarracada de uma mulher húngara prematuramente velha planta os cotovelos no alpendre de sua janela, inclina-se para a luz, para um tipo inteiramente diferente de luz (e de mundo) e fica olhando a vida da rua cinco andares abaixo. Ela afasta com a mão uma mecha errante de cabelos grisalhos e beberica algo em um copo alto. Parece querer dizer algo. Novos aromas passam no ar e se misturam a aromas familiares – xampu, desodorantes, baunilha. Uma mosca achou o caminho do apartamento e não consegue achar o caminho de volta, dança consigo mesma no espelho e em seguida rastreia marcas de batom descendo pela lateral de um copo até se afogar em limonada morna. Você se lembra desta sensação de eternidade? John se pergunta, torce. Ele tinha que se encontrar com Scott daqui a pouco. Não consegue se lembrar de onde colocou o relógio.

XX.

OS PRICE DESCIAM DEVAGAR A RUA BUDA, TODA ALINHADA COM ÁRVORES achatadas.

– Preciso renovar meu oxigênio – disse Scott, e por isso foram até a ilha Margaret em silêncio. John gira um cigarro entre os dedos, passando de um para o outro, um truque de prestidigitação que aprendeu na oitava série com uma esferográfica. Passaram pela praça Moscou e pelas barracas do mercado, atravessaram os trilhos do bonde e o tráfego da Mártírok utca. A estação de ônibus e os pontos de metrô e bonde e os mercados de verduras dão aos seus olhos o que fazer.

– Como é que vai a Mária?

– Vai bem.

– Tem fogo?

– Está brincando?

O *smog* da tarde fazia cócegas nos pêlos das suas narinas, e Scott, às vezes, levantava a mão para cobrir a boca. John apalpou os bolsos à procura de uma caixinha de fósforos.

– E aí, o que está rolando entre vocês?

– Vocês quem?

– Você e Mária, os pombinhos mais apaixonados da cidade.

– O que está rolando? Sei lá. Difícil, difícil dizer.

– Ela é judia?

Scott deu uma risada desagradável.

– Não faço idéia. Mas é uma pergunta importante, irmãozinho. Vou conseguir a resposta e você pode enviar seu relatório para mamãe sobre os últimos crimes de Scotty, seu babaquinha de merda.

— Você realmente acha que eu vou fazer isso?

— Não, claro que não, por que acharia? Bobagem, meu filho, bobagem.

A língua de John começou a se espessar, paralisada. Ele havia deixado o apartamento de Karen e atravessado o rio para pegar seu irmão para outro dos rígidos, tangenciais, chatos e inúteis jantares semanais que ele havia iniciado, o tempo todo preparando e moldando uma pequena declaração para apresentar a Scott: uma confissão úmida e grudenta de confusão, solidão, empolgação, medo, orgulho. E, no entanto, ele agora não conseguia encontrar o pote de argila úmida que havia construído com tanto carinho. Nenhuma frase lhe saía da boca. Nenhum dos seus sentimentos fazia por merecer o esforço necessário para uma única sílaba, e tudo o que saía de Scott lhe dizia para manter a boca fechada. Se ele se sentiu dramático ao sair do prédio de Karen, quando apertou os olhos por causa da claridade e colocou os óculos de sol, se ele se sentiu satisfeito consigo mesmo no bulevar dela enquanto os carros tossiam num simpático uníssono e a arquitetura parecia quase tão importante quanto Mark loucamente insistia, se sentiu um quê de arrependimento ligeiramente engraçado dos seus ridículos princípios recém-enterrados, se, um quarteirão mais tarde, ele se perguntou o que aquilo realmente significava para ele e Emily (será que aquilo a rebaixava retroativamente ou comprovava sua importância relativa, a fazia mais significativa ou mais sem sentido, seria ele superficial ou másculo, será que ele havia se tornado mais forte ou jogado fora algo de valor insubstituível, e onde ele conseguira essas idéias antiquadas), se, perto do novo Burger King no Octágono, ele subitamente engoliu uma necessidade concreta de *chorar*, uma necessidade que acabou sofrendo uma transmutação e virou um pedaço de gargalhada ligeiramente forçado enquanto ele atravessava a ponte da Corrente, se ele parou duas vezes entre a ponte e a escola de Scott para deixar piadas bobas na secretária eletrônica de Emily, se abriu a porta da escola rezando para que Scott explicasse tudo mesmo sabendo que Scott não faria tal coisa, bem, agora, saindo da ponte Margaret na direção da ilha Margaret, seguindo o caminho a pé até uma clareira verde onde um grupo de rapazes estava jogando futebol, ele sentia apenas uma compulsão cada vez maior de tirar alguma coisa, qualquer coisa, definitiva de seu irmão, mesmo que fosse raiva:

— Então, você está apaixonado por Mária?

— Isso parece uma deixa para uma canção de *Amor sublime amor*.

As crianças tropeçavam e lutavam para manter o controle da bola de futebol.

— Já conheceu a família dela?

— John, você está brincando? Nós basicamente acabamos de ficar, ok? Sai dessa.

Chuta, erra, cai, agarra o joelho e faz uma careta, se levanta, corre para se posicionar para um gol potencialmente heróico. Espera lá, enfia o dedo no nariz.

— Então, como é? Como é que é?

— Como é *o quê?* — Scott coçou uma orelha. Ficou vendo o jogo. — É como uma chuva de primavera. É como Roma sob as estrelas. Camarotes para o dia da estréia. Seu nome chamado do outro lado de um salão lotado.

— Parece sério.

— Ah, sim, muito sério. Psicologicamente complexo. Tipo filme francês complicado. Brigas e discussões. Muitas ameaças. No final, tudo acaba em lágrimas e, mesmo assim, não vamos conseguir esquecer.

— Parece divertido.

— Isso também. Engraçado. Maluco. Pirado. Beijos na chuva. Jogando migalhas de pão para os pombos. Temos o mundo nas mãos, não sabia?

— Então você está muito feliz?

— Terrivelmente. Eu jamais soube o que significava essa palavra até agora. Jamais a vislumbrara, jamais tivera uma pista, mas agora fico todo aceso por dentro, como se levasse uma pequena lanterna noturna na barriga que brilhasse bem dentro da minha cabecinha feliz.

— Ela deve ser uma mulher daquelas.

— O sal da terra. Capaz de atrair os passarinhos. Não consigo deixar de amar essa garota. Somos unha e carne, corpo e alma. É a minha garota.

— O sexo deve ser extraordinário.

— Ah, sim. Tesudo. Adorável. Comunhão de almas. O elo mais profundo. Linguagem sem palavras. Retorno ao Éden. — Scott esfregou os olhos. — Unidade corpo-mente. Vulnerável, imutável, escolha a palavra. Hmffff... segredos do Oriente. Técnicas de pergaminhos perdidos. O que exatamente você quer de mim?

— Nada. Esquece.

— Já esqueci.

A bola de futebol escapou do tênue controle dos garotos e rolou na direção do banco dos irmãos. John chutou-a de volta ao jogo. Depois de mais outro minuto, ela finalmente rolou entre duas estacas enterradas na outra extremidade do campinho, e o garotinho, cujo pé a havia inadvertidamente tocado pela última vez, disparou com suas perninhas num círculo amplo e exuberante. Deu um soco no ar e acenou com o dedinho indicador enquanto absorvia os gritos intoxicantes, porém inaudíveis, da multidão da Copa do Mundo. "*Magyarország! Magyarország!*", a criança gritava enquanto completava a volta do estádio. Seus colegas de time o abraçaram e o levantaram precariamente sobre os pequenos ombros para mais uma volta. Os irmãos acrescentaram suas quatro mãos aos aplausos.

— É exatamente assim que eu me sinto o tempo todo — disse John.

— É, é genético.

Atravessaram até Peste e desceram a margem do rio até o Blue Jazz. O clube havia arrumado um porteiro na semana anterior, e ele perguntou aos irmãos algo em húngaro. "*Nem beszélek magyarul*", os Price pronunciaram a saudação ritual, ao mesmo tempo e com o mesmo erro de pronúncia.

— Ótimo. Americanos? — perguntou o leão-de-chácara em inglês. — Jantar e música? — ele grunhiu, e pegou o dinheiro das entradas deles.

Enquanto as salas iam se enchendo aos poucos, a nova pianista da casa tocava. No quadro-negro com giz do lado de fora, ela era simplesmente NÁDJA. Parecia ter seus setenta anos, uma mulher magra e frágil usando um vestido vermelho esvoaçante que, embora ficasse bem nela, já havia cumprido sua função por muitos anos. Enquanto ela se movia de acordo com a música, lembrava uma espécie exótica em um aquário, um fragmento de cores brilhantes de material esfarrapado flutuando e balançando em sua própria corrente particular. Sobre a tampa rachada e manchada do piano vertical velho, um cinzeiro, um maço de Mockba Reds e um isqueiro de prata. Ela tocava um *medley* velho e interminável que atravessava décadas e estilos: agora um *standard* de jazz que todos reconheciam: "All of Me", tocado de forma bem tradicional, com suaves improvisos no estilo da época: em seguida, um *rag* de Scott Joplin, decorado e reproduzido ao pé da letra: de repente, uma melodia *bebop*, a "Yardbird Suite", de Charlie Parker, com um coro ou dois de bem executados solos bop: "Watermelon Man", uma melodia *jazz-funk* dos anos 1960, com o *groove* de piano do *standard* do álbum original e o solo de saxofone de Dexter Gordon transposto para a mão direita dela: "Angel Eyes", "Everything Happens to Me" e "The Night We Called It a Day", em rápida sucessão, um tributo a um compositor esquecido: um prelúdio de Chopin, com apenas dois minutos de duração, mas tocado com facilidade descuidada; então um *hit* da Broadway, e era "Maria", de *Amor sublime amor*, o que fez Scott e John colocarem de lado os tacos de bilhar e se dirigirem a uma mesa, para ver as mãos idosas acariciarem e ferirem as teclas idosas.

Quando a canção terminou, os irmãos aplaudiram com o mesmo espírito com que haviam aplaudido o jogo de futebol. Foi o primeiro reconhecimento que a pianista teve desde que começara, uma hora e meia antes. Voltou-se para seus fãs e baixou a cabeça, um gesto que John achou estranhamente comovente: aquilo o atingiu com força e significado inexplicáveis; ele sentiu que era a resposta para o seu dia, para as perguntas que fora incapaz de formular para seu próprio irmão. Uma velha murcha se curva ironicamente para aplausos de mentirinha, ele pensou com uma sensação tranqüilizadora. Emily e Karen passaram imediatamente a ser vistas de uma perspectiva muito distante, como se sobre uma colina iluminada pelo sol, e ali elas pareciam ótimas. John queria muito conhecer a pianista.

O *bartender* apertou um botão e encheu o ar do clube com os arranhões enfumaçados de uma gravação antiga de Louis Armstrong. Nádja se levantou, apanhou cigarros e isqueiro e caminhou esvoaçante na direção deles. John ficou irracionalmente empolgado, mesmo depois de ouvir Scott resmungar: "Ai, meu Deus."

— Suspeito que vocês, cavalheiros, sejam americanos — disse ela, com a voz rouca de uma estrela do cinema da era de ouro. John se levantou e acendeu o cigarro dela. Apagou o fósforo e lhe ofereceu uma cadeira, apresentando a si mesmo e ao seu irmão.

Ela soltou um fio lento e fino de fumaça e a conversa esperou por ela.

— Uma dupla intrigante — murmurou. — Um irmão judeu, o outro dinamarquês. Como foi que isto aconteceu, John Price?

Como regra geral, uma voz de sotaque europeu meramente dizendo a palavra *judeu* era o suficiente para irritar John, mas agora ele estava encantado em reconhecer a disparidade que por cerca de vinte anos fora um tema de conversas instantaneamente chato, tédio das reuniões de família.

— Tenho como hábito nunca trocar históricos genéticos com uma mulher que acabei de conhecer, pelo menos uma mulher cujo nome eu não conheço — respondeu John, depois de acender devagar seu próprio cigarro.

Ela não só o colocava à vontade, mas, de algum modo, com seus braços magros e velhos, conseguia levantá-lo lá no alto. Sua elegância esmaecida e seu vestido puído, seu emprego peculiar, sua maneira graciosa e o domínio instantâneo da situação, o *glamour* de seu jeito de ir direto ao ponto: John sentiu um ligeiro arrepio de medo de que ela deixasse a mesa e lutou para mantê-la ali. Scott viu a transformação do seu irmão e disse muito pouco.

— Bastante inteligente, John Price. Mas e quanto ao dinamarquês melancólico? Será que ele explica a dessemelhança?

— Duvido que ele consiga — respondeu John. — Nossos pais juram fidelidade eterna. Gostaria de uma bebida?

— Um Rob Roy seria bem agradável. — Ela sorriu para ele. — Você é muito gentil.

Mas Scott se levantou e aproveitou a desculpa para deixar a companhia dela. Seu estranho inglês antigo de classe alta temperado com os sotaques vagos da Europa Central o irritava. As palhaçadas de John o irritavam. Qualquer coisa que mantivesse John em Budapeste por mais um minuto o irritava. Scott deixaria o clube o mais rápido possível; podia muito bem passar sem essas infernais torturas fraternas de qualquer maneira; talvez aquela noite marcasse o fim daquele trabalho forçado. Voltou com sua água mineral, o Unicum de John e — depois que o *bartender* consultou irritado um livreto amarrado a uma corrente nos fundos do bar — um Rob Roy. Ele desabou em sua cadeira e conseguiu falar:

— Bonito anel.

A mão antiga que se fechava ao redor do *highball* laranja-claro era sopesada por uma grande crosta verde e prata.

— Você é muito gentil, Scott, por mencionar isso. Um presente de um tempo indizivelmente antigo. Ele foi roubado de mim, recuperado, usado como suborno e recuperado novamente. O que mais? Vamos ver... Foi há muitos anos, no centro de uma situação de chantagem. E ele aparece na mão de uma condessa francesa em um quadro terrivelmente medíocre de dois séculos e meio atrás, que você ainda pode ver em uma sala muito apinhada no Louvre. Sei que isto parece uma mentira cabeluda, mas me disseram que é verdade, por uma grande autoridade. — Ela estendeu a mão e deu um olhar de apreciação ao anel. — É de um péssimo gosto, não é?

E uma estranha pausa na conversa. Ela sorriu para os dois jovens, algo menos condescendente do que convidativo, ficou observando como os dois suportavam seu ataque à improbabilidade. Os dois irmãos riram — dois sons muito diferentes —, e ela rapidamente percebeu pelos tons dissonantes qual deles lhe daria mais prazer de conversa naquela noite antes mesmo que John dissesse:

— Por que suspeito que era você quem estava fazendo a chantagem?

— John Price, você é um rapaz enxerido e acho que vou gostar enormemente de você. Talvez eu responda a sua pergunta depois que tivermos jantado.

— Ficarei muito contente se você nos der a honra.

— Um homem da imprensa — disse ela, durante as paprikás e o champanhe. — Você é um bravo correspondente louco para enviar informes das linhas de frente durante nossa próxima inevitável invasão soviética?

— Mais um colunista social, para ser honesto. Um historiador do momento.

— Delicioso. E o Príncipe Hamlet?

— Eu ensino inglês aos selvagens locais.

— E nós *somos* selvagens, não somos? — Nádja girou uma mecha de cabelos grisalhos ao redor de um dedo longo e enrugado, um gesto que metade dos homens na mesa achou grotesca, ao passo que a outra metade o achou inexplicavelmente encantador.

Ela disse que era meio húngara, nascida em Budapeste, no palácio da colina do Castelo, na verdade, embora não desse mais detalhes.

— Vivi em outros lugares, na verdade, por longos períodos, como dizem vocês, americanos. Temos um hábito um tanto infeliz de nos alinhar do lado errado em guerras mundiais, não temos? E em seguida sermos invadidos por nossos amigos russos para pagar nossos pecados. Tenho sido forçada, de tempos em tempos, a entrar para a irmandade das refugiadas. Mas sempre volto. E hoje estamos sendo invadidos por jovens bonitos do Ocidente, que vêm escrever sobre nós no jornal e nos ensinar sua língua gutural e muito complexa e nos vender um equipamento atlético de melhor qualidade. Aos nossos invasores — ergueu uma taça do champanhe que havia sugerido a John.

— Aos seus invasores — um dos membros da horda invasora brindou com ela.

Scott deduziu que Nádja era como uma *hostess* num clube de homens, que encantava os clientes para que fizessem pedidos de bebidas e comidas acima do preço, para os quais ela recebia comissão. Mas, como isca, ela parecia de um gosto tão microscopicamente específico que ele ficou se perguntando como ela conseguia faturar algo. Ficou observando o rosto do seu irmão quando ela falava, e vice-versa.

— Eu, junto com vários membros de várias famílias, deixei meu país em 1919, retornei em 1923, saí novamente em... 1944, retornei em 1946, parti novamente... sim, novamente, um hábito bastante viciante, não é?, ...em 1956, e voltei somente no ano passado. E acho que isso é vagar pelo mundo mais do que o suficiente para uma única vida.

— Você perdeu tudo o que tinha todas as vezes? — perguntou John, sem disfarçar o espanto.

— O dinheiro podia ser transferido ou escondido, mesmo naquela idade de trevas, John Price... Mas uma vez — ela riu baixinho e partiu gentilmente um cubinho de papriká de frango —, uma vez eu até esperava salvar... ah, é uma história comprida e boba. Preciso começar um pouco antes. Em 1956, eu já estava vivendo em Budapeste havia dez anos. Estava casada com um cavalheiro de grande educação e cultura, mas ele havia se permitido se envolver na violência antisoviética daquele ano. Quando os soviéticos decidiram nos exterminar de uma vez por todas, meu marido e eu optamos por uma partida rápida. Só que, sendo otimistas incuráveis, deixamos a cidade muito tarde. — Ela tomou um gole do champanhe. — Precisávamos chegar à fronteira com a Áustria com certa rapidez, mas não sabíamos ao certo quanta rapidez. A perda potencial de dinheiro não nos preocupava; eu sempre poderia tocar piano. Não tínhamos muito a perder, *quand même*. E não sou uma mulher sentimental, John Price, por isso a perda de velhas fotos ou bibelôs de enfeitar lareira não me fazia chorar. Não, meu marido e eu só lamentávamos uma coisa. Nós havíamos colecionado em nossos anos juntos uma biblioteca de livros de tamanho razoável e uma grande coleção de álbuns de discos, nenhuma das quais fáceis de se encontrar naqueles dias. Conhecendo nossos gostos, convidados nos traziam presentes discretamente. Tínhamos amigos que trabalhavam em livrarias, um que gerenciava a sinfônica e viajava com ela, outros faziam gravações de jazz para nós tiradas da rádio americana. Tínhamos muito orgulho da nossa casa: livros em húngaro, inglês, alemão, francês, gravações de música clássica e de jazz. — Uma corrente perolada de bolhas rodopiou e dançou quando ela bateu com o dedo na lateral da taça. — Jamais poderíamos esperar, e certamente não àquela altura, que pudéssemos levar nossos tesouros para fora do país conosco. A Hungria estava fechando todas as suas fronteiras, todos os buracos em sua pele, com uma rapidez terrível. Tínhamos que aceitar este fato, que nosso tesouro nos seria roubado, e lamentávamos isso terrivelmente. Mas o meu lindo marido foi esperto até o fim. Sabe, ele tinha uma idéia, porque... bem, eu menti quando disse que não era sentimental, receio. Na verdade, sou uma mentirosa incurável, John Price. É uma terrível falha de caráter, e preciso corrigi-la. Farei isto logo. Você irá me ajudar. Mas, nesse meio tempo, você não deverá acreditar jamais em uma palavra que eu disser. Então, sim, ele me viu chorando — é ridículo dizer isso agora — por causa de *Alice no país das Maravilhas*. Não a Bíblia, não Petöfi, nem Arany, nem Kis, nem sequer Tolstoi. Eu não podia suportar perder minha *Alice*. Ele me viu no chão, segurando-a como a um bebê, e foi por isso que comecei a chorar, segurando o livro e um disco de

Charlie Parker chamado "Blues for Alice". Primeiro eu estava rindo, eu nunca havia notado os dois juntos antes. Fiz uma piada para mim mesma de que a música era sobre o livro, e então comecei a chorar, e meu marido, pegando roupas para nossa fuga, me encontrou agindo como uma garotinha muito boba. Ele não me repreendeu por perdermos tempo. Ele entendeu na hora por que eu estava chorando e me disse o que faríamos, e fizemos. Passamos uma longe noite fazendo um catálogo de nossa literatura e música. De nossa vida e nossos prazeres. Nós nos revezamos com a caneta. Um de nós ditava, o outro escrevia. Você deve pensar nesta linda cena, John Price, pois ela foi muito bonita. Tanques desfilam pelas ruas de sua cidade. Onde você cresceu, onde você e nosso Scott foram garotos. Onde você se apaixonou e beijou suas primeiras namoradinhas. Agora essa estrada está arrebentada, feita em pedaços, porque os tanques são muito pesados, você sabe, muito mais pesados do que os carros comuns. Esses tanques estão na sua estrada, e lá estão garotos não muito mais velhos do que crianças, bem mais novos do que você agora, jogando garrafas com gasolina em cima dos tanques! Explosões ecoam pelas ruas onde você brincou um dia – do que você teria brincado? Beisebol? E, atrás de uma janela enegrecida, à luz de velas, meu marido e eu rabiscávamos e sussurrávamos. Ouça-nos: estou ditando o mais rápido que ele pode escrever, às vezes ele está abreviando, eu o beijo e juro que vou matá-lo se ele não conseguir decifrar sua pequena escrita taquigráfica quando estivermos em nossa nova casa. Estou ditando e fazendo as pilhas de livros e discos enquanto ele as anota. Ainda me lembro até mesmo de algumas das palavras que eu disse, títulos que jamais esquecerei. Elas ainda me aparecem, às vezes, sem motivo: Bach. Os Concertos de Brandemburgo, seis discos, 1939, Filarmônica de Berlim, regência de von Karajan. Louis Armstrong Hot Sevens, 1927: "Willie the Weeper", "Wild Man Blues", "Alligator Crawl", "Potato Head Blues", "Melancholy", "Weary Blues", "Twelfth Street Rag". *Música completa para violoncelo e piano* de Beethoven, Rudolf Serkin e Pablo Casals em Prades, França, 1953, três discos. O que acha disso, John Price? Cento e trinta e um discos, cada canção anotada, regentes, datas, músicos, lugares. Quatorze fitas de rolo gravadas em ambos os lados com transmissões de rádio: *Die Fledermaus*, Metropolitan Opera, 1950, Ormandy – um húngaro, sabia? – na regência. Adele interpretada por Lily Pons; Alfred, por Richard Tucker. *Madame Butterfly*, 1952, no La Scala, Tullio Serafin regendo, Renata Tebaldi cantando Cho-Cho-San. Art Tatum no Esquire Concert no Metropolitan Opera House em Nova York, EUA, em 1944, com Oscar Pettiford e Sid Catlett: "Sweet Lorraine", "Cocktails for Two", "Indiana", "Poor Butterfly", o "Concerto para Violoncelo em Si Menor" de Dvórak. Pierre Fournier com a Filarmônica de Viena, regência de Rafael Kubelik, 1952. Meu Deus, eles ainda vêm a mim com tanta facilidade! E, depois, trezentos e quatro livros. Cada autor, o título de cada história ou poema em antologias, o *Fausto* de Goethe em dois volumes e *Os sofrimentos do jovem Werther*, em alemão. Tchékov, histórias em húngaro. Todos os títulos, editoras, edições, descrições de capas, cada...

— Que ridículo. Isto é completamente ridículo — disse Scott, levantando-se imediatamente. — É impossível. Teria sido suicídio. Receio que você tenha erra... — Mas ele simplesmente balançou a cabeça e se afastou da mesa antes de terminar, sábia e saudavelmente recusando o conflito.

Nádja sorriu para a platéia que lhe restava e aceitou fogo dela.

— Bem, sabe, eu tenho que concordar com o seu irmão. Particularmente quando me ouço ditando esses discos. É impossível *mesmo*. Essa história é muito absurda. Eu não devia mais ficar contando essas histórias da carochinha.

— De jeito nenhum, por favor. Ignore ele. Não somos mesmo irmãos.

— Shhh! Nunca seja educado comigo só porque sou velha como uma antigüidade, John Price. É claro que minha história é ridícula. Scott é bem mais inteligente que você, eu acho. Não é a toa que você tem tanta antipatia por ele. Sim, antipatia sim. Mas ele tem razão: que pessoa em seu juízo perfeito acreditaria que outra pessoa em seu juízo perfeito, enquanto bombas explodem e as horas são cruciais, como raramente foram antes, escreveria as palavras — ela fechou os olhos — *A Ilíada, tradução de Pope para o inglês, capa de pano com desenho floral dourado, 1933.* — Ela voltou a abrir os olhos e deu um tapinha nas costas da mão de John. — Seu irmão está absolutamente certo. Não acredite numa velha que conta histórias ridículas dessas. Ela é uma ameaça à sua felicidade, John Price. — Soltou uma baforada de fumaça, e John desejou com todas as forças que Nádja tivesse vinte e quatro anos. — Mas lá estávamos nós, e nós fizemos aquilo. Sabíamos que havia um risco, claro, não éramos idiotas, estávamos simplesmente empolgados e tínhamos certeza de que aquilo valia a pena e que iríamos sobreviver e que teríamos o prazer de reconstruir essa coleção. Bombas explodem rua abaixo e estamos escrevendo nosso catálogo *raisonné*. Não sabemos qual é a situação no interior. Não sabemos se temos uma hora ou uma semana para chegar à Áustria. Mas nós fazemos isso. Apenas com a luz das velas, agora meu marido, meu lindo marido — por um momento John ficou sinceramente com ciúmes —, está em pé ao lado da estante e pega os livros, lê títulos tão rápido quanto posso escrever. Não sei a taquigrafia que ele sabe. Ele beija os livros favoritos antes de colocá-los no chão pela última vez. De vez em quando, rimos do que estamos fazendo. Estávamos rindo quando acabamos de escrevinhar. Ele me beijou. Estávamos rindo, John Price. Nós havíamos vencido! Nós resgatamos nossa vida, não só nossos simples corpos, como os outros refugiados fariam, mas nossa própria vida juntos também. Falamos de quando reconstruiríamos nossa casa em Londres ou Paris ou Amsterdã ou até mesmo sua Nova York. Todo dia faríamos isto: passaríamos juntos nossos dias livres com nossa lista procurando em livrarias e lojas de discos, encontraríamos nossos discos e compraríamos nossos livros até que a lista ganhasse vida. Estávamos rindo, porque estávamos fugindo com a planta-baixa, o *design* de nossa felicidade, e se explodissem nosso prédio, se queimassem nossos livros, se derretessem nossos discos com seus lança-chamas, se estragassem meu piano, ainda assim eles não iriam nos ferir.

"Finalmente deixamos nossa casa, com as roupas do corpo e nossas listas preciosas. A memória é uma coisa peculiar: consigo me lembrar daquelas descrições de livros e discos com detalhes, mas não tenho certeza de quantas páginas levamos. Lembro de um maço de papéis, talvez vinte páginas. Mas, às vezes, consigo sentir o peso de centenas de páginas. Por muitos anos, sonhei que estava correndo com uma única folha entre nós, e que ambas as nossas mãos eram necessárias para agüentar o peso dela. Consigo ver isto tão claramente quanto se fosse uma lembrança, mas sei que não é verdade.

O *bartender*, dando uma de apresentador, apresentou a banda da noite. Scott voltou com uma bebida e um sorriso renovado, virou-se para ver cinco músicos subirem ao palco. Três deles haviam tocado atrás de Billie Fitzgerald: John e Emily lhes haviam comprado bebidas — os gêmeos russos e o pianista húngaro. Mas Fitzgerald tinha sido substituída por dois jovens americanos vestindo ternos e de cabeças raspadas — um cantor negro e um saxofonista branco. Enquanto a banda afinava os instrumentos embaixo do céu azul, das nuvens brancas e dos heróis que há muito haviam partido, o saxofonista apresentou o primeiro número.

— "Beatrice", uma linda canção escrita pelo *saxman* Sam Rivers para sua mulher.

Nádja escutou por alguns minutos em silêncio.

— É uma linda canção, não? E uma tradição honrada pelo tempo, eu acho: escreva algo bonito, batize com o nome da sua esposa ou namorada, e jure que isso a tornará imortal. Uma mentira familiar, não? Todos vocês, homens, fazem isso, John Price.

— Termine logo a história — Scott a provocou. — Estou sentindo cheiro de tragédia no final.

— E não é mesmo? — ela devaneou. John estava maravilhado com a habilidade dela em desconsiderar o irrelevante Scott, mas achou que ela parecia entediada com a história, parecia discutir internamente se deveria terminá-la o quanto antes ou simplesmente rir e parar ali mesmo. — Sim, por um momento, fomos de carro, então a gasolina acabou, e, então depois, caminhamos em grupos, e depois apenas nós dois. E então fomos detidos. Não muito longe da fronteira, eu sei. Em um campo aberto, logo depois de sairmos de uma floresta. Um soldado russo muito jovem nos encontrou e à nossa lista e nos fez aguardar em pé enquanto ele virava as páginas para um lado e para o outro e, esperando, é o que se imagina, aprender húngaro em uma fração de segundo. Bem, vocês sabem, os recrutas russos raramente recebem esse tipo de dom, por isso, depois de algum tempo, ele finalmente chama seu oficial. O oficial veio do carro militar aberto, o, como é mesmo, o, o, o jipe, e ele sabia húngaro apenas o suficiente para falar como um homem das cavernas. "O *quê?*", ele gritou, com sua cabeça bem à frente dos ombros, assim, e brande os papéis, sacudindo-os na nossa cara. Meu lindo marido sorriu para ele, um perfeito cavalheiro pronto para ajudar o pobre sujeito a entender qual era a situação. Ele disse: "Amigos. Música. Livros." Ele gentilmente tirou as folhas das mãos do gorila e apontou para os nomes russos, muito embora eles não estivessem em escrita cirílica. "Veja", ele disse. "Tchékov. Turgueniev. Tolstoi. Tchaikóvski. Prokofiev." Assoviou temas da música. Cantou para eles. Sob as estrelas, ele cantou. Ele cantava muito bem. E eu pensei, não vai haver problema algum, porque a voz dele não está tremendo. Eles vão ouvir que ele não está nervoso e nós não fazemos mal nenhum e por isso não há problema e eles vão nos deixar ir com nossa lista, e quando contarmos esta história aos nossos novos amigos na Áustria, nós a contaremos como se ela fosse uma audição para a ópera de Viena. Meu marido apontou para o papel e disse, com um sotaque russo engraçado: "Prokofiev!", e assoviou o tema de *Pedro e o lobo*, e fingiu ser o caçador, fingindo apontar seu grande bacamarte. E o garoto — o recruta, o primeiro soldado — começa a sorrir. E ele assovia a parte seguinte! E nós sabemos que tudo vai ficar bem agora. "*Da! Da! Kamarad!*", diz meu marido, porque este garoto realmente é um camarada, para conhecer esta música. Meu marido estava em êxtase, ria e eles assoviaram a música de *Pedro e o lobo* juntos! Ali nós ficamos, nós quatro, em uma estrada de terra no campo húngaro, apenas alguns quilômetros de distância da fronteira austríaca. Apenas alguns quilômetros da Broadway, do Sena. A lua estava pela metade. Havia luzes do carro dos russos. Lá estava eu, tentando não parecer tentadora para os soldados russos famintos. Eu ainda parecia tentadora em 1956, cavalheiros.

— Nunca duvidei.

O cantor foi até o microfone, desabotoou o colete do terno e cantou sobre a suavidade das cordas e do baixo acústico:

And now I'm lost without you,
Star-crossed without you,
Tempest-tossed, mildewed and mossed,
And not infrequently sauced without you. *

— Mais champanhe?

— *Köszi*, John Price. Seria maravilhoso.

John ergueu a garrafa vazia e as sobrancelhas para uma garçonete.

— Então... luar, luz do jipe e soldados amorosos e famintos e lobos maus e armas à distância e onde tudo isso acaba?

— Você embeleza as coisas um pouco, meu crítico dinamarquês, como um professor, claro, mas vamos ver. Sim. Bem, meu marido e o soldado interpretando *Pedro e o lobo*. O oficial examinando nossos papéis o tempo todo, e agora ele interrompe a brincadeira deles. "*Nyet, nyet.*" Eles continuam assoviando e brincando. "*Nyet!*" E agora eles param. "Não. Por quê?", ele quer saber. Isso de húngaro ele sabe. "*Nem. Miért?*" Meu marido parou. Ele sentia dor e demonstrou isso. "*Miért?* Amigo, vida. Música. Livros." O húngaro mais simples que ele podia falar. Os elementos fundamentais. Então, repetiu essas palavras em alemão. E em francês. Inglês. Nenhum de nós sabia russo, por isso ele estava apenas torcendo para achar uma língua em comum com o oficial. "*Zene. Musik. Musique. Music. Könyvek. Buecher. Livres. Books.*" Jamais esqueci de seu rosto, de sua voz. Ele era um anjo na Terra. Eloqüente em oito palavras. Ele era — ela pensou por um momento — um embaixador da vida e da beleza e da arte. Ele estava pedindo àqueles estúpidos camponeses de merda que se levantassem do

* *E agora estou perdido sem você,/Apaixonado sem você,/Encharcado, orvalhado e mofado,/E não infreqüentemente temperado sem você.* [Optamos pela tradução aproximada da música, apenas para a compreensão mínima do leitor de língua portuguesa. (*N.do E.*)]

seu barro russo e abraçassem a civilização. E se olhassem para ele, por que não iriam querer isso? Ele era destemido, tão homem. Apontou para mim. "*A feleségem. Meine frau. Mon épouse. My wife.*" O que poderia ser mais claro do que isso? Menos ameaçador?

Ela trocou algumas palavras em húngaro com a garçonete que estava recolhendo os pratos do jantar da mesa deles e aceitou outra taça de champanhe de John. Soprou a fumaça do seu cigarro para longe de Scott e tocou a mão dele, jurou nunca mais acender outro em sua presença, agora que via que ele não fumava.

— Melancólico dinamarquês, você deve perdoar uma velha que colocou em risco seus lindos pulmões rosados.

O baixo tocava as últimas notas de um improviso.

— No baixo, Yuri, senhoras e senhores — disse o cantor para os aplausos educados. — Yuri no baixo.

— Yuri parece ter quinze anos, não? Ele parece muito com aquele recruta que assoviou com meu marido. Agora preciso terminar esta longa e tediosa lembrança para que vocês, cavalheiros, possam passar algum tempo com moças mais de seu agrado...

— "O que poderia ser mais claro e menos ameaçador?" — disse John. Ele girava a haste da taça de champanhe entre os dedos polegar e indicador.

— Sim. A não ser por esse oficial. Acho que devemos imaginar o coração *dele*, por mais vil que esse pensamento seja, naturalmente. Ele está longe de casa. Espera fazer a sua parte para endireitar aquele canto inquieto do Império, um canto que nem mesmo os eslavos, afinal, que sempre se dão ares, pensam que são melhores do que poloneses, tchecos, búlgaros e russos, e, lembre-se, que lutaram lado a lado contra os nazistas apenas doze anos antes, os mesmos nazistas, vamos imaginar, que mataram o pai daquele oficial, talvez. No meio dessa pequena revolta, ele deve cumprir seu dever. Em um caminho um tanto deserto, bastante próximo à perigosa fronteira com o Ocidente, com aqueles mesmos nazistas, talvez ele pense, porque, bem, são *austríacos*, afinal. E ali, naquele caminho, aparecem um rapaz e uma garota que parecem falar todos os idiomas *menos* o russo. E eles levam com eles um maço de papéis, estranhamente espaçados e etiquetados, folhas cheias de escritos, listas improváveis e aleatórias de nomes e palavras, incluindo nomes russos. E, claro, depois de alguns títulos de álbuns de discos, existem números de série. E, depois de cada livro, palavras que fazem um estranho sentido para o pouco de húngaro que ele sabe: pano vermelho, marroquim, relevo a ouro. O que poderia ser mais claro? O que poderia ser mais ameaçador? Já pensei muitas vezes neste oficial, claro. Será que ele realmente suspeitava de que nossos papéis eram códigos de segredos? Ou ele simplesmente nos odiava? Nós, húngaros que não nos demos ao trabalho de aprender russo, mas falamos em francês, alemão e inglês. Húngaros que causam problemas e fazem com que ele seja mandado para longe de sua família e seu lar na Rússia para fazer com que nos comportemos. Será que ele conhecia pessoas como nós e simplesmente nos odiava, nós, pessoas que falávamos de Tchaikóvski, Turgueniev e Chopin? Ou talvez nenhum destes nomes sequer lhe soasse familiar, e eu esteja fazendo dele um antiintelectual quando ele era algo muito mais simples. Talvez ele só tivesse suas ordens no coração: detenha todos, suspeite de todos, atire em todos. Não sei.

A música mudou de compasso e ela começou a retirar um cigarro do maço, então parou, empurrou a ponta branca de volta para seu esconderijo.

— Lamento muito, Scott. Não lembro tão facilmente de algumas coisas. A esperança bate as asas e voa no momento seguinte, quando eu o vi dobrar as folhas e colocá-las no bolso da jaqueta. Ele gritou algo em russo para o recruta. Olhou para nós e apontou para o carro, para aquele jipe. "Budapeste", ele disse num tom de voz neutro. Meu marido assentiu imediatamente e riu. "*Da! Gut. Ja. Igen, nagyon jó. Da!*" Como se estivéssemos perdidos naquela estrada e não quiséssemos nada além de uma carona de volta para a capital em chamas. Meu marido deu uma gargalhada estrondosa, sorriu para mim e disse em inglês: "Meu amor, quando eu mandar, corra!", como se estivesse dizendo: "Mas que sorte, hein? Estes gentis cavalheiros vão nos levar de volta a Budapeste!"

O cantor apresentou a próxima música:

— Uma velha canção para aqueles que acham o amor confuso quando aparece e ainda mais confuso quando acaba.

Nádja fez uma cara feia, como se sentisse um mau cheiro.

— Nossa, dificilmente se consegue conversar sobre qualquer coisa com cantores de jazz por perto. Tudo fica tão imediatamente bobo. Outra hora conto o resto a vocês. — O cantor começou a grunhir sobre as cordas melosas, o baixo insinuante e as escovas murmurantes da bateria. — Ou, pelo menos, quando essa bobajada sentimental acabar. — Scott levantou-se bruscamente e foi até o telefone público, balançando a cabeça.

Enquanto o saxofonista murmurava um solo triste e cheio de meandros, Nádja perguntou a John sobre seu irmão, elogiando o ausente Scott sem nenhuma ironia evidente. Ela perguntou por que um homem que podia ser um astro de cinema ou um político estava ali para ensinar "sua língua impronunciável e mestiça para nós, pobres magiares". John não tinha resposta para ela, e só então percebeu — considerando tudo o que havia desejado de Scott por anos — que mal conhecia seu irmão ou os motivos dele. Mas detestaria admitir ignorância para ela sobre que assunto fosse, e por isso disse que os graduados em língua inglesa quase não tinham opções nos Estados Unidos depois da formatura, e eram forçados a se tornar eles próprios uma espécie de refugiados, viajando para os quatro cantos do mundo para ensinar a única habilidade que tinham, que tinha um valor proporcional à distância que estavam de casa. Ficou satisfeito quando ela riu, adorou como ela exalava fumaça e diversão ao mesmo tempo.

— É notável. Aqui ele é como um sueco no Congo — disse ela. — Sempre existe algo interessante neste mundo. — Aplausos surgiram das mesas como batidas de um coração subitamente amplificadas, e a banda anunciou o fim de seu *set*. — Infelizmente, se me der licença... — ela se levantou —, estou sendo esperada no meu piano enquanto a orquestra repousa.

Ela e sua taça de champanhe navegaram na direção do palco, a proa cuidadosamente esculpida de um navio invisível.

Scott voltou imediatamente, mas não se sentou. Nádja começou um agudo "As Time Goes By", e Scott jogou notas húngaras amassadas sobre a mesa, uma de cada vez.

— Isto deve dar para cobrir minha parte no teatrinho de hoje. Ela não terminou, não é? Certo. Vinte dólares como você nunca vai ouvir o final. Estou saindo bem a tempo, rapaz. Na verdade, vamos dar um tempinho nessas palhaçadas semanais, ok?

— Por mim, tudo bem, chefia.

— Ótimo.

— Ótimo.

— Boa noite.

— Certo.

XXI.

Some girls need their glass of claret,
Or to be draped head to toe in ferret.
And I know ladies who like lunch time
And there are those inspired by tea
And there are those who want to tussle
Only in chaplets après-ski.

And some pretty things like the bal musette
Or to hear bandoleons and a castanet,
But my girl need not leave the kitchenette,
As long as she has plenty flaming crépes suzette.

Sure, I could make her drink before dinner,
But that would never win 'er.
For an ante-prandial brandy'll
Never make this girl a sinner.

Cocaine makes her nose bleed
And reefers make her sleepy.
For cash and jewels she has no greed
'Tis pastry makes her weepy.

Because she's most spectacular
When she's post-jentacular,
She's my after-breakfast girl!
*She's my after-breakfast girl!**

---

* *Umas garotas precisam de sua taça de vinho,/Ou de se cobrirem da cabeça aos pés com peles./E eu conheço moças que gostam do almoço/E as que são inspiradas pelo chá/E as que querem deitar e rolar/Só em chalés depois do esqui.//E algumas coisas bonitas como a gaita de foles do baile/Ou ouvir bandoneons e uma castanhola,/Mas meu amor não precisa sair de sua* kitchenette*,/Desde que ela tenha muitos* crépes suzette*.//Claro, eu podia fazê-la beber antes do jantar,/Mas isso nunca a ganharia./Pois um conhaque ante-prandial/Jamais fará desta garota uma pecadora.//Cocaína faz seu nariz sangrar/E bolinhas a fazem dormir./Dinheiro e jóias ela não cobiça/Um doce a faz chorar.//Pois ela é espetacular/Quando é pós-jentacular,/Ela é minha garota de depois do café!/Ela é minha garota de depois do café!* [Optamos pela tradução aproximada da música, apenas para a compreensão mínima do leitor de língua portuguesa. (*N.do E.*)]

Rostos zangados e música alta saudaram John, quando ele entrou no prédio de Mark certa manhã, cerca de uma semana mais tarde. Expressões de ódio flutuavam por trás de cortinas puxadas de lado, pálpebras se estreitaram atrás de janelas bem fechadas, apesar do calor de julho. Nas escadas escuras, duas velhas o fuzilaram com os olhos, interromperam-lhe a subida, bloquearam sua passagem, começaram a achincalhá-lo completamente, embora o crime que ele havia cometido permanecesse necessariamente obscuro em sua descrição húngara e seu pedido de perdão idiotamente disfarçado como um balbuciar em língua estrangeira, um ruído que provocou ainda mais suas acusadoras, até que elas finalmente continuaram a descer as escadas, lançando os braços para a frente e seus olhares furiosos para a ameaça atrás delas.

O pátio do jardim e os dois degraus de calçada que o cercavam ecoavam com uma estranha música antiga, que lembrava um Charleston dos anos 1920, alguma coisa sobre tomar café da manhã. Estática e ruídos bailavam ao redor da voz de tenor do cantor como flocos de neve atraídos à luz de um lampião de rua. John mal precisava exercer sua imaginação para conhecer a fonte da música e por que os moradores o culpavam pela perturbação. O som, não era de espantar, ia ficando cada vez mais alto à medida que ele se aproximava da porta de Mark, e ele precisou bater com muita força à porta até poder entrar. Mark estava com roupas de baixo (cueca samba-canção, camiseta sem mangas), e seu rosto estava vermelho e inchado; John teve a impressão de que ele andara chorando, mas agora seu amigo peculiar estava sorrindo, saracoteando e dançando no apartamento ao som que sacudia as vidraças.

John, recém-apontado defensor da população abandonada do prédio, fechou as janelas do pátio e começou a procurar o estéreo agressor. Mas o que encontrou, no quarto, foi um imenso gramofone, completo com manivela de metal e trompa de latão. Seus olhos rodopiavam, enquanto ele tentava ler a etiqueta esmaecida e descascando no disco preto giratório: *Aft-Bekft Grl.* Como seu anfitrião inchado e descomposto fora até a cozinha para buscar bebidas e John não conseguia encontrar controle de volume na caixa velha, levantou gentilmente o enorme braço da agulha. Sua pele se arrepiou de expectativa para o som de arranhão que ouviria, mas um silêncio suave inundou o prédio no meio do verso. Na súbita calma, seu toque ficou pendendo sobre as ranhuras abauladas e moluscularess e os lábios da trompa de latão fosco. Ficou imaginando os donos anteriores, reparou num arranhão fundo em seu metal que devia ter exigido uma grande força para ser criado — uma criança entediada com um estilete, alguém que, na hora da mudança, esbarrou descuidado em uma maçaneta, um amante traído num gesto de vingança.

— Meu mais recente tesouro! — explicou Mark. Ele trazia dois copos suados de chá gelado em suas mãos gordinhas e úmidas. — Eu sabia que você, especialmente, ia adorar. Na verdade, quando o comprei estava pensando em você: "John vai apreciar isto." — Ele havia adquirido a antigüidade ainda funcionando na véspera, em uma pequena loja de material elétrico na vizinhança. Era acompanhado por oito discos pretos espessos, sons estranhos de uma época décadas antes do nascimento de Mark: letras bobas e arcaicamente safadas transpirando modos arcaicos de flerte e sexo, danças tão ancestrais e estrangeiras quanto rituais funerários etruscos ou sacrifícios de virgens astecas. O rosto inexplicavelmente inchado de Mark fez John se perguntar se ele havia interrompido a cena com algum estranho desaparecido que agora estaria escondido na banheira ou saindo discretamente pelos fundos ou se uma carta manchada de lágrimas aguardava agora, meio escrita ou meio lida, no fundo de uma gaveta.

Mas Mark sorria e suava, não reclamou de nenhuma interrupção, deu a John sua bebida, e falou apaixonadamente dos discos.

— Eu gostei mesmo desse aí. — Ele apontou para *After-Breakfast Girl*. — Eu o toquei, toquei algumas vezes desde que o comprei ontem, mas, ah, escute só este aqui.

Apesar dos protestos de John, Mark mudou reverente o disco, as palmas das mãos achatadas contra as laterais grossas do disco. O tique de sua pálpebra disparava enquanto ele ria, acionando a manivela do dispositivo e colocando delicadamente o braço. Quando os arranhões se congelaram em uma voz e um piano desafinado, Mark começou a dançar um charleston maluco.

That's the kinda dance that a fella can do
That a fella can do
That a fella can do
That's the sorta dance that a fella can do
*With a gal who knows the rules!**

---

* *Este é o tipo de dança que um sujeito pode dançar/Que um sujeito pode dançar/Que um sujeito pode dançar/Este é o tipo de dança que um sujeito pode dançar/Com uma garota que conhece as regras!* [Optamos pela tradução aproximada da música, apenas para a compreensão mínima do leitor de língua portuguesa. (*N. do E.*)]

O maldito brinquedo parecia ter apenas um ajuste de volume, "porque, sabe, o passado precisa gritar para se fazer notar", disse Mark, com um tom professoral. John olhou pelas cortinas para ver se os vizinhos não estavam preparando o linchamento dos maníacos estrangeiros. Quando saiu da janela, Mark ainda jogava os braços carnudos para cima e para baixo como um concorrente com elefantíase nas últimas horas de uma maratona de dança, e ele também estava chorando.

Ou talvez não. O suor que corria e pulava de seus cabelos e sobrancelhas poderia ser a explicação para os olhos molhados que piscavam frenéticos, e seu riso e sua falta de ar pareciam suficientes para justificar o nariz vermelho e a baba. A não ser que ele estivesse chorando.

— Meu Deus, lamento ter vindo. Por favor, em nome de Deus, pare. Vá tomar um banho. Nós tínhamos combinado almoçar. Isto é horrível.

— Eu adoro esta música! Ouça só! Isto é música! Como eu *não poderia*?

John se recusou a responder à pergunta sem sentido nem mesmo depois de sua primeira e segunda repetições, quando deduziu (aliviado) que Mark estava brincando de algum jeito obscuro e historiográfico — "Como eu não poderia" eram provavelmente as últimas palavras de algum parlamentar ou ator circense do século dezenove. A dança terminou, o ruído se fundiu na consonância do arranhão repetitivo do gramofone e na respiração ofegante de Mark. John fechou a tampa do aparelho.

— Cuidado com esta coisa. Seus vizinhos estão querendo matar você.

Mark desabou no sofá e ficou mastigando cubos de gelo. Ele assentiu e falou muito rápido (John pensou rapidamente no matraquear de Karen):

— Eu sei e eles, eles saberiam, porque, o negócio é o seguinte, eu fiz uma grande descoberta hoje no meu trabalho. Sabe, eu vou colocar um apêndice, uma corrente de elos de nostalgia. Basicamente, a gente começa com um ano qualquer e encontra a onda cultural de nostalgia coletiva que está acontecendo exatamente agora, como, digamos, uma paixão pelos anos cinqüenta, na qual estamos *definitivamente* entrando agora, vendas de discos de Chet Baker, calças capri, mas então eu volto ao tempo desejado em questão e descubro, e eu sei que está lá, que *naquela época* houve uma onda de nostalgia por uma época ainda *mais anterior*, certo?, e eu a rastreio e volto até a fonte *dela*, e evidentemente haverá mais outra e outra e outra, até os tempos de Carlos Magno. Os bons e velhos tempos, você sabe.

— Você vai tomar banho antes do almoço?

— Claro que vou. Mas o problema é que isso é abrangente demais. Por que blocos de quarenta anos, certo? Que tal uma década de cada vez? Alguém, nos anos oitenta, desejava os setenta, seja a década de 1970 ou a de 1470, sabe, de modo que eu possa fazer a corrente em décadas. Mas aí eu percebi que poderia fazer uma documentação ainda mais estreita. Que tal anualmente?

— Poderíamos comer paprikás e goulash. Acho que encontrei um lugar que serve essa comida.

— Exatamente. Esta foi a minha descoberta. Então, claro, a música os deixa loucos, a coisa sempre acontece assim, na verdade. Por que não mensalmente? Eu poderia fazer isso. Eu poderia estabelecer uma prova mensal. Eu poderia. É fácil, fácil, se você souber pesquisar, se você souber o que está procurando. Eu poderia levar você todo mês até Guilherme, o Conquistador. Mas talvez isso não fosse perto o bastante, seria? Algo que realmente *importasse* às pessoas. Para curá-las, quero dizer.

— Conheci, semana passada, uma mulher de quem você gostaria, uma velha pianista.

— É aí que eu vou fazer minha fama, John. Você vai ficar muito orgulhoso de mim, e esta é a questão. E é por isso que os vizinhos estão um pouco irritados. Diariamente. Eu posso *provar* diariamente. Hoje alguém sonha com ontem e deixa evidências fresquinhas de sua tristeza e eu posso provar, mas ontem havia alguém que tinha certeza de que a felicidade havia terminado no dia anterior. Eu posso ir até Jesus Cristo e continuar indo. Vai ser preciso pesquisar, isso eu admito, mas que está lá, está. E eu *vou* ajudar as pessoas, mesmo que elas não queiram. Então, você sabe, é melhor que os meus vizinhos se acostumem com isso e parem de reclamar comigo sobre música e todo o resto.

John não conseguiu evitar uma risada.

— Por favor, eu imploro, vá tomar banho.

Mark saiu com sua toalha, enquanto John lia um exemplar do *Herald Tribune* na mesinha da cozinha, sob um cartaz pendurado que anunciava a turnê mais recente de Sarah Bernhardt pela América.

— Estou feliz por você ter chegado agora — admitiu Mark em um tom que o chuveiro havia amaciado e reduzido. — Na verdade, a música estava começando a me afetar, eu acho. — Colocou a toalha na cabeça e desapareceu no quarto. — Comprei uma coisa pra você. — Ele voltou à cozinha, agora com a toalha na cintura, e colocou na cabeça de John um fedora com um cartão laminado de IMPRENSA na faixa do chapéu. Deixou John, achando graça, experimentando o chapéu inclinado em diversos ângulos na cabeça.

No jornal internacional, John leu um artigo sobre "A Nova Hungria" por um renomado correspondente estrangeiro. Ele descrevia uma nação fisicamente danificada por anos de tirania, esperando mudanças, mas sufocada por atribulações econômicas e inexperiência de empreendedores. O autor detalhou um caráter nacional húngaro, as características compartilhadas que teriam um efeito inevitável no crescimento da nação para a democracia e os mercados livres, comparou suas perspectivas com as dos tchecos, que eram mais promissoras. O jornalista apimentou o artigo com anedotas de *zsolts* comuns, seus trabalhos, esperanças, temores. John gritou trechos do artigo para Mark do corredor, mas disfarçou a nação em questão, dizendo "pontinho-pontinho é um país que teve um grande quinhão de sofrimento, e se os habitantes de pontinho-pontinho têm medo de estranhos é por um bom motivo; se eles têm uma interessante reputação de serem escorregadios e de viverem num eterno pessimismo, é difícil culpá-los. O povo de pontinho-pontinhos olha para o futuro com uma compreensível trepidação". Mark já estava vestido, e John lhe pediu que identificasse os pontinho-pontinho, a quem admirava e invejava naquele contexto.

Depois de três tentativas erradas (Afeganistão, Angola e Argentina), Mark perdeu o interesse e admitiu que não lia os jornais do dia ("Além do mais, todo mundo olha para o futuro com uma compreensível trepidação"). Ele só havia comprado aquele exemplar específico porque havia algo de estranho nele, bem na primeira página. O canadense bateu significativamente com o dedo na data no alto, sorriu e esperou que seu amigo se desse conta do que havia, mas nada aconteceu. Era a data correta, John apontou.

— *Óbvio* — foi a resposta sarcástica. — Ah, qual é! Olhe a data! Você sabe como nos primeiros dois dias ou duas semanas de janeiro as datas nos jornais parecem estranhas — explicou Mark, com paciência, como se John fosse uma criança. — Como se fosse coisa de ficção científica, onde alguém viaja para o futuro e fica atordoado ao ver um jornal, porque o ano no alto da folha é tão estranho e distante no futuro? Isto acontece nos primeiros dias de cada ano, certo? Tipo, 1990? Não estamos mais em 1989? Ou, sabe quando você escreve os primeiros cheques depois do Ano-novo e precisa pensar no ano que vai anotar, e pode até mesmo colocar o ano antigo por engano? Bem, olhe a data do jornal de novo! — Mark bateu com força no papel e assoviou. — Esta é a ocorrência mais recente do ano. Quero dizer, é *julho*, mas a data tem essa sensação de ficção científica hoje. Quando vi o jornal, fiquei pasmo, porque as datas têm estado razoavelmente boas desde, tipo, a segunda ou terceira semana de janeiro, mas aí hoje, foi logo antes do gramofone me chamar pela vitrine da loja, eu vi este jornal e estava mostrando, tipo, 14 de julho de 1990? Isto parecia *bizarro*. Então comprei-o como lembrança. Este é um recorde: é *julho*, afinal. Você devia comprar um exemplar. Algo para mostrar aos seus netos.

No almoço, na colina do Castelo, o historiador voltou a falar de eras e do significado das datas de uma maneira que John podia quase jurar que era piada. Ele não estava achando graça, mas parecia uma tarefa social rir das palavras de Mark, como se ele estivesse fingindo perder a cabeça, exigindo agressivamente de sua platéia pelo menos uma risada educada de apreciação pelo seu esforço.

— Pense no ano 2000. Isto é apenas daqui a dez anos, mas o número é ridículo. Não é um ano real, como 1943 ou 1862 ou, ou 1900, se você fizer questão dos zeros. Dois mil não faz sentido, é coisa de cinema. Honestamente, eu... — Mark revirava folhas de alface no seu prato.

Eles estavam sentados no pátio atrás do Hilton Hotel, um luxo construído ao redor das ruínas de um mosteiro medieval. John ouvia seu amigo falar e ficava se perguntando o que fazia um homem como Mark Payton se preocupar com as coisas com as quais ele se preocupava, e se aquilo tudo não seria afetação. Mas com que objetivo? Certamente, deveria haver uma primeira causa sem afetação, uma razão sincera que provocasse o afetado a agir daquela maneira. Talvez Mark tivesse montado essa estranha persona para finalidades de acasalamento, talvez um canadense gordinho, porém sem nada de excepcional, normal, um solteirão por natureza, fosse buscar naturalmente um jeito de se diferenciar da concorrência mais esbelta, e o Homem Obcecado pelo Passado deve ter algum apelo interessante e perverso nos territórios obscuros de caça sexual que seu tipo era levado a percorrer na Europa Central pós-comunista. Ou talvez Mark estivesse completamente livre de afetações. Talvez seu trabalho de pesquisa e suas inclinações naturais tivessem simplesmente levado a melhor sobre ele e ele realmente não conseguisse mais se libertar sem achar que a data não estava certa ou que a arquitetura o estava violando criminalmente. Talvez ele tivesse perdido a habilidade (se algum dia a possuíra) de levar conversas a cabo sobre qualquer assunto a não ser o tempo perdido; talvez ele sobrevivesse unicamente à base de uma dieta de chá de tília e madeleines.

— Honestamente, acho isso apavorante. É um número futurista demais... não é para homens como eu. E você. É para astronautas ou conglomerados.

Mark segurava os talheres com tanta força que os dedos estavam brancos, mas John estava olhando fixamente para dois jovens turistas — um homem e uma mulher – discutindo na frente de um dos bastiões de contos de fadas ao longo do passeio. Estavam fora do alcance dos seus ouvidos. O homem espetava a ponta do nariz da mulher sacudindo com firmeza o dedo indicador, um soco simbólico estranhamente claro. Ela lhe deu as costas e saiu pisando duro.

Mark finalmente notou que estava falando apenas para si mesmo.

– Eu estou ficando chato mesmo, não é? Eu e meus "assuntos". – Ergueu quatro dedos ao redor da palavra *assuntos*, procurou uma risada amiga, que não veio, e voltou à comida. – Você disse que conheceu uma pianista, foi isso, uma pianista? – perguntou, lembrando-se de um fragmento de conversa de uma hora atrás. – E você e Emily?

– É um tipo diferente de relacionamento. – John ficou imaginando quando e como seu não-romance havia se tornado de conhecimento público.

– Não é nenhum grande mistério – respondeu Mark à pergunta que não fora feita. – Se você souber como observar. E antes que você me interrogue, não, não posso lhe dizer nada sobre ela. A propósito, o que há com você e Scott? O *que* você fez para aquele sujeito?

John se negou a responder e, em vez disso, falou das visitas noturnas que estava fazendo a Nádja no Blue Jazz. Ao recontar as aventuras da velha senhora – sua fuga de Budapeste, sua vida boêmia nos Estados Unidos, seu caso com um famoso pianista de concertos, seus negócios ultrajantes com a nobreza menor européia –, manteve um tom cético, divertido, suspeitando por instinto que o acadêmico Mark a acharia elegantemente indiscutível. Nesse tom, ele se imaginou nas histórias que estava recontando. Às vezes, ele era o coadjuvante, o heróico e culto marido de Nádja ou o pianista de concertos fazendo amor lentamente, com acompanhamento de Chopin, com uma mulher que apresentava uma vaga semelhança com Emily. Em outras histórias, ele próprio era o protagonista: *ele* saía correndo – apavorado, sozinho e literalmente apático – pela fronteira austríaca: *ele* jantava com o visconde andrajoso no salão de jantar escuro e gelado pois não havia dinheiro bastante para aquecê-lo; *ele* velejava pelo mundo e ia ficando aos poucos entediado no iate de um bilionário.

– Muitas dessas coisas poderiam ser verificadas. Você precisa saber que a maioria delas é improvável a ponto de... – Mark começou calma e profissionalmente a explicar técnicas de pesquisa que John poderia usar para verificar as histórias de Nádja. Esse assunto o relaxou. – Toda história tem aspectos que podem ser verificados. – Ele desfiou um catálogo de truques acadêmicos: registros de endereços dos anos determinados, registros de barcos, listas de refugiados, os lugares percorridos pelas turnês de músicos renomados mundialmente.

— Verificá-la? Por quê? Está achando que ela é mentirosa? — John recuperou seu tom de leve desinteresse. — Eu não tinha mesmo levado ela tão a sério. Só achei que você a acharia interessante.

— Ei, claro, eu adoraria isso. Leve-me para conhecê-la, ok? Que tal esta noite, nós dois?

Passaram do pátio para o saguão do Hilton, e então para fora, passando pelas portas giratórias e saindo para a praça Szentháromság.

— Preciso fazer uma entrevista. Encontro com você no Gerbeaud. — John virou à direita.

— Ligue pra mim, hein? Vamos visitar a pianista.

Mark virou na direção do palácio e da Galeria Nacional, perguntou-se a que horas iriam se encontrar, ele poderia ir e fazer seu trabalho no Gerbeaud agora mesmo, para estar lá com certeza quando John aparecesse. Abriu caminho por uma multidão imóvel de turistas pateticamente indecisos e ficou subitamente irritado com o dano que estavam fazendo à atmosfera da colina do Castelo. Ao emergir do outro lado da manada, sua raiva se transformou rapidamente em angústia: estava sendo incomodado pela sensação de que, apesar de seus melhores esforços para se segurar, sua paz conquistada a duras penas havia sido roubada dele por malignas forças conspiratórias durante o almoço. John não era um representante oficial das forças malignas, mas estava sendo cada vez mais utilizado inconscientemente como instrumento delas, assim como todos aqueles turistas desagradáveis, assim como a jovem garçonete com a tatuagem de carneiro com cabeça de dragão em seu antebraço magrinho e sem pêlos. Era um grande alívio estar desacompanhado agora. Dava muito trabalho explicar tudo a todo mundo, até mesmo a John, cuja obtusidade era muitas vezes incrivelmente encantadora, mas também exasperante e possivelmente até mesmo consciente. Era tão mais fácil estar sozinho, se fosse possível simplesmente encontrar o lugar certo. O pátio do palácio brilhava na memória de Mark com uma promessa quase palpável, quase comestível, uma promessa com uma cor toda especial: uma espécie de vermelho-dourado suave. O pátio do palácio o ajudaria. Suportou a caminhada de cinco minutos com o calor e os turistas sabendo que logo o seu dia iria encontrar um suave conforto vermelho-dourado.

Instalou-se perto da fonte do pátio e aguardou ansioso a paz que deveria fluir da água em movimento contínuo e a construção histórica apaziguadora em todos os quatro lados, o cavalo em sua posição permanente, levantado sobre as patas traseiras, as pedras fundamentais e os arcos, as janelas altas e o quadrado de céu azul do século dezoito.

Mas nada.

Seus olhos se moveram lentamente, e depois rapidamente, de uma dessas visões calmantes para a próxima, cada vez mais rápido, frustrado, e ele se sentia cada vez menos à vontade, cada vez mais traído pelo local, pelas pedras e arcos nos quais havia depositado sua fé. Até mesmo agora, poucos meses desde a sua chegada, já havia menos lugares agradáveis. Fechou os olhos e tentou ouvir somente a queda-d'água da boca da fonte com precisamente o mesmo ruído que ela havia feito por séculos.

Rudemente importados do vendedor imbecil do lado de fora do palácio e recém-despidos de suas entranhas de chocolate, papéis de bala amarelos e azuis berrantes, como uma trupe de acrobatas sobrenaturais, cabriolavam, davam cambalhotas, alçavam vôo, e planavam sobre as pedras marrons do pátio. Mark fez um esforço para olhar para outra parte, mas foi cumprimentado por gordos turistas alemães vestidos em bermudas dois tamanhos menores e americanos com câmeras de vídeo filmando uns aos outros e um esquadrão de fotógrafos japoneses e um casal inglês de classe média que usava pochetes de plástico combinando e chapéus de sol com fotos de plástico impressas da rainha-mãe. Mark recostou-se para olhar os andares superiores do palácio, as nuvens que bebiam como esponjas o céu azul atrás da cabeça oxidada da águia. Mas era tarde demais. O palácio parecia mais um horroroso parque temático, construído não para parecer exatamente com o passado, mas com o jeito como o passado era aceito comumente pelos membros menos esclarecidos do presente, uma terra de fantasia com passeios miseráveis, mas trabalhadores vestidos de modo convincente como mal-humorados guias turísticos da Hungria.

Longe dali, o equivalente a um dia inteiro de leitura esperava Mark na mesa da sua cozinha. A música o impedira de trabalhar noite passada e naquela manhã, e o almoço havia se arrastado por uma dolorosa eternidade. As duas pilhas de livros debaixo do cartaz de Sarah Bernhardt lhe pareciam abandonadas e necessitadas, crescendo, desequilibrando-se, chamando-o para que ele deixasse o palácio. Havia uma enorme pilha de livros sobre cultos milenaristas do iminente ano 2000. Ao seu lado e à sua sombra, mofava uma pilhazinha de textos magros sobre crenças milenaristas por volta do ano 1000. Mas a promessa de trabalho não fez nada por ele. Ele estava trabalhando sete dias por semana havia vários meses, com pausas apenas para encontrar os amigos e sentar no Gerbeaud ou sozinho naquele pátio de palácio (agora morto e riscado de sua lista para sempre), sentar-se nos bancos na praça Kossuth ao lado do Parlamento, sentar-se às margens do rio no lado de Peste, sentar-se ao lado da Ópera, sentar-se no Gellért, nadar no Rácz Fürdö, atravessar Peste devagar, evitar os locais de construção, imaginar locais antigos de construção ao invés disso. Levantou-se devagar, sustentando, graças a uma fé já abalada, que quando chegasse em casa se sentiria bem o bastante para trabalhar, se conseguisse chegar a salvo em casa. Ficou se perguntando como a entrevista de John estava indo, esperava que ele entendesse o fedora e que o usasse direito. Eram apenas duas e meia. Saiu do palácio e, como estava quente demais para descer o caminho tortuoso da colina do Castelo até o rio, comprou um bilhete para a viagem de um minuto no bondinho que levava turistas e suas máquinas fotográficas encosta acima e abaixo. Ficou ali parado, na pequena estação no alto da colina, e viu os dois bondinhos se contrabalançando, cada um com cerca de oito passageiros, deslizando para cima e para baixo em movimentos opostos, passando um pelo outro no meio da viagem e, entre viagens, olhando tristes uns para os outros de lados opostos.

ASSIM QUE PASSOU pelas portas giratórias do Hilton, John foi abraçado pelo calor de julho, particularmente pesado após o ar-condicionado do saguão. Será que havia esquentado mais desde que almoçaram no pátio, alguns minutos antes?, se perguntou. Será que frentes climáticas poderiam ser tão específicas a ponto de se iniciar no outro lado de um hotel? Tentou se concentrar na entrevista, para a qual já estava meia hora atrasado. Chegou ao fim da pequena Táncsics Mihály utca sem se dar conta do que estava ao seu redor, a não ser pela maneira pela qual as pedras do calçamento curvavam as solas finas de seus sapatos em abraços côncavos. *Por que a Hungria quais perspectivas de investimento o senhor tem sente falta do burburinho de Washington como acha que os húngaros vêem seu trabalho que bares e restaurantes você prefere a vida aqui era o que você esperava e no futuro tudo isto será notado como um evento qual é a importância do que você faz você tem orgulho de si mesmo este é mesmo o padrão correto estas perguntas são ridículas.*

Passou por um poste, verde e com pedacinhos de cartazes das eleições do ano anterior colados e alguma coisa chamada THE NEW AMERICANS. E havia um cachorrinho marrom e branco com orelhas longas e felpudas como cortinas de veludo, um cachorro que pulava em três patas num esforço de levar a quarta ainda mais alto, de manter o equilíbrio enquanto torcia o torso feito um pano de prato para urinar cada vez mais alto no poste, fazendo um arco em um esforço fútil de parecer, em retrospecto, um cão mais alto para outros que o farejem mais tarde.

John passou pela velha fortificação chamada de Portal de Viena, apertando o passo, e flagrou um casal encostado em uma árvore, se beijando. Perdeu o fôlego quando reconheceu a mulher de costas para ele: Emily. Parou, ficou olhando, não conseguia acreditar como as coisas haviam desmoronado tão rápido. O único olho visível do parceiro dela se abriu, viu John imóvel, e seu rosto inclinado e semi-oculto mudou, completamente alerta e ameaçador. "*Mi a faszt akarsz?*", sibilou para o estranho.

John procurou na memória um pouco de húngaro, mas decidiu dizer o nome dela, perguntar por quê, e, no entanto, ela já estava virando a cabeça para ver quem havia chamado a atenção de seu namorado e afastado os lábios dele, e revelou ser uma garota húngara de rosto redondo com aparelho nos dentes e olhos meio vesgos. "*Oh, elnézést kérek*", John conseguiu dizer, com um gesto que traduzia paz e um erro de comunicação, e voltou ao inglês.

— Puxa, eu tinha pensado... Desculpe, pensei que conhecesse ela, mas não, quero dizer...

O homem saiu de trás da garota, deu um passo na direção de John, revelou o corte de cabelo estranho, demonstrou a profundidade de seu inglês.

— Você conhece ela? Quem é você, porra?

— Não, não, eu me enganei. *Não* conheço ela. Só achei que...

— Dá uma boa olhada agora, vá em frente, agora você está olhando direitinho pra ela, é? Conhece ela?

— Não, claro que não. — Um sorriso pronto, ainda, hahaha, essas coisas acontecem.

O húngaro não parecia capaz de compreender as negativas de John. Ficou ao lado de sua propriedade ameaçada.

— Você não conhece ela, já deu sua olhada, então vá foder, cara.

John resistiu à tentação de corrigir a gramática obscena, riu e continuou a descer a Várfok utca. Atrás dele, ouviu o mau inglês ameaçador se transformar em resmungos húngaros, interrompidos ocasionalmente pelas reclamações da garota não-beijada. A voz dela predominou por um, dois ou três segundos e então John sentiu uma náusea quente na cabeça, acompanhada por uma dor aguda quando o joelho e a palma da mão esquerda atingiram o chão. Quando levantou a mão direita, ela voltou da cabeça molhada e vermelha. Ainda no chão, ele se virou — tremendo, zonzo — para ver o sujeito fazendo um gesto obsceno para ele, voltando rapidamente para a fortificação ancestral do Portal de Viena, empurrando sua mulher colina acima à sua frente, como se existisse a possibilidade de um contra-ataque. A pedra conquistadora era redonda o bastante, John reparou com um interesse que sabia que não tinha lugar ali, para continuar rolando a colina para além de onde sua vítima mais recente ainda estava ajoelhada.

A SENSAÇÃO QUE MARK tinha de paz roubada se dispersou com o primeiro solavanco da descida do bondinho. Enfiou o canto do seu bilhete na boca, deixou que duas pontinhas de dente se encaixassem no furo feito na folhinha de papel azul. O leste aparecia na janela da frente do bondinho, desenrolando-se de baixo para cima: a Peste do século dezenove, a gloriosamente antiga ponte da Corrente e o lento e marrom Danúbio se revelavam para ele. O sol pintava listras de branco e amarelo no rio para ele. Sentiu seu batimento cardíaco desacelerar, e os sons se organizaram para ele: o zumbido dos cabos do bondinho, o pássaro invisível cuja canção não ficava mais distante à medida que o carro descia e, portanto, percebeu feliz, deveria estar pousado no teto para se embeber da mesma alegria de voar que o próprio Mark estava sentindo. Poderia ficar flutuando ali em cima para sempre na maior alegria, vagar e se sentar no céu como uma criança quando sonha que está voando. Sua manhã e seu almoço assumiram retrospectivamente uma importância compreensível, ele voltou a sentir carinho por John, confiar nele e admirá-lo, estava louco para encontrar todo mundo mais tarde no Gerbeaud, estava louco pelo banho quente de trabalho que o aguardava.

Mas quando os dois bondes passaram um pelo outro no meio do caminho, Mark sentiu uma pequena tristeza arranhar a garganta. Lembrou-se apressado da massa e da altura do Parlamento, sua cumeeira, suas curvas e seu capacete com ponta, o abraço curvo das estradas em forma de anel da malha rodoviária de Peste, as nuvens que arrastavam suas sombras pelas ruas e as conduziam sem um ruído sequer sobre edifícios sem prendê-las em chaminés ou antenas antiquadas... mas, dolorosos momentos mais tarde, tudo isso estava sendo tomado dele. Em poucos segundos, os prédios de Peste que ficavam à margem do rio subiram e bloquearam tudo a leste, o Danúbio tremeluziu numa última ondulação, e então se evaporou como uma miragem de verão numa auto-estrada atrás do tráfego de Buda, no final do trajeto do bondinho: silenciosos carrinhos de brinquedo achatados apenas alguns segundos atrás, mas agora supercrescidos, correndo e fazendo barulho.

No pé da colina, ele conseguiu deixar a estação, orgulhoso por ter conseguido segurar sua onda, pronto para o trabalho. Mas aí todos os carros na pracinha circular à frente da ponte da Corrente o detiveram e ele olhou para o bondinho atrás, repousando no topo da colina. Na verdade, não havia nenhuma decisão a ser tomada; era simplesmente uma questão de atender a uma necessidade imperativa. E então ele voltou para a bilheteria dos bondinhos.

JOHN PASSOU PELO último quarteirão da ladeira tropeçando apenas uma ou duas vezes, a mão fria colada à cabeça quente e empapada. O recepcionista velho do prédio de escritórios caindo aos pedaços o guiou até a porta de madeira que tinha uma folha datilografada e afixada com três tiras de fita adesiva transparente: GRUPO DE DESENVOLVIMENTO DE CAPITAL HÚNGARO-AMERICANO, INC. O jovem americano de cabeça raspada, calças cáqui mal-ajambradas e *blazer* azul surrado que atendeu a porta encontrou a alarmante visão da mão manchada de vermelho vivo de John Price erguida, numa explicação sem palavras do motivo pelo qual ele ainda não podia cumprimentá-lo.

— Posso usar seu banheiro?

A água gelada do lavatório do porão abriu um buraco na cabeça de John e jogou redemoinhos de cor cereja nos padrões cor de caramelo da pia antiga. Pressionou cuidadosamente uma toalha de papel na cabeça e olhou para a figura familiar flutuando no reflexo sobre seu ombro:

— Você é o saxofonista do clube, certo? — ele conseguiu dizer, antes de voltar a se curvar para vomitar, chocalhando o cérebro em seu crânio abalado. A voz atrás dele admitiu o fato com um certo incômodo e pediu que John não mencionasse isso "lá em cima". John enxaguou o rosto e a boca. — Você se veste muito bem quando toca. Que roupa de formatura de segundo grau é essa? — Ele se inclinou e tornou a vomitar. A voz solicitou novamente, em um tom patético, implorando que ele não mencionasse sua vida musical secreta "lá em cima".

"Lá em cima" era uma única sala com duas mesas, duas cadeiras, dois telefones, diversas caixas de cartões de negócios contraditórios e pouco mais do que isto. E em seguida uma voz alta demais — Harvey Esqueciosobrenome — e cabelos duros divididos por uma linha reta branca, e um aperto de mão violento enquanto a visão de John ficava borrada e sua cabeça inchava. Um copo oferecido de *club soda* morno e meio salgado. O *saxman* foi buscar café. Uma história sobre Harvey (verificar o bloco de notas em busca do sobrenome), carregada de simbolismos pós-Guerra Fria, algo sobre o embaixador soviético, uma pista escancarada de que o embaixador aceitaria um emprego com Harvey, lobo pulando fora do emprego, o Império desabando, ratos, navios afundando, muito doido para se sentar no escritório do embaixador soviético bebericando *brandy*, outrora a própria sala de controle de seu posto avançado do Império, a sala de dentro da qual este país costumava ser governado, pelo amor de Deus, e depois ele aparecer lá praticamente implorando por um emprego, ou pelo menos uma recomendação! Belo momento. Do que vai tratar a sua matéria? Já fizeram o meu perfil antes, você provavelmente deve ter lido no *FT* e no *Journal*, os dois estão bem aqui atrás de nós, o jornalismo inteligente apóia a causa. É empolgante o que vamos fazer aqui, admirável mundo novo, uma chance para todos nós ganharmos dinheiro juntos, e é exatamente isso o que eu digo aos húngaros: eu quero que eles também fiquem ricos, porque eu sei que posso ficar rico de modo mais rápido e feliz se todos nós ganharmos dinheiro juntos. Todos no mesmo barco. Prédios de escritório ao estilo ocidental, já consegui as aprovações, a opção para construir um centro de convenções, o ministro é um grande amigo meu, sujeito de primeira classe, admiro a poesia dele, é um poeta publicado, sabia, esses novos governos compostos por artistas, tão engraçados, eles não vão durar aqui nem em Praga, claro, é legal depois dos comunas, mas eles vão acabar tendo que colocar homens de negócios e advogados no comando e é assim que se fazem as coisas, você não pode mesmo ter um gabinete cheio de escultores, isso é mais uma atração turística agora. John, estou lhe dizendo, aqui entre nós, só nós aqui e agora, tudo o que eu posso dizer é que é o melhor momento para um homem de honra e fé assumir a liderança, jamais haverá outra oportunidade como esta, não só para os homens do dinheiro, mas para este país, eles vão se libertar dos grilhões, eu quero ver o dinheiro libertar os homens, John, eu sou o homem mais sortudo do mundo por estar aqui agora, estamos planejando um fundo inicial de US$37 milhões, eu quero que eles fiquem ricos junto comigo. É isso mesmo, e isso demonstra respeito também, os pequenos húngaros ficam felizes com isto. Não podemos simplesmente invadir e começar a comprar o país deles a preço de banana só porque eles estão na pior, certo? Na verdade, John, não podemos. Não, estou brincando. Acho que alguns dos mais espertos vão ganhar dinheiro, não posso fazer nada se eles não são assim tão imbecis quanto às vezes suspeito que sejam. É tudo uma questão de como você escolhe viver a vida, John. Um homem agarra a vida pelos tornozelos e a sacode, vê o que sai dos bolsos dela. Eu gosto do seu estilo, John. Você é parecido comigo. Quantos anos você tem? Se algum dia quiser parar de escrever para o jornal, venha falar comigo, John, homens como você e eu merecem certas coisas, precisam morder a vida no pescoço e ver se ela grita, fazer cosquinhas nas tetas dela, entende? Você quer vida? Bom, ela quer que você mostre a ela que pode lidar com ela, que você sabe como deixá-la molhadinha. Ela quer ser dominada. Os húngaros costumavam saber disso, mas esqueceram como fazê-lo, é triste dizer, e triste de ver: um país de homens tão ocupados se fazendo de imbecis sob o domínio dos russos, que acordam um dia e não conseguem evitar, eles não estão mais fingindo, eles são simplesmente *imbecis*. Honestamente, John, eu adoraria ensinar-lhes como fazer isso de novo, mas não há tempo para isto. A oportunidade é agora, é uma questão de movimento para a frente, você é como eu, não consigo imaginar por que você não larga sua caneta, bate o pau na mesa e vem trabalhar para mim. Recentemente, me encontrei com ele e disse: "Senador, quando o senhor estiver pronto para deixar a política e voltar para o mundo real, existe um escritório, aqui no canto em Budapeste, com seu nome na porta, uma plaquinha de cobre reluzente."

A PRIMEIRA SUBIDA de volta para a colina foi quase inteiramente feliz: a vista só melhorava, ficava mais panorâmica a cada segundo, cada instante envergonhando o anterior, até que, súbita e traiçoeiramente, o carro parou num solavanco e o teto de latão da estação da colina ficou com a metade para dentro da janela da frente e em seguida a porta se abriu com um ruído metálico e a coisa toda teve um jeito de um anticlímax ridículo, ofegante e ligeiramente nauseante, como quando você desce de uma montanha-russa. Alguns minutos de pé na passarela no alto, encostado no parapeito, desfrutando da vista imóvel, foi o suficiente para mandá-lo de volta para casa novamente para trabalhar.

Mas é claro que a próxima descida não poderia ter tido a alegria inocente da primeira. Esta segunda descida estava conspurcada com o conhecimento de como seria o final dali a um minuto, e por isto a alegria foi mais breve e mais preciosa. Quando o carro parou com um estremecimento em seu terminal inferior, barulhento, enfumaçado e lotado, Mark — que também estremeceu — teve a sensação de que quarenta segundos de paz na primeira viagem para baixo haviam se tornado, aquela viagem, trinta segundos, mas trinta segundos muito mais intensos. Ele tornou a deixar a estação, pronto para ir para casa, pronto para rir da viagem de ida e volta desnecessária, mas aí se perguntou se o padrão continuaria na viagem seguinte, se ele se transformaria em vinte segundos de profundidade recém-descoberta, e se um padrão desses, na verdade, não teria algum peso em sua pesquisa.

JOHN MAL PODIA acreditar em como estava fraco, quando finalmente se sentou no banco de trás de um táxi. Ele grunhiu quando a cabeça encostou no vinil. Em sua dor e fúria poligonais (o sujeito da pedra, Harvey, o investidor esteticamente ofensivo, Scott, o filho da puta inacessível que jamais deixaria John corrigir as coisas), ele estava inspirado: *Pegue a vida pelos tornozelos.* Decidiu dar ao motorista o endereço de Emily. Ele se inclinava para os lados quando os pneus carecas do táxi deslizavam a cada curva na colina. Ele deixaria que ela o visse assim, deixaria que ela o resgatasse e cuidasse dele. Um quadro de sacrifício e amor: as últimas energias de uma vítima desperdiçadas em um beijo. *Foi assim que tudo começou. Eu deveria ter ido a um médico, mas acabei indo à casa de sua mãe. Eu torcia para que as Julies não estivessem lá. E não estavam. Lembra da primeira coisa que você disse, Em, quando eu saí daquele táxi? Diga para eles o que você disse. Você disse:*

— John Price? Você está sem saúde? Scott está sendo ausente. — O sotaque era húngaro. Ele olhou ao redor, torcendo para que Emily ainda pudesse aparecer de algum modo, embora ele estivesse na casa de seu irmão e ela estivesse a colinas e colinas dali. Mária usava a camiseta de faculdade de seu irmão.

AS VIAGENS PARA O ALTO, entretanto, foram apenas ficando cada vez mais refinadas. No começo da noite, quando o sol começou a desaparecer atrás do bondinho e a vista foi iluminada por uma luz indireta a oeste que ia desaparecendo aos poucos e que parecia emprestar aos edifícios uma terceira dimensão mais intensa, fazia com que eles saltassem do céu prata-azul-verde em um baixo-relevo tremeluzente, as viagens se tornaram quase bonitas demais para suportar, e, em diversas das jornadas ascendentes, Mark sentiu os olhos molhados de gratidão. O *movimento* conjurava a magia, a mudança gradual no panorama ao longo do minuto que durava a subida, observando aquele quadro pintar a si mesmo, achatar-se em duas dimensões. Sim, era agradável ficar olhando o produto acabado da passarela no alto, mas não era tão potente quanto a lenta subida até aquela mesma passarela.

E, como acadêmico, ele estava interessado em observar que a janela de paz pura ia se fechando ligeiramente a cada viagem de descida, mas aqueles momentos que iam afundando e encolhendo iam ficando geometricamente mais doces e mais trêmulos: o prazer das viagens crescia apenas aritmeticamente. Ao pôr-do-sol, com o casal de pé ao lado dele no carro se beijando alto e o aparelho dentário da garota refletindo a luz em *flashes* de prata entre um abraço e outro, o momento durou talvez apenas cinco segundos — três segundos antes de passarem pelo carro que subia e outros dois segundos depois —, mas, naqueles cinco segundos, houve uma anunciação, o sentimento de conforto absoluto e de perda ao mesmo tempo, uma fuga para a permanência de um cartão-postal antigo (ele havia estado dentro ou logo fora do enquadramento de algumas centenas de fotos de turistas no curso de seus quilômetros de viagem vertical para cima e para baixo, naquela tarde). Permanência e impermanência se misturavam, se tornavam idênticas por um instante: a permanência de seu lugar de direito, e a visão impermanente, os prédios impermanentes, a luz que morria, os anos que morriam, os estilos mudando tão rápido, de algum modo o inegável, mas obscuro, sentido da vida. Cinco segundos é tudo, mas isto é mais do que a maioria das pessoas consegue em uma vida inteira, ele pensou, sentindo-se confortável naquele quinto dos cinco segundos, até o sexto, quando ficou claro que aqueles carros iam ficar mais barulhentos, malcheirosos e grandes novamente, e o rio, ficando preto com faixas reluzentes, estava voltando a desaparecer, levando com ele suas promessas, sua história, sua permanência.

As cem fotos que apresentavam Mark iriam aparecer ao longo das próximas semanas em lojas de revelação por todo o mundo, ele percebeu. A parte de trás de sua cabeça em sombras ou o canto de seu rosto iluminado por um pequeno fragmento do sol ou um olho vermelho do *flash* ou seu rosto inteiro flagrado em um momento de perfeita paz: Ele — eles — apareceriam por todo o mundo, em uma centena de envelopes de papel inchados, em uma centena de tiras translúcidas de negativos, em uma centena de *slides* com bordas grossas de papelão branco. Quem iria revelar *a* foto, aquela com a paz e a felicidade perfeitas, a visão dele em sua própria pele no lugar certo na terra, em seu momento perfeito quando a beleza do passado e a possibilidade de sua própria vida não estavam em oposição amarga e incansável? Estocolmo, Suécia? Um casal que acabasse de voltar de sua lua-de-mel, que, anos mais tarde, concordaria que foram os seis dias mais felizes de suas vidas. Mas agora, ainda jovens, ainda olhando para o futuro com a fé de uma criança de que a vida só vai ficar mais rica e mais feliz, eles vêem as fotos que representam o ponto alto do seu amor, e existe, no canto de uma das fotos do sexto dia, o rosto de um estranho, um rosto no preciso momento de sua profunda satisfação com a vida. Dubuque, Iowa? Um grupo de alunos do segundo grau volta de sua viagem educacional de verão e precisa preparar relatórios sobre o que aprendeu. Uma aluna não consegue achar as palavras para explicar o significado do rosto no canto de sua foto de Peste tirada do bondinho em movimento. Ela só pode pagar com o dinheiro de seu próprio bolso (ganho à custa de *baby-sitting*, entregas de jornal e um pequeno tráfico de drogas leves) para aumentar a foto para tamanho de pôster e então colocá-lo silenciosamente sobre um *flipchart* para que a classe o olhasse até (vejam pelo tempo que for necessário, ignorem a campainha) sentir o que Mark significa para eles em sua juventude maleável. Tyson's Corner, Virgínia? Um americano idoso – viúvo há pouco tempo, espião aposentado há muito – volta para casa depois de uma viagem nostálgica a todos os pontos quentes da Guerra Fria, onde o sentido de sua vida estava escrito em tinta invisível, e quis tirar uma foto do banco de madeira dentro do bonde onde ele, um dia, se sentou e recebeu microfilmes da única mulher que ele realmente amou, uma mulher fuzilada por trair o seu país, fuzilada por causa dele, e ele esperava a foto de um banco vazio, mas quem é esse homem ruivo na foto e por que ele parece tão... tão... Qual seria a palavra exata que pudesse explicar o significado naquele rosto gordinho?

Três viagens mais tarde, enquanto a ponta da cauda do pôr-do-sol, como um pavão vagando sobre a beira de uma colina, arrastando alguns últimos estilhaços de prata para o oeste, e o leste escurecia de azul-cobalto para azul-marinho e para roxo, depois que Mark havia compartilhado o banco de madeira com o fotógrafo idoso que não era um espião aposentado, mas, na verdade, um cardiologista galês indo se encontrar com a esposa para jantar, Mark ficou no fundo do bondinho e tentou recuperar a sensação de conforto que havia sentido em tantas descidas naquele dia: algumas pessoas nunca obtêm sequer cinco segundos quando vislumbram a beleza da vida, ele insistiu. "Cinco segundos", ele repetiu, desta vez em voz alta.

Algumas horas mais tarde, Mark estava a alguns metros à esquerda desse mesmo ponto. Agora ele decidira que não poderia terminar aquele dia na viagem para baixo, que a sensação após as descidas, ficando ali em pé no círculo da praça Clark Adám, estava ficando poderosa demais: aquele bondinho jamais poderia levá-lo para casa. Ele comprou um bilhete da garota, cujo turno havia começado três horas antes, e não reparou a expressão pouco gentil no rosto dela ou no tom de sua pergunta – *Um bilhete para o senhor hoje?* – ou o jeito como ela falou com seu amigo na catraca. Ele não reparou no tom sarcástico com que o amigo dela o recebeu dentro do carro. Em vez disso, pensava no prazer da viagem de subida com uma expectativa que sabia que guardaria para uma experiência posterior como o próprio marco de referência da boa vida de verdade, o primeiro tremor indizivelmente delicioso quando os cabos começaram a se mover. Talvez em anos vindouros, o próprio pensamento do Budavári Sikló (ele notou, nessa última viagem, a placa de madeira com o nome em húngaro do bondinho) zumbiria e vibraria com felicidade por ele. Talvez ele não fosse capaz de olhar para uma foto dele ou ler sobre ele em um guia de viagens sem sentir uma corrente elétrica percorrer a espinha, e se lembraria de crepúsculos que costumavam durar o dia inteiro e aqueles cinco segundos que haviam feito os outros setenta anos parecerem quase valer o aborrecimento.

JOHN ESTAVA DEITADO de bruços. Suas mãos estavam postas sobre a almofada do sofá, debaixo do queixo, e o toque dela com a toalha quente repartia seus cabelos e tornava a afastar — suave e dolorosamente — as camadas de vermelho e marrom. Ela tinha cheiro de flor. As mãos dela se moviam muito devagar. Ela pediu desculpas umas três vezes pela ausência de Scott, duas vezes perguntou se o estava machucando, torceu a toalha, disse que era bonito John ter ido para lá quando estava machucado e em apuros, confiando acima de tudo em seu irmão. Ele ficou se perguntando se ela estava falando sério, ficou imaginando o que ela sabia e o que Scott havia dito a respeito dele. Ela deixou uma das mãos descansar, apaziguadora, sobre a toalha nas costas de sua mão e a outra suavemente acariciando seu pescoço. Perdeu o interesse em saber se ela estava brincando.

Será que Scott havia contado a ela tanto assim sobre a vida dos irmãos na linda, linda Califórnia, que ela iria adorar ver um dia, e aquilo era como outra época, não era? John indo ver Scott, com a cabeça machucada? Ela recontou a história em segunda mão para um de seus próprios protagonistas: várias crianças haviam tirado sarro da cara de John por ele ser gordo, e quando ele tentava brigar com elas era atingido na cabeça, exatamente assim, e ele tinha procurado Scott por ajuda, exatamente assim, e Scott havia batido em duas das outras crianças enquanto John via, sangrando e chorando. John escutou esse episódio de sua infância — preciso, a não ser pela inversão dos papéis dos irmãos —, mas não a corrigiu, e se perguntou, pelo tom da voz dela, se ela não sabia que Scott lhe contara uma versão distorcida e estava agora provocando John para que ele a corrigisse.

John se lembrava de Scott como ele fora. Scott tinha sido gordo, tão ridiculamente gordo, John se lembrava com grande prazer, e ele ainda era gordo mesmo, apesar do aspecto físico magro e musculoso. Fechou os olhos e ouviu a água torcida do pano caindo na tigela. Ela falava da vida de Scott da cozinha enquanto lhe servia uma bebida gelada, recontava com carinho os feitos de Scott para seu irmão sem pensar que ele já os teria ouvido, uma obtusidade que John achava fascinante. Ela falava de realizações atléticas que nunca aconteceram, regalava John com atos de revolta adolescente que ele reconhecia como os feitos de seus colegas de infância, mas todos com Scott nos papéis principais – os fogos de artifícios desalinhados de Scott, a nudez ultrajante de Scott, os grafites de Scott, a guitarra de Scott. Agora bem perto dele, ela ofereceu água gelada e comida saudável, lhe pediu que comesse, perguntou a ele o que mais gostava na Califórnia, e então (John, de algum jeito, sabia que era isso o que viria a seguir, poderia até ter terminado a última frase para ela) Mária recontou a história da garotinha na piscina depois do anoitecer que tinha sido salva, mas na versão dela, John, vestido, molhado, lutando para respirar enquanto arrastava a garota até o deque, se metamorfoseava no vestido, molhado, sem fôlego, arrastando, Scott.

– Foi muita coragem, não foi?

– Um homem corajoso, nosso Scott – concordou ele, e tocou o rosto dela.

John se sentou reto, como se um peso tivesse sido tirado dele e velhas feridas se fechassem suavemente em uma velocidade acelerada: Scott nada tinha a oferecer, nenhum futuro em potencial. Havia anos John perseguia um passado que se afastava: agora ele o havia alcançado, virara-o de frente para si e descobriu que era o sujeito errado o tempo inteiro. Scott queria o passado de John? Meu Deus, ele poderia tê-lo tido; John certamente não o estava usando. John teria trocado com prazer esse passado pelo presente: era simplesmente uma pena que Scott não levasse Mária a sério, porque isso teria sido ainda mais divertido: o cheiro de flores e a proximidade dela. Os lábios dela não se afastaram imediatamente. Uma reação de exploração. Então uma face suave, talvez em rejeição gentil. Mas então novamente os lábios. As mãos dele contra a camiseta extragrande da *alma mater* de seu irmão, a foto do mascote da faculdade, descolando por causa de lavagens descuidadas, distorcida sobre a forma dela, coçando contra a palma da mão dele. A referência que ela fez sorridente ao relógio e ao tempo que restava até a volta de Scott:

– Um homem corajoso, nosso John.

PARTE DOIS

A HORVÁTH KIADÓ

I.

PERGUNTE A IMRE HORVÁTH, EM SUA EMPOLGAÇÃO JOVIAL E UM TANto embriagada, algo tão pretensioso quanto o sentido da vida ou o seu objetivo nesta terra. Ou, passando o tempo despreocupado, de olho na loura do outro lado do salão lotado, lhe faça uma pergunta tão banal quanto a razão daquele copo de leite que ele toma em quase todas as ocasiões, até mesmo naquele coquetel. Preocupado em manter seu figurino diplomático, pergunte como é que os ternos italianos que ele tem são tão maravilhosamente bem cortados e perfeitamente lavados a seco, sendo a indústria de roupas húngara o que é agora. Ponderando um possível livro ou artigo (que provavelmente nunca irá além de alguns pontos rabiscados num guardanapo úmido), pergunte a ele se o comunismo um dia voltará à Hungria, se a democracia irá durar. Procure um terreno comum e pergunte o que há com a seleção de futebol da Hungria este ano. Lute para compreender esse pequeno país onde você está passando alguns dias de *jet lag* antes de visitar as paisagens de Viena e as festas de Praga, e lhe pergunte o que causou mais sofrimento à sua nação: os nazistas ou os russos. Perguntai qualquer coisa a Imre Horváth, Ó Ocidental, e ele começará sua resposta sempre da mesma maneira.

Começará com um sorriso estranhamente suave. Se você nada sabe a respeito desse homem, este primeiro sorriso irá lhe parecer profundo a ponto de desarmar, vagamente divertido, até mesmo um pouco ridículo, mas de um modo que você não sabe especificar muito bem. Ele parece saber algo que não pode lhe contar, e ambos percebem que isto é engraçado, embora cada qual à sua maneira.

Mas se souber mais da vida dele, se seu anfitrião tiver dado pistas desse ou daquele episódio, este prelúdio fica imediatamente isento de humor; Imre Horváth passa a se tornar uma daquelas pessoas raras e intensas das quais você jamais poderia sequer pensar em zombar. Talvez tenha ouvido falar da prisão dele.

Ele perdeu tudo, fugiu da Hungria para reconstruir a fortuna da família, voltou diversas vezes, apesar de ameaças vagas e outras até mesmo concretizadas. Você ouviu falar que ele dividiu celas de prisão e talvez câmaras de tortura com homens que hoje, na justiça de contos de fadas de 1989-1990, ascenderam ao poder na Hungria por meio das eleições livres.

Agora, no sorriso dele, você suspeita estar sendo testemunha de uma luta, não de uma piada. Ele deve ter sofrido terrivelmente nas mãos dos comunistas, e você imagina seu sorriso aflorando por baixo de camadas densas de lembranças horríveis, um sorriso que deve provar ser forte o bastante para merecer uma expressão visível, provar que é mais forte do que a lembrança onipresente da tirania (que, até onde você sabe, é provavelmente tão dolorosa quanto a própria tirania).

Ele é um homem alto e largo, que transmite força na sua postura, em seu tom de voz, em seus gestos, em suas mão grandes. Seus cabelos espessos, da cor do aço, caem retos e fluidos para trás em uma cascata de prata que chega quase aos ombros. Ele usa os cabelos compridos demais para um homem da sua idade, mas não dá a impressão de que deseja ser mais jovem. Seus olhos são de um azul translúcido, a cor da água parada em uma piscina. São claros, apesar dos seus sessenta e oito anos, e os brancos não têm veias. Esse olhar lembra que ele foi testado muitas vezes, que por trás daqueles olhos melancólicos e divertidos existem profundezas além de seu reconhecimento, e, no entanto, ele gostaria de responder a sua pergunta da melhor maneira possível para ajudá-lo a compreender um tempo que deve lhe parecer (assim o seu sorriso dá a entender) história antiga. Porque você é uma criança, e vem de uma nação de crianças.

Talvez você esteja ficando sensível demais. Você sente algo de significativo sendo transmitido na pele e nos músculos ao redor dos olhos agora apertados para vê-lo (apesar de uma visão perfeita), nas sobrancelhas que se aproximam e então, ao se encontrarem, levantarem e se afastarem com um divertimento muito, muito leve, heróico em si mesmo, depois de Deus sabe que esforços por Deus sabe que forças para esmagá-lo.

Quando lhe fizer sua perguntinha – profunda ou prosaica, sobre chá ou tirania –, ele lhe parecerá maravilhado com o doce e improvável triunfo da Vida e da Justiça que permite um mundo em que você, jovem (embora você possa talvez ser tão velho quanto o próprio Imre), pode prosperar e se empenhar, livre de ditadores, e tenha tempo e liberdade para combater com perguntas desse tipo. Ele aprecia esse novo mundo, encantadoramente representado por você e sua curiosidade.

Apenas um ou dois segundos se passaram e agora ele fala: "Ahhh, meu amigo..." O "ahhh" é um som rico como um arco longo tocando uma corda aberta de um celo, cheio de sentimento, história, e aquele leve divertimento novamente: "Ahhh, meu amigo, você precisa entender como era estar aqui", dirá, com um sotaque que revela o longo uso de um inglês imperfeito. "Eu nunca, ou talvez devesse dizer primeiro... não. Isso é do fundo do baú. Não há nada aqui a não ser um velho e... não, apenas isso: não faz muito tempo, antes de você vir visitar nosso lindo país e viver aqui em nossa humilde Budapeste, este era um lugar diferente. Era na superfície, sim, o que é hoje, mas, na verdade, muito diferente do lugar que você está desfrutando agora. Eu adoro as novas casas noturnas de dança que os jovens criaram. Nós devemos muito disso a vocês... Ahhh, sabe, na época, não havia lugar nesta nação para o homem que não se curvasse, que não engolisse mentiras, que não agisse como um papagaio num salão cheio de imbecis. Não havia lugar algum para um, um, digamos, *tolo* assim, exceto, talvez, nos calabouços. E, no entanto, *ser* uma pessoa assim, esse tolo, para o qual não há lugar, um tipo tão impossível quanto alguma fera mítica com corpo de leão e cabeça de homem, e mesmo assim, real. Real, porém impossível. Você consegue imaginar ser uma pessoa dessas num lugar assim? Espero que nunca precise. Você tem muita sorte, e ganhou grandes coisas. E fará grandes coisas, posso ver isto dentro de você, ah, sim, com certeza. Mas, naquela época, os pobres imbecis no governo, nas câmaras da polícia secreta e outros salões de jogos de crianças enfezadas e cruéis, o que aqueles pobres imbecis podem fazer quando uma fera selvagem caminha em liberdade? Eles param. Ficam embasbacados. Correm atrás de ordens. Consultam diversos manuais e fazem reuniões secretas. Tentam ser cruéis, pois não têm imaginação para fazer nada além disto. Sussurram incomodados uns para os outros: 'Não podemos admitir que ele existe', dizem. 'Mas não temos onde colocá-lo, e ele está ali, real como uma árvore. Podemos mandar as pessoas não olharem para ele? Ou dizer que ele não é o que parece? Será que não devemos dizer nada? Talvez ele vá embora. Será que podemos matar uma fera dessas, ou ela ressuscitará?' Essa é a complexidade que sua ótima pergunta aborda, meu amigo. Ahhh, é difícil saber o quanto lhe dizer..."

Sua pergunta é esquecida, antes de tudo por você mesmo. Ou você estava apenas puxando conversa quando a elaborou, pensando que seria improvável discutir assuntos importantes com um homem daqueles, e agora está agradavelmente surpreso, quase intimidado pela confidência; ou estava fazendo um grande esforço para perguntar algo sobre o qual, você agora se dá conta, não sabe quase nada. Então, agora você aprenderá a essência desse assunto, um presente que não tem preço, nessa noite, nesse coquetel, um vislumbre que não esperava ter do que o mundo *real* pode ser, conferido a você, que de outra forma teria passado pela vida exposto apenas a superfícies. Esse símbolo vivo, que passou inamovível pela onda da História, hoje desceu do seu pedestal e do seu cavalo de granito para ficar a seu lado, para assentir gravemente e permitir que coloque sua mão pequena e trêmula sobre o peito dele que bate.

E, no entanto, ele não deixa de ter modéstia. "Espero não o estar incomodando com essa conversa fiada." Em quase todos os seus gestos e palavras há a suposição implícita de que o que ele fez e falou é precisamente, necessariamente, o que *você* teria feito e dito. E, com um assentimento humilde e o rosto ruborizado de prazer com esse cumprimento improvável e patentemente inacreditável, você agradece à modéstia por ter arrumado tempo em uma agenda provavelmente muito ocupada para transmitir aquela mensagem a um ouvinte tão indigno.

Imre Horváth entra nessa história hoje, 15 de julho de 1990 — apesar de toda a sua monumental dignidade —, como uma pasta de arquivos aguardando modestamente sua vez no fundo de uma pilha de pastas de arquivos na superfície de uma mesa, que brilha dourada com os reflexos da luz do sol sobre o rio.

II.

PAIRANDO SOBRE A CIDADE MAIS TEMPO DO QUE SEUS PRIMOS DE ABRIL OU fevereiro, o sol de julho só chegava à janela de Charles Gábor, com sua vista do Danúbio a oeste, no final da tarde. A essa altura, ele já havia processado quase vinte e cinco de seus arquivos do dia. Uns demandavam muito pouco do seu tempo: balancetes precariamente "fechados para balanço"; afirmações descaradas de um retorno de 1.500% em investimentos dentro de "talvez, no máximo, quem sabe, seis semanas, estamos confiantes de que essa é uma projeção conservadora"; referências insuficientemente provocantes a invenções sem nome; ofertas generosas de parcerias de 49% em empresas raquíticas de materiais de construção da era comunista, em troca de um "investimento razoável em retreinamento humano, novas aquisições de fábricas e ferramentas, reengenharia de processos de fabricação, reavaliação de *marketing* e reconstrução de rede de negócios. As decisões administrativas, naturalmente, permanecerão nas mãos dos especialistas atualmente especializados na operação desta fábrica". Outros arquivos se abriam para vistas adoráveis, ligeiramente desfocadas, de lojas com estoque precário, contêineres de armazenamento muito velhos, vinhedos batidos pelas intempéries, filas de velhas com lenços na cabeça, sorrindo sorrisos obrigados e costurando à mão trajes típicos húngaros.

Alguns arquivos mereciam mais atenção: portfólios enviados da Agência de Privatização do Estado (a nova burocracia exclusivamente encarregada de vender de volta ao setor privado as mesmas propriedades roubadas dele quarenta anos antes); projeções de vendas não inteiramente impossíveis para produtos não de todo indesejáveis; uma administração passavelmente familiarizada com os padrões contábeis ocidentais e seis duplas diferentes de amigos de infância que desejavam abrir lojas de artigos esportivos. Charles tinha certeza de que nenhum desses levaria a lugar algum. Todo o seu trabalho era uma piada. Nada que os húngaros pudessem arrumar jamais seria aceito por Nova York, que estava, naturalmente, ocupada demais tirando dinheiro de Praga para prestar a menor atenção aos magiares. Agora lhe parecia que tinha vindo a esse fim de mundo apenas para um trabalho de relações públicas.

Com apenas dois arquivos restantes na pilha, e o sol brilhando atrás dele, Charles reclinou-se em sua cadeira e esticou os braços sobre a cabeça até os cotovelos estalarem e as pontas dos dedos tocarem a janela. Bocejando, puxou a pasta do fundo para fora da pilha, um jogo mental para afastar a preguiça. Mais tarde, contaria uma história que envolveria premonição, *flashes* de intuição e uma tremenda percepção do mundo dos negócios.

Caros senhores e senhoras:

A informação anexa pertinente é relacionada à Editora Horváth, que sua casa editorial está em posse da família Horváth desde o ano de 1808. O atual chefe da família é o Sr. Horváth Imre, Diretor-geral da Editora. Ele está disponível para discussão quanto a possíveis investimentos, *joint ventures* ou outras naturezas concebíveis de relacionamento. Se a história pertinente e os dados financeiros forem de interesse para a sua empresa, o Sr. Horváth está preparado para discussões em um momento a ser determinado por conveniência mútua.

Com os melhores votos para quaisquer outras conversas,
Sou sua humilde serva, *Toldy Krisztina*
CHEFE DO SECRETARIADO
A HORVÁTH KIADÓ/HORVÁTH VERLAG/
EDITORA HORVÁTH

Charles percorreu preguiçoso a vegetação rasteira dos documentos que acompanhavam a pasta. Culpou a apresentação pobre e a própria sonolência pela confusão quanto à localização exata da Editora Horváth. Os dados financeiros se referiam a uma fábrica em Viena, mas a carta da Sra. Toldy e o nome Horváth implicavam uma editora húngara. Os dados financeiros e as fotografias alardeavam um verniz profissional suficiente para merecer posteriormente uma inspeção mais próxima, mas nada quanto ao pacote poderia impedir seu interesse cada vez menor ou levantar suas pálpebras pesadas. Deslizou a pasta na direção das poucas outras dignas de investigação do dia, e abriu o último arquivo do seu estoque. Logo o reconheceu como um pedido reescrito, rejeitado risivelmente algumas semanas antes com base numa incrível incompetência administrativa, mas agora reluzente, com novos e brilhantes adjetivos e mudanças de paradigmas, graças à técnica de uma empresa americana de RP.

Recostando-se contra a moldura da janela para olhar o Danúbio brilhando dourado lá embaixo, Charles percebeu que seus pensamentos giravam em torno de um terreno familiar de fim de tarde: a frustração de obedecer a superiores covardes, o absurdo de receber ofertas de investimento máximo e controle limitado, a perspectiva apavorante de sempre manejar as salas de máquinas e jamais ter o controle do leme. Quando pensava naquele país e naquela gente como o que lhe havia sido prometido desde a infância, gemia como se sentisse dores no estômago.

Não duvidava de que seu treinamento na faculdade de administração e sua natural sagacidade o qualificassem para gerenciar alguma coisa. Deveriam ter lhe permitido que usasse da liderança, do carisma e da intuição para fazer de si mesmo (e de outros, claro) extraordinariamente... alguma coisa. Aqui ele se perdia, e era forçado a utilizar a palavra *rico* para preencher a lacuna em seu monólogo interno, embora soubesse que não era bem isso.

Em um mundo em guerra, Charles teria escalado a si próprio como um marechal-de-campo cujo conhecimento enciclopédico e razoavelmente profundo de tática e estratégia tradicionais só seria superado por sua capacidade única de esquecê-las, ocasionalmente, em favor de golpes surpreendentemente ousados que transformariam teatros de operações militares em telas para o seu gênio agudo e de uma frieza sobre-humana. Mas, em 1989-90, o mundo não só não estava em guerra como parecia que nunca mais estaria em guerra. Homens da índole de Charles, ele sabia, precisariam de outras telas nas quais pintar e outras tradições para esquecer, ocasionalmente, em função de mais vitórias estarrecedoras. Um emprego júnior em uma sucursal de fronteira de uma empresa de capital de risco de segunda não era uma dessas telas.

E foi assim que Imre Horváth e Charles Gábor se conheceram, em 15 de julho de 1990, embora nenhum deles ainda soubesse disso.

III.

NA MANHÃ DE 16 DE JULHO DE 1947, AOS VINTE E CINCO ANOS, IMRE Horváth enterrou seu pai, Károly, sessenta e nove anos de idade, sob sol forte, no cemitério de Kerepesi. O velho havia sozinho, ao longo dos quarenta e seis anos anteriores, na cripta densamente povoada da família Horváth em Kerepesi, depositado uma única filha, três filhos e uma esposa, mortos respectivamente de tifo (1901), gripe espanhola (1918), bombardeios americanos (1944), bombardeios russos (1945) e bombardeios entremeados de alemães e Arrow Cross* (1945). O Horváth mais velho finalmente sucumbira a problemas cardíacos crônicos e não tratados.

Naquela tarde, após um almoço melancólico com ninguém que conhecesse muito bem ou com quem se importasse, Imre caminhou, no meio de uma procissão sombria, até os escritórios de seu pai, em um prédio relativamente ileso, apesar de extensas e ruinosas evidências de guerra em ambas as suas laterais. Ali, naquele oásis de comércio, conferenciou desanimado com o familiar advogado da família, metido num terno surrado e remendado. Com um tédio maldisfarçado e um coração que não tinha certeza se deveria chorar ou não, Imre assinou os documentos absurdamente formais que lhe davam o controle do negócio sem valor de sua família. Tornou-se o sexto homem da família Horváth a assumir a Editora Horváth desde 1818.

IV.

A EDITORA FORA FUNDADA COM OUTRO NOME, EM 1808; E ADQUIRIDA, em 1818, pelo tetravô de Imre (que também se chamava Imre).

*Partido húngaro fascista, anti-semita e pró-Alemanha, chefiado por Ferenc Szalasi e responsável pela deportação de 80 mil judeus da Hungria durante a Segunda Guerra Mundial. (*N. do T.*)

O verdadeiro fundador da editora – o impressor Kálmán Molnár (Molnár Kálmán em húngaro) – havia morrido como resultado de um duelo para o qual estivera incrivelmente mal preparado, pois nunca havia disparado uma arma de fogo na vida. Embora Molnár tivesse inicialmente sobrevivido à troca de disparos (e recebido, segundo as fofocas, um certo crédito por ter permanecido de pé e depois caído como o cavalheiro que não era), sucumbiu finalmente, duas semanas depois, a uma infecção do ferimento recebido na coxa.

A morte deixou uma viúva sem rumo e três órfãos e um terço. Mais para o interesse do primeiro Imre Horváth, ela também deixou sem guardião uma impressora, tinta, placas, papel, equipamento de encadernação e uma loja com vitrine. Duas horas após a morte do marido, a viúva chorosa e desesperada aceitou a oferta ridícula de Horváth, e ele – que vira o marido dela tombar de lado em um cercado de relva, pois havia sido contratado para levar de barco os combatentes até a ilha Margaret, atravessando a névoa da manhã – se tornara o proprietário da rapidamente rebatizada Editora Horváth.

A grande contribuição do primeiro Imre ao negócio que levaria o nome de sua família por seis gerações foi o desenho de seu colofão, inspirado no Unicum – o logotipo impresso ao fundo da última página dos livros, nos cantos de cartazes, e como a marca registrada de identificação geral da empresa. As palavras A *Horváth Kiadó* cercavam uma pequena imagem de uma pistola de duelo ornamentada. Da pistola emergia uma nuvem de fumaça e uma bala veloz. Na bala estavam inscritas as letras MK, memorializando – para os risos de Imre em particular e as palavras solenes de respeito em público – Molnár Kálmán, o fundador involuntário e de péssima pontaria da Editora Horváth.

V.

SOB O CONTROLE DO FILHO DO PRIMEIRO IMRE, KÁROLY, A EDITORA HORVÁTH logo se especializou em anúncios imperiais dos Habsburgo e publicações (em húngaro e alemão), coletâneas de poesia em panfletos e manifestos políticos anti-Habsburgo, que, nas décadas de 1830 e 1840, proliferavam com fertilidade leporina. Em 1848, o desenho de mau gosto do pai de Károly disparava na parte inferior de editos governamentais colados em quiosques, na contracapa de pequenos volumes de versos de János Arany e em boletins de educação pública de parlamentares húngaros com pretensões reformistas. A pequena pistola fumegava no final de um livreto conciso comemorando o aniversário do imperador austríaco retardado e epilético: *Um Volume em Honra do Aniversário de Nosso Rei e Imperador, Ferdinando Habsburgo, Quinto a Levar Esse Soberbo Nome, Que Possa Reinar por Longo Tempo e Que Sua Sabedoria Nos Guie, com as Bênçãos de Deus e para o Benefício de Todos os Seus Leais Súditos Húngaros Que Prosperam Sob Seu Cuidado Paternal e Generoso.* Mas a bala MK também voava imóvel na última página de uma coletânea de poemas do amante-aventureiro-poeta-revolucionário Boldizsár Kis, intitulada *Canções de nascer para o meu país.*

Quando a Hungria – inspirada em parte por homens como Arany e Kis – se revoltou contra o imperador austríaco, em 1848, Károly Horváth perdeu todos os seus contratos com a burocracia imperial expulsa. Ele também perdeu um filho. Seu primogênito, Viktor, foi morto na batalha de Kápolna, um dos primeiros embates entre a recém-nascida República Húngara e sua reflexivamente disciplinar mãe austríaca. Soldados de origem húngara combateram em ambos os lados. Viktor Horváth, vinte e quatro anos de idade, foi atingido por uma bala de canhão, que lhe arrancou cabeça e pescoço inteiramente dos ombros.

Mas nem tudo estava necessariamente perdido para a editora. A existência provisória de um governo húngaro independente prometia amplas oportunidades de negócios substitutos – anúncios, legislação, mais manifestos ainda, e incontáveis volumes escritos por incontáveis poetas autodenominados revolucionários. Em um esforço para ganhar esse negócio e dar um polimento em sua reputação ambígua, Károly Horváth assegurou inadvertidamente a reputação gloriosa e duradoura de sua editora. O heróico Boldizsár Kis em pessoa – em dívida para com Horváth pela generosa soma a ele adiantada por suas *Cândidas lembranças de um amante* – selou esta vitória para o editor enlutado. No auge da rebelião condenada, quando os húngaros pareciam finalmente ter conquistado sua liberdade de Viena, Kis elogiou repetidamente (o que trouxe fama) a editora de Károly Horváth, citando-a como a "consciência do povo e a memória de uma nação". Em uma carta recomendando os serviços da editora para o novo governo húngaro (posteriormente editada como ensaio e publicada pela Editora Horváth), Kis diplomaticamente ignorou os serviços indiscriminados para partidos políticos de todas as tendências, bem como para os Habsburgo. Em vez disso, o poeta cantou o patriotismo magiar da empresa. Lembrou aos colegas recém-empossados e nervosos com o excesso de trabalho sobre o filho do homem, sacrificado pela revolução. E explicou com mais detalhes o significado oculto do ousado colofão da Editora Horváth, que sempre havia claramente clamado pela liberdade

– pelo cano de uma arma! – da República Húngara, a Magyar Köztársaság. MK. Naturalmente, Horváth fora forçado pela necessidade comercial a trabalhar para toda sorte de clientes, Kis admitiu, mas vejam a sua marca registrada, sua marca de fogo de lealdade revolucionária! O novo e vacilante governo – ocupado com uma guerra inacabada e imprevisível de independência – distraidamente premiou a editora com extensos contratos. Uma carta de elogio e apreciação chegou a ser escrita para Horváth sob um nome ambiguamente legível, mas muito possivelmente de enorme influência.

Em um volume de sua poesia, datado de 1849 – republicado às custas de Horváth, mas com todas as vendas pagáveis diretamente ao impressor até que a dívida do poeta fosse saldada –, Kis incluiu este verso elogioso:

De nossos homens corajosos de tinta e prensa
Vêm ecos de uma nova era que se anuncia
E com a força de uma bala disparada de uma pistola
Explode a notícia do que não pode mais ser negado:
Nossa república, nossa república, nossa república!

Quando, no outono de 1849, com a ajuda russa, os Habsburgo voltaram a garantir seu controle sobre os magiares criadores de caso e liberou uma onda terrível de execuções por represália, os pronunciamentos do governo imperial e os cartazes de condenações foram decorados na parte inferior por um símbolo familiar. Depois que Boldizsár Kis desapareceu no Levante, o cartaz que o declarava inimigo do imperador-rei trazia o logotipo da Horváth, mas também os exemplares muito procurados da poesia de Kis, edições que venderam melhor do que nunca desde que ele se tornara um fugitivo, finalmente recuperando (com algum lucro) os adiantamentos de Horváth para o poeta fugido.

VI.

O SEGUNDO FILHO DE KÁROLY HORVÁTH, MIKLÓS, ERA UM POUCO JOVEM demais para revolução e guerra, e por isso, em 1860, herdou a editora que teria sido de seu irmão mais velho. Naquele mesmo ano, seu próprio filho (e o único reconhecido oficialmente) nasceu e recebeu o nome de seu bisavô. Miklós fez um poema para a ocasião:

O garoto se tornará o homem
O homem se tornará o garoto
Cantem, Musas, por Imre, o herói Magiar
Que nos conduzirá a um mundo de luz e justiça!

Sob a administração de Miklós, a Editora Horváth sofreu graves problemas devidos à falta de atenção; Miklós estava mais encantado com seus esforços de fazer poesia do que com a administração de um negócio. Ele permitia que seus assistentes tomassem quase todas as decisões da empresa, lidassem com clientes e autores, e negociassem com a recém-restaurada monarquia austro-húngara. Eles também tinham permissão para cuidar das questões financeiras da empresa, o que muitos fizeram para suas vantagens pessoais e o lento, porém constante, declínio da empresa. Até mesmo o mais honesto de seus assistentes empalideceu quando forçado a encarar os prejuízos inevitáveis infligidos pela publicação compulsória da poesia de Miklós, um volume atrás do outro, atirados para um mundo indiferente, em edições cada vez mais ornadas e tiragens cada vez mais otimistas.

Quando Miklós não estava trabalhando de má vontade no negócio da família, podia ser encontrado nos cafés e bordéis de Budapeste, usando os cabelos compridos à moda de Byron – de quatro décadas antes –, exigindo de garçonetes ou prostitutas papel, pena e tinta. Desaparecia das vistas de sua esposa e seu filho por dias a fio para percorrer o interior do país a pé e, em seguida, retornava com páginas manchadas de hinos de louvor à natureza e ao seu próprio espírito indomável.

Em 1879, invocando Boldizsár Kis, János Arany, Sándor Petöfi e o resto do panteão de poetas revolucionários húngaros da geração anterior à sua, Miklós publicou sua última coletânea, *Onde estão os heróis do verso?* Cada poema do livro era ostensivamente escrito no estilo de um de seus mestres poéticos, cada qual cantando o valor de, e prevendo uma grandeza imortal para, Miklós Horváth. Sándor Petöfi dava voltas na sepultura sem lápide do lado de fora do campo de prisioneiros na Sibéria, para o qual os Habsburgo o haviam despachado após a revolução:

Cantem o bravo Miklós, cujo coração bate no ritmo do hino de
toda a Hungria
Que marcha sobre estradas e cidades do país levando a todas as
Crianças que riem
E mulheres com seios como melões gregos.

O poeta dedicava o livro ao seu irmão, Viktor ("Que caiu por seu Imperador"), e mandou encaderná-lo – sob os protestos confusos e monólogos gaguejados de seu gerente sobre os custos – em pelica com ninfas e sereias gravadas a ouro, três finas linhas paralelas de veludo negro percorrendo a extensão da lombada e a assinatura do poeta estampada na capa, também em ouro. Foram vendidos trinta e sete exemplares. Outros milhares pereceram dez meses depois, quando chuvas fortes inundaram um porão que servia de depósito.

O filho de Miklós, Imre, fizera vinte anos em 1880 e, embora ainda vivesse na casa dos pais, já tinha uma esposa e gêmeos de dois anos de idade, Károly e Klára. Imre mal conhecia seu pai. Criado pela mãe, Judit, em circunstâncias difíceis, Imre havia trabalhado na editora desde cedo. Não tinha ilusões sobre de onde vinha o dinheiro ou como era a vida na sua ausência ou como ia o tino comercial de seu pai. Aos vinte anos de idade, ele viu seu pai, o fracassado e tolo poeta de quarenta e sete anos e dono de uma empresa que estava indo rapidamente à falência, sofrer de sífilis no último estágio, o que havia lhe custado literalmente seu nariz e, apenas alguns meses mais tarde, o deixaria inteiramente cego.

O declínio de Miklós – que avançou de modo horrivelmente implacável – fez com que passasse a beber pesadamente e escrevesse de modo quase constante. Isso levou o homem que se decompunha a gestos melancólicos, e a uma apreciação superficial, porém sentimental, da família que havia ignorado por anos, durante a corte infrutífera que fizera a uma musa indisposta e desinteressada. Miklós, sentindo nas veias corrompidas que seus poderes de imaginação e expressão estavam no auge precisamente porque as trevas estavam caindo, agora escrevia odes à sua doença, à morte e à noite que se aproximava. Rabiscava seus versos com uma mão trêmula, insegura, meio cega que, perdida nas névoas cada vez mais espessas, vagavam por páginas e depois voltavam num círculo, deixando emaranhados de tinta perdidos no meio de vastos espaços em branco. Sua esposa e seu filho achavam esses poemas do lado de fora das portas de seus quartos pela manhã. A essa altura, o próprio poeta já teria deixado a casa por um dos seus bordéis favoritos, onde não pagava mais para ter prazer, mas pelo conforto de vozes familiares e dos rostos borrados daquelas que cuidavam dele com habilidades limitadas, mas afeto profissional, pelo mesmo preço que ele estava acostumado a pagar. Sua equipe de enfermeiras pouco vestidas lhe trazia pena e tinta, papel e bebida.

O filho de vinte anos – ele próprio marido e pai – sabia que sua própria segurança econômica exigia certas medidas. Enquanto as últimas páginas rabiscadas por Miklós alimentavam o fogo da cozinha, Imre consultou seu único parente confiável sobre a melhor maneira de proceder. No final desse dia, com a ajuda de sua mãe e de dois gerentes leais a ele, o segundo Imre Horváth se tornou o chefe de fato da Editora Horváth e começou a lutar para endireitar a empresa familiar que estava afundando. Ainda faltavam alguns meses para a morte do dono anterior, que se agarrou à vida até janeiro de 1881, embora nem sua família nem sua empresa tivessem ouvido falar dele novamente.

Apologética mas definitivamente afastado de sua residência anterior em 23 de dezembro de 1880, por assustar outros clientes com seus uivos de sofrimento sifilítico (que servia inadvertidamente como um rótulo de aviso sobre o produto sedutor do estabelecimento), Miklós foi levado para a casa de uma admiradora: uma de suas prostitutas, uma mulher de trinta e quatro anos de idade que lhe dera prazer pela primeira de centenas de vezes aos treze, produzindo, ao longo do caminho, dois filhos vivos, entre outros. Ele morreu no cubículo pouco mobiliado que ela tinha em um sótão, no chão, sobre um colchão fino, embaixo de uma estante rachada que, em sua cegueira total, ele não podia ver, mas que continha um exemplar de cada volume de sua obra publicada – onze coletâneas ao todo. Seus uivos espectrais traziam reclamações obscenas dos outros moradores do prédio, mas por oito dias ela o alimentou e o limpou, embora ele não soubesse onde estava, nem quem era, nem quem estava com ele. Ela segurava um paninho úmido contra sua testa rachada e manando pus, quando finalmente ele morreu. "Finalmente, a luz", ele disse, embora seus olhos estivessem fechados. Ela se lembrou das últimas palavras dele por muitos anos.

VII.

O SEGUNDO IMRE GUIOU MAJESTOSAMENTE A EDITORA HORVÁTH ATÉ SEU pináculo dourado de influência e glória. Desde seu golpe sem oposição, em 1880, até sua própria morte, trinta e três anos mais tarde, aos cinqüenta e três, o negócio da família cresceu até ocupar um lugar muito próximo ao centro de uma cultura em processo de renascimento, uma política em reforma vibrante e uma cidade em reconstrução febril. Embora diversas editoras novas tivessem aparecido e oferecido um excesso de concorrência, subitamente havia um número mais do que o suficiente de gênios húngaros em cada área e mais apetite para jornais, revistas e livros do que nunca antes. O colofão da pequena arma – agora cercado pelas célebres palavras de Kis A HORVÁTH KIADÓ – A MEMÓRIA DE NOSSO POVO – era ostentado nas peças, romances, poemas, livros de história, ensaios políticos, tratados científicos e matemáticos, livros-texto e partituras de uma sociedade que despontava para uma verde primavera artística e acadêmica. As fortunas da empresa, bem como as de sua cidade natal, atingiram o ápice no início da década de 1900. A população inchou, a educação se disseminou, a paz reinou. Traduções húngaras de Shakespeare, Dickens, Goethe e Flaubert se juntaram a obras nativas sob a égide da Horváth.

A editora (e Imre) prosperou cada vez mais. Seu jornal esportivo semanal, *Corpus Sanus*, era um empreendimento lucrativo desde o número três, mas ele já teria um negócio de enorme sucesso se contasse apenas sua produção de cartazes de propaganda em cores vivas para concertos e cafés, óperas e peças, bebidas destiladas e tabaco, armarinhos e alfaiatarias, eventos esportivos, exposições de arte e oportunidades de viagem. Seu jornal financeiro, *Nosso Forint* (mais tarde *Nosso Korona*, *Nosso Pengö* e depois novamente *Nosso Forint*), era amplamente lido em círculos de negócios, mas ele também aceitou com alegria uma polpuda soma, em 1890, para publicar o manifesto do primeiro partido socialista dos trabalhadores da Hungria. E só um idiota recusaria contratos do governo, apesar do imperador-rei Francisco José. A pequena pistola fumegava. MK! Imre descartou as lembranças da vida na casa sombria e pouco mobiliada de seus pais. Ele começou a entender que era mais do que um homem de negócios bem-sucedido.

Imre – orgulhoso de seu guarda-roupa e de seus apartamentos, sua riqueza e seu tino comercial, da tradição familiar e nacional que ele incorporava – se considerava e se descrevia para os outros como um homem de cultura, um homem de letras. Na sociedade cada vez mais liberal de Budapeste, sua falta de educação formal não o desqualificava dessa afirmação. Imre se considerava um gigante que caminhava entre dois mundos – comércio e arte – e freqüentava os clubes sociais de ambos. Embora fosse calorosamente recebido e admirado sem afetações na companhia de editores, gráficos e jornalistas, ele ainda era filho de Miklós, e se sentia mais à vontade, mais bem-recebido, e um líder mais feliz entre artistas, escritores e atores. Freqüentemente dizia à esposa: "Os artistas me reconhecem pelo que sou; os editores apenas me invejam pelo que consegui." Era membro do KB, grupo de escritores e artistas que se encontravam regularmente no Gerbeaud para noites de bebida e recitação, elogios e insultos. Batizado em homenagem a Boldizsár Kis, o grupo também era um grupo de discussão sobre política, em particular a questão da independência húngara. Em algum momento no decorrer dessas conversas, Imre brindaria à memória de seu tio Viktor, que tombara em Kápolna pelo breve momento de liberdade que a Hungria desfrutou de Viena.

Mas não importava que ele se achasse um homem de letras, não importava que muitos membros do KB confiassem nele para seu sustento, não importava que os artistas fossem educados, até mesmo jovialmente amigáveis para com ele no Gerbeaud. Ele não era um deles, embora o fato lhe escapasse (a não ser em momentos tristes e rapidamente esquecidos de solidão e clareza mental).

O dramaturgo Endre Horn utilizou Imre como modelo para Swindleton, o homem de negócios inescrupuloso, em sua farsa *Sob estrelas frias*, chegando a ponto de dar ao personagem um casal de filhos gêmeos. Imre jamais notou a semelhança. O poeta Mihály Antall rabiscou versos (com rimas em húngaro) que passavam de mão em mão e que eram comentados indiretamente em conversas, mas que Imre nunca viu:

Quando o homem de negócios consegue se refinar,
Caminha com elegante andar,
E Shakespeare quer nos ensinar,
Então quem paga a conta do bar?

"O que aconteceu com a memória de nosso povo?", eles perguntavam, se Imre não aparecia no Gerbeaud. "Cedo à memória de nosso povo", eles respondiam sorridentes, quando Imre continuava a discutir uma posição que todos os demais na mesa julgavam silenciosamente como filistéia. "À memória de nosso povo!", eles erguiam os copos quando chegava a conta. "Parece que a memória de nosso povo é curta", comentou sarcástico o compositor János Bálint, passando adiante o boato de que Imre tivera um filho de uma mulher que não era sua esposa. "Pobre memória", murmuraram baixinho no funeral de Klára, a filha gêmea, morta de pneumonia. "A memória se desvanece", diziam nervosos, sempre que os negócios de Imre iam mal, e repetiram quando ele começou a ficar cada vez mais magro, alarmantemente magro, devido à longa doença que por fim o matou.

VIII.

O SEGUNDO KÁROLY, FILHO DE IMRE, FOI APRESENTADO PELA PRIMEIRA VEZ ao seu futuro legado aos quatorze anos, mas não se tornou chefe da empresa senão vinte e um anos mais tarde, quando Imre morreu, em 1913. Suas duas décadas de aprendizado lhe ensinaram o funcionamento da editora, mas também o convenceram da incompetência pomposa de seu pai. À medida que os anos passavam e Károly permanecia um subordinado, ficava cada vez mais claro para o herdeiro atrasado que, apesar do sucesso da editora, o negócio teria florescido muito mais se *ele* estivesse no timão em vrez de seu pai covarde, deslumbrado pela arte, ainda com os pés no século dezenove. As vitórias de Imre eram irritantemente fáceis; Károly as teria tornado maiores. Os fracassos de Imre eram patentes: Károly jamais teria sido tão descuidado, cauteloso, confiante, desconfiado, temerário, covarde. Quando Imre e a editora começaram a confiar em Károly, os empregados da editora já sabiam do desprezo que o príncipe votava pelo rei, e até mesmo os amigos mais obtusos de Imre nos círculos de negócios riam e o aconselhavam a contratar um provador para sua comida. Em 1898, um galhofeiro do KB começara a chamar Károly de Brutus toda vez que falava a terceiros. O próprio Imre se referia ao "desejo do garoto de participar das tradições de sua família", de cumprir seu destino na vida nacional. Mas, em particular, ele também ficava se perguntando o que fizera para merecer o desprezo do filho. Pois, em criança, Károly amara seu pai, o reverenciara, imitava seu falar e seus gestos, e, aos seis anos de idade, dissera à mãe: "Papai e eu somos iguais em tudo. Somos dois homens cortados do mesmo tecido fino."

Parte do problema começou no KB. Károly recebeu o privilégio de acompanhar seu pai ao Gerbeaud, certa noite de verão, aos doze anos, e o garoto notou imediatamente que os outros homens se vestiam diferente de seu pai. E quando se davam ao trabalho (com visível má vontade, percebeu Károly) de falar com o garoto, ele sentiu os risos deles. Naquela primeira noite, o pintor Hanák realizou simples, porém bem-feitas, prestidigitações para o garoto. O artista imundo pediu emprestada uma nota de dinheiro do Horváth mais velho, mostrou-a para a criança, dobrou-a até que ela ficasse bem pequena e escondeu-a em seu punho enorme.

— Em que mão está o lucro sujo, jovem Károly? — perguntou ele, para o nojo cada vez maior do garoto. Károly apontou primeiro para uma e depois para a outra mão do artista; não gostou dos dedos cabeludos e manchados de tinta.

Um dos punhos e depois o outro se abriram para revelar nada a não ser manchas de cores nas palmas de couro, que tinham a textura das almofadinhas nas patas do adorado cão pumi de Károly. — É um mistério, não é, garoto? — perguntou o artista. O pintor voltou a beber, conversando e ignorando o garoto, que perguntou a Hanák, embora seu pai não estivesse ouvindo:

— Então você vai ficar com o dinheiro do papai?

O artista deu uma gargalhada e ergueu o copo de cerveja para o jovem:

— Você entende muito bem de magia, garotinho — disse ele, antes de dar as costas à criança visivelmente infeliz.

O jovem Károly havia aceitado o convite para as noites especiais de seu pai como um sinal de que era agora o conselheiro dele, seu igual. Levou essa responsabilidade a sério.

— Não gostei daqueles homens — disse Károly ao pai, muito seriamente, ao voltarem para casa a pé, passando pelas construções intermináveis de novas casas ao redor da praça Deák e da Andrássy út. — Tem alguma coisa de errado neles. Aquele homem sujo roubou seu dinheiro. — Károly estava zangado, ainda mais porque havia sido usado como cúmplice no roubo da riqueza de seu pai (e da sua própria).

Seu pai lhe deu um tapa na boca com força.

— Ele não me roubou e não é um homem sujo — disse Imre baixinho, quando o garoto levou a mão ao rosto. — Ele é um grande artista. Precisa daquele dinheiro mais do que eu. Será que devo envergonhá-lo e pedir que me devolva? Você gostaria disso, meu filisteuzinho? Será que devo gritar que sou rico enquanto ele é pobre? Não. Eu permito que isso aconteça como um favor para ele. Em troca, ele produz grandes coisas, que admiro... — O pai, com um tom cada vez mais leve, discorreu um pouco sobre a discrição necessária dos patronos das artes, sobre como aqueles homens do KB eram seus próprios superiores (em talento) bem como seus iguais (em gosto) e seus inferiores (em riqueza e em sucesso). Mas, depois de algum tempo, após tentar compreender como poderia estar enganado em suas ações e em suas palavras, o garoto não ouvia mais, foi simplesmente ficando mais zangado e mais confuso. Por fim, concluiu, com a certeza inabalável de um jovem de doze anos, pela violação concreta do princípio objetivo: *Estes homens são criminosos. E papai é vítima deles, embora não admita, pois tem vergonha disso.*

Durante o resto da caminhada silenciosa para casa, Károly queria muito discutir os eventos da noite com sua irmã gêmea, cuja inteligência respeitava acima de todas as outras. Mas quando chegaram em casa, sua mãe lhe disse que Klára não estava se sentindo bem e havia ido se deitar mais cedo. A pneumonia, que começou seu ataque insidioso naquela noite, acabou com a vida dela pouco depois, e, até o fim de sua própria vida, Károly nunca conseguiu dissipar a sensação irracional e penetrante de que o KB havia, de algum modo, ferido Klára fatalmente, também a havia roubado naquela noite, fazendo dele um cúmplice naquele mal também.

Mas o pai de Károly não o liberou do presente de participar, de tempos em tempos, das reuniões do KB. Depois de um período de banimento devido à sua primeira reação (que rapidamente se tornou um período de luto pela perda de Klára), o rapaz, agora diferente de um jeito que seu pai não conseguia bem especificar, fora levado novamente. E embora ficasse sentado, mudo, em todas as noites nas quais era levado, seu pai acreditava que ele estava intimidado em face das brilhantes companhias. Imre — mais do que nunca viciado naquelas noites de cultura de fofocas, depois que a morte tornara sua casa tão sombria e sua esposa tão irritantemente distante — tinha a intenção de que o seu garoto crescesse na companhia de homens e artistas inteligentes. Tais homens, dissera ao filho na caminhada até o Gerbeaud, não muito tempo depois do enterro de Klára, eram os únicos capazes de fornecer um bálsamo para as feridas brutais que a vida inflige. Károly tinha pena do pai.

O garoto estava alguns anos mais velho quando compreendeu que riam de seu pai, embora os homens do KB ocultassem essa risada de maneiras que ele não conseguia explicar. Depois de mais noites passadas em silêncio, ele também sentia que estavam tentando corrompê-lo contra seu pai, ensiná-lo a rir dele da maneira particular deles, assim como Hanák o havia levado ao roubo.

— Vamos ouvir as opiniões de seu velho? — murmurou para ele o compositor János Bálint, uma noite, no meio de um longo e misterioso debate em que os ânimos haviam se exaltado e diversas vozes tentavam abafar um sermão que Imre estava dando à meia-voz, mas irritado. — Ou será que devemos aproveitar a oportunidade para dar um pulinho lá fora e respirarmos um pouco de ar puro, que é tão bem-vindo? — Bálint se levantou, apoiando-se na perna boa, e pegou a mão do garoto, mas Károly puxou-a de volta com força.

— Quero ouvir meu pai — disse ele, com calma e clareza. — Ele é muito inteligente, e se você não consegue ver isto então você é muito burro. — Este comentário atravessado e sibilado divertiu o compositor tanto quanto o jornalista que estava sentado do outro lado de Károly. Naquela noite, a caminhada para casa começou com um tabefe, mas isto não foi o suficiente para obrigar Károly a respeitar o exaltado membro do KB, e agora, depois de diversas noites em silêncio, o garoto decidiu falar. – Ele tentou pegar minha mão, pai. Tinha alguma coisa de errado aí.

– O homem é casado e tem filhos, seu... – Imre tinha começado a falar, mas a insinuação de Károly o deixou nauseado. – Ele é um grande compositor... – recomeçou, em um esforço para se recompor. Finalmente, não tinha nada mais a dizer a não ser "levante-se", quando a criança não se levantou imediatamente da calçada depois de outro tapa, desta vez leve. – Levante-se – disse, cuspindo –, pelo amor de Deus. Esses homens são o seu *país*.

O banimento seguinte durou quase dois anos. Károly ficava no lar cinzento e infeliz na companhia de sua mãe muda e sem filha, até que, seu raramente visto pai, supondo que o garoto tivesse amadurecido, permitiu que ele voltasse à companhia culta. Agora Károly ria com eles, não porque concordasse com a condenação implícita e oculta que faziam de seu pai como sendo inculto, de pouca leitura ou fora de seu elemento. Károly ria do pai junto com o KB, porque seu pai não conseguia ver que seus heróis o desprezavam, e Károly via, e isto era engraçado, mas amargo. Se uma pessoa se recusava a ver a verdade, então essa pessoa dificilmente poderia esperar que a amassem por sua cegueira.

– Parece que você se divertiu mais esta noite, agora que está mais velho. Não estou certo, meu garoto? – foi a pergunta satisfeita na caminhada tranqüila para casa.

– Eu acho que eles estão rindo de homens de verdade, pai. Acho que eles apodreceram. São odiosos. Não são meu país. – Primeiro o pai pensou que Károly estivesse fazendo alguma brincadeira obscura de gosto dúbio. Parou de caminhar, mediu o filho e percebeu que o garoto era agora grande demais para apanhar. – Vamos, pai – disse o filho, com o mesmo sorriso que havia visto nos lábios de Horn, quando Imre elogiou uma peça escrita por um rival sem talento.

Károly recusou todos os futuros convites para o KB, e seu pai não tinha mais ferramentas para aprimorar o comportamento do garoto, agora que o castigo corporal era inviável. O assunto nunca foi discutido, e quando membros do KB apareciam na editora para discutir trabalho, Károly ou estava visivelmente ausente de seu posto ou exibia uma forma de educação impecável e quase militar que intrigava seu pai e "me fazia ficar arrepiado", nas palavras do historiador Balázs Fekete.

A editora tinha um sucesso superficial, admitia Károly a um confidente temporário (normalmente um empregado de nível baixo, maravilhado por ser o alvo das atenções de um filho em fase de ascendência na empresa), mas, no fundo, não tinha saúde financeira, estava desequilibrada. Seu pai, e a saúde da empresa, confiavam demais na pretensa inspiração constante desses pretensos gênios pretensamente húngaros. Além do que, se a Editora Horváth era de fato da memória do *povo* húngaro, deveria publicar autores *húngaros*, e não era preciso saber muito para perceber que os membros do KB não eram tal coisa. Para quem tivesse interesse em procurar, dizia ao seu companheiro agradável, ainda que silencioso, havia um motivo simples e óbvio pelo qual eles faziam do ato de rir de húngaros de verdade uma profissão: eles *não eram* húngaros de verdade.

– As obras deles são estrangeiras, não-magiares. Elas não tratam do que diz respeito aos magiares. Eles brincam com o entretenimento. Ignoram seu dever de educar, pois não conseguem evitar isso: nenhuma alma que não seja magiar pode exprimir uma alma magiar. Esta é uma questão de princípio rígido – explicava Károly, enquanto seu ouvinte bebia –, não uma opinião inconstante ou uma popularidade passageira. Princípio rígido.

Mas o herdeiro sabia que não era um debatedor e não poderia provar seu conhecimento ao pai, por isso passou por grandes dificuldades para achar as vozes que poderiam fazê-lo. Embora não gostassem muito dele na imprensa, Károly cultivou a amizade de alguns empregados que o ajudaram a encontrar os jornais e livros que fizessem sentido para ele. Para vergonha de Károly, esses jornais e livros eram normalmente impressos por outras editoras. Ele tinha vergonha de trabalhar para uma imprensa que parecia evitar verdadeiros escritores húngaros, escritores de verdade científica rígida, expressa de modo claro e simples, homens como Bartha e Egán, preocupados com a saúde da nação e não com diversões baratas, homens dispostos a afirmar e provar o óbvio: judeus não eram magiares. Mentirosos liberais não eram magiares. A maioria dos habitantes da corrupta e cosmopolita Budapeste não era composta de magiares. E, enquanto isso, as matracas idiotas de liberais, judeus e artistas e intelectuais autoproclamados criava uma cacofonia intolerável na casa que um dia fora a memória do povo húngaro. Por razões estritamente comerciais, pela fortuna da família, ainda que não pela nação, o pai de Károly tinha de ser convencido a ver a razão. Ele ressaltava cifras; só restavam os lucros para guiar seu pai errante de volta à retidão.

Certa manhã, quando Károly tinha apenas vinte e um anos, Imre se atrasou para o café da manhã devido a uma longa noite no Gerbeaud na noite anterior. Károly o aguardava na mesa atulhada de coisas. Seu pai se acomodou devagar em sua cadeira e olhou decepcionado para o bule de café vazio.

— Noite animada, velho? — perguntou o filho, levantando desnecessariamente a voz.

— Animada, não, eu não diria isso. Esclarecedora.

— Esclarecedora? Com aqueles judeus e escrevinhadores? Bem, acho que cada um tem a sua opinião.

— Judeus e escrevinhadores? — respondeu Imre, grogue. — Mas que história é essa?

O jovem bateu com a ponta do dedo no artigo de jornal aberto sobre a mesa e passou-o para seu pai.

— Nada que eu já não tivesse pensado sozinho, mas é bom ver impresso. Bom saber que ainda há tempo bastante para salvar nossas fortunas. Minha herança, não esqueça. Está na hora de pensar se nossa fortuna não está fundamentada sobre a base errada. Na memória de *quais* pessoas, eu me pergunto — concluiu o rapaz, com um sorrisinho irônico que provavelmente teria sido bem adequado no Gerbeaud.

Imre, de ressaca e sempre na dúvida sobre os humores do filho, pegou o jornal e, depois de alguns momentos, começou a rir. Estendeu a mão sobre a mesa e apertou a bochecha do filho, um gesto que quase nunca havia realizado quando a idade de Károly tinha sido mais apropriada.

— Você quase me enganou — disse ele.

Károly havia se preparado para uma discussão necessária e purificadora sobre princípios, e agora achava a condescendência de seu pai quase mistificadora o bastante para apagar o sorriso ensaiado de seu rosto.

— É mesmo?

— Acho que esta é a melhor coisa que Horn escreveu aqui até hoje — devaneou seu pai.

Parece-me, começava a coluna que tanto mexera com Károly Horváth, em 1899, *que os judeus e escrevinhadores que poluem nossos palcos com suas pecinhas, e poluem a cidade com seus pequenos cafés, e transformam Budapeste em completas Sodoma e Gomorra com seus hábitos antinaturais, estão colocando a nós, verdadeiros magiares, em um risco terrível. Quanto a mim, não quero estar sentado ao lado deles na mesa quando Deus decidir enviar um raio para destruir esta praga de uma vez por todas. Quanto a mim, não quero estar no teatro vendo uma pecinha sórdida escrita por usurários quando a nação finalmente se levantar enojada e dilacerar atores e au-*

tores, membro por membro, depois de tolerar mais uma exibição do que mentes mais fracas do que a minha insistem em analisar como sendo "de uma inteligência brilhante" e "alta comédia" e "talvez a melhor obra de Endre Horn até hoje". Eu pergunto a vocês, bons irmãos magiares, por quanto tempo mais devemos aguardar até que nos chegue algum alívio? Suponho que não podemos esperar que Deus ataque esses pervertidos antes do encerramento da temporada da peça, no dia 18 do mês que vem, já que as casas cheias para as quais atuam devem conter pelo menos algumas pessoas decentes, ainda que mal orientadas. Entretanto, se o fim do século que rapidamente se aproxima não for um bom momento para o dia do juízo que irá separar o joio do trigo, então não sei qual seria o dia melhor. Longe de mim dizer a Deus das Suas responsabilidades; certamente este é um trabalho para o Papa, mas, quanto a mim, eu estou pensando no dia 1º de janeiro de 1900. Eu vou estar escondido embaixo da cama e, quando o dilúvio passar e as ruas estiverem limpas e Deus, em Sua Sabedoria, estiver pronto para receber os justos na escada dourada que Ele baixará para nós, então eu sairei com todos os meus amigos e minha família debaixo daquela cama e subiremos sem medo, passando por cima das formas retorcidas e desesperadas desses pretensos dramaturgos, e ascenderemos ao céu, onde certamente haverá entretenimento melhor do que Brutus e Júlio, *de Endre Horn, agora em cartaz no Teatro do Castelo na Színház utca, e melhores leituras do que a última coletânea de versos de pé quebrado e pretensas canções de amor de Mihály Antall,* Estação das luzes, *recém-publicada, com um grande e tolo clamor, pela Editora Horváth, e verdadeira música celestial, em vez das horríveis experiências de János Bálint, cuja música dá ânsias de vômito nas boas pessoas enquanto os pretensos definidores de gostos o proclamam gênio de primeira linha e um crédito para a cultura húngara. Quanto a mim, não pretendo ler ou ouvir tais obras quando estiver sentado à esquerda de nosso Senhor, depois que Deus me disser que é seguro sair de baixo de minha cama, para onde logo irei em preparação para a tempestade que se aproxima.*

Károly precisou de toda a sua paciência para compreender por que o pai achava aquele ataque tremendo e fumegante (e metafórico artisticamente) ao seu círculo esquálido e traiçoeiro (e até mesmo à nossa imprensa, por Deus) engraçado, ao invés de revelador e alarmante. Naquele escritor, Pál Magyar, Károly havia finalmente encontrado alguém que colocava em palavras todo o desgosto que ele sentia pelos falsos amigos de seu pai, toda a vergonha de amarrar as fortunas da família a essa sujeira não-magiar, e agora seu pai estava rindo, e parabenizando Károly por quase tê-lo enganado. A explicação veio com uma lentidão agonizante.

A coluna vitriólica condenando o KB como "judeus e escrevinhadores", que tanto havia capturado a atenção de Károly e destilado seus próprios sentimentos naquela manhã, fora escrita por ninguém menos que Endre Horn, a mesma liderança do KB que satirizara o Horváth mais velho em *Sob estrelas frias*. Escrevendo sob pseudônimo, Horn estava, naquele momento, colaborando (com um subterfúgio grande e comicamente desnecessário) para o pequeno e aguerrido jornal nacionalista anti-semita *A Nação Desperta* (o favorito de Károly, apresentado a ele por um empregado da editora que logo depois fora demitido por bebedeira). Nessas peças, sob o nome Pál Magyar, Horn esposava opiniões nacionalistas radicais, mas com uma prosa incrivelmente ruim. Os ensaios tinham de ser verossímeis o bastante para passarem pelos editores bem-intencionados, mas maníacos por pureza, de *A Nação Desperta*, mas ainda bizarros o suficiente para não serem levados a sério pelo leitor médio e, o mais importante, servirem como autopromoção para o próprio Horn, oculto que estava por trás de seu *nom de ridicule*.

Károly permaneceu em silêncio, foi forçado pelas circunstâncias a ser admirador de Horn, encontrou-se em sua própria mesa do café de pés e mãos atados à distância pelo escrevinhador judeu. E Károly riu. A traição da imprensa por seu próprio pai (Károly contou a um colega mais tarde) trouxe lágrimas quentes de vergonha aos seus olhos, a ruína de um homem que um dia fora grande. "Um homem pode ser destruído, claro, mas uma instituição nacional não."

Mas ele próprio foi, naquele dia, aos escritórios de *A Nação Desperta* e se certificou de que os editores não repetiriam seu erro. Ainda havia alguns homens de princípio neste mundo, embora seu pai não pudesse mais ser contado entre eles.

— Ah, mas que pena. A farsa de Horn foi descoberta pelos palhaços de *A Nação Desperta* — relatou seu pai, certa manhã, de ressaca.

— É mesmo? Mas que virada *notável* na situação.

IX.

O SEGUNDO IMRE HORVÁTH MORREU EM 1913, DEZ ANOS DEPOIS DE PROFERIR um encômio bastante parodiado no mui elaborado, mui católico funeral de estado de Endre Horn.

Na época do passamento de Imre, Károly tinha trinta e cinco anos, era casado, tinha três filhos e ainda estava triste com a lembrança da morte de sua filha ainda menina, doze anos antes. A garota fora batizada como Klára, o nome de sua desafortunada irmã gêmea, e sucumbira por sua vez ao tifo. Mas agora ele sacudia a poeira e as teias de aranha da raiva e da tristeza e finalmente chegava à posição que merecia já há dois terços de sua vida.

No dia seguinte ao do enterro do pai, ele fez uma lista de tudo o que a editora deveria parar imediatamente de imprimir. Este longo documento começava com as peças de Endre Horn e prosseguia através das obras de quase todos os membros do há muito evaporado KB. Então ele fez uma lista dos jornais e escritores que queria que a editora adquirisse, a começar por *A Nação Desperta*, cuja popularidade crescera sem parar em seus quinze anos de circulação. O novo chefe examinou suas duas listas e reexaminou – com o auxílio dos novos e confiáveis sócios – o *status* financeiro da editora. Ao longo de várias semanas, estimou o custo de adquirir tudo o que desejava e a perda que sua empresa sofreria se ele cortasse todas as suas propriedades desgraçadas. E depois fez uma revisão. Algumas coisas, infelizmente, teriam de ficar, muito embora não fossem lá exemplos admiráveis da memória do povo húngaro. Horn, por exemplo, ainda vendia ridiculamente bem. Antall inexplicavelmente trazia dinheiro. Mas o compositor Bálint? Ninguém ouvia aquele lixo e certamente ninguém comprava as partituras daqueles arranhões. Seu pai fora ridiculamente sentimental em publicar a obra daquele sodomita ingrato. Foi com um prazer quase incomparável na vida de Károly que a ponta de sua caneta muito, muito lentamente rabiscou as letras B-Á-L-I-N-T J-Á-N-O-S, chegando até mesmo a rasgar de leve o papel, e Károly se lembrou de suas próprias palavras precoces que haviam interrompido as intenções pervertidas e libidinosas do compositor ofegante há tantos anos no Gerbeaud: "Tire suas mãos de mim, seu homem nojento. Comporte-se como um cavalheiro ou um cavalheiro de verdade irá lhe ensinar como se faz." Mesmo tão novo, ele havia percebido a diferença entre certo e errado e o dissera com coragem. Bálint havia recuado um passo, lívido, por ter sido admoestado de modo tão eloqüente na frente de todos os seus amigos sujos, e por um garoto ainda por cima. "E por um garoto, por um garoto novinho", Károly murmurou em voz alta. Na lista de quarenta e cinco autores, jornais e revistas que ele esperava vender ou parar de publicar, seis escritores e a revista *Cultura* não eram suficientemente lucrativos para justificar anistia: sete lentas linhas, cada uma delas uma alegria. Os outros trinta e cinco autores e quatro publicações teriam de ser tolerados e substituídos aos poucos, mas certamente mais alguém na editora poderia ser responsável por eles. Ele era o guardião da memória e da consciência de sua nação. Se a sujeira trazia dinheiro, temporária e necessariamente, para apoiar sua missão, que fosse, mas ele não sujaria as mãos com isso.

No ano seguinte, após purgar a empresa de sujeiras não-lucrativas, Károly completou as negociações para a aquisição de *A Nação Desperta*, que, em 8 de julho de 1914, trazia o logotipo familiar da Horváth no canto superior direito de cada exemplar. Károly tinha um prazer particular na composição de sua "Carta do Editor" mensal, que inaugurou no canto inferior esquerdo da página um, em 10 de agosto de 1914, sobre o assunto da eterna e imutável força do Império Austro-húngaro. Nesta estréia, ele usou como símbolo seu próprio tio-avô Viktor, um húngaro que dera sua vida pelo Império em Kapólna. Convocou os húngaros para que ficassem firmes em face das tensões internacionais do momento, pois a força certamente impediria a guerra e aquela crise passaria, deixando a Áustria e a Hungria mais dominantes do que nunca. E embora *A Nação Desperta* nunca tivesse atingido a circulação da *Corpus Sanus* — com seus resultados de corridas ciclísticas e histórias de corridas de cavalos —, Károly sempre se referia a ela como a jóia na coroa dos Horváth.

X.

MESTRADO EM ADMINISTRAÇÃO DE EMPRESAS, EXAME FINAL, ANÁLISE DO estudo de caso, conforme administrada a Károly Horváth, entre 11 de agosto de 1914 e 16 de julho de 1947:

Você é o chefe de um pequeno, porém muito bem-sucedido, negócio editorial familiar. Por favor, faça um resumo de suas decisões corporativas depois que cada um dos seguintes dezessete eventos acontecer no país de suas operações. Inclua explicações de como você faz para ter acesso a material e mão-de-obra, avaliar o mercado, determinar o alcance dos produtos, fazer o *marketing* e gerenciar uma função de planejamento estratégico integrado dentro de sua equipe executiva sênior.

i. Seu país luta e perde uma guerra mundial; a mão-de-obra é escassa; a inflação é alarmantemente alta. Você perde seu segundo filho mais velho para a doença, o que o mergulha em uma depressão incomunicável por várias semanas. Você decide parar de publicar diversos de seus títulos mais lucrativos, pois seus autores são responsáveis pela febre que tirou a vida de seu filho. As receitas adquiridas durante a guerra devido à publicação de listas de baixas do governo, avisos de alistamento, mapas e propaganda política foram quase inteiramente gastas ao final de seu período de desalento.

ii. Seu país rompe com o sistema político estável ao qual pertenceu por séculos; a política é perigosa e o governo está fraco.

iii. Uma violenta ditadura comunista emerge e nacionaliza sua imprensa. Você perde tudo e é preso. O regime comunista é quase 70% judeu, uma estatística que lhe parece altamente significativa. Sua execução é incluída provisoriamente no cronograma muito ocupado dos comunistas.

iv. Seu país perde mais uma guerra (que é basicamente mais um epílogo da anterior) e é invadido pelos romenos, que assumem brevemente o controle de Budapeste antes de devolvê-lo e voltar para casa. Você permanece na prisão durante todo esse tempo, e sua data de execução é primeiro adiantada, depois adiada infinitamente.

v. Depois de apenas quatro meses de comunismo, uma contra-revolução de direita obtém sucesso. Você é libertado da prisão, sua empresa lhe é devolvida (você demite seus três empregados judeus firmemente anticomunistas sob alegações de simpatia criptocomunista), e você é pessoalmente parabenizado por sua coragem pelo novo chefe de Estado, um vice-almirante regente. (Ele é um regente, embora não exista monarca em cujo nome ele governe. Ele é um vice-almirante, embora seu país não tenha mais litoral, pois o perdeu — juntamente com 70% de sua terra e 60% de sua população — sob o previsivelmente impopular e incômodo tratado Trianon ao final da guerra mundial.) O regente cita sua editora como a memória de um povo e a consciência de uma nação. Você recebe uma medalha, que pendura em seu escritório, em uma caixa de vidro com uma pequena lâmpada elétrica suspensa sobre ela. Execuções de comunistas verdadeiros e suspeitos varrem o país. A demanda por jornais e escritores "nacionais cristãos" parece uma base muito tentadora sobre a qual reconstruir as fortunas de sua empresa.

vi. A guerra civil é evitada por muito pouco quando um pretendente ao trono da Hungria aparece por um curto espaço de tempo.

vii. A paz e a prosperidade retornam finalmente ao seu país. Aumenta a demanda pelo seu catálogo de autores e acadêmicos húngaros, embora você, em particular, os associe a prisões, tirania, assassinatos e doenças. A prosperidade que eles trazem a você, embora necessária, lhe parece um compromisso sulfuroso com o mal.

viii. A Depressão.

ix. Eleições logo após a Depressão favorecem, sem nenhuma surpresa, os fascistas. O novo governo do regente flerta com Mussolini e Hitler e força a aprovação de leis baixando cotas sobre o número de judeus admitidos às universidades e às profissões, e, em seguida, declarando-os uma raça estrangeira. Por favor, detalhe as oportunidades extensas de lucro e aquisição de sua empresa.

x. Outra guerra mundial. Seu país se esforça muito para ficar de fora, enfiado que está entre dois combatentes opositores muito grandes que não acham que a sua nação realmente conte como uma nação independente. Detalhe os contratos de impressão com seu novo governo e os militares.

xi. Forçado a escolher um lado, seu país entra com discrição na guerra como membro do Eixo e ajuda timidamente a invadir a União Soviética. O governo proíbe casamentos entre judeus e não-judeus. Por favor, estime quantos cartazes de editos governamentais você pode produzir e colar em bairros judeus sem aviso prévio.

xii. Devido à repetida insistência dos alemães, o governo húngaro declara guerra timidamente e de má vontade aos Estados Unidos e à Grã-Bretanha. Novas leis forçam os judeus a usarem estrelas amarelas e a viverem em um gueto de Peste. Após esforços iniciais para enviar judeus aos campos da morte, o governo interrompe a deportação quando a polícia de Budapeste, responsável pelas prisões, ameaça se rebelar. Por favor, torne a calcular as receitas dos cartazes, incluindo tanto as ordens de deportação quanto sua revogação.

xiii. O governo dá a entender ao seu aliado alemão que gostaria de se retirar da guerra agora, que havia se envolvido para exigir de volta um pouco da terra húngara perdida na *última* guerra mundial, que não tem nada sério contra os ingleses e os americanos de qualquer maneira. O regente negocia em segredo com o Ocidente, e então anuncia publicamente, pelo rádio nacional, a paz em separado da Hungria com eles. A Hungria é instantaneamente invadida por sua aliada alemã desdenhada. A intrincada trama diplomática do regente foi inútil: a Alemanha e seus aliados húngaros quase SS da Arrow Cross estabelecem um quartel-general no palácio da colina do Castelo e mandam o regente para Berlim. De volta a Budapeste, alguns de seus conterrâneos se oferecem ansiosos para ajudar a colocar judeus em trens em rota para Auschwitz. As posses e os apartamentos dos judeus estão livres para quem quiser pegar. A Arrow Cross, cujos membros (alguns deles) trabalham ou trabalharam para sua editora, rivalizam com a SS em sua brutalidade vigorosa. Enquanto isso, outros membros do governo continuam a cumprir os termos de sua paz separada com os Aliados e declaram guerra aos alemães (que estão ocupando o país). Seu país está em guerra com todo mundo. Por favor, seja específico quanto às suas oportunidades comerciais e de negócios.

xiv. Os americanos e os britânicos bombardeiam você todas as manhãs. Seu filho mais velho (e herdeiro treinado) é morto. Os soviéticos bombardeiam você todas as noites. Os soviéticos invadem o país. Os alemães — que já haviam sido afastados de quase todos os países que ocuparam um dia — decidem, sem nenhum motivo estratégico aparente, se manter na Hungria e, com seus parceiros da Arrow Cross, tentar uma última defesa no alto da colina do Castelo. Judeus são assassinados nas ruas e ao longo dos adoráveis embarcadouros na frente do rio Danúbio, onde são amarrados juntos e empurrados, do alto do elegante Corsó na frente dos hotéis Bristol, Carlton e Hungaria bombardeados, para o rio gelado. Batalhas de tanques e artilharia arrasam a cidade. Sua esposa é morta. Por favor, explique como continuar operações lucrativas da gráfica apesar de sua dor devastadora, dos pensamentos de suicídio e do colapso econômico quase total do país.

xv. Quando os últimos alemães se retiram, matando enquanto fogem (a Hungria *é* inimiga deles), os vitoriosos salvadores russos da nação começam a roubar ou estuprar qualquer coisa digna de roubo ou de estupro (a Hungria *é* inimiga deles). Seu escritório é feito em pedaços, e soldados soviéticos defecam em sua biblioteca, incluindo em edições raras datando do século dezenove, entre as quais volumes sofisticados e muito bem produzidos da poesia do seu avô. O Exército Soviético, precisando cumprir os números delirantemente altos de prisioneiros de guerra que relatava a Stalin durante a guerra, seqüestra homens húngaros para enviar de volta aos montes para a URSS, tivessem eles ou não lutado, e, se tivessem lutado, tivessem ou não lutado pelo Eixo. Seu último filho sobrevivente, um garoto robusto de vinte e três anos, esconde-se em um porão por 157 dias, e depois emerge, quarenta e dois quilos abaixo do peso que tinha antes da guerra. Você não está mais muito interessado.

xvi. Seu país perdeu outra guerra mundial. A moeda húngara não tem valor. Faltam tinta e papel. A cidade não tem serviços de gás, eletricidade e telefonia, ou vidros intactos. Seu prédio de escritórios está de pé, mas suas prensas foram bastante danificadas. Alguns judeus sobreviventes começam a retornar e a reclamar seus apartamentos, móveis e outras posses que foram saqueadas. Por favor, opere seu negócio familiar no caso atual, e quase sem energia suficiente ou desejo para se levantar de sua cama que fede.

xvii. Seguem-se uma relativa paz, semidemocracia e reconstrução, embora os comunistas estejam se organizando debaixo dos panos, prendendo, torturando, assassinando seus oponentes enquanto tomam a polícia e o aparato de segurança do país. Você tem poucos empregados, poucos ativos de capital, nenhum apetite para seguir em frente. Você passa dias a fio simplesmente sentado numa poltrona marrom superestofada com uma manta para o espaldar toda manchada de graxa. Os donos daquela poltrona ainda não voltaram de sua residência de guerra. A questão sobre se um dia voltarão e se encontrarão e reclamarão essa poltrona, que é sua por direito, ocupa uma parcela desproporcional de seu pensamento. Você quase não fala. Seu filho remanescente, um filho acidental de sua meia-idade, a quem você conhece apenas superficialmente, lhe traz comida e cigarros. Você come pouco e fuma muito. Ocasionalmente, vai até a editora e observa em silêncio alguns de seus empregados tentando reconstruir tudo. Você é acusado de simpatia pró-nazista por algumas de suas ações e declarações durante a guerra, mas seu filho defende você vigorosamente; em vez de ser enforcado em público, você é praticamente deixado em paz. Você é indiferente a isso. Você morre de problemas cardíacos crônicos não tratados e seu filho o enterra no Cemitério Kerepesi, no sol brilhante de 16 de julho de 1947. Você é colocado para descansar na mesma cripta que contém seus numerosos ancestrais, sua esposa, sua irmã gêmea e seus quatro filhos mais velhos. Os donos da poltrona voltam para casa na semana seguinte, e seu filho não sabe o que dizer ou fazer além de abrir a porta educadamente e permitir que a vizinha que ele conheceu e da qual gostava desde a infância arrastasse sua mobília para o apartamento do outro lado, que é o seu lugar de direito.

XI.

O TERCEIRO IMRE HORVÁTH — BATIZADO EM UM MOMENTO DE FRAQUEZA sentimental por um pai de meia-idade que havia jurado prematuramente extirpar este nome da história da família — estava em pé no meio do escritório parcialmente reconstruído. Sua herança — administrada por cinco gerações em preparação para seu irmão mais velho — não valia quase nada quando lhe foi entregue. O quinto e único filho de Károly, naquela tarde de julho em 1947. A editora tinha pequenas reservas de dinheiro em uma moeda sem valor. Mal poderia obter tinta, papel ou equipamento. Ela ficava em uma cidade arrasada por bombardeios, onde empreendedores em barcos particulares carregavam passageiros tristes de uma margem a outra, passando pelos escombros semi-afundados, sem envergadura nenhuma, das grandes pontes sobre o Danúbio: a ponte da Corrente lembrava Stonehenge; a Elizabeth dourada agachada na água marrom como uma mulher da sociedade que perdeu a cabeça, seu lindo vestido rasgado e aglomerado ao redor dos quadris enquanto ela lavava as partes pudendas em público e as almas sensíveis se perguntavam o que estava acontecendo com o mundo em que viviam.

Imre assinou alguns documentos sem ler e lhe entregaram um molho de chaves, para a maioria das quais ele jamais encontrou uma fechadura correspondente. Jamais tivera qualquer motivo, até 1945, para achar que se tornaria chefe da família, mas não ficou impressionado por essa honra duvidosa durante a estada de 157 dias no porão de seu prédio. Quando seu pai morreu, ele só se sentia capaz de fechar a editora oficialmente antes de deixar o país. Nunca esperou estar no leme de um negócio. Queria estar em qualquer lugar, menos na cidade em chamas que havia consumido toda a sua família. Ele havia ascendido à liderança de um clã extinto, de uma empresa praticamente morta. Incorporava tradições de família e fardos que agora eram simplesmente irrelevantes.

Além do que, a história da família Horváth nunca importara muito para este Imre. Ele havia ouvido fragmentos dela de parentes e dos empregados de seu pai ao longo dos anos, mas nunca recebera a educação cultivada de que seus irmãos haviam desfrutado. Ouvira, por exemplo, da avó a história de um soldado em sua família, a quem ele associava aos soldadinhos de brinquedo que aquela mesma avó lhe dera em outra ocasião, de modo que, mesmo muito tempo depois, quando compreendeu que seu ancestral havia lutado e morrido por uma Hungria independente, em Kápolna, em 1848, ainda não podia evitar senão vestir aquele distante Viktor com uma armadura completa, com uma túnica branca que combinava com o seu penacho de alferes.

Quando Imre era muito novo, sua mãe o levava de vez em quando para visitar seu pai mudo e rude no escritório. Ali, o garoto via seus irmãos mais velhos trabalhando e aprendendo o ofício, e eles paravam para brincar com ele antes de dizerem, com ares de importância, que estavam sendo solicitados nas máquinas lá embaixo, ou que havia um problema de distribuição que papai queria que eles resolvessem e eles não podiam falar mais – a editora tem de ser mantida sob controle, afinal. Mamãe – e depois o muito admirado irmão de dezessete anos e o imprevisivelmente cruel irmão de dezesseis entravam, o mais velho aconselhando o mais novo com gestos profissionais. Então a mãe de Imre poderia levá-lo aos arquivos, e ela poderia lhe mostrar os lindos volumes, cobertos em ouro ou veludo fino, e explicar que aquele era, na verdade, escrito por seu próprio ancestral, um poeta que desaparecera misteriosamente e de quem nunca mais se ouvira falar, e quem sabe Imre, um dia, não escreveria grandes livros? Então o pai de Imre, às vezes, aparecia à soleira da porta, chamava a esposa, que falava com ele na sala, e Imre era deixado sozinho por alguns gloriosos momentos que inchavam e pareciam horas, e ele vagava por entre uma floresta feita de livros, pilhas de livros reconstituídos em árvores altas, atrás das quais espreitavam inimigos que Imre conquistaria com lança e maça antes de compor odes heróicas sobre seus corpos.

Em 1947, Imre estava em pé entre as pequenas pilhas remanescentes que um dia haviam formado sua floresta encantada e ouviu seis homens que esperavam que ele lhes fornecesse rendimentos. Ele achava difícil se concentrar enquanto a meia-dúzia de empregados que ainda via motivos para ficar por ali enumerava para ele o pouco que restava da Horváth Kiadó.

Em vez disso, Imre se distraiu com o pensamento de dois fetos crescendo assustadoramente rápido, um em cada lado do Danúbio, resultado aflitivo da loucura de seis meses de sedução, que coincidiram com os seis últimos e angustiantes meses de vida de seu pai. Por metade de um ano, Imre havia exibido um compromisso religioso com os galanteios. Uma vida cheia de mulheres, ele decidira sem pensar muito, lhe era devida, uma recompensa pela perda de sua família e pelos 157 dias de medo e tédio. Uma vida de prazer saboreada por inteiro, cheia de mulheres, dizia aos amigos, era a atitude natural de um homem frente ao mundo, a única resposta nobre e humana à destruição de Budapeste. Seus amigos concordavam, mas nenhum deles era páreo para o ritmo ou o apetite de Imre até que, nos dias que se seguiram ao enterro do pai, suas necessidades diminuíram tão rapidamente quanto haviam aparecido e desapareceram completamente na tarde da impressionante dupla anunciação, quando uma após a outra, mulheres das quais mal se lembrava apareceram em seu apartamento para compartilhar as péssimas notícias.

"E este é o triste estado das nossas coisas, Horváth úr." Imre se ofereceu com relutância para aparecer no escritório mais algumas vezes, pelo menos até que alguma estabilidade fosse atingida e outra pessoa assumisse o controle, ou que as circunstâncias se tornassem óbvias demais para ignorar e ninguém se importasse mais em aparecer. Enquanto ele esperava que os outros desistissem, esse "mais algumas vezes" rapidamente se transformou em algumas semanas, e depois um mês ou dois, tempo durante o qual Imre foi ensinado por seus empregados a trabalhar e a consertar o maquinário da gráfica. Ele aprendeu como os mensageiros enviados por editores de jornais traziam artigos colados em papelão para ele imprimir. Aprendeu como os livros eram montados e as lombadas coladas (embora nenhuma dessas coisas estivesse sendo produzida na época). Ele aprendeu o que significava a estranha imagem da arma. Imre ficou sabendo da triste situação financeira da empresa, das decisões deficientes — depois erráticas, depois assustadas e depois abdicadas —, da confiança da empresa em clientes, sócios e escritores agora derrubados, executados ou na prisão. Imre coletou opiniões de seus empregados e amigos sobre que tipo de livros as pessoas poderiam comprar se tivessem algum dinheiro. Ele fazia listas desses livros teóricos, e vasculhou as ruínas dos arquivos à procura de possibilidades de reimpressão, e, nesse meio tempo, continuou a imprimir jornais de duas ou quatro páginas que saíam de circulação depois de apenas algumas edições, e modestos cartazes de propaganda em preto e branco que, mesmo em sua modéstia, faziam propaganda enganosa: as lojas que eles descaradamente elogiavam tinham pateticamente pouco a vender.

Esses poucos meses acabaram se tornando seis. A habilidade dele em salvados e comércio no mercado negro — adquirida durante uma guerra que, até a tragédia tripla de 1944-1945, como um jogo do qual ele se desincumbia com uma habilidade inegável — serviu muito bem a ele próprio e à editora, bem como à economia primordial que foi lentamente reevoluindo do escambo até uma moeda corrente saudável. Ele juntou dinheiro suficiente de sua herança ressecada para fazer pequenos pagamentos e presentes a duas jovens mães em margens opostas do rio.

E obteve finalmente suas primeiras vitórias. Contratou as mães de alguns de seus amigos para escrever um livro de culinária apresentando receitas adequadas para períodos de escassez, e *O bastante para todos*, o primeiro livro a ser publicado pela Editora Horváth em quatro anos, vendeu uma quantia muito respeitável. Seis empregados preocupados se multiplicaram e se tornaram oito empregados ocasionalmente otimistas.

O jornal *A Nação Desperta* havia muito desaparecera, e qualquer exemplar antigo que por acaso Imre encontrasse era por ele queimado na hora, especialmente aqueles que apresentavam a cada vez mais agressiva “Carta do Editor”. Mas o jornal financeiro, agora *Nosso Pengö*, começou a vender bem novamente. Logo Imre teve sorte bastante para arranjar, por intermédio de um amigo, um contrato para imprimir talões de cupons de racionamento também. Um nono empregado foi considerado útil.

Ao longo de nove meses, a Editora Horváth deu à luz quatro livros de história contraditórios cobrindo os trinta e três anos anteriores. Todos os livros eram financiados por partidos políticos novos ou restaurados; era como se, com um futuro incerto, o passado também ficasse cada vez mais nebuloso e ninguém conseguisse ao certo concordar com quem tinha feito o que a quem ou por quê, quem havia sido mau e quem havia sido sábio, exceto que todos concordavam que o Trianon era um crime. Imre leu o máximo que pôde de todos os quatro volumes, fazendo cada vez menos progresso com cada um deles. Mas seus procedimentos pagaram um caminhão novo e consertos no armazém e em uma das gráficas.

O empreendimento mais bem-sucedido da renascida Horváth Kiadó, no pós-guerra, foi lançado no começo de 1948, logo depois da tomada final do governo pelos comunistas. O livro era a própria inspiração de Imre e um trabalho que ele havia acalentado por muitos anos. Colecionou fotografias de amigos e amigos de amigos e estrangeiros, de toda Budapeste. Ele simplesmente pedia que as pessoas lhe emprestassem retratos de família, velhos instantâneos, fotos favoritas da cidade ou do campo – qualquer coisa que elas realmente amassem. Pedia uma ou duas linhas de descrição por escrito. Então, editou e combinou essas doações em um álbum, que publicou com o título *Békében* (*Em tempos de paz*). Colocou, embaixo de cada fotografia, uma legenda com sua descrição na primeira pessoa, muito embora as palavras representassem centenas de diferentes falantes. *Este é meu irmão no dia em que ele partiu para estudar na Inglaterra... Esta é uma família pobre que morava ao nosso lado; eles não tinham quase nada, mas eram extremamente gentis com aquele cachorrinho, um vira-lata chamado Tedi... Estes são minha mãe e meu pai no dia de seu casamento, 1913... Estes são minha mãe e meu pai no dia de seu casamento, 1919... no dia de seu casamento, 1930... Este é um judeu que morava no nosso prédio e era muito gentil comigo quando eu era menina. Espero que ele esteja bem, mas tenho medo de que não... Este sou eu quando garotinho na ponte Elizabeth com meus amigos... Esta é minha família no lago Balaton em 1922... Esta é uma foto do meu pai montando cavalos com o regente... Esta é uma reunião de um sindicato trabalhista, e meu irmão está falando no pódio... O Corsó era assim em 1910... Este é o velho mercado de peixes: ele não existe mais... Era assim que a ponte da Corrente era antes... Este é meu pai na frente da sua loja: ele morreu em Auschwitz... Esta é minha avó quando nova... Esta é uma festa pelo meu dia onomástico* no Gerbeaud: eu sou o que está olhando os krémes com olhos enormes...*

*Comemoração do dia do santo com cujo nome a pessoa foi batizada. (*N. do T.*)

Entre os favoritos de Imre estava o retratinho no canto superior esquerdo da página 66. Ele lhe havia sido apresentado por um estranho completo, que ouvira falar no projeto de Imre por intermédio de conhecidos mútuos. A foto era de uma jovem, de dezenove ou vinte anos. Ela não tinha nada de especial. Suas mãos estavam repousando sobre o colo, e ela olhava diretamente para o fotógrafo. *Esta era a garota mais linda do mundo.*

A popularidade de *Békében* não foi surpresa para Imre, embora muitos de sua equipe balançassem a cabeça, surpresos com a quantidade cada vez maior de livros impressos e encadernados. Certamente havia aqueles críticos – profissionais e particulares – que chamavam isso de sentimental, ingênuo, até mesmo enganador, e podia até ser que não estivessem errados, mas Imre achava que havia feito algo de bom, e as vendas o convenciam de que ele tinha razão. Seu narrador composto, construído a partir de quatrocentas vozes diferentes, desafiava categorização. A política era uma colcha de retalhos, uma variedade de classes sociais estava representada. Cerimônias católicas eram apresentadas como histórias de famílias bem ao lado das judaicas: a voz polifônica da Hungria em tempos de paz. As palavras de página a página variavam apenas ligeiramente, e, depois de algum tempo, o desfile de estranhos descritos como amigos e família parecia, hipnoticamente, se tornar apenas isso. Aquela era a Hungria, e Imre era a sua memória. Para alguns, o livro atuava quase como um ópio: o prazer de viajar por lazer ou com impaciência de página em página e ver a adorável Budapeste sem bombas, sem danos, em preto e branco, era quase pornográfico em sua beleza inatingível, voluptuosa: Lipótváros, a ponte Elizabeth, o Corsó, o Castelo, a Estação Nyugati no dia de sua inauguração – no dia em que ela foi a maior e mais limpa estação de trem do mundo...

Imre incluiu três fotos dele próprio: *Esta é minha mãe no dia do seu batizado, no colo de minha avó, e minha bisavó está em pé atrás das duas... Este sou eu aos dez anos, com meu amigo Zoli. Estamos tentando ficar em pé sobre nossos patins, mas não somos muito bons, e vamos cair logo depois que esta foto for tirada... Esta tem apenas dois anos, com meu amigo Pál nos meus ombros. Ele tem quatro anos e, muito embora a ponte da Corrente esteja embaixo d'água, acha que hoje é tempo de paz. Vejam como ele está feliz.*

Em meados de 1948, apesar de sinais nefastos, Imre, que tinha vinte e seis anos na época, estava operando um negócio que sustentava onze pessoas. Ele possuía um armazém, escritórios, um caminhão pequeno, duas prensas em pleno funcionamento – uma produzindo livros, a outra, jornais –, uma terceira em conserto e uma quarta em consideração. Para sua grande surpresa, ele estava tendo algum prazer com o seu trabalho. Começou a pensar que poderia ter um dom para negócios legítimos, afinal. Brincou com a idéia de vender aquele negócio, levando os lucros para algum lugar melhor a oeste ou sul, começando novamente, fazendo outra coisa.

Ainda em 1948, todos os quatro jornais de Imre foram fechados como inimigos do Partido, e as duas entregas diárias (2 da manhã e 3 da tarde) de *layouts* com *paste-up* simplesmente pararam. A idéia que Imre alimentava no fundo de vender a gráfica e deixar o país foi ficando cada vez mais urgente exatamente com a mesma velocidade com a qual ela se tornou completamente impossível. O Ocidente — que um dia ficara a menos de trezentos quilômetros de distância — subitamente recuou para infinitamente mais longe: o governo estava derrubando árvores aqui e ali e cultivando, no lugar delas, uma plantação de arame farpado e torres de metralhadoras. Em 1949, o governo declarou que todos os negócios empregando mais de dez pessoas eram propriedade do Estado. No dia seguinte, Imre chegou ao trabalho e descobriu um representante já estabelecido, sentado na mesa de Imre, examinando os papéis de Imre, futucando as narinas e disparando seus conteúdos duros e moles no chão de Imre.

Horváth ciceroneou o convidado pelos escritórios e lhe mostrou os arquivos reduzidos da gráfica.

— Talvez você ache isto interessante — disse Imre, amigável. Ele puxou da prateleira o manifesto de 1890 do primeiro partido dos trabalhadores socialista húngaro, completo com o colofão MK. — Nossos ancestrais trabalharam juntos — prosseguiu Imre, com um sorriso sedutor, e ofereceu um drinque ao seu convidado pouco impressionado.

Por seis semanas, Imre foi mantido como assistente técnico, treinando novos empregados da gráfica (excesso de fazendeiros recém-chegados do campo). Dois de seus antigos empregados haviam simplesmente desaparecido, um terceiro, György Toldy, estava escondido com a ajuda de Imre no porão da gráfica. Todas as manhãs, enquanto o comissário do Partido estava sentado no escritório de Imre tentando compreender seus papéis, Imre explicava a homens que jamais haviam operado um dispositivo maior ou mais complicado que uma enxada como transformar as entregas diárias de artigos colados em exemplares do jornal do Partido. Por três vezes, Imre contrabandeou para casa um objeto pessoal ou familiar. Em uma caixa debaixo da cama, em seu apartamento, agora confiscado e dividido para abrigar mais três famílias recémurbanizadas, ele guardou uma edição danificada dos poemas de seu bisavô, uma pequena placa de prensa com o colofão MK e um exemplar de *Békében*.

Ao final de seis semanas – com a nova equipe o mais bem-treinada possível sob as circunstâncias, e o comissário sem mais dúvidas sobre onde estavam guardadas as coisas ou o que qualquer arquivo representava –, Imre foi preso. Dois membros desagradáveis da polícia secreta do AVO* chegaram à gráfica, e o homem do Partido, que sempre fora um tanto mal-humorado, mas não hostil, chamou Imre do maquinário, sentou-o no chão do seu escritório, algemou-o e explicou as acusações contra ele, enquanto os dois homens do AVO se revezavam para chutá-lo. O comissário recitou as acusações baixinho: alguns dos novos empregados da gráfica relataram que Imre havia chamado a revolução de "uma colheita ruim", havia chamado o Secretário Geral Rákosi de "peru de bode" e havia previsto que em breve aconteceria um levante arquitetado por nobres húngaros e espiões britânicos. Além do mais, um de seus novos colegas de apartamento relatou que o próprio Imre era espião e usava o livro *O bastante para todos* para transmitir mensagens secretas em código para os americanos. Imre conseguiu, com muita bravura, rir dessas histórias, e, para dar a César o que é de César, os policiais secretos e o comissário riram junto. Depois lhe deram um chute nos testículos.

– Nós entendemos que essas pessoas são um pouco exageradas em sua lealdade ao Partido. Não somos idiotas – disse o homem do Partido. – Mas *isto aqui* não é brincadeira. – E sacudiu um exemplar de *Békében* na cara do jovem que sangrava e chorava. – Isto aqui é nojento. – Bateu na cara de Imre com o livro duro e pesado, quebrando seu nariz e dois dentes. – Qual é a sua foto favorita, meu lorde Horváth? – ele quis saber, mas não esperou resposta e tornou a bater nele com o livro, desta vez no outro lado do rosto. – Existe alguma foto antes do Partido chegar ao poder de que o senhor goste? – E bateu mais uma vez. – Alguma foto bonita de festas ricas? – Mais uma vez. – Alguns dos amigos de seu papai lá da Arrow Cross? – Mais uma vez. – Fotos bonitas do regente porco Horthy em um bonito cavalo preto? – E mais uma vez. Então houve uma pausa, o fim dos golpes. – Você gosta muito deste livro, grande Sr. Horváth? Tempos de paz sem o Partido? – E tornou a bater. – Agora, o que é que isso significa? – Imre se lembrou de ouvir esta pergunta enquanto sua cabeça inchada e cheia de sangue era segura por trás pelas mãos duras de um estranho e um dedo com uma unha coberta de

*Allamvedelmi Osztaly, o Departamento de Segurança de Estado da Hungria naquela época. (*N. do T.*)

sangue batia com raiva no colofão MK na última página de *Békében* mais uma vez, e outra vez e outra vez, manchando-a de vermelho e marrom. – Agora, o que isto quer dizer? Você vai nos fuzilar, vai, grande Sr. Horváth? – E a pancada seguinte o deixou, para seu prazer, inconsciente.

XII.

SENTENCIADO A PRISÃO PERPÉTUA ENQUANTO DORMIA, IMRE HORVÁTH passou três anos e meio em um campo de trabalho.

Ele não contou seus dias e noites aprisionado, porque achava – até dois dias antes de sua soltura – que a prisão só acabaria com a sua morte. Não sentiu nenhuma parte secreta de si mesmo fortalecida pela cópia surrada da tradução da Constituição dos Estados Unidos ou dos ensaios de Montesquieu sobre os direitos naturais do homem. Ele não encontrou o calor de um grande e inesperado amor por seus colegas de prisão. Ele não organizou seus companheiros para lhes assegurar que os fortes protegeriam os fracos. Não escondeu comida extra debaixo do seu travesseiro cinza sujo para dá-la aos doentes e moribundos. Não assumiu responsabilidade por brechas na disciplina que ele não havia cometido para salvar algum outro prisioneiro do castigo, e não ganhou como resultado a lealdade imorredoura de um pequeno grupo. Não encontrou consolo em sua religião velha, para a qual não ligava, embora o acampamento não tivesse falta de sacerdotes católicos. Não ensaiou mentalmente grandes orações que amoleceriam os corações dos juízes sem coração que o haviam condenado. Não se recusou a participar de sessões de reeducação para, em vez disso, enfrentar orgulhoso um espancamento. Não brincou com seus professores nem debateu com eles, não fez perguntas incômodas com um tom de voz delicadamente irônico. Não rabiscou esquemas detalhados na terra com um graveto, agachado no meio de um círculo de admiradores, que concordavam com o que ele dizia. Não segurou o arame farpado para deixar que outros se arrastassem primeiro para a liberdade, não abrigou um espião ocidental debaixo da cama, não se levantou na lua nova para transmitir código Morse em um rádio brilhantemente construído que apenas as mentes mais refinadas poderiam ter criado em tais circunstâncias. Não olhava com simpatia seus colegas prisioneiros que eram, eles próprios, comunistas, traídos, chocados, devorados pelo monstro que eles haviam criado com tanto carinho. Não aporrinhou seus colegas de bloco que eram dissidentes democráticos de verdade, não pediu a aceitação deles, não olhou para eles como se fossem santos. Não olhou surpreso para seu colega de cela magro e silencioso e percebeu, sim, sim, este é o homem que irá liderar uma Hungria livre se tivermos paciência, e não fez, como resultado, tudo o que estivesse em seu poder extremamente limitado para proteger aquele homem de abuso, fosse mesquinho ou cruel. Ele não sonhou com o dia em que tudo aquilo acabaria. Não jurou se lembrar, ou registrar tudo como uma câmera. Não achou que seria chamado a testemunhar, não esperou que a justiça fosse feita. Não ficou imaginando de onde viriam seus salvadores. Não sabia mais do que seus captores, não adormecia a cada noite com um sorriso astuto, livre, apesar da aparência ilusória dos grilhões, não lhes deixava seu corpo enquanto sua alma alçava vôo. Ele não estava acima disso tudo. Não ocultava seu choro. Não pediu aos outros que compartilhassem o choro deles. Não ficava olhando quando alguém era levado ou surrado ou fuzilado. Não jurava isto ou aquilo. Não fazia juramentos de que um dia, e assim por diante. Ele não se recusava a se render. Ele não morria.

E um dia aconteceu o que eles chamaram de degelo. Soprou do leste, e em seu relativo calor lhe permitiram que ele derretesse, passando por baixo dos muros com arame farpado e voltasse rápido à cidade de onde viera. E lá eles lhe disseram onde morar. E lhe disseram o que fazer. Perguntaram-lhe sobre seu trabalho anterior, e ele foi tornado novamente um gráfico, um impressor de nível básico trabalhando na mesma máquina que havia reconstruído seis anos antes, nos mesmos prédios onde sua mãe o levara para visitar irmãos, pai e ancestrais que viviam nas sombras de uma floresta de livros. E ele jamais soube se aquela recolocação era vista grossa, coincidência, pedido de desculpas, um teste, um insulto, e nunca perguntou, e tentou se portar como havia se portado no campo, mas descobriu que não podia, porque muitas vezes ficava zangado demais até mesmo para falar. Carregava a tinta, manejava os tambores giratórios e tentava agir como antes do campo, mas descobriu que isto também era impossível, pois nada do que acontecera antes o havia levado até ali, nenhuma lógica, nenhum curso progressivo, nem mesmo um jogo. Suas ações não haviam determinado nada, e ele ordenou a si mesmo não pensar a respeito.

Pouco falava. Corrigia os outros homens que trabalhavam nas prensas, homens que não conhecia, mas que alimentavam o papel com força demais. Eles não aceitavam suas correções, tampouco aceitaram a ele próprio, e, no fim das contas, ele não se viu subitamente no papel de um líder natural de homens, temperado pela dor e pelos tratamentos duros. E isto também o deixou furioso.

A *Aurora do Povo* saía ruidosa dos tambores giratórios agora, e ele não se importava que seus editoriais falassem de reformas muito necessárias. Não reparava que, sob um logotipo muito diferente da Horváth Kiadó, o jornal começava a reportar fracassos do comunismo em toda a Hungria. Ele não sabia nem teria se importado com o fato de que o jornal pedia um retorno à "legalidade socialista", que pedia desculpas pelo aprisionamento equivocado de camaradas inocentes, que aplaudia o primeiro-secretário Mátyás Rákosi e o primeiro-ministro Imre Nagy por sua admirável decisão de decretar prisão perpétua para o ex-chefe do AVO e a promessa feita simultaneamente de respeitar as liberdades civis, daquele momento em diante.

Imre Horváth continuou sem se manifestar e tentou não pensar no passado sobre o qual pensava constantemente. Pensou em visitar seus dois filhos, aqueles produtos de outro tempo e personalidade, mas não os reconheceria, não tinha presentes para oferecer, tinha medo de conversar com as mães deles. Depois que o estoque de sua coragem acabou em uma visita rápida à sua filha, no primeiro dia quente de março, não pensou em tentar novamente.

Ele ia do trabalho para casa, de casa para o trabalho, sem fazer alarde, falava pouco e lutava contra a raiva que o reduziria ao silêncio quando acompanhado, mas em lágrimas quando só. Duas vezes por dia, ele bebia café em pé em uma cafeteria perto do seu pequeno apartamento. Não leu sobre os eventos do início de outubro de 1956.

Até a noite do dia 23 daquele mês. Porque então, todo mundo em Budapeste — até mesmo aqueles tão devotos da ignorância quanto Imre — sabia que alguma coisa havia acontecido. Imre estava varrendo o piso da fábrica, se não gostando pelo menos absorvendo a tranqüilidade do barulhinho da vassoura no chão no fim de tarde, quando um rapaz sem fôlego bateu na parede embaixo da porta aberta da garagem da área de carga.

— Quem está encarregado deste lugar? — perguntou a mulher que estava com ele, também sem fôlego, também animada.

— Sou eu — disse o homem com a vassoura, já que, naquele momento, ele era gerente de impressão, um título rotativo que pouco significava, pois a limpeza era a única atividade naquele instante ali.

— Então você pode imprimir isto? — perguntou o rapaz.

Agora Imre via a pistola enfiada na cintura das calças do garoto. Agora Imre via o brilho do rosto bonito da garota. Agora Imre lia a única folha que o rapaz havia lhe entregado: um encontro perturbador de escritores e poetas, em seguida uma manifestação de estudantes contra os quais os agentes do AVO atiraram, o Exército sendo chamado para esmagar os estudantes, mas, ao invés disso, os armando, exigências, violência. A violência de ambos os lados, finalmente.

— Sim, nós podemos imprimir isso.

Por treze dias, Imre dormiu pouco, leu muito e mal deixou a gráfica. Aqueles que haviam dirigido a editora por sete anos subitamente estavam ausentes, mas novos rostos chegavam e saíam da fábrica constantemente. Notícias chegavam a toda hora, datilografadas ou escritas à mão ou simplesmente ditadas, sem fôlego. Imre começou a dar ordens: um secretário para datilografar este artigo, um mensageiro para entregar rolos de papel, um motorista para distribuir boletins de uma única folha por toda a cidade, um estudante de arte para desenhar o que eu estou lhe dizendo: uma pistola de duelar, sim, isto mesmo, mas um cano mais longo, sim, ótimo, agora uma nuvem de fumaça e uma bala, mas com as letras...

Para a cidade em chamas lá fora, eles mandavam folhas que não eram sequer revisadas. Erros de ortografia e manchas de tinta eram a prova da precisão e da rapidez do jornal e de sua autenticidade revolucionária. O exemplar era simplesmente impresso, data e hora colocadas em cima, e entregue a impacientes motoristas de entrega o mais rápido possível. (O trabalho de jornaleiro subitamente virou algo ousado e perigoso, a reserva moral de jovens arrogantes.) As manchetes da *Fatos* não faziam muito sentido para Imre no começo, como se ele tivesse se esquecido de como distinguir o plausível do implausível: Exército Apóia Estudantes Contra AVO; Russos, *Go Home*!; AVO Atira em 100 Desarmados; Imre Nagy Caminha Conosco; Lutadores Pela Liberdade Esvaziam Prisão; Nagy Expulsa Russos de Budapeste; Hora de Eleições e Fim do Pacto de Varsóvia; Sede do Partido Cai aos Nossos Pés; Nagy nos Tira do Pacto; SOMOS INDEPENDENTES! SOMOS NEUTROS!; Retirada Soviética Completa Sendo Arranjada; Escolas Irão Reabrir — Tropas Soviéticas de Volta; Tropas Soviéticas se Retirando; Tropas Soviéticas Prometem se Retirar; Tropas Soviéticas se Retirando; Tropas Soviéticas Desaparecidas; Tropas Soviéticas Cercam a Cidade; Soviéticos Atacam — Resistam! Os EUA Nos Apoiarão!

Imre fugiu de Budapeste na noite de 7 de novembro, quatro dias antes do estabelecimento da lei marcial. Não se despediu de ninguém, não convidou ninguém — incluindo seus filhos ou suas mães casadas — a se juntar a ele, exceto aqueles que estavam mais perto dele no momento em que decidiu ir embora.

Dirigiu uma *pickup* laranja de propriedade da gráfica. Dez dias antes, o estudante de arte havia pintado o velho colofão da Horváth nas portas do caminhão e o lema da gráfica na porta de trás. Agora, com as ruas destruídas por trilhas de lagartas de tanques e explosões e fogo de artilharia ouvidos a todo instante, Imre achou prudente cobrir com tinta as balas velozes MK, deixando apenas as palavras *A Memória do Povo* se destacarem pretas no veículo sem outros enfeites. Imre conduziu três ex-trabalhadores da gráfica que haviam voltado para ajudar a produzir a *Fatos*, juntamente com suas esposas e filhos, um cão e um gato, e todas as posses que puderam caber no espaço que restara. Eles logo se fundiram à caravana de veículos similarmente abarrotados que avançavam devagar em fila indiana desde a parte oeste da cidade até a fronteira austríaca, flanqueados em ambos os lados por filas serpenteantes ligeiramente mais lentas de pedestres sobrecarregados ou subcarregados.

Quando atravessaram a fronteira com a Áustria, Imre estava sem dormir havia três dias. Após passarem com segurança, pararam em um posto de defesa, e ele dormiu babando atrás do volante. Sonhou que carregava um pendão branco sobre a cabeça. Os braços estavam cansados e ele ia abaixá-los, mas sua filha pequena apareceu, do jeito exato em que estava, naquela visita triste, naquela primeira manhã quente em março, mas agora falando com uma maturidade assustadora e urgente: "Não, papai, se você abaixar essa bandeira, haverá um terrível sofrimento. Todas essas pessoas irão morrer. A culpa será sua." Ela apontou para trás de Imre, como se grandes multidões de partidários aguardassem seu próximo movimento, dependessem de seus braços firmes e da visão inspiradora de seu pendão tremulante. Voltou-se para ver de quem exatamente ela estava falando, mas não havia ninguém atrás dele. Voltou-se de novo para ela e ela estava rindo dele, rindo até o rostinho ficar coberto de lágrimas. Mesmo assim, sem querer decepcioná-la, mesmo que a ninguém mais, ele continuou com a bandeira levantada, e seus braços queimavam, e um vento soprou e jogou poeira nos seus olhos e ele queria abaixar os braços só por um momento para esfregá-los, e o vento soprou mais forte, e ele virava a cabeça de um lado para o outro, mas o vento soprava cada vez mais forte de todas as direções, como se ele fosse o alvo, o ponto final trovejante de todos os ventos do mundo, que tinha cheiro de batata...

Acordou, porque um funcionário impaciente e engraçadinho da imigração austríaca estava soprando no seu rosto.

XIII.

IMRE ACORDOU NA ÁUSTRIA. COMEÇOU A VER UM OBJETIVO, UMA PROGRESsão do ponto A para o ponto B, uma lógica estrita subjacente aos eventos de sua vida. Frases dramáticas lhe ocorreram em Viena, rodopiando e assoviando para ele, no centro de refugiados, e depois, sozinho em um banco de madeira em um parque frio e úmido ao cair da tarde. Ele não podia discutir com elas. Elas pareciam verdadeiras: *Eu nasci para isso. Minha família morreu para isso. Eu perdi a editora em 1949 por um motivo. Eles me mandaram para aquele campo por um motivo. Eu estava trabalhando como gerente da gráfica no dia 23 por um motivo.*

Imre começou a sentir — com muita força e muita freqüência — que ele tinha não apenas um objetivo, mas um objetivo herdado. Estava em uma longa fila, algumas pessoas à sua frente, outras atrás. Esperavam que ele ocupasse o seu lugar naquela linha e ensinasse à próxima geração como ocupar o dela. "Uma instituição permanente é composta de humanos impermanentes, e cada um deles deve contribuir com suas próprias almas, suas vidas impermanentes e desimportantes, se a instituição quiser preservar sua imortalidade. Isto é verdade tanto em uma nação quanto em uma empresa", escreveu Imre, em seu pedido de financiamento a uma fundação subscrita por um produtor de cinema húngaro em Hollywood. O rico imigrante emprestou a Imre dinheiro suficiente para iniciar a Horváth Verlag em Viena, uma soma que ele pagou de volta em apenas três anos.

Imre se reconstruiu. Complementava sua equipe com refugiados húngaros sempre que possível. Começou publicando uma série de pequenos panfletos em onze línguas sobre a história da Revolução Húngara de 1956 e conseguiu lucro com a venda de milhares deles para as Nações Unidas. Pretendendo mostrar ao mundo o que estava em jogo em Budapeste, contratou lingüistas para traduzir clássicos da literatura, ciência, matemática, música, teatro, poesia e história húngaras para o inglês, francês, espanhol, alemão, italiano, grego e hebraico, e enviou esta babel do húngaro para toda a Europa e América do Norte. A Horváth Verlag também imprimiu livros-texto de idiomas para húngaros que tentavam se adaptar aos seus novos lares em Viena, Londres, Toronto, Cleveland, Lyon. Imre contratou novos dicionários de tradução do idioma húngaro, que desfrutou de um breve modismo depois de 1956, quando o Ocidente generosa e momentaneamente abriu seu coração aos refugiados amantes da liberdade, o coletivo Homem do Ano de 1956 da revista *Time*.

Quando os anos 1950 deram lugar aos 1960, o governo comunista da Hungria afrouxou suavemente e Imre encontrou oportunidades para lucrar com o exílio. Contratou cientistas húngaros emigrados e subempregados para traduzir novos livros-texto científicos e médicos do Ocidente, que em seguida ele levou de volta para a própria Budapeste e vendeu para o governo húngaro. A cada venda, o governo ordenava que sua Horváth Kiadó de Budapeste, de propriedade do Estado, arrancasse as capas e as reimprimisse sem o provocativo símbolo MK da Horváth Verlag Vienna.

Imre viajou com seu passaporte austríaco e encontrou discretamente conhecidos de tempos passados. Também levou presentes para dois adolescentes, que não entenderam bem as explicações de suas mães quanto à sua identidade. Em sua primeira visita, ele apareceu com presentes inadequadamente infantis, que surpreenderam e irritaram seus receptores, e em seguida voltou com discos muito bem aceitos dos Beatles. Entretanto, depois dessas duas ocasiões simplesmente, em uma coincidência na qual ele tentou não se aprofundar, as duas mães – estranhas uma para a outra – pediram, com um dia de diferença, que ele não voltasse. Ambas disseram que sua presença era confusa demais para as crianças e seus irmãos mais novos. E para os gentis e generosos maridos das mulheres.

Ele voltava dessas viagens a Budapeste com manuscritos que seus velhos conhecidos lhe haviam passado discretamente e imprimia alguns exemplares apesar das despesas, e os armazenaria no arquivo da *verlag* ou tentaria interessar o governo austríaco ou as universidades a subsidiar o prejuízo. Estabeleceu as Prateleiras Horváth Verlag em uma das bibliotecas da universidade, e traduções alemãs dos textos contrabandeados ficavam aninhadas ali, quase sem ser perturbadas em estado de prontidão perpétua (ao lado de outras publicações mais populares da Horváth). Ocasionalmente, esses diários, ensaios, parábolas ou histórias secretas eram citados em obras de pesquisas de estudos soviéticos, dissertações de doutorado ou artigos acadêmicos. Mas não com muita freqüência.

Depois de apenas algumas viagens, Imre começou a enviar subordinados à Hungria levando seus cumprimentos. Sua equipe encontraria discretamente seus velhos conhecidos e entregaria novos livros-texto para o governo em seu lugar. Voltar lhe parecia um esforço desnecessário, tanto desconforto quando, afinal, havia muita coisa para enviar. Viena era agradável o bastante; voltar sempre e teimosamente para a trágica Budapeste era mórbido.

Seu senso de missão, tão agudo em 1957, fraquejava de tempos em tempos. E quando isso acontecia – como se tivesse sido uma vacina temporária, cujo prazo expirava agora –, ele sofria ataques de pânico, tinha medo de ir trabalhar, sem nem de longe conseguir compreender por quê. Ficava na frente do espelho do seu banheiro ou do telefone na sala, resmungava de si para si, dizia em voz alta os nomes de todos que conhecia em Viena, procurava alguém com quem conversar, mas não conseguia nunca pensar na pessoa certa. E por isso ele corria para preencher a súbita lacuna, os espaços bruscos e escancarados em seu coração. Não conseguia compreender por que era subitamente levado a fazer algo, qualquer coisa, por que febrilmente se oferecia a organizações de caridade ou se sentava nos genuflexórios de uma igreja católica todas as tardes por semanas ou ia até à pista de corrida de cachorros ou jogava xadrez por horas a fio no frio de uma praça pública ou freqüentava bordéis com o apetite de um garoto de dezesseis anos, mas o orçamento e a imaginação de um homem do mundo de quarenta e dois anos.

Por um breve espaço de tempo, ao final da década de 1950 (e depois novamente em 1968, quando os tchecos esboçaram um breve, porém aclamado, *revival* do drama húngaro de doze anos antes), Imre se interessou por clubes políticos de emigrados. Entrou para organizações com nomes como Sociedade Vienense para Apoio de uma Hungria Livre ou Grupo Mundial pela Liberdade da Hungria. Ficava sentado em silêncio em reuniões quando os relatórios eram lidos, detalhando as falhas da economia planejada da Hungria, relacionando as mais recentes violações dos direitos humanos com improvável precisão ("102 prisões, 46 espancamentos") e debates eram realizados sobre o papel adequado da Igreja e da nobreza em qualquer Hungria democrática futura.

Às vezes, Imre era simplesmente incapaz de ir para a editora. Podia se dirigir ao escritório a pé, como de costume, mas, em vez de chegar em dez minutos, ainda estaria vagando pela cidade ou sentado em um café várias horas depois. Quando, por pura força de vontade, conseguia chegar ao escritório, trabalhava com grande e muda intensidade até tarde da noite para se penitenciar por sua falta. Contudo, na manhã seguinte, ele poderia repetir todo o processo, sentado em uma mesinha externa às onze e meia, tomando sua quarta xícara de café expresso, inflando as bochechas ao fazer as palavras cruzadas, balançando as pernas com freqüência de beija-flor.

De picos de fervor religioso, nos quais dava palestras aos empregados sobre a importância do trabalho deles para o povo da Hungria e a cultura do mundo, ele caía em depressões, durante as quais poderia ir ao escritório, mas não sair mais de sua mesa, e seus assistentes húngaros efetuavam os negócios sem consultá-lo até que, depois de dias ou até mesmo semanas, ele pulava da mesa com um salto e começava a lhes fazer perguntas frenéticas, desconexas, detalhadas. Ao final desse surto, a fé na sua missão voltaria como se voltasse de um feriado: renovada, aquecida, bem temperada.

Quando essas coceiras impossíveis de coçar passavam, ele sincera e rapidamente redobrava seu compromisso com a editora. Dizia a si mesmo que havia enlouquecido momentaneamente e esquecido por que existia. Não esqueça novamente e você nunca mais irá se sentir tão perdido, ele lembrava a si mesmo, confiante na capacidade de sua memória em ser permanentemente fixada. Ele chegaria até mesmo a escrever essa frase e colocá-la em seu arquivo, para melhor garantir sua futura estabilidade e dedicação à gráfica. Sabia que precisaria ensinar aos seus sucessores a fazer planos para novos ataques de pânico e de dúvida. Tantas coisas de que eles iriam precisar para aprender a preservar a imortalidade da editora.

Em 1969, ele desenvolveu um problema estomacal que exigia uma ingestão torrencial e quase constante de leite, e mesmo depois que essa condição havia sido curada, ele quase não bebia mais nada além disso.

Em meados dos anos 1970, ele não conseguia mais dormir direito. Acordava várias vezes por noite e a cada vez tinha de esperar mais tempo antes que o sono voltasse. Tendo aprendido que mudar de posição não trazia nenhum alívio, ele se forçava a não virar de um lado para o outro, enquanto o relógio digital zumbia e mudava de 2:30 para 2:31, 3:30 para 3:31, 4:30. Estava abaixo do nível de um homem com seu passado e objetivos gemer, virar e ranger os dentes simplesmente porque o sono não vinha mais de boa vontade ou não durava muito tempo. Se os tiranos mais ridículos do mundo não conseguiram quebrá-lo, um pouco de falta de sono não iria reduzi-lo às lágrimas. Ele ficava na cama, quieto, porém desperto, por horas. Logo, as manhãs se viraram contra ele, ficaram cada vez mais cruéis. Um pouco antes das cinco, Horváth faria a primeira de várias idas ao banheiro. Ele caminhava, naquela hora, com muito pouco da majestade estatuária que havia adquirido em seus anos de exílio. Usava as calças de seu pijama amarradas sob a pele solta e amarelada da barriga, e a camiseta sem mangas da véspera lutava por espaço nos ombros com os tufos de pêlos grisalhos espessos que o barbeiro cortava semanalmente e que tentavam se esgueirar até o nível do colarinho da camisa. Agora, embora estivesse apenas na casa dos sessenta, ele tropeçava com freqüência e às vezes caía, mas isto nunca provocou nada sério.

Certa manhã, em 1986, saiu do apartamento com o roupão de banho e tomou um copo de leite, enquanto desfrutava do sol da primavera que lutava para atravessar pela clarabóia suja sobre o pátio do prédio. Ele ficou em pé à beira da grade da passagem retangular e cumprimentava os vizinhos quando saíam para o trabalho. Um jovem, um estranho, apareceu, um pouco sem fôlego, do alto das escadas à sua esquerda. Olhou com cuidado o rosto de Imre, e Imre sorriu. "*Herr*... Rossmann?", perguntou ele, depois de uma ligeira hesitação. Enrubescendo, explicou que ficara de encontrar alguém ali, alguém que nunca havia visto, de quem tinha apenas a descrição, e pedia desculpas por importunar Imre, mas se ele não era *Herr* Karl Rossmann, será que poderia lhe mostrar qual era o apartamento de *Herr* Karl Rossmann? Imre apontou para a porta no canto oposto do pátio e entrou no seu próprio apartamento, e, depois de uma brevíssima pausa, chegou a chorar um pouco, pois havia sido confundido com Karl Rossmann, um homem muito, muito velho, um homem tremendamente velho.

Ficou vaidoso. Começou a exigir até noventa minutos para se preparar pela manhã, com exercícios feitos para tonificar músculos em envelhecimento e roupas de baixo complicadas que moldavam o corpo. Penteava, cortava, aparava, lixava, pinçava, limpava e pinçava de novo. Usava roupas que tinham de ser compostas com cuidado, ajustadas e em seguida passadas com uma intrincada máquina comprada a uma empresa francesa e trazida a grande custo de Grasse.

No final dos anos 1980, enquanto ele entrava cada vez mais fundo na casa dos sessenta, não pensava em se aposentar ou em vender a editora; tampouco, por outro lado, jurava continuar nela a qualquer preço ou se recusava a vendê-la sob quaisquer circunstâncias. Meses poderiam se passar sem um pensamento sequer em qualquer coisa que não fosse a máquina comercial: o que estava vendendo, será que este papel pode ser comprado mais barato, por que esta cor não está registrando adequadamente, será que Mike Steele ainda é popular, será que devemos aumentar a produção disto ou daquilo ou cancelar isto ou expandir aquilo?

E então chegou 1989. Desde os primeiros boletins, Imre sabia exatamente o que estava vendo, sabia o que iria acontecer antes que acontecesse. Vezes sem conta, sempre a mesma, a história repetiria essa dança grotesca de esperança e desespero: marchas de protesto, um otimismo leve e quase engraçado, um governo confuso — um dia ameaçando, no dia seguinte implorando, gaguejando promessas de reforma (praticamente pronunciando errado a palavra com a qual não estava familiarizado) – e, então, o espocar nefasto dos primeiros disparos de metralhadora, a aproximação tonitruante do inevitável, o fedor familiar que mais uma vez se desprenderia das ruas destroçadas a qualquer dia, faltava pouco, e então... e então... nada? Desta vez uma explosão que nunca veio. Fechou os olhos, aí abriu devagar um e depois o outro; tirou as mãos dos ouvidos, e não houve explosão. Não houve retribuição. Nenhum inocente chacinado. Nenhuma invasão do leste sob a cobertura de justificativas fúteis e insultuosas. Nenhum tanque nas ruas. E a atenção sobre a ferida da Europa Central não tinha nada de frágil e de tênue. Em vez disso, impossível, mas verdade: uma impossibilidade quase messiânica realizada, um realinhamento inimaginável das próprias estrelas no céu – caía o Muro, caía a Cortina de Ferro, caíam os comunistas, e eleições, liberdade e o país livre, e será possível que estas coisas possam acontecer? Será que este velho ficou louco como Lear?

E mais uma vez, lendo os últimos jornais em seu café, vendo o noticiário a cabo americano na tela gigante de seu escritório, conversando com seus gerentes, ele recebeu aquilo com mais força do que nunca, tão forte quanto nunca em trinta e dois anos: o senso devastador de objetivo de Imre retornou como se retornasse de um feriado irresponsavelmente longo. Naquela noite, ele não pegou o habitual último romance de Mike Steele de sua mesinha-de-cabeceira. Em vez disso, riu alto. Riu ao se deitar. Colocou de lado o copo de leite e riu alto com as mais recentes e inacreditáveis manchetes de casa.

Ele ria, porque compreendia. Havia vivido em Viena por todos aqueles anos por uma razão. Havia mantido a editora, apesar de suas dúvidas, por uma razão. Havia sido cuidadoso com sua saúde, sua aparência e seu dinheiro por uma razão. Ele não havia encontrado uma família, não havia criado vínculos por uma razão. Ele havia achado a força para não desistir por uma razão – 1956-1989: trinta e três anos, um número cristão, e tornou a rir. E agora ele era chamado de volta ao lar. Estava sendo chamado para tornar a editora forte novamente, para que ela voltasse ao seu devido lugar, e para deixá-la servir como a memória e a consciência de um povo, e para fazer com que ela vivesse até a próxima geração e a seguinte e a seguinte, e assim por diante. Se ele pudesse ser sábio o bastante, se pudesse reconstruir mais uma vez, se pudesse encontrar as pessoas certas para preparar e ensinar, pessoas de cultura e visão e força e juventude não corrompida, se pudesse ensinar-lhes bem o bastante para que a importância da editora também falasse a eles, se pudesse escrever para elas as poucas regras e princípios de ouro que garantiriam a permanência da editora. Aqueles novos rostos dariam à Hungria sua memória e sua consciência, e eles se importariam o suficiente para fazer um importante trabalho para toda uma nação e aprenderiam, como ele havia aprendido, a utilizar a impermanência deles para construir a permanência.

A clareza aguda dessa visão era linda, e Imre ficou maravilhado com o que havia acontecido por conta própria: um objetivo podia crescer durante décadas sem que você jamais soubesse, até o fim, quando um jardim era criado para você, um jardim que você havia ajudado a planejar e a construir sem jamais o saber, e ele espera por você.

Naquela noite, Imre dormiu tranqüilo e sonhou — o que não foi desagradável — com seu pai.

XIV.

— O SR. HORVÁTH IRÁ SE JUNTAR A NÓS EM BREVE. ELE PEDIR DESCULPAS por seu atraso.

Krisztina Toldy estava sentada em frente a Charles Gábor, na mesa comprida de madeira amarela da sala de reuniões nos escritórios da Horváth Verlag, em Viena, e serviu café preto na porcelana húngara branquíssima. A sala de reuniões, com uma janela panorâmica que dava para uma grande sala cheia de prensas girando silenciosas e barris azuis em empilhadeiras laranja, era decorada com um verso emoldurado, pinturas e fotografias da história húngara, e gravuras sobre a evolução da imprensa. Charles leu de passagem as legendas em alemão e húngaro sem lhes dar muita atenção: prenúncios de uma nova era que amanhece/E com a força de uma bala saída de uma pistola; Mátyás Aceitando a Paz de Breslau; Gutenberg imprimindo uma; Kossuth liderando uma; Uma Prensa Circa; Imre Nagy Resistindo Apesar de; Uma Prensa Circa; Bánk bán e; Uma Prensa Circa; mapas de Budapeste e da Hungria em 1490, 1606, 1848, 1914, 1920, 1945, 1990.

Os óculos de Krisztina Toldy pendiam de uma fina corrente dourada ao redor de seu pescoço, e seus fios pretos e brancos de cabelo estavam puxados para trás com tanta força em uma trança que os fios individuais no alto de sua testa podiam ser vistos e contados ao emergirem de seus folículos. Charles contou alguns, enquanto bebiam. Ela tomava café de olhos baixos, em silêncio, e Charles teve um pouco de pena dela. Ali estava ela, sentada, encarregada de amolecer o homem do dinheiro, mal sabendo que tudo o que ela fazia o divertia ou irritava e mal sabendo que isto não fazia absolutamente a menor diferença, porque ele já havia ficado sentado muitas vezes em situações delicadas tomando café em seus meses com trabalho com capital de risco, havia ouvido muitos assistentes manhosos, engraçadinhos ou desajeitados como Krisztina Toldy abrirem caminho através desses atos iniciais e nada jamais saiu disso. Então ele desejou que ela continuasse logo com seu jogo para que o homem em pessoa aparecesse na sua deixa, com seu séqüito, cheio de papelada, e eles pudessem conversar apenas por um minuto ou dois a mais, apenas o bastante para que Charles encontrasse a fraqueza, descobrisse por que aquela coisa toda era uma bela merda (coisa que deveria ser mesmo, se fosse dirigida por húngaros, ainda que fossem húngaros na Áustria), e ele poderia passar o fim de semana em Innsbruck à custa da empresa, antes de voltar a BP na segunda ou fazer um relatório ao Vício-presidente dizendo que aquele bando de magiares preguiçosos em particular queria um bilhão de dólares ou o poder da invisibilidade ou um submarino nuclear em troca de uma fatia de 33% de algumas pinturas sobre a história húngara e uma grande sala cheia de prensas indubitavelmente ultrapassadas.

— Ele é grande homem, Sr. Gábor. O senhor não pode imaginar o que ele enfrentou contra e conseguiu assim mesmo. É muito notável bastante. — Ela falava um inglês de merda (apesar de Charles ter se oferecido para falar em húngaro ou alemão) e com grande convicção, como se aquela fosse a primeira vez que ela havia encontrado as palavras para dizer precisamente o que havia testemunhado e vindo a acreditar. Charles manifestou seu desdém sem mover um músculo ou fazer um som, uma habilidade da qual ele muito se orgulha. — Ele salvou a vida do meu pai, Sr. Gábor — continuou ela, fazendo uma confidência sem perceber. — Meu pai trabalha para o Sr. Horváth na Hungria. Chega um dia em que...

Ah, ótimo. Uma reminiscência. Charles sentiu que já tinha ouvido aquela história antes, mas com personagens diferentes. Alguém havia salvo outro alguém de algum horrível desastre, mas à custa de um terrível sacrifício pessoal e anos de algum tipo de sofrimento e mesmo assim sem remorso, porque seja lá o que for. Será que era um filme que ele já tinha visto? Tão familiar... ah, sim, um velho clichê familiar: um dos primos distantes de Charles havia feito algo não tão diferente disso e, meu Deus, você pode imaginar o dilema, Károly, o sacrifício, a coragem, o etcétera e o etcétera.

Charles jogou um jogo particular para passar o tempo: ele fez todas as expressões faciais apropriadas à história de Toldy, mas tentou fazê-lo sem ouvir uma única palavra do que ela estava dizendo. Para se assegurar de que não estava trapaceando, confiando nas palavras dela para dar deixas às suas expressões simpáticas, ele repassou silenciosamente algumas frases em alemão de que poderia precisar no fim de semana seguinte em Innsbruck. Ocasionalmente, inevitavelmente, as palavras estridentes dela quebravam sua concentração defensiva. Então, e somente então, ele se permitiria a muleta do inglês em seus ensaios de sedução muda, mas apenas enquanto fosse necessário lutar contra ela e retornar à inaudibilidade:

— Só havia duas portas e a trava atrás da prensa principal. Muito rápido, Sr. Horváth empurra meu pai para baixo... — *Não estou tentando ser atrevido, mas você me lembra muito de um quadro que vi hoje no museu: você tem aquela energia vital intensa e pura*, die wichtigste Sache...

— E lá estava o Sr. Horváth que simplesmente disse: "Cavalheiros, o que traz vocês a..." — *O que traz vocês a este lugar? Eu nunca vi o senhor aqui antes. Quando se vê alguém como você, não se esquece. Simplesmente não se esquece.* Eine Lange Zeit her ich bin gereist...

— Três anos e meio! Por três anos e meio o Sr. Horváth é forçado a... — *Trinta e cinco schillings parece um preço justo por uma cerveja tão boa. Você sabia que não se consegue uma boa cerveja austríaca nos States?* Amerikanisches Bier ist nicht...

— Eles podiam ter matado ele. — *Eu não consigo explicar o efeito que você provoca. Em mim, claro, mas em todos também. Olhe ao seu redor. Olhe aqueles sujeitos no bar; eles também sentem isso.* Ich bin nur tapfer genug Dich anzusprechen, und sie waren es nicht.

— Minha família é judia. Quem era pior, meu pai costumava perguntar, os nazistas ou os comunistas? Ele sempre dizia: Os nazistas me puseram no campo e diziam que iam me destruir; depois os comunistas me puseram no campo e disseram que iam me ensinar a ser um homem melhor. Pelo menos, diz meu pai... — Um sorriso amplo e sabiamente irônico dela a esta altura, e os cabelos pareciam ainda mais puxados com força para trás, a tal ponto que Charles esperou ver uma depilação forçada espocando à força da pele arrepiada —, pelo menos os nazistas foram honestos comigo.

Charles lançou para Krisztina um olhar que, esperava, expressasse: sua simpatia, sua admiração muda; sua ansiedade de falar, trabalhar com, e dar vastas quantias de dinheiro para um homem tão santo quanto Imre Horváth; sua esperança de que o pai dela vivesse e prosperasse ainda e não fosse atormentado toda a sua vida pela terrível culpa pelo preço que seu empregador pagara por ele; e finalmente seu desejo educado e compreensível de que ela calasse a boca agora e trouxesse o chefão para que Charles pudesse descobrir onde e por que aquele circo em particular estaria sofrendo uma hemorragia de qualquer dinheiro que sua empresa oferecesse em transfusão. Então Charles conseguiria encenar sua própria fuga ousada em cima da hora, quase não pegando o trem expresso para Innsbruck.

Krisztina Toldy serviu mais café para o rapaz americano e começou a sentir que não estava conseguindo realizar nenhuma de suas duas tarefas. Como ela iria conseguir relaxá-lo *e* fazer com que ele sentisse a importância da editora? Ela percebia que suas duas tarefas eram contraditórias: educar aquele rapaz iria exigir força verbal, o que dificilmente o relaxaria. Além do mais, havia algo de incorreto a respeito do rapaz. Seu sorriso e agradecimentos estavam errados. Ele era feito de espelhos sujos. Ela via que ele não estava ligando para o que ela dizia: era mimado demais para entender o que Horváth havia feito com sua vida. Ela deu o melhor de si para entreter o portador dos dólares americanos, mas, no meio da frase, percebeu a postura dele, a expressão de seu rosto, seus lábios e cabelos tão irritantes que ela iria começar ensinando, mas terminar chamando sua atenção.

Charles achou a apresentação que ela fazia de seus apuros cada vez mais divertida, saboreou a visão dela em guerra consigo mesma, e, depois da impaciência inicial, começou a torcer para que Horváth se atrasasse indefinidamente e que ele pudesse ver aquela ajudante-de-ordens tão rígida finalmente arrebentar por dentro. Decorou seu exemplo favorito da torrente confusa de palavras dela e recitou-o a Mark e John na segunda-feira seguinte no Gerbeaud: "Acredito que vocês irão achar o Sr. Horváth um extraordinário homem de negócios em seu estilo ocidental, a não ser pelo fato de que, no fundo, ele é um homem moral, e talvez isso seja algo que vocês raramente vêem no Ocidente, ou talvez até mesmo nunca, já que vocês todos não estão familiarizados com o jeito como a vida sob o comunismo tornou alguns homens fortes. Mas talvez isso seja impossível para vocês entenderem o que quero dizer."

Charles assentiu e sorriu simpático.

— O Sr. Horváth certamente teve sorte por ter sido exposto à influência não intencional dos comunistas — disse. Ela se levantou e pegou um bule com café fresco. O café foi oferecido e rejeitado, e depois, pensando melhor, foi aceito justo quando ela tornava a se sentar.

— Tem alguma pergunta que eu possa responder?

— Tenho, obrigado. Esta empresa é de propriedade familiar, acho que você escreveu em uma de suas cartas para minha empresa?

— Desde oitenta e oito, sim. Sim, a família Horváth é o negócio para cento e oitenta e dois anos. — Ela estava energizada novamente e inclinou-se para a frente. — Ele é o sexto a guiar esta empresa, este Sr. Horváth. Nossa história húngara até agora tornou impossível para ele trazer o máximo de lucro para a casa — como eu sei que seus padrões ocidentais devem ter —, mas ele manteve a gráfica viva e livre desde quarenta e três anos, assim como o pai dele fez, nos tempos de guerra. E nós temos lucros. Não perdemos dinheiro aqui, senhor. Seu pai tinha o seu nome. — Pausa. — Károly. — O entusiasmo dela se desvaneceu quando ela parou para pensar nessa coincidência, mas ela continuou. — O pai dele também nos guiou pelo perigo. Recebemos líderes que os tempos exigem para nós, Sr. Gábor, e somos abençoados de ter o Sr. Horváth.

— Se é um negócio de família, então quem é o herdeiro do Sr. Horváth? — interrompeu Charles, antes que ela pudesse desfiar outra história melosa. — Qual dos seus filhos ele está preparando para assumir a liderança da empresa após a sua morte?

Ela pareceu um pouco chocada ao ouvir a referência à morte do seu empregador, mas Charles não se desculpou nem em palavra, nem em gesto.

— Não, não, Sr. Gábor. O Sr. Horváth não terá uma morte. Ele é imortal! — Ela riu de seu próprio humor face a esse rapaz horrível.

Charles colocou de volta sua xícara sobre o pires e se inclinou para a frente para recompensar a Srta. Toldy com um sorriso do tamanho do humor dela. Ele havia gostado da peleja dela até aquele ponto, mas agora acabara de ouvir o primeiro fragmento de informação digno dessa viagem. O Sr. Horváth era velho (dirigia a empresa há quarenta e três anos) e evidentemente não tinha herdeiros, pois sua assistente de confiança deixara fielmente a pergunta de Charles sem resposta.

A porta da sala de reuniões se abriu e Charles forçou um sorriso. Imre Horváth, óculos encaixados na testa, entrou assinando papéis que um rapaz segurava. Outros dois rapazes os seguiram para dentro de sala. Papéis transbordavam, canetas anotavam, conselhos urgentes de última hora foram dados, decisões de último segundo tomadas, e ordens inteligentes em vários níveis emitidas em dois idiomas. Charles levantou-se devagar, atraído para cima por uma questão de roteiro e ritual, ao mesmo tempo chateado e alerta, sem esperar grande coisa.

— Ahhh, Sr. Gábor — foram as palavras em inglês esculpidas em sotaques da Europa Central. — Aceite minhas desculpas pelo atraso.

— Horváth úr — respondeu Charles inteiramente em húngaro. — Por favor, não se desculpe. A Srta. Toldy foi uma companhia excelente e informativa.

O imperador parou com uma surpresa exagerada. Sua corte também ficou paralisada, e o imperador fez a cara familiar de surpresa, seguida pelo gesto famoso de prazer.

— É maravilhoso — exclamou ele em inglês. — Você fala húngaro como um gênio. São tempos animadores quando os melhores jovens americanos falam húngaro. — Os três assistentes sorriram em apreciação, e a Srta. Toldy, em pé na cabeceira da mesa, sorriu e relaxou na presença de seu herói.

O homem mais velho que queria o dinheiro do mais novo apertou a mão do mais novo que queria o cargo do mais velho, e eles continuaram sua dança de acasalamento. Sentaram-se em cadeiras em lados opostos da mesa comprida. Um copo de leite, aparentemente, se materializou na frente de Horváth, e Charles viu um café reaparecer em sua própria xícara. A Srta. Toldy se sentou à direita de Imre, e os três assistentes se sentaram, em graus diferentes de altura, em três cadeiras à esquerda do patrão; Charles encarou sozinho os cinco.

Imre voltou a falar em inglês, um gesto generoso para não forçar o conhecimento, sem dúvida pequeno, de magiar do rapaz.

— Meu bom Sr. Gábor, temos muita honra em receber você em nossa gráfica hoje. Estamos ao seu dispor. Espero que sua viagem tenha sido... — O roteiro foi seguido precisamente (com alternâncias entre inglês generoso e húngaro generoso, até que o homem que primeiro revertesse para sua língua nativa teria admitido o mesmo tipo de derrota que o homem que deixa seu rival de negócios pagar o almoço): os nomes dos três outros homens, o ritual de troca e inspeção tribal de cartões de visita, uma piada sobre o ritual de troca e inspeção tribal de cartões de visita, a solicitação de Charles para que os outros o chamassem de Károly, Horváth notando a coincidência, a experiência de viagens de Charles, Viena, a vizinhança, o prédio, o som das prensas batendo atrás do vidro à prova de som, perguntas sobre como um rapaz podia falar um húngaro tão perfeito (um exagero, elaborado intencionalmente para ser óbvio), explicações breves de histórico de família, uma referência ao tempo e à inevitabilidade de referências à previsão do tempo, uma piada implicando grande idade e sabedoria, evidenciando que seu contador já tinha visto todos os tipos de tempos que há para se ver e não esperando mais surpresas na vida, as gravuras na parede. – Este aqui – uma carícia lenta sobre o vidro que protegia o verso emoldurado – foi escrito sobre esta mesma empresa, sobre nossa Editora Horváth, quando ela ainda era bem nova e pequena, claro, em Budapeste. Um grande poeta queria dizer ao mundo sobre como nós... – A história do homem não esclarecia nada; Charles assentiu de acordo. – ...e, no entanto, sem dúvida, isto é história antiga, bobagens de velho, você vem até aqui para falar de negócios e olhe só eu aqui... – uma alegação falsamente humilde de incapacidade de despertar interesse, afirmação enganosa que declarava de modo semi-subliminar sua própria imprecisão, na verdade feita para iluminar um apetite real e robusto por comércio. Conclusão de observações introdutórias, o que ainda tornava possível pegar um trem reluzente deliciosamente adiantado para Innsbruck.

– O senhor é muito gentil, Horváth úr – continuou Charles em húngaro. – Estou aqui, é claro, em nome de minha empresa – o homem mais velho assentiu com a confissão de Charles de que ele simplesmente representava outros homens, mais poderosos, com dinheiro –, para ouvir mais sobre sua empresa e sobre os pontos específicos de como podemos ser capazes de ajudá-lo. – Charles percebeu como suas palavras haviam sido ouvidas e por isso acrescentou: – Com isso, meu relatório decidirá os próximos passos da empresa.

As perguntas de Charles saltavam uma de cada vez do bloco de notas no qual ele as alojara na noite anterior. À medida que as perguntas saltavam sobre a mesa, Imre as elogiava, as seduzia, permitia que elas dançassem antes que visões da história e de tirania, bravura e inteligência, colocava-as em um humor receptivo antes de atribuir a um ou outro de seus assistentes a tarefa de fornecer os detalhes, até a questão vagar, exausta, de volta ao bloco de notas, para ser substituída pelo vigor e pelo *insight* renovados de sua sucessora. As perguntas em húngaro sondavam reservas monetárias, ativos de capital, redes de distribuição, contagens de empregados, listagens e catálogos, balanços e cronogramas de produção, extratos e linhas de crédito, cadeias de suprimento e custos por unidade; as respostas em inglês falavam de estórias e histórias, personalidades e ancestrais, eventos dramáticos ditando decisões difíceis, e decisões ditadas dando em resultados surpreendentes. A cada vez, Imre em inglês lisonjeava as perguntas em húngaro de Charles, e Charles em húngaro lisonjeava as anedotas em inglês de Imre, até que um assistente, acompanhando seu chefe, mas usando um inglês pesado e metálico, forneceu os detalhes que Charles havia solicitado originalmente.

— Sua pergunta revela um profundo *insight*, jovem Károly. Nossos registros financeiros estão inteiramente a sua disposição. As especificidades de sua pergunta tocam em áreas que começamos a examinar bem de perto quando nos preparamos para esta grande mudança de volta à nossa pátria. — E aos poucos a Charles foi permitido compreender o que exatamente Horváth queria de sua empresa.

Pelos últimos trinta e poucos anos, existiram duas Editoras Horváth — a maior delas em Budapeste, nacionalizada pelos comunistas, em 1949, sem compensação financeira, e a menor em Viena, reaberta por Horváth após sua fuga da Hungria, em 1956. Como vítima da nacionalização de 1949, Horváth tinha agora direito a um reembolso do novo governo democrático húngaro: uma restituição simbólica por suas perdas de 1949, uma quantia simbólica paga em vales que só poderiam ser utilizados para comprar de volta propriedade nacionalizada (a sua própria ou a de outra pessoa) ou para investir na nova e vacilante bolsa de valores de Budapeste. Horváth estava procurando investimentos externos suficientes para fazer um *pool* com seus poucos vales, resultando em um pedido grande o bastante para comprar de volta tudo o que fora roubado de sua família em 1949, para renovar a propriedade reclamada para os padrões de 1990, para combinar o empreendimento saudável e lucrativo em Viena com a empresa reconstruída em Budapeste, e para tornar a Horváth Kiadó, mais uma vez, a memória do povo húngaro.

— Ahhh, Sr. Gábor, esta Agência de Privatização do Estado tem um nome encantador, não? Talvez meus vales venham com um pedido de desculpas? Ou um cartão assinado por meus carcereiros? Talvez eu descubra que eles me deram meus vales, mas já venderam minha editora para algum verdureiro triste, vítima de tortura? Então precisamos agir com rapidez, o senhor e eu. Mas Balázs — ele assentiu para o assistente mais alto (embora ainda fosse mais baixo do que o imponente Horváth) — é sábio em questões matemáticas. Balázs, o que você diz da inteligente pergunta de Károly?

E o jovem húngaro que vivia e trabalhava para seu herói em Viena deu em inglês ao americano os dados contábeis de que ele precisava. E o mesmo escárnio, a mesma fé ciumenta que Charles havia sentido emanar de Krisztina Toldy flutuava também ao redor da resposta de Balázs — nada de palavras duras, nada, na verdade, senão números reais e projetados eram discutidos, mas a rebelião de

Charles, sua indisposição de se curvar ao deus ali sentado, pareceu ofender a todos no aposento, com a exceção do próprio ícone de carne.

— Temos prosperado aqui em Viena, como você pode ver. Mas o mais importante é que sobrevivemos e mantemos nossa tarefa: ainda somos a memória de nosso povo, e durante esses quarenta negros anos, isto foi mais importante do que nunca antes. Nós somos os editores em dez idiomas de todos os autores e poetas clássicos húngaros, e asseguramos que eles não desaparecerão das vistas do mundo, ainda que banidos de sua terra natal. Certamente, Sr. Gábor, o senhor pode ver a importância de um feito desses.

— De fato. Seus livros estão alinhados nas prateleiras dos meus pais, em Cleveland, Horváth úr — respondeu ele. — Eu cresci com as suas edições.

Horváth deu um grande sorriso e abriu os dedos até onde eles podiam alcançar, permitindo que o rapaz visse a força em suas mãos velhas.

— Então tivemos sucesso e estou muito cheio de orgulho.

— Mas existe lucro sustentável e crescente vendendo apenas clássicos?

— Ahhh, Sr. Gábor, não pense que eu sou um sentimental. O senhor está correto: alguma coisa tem que pagar por nossa missão. Quando voltarmos ao nosso lugar de direito, ele será o mesmo que agora, mas em húngaro: livros e revistas populares, jornais esportivos, um jornal financeiro; *Nosso Forint* iria renovar uma tradição de minha família. — Sem tirar os olhos do americano, acenou vagamente para o assistente do meio, que, grato pela oportunidade e com o mesmo fogo nos olhos que havia inflamado os de Krisztina e Balázs, atraiu a atenção de Charles para um catálogo eclético que incluía, entre outras coisas estranhas, a fetichista, porém altamente popular, série de romances de detetive americanos de "Mike Steele", traduzidas para o alemão (*Assassino na banheira*; *Uma longa ducha quente com a morte*; *Suor, sangrento suor*; *Barbeado para a chacina*, e diversos outros), os livros de receitas de doces vienenses, memórias de políticos e espiões alemães, guias de investimento, livros de dietas, psicologia pop, livros de auto-ajuda, um jornal de futebol e a revista de palavras cruzadas que, juntos, respondiam por 85% das receitas da empresa para os últimos anos, ao passo que os clássicos vendiam com uma consistência respeitável. — Somos todos grandes fãs de seu Mike Steele — disse Horváth, erguendo uma sobrancelha irônica para o detetive particular americano, cujas aventuras em língua alemã obcecadas pela higiene sustentavam a publicação de coleções em língua inglesa de Boldizsár Kis e edições em francês das peças de Endre Horn. E, com este comentário, Charles percebeu que queriam ali que ele ouvisse a Europa gargalhando dos Estados Unidos, de seus gostos filisteus e da inteligente capacidade européia de utilizar esses gostos para pagar empreendimentos mais elevados. Charles sabia que estava sendo solicitado a rir com eles e, ao fazer isto, se declarar europeu, um dos seus pela própria definição deles. Sorriu, chegou até a curvar ligeiramente a cabeça, em reconhecimento do próprio triunfo cultural deles sobre a superficial América.

Toda a experiência estava naqueles três gerentes, deduziu Charles: a mulher Toldy era um instrumento, e a importância do velho era puramente simbólica, embora, Charles lembrou a si mesmo, isto tivesse lá o seu valor de investimento e publicidade, não importava o quanto achasse Imre Horváth sem atrativos. Charles utilizou essa mesma expressão no Gerbeaud, na segunda-feira seguinte: "Ele é um tipo que você vê o tempo todo. Ele é exatamente como um viciado gordo em televisão que não pára de falar em seus feitos atléticos do segundo grau. Como é que alguém pode viver como uma casca do seu eu anterior?"

Um assistente listou os antigos ativos Horváth que a Agência de Privatização Estatal Húngara ainda tinha e detalhou o provável processo de leilão deles antes de Imre acrescentar:

– O atual governo húngaro, Sr. Gábor, com seus ex-prisioneiros, seus dissidentes que viraram ministros, seus poetas e pensadores: muitos deles também estão em nosso catálogo. Nós os publicamos e a outros húngaros esquecidos desde 1956. Isto, obviamente, envolvia certas complicações na busca por manuscritos, mas estas coisas podiam ser arranjadas com um passaporte austríaco e disposição de, ahhh, se estender.

O catálogo de *samizdats* da gráfica era visivelmente não-lucrativo, compreendendo em grande parte diários e ensaios: descrições brutais da vida no comunismo, tratados filosóficos sobre como viver honestamente no meio da desonestidade e da traição, visões desesperadamente fantásticas e irrelevantes e depois retrospectivamente fantásticas e proféticas da estrutura e da alma de uma futura Hungria democrática. Tudo isso teria sido obtido e removido da Hungria a um risco enorme. Imre não ofereceu detalhes, simplesmente balançou seu incenso de mistérios e permitiu que o cheiro dos segredos infiltrasse a sala e fizesse cócegas no nariz do americano.

"Isso não tem absolutamente nenhum valor comercial. Mas um bom RP, isso eu admito que o velho mentiroso tem", disse Charles quando os bolos chegaram. "Eu poderia precisar de você, Johnny, para fazer esse negócio acontecer. Você já fez *lobbies* algum dia? De qualquer maneira, vamos pegar sua máquina de escrever e colocá-la para fazer algo de útil, quem sabe lhe dar algum dinheiro." Com uma expressão intrigada, John Price desviou os olhos da tentativa de quebrar a cobertura de caramelo de sua torta Dobos. "Sim, meu amiguinho hebreu", disse Charles. "Dinheiro."

— É notável, porém verdadeiro, Sr. Gábor: os comunistas nunca mudaram o nome da Horváth Kiadó. Era o nome de inimigos de classe, aqueles malignos Horváths, opressores do proletariado, mas eles também sabiam que o nome Horváth era, acho que você entenderia, uma marca respeitada. E o que eles fizeram com essa marca de 1949 a 1989? Contaram mentiras com ela. Sob meu nome. Sob o nome roubado de minha família, por quarenta anos, Sr. Gábor, homens tolos e maus produziram bobagens e mentiras. A não ser por treze dias, em 1956, quando eu estive novamente encarregado dela. Quarenta anos de mentiras, treze dias de verdade. Um placar ruim, eu acho. — Na deixa, sem desviar o olhar de Charles, Horváth aceitou um livro de seu assistente e bateu com o dedo na lombada: *A Horváth Kiadó*. Bateu na capa, as palavras em húngaro *As campanhas terroristas dos EUA contra o povo da Hungria, por Gyula Hadjú*. Ele abriu o livro, ainda encarando Charles, na última página, com seu colofão singular: um pequeno desenho de um trabalhador de fábrica musculoso segurando um escudo estilizado, e no escudo, cercado por uma nuvem de fumaça ou vapor, as letras MN. — A *Magyar* Nép*köztársaság*. — Imre falou, finalmente, três palavras de húngaro. — A República *Popular* da Hungria — murmurou. — Mas MK — disse, batendo na lombada de outro livro (conjurado de um outro assistente), onde a pistola tradicional disparava. — Desenho do meu tio-avô Viktor. MK. A *Magyar Köztársaság*. República da Hungria. Desde 1808, publicamos por uma Hungria livre, independente, democrática. Meu ancestral morreu em Kápolna por esta liberdade. E agora existe de fato uma coisa assim, um lugar real finalmente, não um conto de fadas ou a visão de um louco, uma verdadeira República da Hungria, e o que eu tenho? Meu nome e meu negócio, que são praticamente a mesma coisa, roubados de mim para contar quarenta anos de mentiras. Sr. Gábor, eu quero sua ajuda para restaurar a verdade. Isto — ele olhou direto para o rapaz impenetrável — seria um triunfo para um jovem herói magiar. Não só financeiro, mas moral, histórico, filosófico. Nós realmente precisamos do dinheiro de sua empresa, Sr. Gábor. Isto é óbvio. Mas isso eu acho que podemos obter de outras fontes. Também precisamos de homens e mulheres de cultura que compreendam a importância do que representamos. Precisamos de húngaros de caráter, prontos para reclamar sua herança. Por favor, diga isso à sua empresa. — Horváth se levantou e quatro outros se levantaram ao mesmo tempo, uma fração de segundo depois. – Estão precisando de mim em outro lugar agora, infelizmente, Sr. Gábor. – Examinou Charles, que continuava sentado. – Estou muito curioso para saber o que o senhor fará nesta situação que enfrenta, jovem Károly. – Ele olhou de relance para Charles e falou em inglês, num tom baixo, lento e grave. – Você e eu talvez contemos esta história juntos. Esta história húngara. Seu retorno à Hungria torna o nosso retorno à Hungria possível. A verdade restaurada por dois húngaros que desejam voltar para casa, um jovem e outro velho. Você está preparado, Károly, para agarrar um trabalho desses para o seu povo? – Pairou sobre Charles, os braços cruzados, as mãos poderosas escondidas nas dobras do terno italiano, os finos óculos ovais de leitura segurando para trás a juba prateada, os olhos azuis sem piscar sob linhas grossas na testa, olhos inclinados com agudeza na direção do americano. Sua voz diminuiu de volume e ficou ainda mais funda. – Sua história húngara. Pense nisso primeiro, Károly, e depois no balanço. É o melhor conselho que lhe dou.

A porta se fechou atrás dele e Imre Horváth desceu devagar, sem muita firmeza, o corredor acarpetado que dava para o seu escritório. Com grande esforço, percorreu o corredor e foi direto até uma das cadeiras de convidados que davam para a sua mesa. Desabou sob uma foto emoldurada: o atual ministro das Finanças da nova Hungria democrática, aos quatro anos de idade, sentado em cima dos ombros de Imre Horváth, com vinte e quatro anos – uma foto usada em *Békében*. Os dois olhavam com dificuldade para a claridade do sol na frente do Danúbio do lado de Buda, bem em frente à bombardeada e afundada ponte da Corrente, seus cabos de conexão quebrados mergulhando e saindo do rio, seus alicerces principais sem estrada para apoiar. O garotinho empoleirado no alto dos ombros do jovem acenava e sorria: ele havia acabado de atravessar o rio em uma das balsas temporárias com seu amigo Imre, que cuidava dele de tempos em tempos. Imre segurava os tornozelinhos que balançavam, e sonhava em dormir com a fotógrafa, que era a irmã mais velha do garotinho.

A tarde de Charles terminou com um *tour* dos escritórios da Horváth Verlag, dos depósitos e do equipamento de impressão, sob a liderança de Béla, o mais baixo dos três assistentes, um jovem quase sem cabelos, apenas uma franja monástica que corria de orelha a orelha, e um nariz quebrado duas vezes que lembrava um tipo pouco conhecido de massa. Mais uma vez, Charles investigou a cadeia de sucessão de Imre e Béla respondeu:

— Ele só tem um primo, em Toronto, eu acho, mas não tem filhos. Sem família, ele foi capaz de ir à Hungria e voltar um pouco mais livre, pôde resistir a certas pressões. Era freqüentemente por intermédio da família que eles faziam você colaborar, sabe, pra dobrar você. Ele nunca colaborou, sabia? Nunca. Nunca se dobrou. Mas com uma família, bem...

— Isso poderia ter sido o calcanhar-de-aquiles dele — Charles terminou a fala intoleravelmente longa.

Béla parou na frente de uma das máquinas barulhentas, levantou a mão com a palma de frente para o seu convidado e os dedos ligeiramente curvados para dentro, um gesto favorito de santos medievais em pinturas de ícones.

— Ele não tem calcanhar-de-aquiles, Sr. Gábor. Ele é um dos grandes homens, os homens realmente raros. Isto o senhor aprenderá: terá muita sorte de trabalhar com ele. — E Charles viu que aquilo não era uma parte ensaiada do grande plano do dia de impressionar o homem do dinheiro, nem sequer aquela coisinha inteligente para se dizer a um investidor em potencial — apenas a verdade absoluta, na opinião de Béla. Charles se segurou o máximo que pôde e não riu.

PARTE TRÊS

UM DISTÚRBIO DIGESTIVO TEMPORÁRIO

1.

JOHN PRICE FUMOU UM CIGARRO DEVAGAR EM SUA VARANDA, DEU UM beijo de boa-noite nas fotos da sua esposa e filho antigos e em seguida se deitou sobre as cobertas dobradas da cama, incapaz de organizar em seqüência os eventos do dia, o ferimento na cabeça e o fratultério. Seu irmão não merecia nada melhor mesmo. Ele deveria pedir desculpas ao irmão imediatamente. A cada dia, era mais capaz de apreciar Emily. A cada minuto, era menos digno dela. Ele era um filho da puta. Ele era um gênio do viver.

Estava quase pegando no sono quando uma equação matemática começou a brilhar atrás das pálpebras fechadas. Naquele estado entre a vigília e o sono, suado, pulsação acelerada, ele viu uma mão de mulher bonita e bem tratada escrever com giz sobre um quadro-negro. A equação aparecia em ruídos secos e agudos, a mão desarmada forçando o giz revelador: *Seriamente = não seriamente.* Quando a mão chegou ao fim, as letras começaram a se desvanecer progressivamente, na ordem em que haviam sido escritas, como trilhas de vapor ou a espuma deixada pelo rastro de um barco. Ele viu a equação escrever a si mesma sem parar no mesmo espaço, no mesmo compasso, desvanecendo, reaparecendo, sem parar. *Seriamente = não seriamente. Seriamente = não seriamente.* Quando a palavra *seriamente* começou a parecer escrita de maneira errada, imaginária, John foi escoltado para dentro do sono.

Na manhã seguinte, essa equação — ao contrário de grandes revelações que se tinham antes do sono no passado, das vastas soluções de engenharia social, dos *insights* matemáticos, das inovações filosóficas — não havia desaparecido, mas estava bem empoleirada no seu ombro, exigindo sua atenção exclusiva e imediata quando abriu os olhos: *Seriamente = não seriamente.* Ele se levantou e voltou para a varanda, viu o tráfego e os pedestres em perspectiva que, logo abaixo dele, se encolhiam e se transformavam em meros círculos com quatro extensões telescópicas. A equação desfilava ao redor, e ele não conseguiu pensar em mais nada por minutos.

Com idas e vindas ao longo da manhã, enquanto pelejava para entender as notas ensangüentadas de sua entrevista com Harvey, ele se reclinava na poltrona e mordia o lábio, pensando no que era e no que não era sério até que, logo antes do meio-dia, Karen Whitley lhe perguntou se ele não estaria com vontade de "comer um almoço especial". A equação finalmente revelou seu significado secreto quando os olhos fechados e a boca aberta de Karen começaram a balançar metronomicamente para dentro e para fora do campo de visão de John. A cada balanço do pêndulo, o torso e a cabeça dela obscureciam e revelavam em alternância rítmica a rosa no teto, as uvas e as guirlandas de gesso cercando a luminária do teto do seu quarto. John tentava ver mentalmente essa escultura, mesmo quando estava bloqueada por Karen. Tentou tornar a garota transparente por causa de Emily, que estava sentada condescendentemente nua ao lado dele, colocou a mão em sua testa e exigiu feroz, como um instrutor de testes prussiano, que ele contasse as uvas, que silenciosamente descrevesse as guirlandas e os minúsculos cupidos em detalhes completos. E, enquanto seguia as ordens, a equação voltava – *Seriamente = não seriamente* –, e John começou a sorrir, e Karen, os olhos abertos agora (vaporizando Emily), sorriu para ele, e John sorriu ainda mais, e Karen também sorriu mais ainda, e John começou lentamente a compreender a visão que tivera dormindo na noite passada. Depois de algum tempo, Karen parou de se mover e sua cabeça caiu contra o peito de John, o som da conversa dela foi ficando mais lento e mais baixo, e se tornou o som da respiração e depois o som do seu sono. A essa altura, John compreendia que algumas coisas importavam e outras não, e que as pessoas felizes neste mundo eram aquelas que conseguiam distinguir as duas de modo fácil e rápido. O termo *infelicidade* se referia à sensação de falar seriamente sobre as coisas erradas.

Deixou Karen dormindo e voltou ao escritório para terminar seu perfil de Harvey, que agora se digitava sozinho com uma facilidade não-séria: Harvey não era sério; era divertido. Nada podia ser menos sério do que o irmão Scott e sua amante magiar. John digitava no teclado do computador levantando e deixando cair as mãos, dramaticamente, como um pianista de concerto.

II.

— E SEU PAI ME DISSE: "MAS É POR ISSO QUE ESTAMOS AQUI. EU FARIA NOvamente a mesma coisa na hora." Pense só. Mesmo naquele tipo de perigo, sob fogo cerrado, eu revelando dúvidas e medos que não ajudavam em nada, ele tinha uma clareza total a respeito de si mesmo e do seu objetivo. Extraordinário. Não se fazem mais homens como Ken Oliver.

— Não, isso é verdade, com certeza.

Ed a encarou até que ela desviasse o olhar.

— E o resto está bom para você? — Ele se inclinou para a frente e a cadeira rangeu com o peso. — Está gostando do trabalho?

— Adoro. É uma grande honra para mim.

Os dois lados da personalidade do seu superior alternavam a dominação, de acordo com um rígido cronograma. Fora das áreas protegidas, no vasto mundo exterior passível de vigilância, com seu ouvido constante, porém discretamente, colado ao chão, Edmund Marshall não parecia simplesmente ser, mas de fato era, um *bon vivant* gordinho de barba desgrenhada, um grande brincalhão, quase sempre de pilequinho, amando a vida e uma ou outra história inconveniente, agradecendo freqüentemente e em voz alta ao céu e aos seus anfitriões da noite por sua carreira diplomática, já que ela o mantinha sempre perto de uma excelente comida estrangeira. Ele também se mantinha cercado por uma névoa de rumores artificiais, mas bastante verossímeis, de que o seu emprego estava ameaçado, que ele havia sofrido recentemente mais uma ação disciplinar por um ou outro excesso. Entretanto, durante o trabalho no escritório, atrás de portas de chumbo, ele era o colega de trabalho mais sem graça concebível, que não sorria, era obcecado com a precisão da papelada, incansável na autocrítica construtiva, com um apetite insaciável pela discussão das ambivalências, camadas, motivações e contramotivações de fontes e fontes em potencial. Ele era universalmente admirado por sua equipe pela vocação sincera, rara e apaixonada para identificar fraquezas humanas, dúvidas e ideais passíveis de corrupção. Nenhuma de suas duas personalidades era inteiramente eliminada, apenas perfeitamente segregada para o máximo de eficiência, e Emily sabia que essa capacidade de se colocar uma personalidade inteira para trabalhar era uma realização digna de aspiração.

— Você está feliz aqui? — perguntou ele.

Ela levantou a cabeça. A pergunta a surpreendera.

— Claro que sim.

Ela saiu do escritório sem janelas do seu supervisor — engolindo com dificuldade a leve repreensão que logo depois se transformara na história vagamente ilustrativa (e autocrítica) de seu pai em uma Berlim muito diferente — e levou em conta as implicações da pergunta estranha que ele havia feito. Ninguém jamais havia lhe perguntado uma coisa daquelas antes, pois ninguém jamais precisara: ela certamente havia sido criada para nunca levar em conta uma questão tão egoísta, nem para colocar alguém na posição de ter de perguntar isso a ela. Ela não sabia o que poderia ter provocado essa questão ou que diferença possível a resposta poderia fazer.

Por outro lado, ela não havia ouvido aquela história antes e não conseguia evitar mais uma forte sensação de admiração por seu pai, seguida de perto por uma raiva não-característica pela sondagem e provocação de Ed, e por seu comentário desconcertante e realmente completamente injusto de que as Análises de Motivação Humana dela, nos relatórios de contato que ela preenchia após cada interação com qualquer nativo estrangeiro, ainda demonstravam — apesar das reclamações e correções anteriores e da tutoragem frustrada — "uma falta crassa de nuance, cor e profundidade". E foi por isso que ela sentiu um certo alívio quando o fuzileiro ligou do andar de baixo para avisar que um tal de John Price estava no saguão para vê-la. John e Mark viviam em um universo paralelo tranqüilo e sem raízes, onde ninguém lhe fazia perguntas para conferir se você estava adequadamente feliz, medindo você em relação a algum misterioso padrão de comportamento. Ela ficou imaginando como deveria ser flanar do jeito que imaginava que John deveria flanar, o dia inteiro.

Deram a volta ao quarteirão, e depois se sentaram em um dos bancos verdes velhos no meio da praça da Liberdade, vendo a fila de vistos dar a volta à embaixada.

— Como foi que você decidiu não entrar para as Forças Armadas? — perguntou ela, depois de um tempo falando sobre nada em particular. — O quê? Por que isso é tão engraçado?

— Decidir? Ora, como você decidiu não se tornar uma lutadora de sumô?

— Mesmo? Não foi assim, um tipo de afirmação ou coisa parecida? Você simplesmente nunca pensou em servir? — Ela se sentou em silêncio. A presença de John a deixava confusa agora, seu desvinculamento, sua crença em nada em particular. Ele era tão fora de foco que ela se sentia indefinida só de estar ao lado dele. As coisas de que tinha certeza, alguns minutos antes, agora pareciam questionáveis. — Nunca perguntei ao meu irmão Robert se ele, sabe, se ele está *feliz* no Corpo. Você acha que eu deveria ter perguntado? Isto é estranho? Diacho, que horas são? Preciso voltar para dentro.

John fora até a embaixada com um convite, cuja intenção era revelar algo de si mesmo a ela, abrir um espaço particular no qual os dois pudessem ficar sozinhos juntos.

— Tem alguém que eu quero muito que você conheça — ele finalmente conseguiu dizer, quando já estavam no saguão, sob os olhos dos dois guardas fuzileiros e diversas câmeras, visíveis e invisíveis. — Ela é fantástica. Você vai adorá-la.

Ela concordou em encontrá-lo no Blue Jazz, melhor do que passar uma noite corrigindo relatórios de contato enquanto imaginava se parecia suficientemente feliz para passar numa avaliação misteriosa, melhor do que desperdiçar um tempo precioso com as Julies sem sentido. Ela tocou o cartão de identidade de plástico preso na lapela, examinou John: ficou se perguntando se ele era feliz de um jeito que ela não era, imaginou se haveria algum perigoso sinal de traição a seu pai ou aos seus próprios princípios que fossem fáceis de identificar em seu rosto, mas não num espelho. E recuou para trás das portas duplas de vidro de travamento automático para fazer o trabalho de seu tímido embaixador.

Ele a viu desaparecer. Agora com medo de ter respondido de modo incorreto à pergunta sobre alistamento que ela fizera (e precisando de mais uma coluna para aquela semana de qualquer maneira), John atravessou o saguão até a cabine do guarda fuzileiro. Tinha guardado na memória o nome de Todd Marcus do jogo de futebol americano na ilha Margaret mil anos atrás. O fuzileiro apertou um botão que permitiu que sua voz soasse distorcida e aguda através da parede de plexiglas do posto de guarda.

III.

SCOTT JÁ HAVIA FEITO AQUELA VIAGEM ANTES, COM GAROTAS NERVOSAS em outros mundos. Voltara no tempo com elas, entrara em um lar de infância com uma namorada do segundo grau ou de depois disso, de uma certa maturidade ou estilo, e em seguida observara feliz quando ela se dividia em duas: em uma garota cada vez mais nova à medida que penetravam dentro da casa, e em uma mulher que a experiência tornava estranha de algum modo. Ele ficava observando com um maravilhamento científico, enquanto elas ficavam tímidas, desconfortáveis, inquietas, excitadas ou irritadas. O melhor de tudo era que, quando vistos bem de perto, esses sintomas ficavam mais agudos, de modo que uma mera caminhada muito lenta por uma sala, virando a cabeça bem devagar de uma fotografia da namorada em lágrimas no colo do papai, aos três anos, à namorada de pé bem ali, com uma cara estranha, quase de náusea, aos vinte e três, ele podia induzir uma náusea ainda *mais* peculiar sem que ele próprio sentisse nada a não ser um esplendor científico e uma certa onisciência superficial.

Quanto à namoradinha — tão estilosa, arrogante, autocontida ainda, naquela manhã —, ficava fraca, diminuía ligeiramente, sob o brilho dos troféus de natação, animais empalhados permanentemente alerta em formação de pelúcia, casas de bonecas, prêmios de hipismo, colagens de fotos dos bons tempos com os colegas do ginásio, coladas com recortes significativos tirados de revistas adolescentes: BOYSHEART-SECRET. Ele ficava atrás da namoradinha e beijava-lhe a nuca, capturando o olhar dela bem à sua frente, naquele mesmo espelho de moldura cor-de-rosa onde ela aprendera pela primeira vez a fazer tranças em seus cabelos de nove anos de idade, no qual mamãe a abraçara por trás, acariciando sua cabeça e garantindo à adolescente chorosa de treze anos de idade que ela *era* bonita, muito bonita, e não importava o que aquelas outras crianças bobas (que tinham apenas inveja) diziam.

Ver o lençol que ela escolhera aos doze anos, que lhe servira por todos aqueles anos antes dele. Ela havia existido antes que eles se conhecessem? Como era estranho isso, e o fato de que ela tivesse aquela aparência, que usasse aquela saia e brincasse com aqueles brinquedos e com aqueles amigos e imaginasse este ou aquele futuro para si mesma e ganhasse o terceiro lugar na categoria 4 x 100 com revezamento no nado borboleta para meninas subquatorze, quando na verdade, todos aqueles anos, ela estava sentada quietinha dentro do seu casulo se tornando uma borboleta para ele.

A cada aposento eles ficavam cada vez mais desconfortáveis, o que ele achava cada vez mais excitante. A namoradinha reduzia a velocidade e parava para evitar que entrassem nos quartos mais embaraçosos, ou acelerava e tentava puxá-lo para longe quando via algo no seu olho, um riso ou uma nova compreensão, enquanto ele tocava e inspecionava as vidas da garotinha aprisionadas no âmbar endurecido do quarto dela.

Depois desses pequenos museus de história, eles se aproximaram da câmara central, o quarto dos pais dela, onde não poderia haver dúvida de que alguma coisa iria acontecer no leito conjugal de outras pessoas, o próprio solo onde ela havia florescido.

Hoje ele recebeu o beijo no limiar do lado de fora da porta, e então a chave foi girada, a porta se abriu com um rangido, o corredor o aguardava e ele já sabia o que iria encontrar. Mas não encontrou, e esta ausência fez sua cabeça ficar zonza.

Havia fotos na sala, mas nenhuma dela. Aqui um irmão mais velho, oficial do Exército húngaro. Ali uma foto em preto e branco do (falecido) pai, curvando a cabeça enquanto uma medalha era pendurada em seu pescoço branco. E aquele ali devia ser o avô — ah, dias felizes com camaradas do Exército, camaradas de diferentes exércitos, incluindo, ah, sim, acho que seria esse o caso.

Virou-se para ela, mas desta vez não havia vergonha aguardando na expressão dela. Ela olhou para ele com o mesmo sorriso e o mesmo afeto que sempre demonstrara, mas hoje, algo mais, algo como uma inspeção que ela fizesse a *ele*, alguma curiosidade enquanto o observava examinando o resíduo fotográfico de sua família. Uma caixa de vidro: a mesma fita que o pai estava curvando a cabeça para aceitar, logo ali do lado, um metal com palavras gravadas em húngaro, além de um busto de, ah, sim, acho que seria esse o caso.

Não havia prêmios de equitação, nem troféus de natação, apenas mais fotos de uma família de ar estranho incapaz de sorrir para fotografias. Sempre que Scott começava a acelerar para o quarto seguinte, ela reduzia a velocidade dele, o fazia ficar mais tempo onde estava, enroscava o braço no dele, puxava-o para perto e ficava observando enquanto ele olhava as coisas.

Ela o fez olhar em todos os quartos. Antes eram cinco ali. Com dois irmãos mais velhos fora e o pai morto, agora apenas Mária vivia ali com sua mãe e três gatos. O apartamento era menor do que qualquer lugar onde ele já vira uma família ser criada, e ele inferiu, erroneamente, pobreza. O cubículo dos irmãos estava intocado desde a partida deles: nada de pôsteres de astros do rock ou flâmulas de colégio, apenas jovens soldados rígidos, retratos oficiais em molduras simples de fotos, velhos halteres e elásticos com alças, alguns livros em húngaro e russo, e um pequeno quadro de avisos com fotografias de tanques, peças de artilharia e caças a jato afixados.

Ela é igualzinha a mim, pensou. Ela também vem do nada, uma estranha para essas pessoas que a cercaram desde o nascimento. Nunca estivera tão bonita como naquele exato momento, na frente de uma foto de um jato de ataque russo soltando fumaça. Ele havia finalmente achado a única outra cidadã de seu país.

O quarto dela era ainda menor, pintado de azul-claro havia algum tempo. A cama, a cadeira, a mesa, as prateleiras atulhadas de livros ilegíveis, os esquisitos artesanatos do Leste europeu e as bonecas feitas de substâncias feias, que não tinham nada a ver com pelúcia. Sobre a mesa dela, estava a lição de casa que ele próprio lhe dera. No pequeno quadro de avisos dela, estavam duas fotos de Miami e uma de Venice Beach, recortadas de uma revista; uma reprodução de um Manet; uma foto em preto-e-branco de um cartão-postal de um marinheiro americano beijando uma mulher em Times Square; uma foto de uma escultura de Rodin, branca-gesso e erótica; três fotos dela com amigos, mas nenhuma que mostrasse uma garota mais nova do que a garota que ele conhecia. Sobre uma mesinha ao lado da cama, estava uma foto dele tirada de um ângulo baixo: ele estava dando um salto no ar, nada a não ser céu azul e nuvens atrás dele, voando como um deus, seus braços estendidos suspendendo-o de uma bola de futebol americano em movimento ascendente (lançada de algum ponto fora da foto por Mark Payton) enquanto duas mãos (tudo o que era visível de seu irmão) agarravam inutilmente a velha camiseta de faculdade de Scott, em um esforço vão para puxá-lo de volta à terra.

— Eu gostaria de poder te mostrar meu quarto de infância agora mesmo.

— Eu gostaria muito disso.

— Não, você ia detestar, mas entenderia por que somos tão perfeitos juntos.

Ela sorriu e o puxou para trás da cadeira e da mesa que sua avó havia retirado de um apartamento vizinho quando os moradores se mudaram (deixando todos os seus pertences para trás), puxou-o na direção da velha cama de solteiro de sua mãe, cuja cabeceira elaboradamente esculpida denotava um luxo distinto, e, para bom observador, prova de privilégio e de um poder de compra incomum.

IV.

MAIS TARDE, COM MULTIDÕES AINDA PERCORRENDO A VÁCI UTCA, ENQUANTO grades eram baixadas sobre as janelas e mulheres camponesas começavam a catar do chão os lenços e coletes de lã que não venderam naquele dia, e com o sol baixo o suficiente para esticar a sombra do vendedor de sorvete até o fim da rua, John compareceu ao primeiro dos dois encontros que havia arranjado naquela manhã. Entrou encolhido, bloco de notas na mão, em uma cabine no New York Amerikai Pizza Place Étterem, e cumprimentou o sargento de artilharia Todd Marcus e seus três colegas, os homens que esperava que pudessem lhe ensinar algo elementar (ainda que inegavelmente estrangeiro) a respeito de Emily.

Com camisetas pólo, bermudas e cortes a escovinha idênticos, os quatro fuzileiros deixaram os jovens gerentes do novo restaurante encantados com a engraçadíssima autenticidade americana que transpiravam. Os cinco homens tomavam baldes de cerveja tcheca e puxavam fatias relutantes de *pizza* decoradas com presunto, milho, pedaços de abacaxi em lata, pequenos camarões congelados, ovos fritos inteiros, morcela, páprica e outros opcionais das pizzarias de Nova York. John, jogando para trás o fedora de imprensa que Mark havia lhe dado, folheava seu caderno de notas e apresentou uma das poucas questões em que havia conseguido pensar a tarde toda.

— Ok, então vocês, caras, gostam de *Rambo*?

Por entre goles de pilsener e mordidas em queijo derretido, três fuzileiros fizeram comentários depreciativos: *muito legal mas fora da realidade... só fala de ego... totalmente imbecil.* O sargento de artilharia Marcus acrescentou: "Já li um pouco da obra dele, mas prefiro Verlaine", e John não entendeu o que ele quis dizer com isto.

— Ok, escutem. Eu quero escrever sobre o seguinte. Vocês, caras, são fuzileiros, soldados, treinados para matar. Eu quero escrever sobre o que isso significa para vocês. Sobre, vocês sabem, dever, coragem e morte. Esse negócio todo. Esse tipo de coisa. — John olhava ansioso de um para outro. Kurt, um sargento de vinte e dois anos, pediu desculpas com muita educação e foi até o balcão pegar pimenta em lascas.

— Cara, pega uns guardanapos — disse Luis.

John recomeçou.

— Então, vocês, caras, lutam pelo quê?

A mastigação fez uma pausa para permitir a colocação de mais fatias nos pratos e a compra de mais cerveja, e John achou que podia ver algo de divertido ou de escárnio na expressão de Todd.

— Vou lhes contar — disse Kurt, voltando de sua expedição. — Adoro este lugar. É a *pizza* mais maluca que eu já vi, mas adoro este lugar.

— É, tá, mas sério. Pelo que vocês, caras, lutariam?

— Quer dizer o quanto nos pagam? — perguntou Danny.

— Não muito, cara — disse Kurt. — Bem abaixo do salário mínimo.

— Não, não, vocês lutam *pelo quê*? Por que *causas*? Vocês poderiam morrer numa guerra, certo? — Ele se virou de um rosto mastigador plácido para o outro. — Então, o que tiraria vocês da toca?

Os militares comiam e não falavam nada até que, finalmente, Luis – um latino particularmente musculoso de Wisconsin, de seus vinte anos – enxugou a boca e olhou para John como se tivesse que explicar uma coisa a uma criança.

– Não, não, cara. Isso não é legal. Primeiro de tudo, ninguém nesta mesa morreria. Nós cuidamos uns dos outros. E então, em segundo, você não pode escolher, sabia? Não é *opcional*. A gente não vota nisso. Nós somos os *Fuzileiros*, cara. E eu dou graças a Deus por esse privilégio. – Puxou outra fatia da bandeja e enrolou o fio de queijo derretido caído ao redor do dedo indicador.

Kurt concordou.

– Jack, quando você entra, você diz: "Eu sou todo de vocês." E, além disso, os oficiais sabem das coisas.

– Certo. Claro – disse John. Não conseguia pensar em outra pergunta. Os três do outro lado da mesa estavam todos olhando por cima de sua cabeça vídeos de música pop tocando mudos em três telas de TV atrás dele. – Mas quem sabe um exemplo. – John bateu nos dentes com a caneta. – Ok, Hitler era mau, óbvio, mas e quanto a...

– Madonna era mais bonitinha quando gravou "Like a Virgin" – disse Kurt.

– Se os russos invadissem a Letônia, vocês dariam a vida para salvá-la?

– Eu comeria a Madonna pra salvar a Aletônia.

– Eu invadiria a Eslováquia, a Eslovênia e a Eslavônia para comer a Madonna.

Todd falou baixinho:

– O mundo funciona porque as pessoas – pessoas ruins, John – acreditam que nós lutaríamos por tudo aquilo que o presidente manda lutar. Somos a força de combate mais bem equipada e mais bem treinada do mundo, e isso resolve tudo, como minha mãe costumava dizer.

– Cara! – Os soldados bateram palmas engorduradas. – Yo, yo, escreve isso aí!

– Ei, será que o seu jornal paga outra *pizza*?

John pelejou para reformular a pergunta, mas quanto mais pensava a respeito, menos conseguia se concentrar. Parecera óbvio – quando ele estava sentado no Gerbeaud se preparando letargicamente para a entrevista e preparando o encontro definitivo que se seguiria a ela – que os fuzileiros veriam rapidamente as coisas como ele via, concordariam que a guerra era uma insanidade total e fútil, que (tirando defender pessoas amadas ameaçadas de estupro ou coisa do gênero) não valia a pena morrer por *nada*, que eles estavam apostando braços, pernas e sangue para pagar a faculdade ou aprender eletrônica, e o resultado final seria algo do tipo "Pode Apostar Sua Vida!".

Ele iria à guerra por Emily, claro, respondendo silenciosamente a sua própria pergunta, enquanto os homens ridicularizavam com obscenidades o vídeo de um cantor pop espanhol vestido de toureiro chorando sobre o corpo nu de uma mulher com cabeça de touro, uma espada enfiada entre suas adoráveis omoplatas. Não apenas para *proteger* Emily, mas se ela simplesmente lhe *pedisse* para ir à guerra, ele iria. Lutaria e morreria, se ela pudesse ver isto. O que ela gostaria de vê-lo fazer? Ele poderia ficar atrás de uma metralhadora, trincar os dentes, sacudir o corpo com a força de sua arma rasgando ondas e mais ondas de soldados inimigos, despedaçando-os, retalhando-os, arrancando seus braços e jogando suas cabeças para trás, lançando seus corpos em ziguezagues esquisitos. Será que ela ainda o estava observando? Então, ele poderia lutar mais de perto, quebrar o cabo do rifle no rosto de outro homem, esmagar seu nariz, estourar seu olho, arrebentar seu maxilar, e quando o inimigo caísse e tentasse cobrir a cabeça com as mãos, John poderia estilhaçar o crânio na têmpora, que, ele ouvira dizer certa vez, tem apenas a espessura de uma casca de ovo, enfiar fragmentos de osso no cérebro do homem e ainda continuar martelando. Será que ela olharia? Será que ela ficaria por perto, ficaria de algum modo fora de perigo, mas bem ao lado dele, perto o bastante para que ele pudesse sentir sua respiração no ouvido, pedindo que ele continuasse, implorando, com um suspiro suave, que ele não terminasse ainda? Será que ele cairia em cima de um inimigo, puxaria a cabeça dele pelos cabelos, arrastaria a lâmina pelo pescoço, sentiria a pele apertada na garganta ceder e se descascar, se desenrolando da lâmina como uma folha de papel cedendo às chamas?

— Tem mais alguma pergunta, cara?

Três dos fuzileiros saíram juntos, mas Todd perguntou a John para onde estava indo. Com uma hora para matar antes do encontro, ele e o fuzileiro caminharam na direção do Corsó.

— Não se sinta mal. Você não pode ficar surpreso demais se não conseguir as respostas que procura. Pacifistas não costumam se alistar. Pelo menos não nos Fuzileiros. — Todd caminhava com as mãos nos bolsos da bermuda e inspecionava alegremente os edifícios, avaliando pedestres do sexo feminino. — Já reparou que eu sou o único negro em Budapeste?

John virou a cabeça por reflexo para analisar a multidão.

— É mesmo? Acho que eu nem... Não, tem um cantor de *jazz*, um sujeito careca. Vocês são dois. Isto te incomoda?

— Não. Aqui eu sou exótico. Isto é legal. Eu estava lotado na embaixada no Sudão antes disto. Lá eu era apenas mais um cara negro bem armado. Então isto aqui é legal.

Chegaram ao cais. Atracados abaixo deles, barcos-cassino iluminavam a névoa da noite de julho, e do outro lado do rio as luzes da colina do Castelo flutuavam sobre o bondinho dos turistas que subia e descia pela encosta.

— Ei, jornalista, sabe quantos homens morreram em Verdun?

— Primeira Guerra Mundial? Não faço idéia.

— Seiscentos mil em quatro meses. Cerca de cinco mil por dia. Cerca de três ou quatro caras por segundo, por quatro meses. Os ingleses costumavam deixar caras das mesmas cidadezinhas ficarem juntos nas mesmas unidades, como incentivo de recrutamento. Você sabe: "Aliste-se com seus amigos e vocês poderão viver juntos uma grande aventura." — John não fazia idéia de onde Todd queria chegar com isso e achou difícil se concentrar nos detalhes da Primeira Guerra Mundial, enquanto o fuzileiro sorria para cada mulher que passava. Todd disse "Olá, como vai?" para uma loura. Ele andou de costas para ver a figura dela desaparecendo no meio da multidão, e ela olhou para trás e balançou os dedinhos num adeus para o estranho negro e enorme. Todd acenou, riu e voltou a andar para a frente. — Isso me mata — disse ele. — Não posso confraternizar com nativas cadastradas, e essas doces meninas húngaras ainda estão cadastradas. Dá pra acreditar? Ainda são comunas oficiais. Vista bonita, não é? — Todd apontou para a ponte da Corrente justo no momento em que as luzes presas nela iluminaram e zumbiram brancas contra o céu lima-limão. O vento balançava as lonas que, até que lixadores e marceneiros pudessem ser contratados, cobriam modestamente os emblemas comunistas esculpidos nos pontos mais altos dos arcos de pedra da ponte.

Os dois homens se sentaram em um banco de madeira na frente dos hotéis modernos que haviam substituído o Hungaria, o Carlton e o Bristol (todos feitos em pedaços pelos bombardeios) e ficaram olhando as garotas passando e o trabalho de um caricaturista de rua de pouco talento, cujos exemplos rabiscados de estrelas de cinema pareciam iguais uns aos outros: dentes de coelho, músculos do maxilar ondulados, perninhas curtas. Todd sorriu para duas mulheres que passeavam de braços dados.

— Dá pra dizer pelas roupas delas — disse ele. — O truque é achar turistas americanas ou do Oeste europeu. Com *essas* você pode confraternizar. E com elas você é exótico, porque vive aqui, mas não é húngaro, por isso você não é exótico *demais*. — Mudou de posição. — Então depois de uma batalha como Verdun, você podia perder um vilarejo inteiro de rapazes ingleses, todos eles. Eles se alistavam juntos, treinavam juntos, a unidade deles ia para o Somme com todos juntos, ficavam todos atolados na lama juntos, e... bum. Que azar. O vilarejo agora não tem nenhum homem entre dezoito e quarenta anos. Em um segundo. Todos os filhos, namorados, irmãos, você sabe. Bum.

John ficou satisfeito por finalmente ter vencido, ouvir um soldado admitir que a guerra era inútil. Agora ele podia explicar a Emily os princípios de sua recusa ao alistamento. Tirou do bolso seu bloco de notas, e Todd continuou:

— Quem foi que planejou essa política? Honestamente, a gente passa a pensar diferente sobre os ingleses, não é? Epa, não escreva isso. — Os dedos de Todd batucaram um ritmo marcial nas ripas de madeira do banco. — Mas sério: é como se eles *quisessem* voltar as pessoas contra a guerra. Fico sempre besta como não aconteceu nenhum grande protesto durante a primeira. Claro, eles ficaram um pouco cabreiros de entrar na segunda.

— Tudo bem, então — insistiu John, enquanto Todd transferia a batucada para a perna. — Então como é que você pode não pensar se vale ou não a pena lutar? Aqueles caras do mesmo vilarejo. Todos morrem no mesmo dia por *nada*. Verdun foi basicamente um empate, certo? Seiscentas mil mortes sem sentido. Como você pode conhecer essa história toda e mesmo assim se alistar nos Fuzileiros?

Todd sorriu para John serenamente, como um pai que acha o filho engraçado.

— Eles não morreram por nada. Não foi isso o que eu disse. Não é onde estou querendo chegar. Todos eles morreram em uma pequena ação de um empate que também fez o diabo com o Exército alemão. Se eles não tivessem estado lá e lutado, poderia não ter havido um impasse.

— Quem se importa? Mortos aos vinte e quatro anos por, por *gás mostarda*? Sob o comando de um general que fomentou uma guerra de trincheiras, porque foi o que ele havia aprendido vinte anos antes? Você viu aquela ali? Com certeza, não é húngara. Mas mortos aos vinte e quatro anos: sem esposa, sem envelhecer, sem ter filhos. E pelo quê? Quem se importa? A Primeira Guerra Mundial é como uma piada de aula de história: *ninguém* sabe por que ela foi lutada. É positivamente medieval.

Todd escutou com educação, mas respondeu com uma certa irritação.

— Esse não é o ponto de vista do garoto inglês. É o seu ponto de vista, e você não tem o direito de tê-lo. Você estava sentado na pizzaria e agiu como se meus rapazes tivessem que tomar decisões com base no que as pessoas acham que você vai pensar delas daqui a setenta e cinco anos. É *isso* que as pessoas deviam pensar? Você não sabe pelo que aqueles rapazes ingleses lutaram: eles eram indivíduos. É fácil demais para você dizer que a Primeira Guerra Mundial foi uma piada. Você não é belga. Sua fazenda não foi arrasada por alemães. Sua irmã não foi estuprada por eles. Diga qualquer guerra que quiser. Cada guerra... alguém teve uma boa razão na época, e eles não devem a *você* uma explicação. Eis aqui o que eu sei, John, e você pode imprimir isso e escrever uma de suas coluninhas espertas a respeito, ok? Está pronto? Lá vai: não existe "grande esquema das coisas". Isto é babaquice disfarçada para covardes. O presente não tem direito de julgar o passado. Nem de agir para ganhar a aprovação do futuro. Ambos são irrelevantes quando um inimigo está nos portões. É por *isso* que eu sou fuzileiro naval. Epa, e aquela ali? Acha que ela é húngara? Espere um segundo.

O fuzileiro correu até uma lourinha fumando um cigarro recostada na grade, uma perna cruzada atrás de um tornozelo nu sob calças capri pretas. John observou a conversa dos dois, distante demais para ser audível, viu a garota assentir, soprar fumaça longe do rosto de Todd e trocar o cigarro de mão para cumprimentá-lo. Minutos se passaram antes que o fuzileiro voltasse a John, e ela esperou.

— Foi bom falar com você, cara. Adivinhe só: aquela garota *é* belga. Que tal isso? Eu gosto de confraternizar com os não-cadastrados.

Apertou a mão de John e voltou à sua leiteira flamenga, ofereceu-lhe o braço, resgatou-a dos chucrutes invasores, guiou-a ao longo do rio, e desapareceu na camada protetora de turistas, caricaturistas, artistas de rua.

V.

ELA ESTENDEU UMA MÃO ANCESTRAL E BEIJOU EMILY EM CADA FACE.

— A famosa senhorita Oliver! Já ouvi falar tanto dos seus encantos. — A voz rouca de Nádja carregava uma malícia que incomodou John.

Ele havia convidado Emily ali para que ela visse a vida sofisticada (mais relevante, mais autêntica, mais européia, mais engajada, mais o que for) que ele levava quando estava longe de seus amigos em comum. Ele havia convidado Emily ali para que Nádja pudesse julgá-la por ele e curá-lo de sua aflição ou lhe dizer como ganhá-la. Queria que Emily se sentasse ao lado dele enquanto Nádja os levantava bem alto no ar, e eles se sentariam juntos na palma da velhinha e deixariam suas cabeças se tocar, lado a lado, encostando no teto, e desse mesmo ponto de vista elevado, ela veria o que ele havia visto e todas as coisas estariam claras.

Em vez disso, depois de alguns minutos de papo furado estéril e sem sentido, John entrou em desespero: a pianista velha e decrépita não era forte o bastante para levantar os dois; e, naquela noite, ela estava fraca demais até mesmo para levantá-lo sozinho. Ficou de mau humor quando percebeu que estava em um jazz bar caindo aos pedaços entre uma velha cansada e uma garota que tolerava a presença dele apenas por causa de sua educação do Meio-Oeste. Esperando que Nádja achasse Emily ideal, esperando que Emily achasse Nádja significativa, ele achou ambas sofríveis. Ofereceu-se para comprar bebidas, bebeu seus primeiros dois Unicums em pé, fora das vistas delas no bar, e demorou para voltar.

Quando voltou, as duas mulheres estavam discutindo a coluna recente dele, que falava sobre a própria Nádja.

— Querido John Price — disse ela, dando uma palmadinha na mão dele em troca de seu Rob Roy. — Você me fez parecer interessante demais, eu acho, mas esta é uma reclamação muito mesquinha, não é? Bem melhor ser grandiosa demais do que chata demais, não é? — Ela sorriu para Emily. — Sua amiga estava reclamando que é uma espécie de criada do embaixador de vocês.

— Bem, não exatamente uma criada.

— Então o que exatamente? — Nádja fez um brinde com o seu copo no de Emily e seus lábios se curvaram para cima tão rápido que parecia que ia irromper em gargalhadas.

— Bem, eu gerencio a agenda dele e executo algumas tarefas, claro.

— Minha cara, por que eles fazem uma garota adorável como você fazer coisas desse tipo?

— Sou uma pessoa muito voltada para detalhes... Eu...

— Ah, deixe-me especular por um instante. Você conhece todo tipo de pessoa fascinante, e elas ficam estupefatas por saberem que a criada do embaixador é uma garota tão charmosa e bem-informada. E essas pessoas fascinantes abrem seus corações para você o tempo todo.

– Eu acho que sou uma boa ouvinte. Acho mesmo. E de fato encontro algumas pessoas interessantes, mas na verdade o que eu faço mais são coisas como arranjar lugares à mesa de um almoço.

– Está ouvindo isso, John Price? – E Nádja começou a rir, inclinando-se para tocar a mão dele como se partilhassem da mesma piada. – Isso é delicioso demais. – John não reconheceu nenhuma parte desse diálogo em suas expectativas para a noite. Suspeitava de que Nádja já devia estar bêbada.

Emily perguntou a Nádja sobre seus estudos de piano.

– Podemos falar sobre mim se você quiser, minha querida, mas não vai ajudar. Bem: sou quase inteiramente autodidata, de discos, de ouvir os outros. Mas... – John inclinou-se imperceptivelmente mais para perto dela, esperava que aquele fosse o som de Nádja ganhando forças –, mas eu tive um professor, quando menina, aqui em Budapeste, e ele era um homem interessante... – John respirou fundo, reconheceu a abertura majestosa de um portão antigo, a lenta revelação de grandes jardins do lado de dentro. Olhou com expectativa de Nádja para Emily e vice-versa, sentindo de algum modo que *ele* era o tema indireto da conversa e ia ser recompensado na estima de todos. – Konrád era um homem notável. Eu tinha dez anos e ele talvez vinte e três, quando começou a me ensinar minhas escalas e posições e como ler as notas. Era um homem elegante que estava passando por dificuldades financeiras nos anos após a Primeira Guerra. Isto seria por volta de, suponho, 1925. Ele era um espião, sabe, na Primeira Guerra. – Ela sorriu para Emily, fez uma pausa para interrupções, mas não aconteceu nenhuma. – Ele vivia na França como um jovem estudante de piano, quando a guerra começou. Ofereceu seus serviços como professor de crianças, descreveu a si mesmo aos seus pais como refugiado dos malignos Habsburgo, inventou uma história de terras de família confiscadas, tratamento ruim nas mãos de rivais invejosos, recusou-se a voltar até que os bens de sua família fossem liberados, e assim por diante. E pela mais pura coincidência, como você pode imaginar, senhorita Oliver, os papais dessas crianças tendiam a ser militares franceses e homens do governo. Um húngaro jovem e guapo, ligeiramente boêmio, tipo Chopin, mas ainda assim, ao que parece, de boa família e com dinheiro. Apegaram-se rapidamente a ele, os pais. E, claro, temos sempre a tendência de recomendar bons empregados para os amigos, também militares e do governo, claro.

Emily bebericou seu *spritzer* e ficou ouvindo com sua encantadora e lisonjeira intensidade. John ouviu outro ruído na sala diminuir e se dissipar em um leve murmúrio muito distante.

— Konrád ficava de olhos e ouvidos abertos. Ele olhava em mesas e lixeiras quando tinha oportunidade. E era capaz de fazer de seus pequenos alunos aliados, claro. Ah, sim, as crianças também ouvem coisas, e não se incomodam em compartilhá-las com seu amigo, o professor de piano. Segredos possuem qualidades diferentes para pessoas diferentes, como certamente você já sabe. — John estava feliz por Nádja fazer tamanho esforço para impressionar Emily. Sentiu que ela estava lhe garantindo sua aprovação e dando o melhor de si para entregar o coração da garota para ele. — E, portanto, revelar um segredo também tem diferentes qualidades. Duas pessoas poderiam revelar o mesmo segredo: para uma, a revelação é uma traição; para a outra, um jogo. Brincadeira de criança. Claro que, quando uma criança tem o segredo de *outra pessoa*, bem, isto é meramente a moeda de troca de uma conversa, alguns guinéus para que ela possa comprar um pouco de atenção e respeito. Konrád sabia disto, e ele foi muito generoso e sério ao dar atenção e respeito. Esse foi o seu maior presente, na verdade, e não tocar ou ensinar piano. Ele era o perfeito espião de crianças, podia levar a criança mais chata a sério, delicadamente. Conhece o tipo? — Tomou um gole de seu Rob Roy e tirou um cigarro do maço. John se apressou para acendê-lo.

— Ah, acho que todos conhecemos esse tipo — respondeu John à pergunta absurda e ficou satisfeito, porque Emily riu com ele. Nádja soltou uma baforada, e John ficou vendo a fumaça dar voltas e se enroscar em uma rede de chumaços azul-acinzentados ao redor de seu círculo, viu-a filtrar e borrar suavemente cada uma das outras pessoas até que por pouco elas se tornaram mera cor e fundo.

— Ele fazia a criança se sentir importante, toda crescida. Quando a pequena Sophie ou Geneviève contavam a Konrád que Papai, que era, digamos, coronel de um regimento em particular, ia fazer uma viagem a Marselha dali a uma semana, Konrád dizia a ela que estava impressionado com a maturidade da conversa dela. E as esposas! Ah, sim, claro, as esposas. Elas também achavam algo no jovem e belo *artiste*, o *amateur* de música, o nobre deserdado e ousado. Ali também o segredo era uma qualidade variável. Para essas mulheres, o instrutor de piano era uma figura de grande *glamour*, mas o mais importante era que aquela era quase a oportunidade final de desfrutar a vida *em aberto*. Para aquelas mulheres, casadas com homens de segredos, a idéia de ter um caso secreto era um ato de sinceridade, não de segredo. Com Konrád em suas camas, elas podiam falar do que desejassem: ele era apenas o professor de piano, que diferença isto podia fazer? Elas não precisavam manter a cautela e a discrição chatérrimas que compunham suas vidas cotidianas e as deixavam quase loucas de tédio e isolamento, sabiam? Aquelas mulheres estavam doidas para ser agradáveis e espontâneas e, como tenho certeza de que vocês sabem, isto não é possível se você precisa vigiar cada palavra, ocultar cada pensamento. — Fez uma pausa e saboreou seu Rob Roy. — Minha cara, espero não estar entediando você com coisas que já sabe.

— *Nem um pouco* — disse Emily, com um grande e surpreso entusiasmo. — Isto é incrivelmente interessante. Continue, *por favor*.

Nádja riu.

— Aquelas mulheres viviam sob esse peso terrível dos segredos de Estado de seus maridos bobos, e pesos secretos, vocês sabem, claro, envelhecem você muito rapidamente. Aquelas mulheres estavam chegando àquele ponto terrível em que a juventude fica cada vez mais difícil de se ver no espelho. São necessárias luzes especiais e muita persuasão para fazer com que ela saia de seus esconderijos cada vez mais numerosos. Aqueles eram anos muito ruins. Você não vai gostar deles, senhorita Oliver. Conhece as palavras francesas *Un secret, c'est une ride*? Cada segredo é uma ruga. Konrád retirava isso tudo delas e elas se sentiam jovens novamente. Elas desejavam deter a atenção daquele jovem que poderia escolher a mulher que quisesse. E pensam consigo mesmas, por que ele se importaria comigo, uma esposa de burocrata no Ministério da Marinha, que já está ficando velha? Porque ela poderia entretê-lo com histórias engraçadas sobre os colegas do marido ou histórias cínicas sobre os projetos incompetentes deles e os superiores teimosos ou histórias revoltantes sobre como certos elementos da frota eram mal equipados. Claro que essas mulheres não estavam realmente revoltadas com essas coisas; elas meramente repetiam as palavras dos maridos. Os segredos dos maridos se tornavam a moeda de conversa das esposas, tornavam-se segredos novamente para Konrád enviar para Viena, onde se tornavam moeda para ele.

Nádja ofereceu um cigarro a Emily e pediu desculpas por não ter feito isto antes. A garota balançou a cabeça e perguntou:

— Então Konrád — seu sotaque do Meio-Oeste produzia um *Conrad* decididamente não-magiar — falou tudo a você sobre essa psicologia sexual quando você tinha *dez anos*?

— Não, não, minha querida. Isso tudo eu aprendi depois de muito tempo. Fomos amigos por muitos anos, e mais do que amigos por um período breve e muito feliz.

— Claro, claro — murmurou John, feliz por ter voltado ao mundo de Nádja, onde as coisas *aconteciam*. Nada (pelo menos nada de sério) acontecia no mundo dele. Ele ouvia o passado de Nádja e desejava poder esticar a mão e tocar a de Emily. O toque mais leve dos dedos dela naquele ar, naquela altitude, o queimaria e deixaria uma marca para sempre.

— Ele ajudou no esforço de guerra?

— Sua pergunta é muito boa, minha garota, mas apenas se, se eu suspeito bem, você já conhece a resposta: ele não era de muita utilidade, eu acho. Não conseguiu muita coisa. Ele sempre sentia que suas informações deveriam ter sido mais bem aproveitadas, mas o Império que o remunerava já estava desmoronando, antes mesmo da guerra. Suas migalhinhas arrancadas de crianças sem talento e esposas infelizes não podiam começar a mudar isso. Ele certamente não mudou o desfecho da guerra, mudou? Não sei se as mensagens que ele codificava cuidadosamente chegaram algum dia a salvar uma vida húngara, ou a vencer uma batalha, ou sequer a melhorar aqueles odiosos termos de rendição. Este é sempre o dilema do espião: como eles podem ser muito inteligentes, mas como podem fazer tão pouco — acrescentou, com uma risada amarga. — Mas estão sempre cercados de amantes, o que é interessante. É apenas natural, mas um terrível engano da natureza. Eles são iguais a um animal infértil com lindas cores. Atraem somente porque parecem ter um objetivo, mas são na verdade a espécie mais inútil. É uma maneira terrivelmente tola de desperdiçar os bons anos da vida.

John viu os olhos de Emily se encherem de simpatia.

— Isso é, assim, terrível. Ele era triste quando você o conheceu? Por não ter ajudado mais com a guerra?

— Triste? — Nádja deu à pergunta um momento de atenção silenciosa. — Por ser um espião fracassado? Não, eu acho que não. Querida, o mais inteligente deles acaba percebendo que mal vale a pena se incomodar com isso, e ele era muito inteligente. Era triste, sim, eu suponho, mas por outras coisas. Estava sempre infeliz com relação a dinheiro. Sei que ele tinha medo de envelhecer. Tinha medo de perder a destreza no piano e sua beleza, o que, devo dizer, ele nunca perdeu. Odiou os franceses até o fim de seus dias. As pessoas costumavam chamar Peste de Paris do Leste, sabia? Sempre que ele ouvia isto, fazia uma careta e urrava: "Sorte de Paris!" Mas ficar triste porque não havia salvo seu mundo da destruição dormindo com mulheres de meia-idade, cavucando no lixo e dando doces às crianças? Realmente, senhorita Oliver, você acha isso triste?

— Ah, *por favor*, me chame de Emily.

A banda naquela noite era inteiramente húngara, velhos, professores da academia de música. O trompetista usava uma barba comprida, como um monge ortodoxo russo; do nariz até o peito, ele lembrava um fantoche de mão. Murmurou alguma coisa em húngaro no microfone, e algumas pessoas na platéia riram. John — sentindo-se anormalmente alerta a cada vibração ao seu redor, consciente de cada nuance no salão — girou seu Unicum no copo; o licor pintava arcos românicos derretidos no interior do copo. O líder da banda contou um-dois-três-quatro e começou uma canção. Era jazz, mas distintamente húngaro: seu ritmo cintilava com fragmentos de alguma coisa estrangeira, trechos de música popular húngara, o som de cavaleiros usando capas. A melodia estava em uma clave menor, com os estranhos intervalos e a melancolia das danças do Leste europeu, mas com as explosões suingadas rápidas e as linhas convolutas do jazz *bebop*. John ficou observando como o pianista obeso transpirava para produzir aquela nova e estranha música. Ele achava que sua ligação com outras pessoas, até mesmo com objetos, havia se tornado, ainda que temporariamente, íntima, porém bonita, e nem um pouco sufocante. Até mesmo sua compreensão de que essa sensação era temporária parecia um estado de lucidez ampliada.

— Ah, claro, sim. Conheci vários espiões ao longo dos anos. Eles não precisam me dizer, embora alguns façam isso. Paradoxalmente, eles normalmente não são difíceis de identificar. Sempre os achei, e Konrád também, um tanto... bem, é um trabalho difícil, suponho, mas não é para pessoas que desejam viver uma vida plena, perto das pessoas e de suas experiências. Acho todos eles um pouco estranhos. Um pouco *tristes*, para usar sua palavra.

— Suponho que sim — disse Emily. — Suponho que isso deva ser verdade.

John, os olhos no teto, soprou uma coluna de fumaça diretamente para cima e assentiu: é verdade, é verdade, trabalho difícil, estranho e triste. Emily tomou alguns goles de sua bebida e ficou ouvindo a banda, e depois perguntou a Nádja se ela já havia visitado algum dia os Estados Unidos.

— Ah, sim. Vivi muitos anos em São Francisco, tocando piano e, de forma muito parecida com o que, acredito, você faz para o seu embaixador, eu organizava o calendário social de um general do Vietnã do Sul, que vivia lá em um exílio estranhamente animado após a guerra deles. Ele dava tantas, mas tantas festas. Eu me lembro certa vez que... — John sorriu para Emily: Nádja havia se desconectado novamente, de forma rara e maravilhosa, enfeitiçando sua platéia com outra recordação, contada de forma exótica, satisfatória em sua construção, lírica e glamourosa, ligeiramente improvável, mas nem um pouco impossível. E John não duvidava de sua probabilidade. Vidas como as de Nádja deviam existir: ele havia lido o suficiente para saber que isto era verdade.

E assim, depois de dar boa noite a Nádja e elogiar sua apresentação no intervalo, aceitou seu agradecimento pelas bebidas e pela coluna, ao ser envolvido pela meia-noite espessa e pegajosa de julho, John ficou surpreso e triste ao ouvir Emily, achando graça, expressar sua descrença. Ele a levou a pé para casa, atravessando a ponte Margaret na direção de Buda, e ela lhe agradeceu calorosamente por apresentá-lo a sua amiga. Ela jamais encontrara uma "velha" tão encantadora e divertida. O termo – *velha* – deixou John incomodado. Ele disse, um pouco irritado:

– Esta não é realmente uma descrição relevante. A coisa menos relevante a respeito dela, você não percebe?

– Ok, desculpe. Nossa. Que tal uma *incrível mentirosa?* – sugeriu, com uma risada. – Qual é, você é melhor do que eu em Sinceridade, então não me diga que não percebeu o que essa mulher faz. Ela é uma pianista que inventa histórias. Histórias boas, tudo bem. Dá pra ver por que você gosta dela. Eu também gostei, ela é muito engraçada. Falei sério quando agradeci a você por me apresentar. Mas, sabe, quero dizer, ela é bacana, mas... – Emily parou de caminhar e olhou John nos olhos. – John, você não pode acreditar em nada do que essa mulher lhe disser. Nada. Ela diria qualquer coisa para ter uma boa companhia. Ou para testar suas habilidades ou sei lá. Qualquer coisa. – Ela ficou olhando para ele. – Esse é o problema dos mentirosos, quero dizer. – Ela se virou e continuou a caminhar, deixou John em pé ali, perplexo por um momento atrás dela, vendo-a marchar em frente sem ele até o ponto no meio da ponte, onde sua subida suave se tornava subitamente uma descida suave.

A dor dele era desproporcional: percebeu isto na hora. Não fazia mesmo diferença de verdade o que aquelas mulheres achavam uma da outra. Mas ela não tinha visto o que John era na companhia de Nádja, e o que a própria Emily poderia ser, que não fora o que ele pensava que ela havia sido apenas dez minutos antes: essa era uma dor que feria o peito e tirava o ar de seus pulmões. Ele correu, alcançou-a, pegou-a pelo braço e virou-a em sua direção.

– Deixe-me perguntar uma coisa. Você *não quer* que ela conte a verdade? – O tráfego passava em silêncio e acariciava metade do rosto de Emily com luzes suaves, da face até o nariz, vezes sem conta, em ritmo irregular.

— O que isso tem a ver com...

— Tudo. Tem tudo a ver com tudo. Você *não quer* que o mundo seja assim?

O rosto de Emily mudou, relaxando em uma espécie de simpatia.

— Ah, coração, eu não quero que o mundo seja *nada*. — John sentiu-se lutando para permanecer ele mesmo, lutando para entender a palavra *coração* como sinônimo de amante, não de sobrinho. — O mundo *é*, e os adultos reagem a ele da melhor forma possível. Ele não é feito de histórias engraçadas.

Ele pegou a mão de Emily.

— Sim, mas é onde você acha... o mundo não é só... será que não importa... — Por fim, ele simplesmente emitiu um grunhido, uma frustração enlouquecida que fumegava por entre seus dentes trincados. — Eu estava entrevistando uns soldados esta noite, seus amigos fuzileiros. Nádja é o outro lado, o oposto disso. Você consegue ver isto, não consegue?

— Os fuzileiros? Não sei se estou entendendo o que você quer dizer, não.

— Olhe lá. Olhe! — John agarrou-a pelos ombros e girou-a, fez com que ela ficasse de frente para o Danúbio, ficou do lado dela e apontou rio abaixo até onde as luzes da ponte da Corrente haviam acabado de ser desligadas — no exato instante em que Emily falava — e agora ficava aquele monumento pairando contra o céu e a água escuros como uma pós-imagem projetada atrás de pálpebras fechadas. — E isso! — disse ele, reunindo certezas, quase empurrando-a para que olhasse a silhueta cinza e preta do extinto palácio contra o céu negro e azul, quase nada além de uma ausência de estrelas em forma de palácio. — Aquelas são reais, Em. Aquelas são o mundo neste exato instante. Nosso mundo. E Nádja também. A vida dela é.. é como deveria. — Sua voz ficou mais suave, passou de empolgada a tranqüila. — E você está aqui comigo nela. — E ele inclinou a cabeça, as mãos segurando o rosto dela, e seus lábios encontraram os dela por um momento, outro e outro e mais metade de um momento, e ele tinha absoluta razão, estava certíssimo em tudo.

— Não. — Ela se afastou. — John. — Ela se soltou das mãos dele. — Isso não é para nós. — Ela sorriu e deu uma risada, sua técnica padrão para ajudar rapazes a escaparem graciosamente de seu embaraço ou raiva com aquele momento. — Estamos os dois um Unicum ou dois além do limite, rapaz, e não é fim de semana. Vou sozinha para casa e você trate de dormir um pouco. Encontro você no Gerbeaud. Aí você pode me dizer o que Nádja acha de mim.

E se vai. John Price fica em pé no centro, o ponto mais alto do arco suavemente curvo da ponte Margaret, e se recosta contra o parapeito, tenta focalizar os olhos nas pedras da ponte da Corrente. Fica desejando que estivessem estado naquela ponte, algumas centenas de metros rio abaixo. Era ali que ele se sentiria completo, o lugar a que ele pertence. Ali, ela teria compreendido: aquele beijo teria feito um sentido inevitável. Depois de algum tempo, ele morde o lábio, pensa melhor e rejeita voltar para visitar o seu irmão, Mark Payton ou Charles Gábor. Afasta-se da amurada de aço, as mãos ásperas por causa dos rebites sobre os quais tinham pousado. Caminha de volta a Peste, cospe no Danúbio.

VI.

UMA SEMANA MAIS TARDE, ALGUMAS HORAS ANTES DE FICAR EXUBERANTEmente bêbado no Old Student com John, Charles enviou seu relatório rebeldemente verborrágico sobre a Editora Horváth para o Vício-presidente, que lia a maior parte da primeira frase de cada parágrafo, e depois mandava Zsuzsa enviá-lo por fax para Nova York: *Minha mais forte recomen... Como manobra de abertura do teatro húnga... Com claras sinergias com o gerenciamento atu... Saídas prováveis incluem: crescer para um limiar adequado para oferta pública na bolsa de BP, 18-24 meses. Alternativamente, uma consolidação da indústria é classificada como "altamente provável" em seis relatórios de análise (anexos), implicando em uma opção altamente provável de fusões e aquisições... Devido a um alinhamento histórico de rara circun...* CM *Gabor, Escritório de Budapeste.*

Então, Charles desapareceu por quase nove dias, de sábado pela manhã à noite de domingo. Sua secretária disse que ele estava fora da cidade. A secretária eletrônica de sua casa falava e dizia escutar, mas era incapaz de trazer o homem em pessoa. Ele estava ausente de noite, no Gerbeaud, noites no A Házam e de todos os outros lugares. Na noite de quinta, John, desesperado por uma pista de como Emily via um homem heterossexual, pegou um bonde e ônibus para a casa de Charles nas colinas e tocou a campainha. Havia luzes atrás das cortinas, mas ninguém abriu a porta. No sétimo dia de ausência de Charles, a secretária eletrônica de John tossiu essa imitação do homem desaparecido: "Isso nunca tem fim. Deus me ajude." Charles estava visivelmente bêbado. "Isso tem fim, Johnny? Deus me ajude, acho que não." Na noite seguinte, no domingo, Charles se rematerializou, todo lampeiro e descansado, no pátio do Gerbeaud, sorridente, recusando-se teimoso a discutir a semana anterior ou o casal grisalho em cuja companhia ele havia passado aquela semana interminável e que logo depois foi para o aeroporto Ferihegy para pegar o avião deles para Zurique com conexão para Nova York com conexão para Cleveland, graças ao bom Jesus.

Cedinho, na manhã seguinte, ele se sentou e leu a nota do Vigarista Patético que ficara esperando em sua cadeira desde a terça-feira, quatro dias depois da viagem de seu próprio relatório para Nova York:

Charlie — NYHQ respondeu rápido. De jeito nenhum. Não dá pé, José. O sujeito não é sequer húngaro. Ele é austríaco. É uma empresa austríaca, *Charlie. Não é bom que o primeiro negócio seja com um bando de austríacos, certo? E tenho que dizer uma coisa: acho que você deveria ter percebido isso.*

Charles recostou a testa na janela ainda fria e passou dez minutos pensando com desagrado na estupidez acima de qualquer medida do VP. Então, fez algumas anotações num bloquinho amarelo, desenhou um bando de flechas com grandes pontas triangulares que voavam de uma idéia rascunhada com abreviação para a seguinte, duas vezes terminando em pontos de interrogação ornamentados. Já era meio plano, de qualquer maneira. Pediu uma ligação para um amigo advogado e outra para a Agência de Privatização do Estado. Por fim, depois de mais quatro minutos de meditação forçada enquanto esperava furioso um tom de ligação internacional, passaram sua ligação para Imre Horváth, em Viena.

— *Jó napot, Horváth úr* — começou ele, animado. — *Gabor Károly beszél. Jó hirem van* [Tenho boas notícias].

— É um pouco complicada, a estrutura de acordo — disse Charles a John, doze horas depois, quando o jornalista estava deitado no sofá do escritório vendo o pôr-do-sol mudar as cores do céu de vidro atrás da cabeça de Charles.

— A palavra que você está tentando achar é *mentira*. Você está *mentindo*. É uma *mentira*.

— Essa palavra é feia e já está batida. — Raios dourados e celestiais de sol atravessavam nuvens de prata e emprestavam à silhueta dele um halo cheio de pontas que forçava John a apertar os olhos. — Basta me emprestar a credibilidade a que eu tenho direito, e tudo vai dar certo. Veja só: contratei uma arrumadeira, um cozinheiro e um jardineiro este fim de semana — disse ele. — Eu tenho um *staff*. Não é a coisa mais engraçada que você já viu? Um *staff*. A questão é: só me ajude a convencer Horváth de que eu sou o homem certo, e depois explicamos a triste posição da empresa. Quando a graça da situação estiver mais fácil de entender.

— ESTOU ENTENDENDO, pelo nosso amigo em comum, que você é um jornalista respeitado e em ascensão — Imre Horváth disse a John, três dias depois, quando este se juntou a Charles e ao editor, na metade da reunião dos dois, no café com leite do Gerbeaud, respectivamente. – Minha família trabalha no seu ramo jornalístico há seis gerações – continuou o húngaro. – Espero que voltemos a esta linha de trabalho, em Budapeste, em breve.

Sentado ali, no calor do pátio, a primeira reação que John teve com relação a Imre – menos de trinta segundos após encontrá-lo – foi de admiração, uma incontrolável reação emocional e física que John sentiu na espinha e no cóccix, nas palmas das mãos e nos antebraços, nas faces e nos rins. Ele foi tomado de surpresa depois das descrições brincalhonas que Charles fez de Imre; pessoalmente, o húngaro era uma figura imponente, e os fragmentos de fofoca de história e sofrimento que Charles havia mencionado colocavam Imre em uma categoria inteiramente diferente da humanidade.

Claro que Imre certamente levava *a si mesmo* a sério, John percebeu um minuto depois, em uma tentativa de se libertar dessa admiração sufocante e inaceitável, essa inveja aguda. Imre estava falando de alguma coisa muito prosaica – mas a mente de John viajou por uma paisagem de pradaria, de inveja daqueles que se provaram no teste definitivo de sua era e se mostravam dignos.

– Houve um momento de surpresa, sim, quando o AVO invadiu arrombando a porta – estava dizendo Imre, e a inveja de John rapidamente se disfarçou, para benefício de seu dono, como algo muito mais digno e palatável: desprezo: John lamentava os esforços fracassados e transparentes de Imre em provocar inveja e admiração. Começou a reparar com satisfação nos furos das histórias de Imre, na riqueza de seu traje, em sua vontade monumental de impressionar.

E por isso agora John suportava com prazer a missão que Charles havia lhe atribuído. As mentiras desabrocharam sem esforço. Ele forçou a conversa o mais longe e rápido que pôde, instigando Charles a manter o seu ritmo.

– Quem é aquele dramaturgo que você está sempre citando, Károly? – John lhe perguntou. – O sujeito das sátiras biliosas? Horn, não é mesmo? Qual foi aquela que você leu para nós em voz alta, aqui, na semana passada?

– Maravilhoso! – exclamou Horváth. – As obras dele são editadas por nossa família desde as primeiras edições, todas as peças.

– O que aconteceu com o seu plano de financiar um teatro, Károly? – John perguntou a Charles. – Károly me disse muitas vezes, Imre, que era o amor pela cultura, uma aspiração de civilidade, que o levava a financiamentos de risco em primeiro lugar – John ouviu a si mesmo dizer enquanto Charles mordia um doce. – Quixotesco, porém verdadeiro. Quero que o meu perfil de seu trabalho mostre como ele sempre tentou utilizar capital para promover cultura. Até agora ele tem se decepcionado com o pensamento comum daqueles que o cercam. Acho que ele não percebe como a clareza de visão é rara.

— Estamos confiando nisso — entoou Imre — e fico feliz de ouvir que não sou o único que vê essa força e promessa em nosso Károly. Seus leitores, Sr. Price, vão se interessar pelos sucessos que um homem jovem, cheio de energia e cultura como o Sr. Gábor pode vir a ter. Particularmente agora. Particularmente na Hungria.

— Precisamente. O que eu acho espantoso — John decidiu usar o nome de guerra de Charles o mais que pudesse — é a cultura de Károly em uma profissão que freqüentemente dá mais ênfase às finanças. Károly é um tipo à moda antiga, um tipo europeu, mas um amálgama notável da cultura húngara e de sua criação americana. — Fez uma pausa para acender um cigarro e fingir procurar as palavras certas, embora se sentisse tremendamente articulado; poderia ter produzido grandes fragmentos daquela coisa sem parar para respirar. — Primeiro um cavalheiro e, em segundo lugar, um homem de negócios, nosso Károly. Estou fascinado para ver se há espaço para um espécime como Károly no mundo hoje. Podemos torcer que sim, mas não ousamos dizer com certeza.

— Vá com calma, matador — disse Charles, quando Imre pediu licença. — Vamos um pouco mais devagar. Você parece os sicofantas húngaros dele lá em Viena.

— Károly me disse que você está voltando para a Hungria com planos bastante extensos — disse John, quando Imre voltou.

— Nós realmente temos projetos em mente, senhor. Ele e eu estávamos discutindo diferentes possibilidades antes da sua chegada. — Cruzou os braços e se inclinou ligeiramente na direção de John. — Suspeito que o histórico e o futuro de sua empresa seriam de grande interesse para os seus leitores — disse ele, com grande seriedade, e John jurou silenciosamente não ser o primeiro a quebrar o contato visual, embora ficasse quase impossível não se desviar do olhar azul. Os três homens deixaram o Gerbeaud, subiram a Andrássy út, e cada qual tratou de perseguir seu objetivo: Imre tentou contar a importante história de sua empresa para o repórter americano; John tentou vender uma versão fabricada que convencesse o velho homem de negócios de que seu recém-hungarizado amigo era digno de montar uma sociedade com ele. Charles ajudou os dois.

Logo, para seu alívio, John conseguiu sentir a admiração tenaz por Horváth ser inteiramente varrida por uma brisa refrescante e adstringente de puro desagrado, embora John chamasse isto de lucidez. Limpou a mente da fumaça e do pó desconcertantes da vida trágica de Imre e de seus valores morais presunçosos e começou, ao invés disso, a ver o que havia por trás dele. As histórias do homem eram parábolas egoístas, desajeitadas, espalhafatosas e egocêntricas. Obviamente, Horváth havia elaborado essa idéia a seu próprio respeito e agora a forçava para todos:

— Ahhh, senhor, se uma coisa ficou clara para mim, era uma responsabilidade. Desde que eu era bem pequeno, me disseram da responsabilidade de minha família para com o nosso país e o peso que eu iria carregar. "A memória do povo", Boldizsár Kis chamava nossa gráfica, e o meu pai repetia isto para mim com freqüência. Um dia, eu seria responsável pela manutenção dessa memória, eu sabia. Conhece Kis? Não? Um grande líder revolucionário pela democracia. Kis escreveu um poema para dizer que nossa editora contava a história do povo húngaro, para eles próprios e para o mundo. Nós nos lembramos em nome de uma nação. Assim como vocês, judeus, com a sua Travessia, acredito. Mas nossa história ainda está sendo escrita, não é uma história antiga sobre faraós.

E, dizendo isso, antes que eles sequer tivessem passado o Teatro de Ópera em seu passeio subindo a Andrássy, John já tinha o homem cortado, seco e colado em um bloco de notas, exatamente como Charles o descrevera: pomposo, dando muita importância a si próprio, orgulhoso do emblema de retidão que a loteria da história lhe havia garantido aleatoriamente, e (Charles esquecera de mencionar) provavelmente um pouco anti-semita.

Mas, duas noites depois, John se sentou à esquerda de Imre em um jantar providenciado por Charles, e foi muito mais difícil conter seus pensamentos.

— Sr. Horváth, este é meu amigo Mark Payton, o famoso teórico social e historiador canadense — foi como Gábor apresentara o recém-chegado, e desde o instante em que os quatro se sentaram em uma sala de jantar privada, em um restaurante suíço no Parque da Cidade, John notou a grande velocidade com a qual seu desagrado por Horváth alternava com fascinação e, em seguida, momentos silenciosos de respeito puro, notou a incapacidade dele em atribuir uma falta de seriedade definitiva a Imre.

— Se prestar atenção, poderá descobrir muito a seu próprio respeito em um campo de trabalho — Horváth dizia a Mark, em um determinado instante, e John se sentiu pequeno e inútil na presença de um homem que havia vivido uma vida daquelas. — Minha editora estava no centro exato da revolução, em 1956 — disse Imre ao canadense apenas minutos depois, e John fez uma careta.

O restaurante ficava à sombra de Vajdahunyad, o castelo do século dezenove que ficava no parque, e a sala de jantar privada tinha janelas em dois lados: a torre do castelo assomava sobre uma delas, e, do lado de fora da outra, a lua havia acabado de surgir com um amplo sorriso de seu lento bocejar mensal. Charles lidou com o *staff* de maneira peremptória e impressionante, cada gesto uma demonstração de sua perícia executiva. Ele havia selecionado cuidadosamente os vinhos no dia anterior e agora erguia a primeira taça de Meursault em um brinde ao futuro da Editora Horváth e à memória do povo húngaro. Quatro taças se encontraram e cantaram sob os prismas tremeluzentes e o zumbido elétrico do candelabro.

Apesar das dúvidas de John sobre a estabilidade do canadense sobre pressão, Mark havia recebido o papel de assessor cultural de confiança de Charles. Ele interpretava esse papel praticamente como um mímico: falava pouco, apenas seguindo a própria história de Imre com uma avidez previsível e faminta.

— Um autor me procurou depois da guerra. — Imre cruzou os braços e se inclinou na direção de Mark, mas olhou para além, em busca do passado. — Ele havia sido publicado pela editora na época do meu avô, se é que dá para acreditar numa coisa dessas. Mas meu pai foi forçado a cancelar seu contrato, pois suas obras realmente não vendiam nada, embora eu saiba que meu pai queria mantê-lo apesar do prejuízo. Esse sujeito tinha uma companhia muito impressionante em sua vida, pertencera a clubes de escritores e artistas, você sabe, foi de uma geração muito influente e importante... — Mark tocou de leve a palma da mão esquerda com as pontas dos dedos da mão direita e assentiu devagar.

Quatro garçons trouxeram o primeiro prato, filés de fogas do lago Balaton cozidos *en pipérade*, conforme Charles havia determinado na véspera em consulta com o *chef*. O *staff* colocou os pratos com as tampas em cúpula simultaneamente na frente de todos os quatro homens e, ao sinal, removeu as tampas com um floreio. Ao longo das três horas e meia seguintes, o vinho mudou de cor diversas vezes, ficou forte, depois defumante, depois licoroso e depois doce. Um prato se seguiu a outro até que o primeiro, de peixe, não passava de uma lembrança tão distante quanto a memória de um piquenique de infância, um cheiro de molho e um fragmento de conversa rememorado, um instante de luz passando no rosto de um companheiro. De peixe a verduras a sopa a carne a torta a queijo e frutas, John tentou ficar de pé contra os grandes ímpetos de Imre até que as palestras e as histórias monumentais, as provocantes questões retóricas, todas se desenrolaram em um longo monólogo, que no dia seguinte John achou ter durado semanas em vez de horas, e que fora feito somente para ele, uma longa imersão em Imre que John não poderia mesmo ter resistido:

— Uma obra de arte, Sr. Price. Esta é nossa vida, a vida de todos pode ser assim. Acho que você talvez seja assim também. Acho que não somos tão diferentes assim, você e eu. — John torceu silenciosamente para que isso pudesse ser verdade. — Uma vida precisa fazer sentido, ela deve ter um início em que seu propósito é revelado, um meio em que o propósito é atingido e um fim em que esse propósito é esclarecido para outra pessoa, para a próxima geração, que pode manter esse propósito, transmiti-lo. — John suspeitava de que o homem havia dito isto antes, sabia que ele estava falando isto agora somente pela cobertura da imprensa que teria, mas ao mesmo tempo não conseguia afastar a sensação desagradável e embaraçosa, boba, de que Imre estava revelando alguma coisa da maior importância, um momento que John jurou que lembraria para sempre. — Grandes poderes foram utilizados para desvirtuar meu propósito. Mas eu não podia ser desviado. Não digo isto com orgulho. Não me ufano — ufanou-se —, mas digo isso com espanto: a vida é assim; eu apenas segui o que sabia que era certo, e recuperei minhas forças. — Os pratos chegaram e foram embora, mas a reeducação continuou fluindo ininterrupta, John agora se inclinando para perto, separando os dentes com a unha do polegar. — Estou contando minha própria história. Eles tentaram tirá-la de mim, contar a história deles, mas foram derrotados. Esta é a pior violência que um homem pode fazer a outro, jovem. Você está vendo isso? A tortura existe, mas uma pessoa consegue suportar isto. A prisão existe, mas isto também não é grande coisa. Mas roubar a história de outro homem é roubar sua vida, seu propósito.

Ele estava andando em círculos, reparou John, pelejando para sair da atenção de Imre e se sentir como um adulto novamente.

— Os jovens podem tolerar essas refeições — estava dizendo Imre. — O Sr. Payton aqui pode tomar quatro vinhos diferentes e suas expressões permanecem tão calmas e sérias quanto no começo. Eu tenho um parente muito distante que entrou em um mosqueteiro, e ele... não, não é a palavra certa, não é? — perguntou, e riu alto com os outros, enxugando os olhos. — Obrigado, Károly. Ele entrou em um mosteiro — pronunciou a palavra de três sílabas em duas — e fez votos para ser um asceta moderado. Não sei se algum de vocês se adaptaria a isso, a não ser talvez o senhor Payton — e todos riram novamente.

— Um asceta moderado? É um pouco radical, não é? — perguntou John. — Se você vai negar a si mesmo coisas e depois nega a si mesmo até mesmo o prazer de negar coisas a si mesmo, isto dói. – Imre deu a maior gargalhada, e John sentiu um acerto orgulho.

– Qual é a palavra em inglês, John... – perguntou Charles, com um toque de sotaque húngaro, quando os pratos de sobremesa salpicados de migalhas foram levados e uma terceira rodada de vinho Tokaj doce apareceu em taças pequenas. – para... – Charles acenou para o ar para capturar a palavra e afastar distrações. – *Mi az angolul, hogy megelégedettség?* – perguntou a Imre, e Imre assentiu e disse em inglês: "Exatamente, exatamente, Károly."

– Bebi Tokaj pela primeira vez no Gerbeaud com minha mãe. Lembrei disso quando você e eu nos encontramos lá pela primeira vez, Károly. A vida era, na verdade, muito agradável, nos anos 1930, aqui em Budapeste. Receio que esteja começando a falar igual ao meu pai. Ele sempre dizia: "Se você não viveu antes da Primeira Guerra Mundial, não pode saber como a vida pode ser agradável." Para ser honesto...

– Desculpe, mas isso é uma grande babaquice – disse Mark, quebrando um silêncio modorrento quase tão velho quanto a demorada refeição e derrubando uma taça vazia sem reparar. – Uma babaquice completa.

– Cale a boca, Mark – interrompeu Charles.

– Não, sério. "Você não pode saber como a vida podia ser agradável se não vivesse na Bélgica antes da Primeira Guerra Mundial." Victor Margaux, 1922. "Se você não estava aqui na Virgínia antes da Guerra Civil, não pode imaginar como a vida podia ser agradável." Josiah Burnham, 1870. Talleyrand duas vezes, se você conseguir suportar. Primeiro: "Quem não viveu *antes* da revolução não conhece a doçura da vida", e depois, repensando as coisas: "*Qui n'a pas vécu* dans *les années voisines de 1789* – Aquele que não viveu durante a revolução não sabe o que são os prazeres da vida." "Senhor, não podes saber o que significa uma vida agradável se não viveste na verde Inglaterra antes que aqueles alemães viessem ciscar aqui." Marquês de Westbroke, 1735. Babaquice, babaquice, babaquice. – A voz de Mark se elevava a cada exemplo, e uma segunda taça, esta com restos de um vinho tinto do começo da noite, caiu no chão, salpicando a gravata de Horváth na queda.

– Imre, por favor, me desculpe por... – Charles começou em húngaro.

– Não, não. De jeito nenhum! – Imre olhava fascinado para o canadense.

– Tentei dizer a você que ele tem andado um pouco ruim da cabeça. – John riu dos esforços de Charles em permanecer calmo, enquanto Mark lutava para pegar uma taça e reenchê-la, dizendo babaquice, babaquice, babaquice sem parar.

— Não, não. — Imre segurou Mark pelo ombro. — Ele é um homem brilhante e está certíssimo, o acadêmico do nosso clubinho. Como esperar que possamos crescer e fazer um mundo melhor se estamos todos sentindo tristeza e nostalgia por alguma outra coisa?

— Exatamente o que quero dizer — disse Mark, servindo-se de vinho e errando o alvo.

Imre se distraiu com uma mancha de vinho em sua gravata Hermès, e em seguida afastou a atenção disto para encarar Charles com uma sobrancelha erguida.

— Fogo — disse ele, sério. — Fogo e estômago para dizer: "Nunca mais!" Isto é o que a juventude oferece, e eu acho que a juventude do Ocidente oferece mais do que qualquer outra. Vocês, que cresceram com tudo, estão prontos hoje para exigir mais, para dizer nunca mais! — Ele falava para todos os três, e nunca antes para John ele parecera mais performático, e mais, um maravilhoso fingidor, apesar de um material incrivelmente fraco: — Receio que este país, nossa MK, tenha perdido esse estômago, mas vamos voltar para casa, Károly e eu, e vamos dar isso a eles. "Eis aqui o estômago de vocês de volta", vamos dizer! — Ele levantou a primeira taça à mão, um copo de vidro com uma butuca de cigarro afundando e flutuando sob o comando de um piloto indeciso. — Ao estômago húngaro e tudo o que vocês puderem ensinar a ele, homens da juventude, homens da energia, homens do Ocidente!

Quatro taças se chocaram e derramaram ligeiramente seus conteúdos.

— Chega — disse Imre, mais digno em suas taças do que os demais. — Agora vamos para casa. — Charles, o anfitrião, chegou a pensar em protestar quanto a essa usurpação de seus privilégios, mas deixou estar quando Imre lhe disse: — Amanhã, você e eu precisamos conversar novamente.

Desceram precariamente as escadas em fila indiana. O ato de se levantar e se movimentar mexeu com todos de modo significativo, e todos desfilaram silenciosos numa fila trôpega, entrando no salão de jantar principal vazio, onde, sob uma iluminação reduzida e o som de lavadoras de pratos tanto humanas quanto automáticas, garçons cansados, sentados, fumavam com seus coletes pretos manchados desabotoados e gravatas-borboleta desfeitas, pendendo e simétricas como se fossem estolas feitas de morcegos. O violinista e o acordeonista do restaurante, em trajes tradicionais preto-e-dourado, tinham posto os instrumentos de lado e agora estavam sentados a uma mesa de canto, concentrados, conversando, uma única lâmpada de mesa iluminando metade de cada uma de suas faces. Viraram as cabeças apenas ligeiramente, escurecendo-as, quando os quatro bêbados pelejaram com a porta do restaurante e ela se fechou atrás deles.

Ar fresco e o cheiro das árvores do parque embaralharam as sensações em suas cabeças, pernas e estômagos. Os homens nadaram através da umidade e se dirigiram para a galeria imensa da praça dos Heróis. Por um ou dois minutos, mais ninguém disse nada, até que Imre gritou para a noite — não uma palavra, apenas um uivo juvenil que soou estranho a todos depois da cacofonia na pequena sala de jantar e o silêncio desde então. Charles riu e também soltou um urro sem sentido. "Babaquice!", o editor gritou em resposta, com um sotaque que flutuava entre Budapeste e Londres, e despenteou os cabelos ruivos úmidos de Mark Payton. O canadense soltou uma risada ofegante estranha. "Babaquice!", ele competiu a plenos pulmões. Entraram na praça dos Heróis, um semicírculo vazio e iluminado de pilares e estátuas enormes, formando um arco sobre o alto da Andrássy út.

John recostou-se na rocha fria do pedestal de uma das estátuas e coçou as costas nela. A conversa seguia lenta, mas ele não a acompanhava mais, apenas captava trechos aleatórios e os levava ligeiramente ao ouvido.

— ...quantas vezes as pessoas querem comprar essa memória nacional, essa responsabilidade nossa, e isto não pode ser comprado, todos nós enfrentamos isto, esta tentação, Károly, sim... — Imre voltou a se curvar e olhou para o alto do rei magiar montado em seu cavalo fazendo cabriolas no centro da praça, mordeu o canto do lábio e subitamente soltou um espirro explosivo.

John caminhou lentamente de costas pelos azulejos labirínticos da praça até os pés sentirem o meio-fio atrás dele e voltou-se bruscamente para ver os carros passarem bem atrás dele, perto o bastante para que pudesse tocar seus espelhos laterais bojudos.

Entrou sozinho no Blue Jazz um pouco depois, depois de uma última olhada: do outro lado da rua, viu Imre, Charles e Mark colocarem as mãos sobre os ombros uns dos outros e realizarem uma dança lenta e não-sincronizada atrás do tráfego.

No começo, o interior do clube se recusou a entrar em foco. Quando ele finalmente se rendeu, John ficou aliviado ao vê-la imediatamente. Devia ser tarde: era sexta, mas só restavam algumas pessoas: um jogo de sinuca, três fumantes envoltos em suas próprias respirações azuladas, a banda — os americanos carecas — no bar aceitando seu pagamento em comida e bebida, um casal recém-apaixonado em um canto, retorcendo-se ao redor dos lábios e corpos do outro como duas serpentes no caduceu e, em outro canto, outro casal, mas este prestes a se desintegrar permanentemente, suas vozes aumentando de volume, e em seguida ficando em silêncio a cada tantos minutos, como a espuma do oceano batendo do lado de fora da janela de um hotel tarde da noite.

— Você acha que eu vivo uma obra de arte? — perguntou ele, ficando cada vez mais sóbrio agora em pulos e passos para trás, deslizando para o banco do piano e tocando suavemente, de brincadeira seu quadril contra o dela. Ela usava o mesmo vestido da noite em que haviam se conhecido.

— Garoto mau, eu estou tentando tocar piano. Bêbados sentimentais não são bem-vindos hoje. — Ela beijou seu rosto e ele sorriu tranqüilo e aliviado.

VII.

— É ISSO: EU NUNCA MAIS VOU VOLTAR A ESTE LUGAR. FIM DE UMA ERA, *baby*. É hora simplesmente de desaparecer, ir embora. Ir. Embora. — Scott Price estava falando com nenhum deles em particular, enquanto os quatro homens e Emily se enfurnavam no interior de A Házam, a última noite quente de um anormalmente quente mês de julho. Cash Ass estava se apresentando no porão para uma multidão de tamanho padrão, mas mesmo lá em cima não havia espaço necessário para se movimentar, ou ar para respirar. A nuvem de cigarros estava baixa naquela noite, apenas alguns centímetros sobre suas cabeças; uma pessoa podia enterrar a mão nela até o pulso. — *Quem* são essas pessoas todas? — resmungou Scott. — Essas pessoas não são nós. Será que *todas* são turistas? Isto é uma tristeza. Sabe, Mária diz que este lugar nunca foi levado a sério pelos húngaros.

O ruído do bar era cinco partes inglês para três partes húngaro, reforçado por meio de uma mistura de sotaques. Cotovelos masculinos e decotes femininos eram armas igualmente potentes na aquisição de espaço no bar, mas somente punhados vitaminados de forints novinhos em folha erguidos bem alto conseguiam chamar a atenção difusa e fria dos *bartenders*. Eficiência exigia pedir vários drinques ao mesmo tempo, para que os cinco deles agarrassem vários copos, ficassem em pé girando as cabeças, buscando um lugar para sentar com olhar de pioneiros.

— Deu tudo errado, meninos e menina. — Scott suspirou. — Somos uma raça em extinção, e os demônios estrangeiros invadiram nossas planícies.

Os alto-falantes derramavam *dance music* inglesa e americana por toda parte, e o esforço para caminhar pelo aposento na direção de um sofá que acabaram de abandonar (epa, tarde demais) era como passar pelo trato digestivo úmido e apertado de um animal, as batidas da música como as batidas de seu coração amplificado. A cada curva no meio da multidão, fragmentos suficientemente altos de conversa eram tossidos e atirados no seu caminho: *húngaro, húngaro, húngaro... nosso som será o som... húngaro... assim que eu conseguir escrever isso, então vou levar para os estúdios... ela está cheia de tesão, caralho... volte para Praga o mais rápido possível, por favor... húngaro... será que eu posso ficar com você só um... o negócio dos húngaros e da Hungria que você precisa entender... não, Fin-de-Picolés: são iguais a picolés mesmo, mas com formato de... húngaro... então fodam-se os States... quer voltar e eu desenho para você... cara, vá pra Praga; você vai esquecer esta cena em vinte segundos... húngaro... dois dias aqui, dois em Praga, então o trem mais rápido para Veneza, não sei, falamos sobre isso lá no Oriente, tipo Moscou... tecnicamente, eu cobrei a eles duas vezes, mas fique na sua... de jeito nenhum, porque o hotel é, digamos, hostil... húngaro... Cash Ass é o máximo, você tem que ouvir esses caras, eles são muito loucos... ela era uma Betty e um tamale com três latas e meia de óleo... como você diz "me beija" em húngaro... húngaro... Eu sou um poeta, poeta* vagyok, *como Arany János...* baby, *Praga fica tão longe...* csókolj meg!

De dentro da cacofonia e do aperto, Mark viu um sofá e uma mesa sendo lenta e dubiamente abandonados e, em dois pulos, chegou primeiro ao cenário para garanti-lo.

— *Quem são* essas pessoas todas? — Scott perguntou a Emily, com um mau humor irrepreensível. — Quem disse a eles para virem aqui? Nosso pessoal não deveria... — Charles mandou que ele calasse a boca. — Não. Cale a boca *você*.

Do sofá, John viu Emily sentada em cima da mesa, inclinando-se para falar com Mark. Debateu consigo mesmo se deveria mencionar o beijo da ponte ou fingir que aquilo nunca havia acontecido, tentou calibrar precisamente as suas atenções para ela aquela noite, e então, sem saber ao certo o que havia acontecido na ponte, lutou retrospectivamente para repassar, cronometrar e determinar a função emocional de cada reação muscular individual dos lábios. Ouviu-a descrever para Mark um pretendente de Julie, e não conseguiu evitar sentir que a descrição dela refletia cripticamente os próprios sentimentos dela em relação a John: "Julie" disfarçava Emily; "Calvin", John. Julie estava frustrada, Calvin era tudo o que ela... impossível de ouvir sob os gritos de Charles para Scott sobre negócios. Mas acho que é sobre como Calvin tem se comportado — se Horváth, por outro lado. Ela definitivamente acha que Calvin é mesmo a única maneira de assegurar a confiança de Horváth para fazer o negócio se ela lhe disser aonde é que isso a leva? Não com a Agência de Privatização do Estado sendo dirigida por macacos.

Duas mãos agarraram seus ombros por trás, e uma voz sussurrou em seu ouvido:

– A grande alegria da vida é o inesperado.

Com risos e surpresa, Bryon – um animado coreano-americano, que oito anos antes ganhara fama na escola de segundo grau de Scott e John por ter dado uma festa temática do Marquês de Sade – apareceu, envolto em coincidência, materializando-se no mundo real, e John, sentindo no mesmo instante a diminuição de estatura e apelo que recai à pessoa que apresenta alguém novo a um grupo, o apresentou ao grupo. Bryon parou quando John disse:

– E é claro que você lembra de Scott.

John saboreou o olhar de terror maldisfarçado no rosto de seu irmão, enquanto Bryon tentava ligar aquele sujeito bonito e musculoso ao *nerd* obeso e sem esperança de uns doze anos antes. "Claro. Cara, você está *ótimo*!", foi tudo o que ele disse, e John se sentiu recompensado.

Passando férias de duas semanas em Budapeste, Bryon se sentou à mesa ao lado de Charles e das fileiras de bebidas que esperavam. Relatou seus seis anos desde a última vez em que vira John em menos de noventa segundos: depois do segundo grau, passara um verão trabalhando no "horrível parque temático M C. Escher House", em sua cidade natal, fazendo trabalho de construção, o que significava em grande parte pregar escadas de cabeça para baixo em tetos. De lá, ele voltou para Nova York para tentar atuar mais uma vez, mas só conseguiu trabalhos de modelo, e depois apenas do tipo mais baixo e humilhante: modelo para fotos de porta-retratos. Passou seis meses sendo fotografado abraçando mulheres embaixo de árvores, empurrando crianças em balanços, olhando paisagens distantes imersas em neblina, fazendo um brinde de Ano-novo usando um chapéu cônico com listras e até mesmo fazendo trabalho de época, no qual se vestia com "roupas de chinês" da virada do século e posava na frente de uma cortina preta empoeirada, com ar sombrio, para uma velha câmera preto-e-branco que levou dez segundos para registrar uma foto, e todo esse trabalho era comissionado por empresas de porta-retratos para preencher seus porta-retratos em lojas de material fotográfico com interessantes sugestões de fantasias. Bryon contou que, por acaso, fora convidado, certa vez, para um primeiro encontro, um jantar feito em casa, no apartamento de uma mulher "assustadoramente só e totalmente não-atraente", em Nova York, e sobre a prateleira em cima da cama dela estava um porta-retratos quadrado de prata escovada de dez por quinze centímetros que ainda tinha sua foto padrão de fábrica com *ele próprio* (usando um suéter de lã, chutando algumas folhas, uma bela cena de outono).

— Eu estava em cima dela, quase acabando, quando olho para cima e lá estou eu, pensando no outono. Foi um ponto alto mesmo, devo dizer. Havia algo de estranhamente belo naquilo. Aquela mulher, por uma noite, realmente teve uma foto de seu namorado em cima da cama, usando um suéter de lã exatamente como os namorados deveriam usar, mas ela nunca nem chegou a ficar sabendo disso.

Desistindo de trabalhar como ator, Bryon acabou na publicidade, e ainda estava lá, com grande sucesso.

— Se eu lhe dissesse quanto dinheiro ganhei, Johnny, você iria começar a tossir sangue igual a um tuberculoso.

Ele descreveu seu trabalho no departamento de criação de uma das maiores agências de Nova York, em uma divisão que tinha como *target* "o que categorizamos em nosso esquema de onze grupos como Aspirantes a Lobo Solitário. Basicamente, os hábitos de consumo de cada pessoa podem ser identificados como pertencentes a um entre onze tipos. Este é um fato científico. Todo mundo no planeta. Os verdadeiros lobos solitários, claro, não reagem à propaganda, mas não existe mais de uma dúzia deles no mundo. Mas os Aspirantes a Lobo Solitário são outra coisa. Uma responsabilidade muito grande, bilhões em poder de compra".

John ficou olhando a atenção de Emily vagar na direção do intruso, e o intruso se inclinar para pegá-la.

— A chave para os ALS é exortar a rebelião, o excesso de excentricidade e a rudeza anti-social ou até mesmo patológica. Estas são o que chamamos de "marcas registradas internas da auto-avaliação dos ALS". Então, para a Pepsi, por exemplo, eu escrevi o anúncio — bem, para ser honesto, foi um trabalho em equipe —, aquele em que o cara está encostado na cerca de braços cruzados e você não consegue ver nenhum refrigerante na tela, o cara parece muito irritado, e ele diz: "Saiam de perto de mim com esse lixo de luxo. Eu bebo o que quiser, porque bebo pra mim, e não para algum babaca da Madison Avenue que acha que sabe tudo da minha chamada geração." E ele faz esse sinal com os dedos, assim, para colocar aspas na palavra *geração*. E aí ele cospe, a tela fica branca e logo em seguida você vê o logo da Pepsi. Muito legal.

Todos, até mesmo Charles, se inclinaram na direção de Bryon enquanto ele falava, como se ele fosse um emissário recém-chegado do Velho Mundo para as terras pantanosas tediosas e cobertas de florestas do Novo Mundo, trazendo notícias de entes queridos, de cidades, da corte.

— Você ainda é virgem? — perguntou Bryon a ele, na frente de todo mundo.

— É, basicamente sim — respondeu John, horrorizado, com uma espécie de risada que torcia para que disfarçasse a conversa e hipnotizasse seus amigos. — Você também?

— Inacreditável! — gritou Scott, quando um cotovelo da multidão que se aproximava do sofá bateu na mão que segurava a bebida.

Bryon pediu licença para ir até o bar e voltou, alguns minutos depois com uma bebida e um rapaz que não tinha mais de dezenove ou vinte anos.

— Estas são as pessoas com quem você devia conversar — disse ele. — Elas são as suas melhores fontes — e apresentou Ned, que estava em Budapeste havia três dias para atualizar os capítulos húngaros do guia de viagem de baixo orçamento publicado pelos alunos de sua faculdade. Ned tinha um olho preguiçoso, irritado ainda mais pelo *jet lag*, pela fumaça, pela falta de sono e pelas brincadeiras da viagem na estrada. Usava uma velha jaqueta de algodão listrado sobre *shorts* cortados e uma camiseta com as três letras gregas de uma fraternidade triangulando um desenho de três lobos, fumando charutos, lambendo os beiços à visão de uma ovelha, que usava uma boina azul com buracos para suas orelhinhas pretas. Cada um dos lobos usava a mesma camiseta que Ned e assim por diante *ad infinitum*, ou pelo menos até os limites físicos da resolução de *silk screen*. John relaxou: Ned era amante de Bryon e Emily estava a salvo.

— Ei — Bryon gritou para Emily, como se tivesse acabado de pensar nisto. — Quer dançar lá embaixo?

Os quatro homens permaneceram com Ned, que, como recém-chegado, foi incentivado por Charles a se oferecer a comprar para eles uma rodada inteira de bebidas, uma oferta que os quatro homens aceitaram de bom grado. Ele voltou com as bebidas e gritou por sobre o ruído que estava em uma situação difícil, porque não conhecia ninguém que realmente *vivesse* em Budapeste, apenas outros mochileiros como ele, e por isso ele havia perguntado àquele sujeito Bryon naquele instante (*ah, não*), porque ele parecia tão à vontade, mas ele também era turista, descobriu, e aquele era o terceiro de seus três dias e amanhã ele tinha de correr para a próxima atração (Praga) e será que eles o ajudariam com as atualizações de seu livro?

Scott balançou a cabeça, agressivo, e gritou:

— Tem sempre o calhorda, Ned. Ele chega ao lugar intocado onde as pessoas são felizes e finge estar feliz também, e aí ele sai e conta a todos os outros calhordas a respeito, e aí eles todos aparecem em hordas no mês seguinte e você não consegue nem respirar por causa de toda a merda desses canalhas. — O olho bom de Ned olhou ao redor à procura de aliados ou alguma explicação, enquanto o olho ruim flutuava sobre suas cabeças. — Não vou participar disso — disse Scott zangado, e foi imediatamente sugado de volta à multidão.

— Ignore ele — disse Charles. — Manda ver. Todos nós moramos aqui há anos. Vamos te ajudar, Neddy.

O garoto sorriu com gratidão aliviada. Tirou da mochila um grande bloco de notas e uma resma de mapas e listas xerocados, e então anotou, ansioso, todas as mentiras que Charles, Mark e John conseguiram inventar.

— Bar *gay* — disse Mark para quase três quartos das casas noturnas que Ned recitou de sua lista. — *Gay*. *Gay* e violento. Hetero, mas chegando lá. *Gay*. Bi e curiosos. — Ned expressou um certo espanto com as proporções. — Toda geração tem a sua Sodoma. — Mark deu de ombros. — Por algum motivo, Budapeste é a cidade mais veada na Europa, neste momento.

— Eu não me incomodaria de dar preços em forints para esses hotéis, mais não — disse Charles, olhando por cima do ombro de Ned. — O país está passando oficialmente para o dólar americano em oito meses. Já está tudo acertado.

— Você teve a chance de visitar o museu dentário? — John anotou o endereço de Scott na folha de "Vale a Visita". — A maior coleção do mundo de moldes dentários de gente famosa. Modelos em gesso dos dentes de Stalin, Napoleão, coisas assim. Simulações, ampliações. Você pode passar fio dental em modelos de cera de tamanho natural e ver que tipo de sujeira teria sido apanhado nos dentes de Lenin, por exemplo.

— Muito disso foi perdido durante a guerra — Mark suspirou, balançando a cabeça com tristeza.

Enquanto Charles detalhava a visão fascinante da galeria de espectadores da bolsa de futuros, onde financistas húngaros de terno e gravata trocavam (e às vezes matavam) animais de fazenda vivos no andar de câmbio de um prédio de escritórios no centro da cidade, trocando lombo de porco literalmente, e Mark interrompeu com descrições das cabines de sexo público que haviam sido permitidas na região rural húngara, uma vez por ano, do amanhecer ao meio-dia no dia de São Zsolt, durante os últimos seiscentos anos, e Ned escrevia o mais rápido que podia, vislumbrando no horizonte uma editoria no seu último ano, mais uma vez John sentiu mãos desencarnadas nos ombros, agora percorrendo seu peito e esfregando seu estômago.

— Você está aqui procurando prazeres gostosos, querido irmão? — foi sussurrado em seu ouvido, e John viu Charles olhando para ele e sua invisível, mas inconfundível, massagista com uma certa expressão de alegria.

— Estou sim — disse John em voz alta, o bastante para Charles ouvir. — Ele foi só pegar uma bebida e disse que esperava que você estivesse aqui esta noite. — Apontou na direção da última aparição de Scott.

— Que pena. Devíamos fazer planos mais inteligentes, irmão favorito — veio o sussurro, desta vez acompanhado rapidamente pela incursão aural molhada do que muito provavelmente era uma língua. Ele se inclinou rapidamente, para se libertar e se esconder de Charles, que ainda encarava a cena com curiosidade e diversão explícitas. John se virou para conduzir uma conversa aberta com o resto de Mária, mas ela já havia sido consumida novamente pelas massas pulsantes.

Mark estava falando a Ned sobre as complicadas rivalidades e os tratados contraditórios entre Gustavo, o Insosso, Oto dos Laríngeos e Lajos, o Crasso ("Você provavelmente conhece sua famosa citação: 'O poder é *maravilhoso*, e o poder absoluto é absolutamente maravilhoso'"), mas Charles estava simplesmente bebericando seu drinque e olhando John com o mesmo ar de curiosidade divertida.

— O que foi? — quis saber John, mas Charles simplesmente continuou falando, volta e meia dando um meio sorriso.

Scott reapareceu, e Charles disse:

— Mária acabou de passar por aqui.

— Procurando você — acrescentou John. Scott desapareceu à procura dela.

— O que foi?! — repetiu John, mais alto, para perceber que a gargalhada de Charles não diminuíra. John foi para o bar.

Algum tempo depois, estava de volta à mesa, e Ned havia sido substituído por um homem alto de cabelos compridos usando calças *jeans*, uma camisa *jeans* e uma jaqueta *jeans*.

— Eu em sua cadeira? — perguntou a John, com sotaque eslavo, sem fazer nenhum movimento para sair e algo em seu tom deixando claro que não faria nenhuma oferta para sair dali. O homem se inclinou para a frente com os cotovelos nos joelhos e enrolou um cigarro na mesa. – Você americano como esses dois? – Ele virou a cabeça para Charles e Mark, que balbuciou: "Canadense."

– Branko é da Iugoslávia – disse Charles, animado. – Ele queria se sentar. Ele é *ótimo*.

– Sérvia. – Branko o corrigiu, com uma expressão mal-encarada.

– Qual a diferença? – perguntou John com um risinho.

– Diferença? Diferença é Montenegro, Bósnia, Croácia, Eslovênia, Macedônia – disse o homem, com nojo, lambendo e selando seu papel e procurando um isqueiro na jaqueta. – É uma grande diferença, porra.

– Qual é... – disse John, nem reparando no desconforto de Mark e na atenção ávida de Charles. – Não me diga que vocês conseguem distinguir uns dos outros. Vocês parecem iguais uns aos outros. Tente viver em algum lugar com problemas raciais de verdade, como Nova York, onde você pode dizer quem é quem de cara.

– Eu sou sérvio! Eu sou sérvio! – Branko se levantou de supetão, inclinou-se contra a mesa até quase tocar seu nariz no de John e bateu o punho no próprio peito. – Eu sou sérvio! – O canto da boca ficou cheio de cuspe. – EU SOU SÉRVIO!

– Que lucidez admirável – conseguiu dizer John, e tornou a içar velas para navegar no mar de gente.

Abriu caminho na direção da escada, orientando-se pelo som. Descendo a passagem estreita de fumaça, pisando nos pés dos outros e afastando cotovelos dos olhos, ele desceu até os gemidos e o som pulsante do Cash Ass. Viu Scott e Mária se beijando num canto. Scott apontou para o teto com uma expressão irritada, disse alguma coisa para ela, mas depois riu quando ela fez cócegas nele. John foi para a multidão dançante, procurando Emily e Bryon, sem saber ao certo como iria gentilmente separá-los.

Cutucado e empurrado, desviando-se de braços e cabeças balançantes, empurrando quando era empurrado, xingando a estupidez de Emily por ter sido trazida por Bryon como se ele não fosse o parceiro menos aceitável na história dos relacionamentos homem-mulher, John achou ter ouvido uma voz de mulher chamar seu nome. Procurando um rosto familiar, abriu caminho à força até o outro lado da multidão, ouviu seu nome novamente e foi puxado para um dos nichos escavados na parede. Ela era completamente careca, mas John a achou muito bonita. Suas sobrancelhas finas e arqueadas sugeriam que seus cabelos teriam sido negros.

— Você é John Price — gritou ela por cima da música. Era americana. John não teve como discordar de que era John Price. Ela riu do sorriso confuso e colocou a mão dele no topo de sua cabeça. — Está espetando um pouco, porque não raspo desde ontem à noite. Eu sou Nicky M. Tiro fotos pro jornal. Vi você lá umas duas vezes. Gostei daquele seu negócio sobre os fuzileiros. Muito nobre. Ou nobre *fake*. Seja lá o que for que você fez. — John se lembrou de um nome impresso de baixo para cima, em corpo pequeno, ao longo de fotos impressas de novos restaurantes, grupos musicais e tanques soviéticos deixando a Hungria: a inicial N, e depois alguma coisa começando com M, algo generosamente silábico e estrangeiro, incrustado com consoantes incomuns.

— Já vi suas fotos. — Ele se inclinava para ela toda vez que gritava. — Sempre achei que você fosse homem.

— Obrigada.

— O M é de que mesmo?

— Esqueça. É polonês. Você vai me perguntar como pronunciar o diabo do nome a noite toda quando poderíamos estar falando de coisas mais interessantes. É só Nicky M. Ei, qual é a sua altura? Você tem um e oitenta, tipo assim?

Ela o puxou para fora do nicho e para dentro da multidão. A conversa, que antes já estava difícil, agora se tornara impossível, e eles dançaram até suar muito, Nicky puxando o *top* preto de cima de suas roupas militares para abanar a barriga. Ela o olhou nos olhos por mais tempo do que ele podia suportar enquanto dançavam, e ele ficava inventando desculpas para quebrar o contato, limpando suor dos olhos, olhando para o chão, apontando para alguém que estava dançando de modo ridículo ou se virando para dançar com as costas nas dela. Mas ela estava sempre pronta para olhá-lo nos olhos novamente. Ela gritou uma coisa que ele não entendeu.

— O quê?

— O seu negócio é só sexo — gritou de novo, uma afirmação, não uma pergunta.

— O que isso quer dizer?

— Tem uma coisa em você. Você é tão assim, só sexo.

— Não, não — gritou ele. — Estou interessado em todos os tipos de coisas, como, bem... todos os tipos de coisas. — Ele fez uma cara de espanto. — Bem, talvez você tenha razão. Puxa! É, o meu negócio é só sexo. — Nicky não riu com a palhaçada dele, apenas ergueu as sobrancelhas e assentiu para dizer: "Viu?", e agora, finalmente, desviou o olhar, virou-se e dançou com as costas apertadas contra as dele, e entrelaçou seus dedos nos dele.

Lá fora, no ar livre, ele se sentou na varanda e esqueceu de Emily, bebeu e conversou com Nicky. Ela raspava a cabeça todos os dias com uma navalha de cabo de marfim herdada de um avô. Ela a afiava em uma tira de couro com suas iniciais e um perfil de Frida Kahlo queimados em contornos negros. Utilizava o magro salário que ganhava do *BudapesToday* para pagar sua "vida real" como fotógrafa e pintora. Em duas semanas, iria participar de uma exposição coletiva no saguão/galeria do cinema Razzia, e ele tinha de ir, ela queria mesmo que ele fosse.

Voltaram ao sofá; compraram mais bebidas. Charles ainda estava se esforçando para ajudar Ned. Quando o escritor de guia de viagem finalmente se levantou para ir embora, agradeceu muito.

— E diga ao cara louro que eu peço mil desculpas se o ofendi de algum modo — disse a John, que subitamente se sentiu péssimo pelo garoto, pelas mentiras que ele estava levando na sacola. Chegou a pensar em parar Ned, contar a ele que o haviam desorientado. Mas então Emily e Bryon voltaram, e Mark também, pálido e molhado, perturbado por alguma coisa, e se lembrou das hordas de turistas que tocariam a campainha da porta de Scott para ver os dentes de Hitler, e se sentiu bem melhor.

— Este lugar está ficando *mesmo* lotado — disse Emily. — É difícil fazer piquenique na temporada dos gafanhotos.

— Aah, papo de fazenda! Que bonitinho! — Nicky comentou as palavras da estranha, antes de desabar ao lado dela no sofá, pegar a mão de Emily e entrevistá-la como se ela viesse de um planeta distante ou um capítulo de história. John viu o rosto de Emily, enquanto ela conversava com a mulher menos parecida com ela no mundo, e ele comparou os aspectos opostos que as tornavam atraentes. — Você existe mesmo? — Nicky estava perguntando a ela, quando Scott e Mária voltaram, e Scott, segurando a mão de Mária nos lábios dele, mencionou novamente a todos a "verdadeira ameaça para nós", mas ninguém prestou muita atenção nele e, como se o fato de todos subitamente estarem no mesmo lugar fosse instável demais — um átomo artificial, gerado em um ciclotron com um número anormalmente grande de prótons e nêutrons —, as pessoas logo se dissolveram no plasma da multidão e desapareceram na noite: Mark para ler ("Ei, JP, me liga, ok? Quero conhecer aquela velhinha pianista"), depois Emily para dormir ("Foi bacana mesmo conhecê-la, Nicky"), depois Bryon ("Excelente trabalho, Scott, sério, você está ótimo, continue assim" e um abraço em John, que suspeitava que seu velho colega de escola estivesse saindo para se encontrar com Emily discretamente), e depois Scott e Mária, enlaçando a cintura um do outro, saindo sem falar com ninguém. Alegando trabalho no dia seguinte e pedindo a John que ligasse para ele sobre outro trabalho possível "sobre aquele negócio do Imre, que parece que pode acabar sendo algo muito interessante mesmo, tanto para você quanto para mim", Charles desapareceu, deixando John e Nicky sozinhos no sofá.

— Quem eram aquelas pessoas todas? — perguntou ela, pegando a mão dele e colocando-a no alto de sua cabeça.

— Não faço idéia. — Os pêlos dela espetavam a palma de sua mão, provocando um arrepio.

— Acho que vamos nos esbarrar por aí de novo. — Ela se levantou, curvou-se e o beijou. Seus narizes se tocaram e ela arregalou os olhos, achando um pouco de graça na surpresa dele. — Mas acho que é um pouco demais conhecer alguém em um clube e ir para casa junto com essa pessoa — disse com um sorriso vencedor, e desapareceu também.

VIII.

— KÁROLY, SE O SEU PLANO FOR BOM E SUAS HABILIDADES FOREM COMO você afirma, você fará o que propõe em um mês e esses termos ficarão valendo. Isso é justo? — Mais do que justo. Em um aperto de mãos, numa manhã de quarta, Imre prometeu a Charles trinta dias para financiar o renascimento da Horváth Kiadó. Charles imaginou que outras firmas de capital de risco haviam recebido a mesma promessa de exclusividade.

Imre segurou a mão de Charles por mais tempo do que o normal, e olhou fundo nos olhos dele.

— Eu não quero apenas um banco — disse ele. — Eu quero o futuro.

— Entendo totalmente. É por isso que estou aqui.

O acordo foi simples. Charles, depois de pedir e receber rapidamente um período de licença de sua empresa para levantar dinheiro para a expansão, o repatriamento e a renovação da Horváth Kiadó, teria o mês de agosto para realizar sua primeira etapa. Com o total apoio de sua empresa (que, explicou Charles, estava detida por limitações geográficas em seu alvará, mas estava ansiosa para ver Charles obter sucesso), ele iria contatar e garantir compromissos de financiamento de um grupo de investidores ocidentais. Os termos desses acordos eram problema inteiramente dele. Os investidores minoritários fariam um contrato individual com Charles, para que o dinheiro que ele levava para a Horváth representasse, em essência, uma pessoa (Charles) liberando a Horváth de ter de negociar com um grupo. Charles iria então representar esse consórcio e, por sua conta, adquirir 49% de uma nova empresa, incorporando o dinheiro novo de Charles, a Horváth Verlag em Viena, e os vales-crédito simbolicamente insuficientes (ou insuficientemente simbólicos) pagos pelo governo húngaro como compensação pelo confisco da Kiadó original, em 1949. Imre conservaria 51% da nova empresa, cuja primeira transação seria fazer um lance para arrematar o restante do espólio que a Kiadó tinha com o Estado húngaro, essencialmente pagando o resgate necessário para libertar o passado de Imre e devolvê-lo ao seu controle. (A realidade era mais simples ainda. Charles, como nunca havia mencionado Imre à sua empresa desde que eles brilhantemente rejeitaram o melhor negócio que iriam ver naquele ano, não havia pedido licença e não faria nada tão absurdo assim — largar um escritório, um salário, cartões de visita — até ter assegurado para si mesmo um acordo viável com Imre.)

Um silêncio embaraçoso invadiu a suíte. As migalhas e outros restos coagulados de um café da manhã continental atulhavam uma bandeja preta laqueada próxima à porta envidraçada aberta, atraindo os ruídos de tráfego da praça Szentháromság como mariposas espasmódicas. Sobre a superfície reflexiva da mesinha-de-cabeceira de carvalho de Imre, decorada com entalhes circulares e xadrez de marchetaria, a última aventura de Mike Steele — *Ensaboe, enxágüe, mate, repita* — estava aberta com a face voltada para dentro, formando uma pequena tenda protetora em cima de um par de óculos de leitura de aro de tartaruga. A porta aberta do armário ostentava uma dúzia de ótimos ternos, tremendo e balançando de vez em quando na brisa. Charles recolheu silenciosamente suas notas e rascunhos de planos de negócios. Quando os homens, sem dizer nada, tornaram a apertar as mãos à porta de Imre, a arrumadeira apareceu para apanhar a sacola de lavanderia com o brasão do Hilton, e a Srta. Toldy emergiu de seu quarto do outro lado da sala para preparar o Sr. Horváth para os outros compromissos daquele dia. Cumprimentou Charles friamente, com um aceno de cabeça, e gostou da sensação de fechar a porta na cara dele e da arrumadeira ao mesmo tempo.

ALGUMAS HORAS DEPOIS, John Price estava sentado em seu canto do escritório do *BudapesToday* quase sozinho. Karen Whitley estava tirando quatro dias de folga para recepcionar seus pais, que estavam no país para visitá-la, e dois outros empregados haviam acabado de se demitir, um para voltar para casa, o outro para aceitar uma promoção incrível e ridícula de tão boa: ser o número dois no escritório recém-inaugurado de uma revista internacional de notícias em Budapeste.

Ponderando as duas personalidades esmagadoras em sua vida, John ficou olhando para o cursor, tentando separar a seriedade de Imre da seriedade de Emily. | | | |

| | | | *Por toda Budapeste, por toda a nossa volta, caminham os sobreviventes do exame moral. Os bravos caminham de cabeça erguida, os ansiosos curvados, mas somos visivelmente diferentes deles, tão certamente quanto se usássemos cicatrizes decorativas em nossas faces e discos em nossos lábios. Nós, do Ocidente, fomos poupados de certos testes, e há aqueles que agradecem a Deus por* | | | |

Meu Deus, ela foi para casa com Bryon.

| | | | *a comutação aparentemente permanente daquele temido julgamento. Mas alguns de nós, talvez, sintam falta disso. Sabemos que podemos não conseguir, assim como muitos daqueles que espreitam pelas ruas de Budapeste com olhos baixos não conseguiram. Sabemos que não há prazer a ser encontrado sob o jugo dos tiranos. Mas, mesmo assim, existem aqueles de nós, do Ocidente distante, do Ocidente sortudo, que pensam nesses julgamentos com uma certa inveja. Pelo menos você saberia quem você era. Você saberia do que era feito. Você conheceria os limites de seu potencial. E se você conseguisse? Se você não quebrasse? Será que podemos dizer com certeza que não há prazer a ser encontrado nesse jugo?* | | | |

Viver uma obra de arte. Emily entenderia o que isto significa. O que Imre é. O que Scott jamais entenderá. Não estou pronto para ela, e ela sabe. Não sou sério o bastante. Não sou alguma coisa qualquer o bastante. Ela está esperando que eu seja algo o bastante. Ela está tentando me ensinar a viver como ela. Ela está esperando que eu veja algo com clareza e mostre a ela que vejo. Ela não poderia me beijar a partir de uma posição de desigualdade.

| | | | *E embora possamos ver em muitos húngaros uma inveja natural de nossa riqueza, nossa tranqüilidade, nossa condição de quem recebeu o perdão da História, ainda assim existe, mesmo nos olhos dos derrotados, um certo orgulho que se justifica. Até mesmo aqueles que foram derrotados, que se comprometeram, que colaboraram, que perderam o rumo, que achavam que estavam fazendo a coisa certa quando faziam a coisa errada, ou que sabiam que estavam fazendo a coisa errada mas achavam que não tinham escolha, ou que tiraram vantagem da época e hoje se arrependem ou sim-*

plesmente sofrem represálias e engolem a raiva – até mesmo aos olhos de todos estes, vejo algo muito semelhante à condescendência: nós não fomos testados, e eles sabem. Ninguém nos pediu para colaborar com o inimigo para salvar um amigo, para distinguir entre cinza-escuro e cinza-escuro. Até mesmo aqueles que fracassaram estão um pouco melhor do que aqueles de nós que nem sequer tentaram. Eles não só nos invejam. Eles também riem de nós. E não posso dizer que estejam errados. | | | |

Será que ela está com Bryon, neste instante, tirando o dia de folga para relaxar e amar debaixo de lençóis grudentos e janelas abertas, lenta e nuamente pegando bebidas geladas? Hm, olha lá aquela garota careca.

E, no contexto, John percebeu que havia realmente visto Nicky algumas vezes no escritório, a havia visto entrar na redação daquele mesmo jeito, carregando portfólios a tiracolo, magra e agressivamente chique de *blazer*, camiseta, boina, óculos de sol, jeans.

— Sirva-se — disse ela, e deixou cair sobre a mesa um gigantesco portfólio com capa de couro com elásticos pretos grossos nos cantos, mas esfiapando nas pontas. — Preciso convencer nosso homem da Austrália a aceitar algumas destas — disse ela, dando um tapinha num segundo portfólio antes de bater uma vez na porta do Editor e ir entrando.

Se você encontrar isto, devolva, está entendendo? Ela havia escrito junto com o número de seu telefone em uma etiqueta de correspondência dentro da capa do portfólio. Ele copiou o número.

A primeira fotografia da coleção era grande, do tamanho da primeira página de um jornal, em preto e branco, uma colagem fotográfica muito bem-feita: em um grande auditório, uma platéia de várias centenas de funcionários do governo soviético — gordos e com caras de sério, com ternos idênticos — sentados observando atentamente um homem em um pódio que ostenta uma foice e um martelo ornamentados no painel dianteiro. O orador é um oficial militar russo de alta patente, um marechal com o uniforme repleto de medalhas, fitas e dragonas floridas. Sobre o pódio, repousa seu quepe, um daqueles quepes militares russos grandes demais e que parecem pratos de jantar inclinados e com viseiras. Com uma expressão de grande e séria intensidade, o oficial gesticula com um ponteiro na tela enorme pendurada atrás dele. Projetada ali para as centenas de *apparatchiks* está um personagem de ratinho de desenho animado usando sapatos enormes e uma camisa de abotoar. Mas o shortinho do ratinho está abaixado até os tornozelos, porque ele está se masturbando furiosamente. Gotas de suor animadas saltam de sua testa e das grandes orelhas pretas. Seus olhos estão fechados em um violento êxtase, e enquanto uma de suas patinhas de quatro dedos agarra com força o membro de desenho animado, a outra segura bem alto uma foto de Konstantin Chernenko, um dos últimos e falecidos secretários-gerais da União Soviética.

A segunda foto do portfólio dela, menor e também em preto e branco: um jovem casal sentado em cima de um monte de lixo, tijolos lascados e a mobília quebrada de algum prédio demolido. Eles estão agarradinhos lado a lado, olhando para a frente, mas se aproximando um do outro para um beijo. Ele balança as pernas enfiadas em calças de veludo sob uma camisa branca simples, os pés calçando botas de trabalho desamarradas e uma bandana enrolada no pescoço. Ela usa um vestido longo e sapatos pretos, as pernas cruzadas na altura dos tornozelos. Parecem muito apaixonados. Os olhos deles estão fechados. Logo à esquerda dos dois, dois soldados de nacionalidades indefinidas combatem. O soldado à esquerda acabou de enterrar a baioneta na barriga do seu inimigo. Sua expressão é feroz e convincente, suor e sujeira misturados com medo e ódio. A vítima tenta pegar a lâmina que se enfia em seu estômago. Seus olhos estão arregalados em sinal de súplica.

— Então, essa é que é a minha vida real. — Ela voltara de mansinho.

— Gostei. Gostei mesmo destas.

— Gostou. De verdade? — Ela parecia absoluta e sinceramente satisfeita com o incentivo recebido, que saíra borbulhando inconscientemente dos lábios dele como um fio de baba. — É tão bom ouvir isso. Meu Deus, é mesmo.

John não conseguia pensar em nada inteligente a dizer sobre o trabalho dela, mas a felicidade dela era contagiosa e ele gostou do efeito que seu elogio provocou. Ela abriu o outro portfólio, o jornalístico, agora cinco fotos mais leve, e colocou-o sobre a mesa dele. Ficou atrás, inclinada sobre a cadeira dele, uma das mãos pousada no seu ombro, e virava lentamente as fotos para ele, cuja mão flutuava sobre a dela, e ficou olhando as fotos passarem.

Fotos jornalísticas mais convencionais: líderes discursando sobre este ou aquele tópico fungível; vitrines de lojas novas e reluzentes; tanques soviéticos saindo da Hungria quatro décadas depois de chegarem, com as metades superiores de russos sorrindo e dando tchauzinho pelas escotilhas abertas; os membros de uma banda húngara famosa de *tecno-rock*, suando e gritando debaixo de luzes estroboscópicas. Fotos suaves de matérias artísticas ou de interesse humano: uma foto noturna estilizada dos letreiros de néon animados que iluminam um dos bulevares de Budapeste com xícaras fumegantes de café e fumantes piscando devagar em néon, marcas que teriam apenas alguns meses de vida; os rostos sujos de crianças ciganas perdidas na miséria, os olhos cansados aparentemente conscientes de que eram ao mesmo tempo descendentes e predecessores de infinitas gerações de crianças pobres que posavam, ou ainda iriam posar, para infinitas gerações de fotojornalistas cheios de compaixão, mas que não podiam fazer nada; justaposições irônicas de homens de negócios ocidentais e camponesas húngaras apanhadas no mesmo quadro, em pé na fila para entrar no McDonald's.

John lançou mais elogios por sobre o ombro, somente para saborear a felicidade dela ao pegá-los, uma felicidade tão vívida que ele começou a imaginar se não era um truque que ela executava a pedidos.

— Se você gosta mesmo deles, tenho mais no meu estúdio — disse ela. — Qual a altura mesmo que nós dissemos que você tinha? Um metro e oitenta? Um e noventa?

CHARLES PASSOU A tarde digitando e reescrevendo suas anotações sobre *briefings* de investidores e planos de negócios da Horváth Holdings. Deixou a porta fechada e pediu a Zsuzsa que não o perturbasse. Lá pelas cinco, passou pelo escritório do previsivelmente sonolento Vício-presidente e se permitiu ser convidado para um papo furado.

— Fim de semana de cinco dias para mim, Charlie, começando em dezoito minutos. Vou sair de cena até a terça. Viena. Putinhas vienenses. A única vantagem de se trabalhar neste fim de mundo.

— Isso e seu salário.

— E a atenção da imprensa — admitiu o chefe.

O sol brincalhão pulava de nuvem em nuvem, iluminando momentaneamente as peças de bronze e a cúpula de vidro da preciosa antigüidade do homem: uma máquina de teletipo de 1928.

— Ah, acabei de me lembrar que queria lhe perguntar uma coisa — mencionou Charles ao se virar para sair. Quanto mais vagas as palavras agora, mais amplamente e por mais tempo estaria protegido depois se tudo desse errado: — Aquele negócio editorial, está lembrado? O sujeito austríaco? Já que não queremos, pensei em sugerir outras possibilidades financeiras, quem sabe apresentá-lo a algumas pessoas que conheço. Eu meio que gostei do cara e queria lhe dar uma mãozinha, você sabe. Alguma objeção?

— Faça o que quiser — disse seu chefe, levantando-se com dezesseis minutos de antecedência para pegar ao acaso alguns papéis de trabalho e pastas destinados a fazer uma viagem de cinco dias de ida e volta a Viena sem serem analisados. – Quer ir comigo à V-lândia, Big Chuck? Vamos comprar uns náilons para as *fräuleins*.

NA SALA RETANGULAR comprida e sem divisórias, meia dúzia de telas inacabadas sobre cavaletes gestavam debaixo de lonas enquanto outras inclinavam as testas envergonhadas contra as paredes – de castigo, contritas, para que acabassem por admitir seus erros de composição ou de cor. Ela virou uma ou duas para que ele inspecionasse e se fartou de seus elogios confusos. Abriu outro portfólio de fotografias. Mostrou-lhe um quarto escuro atrás de cortinas e um varal de revelações recentes que secavam. Não disse muito, a não ser para dar títulos. "Série de Extrapolação Bíblica", ela disse, na frente de três pequenos painéis pintados lado a lado sobre uma mesa velha, rachada e salpicada de tinta. Ela caminhava paralelamente a ele, do outro lado, e viu o rosto dele reagir a cada pintura por sua vez, o trabalho dela refletido e refratado do rosto dele para a reavaliação dela.

– *João 19:38 e ½.* – No Gólgota, iluminado pela lua e unicamente em *chiaroscuro*, crucifixos distantes pontilham as colinas prateadas da paisagem manchada de pecado. Uma escada toca o crucifixo mais próximo, que está vazio: José de Arimatéia e Nicodemos, iluminados por um brilho que vem de baixo, mas não tem fonte de luz, estão removendo o corpo de Jesus. As mãos de José e seu joelho soerguido lutam para equilibrar e agarrar uma extremidade desajeitada do cadáver coberto pelo sudário de linho. A outra extremidade já está caída pesadamente sobre o chão de terra, e Nicodemos, mãos estendidas, apanhadas no exato instante em que deixa cair seu fardo sobre o chão, curva os ombros, arregala os olhos e franze a testa envergonhado. José olha para trás, quase diretamente para o espectador, para ver se algum evangelista em potencial havia testemunhado aquele acidente indigno.

– *Gênesis 2:25 e ½.* Adão, todo inchado e esguio, com musculatura maneirista, está encostado em uma árvore. Suas unhas se cravam na casca e a arrancam, os braços travados, veias e tendões inchados, as pernas esculturais abertas, a cabeça jogada para trás. Seus cabelos escuros e compridos caem-lhe sobre os ombros; os olhos rolam para trás; sua boca está escancarada; um filamento de saliva conecta seus lábios. Eva está em pé atrás dele, suas mãos invisíveis se encontrando em um ponto oculto pelo lado de fora da coxa dele. A cabeça dela está bem virada de lado, revelando seu sorriso escarninho. Ela passa a língua toda esticada sobre os nós da espinha dele.

— O *Evangelho Segundo Mateus, 12:50 e ½*. – À esquerda, uma multidão clamorosa de sicofantas e as nuvens de poeira que formam se concentram em torno de Jesus, que está uma cabeça mais elevado do que o seu seguidor mais alto. Eles estão se afastando, deixando para trás uma praça caiada e queimada de sol e abandonada pelo salvador, vazia a não ser por sua mãe, deixada sozinha no calor (que é visível no ar ondulado distante). Maria está parada, desconfortável: parece que ela foi apanhada no instante em que não consegue mais continuar. Ninguém cuida dela. Seu filho está se afastando, uma das mãos sobre a cabeça de um seguidor enquanto caminha; ele olha direto para a frente, na direção oposta de sua mãe que está prestes a cair. Ele sabe que ela está lá, deixada para trás.

— A última declaração dele foi uma necessidade político-espiritual. Ele é um revolucionário. Do povo. Não pode ficar atado a uma mera coincidência biológica.

— Você conhece mesmo a Bíblia. — Quanto mais o trabalho dela o confundia, mais ela parecia compreender alguma coisa, ter algo indefinível que ele desejava.

— Deita. — Ela apontou para as ondas brancas imóveis da cama de solteiro desarrumada. John deitou a cabeça no travesseiro. Esticou-se e fechou os olhos, e, por um delicioso instante, não sabia dizer quem estava com ele; na escuridão auto-imposta, sentia a superfície áspera da camiseta de Scott no corpo de Mária, a linha impossivelmente suave e macia do maxilar de Emily, o arranhar levíssimo de mil pontinhas dos pêlos minúsculos da panturrilha depilada de Karen, a eletricidade da careca de Nicky. E se perguntou por que passara tantos anos se preocupando com os efeitos potencialmente desmoralizadores desse passatempo inocente.

Nicky se sentou ao lado do travesseiro, de frente para os pés da cama, que a cumprimentou com um rangido em duas notas.

— Eu já ganhei você — disse ela, e passou de leve seus lábios sobre os dele. — Estou vendo você por inteiro. Eu sei tudo o que você quer. — Ele abriu os olhos com as palavras ameaçadoras ditas em tons eróticos, e o rosto invertido dela flutuava acima do dele, mas ela fechou as pálpebras dele mais uma vez com pontas dos dedos que ele nunca viu.

— Me diga o que você acha que sabe. — Ele imaginou todas as mulheres que podiam ter aquelas pontas de dedos passando pela sua testa.

Ela enfiou as palavras no ouvido dele.

— Eu sei que no fundo não sou *eu* quem você quer. — A mão direita dela flutuou logo acima do cinto dele e provocou estalos com relâmpagos azuis.

— Não? — sussurrou ele.

— Eu sei quem é a garota dos seus sonhos. Ei, eu disse a você para ficar de olhos fechados. Feche os olhos. *Feche.* Quer que eu fale sobre ela? — A cama rangeu, e ele a ouviu caminhar pela sala.

Ele moveu a cabeça como um cego que subitamente sente uma nova presença.

— Ok, então me conte tudo sobre ela.

A cama saudou o retorno dela. Sentou-se de frente para ele, beijou-o na boca e pressionou as mãos contra o peito dele.

— Fique de olhos fechados e eu conto.

— Me diga quem ela é, se não é você — disse ele.

— Não faça isso. — Ela franziu a testa com uma cara de decepção que não era fingida. — A primeira regra da casa: não faça isso. Ambos sabemos que ela não é eu. Feche os olhos. — Nicky afastou o cabelo da testa dele e percorreu a cabeça dele com os dedos. — O cabelo dela, vamos ver, é igual ao da mulher em *Mulher com a bilha de água*, de Vermeer. — John abriu os olhos, começou a dizer que não sabia nada de pintura, quem sabe ela poderia lhe mostrar um quadro, mas Nicky colocou o dedo sobre os lábios dele. — Shhh. Cale a boca e escute. — Ele assentiu devagar, olhos fechados enquanto a boca se abria ligeiramente, como se estivessem no mesmo sistema de roldanas. Ela colocou a boca sobre a testa dele, e então sussurrou. — O rosto dela é justo aquilo com que você sempre sonhou. — Os lábios dela puxaram muito de leve as pestanas dele. — Ela tem os olhos da *Madona* de Munch. — Mordeu a orelha dele. — E as orelhas da *Gioconda.*

Ele tentou falar de novo, mas sua boca foi interrompida. Tentou imaginar aquele rosto que ela descrevia. Imaginou rostos que conhecia: examinou, mas descartou Karen, Mária e até mesmo Emily. Nicky começou a desabotoar a camisa dele. Roçou os nós dos dedos sobre os seus lábios.

— A boca dela é melhor do que a minha, muito melhor, como a garota do *Beijo* de Doisneau ou *O mundo de Christina*, de Wyeth. — Os dedos dela passearam atrás da nuca dele. — E o pescoço dela, eu o vejo como sendo o da garota no *Beijo* de Klimt. Ou será que ela é mais como o *Nu preguiçoso* de Bonnard? Ela é assim, John? — Ele assentiu lentamente. Ela desabotoou a camisa dele e brincou com os lábios sobre o seu peito. — Você consegue ver os seios dela, John? — Ela pegou o braço pesado dele e colocou a mão para repousar na camiseta dela, e ele fez uma espécie de som. – Como A *banhista de Valpinçon*, de Ingres? – Ele fez que sim, e ela apertou a mão dele com mais força. – Os braços dela foram feitos para você. Como uma certa Vênus que conheço.

Ela puxou as mangas para fora dos braços dele, como uma mãe despindo com habilidade uma criança de bracinhos desajeitados, e suas unhas deixaram marcas pálidas no triângulo de pêlos do peito, passando por cima das costelas e atravessando os flancos.

– Quer saber mais? – Mais uma vez uma espécie de som, seus olhos bem fechados agora. Uma mulher apareceu a John na ordem em que Nicky a pintou, como se brumas estivessem se dissipando à frente dela, devagar demais para suportar, cabelos, olhos, ouvidos, boca, pescoço, seios, braços. – A barriga – as mãos dele percorriam o crânio de Nicky enquanto a língua dela deslizava pelas cobras coleantes de seu abdômen – da *Professorinha* de Chardin. – Os jeans de John voaram para o outro lado da sala, quase um salto em distância olímpico, e acabaram se enroscando, apertadinhos, em uma perna de mesa. – As pernas dela são como as garçonetes de Manet no *Bar do Folies-Bergères*. – Uma rajada de vento espalhou os últimos fiapos de neblina, e a nova mulher lhe foi inteiramente revelada.

Ele sentiu o corpo dela se deitar ao lado do dele. Os olhos dele não deixavam luz nenhuma entrar; atrás de pálpebras fechadas, olhou com força para o grande amor da sua vida, e enquanto aquela mulher percorria seu corpo com as mãos, enquanto ela o puxava para cima dela, enquanto ela o apertava contra a parede, enquanto ela gritava e estremecia embaixo dele, ele estava, sabia disso, pela primeira vez, participando de sua vida real, uma obra de arte. Luzes brilhantes piscaram, mas ele lutou para manter os olhos bem fechados e não permitiu que nada terminasse isso, jamais permitiria novamente que sua amada fugisse e se escondesse, dançasse além de seu alcance, o atraísse de distâncias enganadoramente curtas do outro lado de uma poça de areia movediça escondida, para flutuar a apenas uma ponte de distância. *Flashes* transformaram o negro em amarelo e azul, mas ele se recusava a ser tapeado por estes espectros retinais abrindo os olhos e deixando que ela fugisse novamente.

IX.

FUGAZES, CLARO, ESSAS SENSAÇÕES DE CLAREZA E CHEGADA. APESAR DE sua generosidade física, Nicky era, à sua própria maneira, tão inatingível quanto

Emily: ele se sentia, no apartamento maculado dela, como uma testemunha muito bem-vinda da vida dela, até mesmo um personagem coadjuvante importante, enquanto suspeitava mais uma vez que sua própria vida estava trancada no alto de uma colina de Buda, no bangalô de Emily. Irritante: todo aquele tempo desperdiçado em um sentimento não-correspondido e impossível de saciar. Olhou para seu reflexo no espelho comprido do bar. Aquilo já era demais, a pior espécie de idiotice, e não estava sequer confinada ao romance: suas noites com Nicky imaginando Emily, encontros com Imre desejando o perdão que Scott não lhe dera, noites com Nádja desejando que ela fosse mais jovem, e ali agora mais um drinque fingindo que Scott pudesse algum dia se transformar num irmão completamente diferente. Isto tem que acabar.

Naquele momento, Scott estava gritando alguma coisa para John, muito embora estivesse sentado a apenas duas banquetas à direita. Gritava, mas quase não surtia efeito, já que a música era bem mais forte mesmo do que seus pulmões rosados. Apenas algumas frases soltas atravessavam o burburinho e encontraram uma entrada no ouvido direito de John, que zunia: *... eu vou... atrasar... lua... Romênia.* John ficou olhando para a frente, assentiu, quebrou um cubo de gelo nos dentes. Alguns minutos antes, havia decidido não se dar ao trabalho de machucar a garganta para tentar uma conversa sem sentido debaixo das sirenes sampleadas, do baixo e do teclado. Atrás do bar, atrás do *bartender*, atrás das prateleiras de vidro com bebidas alcoólicas que sacolejavam como se estivessem curtindo a música, um tubo comprido de néon púrpura percorria toda a extensão da parede dos fundos e era duplicado pelo espelho que estava imediatamente atrás, de modo que John olhava seu reflexo e via duas faixas de néon púrpura se esticando bem embaixo do seu nariz, um bigode púrpura grosso e brilhante do tamanho do bar. E enquanto ele brincava disso, a voz mixada em estúdio de um fenômeno *dance-pop* austríaco uivava: *When ya gonna dance are ya gonna gonna dance gonna dance gonna gonna dance dance dance?* e, no espelho, as veias do pescoço refletido de Scott agora inchavam e se tornavam cordões latejantes, e ele gritava claramente (porém de modo inaudível) para John: "Foda-se, foda-se, foda-se."

Do lado de fora — mais tarde e mais bêbado —, dentro da multidão se deslocando e dos odores em conflito, John encontrou todos em um círculo fechado, com a espessura de uma pessoa, exceto em um trecho, onde Scott estava logo atrás de Mária com os braços enlaçando a cintura dela e a cabeça no ombro dela, a mão dela fazendo um arco para lhe despentear os cabelos. O círculo: Mária, Emily, Bryon, Mark, Zsolt, Charles e uma nova (temporária) jovem, qua tro dedos da mão direita beliscando confortavelmente o bolso do quadril direito dos jeans de Charles, uma estranha para John, mas inegavelmente rotulada como húngara por seu perfume. "Obrigado, obrigado", dizia Scott. "Obrigado, obrigado", repetiu Mária. Charles sorria preguiçoso, achando graça. Mark chupava um dente, e John percebia seu suor de longe. Bryon tinha colocado o braço ao redor dos ombros de Emily, mas outro também ao redor dos de Mark. "Ah, isso é tão bom, tão bacana. Não é ótimo?", Emily perguntou a John, o recém-chegado. "É sim", ele respondeu para agradá-la, sem se importar em saber o que era "isso". Só depois que Scott e Mária haviam partido de braços dados é que Charles falou: "Dar parabéns a aquilo não tem nada de natural", e descreveu o casal acordando na primeira manhã de sua lua-de-mel para compartilhar um bom e rígido café da manhã. "*Atrasar*", só agora John compreendia, era, claro, *casar*. *Isso*, que era tão bacana e ótimo, era um noivado, cuja anunciação havia extraído de John apenas meneios de cabeça, mastigação de gelo e bigodes de néon púrpura do tamanho de um bar.

Ficou se perguntando o que teria dito se a *dance music* australiana não tivesse transformado aqueles fonemas, e se *atrasar* tivesse permanecido como *casar*. Será que a música, na verdade, não teria dado a John a oportunidade de reagir sinceramente afinal? Disse a si mesmo que havia feito seu último esforço.

X.

NICKY DESMONTOU ATLETICAMENTE, DEPOIS DE UMA DEMONSTRAÇÃO impressionante de termos latinos.

— Preciso fazer um trabalho agora. — John não entendeu de cara o que ela quis dizer. — Você não pode supor que o pacote inclui pousada a noite toda, todas as vezes, meu amigo. — Ela jogou as cuecas na cabeça dele. Ficou em frente a um de seus doze espelhos, sendo aquele um espelho sujo e rachado de corpo inteiro, montado sobre um suporte de madeira antigo, e ela ajustou o ângulo de seu fez vermelho. — Noites loucas são legais de vez em quando. Mas se eu não dormir o bastante, as Musas não irão me visitar e eu não vou valer de nada. — Ela fez um ajuste fino no fez e examinou seu perfil.

— Não vou dar trabalho, madame. Eu juro.

— Não faça assim — disse ela para o reflexo de John, no fundo do espelho. — Você pode ficar *de vez em quando* se mantivermos este pequeno projeto.

John se apoiou em um cotovelo para vê-la retirar as lonas de pinturas inacabadas.

— Você não consegue trabalhar comigo aqui? É quase meia-noite. Vou ficar bem quieto.

— Acabei de falar. Regras da casa: primeiro a arte, todo o resto em terceiro lugar. Os convidados são incentivados a reler essas regras antes de solicitar entrada no recinto.

— Mas eu gosto do seu trabalho — ele tentou, sem convicção.

— Ah, obrigada, obrigada — disse ela, como se sinceramente empolgada por receber elogios. Acariciou o rosto dele e o beijou suavemente. Sussurrou no seu ouvido: — Mas você tem três minutos para dar o fora daqui para eu poder trabalhar.

— Eu acho que você quer que eu fique.

— Pare — interrompeu, séria. Levantou-se e voltou aos cavaletes. — Por favor, não fale merda pra mim. Regras são regras, ou então chega de diversão. E pronto.

E então, pouco depois da meia-noite, ele estava empoleirado na banqueta de um bar de hotel, vendo material de um noticiário de TV de língua inglesa sendo repetido perpetuamente naquela meia hora, o Iraque invadindo repetidamente o Kuwait e setas animadas atravessando fronteiras de mapas, fazendo curvas. Na segunda repetição, John começou a rir baixinho das notícias que rapidamente ficavam velhas, e uma voz ao vivo, sem transmissão, disse:

— Qual é a graça? Cadê a piada? Cadê a brincadeira? — John olhou para a direita. Com cerca de quarenta e cinco anos de idade, ele usava um colete de lona e náilon marrom-claro com uma dúzia de bolsos com velcro e zíper. Seus cabelos castanhos eram finos nos padrões tradicionais e penteados bem para trás em listras molhadas. — Sério. Cadê a piada? É um problema sério no Oriente Médio, não é?

John enfiou amendoins pegajosos na boca.

— A piada? Não sei. Por um segundo, tive a idéia de que isso podia ser um trote. Não parece um pouco engraçado para você? Uma guerra entre não sei quem e não sei qual, e um deles invade o outro, e há tanques e estratégias no deserto e um mundo em crise, e os jornalistas parecem dizer as coisas com mais intensidade... — John ficou sem palavras; o homem ouviu e assentiu, mas obviamente não estava entendendo.

— Ted Winston. *Times*. — O homem fechou os músculos do maxilar e estendeu a mão sobre seu corpo imóvel.

John se apresentou, esperando em vão pela cidade de origem do *Times*.

— *BudapesToday*, suponho. — Esperou que o jornalista de verdade começasse a rir.

— *BudapesToday*? Ah, sim, claro, o jornal em inglês local. Te invejo. Dá pra dizer que você é jornalista. Primeiro trabalho no exterior? Está começando a entender o país? É assim que se faz. — Ted Winston mexeu duas vezes o copo com uma pequena pazinha de plástico preto, e então estalou a língua e apontou a pazinha para o magiar musculoso de bigodes grossos que usava colete preto e gravata-borboleta e limpava lentamente anéis de condensação no bar. Quando seu copo foi reenchido, Winston disse a John: — Descreva este país para mim em sessenta palavras ou menos.

— Sessenta palavras ou menos?

— É um bom treinamento. É para isso que você está aqui.

John mexeu o próprio copo duas vezes e estalou a língua, mas a magia havia desaparecido.

— As garotas são bonitas. Quanto é isso, *as-garotas-são-bonitas*: quatro? Então, mais cinqüenta e seis palavras...

— Você está de brincadeira. Ok, eu gosto disso. Gosto de senso de humor. Isto é bom — disse Ted Winston. — Mas vou te contar uma coisa que aprendi quando tinha mais ou menos a sua idade, Price. Aprendi isso com Chu-En-Lai, o *premier* chinês. Eu era verde, Price, verde, verde. Já tinha visto um pouco do Vietnã, mas ainda era jovem. Ver um homem morrer não torna você necessariamente um homem. Aprendi isto da maneira mais difícil. De qualquer maneira, eu estava em Pequim, seguindo Nixon lá. Pequim, na época, você sabe, momento muito importante, acontecimentos muito sérios. — Winston bateu seu copo, estalou a boca e tornou a apontar. — Tive um momento em particular com o próprio Chu. Que sujeito sedutor! Tinha cheiro de jasmim; estranhíssimo, jamais vou esquecer isto. Sujeito sedutor, e não tenho nenhuma tendência para o outro lado, é preciso especificar a esta altura do campeonato. De qualquer forma, o *premier* estava respondendo a uma das minhas perguntas e fixou seu olharzinho em mim. Sabe, quando eles querem, conseguem simplesmente atravessar você com um olhar duro, aquela gente. Os fortes simplesmente olham para você. De que outra forma explicar o bilhão de pessoas que não derrubou o comunismo no ano passado, hein? A questão é que o *premier* me explicou que o ideograma chinês para, já ouviu isso?, o ideograma chinês para *oportunidade* é composto de dois ideogramas, em progressão, para *anão* e *gigante*, nessa ordem.

O anão se torna gigante. Entende? Isto é uma *oportunidade*. É assim que os chineses vêem isso, e acho que eles têm razão. Que filhos da puta fascinantes.

A TV repetia as manchetes de meia hora e uma hora antes, e, como a guerra ainda não tinha avançado muito, os mesmos jornalistas transmitiam os mesmos relatórios de Bagdá, Washington, Kuwait e de outras partes. "Mas se uma coisa está clara em Bruxelas, é que ainda não vimos o fim desta crise."

— Com toda certeza — confirmou Ted Winston. — Ainda não vimos mesmo o final. De jeito nenhum isso significa o fim da crise que vimos. — De novo o movimento de mexer e apontar para o magiar. — Há quanto tempo está no país? Você conhece a alma deste país?

— Não conheço, mas geralmente não confiaria na comida do mar de um país sem litoral.

Winston assentiu como se tivesse recebido a resposta que esperava.

— Você deveria estar entrando fundo na alma dessas pessoas. Eu estaria fazendo isto se fosse você. Este país precisa de explicações agora mesmo, neste exato instante, porra, e você está em posição privilegiada. Agarre esta nação. Sacuda-a. Olhe para ela de todos os ângulos. Se você escrever sobre o que sabe, e *somente* isto, poderá moldar este país. As pessoas olham para nós — elas olharão para você — para compreender um mundo sem sentido. E o que isso quer dizer para você?

— Desculpe. O que isso quer dizer para mim?

— Anão para gigante. Lembre-se disto. Anão para gigante. — Duas prostitutas louras tingidas se sentaram à direita de Winston e começaram a falar num rápido e melodioso húngaro com o *bartender*. O cheiro do perfume delas era aterrador, e John ocultou discretamente o nariz no seu copo vazio. — Estou percebendo que você é parecido comigo — Winston disse a John. — Faça sua marca e os *big boys* vão te chamar. É assim que funciona. Oportunidade.

"Até onde o emirado de Dubai sabe", disse uma jovem na frente de um portão de segurança de metal preto ladeado por palmeiras e câmeras de vigilância, "a questão agora é esperar. A esta altura, há apenas conjeturas. Para o povo de Dubai, só existe a espera. Eles só podem esperar... para ver. E depois? Ainda é cedo para dizer, mas o medo é que isso não seja por muito tempo. Agora com você, Lou."

O *bartender* lambeu delicadamente um dedo indicador e começou a contar a grande pilha de dinheiro que as duas putas tinham lhe dado, formando pilhas separadas sobre o balcão com cada moeda nacional nova que ele descobria, teclando ocasionalmente em uma calculadora de bolso e fazendo anotações a lápis com a mão esquerda desajeitada, soltando interjeições de vez em quando, ameaçando questões dúbias. Ted Winston sofreu uma breve solidão.

John deixou forints no bar e se levantou para ir. O repórter permaneceu sentado para apertar sua mão. Apertou os músculos do maxilar e piscou várias vezes.

— Foi fantástico te conhecer, Jim. Ligue para mim amanhã. Vou ficar a semana toda.

Ainda era cedo demais para encarar a esposa e o filho, e, quando deu por si, John estava no banco de piano que lhe era familiar. Falava com Nádja quase aleatoriamente, pulando de trapézio de uma sinapse escorregadia para outra: o noivado surpreendente de seu irmão furioso, uma amiga artista que trabalhava demais, pomposos jornalistas bêbados, os eternos mistérios emilíticos, a assistência que Charles Gábor solicitava a ele, que ele não tinha certeza se queria...

— Imre Horváth? — interrompeu ela, enquanto John esboçava suas hesitações vagas e hesitantes a respeito dos negócios de Charles. — É mesmo? Seu amigo está fazendo um negócio com Imre Horváth? Eu conheci um Imre Horváth. Ele era um crápula, eu diria.

Compararam Imres Horváths e tentaram, sem um sucesso perfeito, chegar a uma conclusão. Era impossível fundir ou distinguir os dois com alguma certeza. Nádja não tinha lembrança do Horváth dela ter qualquer ligação com uma editora, mas, naqueles dias, todo mundo estava tentando agarrar qualquer trabalho que pudesse, e certamente ela não excluiria esta possibilidade. Enquanto tocava piano no salão quase vazio, ela descrevia o homem do qual se lembrava de quarenta e tantos anos atrás, o homem que fizera um filho em sua prima, um notório libertino, mas também meio palhaço. Em uma determinada época, ele ganhara dinheiro fazendo malabarismo e truques de mágica para festas de crianças, às vezes se apresentando em esquinas para ganhar um trocado, e até mesmo cantando e dançando *passavelmente* quando necessário. Ela ouvira alguém dizer, embora isto já tivesse muito tempo, que ele havia montado uma loja de pornografia em Bonn. Uma figura monumental? Certamente não o homem que ela conhecia. Torturado e aprisionado pelos comunistas? Não que ela pudesse lembrar, mas essa característica também não era fora do comum, naquele tempo. Um homem elegante no vestir? Não, aquele lá era igual a todo mundo, fazendo as roupas durarem, herdando, remendando, durante a guerra e depois da guerra, na escassez comunista.

John se sentiu lutando para tornar aqueles dois Imres um só. Queria muito que o gigante tivesse sido um anão.

— Será que o seu Imre tinha a capacidade de fazer você sentir que a sua vida inteira era muito, muito imbecil? — perguntou, sem conseguir evitar, e a metade esquerda do rosto se elevou em um tipo estranho de risada, enquanto ela erguia uma sobrancelha para ele. — Puxa — disse ele, e descansou a cabeça nas mãos. Por entre as aberturas dos dedos ele viu as mãos enrugadas dela se moverem com surpreendente rapidez sobre as teclas até ela ficar entediada com a velocidade e a melodia, e, em seguida, seus dedos se esticaram, se curvaram e passaram por cima uns dos outros em intrincadas posições de acordes e ela ficou tocando apenas harmonias em um ritmo lento e pulsante.

— Acenda um cigarrinho para mim, John Price. — Ele acendeu dois e colocou um entre os lábios velhos. — Sua amiguinha naquela noite — disse ela, rolando o cigarro para um canto da boca. — Ela não vai consertar sua vida muito, muito imbecil, eu acho que não. Se esse é o seu plano. Ela não é para você.

— Esse parece ser o consenso.

— E isso faz você infeliz e peculiar? Por quê? Você tem outras, eu acho. Por que uma garota com esse maxilar enorme horrível e tão estranho?

— É grande mesmo, não é?

— Bastante grande. Grande mesmo. Você sabe, a esta hora, eu paro de tocar músicas inteiras quando as pessoas estão cansadas assim. — Ela fez um gesto com o cigarro entre os dentes para os rostos sonolentos no canto. — Eles irão se lembrar deste som mesmo quando tiverem esquecido as letras das canções. — Ela abriu os dedos magros de cera e produziu um som escuro e distante. — Eu amei um astrônomo americano famoso, John Price.

Ele riu.

— Você não amou, não. Você é uma notória mentirosa. Todo mundo diz isto.

— Não, não, nem todo mundo. Só idiotas como seu irmão de pele escura e aquela sua amiguinha de maxilar de gigante diriam isso. Ela disse, não disse? Não faça essa cara de surpreso e me pergunte como sei. Claro que ela tinha de dizer isso. Você pode ver isso, não pode? Não? Ah, então não está prestando a atenção que espero de você. E, sim, eu já amei um astrônomo famoso um dia. Nunca duvide do que eu lhe disser. Eu nunca mentiria para você.

— Desculpe — disse John baixinho.

— Meu Deus, você está prometendo ser incrivelmente chato esta noite. Tente me divertir, por favor, meu querido. Cabeça erguida, rapaz. Eu amei um astrônomo, *sim*, e ele era um homem muito chato. Igual à sua senhorita Oliver, ele era admirável, mas não muito interessante, como uma piada que precisa ser explicada. Está acreditando em mim agora?

— Espere — disse John, e foi até o bar para pegar seu Unicum e o Rob Roy dela. Cumprimentou o saxofonista do escritório de Harvey e o cantor careca negro, comendo o salário da noite. Perguntaram a ele como ele conhecia Nádja. — Ela é minha avó.

— Certa noite, meu astrônomo e eu fizemos amor no observatório dele, no alto de uma montanha no Chile. Para a ocasião, ele abriu o teto do observatório e colocou um cobertor no chão para nós. — Os acordes mudaram mais rápido, iluminados. Risos altos eram pontuados pelas batidas de bolas de bilhar. — Estávamos deitados, nus, olhando o céu noturno, distante das cidades. Havia, claro, mais estrelas do que jamais vi em qualquer outro lugar.

— É por isso que colocaram um observatório lá.

— Exatamente, garoto esperto. Ficamos deitados lá, e perguntei a ele por que, quando você olha diretamente para uma estrela, ela desaparece. "Que tipo de ciência é esse", perguntei a ele, "em que você não pode olhar para o seu objeto sem que ele desapareça?" E ele disse, sempre como um professor, muito chato: "Você precisa aprender a olhar *obliquamente*." Eu nunca havia ouvido esta palavra antes. Ele disse: "Você não pode olhar para ela diretamente. Precisa olhar perto dela, não para ela, ou você vai assustá-la. Obliquamente." Claro que eu já sabia disto, toda criança sabe, mas gostei daquela palavra nova, *obliquamente*. Você conhece esta palavra? — John viu-a tocar um acorde, e em seguida repeti-lo e repeti-lo, alterando a posição de apenas um dedo de cada vez, mas a cada vez mudando a luz no salão. — Acho que talvez você pudesse tirar vantagem dessa habilidade. Poderia, por exemplo, olhar para sua amiga de mandíbulas de monstro um pouco mais obliquamente. — Há muito John havia abandonado os esforços de entender as coisas naquela noite e estava esperando apenas que ela continuasse tocando. — Ah, garoto bobo. Por que você quer ficar com uma garota assim? Ela não é nem sequer boa nisso. Ela abriu mão de tudo que se pode desfrutar na vida real, e o que ganhou em troca? Muito pouco, eu acho, sem contar com o seu coração triste, que, admito, tem lá o seu valor. A questão não é como ela ganha o dinheiro dela, mas *o que* exatamente você quer com ela? Não é uma pessoa interessante com uma vida cheia de histórias à frente. Você não quer um tipo desses.

Em uma guerra, talvez eu aprovasse, mas não vejo nenhuma guerra no horizonte. E mesmo assim, as habilidades dela! Que horríveis! Isto é, no fim das contas, metade do charme delas é vê-las dançarem para você, pensarem, andarem e sorrirem para as luzes da ribalta. Mas ela? Ela sequer se defendeu quando brinquei com ela bem na sua frente; simplesmente se desviou e fingiu que não me entendeu. Por que é que você iria querer alguém tão fraco e bobo? Não fique com essa cara de cão sem dono. Ela *é* fraca. Pelo menos você não mente para mim. Confesse para o corpo dela, você quer o corpo dela, embora eu a tenha visto e certamente existem corpos melhores para se possuir. Meu Deus, aquele maxilar, seriam três na cama. Você quer mesmo o coração dela, John Price? Quer que ela pegue o seu e faça tudo dar certo? Quer que ela olhe bem no fundo de você e veja como você é maravilhoso? Quer que ela salve você? Não sei se ela vai conseguir fazer isso. É muito improvável, eu acho...

Nádja brincou, riu, enquanto John, largado sobre uma cadeira dobrável, soprava anéis de fumaça e, com um olho bem fechado, enfiava o dedo através de cada nebulosa irregular e trêmula, tentando entender o que Nádja estava dizendo, a idéia improvável de que Emily fosse uma... de que ela havia mentido em tudo o que dissera desde o dia em que a conhecera... ela era fantástica... ela abordava o mundo inteiramente autocontida, capaz de projetar o que desejasse, a hora que desejasse, escondendo tudo, sem precisar de nada e de ninguém, em controle de cada elemento de si mesma e de tudo o que a cercava. Não era de espantar que ela o aceitasse; não era de espantar que ele não correspondesse às expectativas dela. Naquele momento, ele amou Emily Oliver mais do que nunca antes, mas não se perguntou como poderia ganhá-la, já que ela era impossível de se ganhar. Ela recuou para longe dele, para fora de seu alcance, como um anel de fumaça. Ele cruzou os braços, fechou os olhos, colocou os pés nos suportes do banco caindo aos pedaços do piano de Nádja.

— Toca aí, vovó! — gritou uma voz do bar.

Então, um cantor começou a cantar — quase gemendo — uma música que John nunca ouvira antes:

You're common, you're beneath me
You've nothing of value to bequeath me
I've better choices for my bed
Yet I can't get you out of my head.

Your crimes no one could defend
I often hope you'll meet a ghastly end
Still, every night I think of better lines I might have said
Because I can't get you out of my head.

I have some sort-of friends who still insist and sing your praises
They scold me and say I've misunderstood you
They shake their heads at all my cool, cruel practiced phrases
Then look away and sigh, "Oh, how could you?"

But I don't bother with them anymore
No friends of mine could defend such a ... [gemido ininteligível]
Surely I can face the future without dread.
*If only I could get you out of my head.**

John foi acordado, às sacudidas, pelo *bartender*, o último na casa noturna limpa e bem iluminada, o homem responsável por trancar tudo e desligar o estéreo, cuja produção John havia acabado de requisitar, em seu sonho, como sua própria composição, e os dois saíram juntos para as primeiras premonições cinzentas da aurora.

XI.

MESES DEPOIS, EM UM VÔO TRANQÜILO DE VOLTA PARA CASA, MAS QUE mesmo assim a deixou enjoada, examinando um mapa coberto de plástico de Budapeste desdobrado na sua mesa-bandeja, Emily encontrou dois símbolos possíveis e não mutuamente excludentes para aquele dia meses antes. Um: 20 de agosto de 1990, a primeira comemoração do dia nacional da Hungria sob seu

---

**Você é comum, você está abaixo de mim/Você não tem nada de valor para me dar/Tenho coisa melhor para minha cama/Mas não consigo tirar você da cabeça.//Seus crimes ninguém pode defender/Quase sempre espero que você tenha um fim terrível/Mesmo assim, toda noite penso em coisas melhores que podia ter dito/Porque não consigo tirar você da cabeça.//Tenho uns amigos que ainda insistem e elogiam você/Eles me repreendem e dizem que não entendi você/Balançam a cabeça quando ouvem minhas frases cruéis e ensaiadas/Desviam o olhar e suspiram: "Ah, como é que você pôde?"//Mas eu não os perturbo mais/Nenhum amigo meu poderia defender uma... [gemido ininteligível]/Mas eu posso encarar o futuro sem medo./Se conseguir tirar você da cabeça.* [Optamos pela tradução aproximada da música, apenas para a compreensão mínima do leitor de língua portuguesa. (N. *do* E.)]

nome adequado (a Festa de São István) desde 1950, uma declaração de independência e autodeterminação. Dois: o caminho dela naquela noite conforme traçado naquele mapa da cidade — das 5 da tarde às 3 da madrugada, sete paradas na forma de uma espiral, como se descesse por um ralo.

Cinco da tarde, andar superior da praça da Liberdade. No escritório espaçoso, ela segurava nas mãos três gravatas diferentes para a seleção de paletós do embaixador para as festividades que aconteceriam no Parlamento, naquela noite.

— Acho que temos uma vencedora aqui, senhor.

— Obrigado, Em, eu ia ficar perdido sem você. Escute, já trabalhamos muitas noites seguidas até tarde. Por que você não tira esta noite de folga e comemora com amigos em vez de comigo? Vá ver os fogos no rio. Você merece uma folga. — Um simples ato de generosidade de patrão, embora naturalmente ela não conseguisse evitar perguntar se havia reclamado, ou, pior, de algum modo demonstrado por seu comportamento, sem perceber, de que precisava da gentileza dele.

— Muita gentileza sua, senhor. Vou perguntar ao Ed.

— Ed não é o embaixador, Emily. Tire a noite de folga.

— Claro, senhor. Desculpe, obrigada.

Cinco e quarenta e cinco, as responsabilidades do andar de cima completadas, ações registradas, descer um lance de escadas, escritório do outro chefe.

— Sua Excelência lhe disse para tirar a noite de folga? — perguntou Ed, afrouxando a gravata e servindo-se de uma tremenda dose de vodca com tônica, iniciando a passagem para os eventos da noite no Parlamento. — Isso é um pouquinho peculiar, garota. E profundamente frustrante para o meu universo, porque eu tinha um jordaniano particularmente sem graça com quem eu queria que você flertasse um pouquinho esta noite. — Recuperou a compostura do escritório. — Você disse ao embaixador que precisava... — e lá vem outra bronca. Provavelmente estou respirando errado, ainda estou verde, estou pálida, de algum modo ainda não sou igual a Ken... mas não, espremendo a fatia de lima direto na boca, Ed já estava passando para outro assunto. — Bom, não importa. Então tire o dia de folga, ora. Vou falar com H.E. eu mesmo. Diga, então vai ser um grande dia amanhã, hein? Ken Oliver em pessoa! Eu sei que você vai trazê-lo aqui. Tem muita gente por aqui que quer conhecer o herói.

Duas horas depois, envergonhada por não conseguir mais negar o desejo de que seu pai não viesse visitá-la, atravessou as multidões que se aglomeravam e o barulho dos fogos de artifício até sentir fome o bastante para comer, e acabou em uma mesinha de seis pessoas logo depois do bulevar Elizabeth, em grande parte porque estava curiosa sobre o que poderia justificar o aviso anunciando comida Tex-Mex. Comeu paprikás com feijão vermelho e *jalapeños* em lata, bebeu cerveja búlgara e tentou se concentrar em sua leitura noturna, *Elementos táticos e estratégicos da vitória mujahedin sobre o Exército Vermelho*, do coronel Keith Finch, U.S. War College. Limpou fragmentos de *chips* de milho do surpreendentemente impenetrável centro do livro, pediu uma segunda cerveja e começou em vez disso a anotar todos os locais turísticos de Budapeste para mostrar a seu pai na semana seguinte. Ela havia pensado em três que ele poderia gostar quando se deu conta de que ele provavelmente já havia estado em Budapeste, em algum ponto de sua carreira opaca, embora jamais o tivesse dito, provavelmente até conhecia a cidade melhor do que ela, encontraria facilmente tudo o que ela havia secretamente achado difícil de encontrar.

No Gerbeaud, encontrou as Julies já às gargalhadas, em posse de um canto escuro do pátio, e se juntou a elas para a octogésima análise do potencial de Calvin como alma gêmea de Julie. Quando o tópico moribundo deu finalmente seu último suspiro, a outra Julie disse a Emily:

— Eric, no consulado, me perguntou sobre você de novo hoje. Mas ele é mesmo muito esquisito, então eu disse que você estava saindo com John Price.

— Ah, não, não. John é um pouquinho demais para mim, obrigada. Minha família iria achá-lo um marciano. — E passaram a falar sobre como entreter o Sr. Oliver na semana seguinte. — Será que ele quer ver coisas, tipo, de fazenda? — uma das Julies perguntou.

Devidamente abastecidas de café e doces, foram até o rio para ver os fogos de artifício espocarem sobre o palácio.

— E isso comemora o quê, exatamente? — perguntou Julie, e Emily começou sem nenhum esforço a contar a história do violento e bem- amado São István.

Onze horas. A Házam. Enquanto ela se aconchegava no ruído devastador perto do bar, lembrou-se de um fragmento de leitura recomendada do ano passado: *Casas noturnas lotadas oferecem a vantagem simultânea de ruído – pois é difícil que alguém ao seu lado ouça você ou grave sua conversa – e desculpas, pois existe um número enorme de pessoas que você pode estar ali para ver.* Concordou em dançar com um babaca egocêntrico da seção comercial, facilmente identificável pelos movimentos dos olhos e piadas fora de hora como um bolinador em potencial (pronto: não é uma análise motivacional tão inexperiente assim, muito obrigada) e, na verdade (enquanto ela olhava para ele suando debaixo dos refletores fumegantes), lembrava um pouco o jogador de futebol americano/aspirante a baterista que a havia rapidamente aliviado de seu peso de mulher no outono de seu segundo ano de faculdade em Nebraska.

Recusou educadamente a oferta do babaca de dar uma voltinha, gata, citando a deprê de Julie como responsabilidade sua e uma desculpa para ficar em um sofá no andar de cima. Viu a Julie-sem-Calvin conversando com um executivo de RP americano de cavanhaque enquanto agüentava o rojão, sozinha, de outra hora de Calvinomia Juliana. E então, quase meia-noite, faltando nove horas para que o avião do pai pousasse no Aeroporto Ferihegy, ela se levantou para ir embora, temendo que o assunto Calvin surgisse novamente quando estivessem no bangalô quando:

— Ei, é a filha do fazendeiro, até que enfim. Você não costuma vir muito aqui.

— Não?

— Estava esperando dar um esbarrão em você desde que nos conhecemos.

— Estava?

— O que está bebendo?

— Esbarrar em mim por quê?

— Porque andei pensando em você. Você me intriga.

— Eu? Isso é hilário. Eu não intrigo ninguém.

— Até parece. Sabe, isso vai ser engraçado, porque eu sei dizer quando você está mentindo. Então, o que está bebendo?

— Minhas amigas estavam justamente indo embora.

— Ótimo. Quer ir com elas ou quer conversar comigo?

E as Julies não se importam nem um pouco, te vejo depois, e duas horas se passam em uma conversa inexplicavelmente perfeita, nunca se desviando para nada perto de trabalho ou nada de ameaçador. Melhor até mesmo do que se a escutassem com atenção (o que é já bom demais no momento, depois de semanas de papos sobre Ed e Calvin e as atenções do babaca desta noite e de seus irmãos de armas) é saborear o caldo apimentado de reclamações, paixões, autocrítica, amor-próprio, interesse próprio de sua companheira, e os súbitos e irrestritos elogios por coisas que ninguém havia notado em Emily antes. É assim que um elogio deve ser, ela pensa, os olhos quase molhados: completamente sem motivos.

Uma da manhã. Longe da praça barulhenta (mais fogos de artifício espocando para São István) e subitamente engolida pelo charme das ruas escuras e decrépitas de Peste, Emily faria qualquer coisa para continuar a conversa, mas seus esforços não são necessários: a conversa segue vibrando com sua própria energia interna.

— Mas como foi que você se tornou você? — pergunta Emily, quer saber isto mais do que qualquer outra coisa, hipnotizada pela personalidade irregular da garota, que parecia não prestar atenção em nenhuma exigência funcional, mas era, ao invés disso, a expressão puramente ornamental e desavergonhada do que qualquer pessoa em seu juízo perfeito só poderia chamar de egoísmo. Mas naquele caso específico, egoísmo era algo subitamente — nenhuma outra palavra serviria — atraente. — Tudo em você é tão... Nunca conheci alguém como você. Acho que não.

— Bom, isso é porque eles não permitem gente como nós em Nebraska. É uma regra.

— Ah, por favor, mas por favor mesmo, não vamos falar de Nebraska.

— Ah, não, vamos sim. Vamos falar com certeza de Nebraska. Se Nebraska faz você ficar tão pouco à vontade, vamos definitivamente falar de Nebraska. Nebraska, Nebraska, Nebraska, Nebraska.

— Meu pai está vindo fazer uma visita amanhã.

— Isso é bom ou ruim? Porque se fosse meu pai, eu pediria a você para me roubar uma arma lá da embaixada.

Duas da manhã, cansada demais para andar em círculos. Um pequeno e escuro café-bar com apenas duas mesas. Subindo três degraus estreitos de madeira para a parte de trás, atrás das cortinas, a salinha iluminada com lâmpadas verdes com quebra-luzes, as banquetas de veludo sendo os únicos assentos, de modo que elas tinham de sentar ao lado uma da outra, apertadinhas para alcançar o conhaque de pêra na mesinha esculpida. (*É melhor evitar lugares quietos e íntimos para comer, pois eles são fáceis de ser vigiados, tanto em termos visuais quanto auditivos, e não há desculpa para sua presença lá se não houver justificativa declarada para o encontro.*)

— Quando você descobriu que era uma artista? — perguntou Emily.

— Quando eu tinha quatro anos. Eu chorava se minha mãe não me levasse ao museu de arte. Eu podia copiar qualquer coisa aos nove anos.

— Adoraria ver suas pinturas.

— É verdade? Eu adoraria mostrá-las a você. Estamos bem pertinho do meu apartamento, se você quiser ir lá. — E só naquele momento ela soube conscientemente: flutuando exausta nas altas da madrugada, pela primeira vez se divertindo para valer como não fazia havia tempos, morta de cansaço, com medo da chegada do pai, irritada com as restrições auto-impostas de seu trabalho, devia alguma coisa a... — mas parou de criar falsas justificativas. Elas eram desonestas, admoestou a si mesma. Sendo mais direta ainda, elas eram irrelevantes, pois ela não conseguia pensar em nenhum motivo para resistir a essa atração (conseguindo quase sem esforço ignorar o risco para o trabalho dela, sua família, sua persona pública cuidadosamente construída, até mesmo para o que ela havia muito tempo considerado a sua verdadeira persona privada).

Às três da manhã, o estúdio de um artista exerce um efeito poderoso sobre gente de fora, até mesmo pessoas que não gostam de arte em geral ou do trabalho do artista em particular: os cheiros estranhos, a evidência física de frustração, a presença nua de um certo sucesso, mas grandes quantidades de fracasso, o sacrifício óbvio de valores convencionais (limpeza, ordem, conforto) por outros (espaço, ventilação, luz), a mobília meramente funcional respingada de tinta e estripada. A cama desfeita que rangia.

— Nunca fiz isso antes — disse Emily.

— Eu sei. Eu teria me lembrado.

— Não foi o que eu quis dizer.

— Não é lá uma história muito interessante.

— Você não pode contar a ninguém.

— Ah, isso é *tão* original.

— Eu sou totalmente não-original, não sou? Por que você não me odeia? Não responda isso, desculpe. É que, é que eu não sou assim.

— É mesmo? Esta parte daqui?

— Você entendeu. Eu nem sei bem como foi que vim parar aqui... O quê? O que foi que eu disse. Não disse para você parar.

— Que patético. Não seja covarde comigo. Eu não te arrastei até aqui. Você não está bêbada. Pode ir para casa agora se não gosta.

— Tem razão. Desculpe.

— Claro que tenho razão. Isto aqui é você sim, claro que sim. Só que ninguém nunca disse isto a você antes.

E só então ela se permitiu recordar que aquilo era um perigo, uma ofensa para acabar com uma carreira, se fosse descoberta, mas que não a alarmava. O que a alarmava era o fato de que ela não estava nem aí, e do grande desejo que tinha de ser sua própria criação e juíza dos seus atos, do grande desejo que ela tinha de ser igual a Nicky.

E, naquele vôo pavoroso para casa, meses mais tarde, descendo aos solavancos no Aeroporto de Lincoln, ainda sem saber ao certo o que iria dizer a seu pai, sem saber ao certo se havia pedido demissão ou sido demitida, sentindo o peso do coração e da morte de sua mãe nas mãos, ela ainda sentia (pelo menos naquele instante, até ver o rosto dele) que São István libertado do comunismo era um símbolo mais adequado do que um ralo.

XII.

NUMA MANHÃ DE NEBLINA, NÃO MUITO DEPOIS QUE NÁDJA EXPLICOU A ele quem era a mulher que amava, John estava sentado no saguão do Hotel Fórum. Pensou na vida secreta de Emily, como ele guardaria a verdade para ela até que, talvez, um exercício desses pudesse ensinar a ele algo que o faria ficar mais parecido com ela, mais sedutor para ela. Percebeu que isto era bastante patético.

— Porque os judeus fizeram isso com a Hungria. — Imre deu de ombros e enxugou a testa com um quadrado de seda de bolso. John estudou seu bloco de notas para ver se alguns dos rabiscos em mandarim poderiam embrulhar delicadamente o comentário gelado de Imre em algum contexto quente. Sua atenção se desviou, grandes pedaços da entrevista haviam se perdido, e seu bloco de notas oferecia somente os rabiscos indecifráveis de uma civilização há muito perdida. *Ele poderia estar citando. Ele poderia estar transmitindo com desdém as opiniões de outras pessoas. Poderia estar fazendo um comentário irônico. Charles poderia ter pago a ele para que dissesse isso por uma questão de entretenimento.* Todas essas possibilidades vieram de uma só vez, uma em cima da outra, até virarem um novelo de lã completamente emaranhado, e John — lembrando do Imre que fora artista de rua e vendedor de pornografia para os bons e safados cidadãos de Bonn, lembrou-se do dinheiro em jogo para todos os três — culpou seu próprio lapso de concentração e dispensou o comentário como algo que não era para ser levado a sério.

Imre tornou a enxugar o rosto e virou a cadeira para longe do brilho do fim de tarde da parede de janelas com vista para o rio.

— Tive uma dor de cabeça terrível, essas televisões vis estão por toda parte hoje em dia — resmungou, e acenou com o lenço úmido para as grandes telas que foram levadas para o saguão para oferecer uma cobertura constante dos cães de guerra resfolegando e mijando no deserto distante. Um turista alemão estava discutindo sua conta na recepção, negando as ligações telefônicas suplementares, as taxas extras da TV a cabo. Seu filho novo começou a chorar, e logo em seguida a gritar. A mãe do garoto agarrou-o pela cintura e gritou com ele para que calasse a boca. A criança gritou com mais força ainda. — Isso também já é demais — disse Imre aos seus dois jovens companheiros, e lutou com o nó da gravata como se ela estivesse de fato bloqueando a passagem de ar. — Estrangeiros.

— *Nein! Nein!* — gritava o turista.

"A visão: um ar de incerteza, mas alerta", gritou uma jovem em pé no convés de um porta-aviões, tentando se fazer ouvir sobre o grito dos jatos e o rugido da água em algum lugar confidencial no Mediterrâneo.

— *Bitte, mein Herr* — tentava o *concierge* da recepção.

— Não! Não! Não! Me deixa! — gritou o garotinho em alemão, enquanto a mãe tentava apaziguá-lo batendo em seu bumbum com a mão espalmada.

— Károly, talvez negócios mais tarde — resmungou Imre.

Charles se levantou da mesa de café do saguão, foi até a recepção, falou em alemão com o turista e húngaro com o *concierge*, sorriu para o garotinho e, em dois minutos, a família estava saindo e o *concierge* apertando calorosamente sua mão. Deu uma gorjeta a um carregador, que diminuiu o volume das televisões, e a paz completou sua reconquista do saguão do Fórum. John ficou vendo a admiração se acender e iluminar o rosto de Imre, e ficou maravilhado como isso aconteceu tão rápido.

Depois de sua entrevista e a refeição juntos, Imre fez sua reunião no saguão do hotel: em mais de cinco horas e meia, Charles apresentou ao seu sócio seis investidores em potencial com perguntas pendentes. Os investidores — todos os quais haviam lido o perfil de Charles, traçado com ironia, mas também com uma certa admiração, aparentemente a contragosto, no *BudapesToday* — cada um por sua vez examinou essa oportunidade de investimento, conversando entre si enquanto Imre assentia e Charles e John davam voltas no quarteirão. Tomaram um drinque no John Bull English Pub, e depois ficaram às margens do rio congelado pelo pôr-do-sol, em frente ao hotel, inclinados na grade, e ficaram vendo seus negócios se desenrolarem em silêncio na mesa do saguão atrás da imensa janela panorâmica e suas próprias sombras de três metros, vendo Imre seduzir a herdeira do sal, impressionar o fabricante de equipamentos de eficiência no combate a esporos e ouvir com evidente interesse o magnata dos produtos de jardinagem por atacado.

No final dessas audiências, John pegou o elevador para o quarto andar e retornou com seu colega do *Times*, a quem apresentou o tema da próxima história interessante daquele jornalista, que, repetindo a própria coluna de John sobre Imre, sairia no *Times* três dias depois e seria copiada pelo *International Herald Tribune* no dia seguinte.

— Posso me retirar agora, por favor?

— Pode se retirar, meu cúmplice hebraico — disse Charles. — Um excelente trabalho, a propósito. Heróico mesmo. — E, enquanto Ted Winston e Imre Horváth se inclinavam na direção um do outro sobre a mesa com tampo de vidro atrás da parede de vidro, John deixou Charles no Corsó e caminhou devagar pela noite que caía até chegar a um prédio rachado e sem cor em uma ruazinha deliciosamente sem charme e outrora desejável, não muito longe do A Hazám.

— Você pode ficar, sim — disse ela, na porta, beijando-o e limpando a terebintina das mãos com um trapo multicolorido. — Você é bonitinho, e eu até admito que de vez em quando sinto saudades. Mas fora daqui assim que acordar de manhã, porque o show vai ser no dia seguinte e vou ficar pendurando coisas o dia todo amanhã. Nada de reclamar. — Ele saiu da iluminação da lâmpada para as sombras, caiu na cama dela e viu-a limpar os pincéis, ficou pensando se não estaria apaixonado por ela. — Mas você vem ao show? — perguntou com um tom inteiramente diferente de voz. — Vem? Eu queria muito que você viesse. Por favor, venha.

XIII.

VISIVELMENTE DESLOCADOS NO MEIO DA COLHEITA VERÃO-90 DE EXPATRIAdos "mudernos" na noite de abertura da "The New Americans", John e Mark flanaram lentamente pelo saguão da galeria do velho cinema, passando por fotos de arte penduradas em partições de papelão ondulado, enquanto, nos alto-falantes estéreo sobre o andar de fumantes, o dueto de Stan Getz e Astrud Gilberto acariciava a lembrança de mulheres altas, bronzeadas, jovens, adoráveis e inatingíveis que passeavam pelas praias do Brasil de 1960. Os homens engoliam vinho branco ácido em copinhos de plástico, fumavam e periodicamente se afastavam para deixar que os húngaros alcançassem o estande de concessão ou bilheteria do cinema. (A sessão dupla daquela noite estava vendendo bem: *O encouraçado Potemkin* e *Galáctica – Astronave de combate*, com música de acompanhamento composta e tocada ao vivo por uma banda de rock húngara.) As fotos em exibição eram, em sua maior parte, versões razoavelmente bem-feitas dos temas artísticos aceitos na época, comparáveis a exposições semelhantes em Nova York: *closes* em preto-e-branco de genitais, tatuagens, gente velha, fábricas. Contra esse pano de fundo sombrio, as duas participações de Nicky se destacavam com uma nitidez aguda.

A primeira era de tamanho épico, alcançando, no mínimo, dois metros e meio de altura e um e meio de largura; a pequena etiqueta de preço ao lado da obra exigia discretamente um comprador de meios substanciais. Plástico preto brilhante emoldurava o complexo auto-retrato. A própria Nicky, em tamanho natural, posava como uma espécie de professora de arte: paletó de *tweed* com cotovelos de couro sobre uma blusa de gola rulê preta e enrugada, calças de veludo, sapatos sem salto. Usava um bigode castanho grosso, óculos ovais, sobrancelhas escuras e rebeldes e sua própria cabeça careca. Tinha um ar pedante. Estava em pé, sem se dar conta do fotógrafo, no que parecia ser a galeria de um museu. No meio de uma palestra, ela apontava com uma varinha um grande quadro, com uma moldura opulenta, pendendo de uma parede com painéis de madeira escura à sua esquerda. Aquele quadro (Holbein? Dou? Teniers?), que ela evidentemente descrevia para estudantes que não eram vistos, exibia um tipo de cortesão do século dezessete: um rapaz com sapatos de fivela, calças colantes escuras, calções largos bufantes acuchilados, uma adaga com jóias incrustadas no cinturão, barba pontuda e bigodes finos. Ele, por sua vez, estava em pé com uma perna virada para fora, rígida, ao estilo da época. As minúsculas rachaduras pretas de filamentos da idade do quadro apareciam mais nitidamente em seu rosto, colo e mãos. Ao contrário do professor que o descrevia, ele olhava diretamente para o espectador. Com a mão esquerda, fazia um gesto icônico, estilizado, de sinceridade, os dedos repousando sobre o coração, e, com a mão direita e uma expressão altaneira de orgulho por possuir um objeto tão valioso, convidava o espectador a desfrutar de outra obra de arte emoldurada, este terceiro item repousando sobre um cavalete ornamentado à sua direita. Essa pequena obra — eqüidistante do professor e do cortesão — estava emoldurada em madeira escura, contrabalançando a moldura pintada de ouro que cercava o próprio cortesão e o plástico preto brilhante que cercava toda a obra. Esta segunda pintura — o quadro dentro do quadro dentro da foto — era, na verdade, simplesmente uma fotografia, descarada e desgraciosamente pornográfica: um casal, fotografado do alto, engajado em uma série de interconexões posteriores, o homem ajoelhado atrás da mulher, que estava de quatro. Ambos encaravam a câmera e o espectador, como se em obediência ao seu dono do século dezessete. O homem realizava seu ato de boca aberta, olhos entrecerrados e cabeça inclinada, uma expressão exaltada de iluminação extática; a mulher tinha um olhar vazio, chateado, nem um pouco excitado. Seus cabelos ruivos compridos, partidos severamente no meio, emolduravam os braços que a sustentavam, que, por sua vez, emolduravam os seios nus. O homem que a montava – antebraços e torso atrás e acima dos quadris dela, pernas visíveis somente até o joelho e atrás e entre as coxas dela, mãos nos pontos onde as nádegas dela se juntavam às costas arqueadas – exibia uma barba e um bigode diabólicos iguais ao do orgulhoso "proprietário" da foto do século dezessete, mas também uma cabeça de cabelos louros bastos, secados com secador. Sob uma tiara de brinquedo.

Esta foto interna – tão perturbadora para a progressão retrógrada esperada (professor para cortesão para retrato ainda mais velho) – normalmente exigia mais atenção para a obra do que uma mera caminhada de passagem. Em sua análise animada, Mark percebeu que o cortesão pintado do século dezessete, assim como o professor do século vinte fotografado, era na verdade Nicky. Mark compreendeu isto primeiro, mas ao mesmo tempo em que estava perguntando "Esta aqui também não é a sua amiga?", John estava dizendo: "Puxa, cara, esta aqui é a Nicky, não posso acreditar", só que John estava apontando para a mulher ruiva sombria que estava sendo comida por trás.

– Nossa – disse Mark.

– Oi, lindo – disse a voz dela atrás deles, e a mão dela entrou pelo bolso do quadril de John e apertou. Deu-lhe um longo beijo na boca. – Gostou? – perguntou, com seu apetite ansioso e nem um pouco irônico por elogios, ligeiramente maníaco e amplificado pelo evento da noite de abertura. A mão de John percorreu a careca dela, e ela olhou para os dois homens concentrada, sem piscar, os olhos pretos enormes e redondos esperando explicitamente uma declaração de amor.

– Com certeza. Claro – disse John. – Como não gostar?

– Você é originalíssima – disse Mark. – Eu adorei.

– Ah, Johnny, adoro seu colega! Obrigada! O trabalho não está completo até ser comprado, claro. Para ser realmente finalizado, você precisa imaginar uma quarta pessoa: algum dono orgulhoso que fique aqui, assim, e aponte a foto para seus amigos com o mesmo orgulho do sujeito elisabetano.

– Sim, ótimo, ótimo, ótimo – disse John. – Mas, cara, me diga, quem é este? – apontou para o homem da tiara estático, aninhado seguramente atrás de sua namorada de peruca ruiva.

A artista enlaçou a cintura de John e sorriu conspiratória para Mark, que estava visivelmente encantado com ela.

— Ouça só o Sr. Puritano — ela cantarolou para o canadense. — Por acaso descobri que ele está dormindo comigo *e* com Karen, nossa cabeça-de-vento do escritório, e *ele* é que está com ciúmes de uma pintura.

Comentário esse que deixou John vários passos atrás da conversa.

— É uma fotografia — disse ele, por falta de opções melhores.

— Olhe com cuidado. Tire a barba e a peruca, e é...

— Ei, é você, não é? — Mark bateu palmas.

— Pelo menos a cabeça.

— E o corpo? — perguntou John, sem conseguir convencer o ar *blasé*.

— Cavalheiros — respondeu ela, em tom professoral. — Olhem de perto! Exercitem suas faculdades críticas. Reparem — ela apontou para o peito do garanhão — o estranhamente geométrico triângulo eqüilátero escuro de pêlos do peito. Reparem — ela apontou para as duas mãos, pouco visíveis sobre a elevação dos quadris dela — os dedos finos, quase jornalísticos, agarrando minha bunda.

— Ah — disse John.

— Sim, meu doce. — E puxou o lóbulo da orelha de John com os dentes.

— São dedos muito finos mesmo — concordou Mark.

Ela contou alegremente a Mark sobre a "visitinha deliciosa" que John fizera algumas semanas antes. Ela não havia terminado aquela seção da foto e, para sua permanente frustração, não conseguia preenchê-la com sua própria forma. Queria que aquele encontro parecesse natural, por isso tirou algumas fotos com um *timer* e depois acrescentou novas cabeças aos dois corpos ("eu não estava assim *tão* chateada"). John deixou passar um punhado de emoções distorcidas. Ele não conseguia ficar zangado (não era mesmo o rosto dele); não conseguia se sentir elogiado (não era mesmo o rosto dele); não conseguia se sentir envergonhado (etcétera); certamente ele via o humor, a declaração artística daquilo, o que fosse.

— Já ouvi tudo sobre você de nosso amigo comum — falou ela para Mark, enlaçando a cintura dos dois. — Você é a rainha da nostalgia, certo?

Nicky os levou pelas fotografias dos outros (pelas quais emitiu murmúrios de desdém silencioso) até parar com os dois na frente do segundo trabalho dela na exposição. Razoavelmente pequena, ela se proclamava abertamente como uma colagem fotográfica. Uma mulher com vestido leve de verão e chapéu de palha estava encostada em um gazebo de madeira branca, acariciado pelo sol e pela sombra de um verde e perfeito jardim inglês. Ela e o gazebo haviam certamente sido recortados de um catálogo de algum tipo, alguma loja de roupas lucrando com a sempre viável fantasia da casa de campo inglesa. Ela se espreguiçava preguiçosa e lentamente na banqueta com travesseiros do abrigo e olhava para o parque e o jardim por entre as tábuas ornamentadas das paredes decorativamente esculpidas do gazebo. Sua expressão podia ser interpretada como alguma variedade de tédio de apelo comercial. Alguns metros à sua frente, ali na grama esmeralda sarapintada com as sombras de folhas e galhos, ela observava dois cães vira-latas sarnentos engajados em uma animada exibição de cópula. O cachorro de cima estava quase dobrado ao meio, e uma de suas patas traseiras havia saído do chão em sua avidez. Seus olhos rolavam para cima (onde pareciam se focalizar famintos no fruto de uma macieira que fazia um arco sobre o telhado vermelho, cônico do gazebo). Seus lábios pretos, pingando, estavam puxados para trás de modo irregular e frenético, mostrando dentes brancos e amarelos, saliva espumante, gengivas róseas e pretas. Mas a cadela parecia tão entediada quanto Nicky em sua peruca vermelha, e parecia estar fazendo contato visual com a dama inglesa no gazebo. O espectador tinha a sensação irresistível de que as duas fêmeas estavam compartilhando um momento de simpatia e comunhão. Para aquele trabalho pequeno, Nicky havia escolhido uma moldura de madeira esculpida e pintada de dourado, apropriada para a obra de um velho mestre exibido nos museus. Ela o havia adquirido em uma loja de antigüidades de Budapeste, cortando, para aproveitar em colagens, o quadro antes sustentado pela moldura.

— Eu adoro o seu trabalho, adoro o seu trabalho — repetiu Mark diversas vezes para recompensar a alegria cada vez maior de Nicky.

— Eu estava tirando fotos da retirada das tropas soviéticas. Eles estão partindo agora, você sabe, deixando aquelas bases sujas nas quais ficaram por quarenta anos. Os russos assoviavam e uivavam enquanto eu tirava fotos deles, e eu achava que era para mim, mas aí um dos russos apontou para algo atrás de mim e eu me viro e vejo esses dois aí se divertindo. Simplesmente me apaixonei por eles, trepando enquanto aquela parada patética de tanques velhos passava.

Ela pediu licença para ir cumprimentar outras pessoas — artistas rivais, compradores em potencial parados na frente das obras dela, amigos desconhecidos e que não foram apresentados a John, toda uma comunidade e uma vida sobre a qual ele nada sabia e da qual as regras da casa dela, que proliferavam cada vez mais, o excluíam. Ela fez comentários extravagantes sobre o seu trabalho com referências obscuras e provocativas, obscenidades criativas para alguns críticos de arte húngaros que não entenderam muito bem, e depois se despediu dos organizadores do evento. Voltou para os homens:

— Vamos ficar bêbados e trepar, rapazes. — A mão dela tornou a entrar no bolso do quadril de John e o guiou com massagens porta do cinema afora, com Mark seguindo de perto. Bordejaram o bulevar Bajcsy-Zsilinszky, passando pelo restaurante cubano de propriedade do Estado, onde o *goulash* vinha com arroz e feijão-preto, passando pela nova discoteca com o nome, em flagrante violação internacional de marcas registradas, de marcas de roupas americanas da moda, e pararam em uma mesinha de calçada de um café-bar. John pediu seis Unicums.

Ao final do segundo, ele havia começado a relaxar novamente. Nicky estava respondendo aos renovados elogios de Mark com ternura de irmã, a mesma mulher que, apenas minutos atrás, estava tendo que inventar novos palavrões para expressar seus pensamentos, e John sentiu uma grande ternura por ela. A sensação de estar nas mãos de Nicky era diferente do que descansar nas de Nádja, mas eram boas mãos, guias de confiança, que lhe forneciam uma incrível excitação.

— Eu sei por que você não me queria por perto para suas preparações de último minuto — disse ele. — Eu poderia ter protestado contra o uso não-licenciado de minha imagem.

— Ah, não se preocupe com sua preciosa privacidade. Ninguém jamais saberá que é você. — Nicky fez sinal para mais três doses, e ele a quis com uma fome súbita e enorme, o mais rápido possível, pelo tempo que ela quisesse ficar com ele.

— Você devia se sentir honrado — disse Mark. — Servir de modelo para a grande arte. Eu compraria toneladas disso. Quanto mais ela fizer, mais eu vou comprar. Serei tão moderno!

— Mark, da primeira vez em que dormi com John, ele guinchou. Literalmente. Como um ratinho. Pensei que ele estava brincando. Até onde me lembro, nunca fiz um homem guinchar antes. — Seguiu-se um momento de brincadeiras de parte a parte.

— A cama pode ter rangido. Tenho certeza de que eu não guinchei exatamente. Provavelmente gemi.

— Você guinchou, Johnny.

— Guinchador. — Mark riu, sacudindo a cabeça. — Guinchador.

John recuou para o banheiro.

— Você ama ele? — perguntou Mark, com franqueza infantil, quando John dcsaparcccu lá dentro.

— Não faz exatamente o meu gênero. — Ela fez uma pausa e bebericou seu drinque. — Um pouco piegas demais. Estamos apenas nos divertindo. Honestamente? Acho que meu coração está em outro lugar. Nos últimos tempos, acho eu. — Ela deu uma risada, revirou os olhos. — Meu Deus, acho que esta foi a coisa mais chata eu já disse *na vida*. E você? *Você* ama ele? Ok, esquece. Vou dormir de tão besta que está essa conversa, nós e nossos segredinhos. Então me responda uma coisa: como é que um canadense legal como você se torna uma rainha da nostalgia?

— Quando seus pais apanharam você fumando pela primeira vez, o que fizeram?

— Não lembro direito. Me deixaram de castigo. Fotos de pulmões doentes. Como é que eu podia ser tão idiota etcétera.

— Precisamente — disse Mark. — *Meus* pais me deram uma piteira. De ébano e marfim. Uma antigüidade. Aos quatorze anos, eu fumava todas as noites *com* meus pais e usava um paletó de *smoking* de veludo vermelho, polainas e um monóculo. Este era o tipo de pessoa que eles eram. Foram eles que fizeram isso comigo.

Outra bandeja de Unicum chegou, com os cumprimentos de um impaciente John que passara no bar a caminho do banheiro.

— Você está mentindo, não está? — perguntou ela. Quando John voltou, eles estavam rindo tanto que Nicky estava chorando e Mark tossia violentamente.

— Na verdade, se você quer mesmo saber, eu conto. Resumindo, não sei como começou. Gostaria de pôr a culpa em alguém, mas acho que sou só eu. Lembro-me de quando reparei nisso. Quer mesmo ouvir? É patético.

— Patético — disse Nicky. — Sim, por favor.

John, sem saber o assunto em discussão, sabia que ela estava coletando lixo para alimentar sua Musa faminta e desesperada, e a amava pelo uso explícito que ela fazia das pessoas, até mesmo dele próprio.

— Lembro-me muito claramente quando eu tinha cerca de quatro ou cinco anos. Estava brincando de cavalinho nas costas do meu pai na nossa sala. Ele estava de quatro, igual a um cavalo. Nós fazíamos isso todas as noites quando ele voltava do trabalho. Então, uma noite, ele disse, com muita educação, só um comentário, rindo e muito carinhoso, ele disse: "Puxa, você está ficando tão grande, hein? Daqui a pouco você vai ficar grande demais para eu fazer isso!" E foi só. Eu simplesmente não conseguia imaginar: chegaria um tempo, em breve, em que nossa cavalgada noturna acabaria, uma memória agradável de dias melhores.

E eu soube: tudo o que é bom morre. Antes que mal tenha começado, já acabou. É uma lei da natureza.

— Isso é tão patético.

— Eu avisei você, mas tudo bem, tem aqui uma história melhor. Foi quando eu percebi definitivamente que era diferente do resto do mundo.

— Não, por favor — protestou John. — Não outro jovem *gay* sensível saindo do seu casulo.

— Não — concordou Mark. — Meu Deus, isso não. Isso não é nada. Isto foi muito mais importante. Lembra-se dos pôsteres de Maurin Quina, da década de 1930? Não, acho que não. Eram cartazes de propaganda de um aperitivo francês. Acho que a bebida já não existe há décadas, mas os cartazes são meio que lendários. De qualquer maneira, a questão é que eu vi esse cartaz pela primeira vez aos onze ou doze anos e me apaixonei por ele. Fiquei maluco. Eu estava procurando um livro de cartazes antigos e aquele simplesmente arrasou comigo. O cartaz tinha um diabo verde, e ele está lutando com uma rolha para abrir uma garrafa de Maurin Quina. Ele é inteiramente verde, a não ser por uma boca comprida e vermelha e olhos vermelhos brilhantes. Tem cabelos verdes pontudos e despenteados disparando em todas as direções e uma cauda verde com uma ponta que parece uma pazinha. E ele está fazendo uma careta e meio pulando, meio flutuando no ar enquanto tenta abrir a garrafa. E aí você nota os pés dele: ele parece estar vestindo sapatilhas de balé verdes. Não é igual um diabo, você admite. Então você nota que ele tem uma barriguinha. Aí você percebe que não é um diabo de verdade. É o desenho de algum sujeito gorducho que *se vestiu* como um diabo verde, provavelmente para uma festa à fantasia ou coisa parecida, e agora está tentando abrir a Maurin Quina para a festa. Eu adorava esse cartaz. Às vezes nem conseguia dormir, de tanto que eu o adorava. Ainda tenho que me lembrar de não olhar para nenhuma reprodução dele logo antes de dormir. É a imagem de um bom tempo, quando você tinha festas à fantasia e as pessoas saíam vestidas como diabos verdes bizarros, uma época de grande diversão. É, certo, então a vida era realmente sobre ficar bêbado e tentar fazer sexo, mas quando você se dava a este tipo de esforço, isto fazia com que ele parecesse mais importante, sofisticado. Hoje eu sei que nada disso existe mais, que todas as coisas boas realmente estão no passado. Mas quando eu tinha doze anos, ainda tinha esperança de viver para ver esses bons tempos. Então, ok, Halloween de 1975. Trabalho muito diligentemente em sigilo. Meus pais me perguntam: "Do que você vai se fantasiar?", mas guardo segredo. Pego meus materiais, pinto, costuro, tinjo e assim por diante, certo? Então, ok, começo a noite em uma festa de crianças. Vou para o banheiro lá e levo cerca de meia hora para pintar o cabelo de verde e colocar tudo no lugar. Faço tudo perfeitamente. Sapatilhas verdes de balé. A barriguinha, esta aqui, eu já tenho. Pego um saca-rolhas e uma garrafa de refrigerante que pintei para ficar igual à velha Maurin. Eu flutuo, dou pulinhos até o andar de baixo e ninguém faz a menor idéia de quem sou eu. "Olhem, Marky Payton é um monstrinho!", diz uma das mães. "Mamãe, Mark está me assustando!", diz uma garotinha, e começa a chorar. Tento explicar a eles: "Não sou assustador, eu represento os bons tempos, grandes festas, propagandas bacanas." Ninguém reage. "Ei, olhem! Conrad David é um piloto de corrida! Jean MacKenzie é astronauta!" E eu fiquei pensando, astronauta? Eles estão de brincadeira? Mas aí me lembrei, ei, a maior parte dessa turma é de crianças. Esta noite eu vou voltar para casa para ver os meus pais e eles estão dando um jantar, e eu farei uma entrada triunfal...

— E todos dirão: "Olhem, é o diabo verde gordo daqueles cartazes maravilhosos de cinqüenta anos atrás?"

— Bem, sim — admitiu Mark. — Eu tinha doze anos. Achava que os adultos fossem compreender. Me deixaram na frente de casa, e enquanto eu percorria o caminho até a entrada, pensei, vai haver um grupo sofisticado lá, com roupas sensacionais, gente bonita, bebericando champanhe em taças altas. Não sei bem por que pensei isto; meus pais eram bem bregas, burgueses suburbanos bem convencionais de Toronto. De qualquer maneira, dei de cara com uma mesa cheia de pessoas vestidas com ternos e vestidos floridos feios me perguntando: "Essa fantasia é de quê, querido? Que cartaz é esse, querido? Malcolm (meu pai), Malcolm, o garoto já é um alcoólatra em potencial a julgar pelas obsessões, hahahahahaha." E assim por diante. Minha mãe me perguntou do que as outras crianças haviam se vestido, e eu disse: "Horríveis coisas modernas. Um traje especial ou coisa parecida." "É mesmo?", ela perguntou. "Astronauta? Que bacana!" Fiquei tão decepcionado com todos. Foi então que eu percebi. Percebi que havia algo de errado comigo, ou algo de errado com todos os outros. — Mark enxugou um copo e, por reflexo, riu o suficiente para fazer com que os outros dois tornassem a ficar à vontade, vendo John segurar a mão de Nicky.

Mas isso se perdeu para Nicky; ela havia avistado alguma coisa na rua e ficou sentada muito quieta, forçando a vista e acompanhando algo a uns trinta metros de distância, a raiva brotando no rosto.

— Espere um pouquinho. — Ela empurrou a cadeira e atravessou o bulevar até o outro lado da rua, estendendo a mão para deter o tráfego.

— Vou te contar, eu simplesmente a amo. Estou totalmente apaixonado por ela, pra falar a verdade. É sério, John. — Mark suspirou e esfregou os olhos. — Era com ela que você devia estar, eu acho.

— Ama quem? — replicou John distraído.

Entre carros que avançavam e estacionados, ele conseguia de vez em quando ver Nicky na outra calçada, de pé em frente a uma vitrine com um sinal em néon com curto circuito que zumbia e piscava alguma palavra em verde que teria sido ilegível mesmo que ele soubesse húngaro. Nicky falava e gesticulava animada com um jovem casal. Depois de alguns momentos, ela empurrou o homem com força; ele recuou para trás com expressão de surpresa, raiva, achando um pouco de graça até. A garota ao lado dele gritou uma coisa que John não conseguiu entender, e então agarrou a lapela do *blazer* de Nicky e deu um tapa forte no rosto da artista.

— Uau — sussurrou John, e Mark se endireitou na hora. — Isso é diferente.

O tapa imobilizou Nicky por um momento, mas logo em seguida ela deu um soco na barriga da garota, dobrando-a em duas na altura da cintura; de onde John estava, parecia que Nicky havia derrotado sua oponente empurrando uma rolha no umbigo da outra. Nicky cuspiu no sujeito surpreso, que havia colocado a mão nas costas da sua companheira, e então deu as costas e atravessou a rua devagar, uma cascata de palavrões bastante criativos jorrando de sua boca. Em pé, ela chamou o garçom e pediu mais três Unicums. Sentada, apertou com carinho a bochecha de Mark e a virilha de John.

— Desculpem por isso, garotos. Coisa antiga.

— Quem era aquele? — perguntou John.

— Como eu acho que acabei de dizer, coisa antiga, ok? — A bochecha mais próxima de Mark apresentava a marca muito clara de quatro dedos brancos, uma admiradora fantasma maravilhada com a suavidade de sua pele, e ela bebeu sua parte da bandeja seguinte rapidamente. — Não é bom chafurdar no passado, certo, Marcus?

Mark piscou com força para focar os olhos, limpar a névoa do verão e afastar a pouca luminosidade do cair da noite de suas lentes de contato.

— Posso te entrevistar para a minha pesquisa? Você é minha nova heroína.

— Não pode, não — disse ela, levantando e puxando John pela mão. — Porque depois de uma briga, Mark, eu gosto de dar uma trepada. Por isso eu preciso do Johnny aqui para me levar para casa agora. Gostaria de convidar você para ir conosco, mas um heterossexual temporário não me vale de nada esta noite. – Ela começou a colocar forints sobre a mesa, mas Mark os recusou e disse que queria comprar também a maior das duas fotos dela, que entraria em contato com os organizadores da exposição para arranjar isto. Ela literalmente pulou para cima e para baixo duas vezes, batendo palmas. Beijou-o na testa, genuinamente comovida, beijou o rosto dele e fez cara de choro. Agradeceu e agradeceu sem parar, e depois pegou o namorado pela mão, enveredando pela Andrássy ut.

Caminhando em silêncio na direção do apartamento dele, onde nenhuma câmera oculta o aguardava, John compreendeu pela primeira vez que Mark tinha dinheiro, provavelmente muito dinheiro. Por meses, o canadense pagara rodadas e mais rodadas de bebidas, refeições e refeições para todos, havia comprado presentes para John diariamente, e agora estava planejando comprar uma obra de arte no valor de nove meses de salário de John, muito embora o acadêmico não tivesse nenhum meio visível de sustento.

– É meio que terrivelmente triste – murmurou John, querendo dizer que não sabia disso e que Mark era provavelmente seu melhor amigo na cidade, mas na paisagem volátil e variável que a bebida – e o Unicum em particular – pode criar, John logo ultrapassou aquele morro de tristeza e entrou em um novo território, um vale verde e aprazível, onde estava feliz por levar uma vida tão interessante, feliz porque seu amigo estava comprando arte para a qual ele havia posado, feliz por estar acompanhando Nicky, que obviamente tinha algum segredo para viver uma vida tão cheia e rica, feliz por estar bêbado, feliz por não ser fotografado fazendo sexo esta noite, feliz por estar tão claramente livre de Emily, terrivelmente triste por não estar com Emily, embora soubesse que mais uma vez, após um mal-entendido, ele voltara à estaca zero, o fato de que mal a conhecia, apenas imaginando como ela devia viver, assim inteiramente em segredo, seguindo somente seu melhor julgamento, mas em seguida muito feliz novamente por estar pregado contra aquela parede de tijolos e sentindo aquela boca macia mordiscando a sua, o gosto de fumaça de cigarro e bebida nos seus lábios e em seguida a careca dela contra seu rosto e o rosto dela contra seu pescoço.

– Sabe o que eu gosto em você, rapazinho? – Ela lambeu a orelha dele. – Você perde todas as coisas. Você simplesmente passa por elas em brancas nuvens, totalmente em paz.

Um ou dois drinques solitários depois, Mark deixou a mesinha na calçada, voltou direto para a galeria e pediu para adquirir a fotografia do casal que estava fazendo sexo, e que, na verdade, estava naquele momento fazendo sexo (depois que Nicky puxara da mochila um presente para ele: uma folha de contato onde o corpo dele ainda sustentava a própria cabeça, uma cabeça que exibia, ao longo de doze fotografias, uma faixa estreita de expressões alternadamente bovinas e vulpinas, que seu dono só poderia tentar futilmente esquecê-las alguns minutos depois, mesmo ao saber que as estava duplicando).

Concluindo sua transação na galeria-cinema-discoteca (uma pequena etiqueta que agora dizia VENDIDO, em dois idiomas), Mark partiu para a noite no saguão do Hotel Fórum, onde poltronas confortáveis e mesas largas com tampos de vidro de onde brotava um jardim de tigelas florescendo amendoins salgadinhos o aguardavam, onde garçons educados à moda ocidental, com coletes pretos, lhe trariam Coca-Cola em garrafinhas, e onde, melhor de tudo, a CNN estaria exibindo as notícias mais recentes da crise do golfo Pérsico e ele podia se sentar até o amanhecer vendo a história da iminente guerra se desenrolar e não pensar em mais nada, pelo menos por uma vez. Estava tão faminto por isto que uma ou duas vezes começou a correr, corridas que rapidamente acabaram com falta de ar de quem está fora de forma e brincadeiras consigo mesmo, e o feliz conhecimento de que não precisava correr afinal, porque ela funcionava vinte e quatro horas por dia, e dava as últimas notícias a qualquer hora.

XIV.

PELA MAIOR PARTE DE AGOSTO DE 1990, PELA PRIMEIRA VEZ DESDE QUE pintara a si mesmo de verde e ficara imaginando por que seu mundo canadense não o compreendia e amava, Mark decidiu que estava vivendo no presente e estava animadíssimo e orgulhoso por isto. Nunca tinha ouvido falar da CNN até três semanas antes, mas agora ele não só a adorava como também adorava o fato de que a adorava, que sinceramente saboreava algo tão moderno. Esta paixão provava que ele ficaria bem; ela o distraía de seus medos cada vez maiores. Aprendeu rapidamente os nomes dos generais e oficiais de defesa americanos, todos os comentaristas da rede de notícias, os títulos e a relativa influência dos diversos representantes da coalizão. Em seu apartamento, pendurou um mapa de um metro e meio quadrado do Oriente Médio e o decorava diariamente — consultando a última edição do *International Herald Tribune* para obter as coordenadas apropriadas — com recortes de papel que passara uma manhã inteira fazendo:

barquinhos para as frotas da coalizão, tanquezinhos para a artilharia e unidades blindadas, pequenos capacetes para a infantaria, bandeiras de papel dos beligerantes que proliferam, e setas vermelhas, curvas, com datas, para mostrar o movimento das tropas.

Novidades, e tão literalmente *novas*: uma guerra na TV com movimentações em tempo real. O que podia ser mais moderno do que ver notícias o tempo inteiro, cobertura de eventos acontecendo em qualquer canto do mundo, que um dia deveria ter levado dias, semanas, meses para chegar até você? Ele estava vivendo nos anos noventa de todo o coração – os anos 1990. Uma antecipação alegre que jamais havia sentido antes: quando as manchetes surgissem novamente na meia hora, seriam meras repetições das manchetes que ele havia acabado de ouvir às 3 da manhã, ou será que algo de novo havia acontecido naquele meio tempo? A própria história do mundo se formava para ele, a cada meia hora, um lapso de tempo confortável o bastante para transformar Mark em um espectador olímpico, reclinado em sua nuvem, enquanto homens-bode de chifres e pêlos lhe davam na boca gostosuras de taças de ouro e bandejas de prata.

Por três semanas, sua felicidade precária lhe deu um tipo agressivo, febril de confiança para continuar sua pesquisa com um quê de distanciamento pessoal e equilíbrio, porque o ponto alto de seu dia – pelo qual esperava em bibliotecas ou lojas de antigüidades ou sua mesa – se equilibrava inegavelmente no tempo *presente*, quando o bem-vindo Fórum abriria seus braços maternos para ele e ele veria os mortais realizarem suas excentricidades.

Até sua noite com John e Nicky, quando, três horas depois que eles o deixaram na mesa, ele percebeu exatamente por que a CNN o agradava tanto: ela lembrava os antigos cinejornais. Ele havia acabado de ver quatro repetições de soldados americanos marchando sob um *voice-over* de um jornalista com voz de barítono. Quatro vezes, e a cada meia hora, um soldado pateta olhava direto para a câmera e pronunciava as palavras *Oi, Mãe!* E a cada vez que as tropas passavam pela câmera, elas pareciam cada vez menos modernas, cada vez mais um documento histórico futuro ou um buquê de memórias pessoais futuras – *quando eu estava em serviço, eu estava na CNN, meu filho me cumprimentou na CNN, meu falecido filho, meu filho que foi morto na guerra do deserto, meu colega disse "Oi, Mãe!" na CNN, lembro que meu sargento ferrou com a gente porque algum brincalhão que eu nem conhecia tinha dito "Oi, Mãe!" quando a CNN estava nos filmando em formação, seu pai era um soldado, aqui tem um vídeo dele, seu avô estava no Exército e lutou na primeira guerra do deserto, você pode ver o filme na unidade de visualização do computador, o filme parece engraçado. Mamãe, por que os soldados têm essa cara?* E na sua quinta inspeção de marcha, Mark viu uma película de sépia cobrindo aqueles rapazes, soldados de cinejornal marchando para salvar o mundo novamente, bem poderiam estar aos saltos, em velocidade acelerada, em preto e branco, e, com um choque de descoberta, Mark se levantou da mesa do saguão do hotel, onde ficara sentado às 3:37 da manhã, enfiando amendoins na boca e tomando a Coca morna direto da garrafa (teta de vidro que tinha o mesmo gosto da que ele tomava no clube de tênis de Toronto onde havia se sentado uma vez por semana – dos seis aos nove anos – vendo sempre o pai jogar mal) e percebeu angustiado que havia sido tapeado. Ninguém jamais sabia que eles eram à moda antiga: todos sempre pensaram que eram a última moda: carros Modelo T caindo aos pedaços não estavam caindo aos pedaços, rádios com estática não tinham um som ruim até o surgimento da televisão, e filmes mudos não eram um precursor fraco dos filmes falados até os filmes falados surgirem. Seu telefone de duas peças, que exigia que você segurasse um cilindro na orelha enquanto gritava para a parede para pedir uma ligação específica para uma telefonista enlouquecida que vivia trocando de plugues, era a mais alta tecnologia. Saber que não era tanto assim teria sido como reconhecer que você iria morrer e a vida era passageira e você já estava a meio caminho de se tornar uma memória ou coisa pior. A verdadeira e pior tragédia dos europeus do Leste do século vinte: eles haviam percebido que eram antigos antes que pudessem fazer algo a respeito. A política deles, a cultura deles, a tecnologia deles, as vidas deles estavam ultrapassadas, o que não era problema, desde que não soubessem disto, mas eles sabiam. Sabiam que a vida era mais rápida, mais aerodinâmica, mais rica e em cores logo depois de seu terrível Muro, do outro lado daquela Cortina de Ferro (o traço definidor de suas vidas construído e apelidado na década de 1940, feito de arame farpado e minas, cujo *design* não fora modificado por décadas).

Ele deu as costas para a tela e olhou pela janela panorâmica para o Corsó quase vazio (um cafetão, um bêbado, um mochileiro sonolento e sem albergue). A CNN era o cinejornal de seu tempo, ele pensou. "Meu tempo", ele disse em voz alta, e a garçonete levantou a cabeça de onde estava limpando os mesmos centímetros quadrados de mesa de coquetel que passara minutos polindo lenta e distraidamente. Meu dia: só isso já deflagrava a angústia. Todo mundo morria ao redor dele e dentro dele. Mais rápido do que poderia viver e crescer, ele estava morrendo e encolhendo. Podia até ser – ele examinou curioso a equipe noturna do Fórum (o *concierge*, a arrumadeira com seu balde e esfregão, a garçonete)

– que algumas pessoas ainda estivessem vivendo e crescendo, mas não soubessem que tudo já estava velho e morrendo? Seria correto contar isso a elas, ou o certo seria ficar calado?

O mesmo veneno penetrara em seu sangue duas horas depois, quando o sol estava nascendo. Ele estava no meio de águas territoriais sauditas, rascunhando cansado datas em setas curvas, reposicionando navios de papel, quando percebeu que todo aquele ato era fútil, um esforço vão de ignorar o ruído. Ele não estava enganando ninguém. Arrancou com raiva o mapa da parede, deixando duas faixas de Ocidente e Oriente pendendo irrelevantes, e rasgou em tiras, devagar, cada barquinho, capacete, tanque e seta curva adoravelmente presos a clipe, fez uma pequena pilha, transformou as espadas em confete. A sensação sombria continuava forte ao meio-dia, quando o pessoal da galeria o despertou de um sono suado e inquieto para entregar sua compra e aceitar sua enorme pilha de forints em uma caixa de sapatos, e ele encostou o enorme trabalho enrolado em papel pardo e barbante no armário de compensado descascando. Não valia sequer a pena desembrulhar: a arte já estava velha. Nicky era a improvável personagem excêntrica nas futuras memórias da Budapeste boêmia de fim de século, e o futuro leitor ficaria chocado ao vê-la como ela era, na época da publicação, aos oitenta anos de idade, iria preferir se agarrar às fotos velhas e granuladas dela como uma jovem linda e careca. A mesma sensação ainda pulsava ao pôr-do-sol (na casa do advogado de Charles Gábor, um ousado anglo-húngaro que havia contratado membros da Ópera de Budapeste para cantar em seu jardim enquanto seus convidados fechavam negócios, paqueravam, bebiam) e os dois amigos falaram sobre o golfo Pérsico, e John riu quando Mark disse, sem esperanças, que haveria uma guerra.

– Uma guerra? Por causa daquilo?

– Uma guerra, não. A guerra. *Nossa* guerra. O próprio estado de coisas dessa cidade vai mudar; já está mudando. Isto não é apenas o final de agosto de 1990. Estes são os últimos meses da nossa paz, o fim do verão antes da guerra da nossa geração. "Como era o verão antes da guerra? Você sabia que o tempo estava acabando? Dava para dizer que tudo ia acabar?" No verão anterior. – John tentou analisar o amigo enquanto caminhavam.

Mark se sentiu examinado, sabia como isso soava, e queria dizer alguma coisa para deixar seu amigo à vontade, muito embora ele soasse assim porque aquela verdade era horrível, mas não sabia o que dizer, e não sabia como explicar que *ele* – o próprio Mark – era o verão, a paz que estava morrendo. Embora caminhassem devagar por uma noite silenciosa e agradável, Mark sentiu o tempo passando pelas orelhas como um tráfego bêbado, como trens supersônicos, como uma manada de feras salivando, revirando os olhos, formando nuvens de poeira com as batidas de suas patas. Ele havia baixado a guarda. CNN! Por alguma razão, ele havia parado de observar o tempo com cuidado, e agora estava pagando pela desatenção. Agora era forçado a se sentar, amarrado brutalmente a uma estaca, com as pálpebras abertas à força. Uma idéia o apaziguava, uma nova idéia: talvez o tempo passasse menos dolorosamente em um lugar que não parecesse velho, que não tivesse história. Toronto, por exemplo.

— Você ainda está de ressaca? — perguntou John.

Quando passaram pelo Hotel Gellért (saudado da mesma maneira em cada livro de turismo por sua "glória esmaecida", tornando-se, por duas semanas em meados de maio, o lugar favorito de Mark no lado de Buda), no primeiro toque límpido da noite, quando a umidade desaparecia antes de um suspiro frio de brisa, Mark mordeu o lábio e disse que não estava se sentindo bem, e antes que John pudesse dizer alguma coisa, o canadense lhe dera as costas e já começava a subir ofegante a colina Gellért na direção de seu apartamento.

XV.

IMRE SELECIONOU PARA SUA REUNIÃO UMA CAFETERIA PEQUENA E ENFUmaçada, cheirando a alvejante e gato molhado, uma escolha intrigante e deliberadamente esquisita de local para Charles.

— Assinei papéis parecidos exatamente ali, naquele prédio — explicou Imre. Apontou para o outro lado da rua de mão única até os escritórios nos quais havia entrado na tarde do enterro do pai para receber as chaves enferrujadas de seu império em ruínas.

— Mesmo? Bem, eu não espero que você vá assinar nada hoje. — Charles retirou da pasta de couro o maço de papéis que seu advogado havia entregue na festa de gala no jardim, na noite anterior. Depositou-os na imitação de mármore queimada e cheia de anéis. — Por que não dá uma olhada nestes papéis com calma e depois rubrica todas essas etiquetinhas aqui: esta, esta, esta, e assine aqui. Date e depois outra rubrica aqui e depois assina o pedido de lance aqui e aqui. Krisztina poderá encaminhá-los ao escritório de Neville.

— O advogado de meu pai se tornou meu advogado naquele dia, sabe? Foi um momento muito estranho. — Imre provou o café e, surpreendendo Charles, retirou com movimentos estudados de um bolso interno sua caneta-tinteiro com forma de charuto. — Eu sabia que este momento iria chegar, claro. Devo tê-lo aguardado por anos. Mesmo assim, a gente sempre fica surpreso quando acontece.

Charles concordou sem pensar.

— Mas você não quer mais tempo para olhar a papelada?

— Sim, sim. — O homem mais velho bateu com a caneta, ainda com a tampa, nas páginas, mas ainda olhava pela janela suja com partículas de sol para o outro lado da rua. Enfiou um garfo no seu doce e uma rachadura apareceu na extensão da camada superior de caramelo âmbar. — Você está em uma posição semelhante a que eu estava então; é notável.

— Claro que sim. — Charles compôs o rosto de acordo com o melodrama de Imre.

— Como eu poderia ter sido feliz num dia daqueles, não sei dizer agora. Mas eu certamente estava. E esta cidade, esta ruína que um dia foi orgulhosa, eu estava feliz por ajudar a reconstruir esse navio. Foi uma época maravilhosa viver aqui, dizer a verdade. Hoje não é tão diferente. Reconstruir. Conhecer seu papel.

Pela janela, Imre ficou examinando o prédio que um dia abrigara a fortuna de sua família, e a sombra daquela manhã de julho, alterada de seus anos de nômade, apareceu para ele. Ele se lembrou do significado óbvio que havia preenchido a sala. O advogado de seu pai havia hesitado: será que aquele jovem estaria à altura da ocasião? Imre havia sido transformado de modo tangível pelo próprio ato da assinatura; sua assinatura propriamente dita era uma viagem por uma fronteira invisível — a viagem do lado esquerdo da linha vazia até o direito, deixando uma trilha preta curva para trás. Uma espiral de tinta preta e o acento final como uma faca no *a* de Horváth — fazia dele um símbolo de algo importante e grande. Todos na sala haviam compreendido.

Charles riu, não pela primeira vez, da semelhança dos ternos que ele e Imre usavam naquela manhã, ambos de um marrom-claro, embora o de Imre tivesse colete. Charles ficava irritado quando se vestia parecido com outra pessoa no mesmo recinto. Isto implicava um valor de mercado não confiável por sua exclusividade e o fazia se sentir como se ele estivesse falando com uma criança que havia acabado de aprender a irritar por meio da imitação.

Imre se levantou da mesa e foi até a janela, onde letras invertidas e velhas teias e bolos de poeira lançaram sombras em seu rosto. Tinha levado o garfo consigo sem perceber, e deixara a caneta sobre a mesa com o acordo de sociedade e o lance para privatização.

— Agora me lembro muito bem do tempo naquele dia. Sol, algumas nuvens, terrivelmente quente. Eu sentia cheiro de algo ruim no pátio do prédio de escritórios, lixo velho no calor. O advogado do meu pai usava calças costuradas a partir de retalhos. Nós todos fazíamos isto naquela época, embora alguns de nós as usássemos melhor do que outros, para você eu posso dizer isto. O dia mais importante de sua vida, um momento maravilhoso, mas saber como acontece, você se sente como se o próprio Deus estivesse segurando você na mão. Eu sabia da importância, que o homem Imre era agora secundário para o futuro disso... Com você é a mesma coisa. Você está aprendendo isso. — Falava de costas para o homem mais novo e olhava para os grandes tijolos marrons do outro lado da rua. — Cada um de nós, juntos... ahhh, ouça só o que eu estou dizendo. Mostre-me onde assinar e vamos em frente com isso. — Mas não saiu de perto da janela.

— Meu Deus, a coisa deu umas reviravoltas esquisitas, mas deu certo — disse Charles a John mais tarde, ao lhe entregar um cheque azul-claro, o equivalente em uma folha fininha a sete meses de salário no *BudapesToday*. — Depois de tudo aquilo ele mal leu o que assinou. Apenas escolheu algumas seções a esmo. Mas não parava de resmungar com lembranças enquanto eu lhe dizia onde rubricar. Como diabos ele conseguiu gerenciar alguma coisa por quarenta anos é algo que me escapa ao entendimento. Ei, eu já te falei que dois dos meus investidores *citaram* o perfil que você fez de mim no ato da assinatura do contrato?

John apertou os olhos e colocou o cheque contra a ducha de setas de ouro brilhantes que o rio disparava para dentro do escritório de Charles. O papel lançava uma sombra retangular azul-claro sobre os olhos e o nariz de John. A marca-d'água — duas sereias beijando as bochechas de um marinheiro surpreso, a boca e os olhos perfeitos *Ohs* de espanto — desaparecia e reaparecia enquanto John passava a folha para a frente e para trás entre ele mesmo e a luz.

— Vou sentir saudades desta vista. — Charles espalmou as mãos contra a janela gigante. Ele havia conseguido, e em breve pediria demissão, revelando para a sua empresa besta e bestificada que realizara, nas horas vagas, o que eles não conseguiram fazer no horário comercial. Ele havia conseguido financiamento suficiente dos bolsos de vários investidores e, com as inesperadas rubricas de

Imre naquela manhã, aquele consórcio havia se tornado o acionista com 49% (com todos os 49% de direitos de voto obtidos por Charles) de uma nova empresa húngara compreendendo a Horváth Verlag (Viena), a infusão razoável que Charles fizera do investimento de terceiros e os vales-privatização de Imre (que não eram grande coisa, apenas o gesto de um governo orgulhoso, porém pobre). Gábor havia, no último minuto, instruído seu advogado para que aumentasse a riqueza da empresa com os vales quase sem valor enviados para seus próprios pais por seus apartamentos da infância. Ele era agora o sócio júnior altamente influente de uma coisa muito concreta.

Mas, por dois dias, John não sacou o cheque – pagamento por "consultoria de relações de imprensa" – nem o enviou ao seu banco nos States. Alguma coisa no ato de depositá-lo o desanimou; era súbito demais, um adeus à marca-d'água, ele havia brincado consigo mesmo, que ainda não estava preparado para dar. Por duas noites, as sereias beijaram seu marinheiro e John ficou pensando. Por dois dias, ele guardou o papel na carteira, e em momentos aleatórios – digitando no escritório, degustando no Gerbeaud, dedilhando na casa de Nicky –, ele imaginou a marca-d'água – bidimensional, pálida, fluida – criar vida no seu bolso: os cabelos compridos das sereias, os lábios suaves nas bochechas do marinheiro assustado, o desejo dele de agarrar as duas num abraço aquacarnal, mas em conflito com o conhecimento da força delas, a rendição inevitável. "Me beije, minha sereia", John murmurou para a mulher careca nua pintando à luz da lâmpada, às três da manhã, na terceira noite. Ela pensara que ele estivesse dormindo. Estremecendo levemente com a voz dele, ela lhe disse friamente que fosse embora, dormir em casa. Liquidou o marinheiro atormentado na manhã seguinte.

XVI.

A AUSÊNCIA DE MARK, DEPOIS DE DEZ DIAS E SEIS MENSAGENS TELEFÔNICAS não retornadas, foi diagnosticada por John como o estágio dois da inconfundível Síndrome da Visita da Família. Os sintomas agora eram fáceis de reconhecer na comunidade devastada pela peste. Estágio um: referências sussurradas a "uma semana ocupada logo adiante", um silêncio cada vez maior, aberrações de personalidade esporádicas (irritabilidade, infantilidade, histeria, isolamento). Estágio dois: o desaparecimento total de cinco a quatorze dias, a não ser (possivelmente) por apresentações apressadas de amigos para pessoas mais velhas, timidas, sofrendo de *jet lag* com sensos de humor variando do peculiar ao inexistente. Estágio três: um súbito e alardeado retorno à sociedade com uma exagerada onipresença e um imenso apetite de bebida, danças e romance; e uma elegia nervosa e verborrágica sobre as alegrias de morar sozinho em Budapeste.

John teria muito a relatar quando Mark se recuperasse. Charles Gábor havia largado o emprego, para surpresa idiota do Vício-presidente, e agora tinha quinze dias para se mudar do bangalô que sua firma havia lhe comprado. Ao depositar seu cheque, John havia feito um ótimo acréscimo à sua renda anual, mas não conseguia pensar em nada para comprar a não ser uma mochila com jato-foguete para voar bem acima de Budapeste, cones alaranjados de chamas o impulsionando — uma lenda viva na cena dos jornalistas expatriados — como um cometa. Ele pediria conselhos a Mark para saber qual a melhor maneira de ser rico, já que o canadense agia com tamanha elegância. E Mark descobriria que Charles também havia subido aos píncaros, cortesia de John. Ted Winston, um esquadrão de cavalheiros salafrários em Wall Street, e o apetite insaciável e a lógica maluca da máquina de notícias americana, que, nesse caso, o próprio John finalmente havia feito entrar em ação com uma série de artigos à medida que o negócio esquentava:

...Finalmente, para aqueles de vocês que acompanham minha cobertura do capitalista que salvou a cultura húngara, minhas fontes me dizem que o pedido de lance da Gábor-Horváth de reclamar a instituição ancestral já deu entrada no governo, e que os magiares famintos de dinheiro acham extremamente atraente. Outros candidatos deveriam pensar duas ou três vezes antes de se incomodar em desafiar esses fanáticos. "Existem muitas outras maravilhosas propriedades a serem pedidas", disse-me, outro dia, um alto representante da Agência de Privatização do Estado, com um jeito muito parecido com o de um vendedor semi-alfabetizado de carros usados se preparando para uma venda de fim de semana...

...Se isso é possível, a notícia é ainda mais humilhante vista de alguns de seus empreendimentos no exterior. Em Budapeste, por exemplo, após meses de aparente paralisia, durante os quais a empresa parecia incapaz de iniciar qualquer projeto, um sócio júnior da empresa agora pediu demissão com uma inconfundível frustração com seus empregadores que não fazem nada e está envidando seus próprios esforços para rejuvenescer uma velha editora húngara. Esta história, que já vem sendo apresentada há várias semanas no jornal de língua inglesa local, obteve atenção internacional à luz de recentes investigações dos negócios da empresa nos Estados Unidos pelo Minis-

tério da Justiça, liderados por um advogado, cujas aspirações políticas não são segredo para ninguém...

...E, mudando de assunto, um de nossos jovens de Cleveland está mostrando o que um pouquinho de imaginação, algum dinheiro, coragem e muito idealismo à moda americana podem fazer. Carl Maxwell tem a história da bela cidade antiga de Budapeste, capital na nação da Hungria, localizada bem longe no Leste europeu. Carl?...

E, na expectativa de pagamentos contínuos, John lutava, dentro e fora de sua coluna, para manter o sucesso de Charles. Engolia em seco e desempenhava o papel de animado organizador de redes em nome de Charles, colhendo pessoas ricas e funcionários do governo húngaro desenterrados no decorrer de entrevistas e matérias. Outra coisa, que o divertia mais, era preparar descrições, para a diversão de Mark, dessas introduções insossas e conversas repetitivas, da maneira falso-macho e do comportamento modesto. "Acabou que eu virei um cafetão muito habilidoso", John planejou contar ao amigo. "É uma profissão nobre, com uma grande história."

Mas chegou o dia do casamento de Scott, e, naquela noite, Charles relatou para John que não fora convidado, que Mark havia estado notavelmente ausente da pequena cerimônia. Charles, em um ataque de sensibilidade que John achara quase engraçado, não mencionou a ausência de John, mas relatou uma edição divertida das núpcias, pontos altos selecionados especialmente para ele: Emily havia usado um chapéu de palha grande e redondo, um vestido de verão e sandálias com tiras que cruzavam seus tornozelos marrons. "Em outras palavras, parecia que ela estava fazendo uma audição para um anúncio de ducha." A igreja não estava muito ocupada: Charles e Emily, alguns professores de inglês, meia dúzia de seus alunos, um quarteto de amigos bastante animados de Mária, e sete parentes dela. O noivo, vestindo trajes formais húngaros tradicionais, estava no meio dos irmãos de Mária, dois hidrantes vermelhos embrulhados em uniforme de gala do Exército húngaro. "Parecia um julgamento de pena capital." A cerimônia católica foi agressivamente longa. Hinos iam e vinham indefinidamente como sinfonias, sermões se prolongavam como palestras de faculdade, bênçãos passavam como negociações de fusões e aquisições. A congregação se levantava e ficava em pé até as pernas doerem e tremerem, e ele lutou para endireitar a coluna. A congregação ficava sentada imóvel até que as nádegas dele se fundiam no banco de madeira lisa transubstanciado em concreto fumegante. Algumas horas e um beijo depois, eles foram direcionados para a porta ao lado, para o pátio do Hilton. Sob um toldo de listras amarelas sustentado por estacas de metal com tinta branca descascando e exibindo pequenas bandeiras húngaras nas pontas, estavam montadas quatro mesas com um almoço, ligeiramente ao lado de mesas idênticas servindo um almoço idêntico para turistas intimidados e animados pela súbita aparição de uma vida certamente não turística.

E isso foi tudo o que John ficou sabendo do casamento de seu irmão. Ele não havia conversado com o noivo nem o visto desde o anúncio do noivado, um mês antes. Ele certamente não havia recebido um convite por escrito, como os outros. Mas também não tinha dado os parabéns ao irmão depois do fiasco do bigode púrpura, e talvez fosse justamente isto o que deveria ter feito. Mas agora, depois de tantos anos de procura, isso havia sido insuportável. Não fazia diferença. A seriedade estava certamente em outro lugar.

Quando a ausência de Mark persistiu, na segunda semana de setembro, John decidiu que o canadense estava provavelmente em uma viagem de pesquisa. Devia ter dito algo antes de viajar, mas Mark fazia o que lhe dava na telha. John havia passado vezes demais na casa dele, deixado mensagens demais. Nesse meio tempo, tinha coisas melhores para fazer.

Naquela tarde, parou no prédio de Mark para ver se o amigo havia voltado. Com Scott sendo uma causa definitivamente perdida, com Emily ainda assustadora demais para que ele se aproximasse, com Charles viajando a toda hora entre Budapeste e Viena, com Nicky estranhamente não disponível e mais esquiva que o normal, e com longas duas horas antes de Nádja começar a tocar, não tinha nada melhor para fazer. Na verdade, estava doido por companhia. Estava sacudindo a chuva de início de outono de seu guarda-chuva, batendo na porta sem ninguém atender, mexendo chateado na maçaneta, olhando as janelas rebeldemente reflexivas, quando um húngaro grande e barbudo emergiu de um apartamento vizinho. Uma longa corrente de palavras estrangeiras – John entendeu *az amerikai* – acompanhava esta chegada ursina. John apontou para o apartamento de Mark e corrigiu a barba que flutuava logo acima da altura dos seus olhos: "*Kanadai.*" Mais palavras estrangeiras. Por fim, o homem esfregou os dedos e o polegar da mão direita e bateu duas vezes na porta de Mark: o aluguel parecia atrasado. "Ahhh", disse John. "Ok, ok." Com mais linguagem de sinais, ele convenceu o homem – um senhorio ou superintendente, evidentemente – a destrancar a porta de Mark e os dois entraram, cada um com a permissão do outro.

O super parou na frente da enorme fotografia inclinada contra a parede, o torso copulante de John ao centro. Mordiscando a barba e olhando para a obra com uma concentração preocupada, ele assentiu devagar. John foi de quarto em quarto, abrindo gavetas e armários. As roupas de Mark haviam desaparecido, a bagagem também, os artigos de toalete idem. Algumas roupas por lavar haviam sido esquecidas, agora duras e fedendo na máquina de lavar, e o gramofone imenso estava no canto. Seus livros e anotações permaneciam lá, todos removidos das prateleiras e empilhados direitinho sobre a mesa da cozinha, sob um envelope com o nome de Nicky. John rasgou o envelope em pânico, mas não achou nenhuma nota de suicídio (e rapidamente lamentou ter sido tapeado no pânico momentâneo), apenas uma polaróide borrada: metade de Mark em pé ao lado da grande obra de Nicky, apontando para ela com o mesmo ar de propriedade orgulhosa do cortesão elisabetano. O trabalho de Nicky estava invertido na fotografia (professor à direita, cortesão à esquerda), e a metade visível no rosto de Mark estava coberta por uma câmera Polaroid: a foto havia sido tirada – e mal – pelo próprio Mark, usando um espelho.

Fosse qual fosse aquela cena, a primeira impressão que John teve era de uma leve irrealidade, ou apenas a mais recente exibição de loucura do acadêmico peculiar – não tanto algo que ele havia feito, mas algo que ele *iria* fazer. Mark não havia se matado ou sido seqüestrado: ele simplesmente fora embora, ostensivamente sem dizer adeus para ninguém, e agora John estava infantilmente irritado com a afronta, para, logo em seguida, ficar sentindo pena de si mesmo. Ligou para Charles:

– Mark te falou que estava indo embora? – Sentiu-se aliviado por não ser o único. – Nesse caso, tenho alguém aqui para falar com você se ainda estiver procurando um apartamento. E diga para ele me deixar sozinho até você chegar aqui. – Entregou o fone para o senhorio (que não queria tirar os olhos da vasta e estimulante obra de Nicky).

Sozinho, John percebeu que deveria fazer alguma coisa, compreender alguma coisa a respeito disso tudo. Ferveu água para o chá de morango tcheco que a cozinha pobre tinha. Ouviu e depois apagou três semanas de sua própria voz solitária na secretária eletrônica, que não tinha mais nada além disto, o tom imploratório de suas mensagens, ao mesmo tempo fascinante e repelente. Sentou-se à mesinha de Mark, sob o cartaz de Sarah Bernhardt e das fronteiras de mapa vazias. Leu os cadernos de notas de Mark do início ao fim, pronto para compreender, esperando explicações a cada página virada, aberto a qualquer mensagem que Mark ou o Destino quisessem mandar para ele, ao mesmo tempo em que começava a dizer a si mesmo que, sim, Mark fora embora sem se despedir, mas isto não importava, não era sério, não poderia ter nenhum impacto em nada real...

As datas das entradas do diário começaram em março, seis semanas antes da chegada de John a Budapeste, e elas compreenderam, por dois meses, registros de pesquisa densos, eficientes, formalizados: números, citações, referências, referências cruzadas, resumos de capítulos, ensaios semi-acabados, descrições de lojas de antigüidades recheadas de números de pedidos de biblioteca entre parênteses. Ensaios sobre episódios particulares da história de Budapeste e o efeito destes episódios sobre a paisagem da cidade deram sono em John; tornou a encher a xícara de chá e abriu a janela. Começou a duvidar de que encontraria alguma mensagem, perdera o rumo do que estava esperando encontrar, imaginou-se — em algum momento de um futuro indeterminado, em um lugar melhor — descobrindo que algum amigo havia desaparecido e vasculhando propositalmente os cadernos de anotações do amigo à procura de uma explicação.

...sem insight *nem interesse, a questão abandonada pelo Parlamento, e questões pertinentes de responsabilidade para com o passado ignoradas pela população ansiosa para esquecer (seletivamente)... ref-cruzada: ler Pruth sobre nostalgia coletiva durante eras de transformação...*

...por cento de conhecimento pop sobre e zangado com tratado de setenta anos antes notável – comparar com datas fulcrais no Ocidente. Fazer verificação cruzada de mitos nacionais centrados em traição para uma profundidade mensurável de afeto por hábitos pré-traição etc...

...Quanto tempo até que o país, ou determinados setores (mais velhos, por exemplo) começam a desejar algum elemento intangível de recém-descartado passado comunista (estabilidade, segurança etc.?). Vale a pena medir a penetração e durabilidade dessa "nostalgie de la misère" e compará-la à penetração e durabilidade de falsa nostalgia <u>irônica</u> pelo Comunismo (ou seja, fotos no A Házam, V. I. Lenin's Pizza Shack, participação de estudantes universitários em paradas da Revolução de Outubro bregas etc.)...

...Ponderar isto: um adolescente, na Hungria de 1953, se rebela contra os idiotas que lhe ensinam e aos seus camaradas idiotas que seguem, feito vaquinhas de presépio, a linha do Partido. Acontece que, trinta e seis anos depois, aquele adolescente rebelde era <u>moralista</u>, um herói da consciência. Pergunta: se ele tivesse crescido no Canadá, teria se rebelado de algum modo só porque era adolescente? Pensamento para pesquisa: existe algum grau mais elevado de nostalgia para adolescência entre pessoas que, retrospectivamente, teriam sido adolescentes sob um sistema subseqüentemente considerado imoral?

Esses esforços semi-acadêmicos iniciais logo se desviaram para longe de academicismos. Até o final de maio, ensaios sobre as reações de Mark para sua pesquisa predominaram, substituindo a pesquisa propriamente dita. A escrita foi ficando mais introspectiva, quase adolescente: descrições de solidão e de desejo que John achou embaraçosas, longas listas de perguntas sobre o sentido da vida e do trabalho, tiradas contra membros da família e conhecidos, ensaios estranhos: *Será a memória uma substância, um fluido secretado de dentro de nós enrolados de geléia cerebral viscosa, ativada por cheiros? Será que batidas na cabeça deslocam essa gosma mnemônica? Ou será a memória uma força elétrica ativada por praticantes de medicina alternativa que tocam memórias mapeáveis e liberam um fluxo súbito? Ou será a memória uma biblioteca, empoeirada e cheia de livros para além de toda a lógica, mil volumes grossos por dia enchendo o saguão da biblioteca e subindo as escadas, transbordando pelos poços dos elevadores, entupindo as pias e os vasos, esmagando estantes de metal como papel, caindo pelas janelas estilhaçadas em uma pilha bagunçada sobre as calçadas e alguns exemplares velhos rasgados, depositados há muito tempo, estão subitamente disponíveis novamente, e velhos param, olham e se maravilham ao folhear páginas aos pedaços que quase se derretem ao seu toque e suas lágrimas enquanto eles lêem sobre seus bichinhos de estimação da infância e as receitas particulares de suas mães, de vizinhos inexplicavelmente ameaçadores e o cheiro do rosto do pai depois que ele fez a barba...*

A terceira necessidade primária do homem. Ao contrário de Tanatos, que leva o homem a procurar o fim, e Eros, que leva os homens a olharem diretamente para baixo, Retros nos leva a olhar para trás.

Mark não havia feito trabalho algum por meses, talvez nada de nenhuma significação desde as primeiras semanas após sua chegada. O acadêmico tentava, no meio desses surtos, voltar ao foco, e, por um ou dois dias, produzia o mesmo tipo de entradas sérias que havia feito no começo, mas elas não duravam.

Existe uma velha escola canadense de pensamento que reza: se você não falar a respeito, isso desaparecerá, e esta é uma questão pertinente. Ninguém gosta de se aborrecer. Olhe nos olhos deles quando eu relaxo – eles ficam tensos. Agora, por que isso ocorre? Porque eu sou invertido. Eu sou o enforcado. Eu ando para trás e preciso parar de me orgulhar disto. É errado andar para trás na frente dos outros. As coisas poderiam ser bem piores. A dor dos outros pior que a sua própria. Mortos de guerra, claro. Eles mataram um monte de canadenses em Dieppe, montes de garotinhos com pastas, montes de sabonetes favoritos para as mãos, muitas noites passadas com o rádio sem fio, montes de outras memórias. Toda vez que eu peço a eles para verem como eu vejo, eles sorriem. E eles têm razão: eu preciso parar. Vírus exigem quarentenas. Eu estou pronto, estou lhes dizendo, agora está tudo feito, foi mexido, mexido, mexido eu estou pisando, mexendo, pisando. Estou pronto. Vou ser bom, por favor parei de me afastar de todo mundo estou tão pronto, por favor, por favor, por favor, eu vou ser bom.

Os diários não terminavam ali, naquele impalatável coquetel do patético e do perturbado. Ao invés disso – e isto incomodava John mais do que todo o resto, mais do que o tédio da pesquisa, a angústia que aumentava ou da idéia cada vez mais crível, mas ainda um tanto inacreditável, de que Mark estivesse literalmente "doente" ou "em perigo" –, ao invés disso, o último dos cadernos de anotações terminava com Mark percebendo como soava e em seguida recuando amedrontado. John via Mark ficar enojado e se envolver em um divertimento irônico:

Espere! Isto está se tornando o testamento de alguém "que não está bem". Que chato. Eu fiquei todo mal. Estou percebendo que preciso me remover de estímulos que não me ajudam, ir para onde as coisas sejam seguramente insossas. Você concorda? Muito justo. E isto é uma infelicidade, meu fracasso, pois ele necessariamente obscurece a questão: a doença é chata. A coisa mais interessante em Einstein não era sua intolerância à lactose. Só porque eu não estou nos trinques não quer dizer que eu esteja errado. Eu poderia ser perfeitamente saudável e ainda assim ter razão em tudo o mais. Existem bilhões de pessoas que são saudáveis e concordam comigo. Eu sei que existem; posso provar; leia minha dissertação; eu <u>provei</u>*. Claro. Só não consigo mais agüentar falar com elas, assim como vocês não conseguem mais agüentar falar comigo. E por que deveriam? Claro que é preciso se lembrar do seguinte: amor não correspondido não é fatal. É apenas um distúrbio digestivo temporário que não deixa marcas visíveis, apenas uma incapacidade recém-adquirida, porém permanente, de comer certas coisas específicas e desnecessárias sem ter uma terrível tensão digestiva. Camarão me dá gases, então não como camarão. Não fico sentado acordado noites a fio chorando sobre camarão, certo? Então? Tome duas aspirinas e um copo cheio de água, lembra? Agora eu preciso mesmo calar a minha boca. Fiquei "!" e um pouco "irc" e um tanto "ah, estou entendendo...". É assim que funciona uma bicha gorda canadense.*

Assim terminavam os esforços de Mark Payton para expandir sua dissertação de doutorado em uma história popular da nostalgia. E John se lembrou com tristeza de que nunca apresentara Mark a Nádja, embora Mark tivesse pedido isto diversas vezes.

Não sabia onde colocar os olhos, embaraçado, até mesmo envergonhado, por tudo o que olhava: as duas tiras de geografia disparatada com bordas brancas suaves rasgadas, o cartaz de Sarah Bernhardt, amarelado onde encontrava a parede e com pontinhos de alguma coisa marrom-alaranjada que havia espirrado de uma frigideira, a pilha de cadernos em espiral e textos grossos: *Retalhos de glória, restos de orgulho: como impérios morrem e são lembrados. Era Sade um sádico? Era Cristo um cristão?: uma exploração das questões de nomenclatura cercando líderes carismáticos. Budapeste 1900. Você é meu sargento?: disfunção mnemotemporal em veteranos de combate.* Uma mosca se materializou na capa do primeiro texto, *Os fins de um século: transformações culturais nos 90s, 1290-1899*, por Lisa R. Pruth, M.Phil. Ela passeou alguns centímetros e repousou, e, em seguida, retomou a caminhada. Parou pela segunda vez no recesso do título preto estampado na capa vermelha. Esfregou as patinhas e examinou John por meio de sua centena de olhos dourados. John a esmagou no c preto de *culturais* e ficou sentado por minutos examinando a nova forma na luz cinzenta e chuvosa que forçava passagem pelas janelas. Pernas capilares fraturadas e asas translúcidas despontavam do corpo molhado como uma escultura moderna. Não importava a força do sopro de John, a asa tremia, mas não se soltava. Menos de uma hora até Nádja começar a tocar. Tudo o que era sério, que realmente importava, esperava naquele banco de piano.

Charles chegou intocado pela chuva e foi interceptado na porta pelo húngaro fluente do supergigante e os assentimentos pontuados por uma palavra só de sua esposa miudinha, toda vestida de brim.

— O que houve com Madame Nostalgia? — perguntou.

— Acho que Mark se cansou deste lugar.

— Ele tinha razão. Será que ele deixou alguma coisa para comer? Porque eu estou morrendo de fome.

John enfiou os cadernos de notas numa sacola de rede que a mulher do super apanhou para ele, e deixou os outros três lotando o apartamento abandonado, preparando-se para negociar. A mulher parou, cobriu a boca e soltou um gritinho com a indelicada colagem fotográfica.

Ele tentou inclinar o guarda-chuva para proteger a si mesmo e aos jornais da chuva, mas seus tornozelos logo ficaram encharcados; subitamente estava usando botas escuras e de cores irregulares. Uma poça nojenta saltou e o abraçou até a virilha; agora ele trajava as calças apertadas e particoloridas de um bobo da corte. Os carros que passavam massagearam duas vezes seu braço e sua mão, que estavam no lado da rua, com uma água fria e marrom. Quando ele desceu até o rio — um caos de círculos concêntricos em uma competição frenética —, estava sentindo frio da cabeça aos pés. Logo ele já estava correndo pela ponte da Liberdade e descendo o Corsó, e estava sem fôlego e encharcado quando se sentou ao lado dela na sala quase vazia, trazendo seu saco de rede e o suborno infantil e esperançoso de um Rob Roy.

— Me conte uma história — exigiu baixinho.

— Meu Deus, John Price. Você está com uma cara de...

— Me conte uma das suas histórias.

— Sobre o quê?

— Qualquer coisa. Por favor. Sobre qualquer coisa. Só me conte uma boa história.

PARTE QUATRO

PRAGA

I.

NOVE LÍMPIDAS RECORDAÇÕES DO OUTONO DE 1990:

(1) Charles Gábor atendendo à sua porta (ex-porta de Mark Payton) com as cuecas na cabeça, o nariz saindo de forma pouco apetecível pela abertura em Y.

Charles passava tanto tempo na companhia de Imre Horváth agora — esboçando novos modelos de receita e planos de administração, recebendo ensinamentos gentis ou exortações intensas sobre a importância da editora para a história da Hungria e seu desenvolvimento moral futuro — que o jovem ficava sempre prestes a um notável ataque de birra infantil quando era liberado da magnífica companhia de seu parceiro. Charles atendeu a porta com as cuecas na cabeça; também vestia um robe de seda chinesa de cor azul-metálico, estampado com pagodes e dragões dourados.

— Estou começando a suspeitar que o inquilino anterior não estava praticando a mais rigorosa heterossexualidade. — Charles abriu as abas do robe abandonado de Mark, resgatado de um gancho de banheiro oculto e, portanto, esquecido, e tirou uma piteira comprida de um dos bolsos.

O mundo de John havia encolhido para Charles, Nádja e Nicky, isso quando ele conseguia atrair a atenção dela. Desabou em uma cadeira.

— Você realmente gostava daquele camarada, não gostava? — perguntou Charles, ligeiramente surpreso com a possibilidade. — Eu não agüentava muito o sujeito, para ser franco. Gostava dele, mas sempre achei que ele era muito caga-regras. Tipo, as pessoas não faziam determinadas coisas no passado, por exemplo, e eu inventei isso no mês passado.

— Se você está dizendo...

Por fim, Charles acabou tirando a cueca da cabeça.

— E então, ahn, seu irmão comentou alguma coisa com você sobre hoje?

— Não, eu não estou falando com ele já faz um tempo.

— Foi o que eu pensei.

(2) E, ENTÃO, NO FIM daquela tarde, Charles, explicando que o negócio dele era "melhor comunicação na família, cara", levou John até a Estação Keleti, sem explicações, e lá ele o apresentou a Scott e Mária, que estavam prestes a embarcar no trem para uma mudança permanente para a Transilvânia – para ensinar inglês e música, respectivamente.

Os olhos de John flutuaram irresistivelmente através do ar frio até a aba do telhado da estação: formando um ângulo reto, o arcabouço formado com suportes de metal enferrujado, não exatamente transparentes, mas branco-sujos, como a cobertura plástica de uma enorme e malcuidada estufa de jardim. Os dois irmãos caminharam lentamente pela plataforma – iluminada pela luz do sol destilada através da translucidez poeirenta –, enquanto Charles e Mária iam à procura de jornais e chocolate para a viagem.

— Por que você não me disse que estava indo embora?

— Ah, não me venha com essa.

— Como foi o casamento?

— Saiu em todas as revistas internacionais de noivas.

— Me escute. – John parou de andar. – Sabe o que eu penso? Todo mundo odeia sua infância, e as pessoas vivem falando em superá-la e em como suas famílias de merda moldaram suas personalidades. Mas como isto pode ser possível? Se todo mundo teve uma família de merda, então por que todos temos personalidades diferentes? Não deve ser a coisa mais relevante, sabe o que eu estou dizendo? Não precisa ser...

— Era exatamente por *isso* que eu não disse a você que estava indo embora. – Scott riu e consultou o relógio. – Então ok, meu irmão, não me siga desta vez. – Outra risada. – Ou terei de matar você, o que é completamente legal na Transilvânia. – Uma risada. – Sério. – Um rosto sério para combinar. – Não quero nunca mais ver você. – Uma pausa, e depois uma risada.

— O *que* eu fiz para você?

— Como assim?

— Seja o que quer que tenha acontecido a você, eu não fiz nada.

— Não, claro que não. Você é perfeito. Não mude nunca. – Pausa. – Você precisa relaxar um pouco melhor, meu irmão. Você leva as coisas muito a sério. – Pausa. – Mas, falando sério... – Sorriso. – Nunca mais quero ver você. – Risada.

E então o trem: um refugiado sujo, depauperado e fumegante de um filme de guerra velho, a própria curva das letras serifadas em seus flancos redondos e cinzentos de fuligem uma reversão tipográfica (BUDAPESTE–BUCURESTI NORD) que Mark teria adorado, e Scott inclinando-se para fora da janela enquanto a fera começava a se mover em espasmos, arrastando-se para a luz brilhante do dia azul de outono que era a quarta parede da estação. Scott se inclinava perigosamente para fora da janela, uma exibição agressiva de *joie de vivre*; suas pernas eram a única parte invisível do corpo. Acenou com ambos os braços, um exuberante moinho de vento de despedida; seu rosto partido em um sorriso, largo e cheio de dentes; olhou o irmão nos olhos; e em seguida sua mão mais próxima se dobrou em um gesto obsceno padrão, apenas por um momento, e então ondas sorridentes amplas novamente, depois o gesto obsceno, para a frente e para trás, até o trem se afastar o bastante para fazer a primeira curva. Uma brisa fresca de outono varria papéis de bala e cinzas de cigarro ao longo da plataforma; tudo o que era bom na temporada se desfazia no ar ao redor daquela recordação ambígua em construção: Mária, silenciosamente estarrecida por não estar indo para o Ocidente, sorrindo resignada sobre o ombro de Scott, e Scott – vestido com um paletó de *tweed*, camisa branca Oxford e gravata – inclinava-se para fora do trem antigo, acenando e sorrindo, erguendo com hostilidade ou falsa hostilidade o dedo médio para o irmão enquanto nuvens impossivelmente brancas encontravam os primeiros fragmentos de preto saindo da locomotiva que se afastava, um céu impossivelmente azul se encaixava no espaço entre as fachadas irregulares de prédios vizinhos e do ressalto do telhado, húngaros na plataforma acenavam para outros passageiros que encolhiam, e o relógio enorme, que não era lavado havia décadas, mas que se esforçava para dar a hora certa, avançava em cliques que ecoavam sem o benefício da tecnologia cronométrica de quartzo suíço anunciada no letreiro logo abaixo.

E a cada ano que passava, quando os dias brilhantes de setembro do lado de fora de uma janela de banheiro aberta e fumegante lembrassem a cena para John, ele examinaria o rosto em lento, porém inexorável envelhecimento, que apertava os olhos acima da pia do banheiro, e embora ele nunca tivesse sido muito parecido com Scott, o garoto no trem que se afastava nunca envelhecia nem sequer um dia; apenas um fragmento ocasional de sua escrita – cometida em momentos de fraqueza sentimental de pontos ainda mais distantes para o leste – demonstrava algum vestígio da passagem do tempo, mas seu rosto estaria eternamente sorridente, emoldurado por cabelos louros, sempre tocado por trás por uma adorável esposa húngara, sempre possuindo algum conhecimento profundo e crucial que John não conseguia obter, sempre indo para céus azuis de fim de verão com temperaturas do começo do outono, o tipo de temperatura que só existe em retrospecto.

— Agora um pouco de diversão, por favor! — Era o grito de batalha da temporada, uma frase de sentido flexível. John murmurou esta frase agora, depois que o trem de Scott e Mária havia deixado uma estação estranhamente silenciosa para trás, e Charles compreendeu que John queria dizer "já vão tarde".

— Você dormiu com ela, não dormiu? — perguntou Charles.

— Achei que estava fazendo a coisa certa.

— Ah, fez mesmo, com certeza.

Saíram da estação para o sol brilhante da praça Baross na hora exata para ver, na mesa de calçada de um café, um homenzarrão metido numa parka azul se levantar enfurecido e virar a mesa, derramando bebidas e copos em sua companheira apavorada. Viram quando ele gritou com ela, ela cobriu o rosto com as mãos e começou a chorar. Viram quando ele baixou o zíper das calças, pôs o membro para fora e, às gargalhadas, esguichou urina nos sapatos dela, na mesa virada e nos pratos esparramados. Dois garçons magros trocaram algumas palavras e decidiram não interferir (um decisivamente recuando para dentro do café, mas apenas para voltar depois com um esfregão).

— Vai ser um bom outono — disse Charles. — Os augúrios estão parecendo muito positivos.

(3) A PRIMEIRA INDISCUTÍVEL noite de outono (setembro), quando só um suéter não é o suficiente depois que escurece.

A árvore estava soltando suas folhas distintivas, quase todas ao mesmo tempo. Num esforço para segurar a atenção dela por mais um minuto e impressioná-la com um comentário inteligente, disse que elas pareciam pequenos leques orientais. Nicky disse que não, que elas pareciam com uma frota de perfeitas meias-conchas motorizadas, espumando na beira da praia, das quais um enxame de recém-nascidas Vênus de Botticelli, nuas, porém tímidas, haviam acabado de desembarcar, pisando na areia para se instalar em um exclusivo *resort* de praia somente para deusas do amor, onde se deitariam em espreguiçadeiras e bebericariam coquetéis de frutas geladinhos (servidos por garçons eunucos) ao mesmo tempo em que manteriam as pernas delicadamente cruzadas e um braço posicionado estrategicamente sobre os seios nus. *Leques* orientais, ora!

Então, ele beijou Nicky, apertou-a contra a grade e beijou-a com força, com tudo o que tinha no coração e na virilha por ela, sentiu gosto de cebola e fumaça, sentiu o peito dela inchar, beijou-a com força na esperança vã de poder afastar a expressão distante e familiar que havia visto se infiltrar no rosto dela uma hora antes, durante o jantar (durante o qual debateram se o pobre Mark queria ser encontrado ou não): daqui a pouco, ela iria dizer que estava se sentindo particularmente inspirada e doida para trabalhar, e não deixaria que ele entrasse, ou não o deixaria ficar mais do que o necessário para certas combinações a serem executadas. Beijou-a para pedir mais tempo. Segurou os braços dela com força ao lado do corpo, e então segurou o rosto dela nas mãos. Ela gemeu; ele suspirou. "Droga, cara, tá muito bom, mas você vai ter que segurar isso até amanhã, que eu estou doida pra..." E ele a deixou voltar para casa sozinha – "regras são regras, a hora do recreio acabou" –, mas, depois que partiram, ele não conseguiu deixar de imaginar se ela iria mesmo para casa trabalhar, e, por um momento, se divertiu com a idéia de segui-la, escondendo-se atrás de árvores frias, observando malicioso de uma distância segura enquanto a careca lisa deslizava na direção da colina do Castelo, dava a volta no círculo, passava pela ponte, descia o bulevar na direção da sua ruazinha velha, e será que ela ia trabalhar ou encontrar alguém?

Ele não a viu descer por muito tempo; virou-se e subiu a colina, vagando sem destino pelas ruas laterais até que lhe ocorreu a idéia de ir para o pequeno bar de porão decorado com uma parafernália de touradas e dirigido por um casal de velhinhos húngaros que, naquele verão, depois que John passara a ir com regularidade há um ou dois meses, se apresentaram tímidos e lhe ofereceram uma dose de absinto de verdade, escondido embaixo do bar em uma garrafa preta soprada no formato de um urso que ria e chorava.

(4) O TINIDO PROLONGADO de cristal beijando cristal.

— Sabe, na faculdade de administração, a frase tinha um significado distinto: "Vou entrar para o ramo editorial" significava algo muito específico. Assim como quando você saía de uma prova e alguém te perguntava como foi e você sabia que tinha tomado bomba, você dizia: "Parece que vou entrar para o ramo editorial." Ou alguém é apanhado de surpresa, despreparado, com a pergunta de um professor sobre um estudo de caso, e a pessoa se virava para responder, e já dava para ouvir os outros alunos da turma cantarolando: "Parece que alguém vai entrar para o ramo editorial." Se eles pudessem me ver agora, eu ia ouvir muita sacanagem por causa desse negócio.

Imre chegou atrasado e aceitou uma taça de Bordeaux.

— Károly estava justamente me dizendo como o futuro do ramo editorial era um tema muito discutido na faculdade de administração — disse John.

— Isso é maravilhoso, e eu digo a ele que ele deve trazer exatamente esse pensamento de sua formação, deve levar para casa seu novo pensamento, o que aprendeu no exterior. — Os dois homens brindaram e disseram algo em húngaro.

E por alguma razão, aquele exato instante se destilou em pura memória e se agarrou a John por muitos anos, passando por dentro dele como um vírus adormecido. Eles pareciam quase idênticos, naquele momento, os dois homens de negócios, e John acreditou na história, no destino e na vida de Imre, acreditou que uma instituição ancestral estava entrando com força total no futuro com toda a juventude e energia de Charles Gábor, falsamente envergonhado ou não, desempenhando o papel de sua turbina. Naquele momento, os dois homens formavam uma imagem especular centrada no ponto onde as duas taças de vinho se tocavam: o braço dobrado embainhado em uma manga de terno de lã leve e uma camisa de corte fino com abotoaduras de prata, o ombro ligeiramente inclinado para a frente como um esgrimista *en garde*, a expressão séria e (ligeiramente irônica) concentrada, a ruga que se movia ao redor dos olhos, a juba de cabelos, a intensa fé no colega que olhava do outro lado da ponte de cristal. John ficou sentado de lado, e por um breve instante o eco do cristal se espalhou pelo ar e caiu na mesa, ele sentiu uma pulsação quente de inveja na garganta, como uma casamenteira profissional quando se pergunta — pela primeira vez em uma longa e bem-sucedida carreira — se ela não havia adiado sua própria felicidade até ser tarde demais.

Os três caminharam, naquela fria noite de outubro, pela praça Deák, onde o poço que iria se tornar o estacionamento subterrâneo do Hotel Kempinski havia chegado ao seu ponto mais baixo e o hotel de vidro estava pronto para florescer a partir daquele ninho fundo. Imre os levou bulevar abaixo até a porta da frente de um clube para cavalheiros chamado Levítico. John anunciou educadamente que ia para casa e se deitaria cedo. Deixou os parceiros de negócios desaparecerem sob o toldo com o formato da entrada de uma tenda do deserto: peles falsas (lonas) costuradas e estendidas (artificialmente) sobre estacas de madeira (metal pintado). Virou na direção do bulevar e deu graças a Deus, riu das palhaçadas e da bajulação que Charles ainda tinha de realizar — ter de acompanhar o velho a uma espelunca de *strip-tease*, pelo amor de Deus, o refúgio arquetípico dos homens e mulheres mais solitários do mundo. Para Mark, isto teria sido um prato cheio.

John identificou constelações a caminho do Blue Jazz, olhando obliquamente para que elas entrassem em foco. Assim como Imre, quando visto obliquamente, deduziu, não tinha grandeza nenhuma, era, sejamos francos, um homem, muito, muito ridículo; Charles havia se condenado a uma carreira de atender aos desejos e apetites de um velho bobo e nem um pouco sério. Charles, visto obliquamente, também não era lá muito impressionante.

(5) (UMA IMAGEM DE SONHO recorrente em anos vindouros, muito depois que ele se parabenizara por esquecer até mesmo de pensar nela, esquecer até mesmo seu nome: Emily Oliver nua, a não ser por um boá de peles, flutuando contra um céu verde, erguida por luxuosas asas prateadas de pelúcia e abraçando uma bola de futebol americano contra o peito com um dos braços, o outro estendido na posição de zagueiro bloqueando.)

Essa onírica e espalhafatosa flor eterna desabrochou de sementes plantadas no Halloween de 1990, quando, flutuando sobre as cabeças dos outros convidados em uma plataforma ligeiramente elevada, Emily realmente vestiu ombreiras de jogador de futebol americano debaixo de uma camiseta verde dos Philadelphia Eagles e suas calças brancas apertadas, embora convincentemente futebolísticas, eram, na verdade, um par de suas calças casuais favoritas. John chegou a pensar em se aproximar dela, utilizando o ato de desaparecimento de Mark e seus próprios (fracassados) esforços para rastreá-lo como desculpa para a primeira conversa que teriam em meses. Mas a oportunidade vivia escapulindo. Agora ela conversava com um homem que John não conhecia, mas podia identificar — pelo corte de cabelo e pelo porte — como um fuzileiro da embaixada, apesar de seu minúsculo modelito tarzaniano de sunguinha, tanga tapa-sexo e pele de leopardo falsa com alça para o ombro. Do outro lado do salão de baile alugado do hotel, sem ser notado na multidão, nas sombras e em seu traje, John os via conversar embaixo de uma faixa com saudações escritas em dois idiomas: inglês (HAPPY HALLOWEEN) e húngaro (BEM-VINDOS À COMEMORAÇÃO À FANTASIA, ESTILO AMERICANO, DA VÉSPERA DA FESTA DE TODOS OS SANTOS). O fuzileiro da selva segurava o capacete de futebol americano de Emily (as asas prateadas em suas têmporas brotariam mais tarde em três luxuriantes dimensões de pelúcia) e ele o girava levemente entre seus dois dedos médios; tocava-o gentilmente com pontas de dedos que, John pensou de seu posto de observação do outro lado do salão, propunham algo sinistro em sua hábil manipulação do capacete.

O octeto esquelético de alunos do conservatório Franz Liszt, sem saber qual das músicas velhas de seus livros esfarrapados de *Canções populares americanas* seriam realmente familiares para os americanos, detonaram uma interpretação em húngaro de "After-Breakfast Girl" com ritmo latino, e a multidão começou a dançar, e cinco gigantescas cartas de baralho com rostos humanos rosados e braços e pernas magricelas com calças e mangas pretas ou vermelhas — um *royal flush* improvável — dançavam em uma espécie de fila de conga, dois passos para a frente e um para trás, mais um passo para trás e dois para a frente. Por fim, o último retângulo real saiu do ângulo de visão de John, que pôde vê-la novamente. Tarzan havia pegado um cipó e se mandado. Ela estava de costas para ele. Emily flutuava para longe agora, seu número 7 brilhante orgulhoso sob o rabo-de-cavalo familiar, e então uma mão de luva branca e braço de manga preta enlaçou a cintura dela, e a outra mão passou pelo pescoço dela, insinuando-se embaixo do queixo, virou sua cabeça para trás e então ele viu lábios na orelha dela, ou talvez um nariz na bochecha — John não tinha certeza, porque de onde estava só havia costas cobertas por uma capa, capuz e máscara de um famoso ratinho de desenho animado de marca registrada, com sua assinatura de orelhas enormes, mas um sorriso alterado pela pessoa que usava a fantasia: bem aberto e ameaçador, com quatro presas afiadas como navalhas.

— O jornalista! Estou te devendo um agradecimento!

Uma súbita intrusão pulando no meio do caminho: um pirata de lenço e tapa-olho, um papagaio vivo no ombro, o investidor Harvey no alto de uma perna de pau muito convincente, que deve ter reduzido gravemente a circulação na panturrilha na qual ele a amarrara. O artigo de John sobre o Capitão Harv havia atraído bastante atenção ao seu tema, aparentemente; atraíra algumas perguntas sobre investimentos, a história havia sido publicada no jornal e no rádio de sua cidade natal nos States, ele se descobrira no centro de alguns negócios e pessoas interessantes, estava se sentindo bastante satisfeito com a bela cobertura etcétera etcétera. Mesmo quando John conseguiu desviar seu foco ciumento para aquele homem que mancava desajeitado, teve dificuldades para avaliar se Harvey não estava brincando com ele, ou mesmo o ameaçando de forma oblíqua: afinal, John havia escrito um perfil tão brilhante com ironia radioativa tão venenosa que deveria ter feito o coração de qualquer homem bater como um contador Geiger. Era inconcebível que isso resultasse em investimentos comerciais e respeito. Ele nem esperava que fosse ouvir falar dele depois daquilo, a não ser talvez na seção das "Cartas ao Editor", onde John poderia saborear um pedido de decência mal elaborado, mal escrito e sem provas, o que naturalmente apenas daria a John o delicioso presente de escrever *outra* coluna ("Nosso repórter responde..."), na qual tentaria enfiar novas farpas nos lábios prateados escorregadios daquele peixe. Ou, como John meio que esperara por algumas semanas, que Harvey, sem a coragem sequer de se arriscar a um duelo público de publicações, providenciaria uma correspondência jurídica bem untuosa, engraçada e digna de ser emoldurada. Mas não, ali não havia nada além de um pirata sorridente e tagarela todo animadinho com o Halloween e a perspectiva de ganhos futuros, e agora Harvey tinha, se John estava entendendo corretamente, uma dica caso ele estivesse interessado; houve investigações — Harvey havia feito/recebido algumas solicitações — e a questão da privatização da Editora Horváth era contestada com um pouco mais de vigor do que parecia na, digamos, cobertura local interessantemente tendenciosa até o momento, e será que John não tinha curiosidade de ouvir a respeito de um sindicato — não um sindicato, é a palavra errada —, mas um interesse grande, uma preocupação, que pode estar em posição de jogar alguns obstáculos no caminho de Gábor e do velho, ou, por outro lado, na alternativa, como os advogados gostam de dizer (e aqui uma piscadela, sem ser notada, já que o olho que piscou era o do tapa-olho), eles poderiam estar em posição de talvez colocar o final do arco-íris um pouco mais próximo e torná-lo um lindo dia dos duendes para todos os que estivessem perto o bastante do negócio para meter a mão no pote de ouro, e quem sabe, se John e Gábor quisessem, essa preocupação, vamos chamá-los de ilhéus dos Mares do Sul (talvez uma piada de pirata de algum tipo), ilhéus dos Mares do Sul (palavras repetidas com uma risada de autocongratulação), acho que estou sozinho na posição exclusiva de convencê-los a transformar os obstáculos em arco-íris, se é que você me entende...

Lá longe, para além do ombro de Harvey — e do ombro do papagaio também —, isso era mais do que apenas um sussurro de amigo. Claro que John não conseguia ouvir o que estava sendo sussurrado, nem ver o rosto obscurecido pelo ratinho, mas reconhecia, mesmo à distância, a substância da intimidade. Podia ver isto no sorriso de Emily. Será que Harvey deveria arranjar uma espécie de encontro de cúpula?

Olhou para o pirata e de novo para o palco distante, e agora Emily estava em frente a Robin Hood, ajudando a ajustar os cordões de seu gibão, amarrando-os para ele no peito. O herói de Sherwood, um homem desajeitado de meia-idade com mais de dois metros de altura, usava óculos de aro de tartaruga grandes demais e tinha cabelos grisalhos escasseando embaixo do barrete verde-bandei ra. Seu arco estava raspando nas coxas, e havia começado a desfiar a calça colante verde que enrolava toda. Visivelmente infeliz, ele segurava nervoso a aljava e coçava repetidamente a têmpora abaixo da haste dos óculos. Emily o interrompeu; tirou as mãos do sujeito de seus maus hábitos e sorriu para ele. Alguma coisa que ela disse fez com que ele ficasse um pouco mais leve e se divertisse um pouco mais.

Em um esforço para proteger o lance de Charles (e sua própria parcela nisso), John pediu ao bucaneiro que segurasse um pouco mais seus ilhéus dos Mares do Sul, sem sequer saber ao certo o que queria dizer com isto. John falou um pouco, confiando em seu poder de falar confiante e confidente.

— Acho que vai valer a pena para todos se você mantiver seus ilhéus dos Mares do Sul satisfeitos por mais algumas semanas e depois trazê-los para que conheçam as pessoas adequadas sob circunstâncias que então poderão ser, ahn, amenas. Não haverá falta de... oportunidades quando esses detalhes mesquinhos de governo forem postos de lado. O governo ainda pode atrasar as coisas ao passo de tartaruga da era comunista se perceber a fome de estrangeiros como você ou de seus ilhéus. Deixe que Imre fale com o governo sobre a propriedade, e depois quem é que poderá dizer o que é, o que pode ser ou o que não pode ser possível? — John prometia tudo e nada, e o pirata concordou atento.

O ratinho passou por ele e ele não viu o roedor até ser quase tarde demais, e seu plano previamente semi-elaborado — arrancar a cabeça do ratinho e confrontar o rato que existia por baixo — já estava atrasado demais para ser colocado em operação. Ele não tivera tempo de ver se o ratinho que fugia parecia culpado ou não; impossível ver para que lado seus olhinhos minúsculos estavam olhando. Como o ratinho usava botas, achou difícil até mesmo verificar sua altura, e quando sua capa e capuz e cauda com poucos pêlos se enfiaram dentro da multidão, a imaginação de John entrou em convulsões: quase qualquer um poderia ter sido o repugnante amante secreto de Emily. Ele lutou para adivinhar quem estava suando e fedendo debaixo da máscara negra do rato: será que Bryon estava de volta à cidade? Onde estava Charles naquela noite? Será que havia algum outro fuzileiro ali dentro, e ela ficaria com os dois, Tarzan e o roedor? Algum aluno atleta visitante desconhecido de Nebraska, que havia saído com a garota anos antes e agora viera a Budapeste para espalhar suas afeições viróticas até mesmo aqui? Ou, ao contrário dos fuzileiros, será que ela tinha licença para confraternizar com nativos húngaros, engajar-se em congressos ilícitos com algum Romeu-Zsolt magiar que dizia bobagens *sexies* em húngaro sob aquelas orelhas redondas?

Assim, ele abandonou Harvey no meio de uma frase e saiu do salão de baile, saindo do hotel e entrando na rua escura, onde um rato-vampiro de capa havia acabado de virar à esquerda ao final de uma fileira de táxis. Os motoristas fumavam encostados do lado de fora de suas Mercedes, faziam pequenos círculos em ziguezague com as pontas alaranjadas dos cigarros, e resmungaram, "Táxi, táxi, táxi, táxi, táxi, táxi", até John fazer a mesma curva à esquerda, mas sua presa já havia desaparecido. Começou a correr e fez a primeira curva que viu, mas não havia nem porta nem saída do beco em que havia penetrado. John ficou parado estupidamente em um beco, perto de latões de lixo transbordantes e cercados em suas bases por lixo, sob algumas luzes amarelas fracas, enquanto, aos seus pés, passavam e guinchavam ratos muito reais, muito famintos (mas não vampiros) que se assustaram em suas rotinas diárias por um homem vestindo uniforme completo de fuzileiro, com sabre de plástico e tudo.

(6) – ESTOU ATRAPALHANDO, Chefe?

– De jeito nenhum, parceiro. O que é que está pegando?

John apresentou a idéia sem muito ânimo: uma série de perfis a serem publicados pelo resto de novembro – apresentações, uma de cada vez, dos funcionários do governo húngaro com os quais os ocidentais provavelmente mais se encontrariam no decorrer de seu trabalho, a começar com, provavelmente, alguém da Agência de Privatização do Estado ou coisa parecida.

E através das frestas horizontais da veneziana do Editor, do outro lado de seu vidro à prova de som, Nicky e Karen estavam curvadas sobre a mesa de Karen e folheavam um dos portfólios de Nicky. John não conseguia ver quais fotos elas estavam apreciando juntas, e quando ele entrou no escritório do Editor, Nicky tinha ficado feliz da vida, porque ele não conseguiu matar a curiosidade. Agora com meia dúzia de listras cada, provocadas pelas ripas da veneziana, as mulheres riam e apontavam, faziam cara de sérias e batiam com as pontas dos dedos nas fotos favoritas. De vez em quando, Nicky olhava pelo vidro para confirmar e saborear a vigilância de John. Ela fazia um biquinho discreto para lhe mandar um beijo, e depois colocava o braço ao redor do ombro da outra mulher e apontava teatralmente para um aspecto particular da composição, que John naturalmente não podia ver, muito embora caminhasse até a janela do Editor e, com o seu dedo torto e permanentemente malcurado pelo basquete de segundo grau, abaixou uma ripa da veneziana com um estalido metálico no instante em que, intrigado, Editor aceitava sua proposta semipronta e fraudulenta, filha de Charles Gábor.

(7) A SENSAÇÃO DE ACORDAR no meio da noite em um aposento onde o aquecimento não funciona direito: as correntes de ar que surgem no meio da sala como miragens no deserto; os sons e cheiros às duas da manhã que anunciam o inverno que rapidamente se aproxima; o estalido metálico do chão contra pés descalços; os aromas frios e provocantes de tinta a óleo secando, de fixador de fotos e óleo diesel vindos da rua por uma janela rachada, e o cheiro fraco de um perfume familiar incorporado ao ruído áspero de um cobertor de lã que o aquecia o bastante para fazer suas pernas suarem, embora o peito e os braços expostos pinicassem de frio; e o momento em que, vendo as horas no relógio na mesinha-de-cabeceira, ele pegou o segundo ponteiro de surpresa, e ficou imóvel por muito tempo, até finalmente perceber que estava sendo observado e voltar a andar em um ritmo tranqüilo, se fazendo de inocente.

— Está dormindo? — perguntou ele.

— Não.

— A geada na sua janela é linda.

— Hm. Parecem galhos cheios de neve.

— Acho que sim.

— Como se fossem vistos através de um pára-brisa.

— Acho que sim, é mesmo.

— Por sobre aquela marca tipo fatia de torta que os pára-brisas fazem.

— Isso é verdade. Será que essas marcas têm nome?

— E o aquecimento não funciona no carro.

— Como aqui.

— Não, diferente. No carro é por causa de um defeito na parte elétrica. Sabotagem.

— Sabotagem?

— Sim. Nós estamos dirigindo ao longo dessa estrada escura quando nosso aquecimento pára de funcionar, depois os faróis começam a piscar, e em seguida desligam completamente. Então o carro simplesmente morre e tudo fica muito quieto lá fora. Você pergunta se estamos sem gasolina.

— "Estamos sem gasolina, Nicky?"

— "Não, ué. Acho que não, John. O marcador está avisando que temos três quartos de tanque." Mas o carro fica simplesmente morto na estrada e faz aquele som doente de tosse quando viro a chave e depois nem isso. Estamos a milhas de qualquer lugar. Sabotagem. E estamos vestidos com nada além de boás de pele e saltos-agulha.

— Estamos? Nós dois?

— Sim. Agora você tem que sair e buscar ajuda.

— Vestindo apenas isso?

— E saltos-agulha; não reclame. E cílios muito longos. E uma peruca de cabelos bem pretos.

— "Mas, Nicky, eu vou congelar se sair na neve vestido assim."

— "Nós dois vamos congelar se não procurarmos ajuda, diabos, e ninguém vai passar por esta estrada isolada." Mas você tem razão, por isso vou sacrificar meu boá por você. Então agora você tem dois boás. Você sai do carro e olha para trás triste, os saltos-agulha afundando na neve fresca. Você enrola os dois boás no corpo nu da melhor maneira possível, ajeita a peruca e me vê através de seus longos cílios e minha respiração já está embaçando os vidros do carro, então já está difícil de me ver, mas você sabe que estou contando totalmente com você, uma mulher só de salto-agulha, tremendo de frio dentro de um carro em uma estrada deserta de floresta cheia de neve no meio do inverno mais frio já registrado. Estou confiando minha vida a você. Num pequeno conversível do auge do *design* italiano dos anos 1960. Preto. Sssabotagem.

— Nicky?

— "Sim?"

— Você está me mandando embora?

— Você percebe as coisas rápido, homenzinho.

— Estou vendo que você colocou a foto de Mark de volta. Fico um pouco intimidado transando quando estou olhando para uma ampliação de nós dois transando.

— Você parece estar indo muito bem. Se voltar algum dia, ele pode ficar com ela e eu fico com a polaróide. Quero conhecer sua velha amiga do piano um dia desses.

— Eu já te falei dela?

— Claro que falou. Ou alguém falou. Talvez Mark, sei lá. Não importa. Quero conhecê-la, ok?

— Você já parou para pensar para onde estamos indo, Nick? Você sabe? Às vezes eu me sinto como, não sei, tipo, talvez a gente pudesse...

— Pare agora mesmo. Agora eu vou te mandar embora pra valer.

— Mas eu só queria...

— Sério. Eu tenho que pintar.

— Eu sei, mas...

— Ei. Ei. Sério.

Ele se vestiu. Ela o beijou no umbral da porta aberta, entregou a ele sua mochila com os diários de Mark. Ela estava com o cobertor grosso enrolado ao redor do torso, os braços e os ombros nus tingidos de branco e prata pelo arco de lua que lavava o pátio e a entrada. Ela também havia colocado um cocar de penas falsas, o elemento principal de uma fantasia de "Chefe Índio Pele-vermelha" feito na Bulgária que ela havia encontrado em uma peculiar loja de brinquedos húngara quando estava rodando em busca de brechós. Era difícil levar qualquer coisa a sério com uma Chefe Índia Americana careca e seminua. Mesmo assim, ele queria dizer alguma coisa, ela percebia isto, e por isto acariciou o rosto dele e sorriu, depois lhe deu as costas, entrou no apartamento, deixou o cobertor cair e seu cocar roçar as penas contra as curvas dos quadris nus, e fechou a porta.

(8) JOHN ENVIOU PARA Editor o primeiro episódio da série "Húngaros que Você Precisa Conhecer Mas Não Deve Tentar Subornar (Abertamente)". Para cobrir seus rastros, começou com alguém não-relacionado ao negócio de Charles Gábor: o guarda velhinho que tomava conta da porta da frente da embaixada dos EUA, o homem responsável por passar um detector de metal manual sobre um Danúbio de gente procurando vistos, homens de negócios, funcionários do governo em visita. O perfil que John fizera do Velho Péter estava na companhia de um grande *close* do guarda (FOTO: N. MANKIEWILICZKI-POBUDZIEJ), reforçando os profundos desfiladeiros no seu rosto, a suavidade do sorriso enviesado de lábios amassados, a papada peluda que pendia do queixo e caía sobre o colarinho aberto de sua camisa gola pólo romena. A legenda: BEM-VINDOS À EMBAIXADA DO LÍDER DO MUNDO LIVRE, MUITO OBRIGADO.

A entrevista, com tradução simultânea (o Velho Péter só conhecia nomes de empregados, cargos e números de andares em inglês), aconteceu depois de horas na embaixada (vibrando com a constante e constantemente decepcionante promessa de uma Emily que já estaria chegando), enquanto uma húngara obesa de bigodes esfregava de quatro os degraus do saguão. John soube com o Velho Péter que três dos fuzileiros que havia conhecido em julho (incluindo o "garoto negro gigante") haviam trocado os azuis da embaixada pelo cáqui do deserto e estavam agora em algum lugar do golfo Pérsico, se preparando para lutar contra o Hitler árabe. “Hussein Saddam bum!”, disse o Velho Péter. “Fuzileiros dos EUA!” Encheu a sala com efeitos sonoros de metralhadora. A senhora da limpeza não prestou atenção a ele, apenas molhou os panos novamente no balde de água quente ao seu lado e lavou o chão com as duas mãos.

Dois dias depois, John enviou o segundo episódio da série, “Ei, meu Chapa, Quer Comprar uma Fábrica de Páprica?”. A coluna prodigiosamente elogiosa fazia o perfil de um subdiretor encarregado de uma desnacionalização de uma empresa de tamanho médio para a Agência de Privatização do Estado. John descreveu o burocrata como “um dos principais arquitetos de um novo mundo”, mas também “um defensor do passado empreendedor da Hungria”. John saudou as respostas do homem a repetidas perguntas sobre a importância de restaurar o comércio húngaro para mãos húngaras como marcas registradas do “brilhantismo do século vinte e um” e “uma das muitas razões pelas quais o nome deste homem está constantemente surgindo em conversas sobre candidatos para pastas ministeriais”.

— E exatamente que tipo de conversa é esse? — perguntou Charles a John na noite da publicação da matéria.

— Bem, esta que estamos tendo agora, por exemplo.

John ouviu, orgulhoso, Charles ler o artigo inteiro no telefone para Imre, rindo de vez em quando, e responder às perguntas do velho em húngaro fluente.

— Estamos quase fechando, Imre — disse ele em inglês. — Quase fechando.

— Parece um escândalo — John havia mencionado no decorrer da entrevista — que estrangeiros vejam o processo de privatização como uma liquidação e não, como deveria ser naturalmente, a restauração da justiça e da lógica a uma economia prejudicada pela injustiça e pela falta de lógica. Por que um americano ou um francês ou um, um ilhéu dos Mares do Sul deveria comprar uma empresa húngara quando existem húngaros ansiosos e qualificados para dirigi-los? Por que um estrangeiro — um aventureiro — é melhor do que manter a empresa nas mãos do Estado?

A resposta do burocrata, embora equilibrada, lutando com as complexidades que ele sentiu que a pergunta do repórter não havia abordado, mesmo assim fez com que ele obtivesse mais elogios: *uma compreensão de que o trabalho dele é mais do que simplesmente o de um leiloeiro do Estado, mas se assemelha mais ao de um sábio guardião de um enorme jardim, confiando aos nativos adequados as ferramentas e o conhecimento para fazer com que esse país floresça novamente.*

– Você acha que ele quis dizer que Gábor ganhou a concorrência? – Harvey perguntou, na manhã seguinte.

– Não sei. Não quis forçar o assunto. Mas ele disse claramente que havia um desejo, nos níveis mais altos do governo, de manter o legado histórico nas mãos adequadas, pelo menos no estágio inicial de descarregar o peso simbólico para o setor privado. Depois disso, deixe o mercado fazer o que quiser, mas o governo certamente não vai perder as questões de relações públicas que estão em jogo.

Agora Harvey lia o artigo ao telefone para um auditor desconhecido, respondia perguntas com monossílabos, e depois replicou, em um tom que implicava acesso especial (o que John gostou): "Porque o repórter está bem aqui na sala comigo, é *por isso*."

– Então, quem conseguiu o melhor pedido pela Editora Horváth? – John não conseguiu resistir a perguntar ao homem tímido atrás da mesa de metal na outra ponta da entrevista. O economista discreto, com apenas vinte e nove anos, havia estudado ao longo da faculdade a economia marxista oficial que sabia ser absurda e escrito monografias louvando (ou elogiando apenas sutilmente) o último plano qüinqüenal. Então, todas as tardes lia Adam Smith e Milton Friedman na biblioteca da embaixada dos EUA, fazia copiosas anotações sobre a religião secreta que, ele sabia, explicava o universo.

– Sr. Price – respondeu ele. – Espero que o senhor esteja ciente de que não posso lhe contar isso. O senhor é jornalista, não é? Este processo de concorrência é completamente atômico. O senhor está pedindo informações atômicas. – E John se lembraria por anos da desagradável sensação no estômago de que ele havia ido longe demais, até perceber que o homem tinha apenas querido dizer *anônimas*.

(9) SEXTA-FEIRA TREZE, as últimas horas de novembro, um garoto americano vomitando nos alicerces de um bloco de apartamentos do outro lado da rua, e da janela grande do novo restaurante tailandês ao lado do bar, uma fenda de luz amarela se derramou sobre a estrada escura. Charles abriu a porta de madeira pesada do bar, sob as lanternas náuticas que emitiam uma luz laranja clara.

– E agora, um pouco de diversão, por favor – disse um deles ("Dez minutos no máximo se isto aqui for chato"). John, Charles e Harvey (uma verdadeira craca social desde que John o apresentara a Charles, que, mais tarde, declarou que ele era "possivelmente uma mina de ouro, possivelmente cheio de merda") desceram todos para o bar em forma de fragata. Tudo, naquele lugar, murmurava para aqueles clientes experientes que só restavam mais algumas semanas até o fim, antes que a espelunca velha adernasse de modo irreparável e se tornasse inteiramente ocidentalizada, inaceitável para qualquer expatriado que se respeitasse.

Ouvindo sem querer duas americanas, John falou com um sotaque ligeiramente húngaro para a menos bonitinha.

— Desculpe estar interrompendo você — começou ele. — Eu sei que todos devem lhe dizer isso o tempo todo. Não quero incomodar você, mas quero lhe dizer muito que gosto dos seus filmes. Sou o fã muito grande de você.

Ela foi na onda por um tempo, mas logo abriu o jogo para ele e explicou ao pobre húngaro que ele a tinha confundido com outra pessoa. Ele fingiu ficar envergonhado, ela ficou lisonjeada com o erro, e alguns drinques e duas danças depois, imediatamente depois que ela havia mastigado e engolido um cubo de gelo com os últimos vestígios de seu vermute doce, eles estavam se beijando, e a língua dela era fria como um cadáver, mas com a maciez dos seres humanos. O gelo havia deixado suas papilas um pouco arrepiadas, e ela tinha gosto do aperitivo doce e temperado. Ele ficou besta por seu plano ter dado certo, mas, alguns drinques depois, quando caminharam até o apartamento dele (seu sotaque húngaro esquecido lá na fragata, junto com o silencioso *tête-à-tête* comercial de Charles e Harvey), ela dissera alguma coisa — ele não lembrava bem o quê — que o fez compreender que ela jamais acreditara em seu jogo, jamais acreditara que ele fosse húngaro, e, ao perceber isto, enquanto o sofá-cama reclamava pela primeira vez com um rangido, ele desejou não ter mirado tão baixo e ter elogiado a mais bonita das duas em vez disso. Na manhã seguinte, uma rápida investigação de ressaca revelou que a garota agora anônima não havia roubado dinheiro, mas seu fio dental, seu único cinto e a mochila cheia dos cadernos de notas de Mark Payton, uma perda que foi muito, muito sentida.

II.

INFORMAÇÕES ADIANTADAS DAS NOTÍCIAS MURMURADAS NO ESCRITÓRIO do advogado de Charles, no final da tarde do dia 6 de dezembro: A Agência de Privatização do Estado havia aceitado o lance da Horváth Holdings (dinheiro, mais vales de restituição) e a empresa agora era a proprietária tanto da Horváth

Verlag (Viena) quando dos vendáveis restos (uns melhorados, outros dilapidados) da Horváth Kiadó (Budapeste): instalações gráficas razoavelmente modernas; caminhões decrépitos e armazéns toleráveis; uma equipe de quarenta e oito funcionários (dos quais 50% totalmente supérfluos); um catálogo de livros-texto e velhos escritores aprovados pelo Partido; parcerias com dois jornais e duas revistas e dois andares de um prédio muito feio no subúrbio abandonado de Pesti. Para Imre, o direito de lucrar com seu próprio nome em sua terra natal, sem oposição de ninguém. E, para Charles, tirando a divisão de 49/51, a chance de dirigir alguma coisa de verdade.

No dia seguinte, Charles passou a manhã organizando uma comemoração da vitória, e, naquela noite, o tributo foi aberto com a chegada do último convidado ao caloroso Gerbeaud. Antes que John tivesse terminado de espanar a neve dos ombros, Charles se levantou e recapitulou para a platéia os detalhes relevantes da história de Imre Horváth: herdeiro da tradição, vítima e sobrevivente do comunismo, protetor infatigável da memória de um povo, visionário, herói. Krisztina sorria sem parar, enquanto o próprio Imre franzia os lábios numa calma majestosa e baixava os olhos, mas não a cabeça, para examinar o copinho de licor dourado sobre a mesa à sua frente. Charles ergueu seu próprio cordial para "meu mentor, meu segundo pai, minha consciência, herói da Hungria". O velho, que em nenhum momento fora mais imponente, mais moldado pela história, levantou-se para abraçar o sócio, e os outros cinco aplaudiram e brindaram.

Virando a esquina, sobre a neve fresca e macia, eles encontraram duas limusines de motor ligado e fumegando, esperando pacientemente, contratadas para transportar o grupo do passado para o futuro. Em cada um dos ventres móveis, dois bancos de trás de frente um para o outro, e, ao lado de cada, uma coleção de garrafas de cristal cheias pela metade firmemente encaixadas em suportes forrados de veludo preto. No carro da frente, Charles servia solene pequenos drinques para Imre, Krisztina e si mesmo, enquanto no de trás, Harvey, seu assistente saxofonista, o advogado inglês e John riam como garotos enquanto misturavam copos altos com um pouco disto, um pouco daquilo, mais um pouquinho daquele claro ali e — *voilà* — isto se chama Chá Gelado de Long Island, Neville. Ah, é mesmo?

Na próxima parada, quando os dois grupos se reuniram novamente, dois temperamentos distintos se encontraram e se entrechocaram, como duas frentes frias esmagando-se mutuamente:

— Meu Deus, esta é... Bom Deus, você está com a chave — murmurava Imre baixinho em húngaro enquanto Harvey saía do outro carro assegurando que o melhor lugar para aprender uma língua estrangeira é na cama.

— Estou. *Nós* somos os donos, afinal. Foi simplesmente um gesto muito gentil da parte de um amigo de me adiantar uma cópia para esta noite. — Charles colocou a chave na fechadura, mas não a girou. Em vez disso, esperou até que sua platéia tivesse silenciado no pátio de carga sujo de neve, e então começou a recitar em inglês. — Isto é, claro, um armazém hoje, e é uma das propriedades que a Horváth Holdings adquiriu ontem. O mais importante é que ela foi o cenário para uma parte da história que esta nação deveria conhecer e da qual deveria se orgulhar. Há pouco mais de trinta e quatro anos, quando nosso país combateu futilmente por sua liberdade, nosso amigo Imre ficou no meio da tempestade, defendendo a verdade. Deste pátio em que estamos agora, ele disparou cargas de verdade contra a tirania, e por treze dias ele conseguiu sua Horváth Kiadó de volta de seus captores. — Charles virou a chave, forçou para cima e abriu a porta corrediça de metal e, do lado de dentro, apertou um botão em uma caixa retangular que pendia do teto invisível em um cabo preto grosso. Após dois espasmos fluorescentes de surpresa, todas as partes de um salão com pouco estoque e de pé-direito alto com pisos de concreto rachado apareceram.

— Meu Deus, como você sabia? — perguntou Imre ao sócio, a voz ficando embargada.

— Só disse a ele o que meu pai contou para mim — respondeu Krisztina Toldy.

— Seja bem-vindo à sua casa, Imre — sussurrou Charles em húngaro, apertando a mão do sócio.

Krisztina e Imre entraram no armazém mal-iluminado e quase nu, fora do alcance dos ouvidos, e o velho começou a tocar levemente escadas de metal em espiral e paredes corrugadas, acender e apagar pequenas luzes, pegar e recolocar gentilmente um esfregão, olhar para o teto como se aquilo fosse uma improbabilidade. O resto do grupo ficou perto da porta.

— Meu Deus, é o armazém mais bonito que eu já vi — disse John a Charles. — Será que podemos ver uma estação de tratamento de esgoto depois?

— O velho parece que gosta de armazéns — concordou Neville, girando no copo os restos do seu Chá Gelado de Long Island.

Harvey se sentou em um caixote, seu assistente musical mudo arrastando os pés ao seu lado.

— Está certo, Charles, abra o jogo. O velhote está traçando a Toldy? O que é que você acha?

Para a etapa armazém-jantar, Charles e John trocaram de carro, e John passou uma viagem abstêmia vendo Imre e Krisztina falando num húngaro quase inaudível no outro banco. Depois de alguns minutos, a dupla ficou em silêncio e ficaram olhando por suas respectivas janelas, pelo vidro fumê que deixava passar pouco mais da vida exterior do que faróis nervosos, luzes impressionistas no rio e halos de luzes fracas de rua flutuando sobre banquisas perfeitamente circulares de neve prateada. John ficou olhando os olhos do velho se deslocarem em tiques para um lado e para o outro enquanto acompanhavam primeiro uma luz, e depois a seguinte. Depois de algum tempo, eles se fecharam, e Imre repousou as mãos cruzadas no colo.

— O que aconteceu naquele armazém? — perguntou John baixinho à mulher.

— Uma coragem inimaginável. Princípios. Uma rara lucidez moral. — Ela disse cada palavra devagar, os olhos fixos no mundo marrom, cinza e branco lá fora.

Chegaram meio sedados à entrada do restaurante Szent Lajos, onde os outros quatro sorriram com tranqüilidade e riram alto ao descer de seu veículo.

— Como foi sua viagem de culpa? — Charles perguntou a John, os dois segurando abertas as portas do restaurante, esperando que o último adentrasse a instituição húngara do *fin-de-siècle*.

— Não me ponha no carro deles novamente.

— Acredite em mim, eu sei como você se sentiu. Bem-vindo ao meu trabalho.

Onde Charles havia optado por cozinha fina em ocasiões anteriores, aquela noite ele pintou com outras cores, e a conversa do velho justificou a escolha:

— Jantei aqui pela primeira vez com meu pai, minha mãe e meus dois irmãos no meu dia onomástico quando eu tinha, ahhhh, dez anos. Naquele tempo, havia tantos garçons, e eles se movimentavam de um jeito que você nunca viu igual. Era uma coisa ótima vir aqui. Como um sonho — os garçons e os pratos e a música, a fumaça dos charutos, as mulheres. Um lugar mágico, mesmo que você não fosse um garotinho.

Um homem velho e cansado com um colete folgado e uma gravata-borboleta de prender meio caída colocou com violência uma pilha de *menus* laminados sobre a mesa sem parar para falar. Um garçom mais novo encheu de água seus copos sem muita disposição e gritou alguma coisa para seu colega mais velho, que já estava agora a meio caminho do salão. O velho não olhou para trás, só levantou as mãos e as deixou cair em um gesto exausto de desgosto, enquanto o garçom sem supervisão enchia dois copos até transbordar e nem tocava em dois outros.

— Estar no Szent Lajos. Aos dez anos, qualquer coisa pode ser muito bonita, porque tudo é novo. Você não espera alguma coisa melhor. O que está à sua frente ainda pode surpreender você. Uma sala de pessoas elegantes é apenas fantástico. Você sente a beleza com muita força. Isso choca você. Eu nunca tinha visto um lugar tão cheio de vida quanto aquela noite aqui. Sei que meus irmãos estavam tentando agir como se pertencessem a este lugar, mas eu sabia que eles ainda não eram velhos o bastante. Esta sala estava repleta de gente que levava vidas de grande importância, pensei. Sim, *esta* sala estava cheia de música e candelabros cortados direto do sol. As cadeiras eram de madeira escura e tinham as almofadas mais macias. As mesas eram de ouro e mármore, e a prataria brilhava. O teto era um afresco de anjos e nuvens.

A vasta sala de jantar estava quase vazia. Dezenas de mesas diferentes, colocadas intimamente perto umas das outras, tinham apenas alguns grupos dispostos a grandes intervalos: homens de negócios americanos, falando alto e rindo de alegria, achando graça daquele restaurante de merda que o *concierge* do hotel deles havia recomendado: visitando exilados improváveis, silenciosamente atordoados depois de um período que podia variar de dez a quarenta anos, tentando distinguir o que era visível naquela sala do que havia nas insistentes lembranças que os contrariavam; burocratas locais, curvados sobre a mesma refeição que haviam ingerido por décadas, acostumados ao cenário como quem se acostuma a sapatos velhos; e, em uma das mesas, como um eco corrompido e fraco das recordações de Imre, uma família comemorando de modo envergonhado e infeliz alguma data importante de um dos filhos. A estranha e nauseabunda luz da sala vazava de globos de plástico tipo era espacial dos anos 1960, que pendiam de fios encapados com vinil laranja. Talheres de aço inoxidável bastante enrolados em guardanapos formavam uma pirâmide irregular e trêmula em um tubo plástico sobre um carrinho. Um rapaz empurrava o carrinho lentamente para cima e para baixo nos corredores, passava um trapo molhado nas mesas vazias, deixando um *V* úmido, logo em seguida deixando para trás alguns dos rolos de cutelaria.

— Ahhh, e havia um bar de zinco logo ali, ocupando toda a extensão daquela parede. Os *bartenders* eram homens fortes e bonitos, e jogavam copos e as coqueteleiras de aço uns para os outros. Eles giravam quando passavam por aquele espacinho ali, embaixo das janelas. E do lado de fora caía a primeira neve do ano, e as luzes lá fora de modo que a neve caía como pedaços de prata contra um fundo preto e amarelo, e parecia tudo muito quieto lá fora e era muito alto aqui dentro, e as duas coisas separadas apenas por uma janela parecia muito bonito.

Dois inevitáveis músicos ciganos estavam passando agora de mesa em mesa, sendo mal recebidos, trajando coletes brilhantes e calças apertadas, lustrosas e manchadas. Um esticava e apertava seu acordeão, olhando apenas para os seus dedos ou para o chão, ao passo que o violinista se inclinava e fazia caretas.

— Sr. Price, estou vendo que o senhor ri quando os ciganos tocam agora, e o senhor está correto. Hoje eles são uma piada, para turistas, assim como tantas outras coisas depois do controle do Estado, um pouco mortas, um produto um pouco mais empobrecido. Mas naquela época! Ahhh, as pessoas eram diferentes. Ouvir música ao vivo era diferente. Não tínhamos aparelhos cassete estéreo nos ouvidos o dia todo e seus *compact discs* para capturar qualquer tipo de música na história do mundo. Quando a música era difícil de encontrar, isso era muito poderoso. E os ciganos mesmos eram homens de fogo, deuses rústicos que podiam encantar você e fazer você ficar tonto. As pessoas atiravam dinheiro — não apenas moedas, mas *papel* — aos músicos, e, no fim da noite, as danças eram extravagantes, e peles envolviam mulheres mais lindas do que você possa imaginar, com pescoços iguais aos de cisnes, e eles dançavam até que a aurora aparecia na janela ali em cima.

Por aquela janela eles agora podiam ver o garçom do lado de fora, rindo com um colega, acendendo um cigarro na butuca do último, despreocupado com qualquer possível senso de responsabilidade em outro lugar. Um pouco depois, ele voltou e, com dedos amarelados, escreveu com um toco de lápis em um pedaço rasgado de papel cor-de-rosa. Não disse nada e não olhou para a pessoa cujo pedido estava anotando, mas por três vezes simplesmente balançou a cabeça quando alguém pediu um prato específico, e não escreveu nada. Sem explicação: seus olhos olharam para longe até o assistente de Harvey, Krisztina e Neville mudarem seus pedidos, e ele, ainda olhando para outro lugar, fez algumas anotações em seu papel. Charles pediu duas garrafas de vinho, mas o homem já havia se afastado, gritando para as portas da cozinha.

— Esta noite é a terceira vez que venho aqui, graças ao nosso amigo Károly. Depois, eu estive com uma mulher, tinha vinte anos de idade. Eu sabia que estava vendo um teatro, mas não era menos bonito por causa disso. Nós todos éramos atores neste fantástico teatro. Eu senti outra coisa também, naquela segunda vez. Budapeste ainda era feliz, mas havia uma guerra. Na beleza e na animação, e no som de uma orquestra naquela noite – eles estavam sentados logo ali – havia um sabor de algo como desespero. Todo mundo sabia que, talvez no dia seguinte, já não existisse Szent Lajos, nenhuma festa. Você sentia o gosto disso em tudo. As mulheres ainda eram belas e riam, mas riam um pouco alto demais. Sentíamos que o fim estava se aproximando rápido, até o limite da beleza, e também nós estávamos tentando conservar tudo, e mostrar para todo mundo que não tínhamos medo. Não acabou no dia seguinte, mas não levou muito tempo para acabar. E, ahhh, acabou em bem pouco tempo.

Sete pratos de papriká de frango congelada, sete saladas murchas empilhadas e umedecidas com milho enlatado frio, três garrafas de vinho ruim e cinco copos meio cheios de água tépida poluída chegaram à mesa em grupos preguiçosos, John riu, Neville riu, Harvey riu, e, num instante, todos os sete estavam rindo alto à medida que um prato insosso idêntico atrás do outro era jogado sobre a mesa com estrépito.

Ninguém ousou pedir sobremesa ou café. Charles pagou a comida intocada. Mas quando saíram para o vento cortante e os motoristas bateram os pés e abriram as portas das limusines, John, Neville e até mesmo Harvey apertaram a mão de Imre e lhe agradeceram sinceramente pela refeição.

A caravana partiu para o cassino do Hilton, no alto da colina do Castelo. O carro da frente tinha apenas Charles e Imre, pois os elementos mais arruaceiros haviam seqüestrado a única fêmea disponível, jurando, com Neville como porta-voz cultural deles, fazer com que ela ficasse "realmente muito, vergonhosamente intoxicada", um plano tão apavorante quanto uma viagem interplanetária. O carro da frente atravessou a ponte Margaret até Buda, mas, em vez de ir até o hotel, seguiu o cais e tornou a atravessar o Danúbio de volta a Peste, desta vez sobre a ponte da Corrente. Atravessou a Belváros, depois tornou a cruzar a ponte Elizabeth. O motorista do segundo carro seguiu placidamente seu colega, mas seus passageiros homens começaram a protestar cada vez mais alto durante a rota em ziguezague, indo e vindo sobre o rio.

– Há duas pessoas que eu preciso realmente encontrar logo – Imre contou a Charles, no silêncio do primeiro veículo. Pela janela ligeiramente aberta, Imre viu o rio, que ele havia solicitado impulsivamente para ver de todas as pontes, e Charles se enrolou ainda mais no casaco. – Eu tenho, não sei se contei isto a você, dois filhos em Budapeste. Eles não me conhecem. Mas gostaria que conhecessem agora, agora tenho alguma coisa para mostrar para eles. Agora que o nosso projeto está chegando ao sucesso.

Charles ficou sentado em silêncio, abraçando-se para espantar o frio, ouvindo essa estranha confissão com seu sobretudo preto abotoado até o pescoço, e sentiu o coração bater mais rápido ao pensar que havia calculado muito mal as coisas.

– Tenho certeza de que eles vão ficar muito orgulhosos de você.

– Ahhh, não vamos superestimar o caso, meu amigo.

– Por que diabos eles ficam atravessando o rio lá em cima?

– Tenho certeza de que existe uma boa razão pela qual o Sr. Horváth e o Sr. Gábor estão fazendo isto.

– Ele faz você chamá-lo de Sr. Gábor? Você não devia incentivar isto.

– Não vejo os dois desde que eles tinham quatorze anos.

– Gêmeos?

– Não, não exatamente.

– Então, advogado, todos vocês são estuprados no internato, certo?

– Isso mesmo, Harvey. É praticamente um rito de passagem para o nosso pessoal. Não quero ouvir uma palavra contra isto, meu velho.

– Eu nem sei se as mães deles ainda estão vivas.

– Você gostaria que eu procurasse saber isso para você, que eu tentasse rastreá-los para você?

– Seus pais não se importam, pelo amor de Deus? Todos os filhos deles estão sendo sodomizados – tipo assim, durante seis anos seguidos? Você vai deixar seu filho passar por isso?

– Como eu já disse, é um rito de passagem.

– Ahhh, não sei. Agora eu disse isso em voz alta, não tenho tanta certeza. Vamos deixar isso de lado por ora. Mas obrigado, meu amigo.

No Hilton, a animação ligeiramente neurótica que estremecia nos perímetros das mesas de jogo sacudiu repetidamente o grupo e o reorganizou em diferentes combinações. John teve a impressão de que tudo ao redor dele fervilhava com questões de grande importância, enquanto ele acabava conversando sobre nada. Imre e Charles apostavam e ganhavam lado a lado e, embora olhando na mesma direção (seus olhos indo simultaneamente da roleta para o crupiê), inclinavam ligeiramente as cabeças na direção um do outro e falavam com o canto da boca. Harvey levou Charles para um canto duas vezes e explicou alguma coisa com gestos amplos, enquanto Charles o olhava nos olhos e assentia muito de leve. Krisztina, a quem seus captores haviam fracassado profundamente no ato de intoxicar, parecia às vezes brilhar de felicidade e, em outros momentos, apresentar uma expressão da maior suspeita, normalmente sempre que Charles e Imre ficavam sozinhos juntos. Charles e Neville tomaram um drinque aparentemente muito sério no bar, mas, quando John chegou para se juntar a eles, a conversa era inteiramente sobre críquete. Mais tarde, John viu Harvey com uma raiva mal contida gritando algo inaudível para seu assistente até que sua visão dos dois foi bloqueada por três grandes húngaros que faziam o gênero gângster e se aproximaram de uma mesa de vinte-e-um lado a lado numa fileira maciça de ternos com colete.

— Estava tomando esporro por quê? — perguntou John, quando viu Harvey e Imre apostando na roleta e Harvey gritou para a bolinha metálica antipática.

— Não importa — respondeu o saxofonista sem expressão (não era de muita conversa fora da casa de jazz). — Não interessa porra nenhuma essa merda, porra.

De volta ao saguão, eles compararam vitórias e Charles se ofereceu para deixar as pessoas em suas casas.

— Ah, mas nós estamos ficando aqui no hotel — lembrou-o Krisztina.

— Claro, desculpe, esqueci completamente. Então vamos nos despedir de você. Mas, Imre, você me ajuda a levar os cavalheiros para casa antes e depois eu o trago de volta? — E os homens beijaram o rosto de Krisztina, depois passaram pela porta giratória para a neve, enfiaram-se todos na mesma limusine e ouviram Charles dar ao motorista o endereço da Levítico, enquanto o segundo carro vazio ia obedientemente atrás.

Assim que entraram na tenda do deserto, os seis homens passaram sob os olhares avaliadores de dois musculosos leões-de-chácara, húngaros gigantes vestindo saias curtas, sandálias, capacetes com cobras e abutres esculpidos na frente, barbas tubulares com fios dourados em espiral enrolados, e pistolas elegantemente enfiadas em faixas na cintura da túnica.

— Nossa, isso não é *sexy*? — disse John. — Estou *muy* excitado.

— As palmeiras balançavam sob o salão de dança, e as mesas estavam enfeitadas por pratos de plástico com figos. Nenhuma cadeira, apenas tapetes e almofadões: os cavalheiros se sentaram de pernas cruzadas no chão, e seus sapatos foram retirados por mulheres com sutiãs dourados e calças de seda translúcidas, que bufavam e depois se fechavam em finas tornozeleiras douradas com formato de serpentes que devoravam suas próprias caudas de pedras falsas. A cada lado do palco coberto de areia, telas de vídeo imponentes exibiam em *loop* momentos climáticos de clássicos do cinema íntimo mundial, e depois de cinqüenta minutos, o senso de *déjà-vu* não podia mais ser explicado meramente pelas maneiras limitadas pelas quais aqueles momentos climáticos podiam ser executados.

— Uau, o melhor de tudo é a autenticidade. Porque era assim que as pessoas viviam nos tempos bíblicos. Quero dizer, claro, você sabe, gente realmente *do balacobaco*. — A voz de John foi abafada pelos figos, comidos com a mão.

Uma música que lembrava vagamente o Oriente Médio saía pelos alto-falantes enquanto, no palco, começava uma pantomima. Duas componentes do harém — amarradas juntas e vigiadas por um homem árabe sem camisa com uma cimitarra de plástico — faziam uma mímica de angústia, implorando silenciosamente pela misericórdia de seu guarda impiedoso. Logo uma das mulheres teve uma idéia, e, muito pouco tempo depois, a cimitarra já tinha sido jogada de lado, o guarda despido, e as duas componentes do harém começaram a negociar sua liberdade com uma forma de resgate nem um pouco surpreendente (e, por estranho que parecesse, nem um pouco excitante), enquanto a platéia fumava, bebia dedinhos de dezoito dólares de *scotch*, mastigava figos ásperos e recebia massagens nos ombros e cafunés do pessoal da casa com sutiãs dourados. Esse drama era apresentado nove vezes por dia pela mesma companhia de comédia — dois casais casados, todos amigos de infância.

Ali o atendimento era agressivamente competente. Charles pagava as bebidas com seu cartão de crédito *gold*, e os copos eram rapidamente reenchidos, às vezes até sem que isto tivesse sido pedido.

— Temos muita gente nova que podemos demitir a começar da próxima segunda, por isso não se preocupe — disse Charles quando as pessoas lhe agradeceram pelos drinquezinhos caros. Harvey era incapaz de tirar os olhos do palco, tentando não piscar, mas pelo canto da boca disse para o assistente: "Não te falei que mostraria coisas incríveis se você viesse trabalhar para mim?" Duas mulheres cercaram Imre, uma de cada lado, e ele enfiou notas de forint em bolsinhos nas roupas delas feitos especialmente para receber gorjetas. Neville olhava o palco com uma expressão de discernimento tremendamente séria, um litigante procurando a falha fatal em um complexo exame.

— Jesus, o que eu vou fazer com vocês? — Mas John não obteve resposta, sussurros iam de Imre para seu sócio, e um gesto foi feito para o *maître*, e em seguida uma mulher estava sentada no colo de John. Imre fez um brinde silencioso para John, e John sorriu de volta, balançando a cabeça com um misto de divertimento e irritação. Pouco depois, ela já não estava mais lá.

Um camelo falso apareceu trotando no palquinho, e ele se curvou sobre a areia para permitir que outro ator — um emir? o dono do harém? um bandoleiro? — descesse e se aproximasse do trio que se contorcia. Sem nenhuma evidência física de excitação além da expressão flácida de paixão no rosto, este novo acréscimo logo ficou nu e se contorcendo também, sem que aparentemente nenhum dos participantes anteriores ficasse surpreso. John apontou para seus colegas que, sob um exame mais detalhado, era possível perceber uma certa falta de penetração nas *performances* e uma certa suavidade na definição dos personagens masculinos; eles pareciam incapazes de atingir o *bonheur* firme que o tom alegre da cena pedia. *scotch* apareceu na frente dele e rapidamente desapareceu como a fumaça que seu sabor lembrava. Mais pedidos sussurrados foram feitos de Imre para Charles e de Charles para um garçom, e Charles pediu desculpas para Imre por algo que não tinha ficado claro. Do outro lado da sala, um leão-de-chácara pediu irresistivelmente a um alemão bêbado que deixasse o clube enquanto uma garçonete de biquíni se postava ao lado dele, mãos nas cadeiras, lábios franzidos e atitude de dignidade violada. O povo do deserto formou uma caravana. O turista alemão tentou se juntar a ela no caminho da saída. Foi levantado pelos cabelos e convidado a se dirigir à porta. Atrás do bar, uma garrafa se quebrou e obscenidades em húngaro foram proferidas. O povo das areias girava como dois desajeitados dervixes quadrúpedes.

— Seus amigos dão a você presente de Natal. — Palavras que fumegaram em sua orelha com um sotaque vagamente russo.

Charles riu com a expressão no rosto de John, mas Imre assentiu solene para John, aceitando uma gratidão que ainda não havia nascido.

— Estejam em casa às dez, garotos — disse Charles. — Com os cumprimentos agradecidos da Horváth Holdings.

A garota de sobretudo segurou o braço dele, mas John virou as costas na porta para uma última olhada nesta esclerótica erótica. Todos pareciam estar à vontade naquele palácio de prazer de segunda mão e mobiliário de terceira. Uma das mulheres se sentou na beira da mesa, suspendendo-se sobre o colo de Horváth com graça aracnídea, suas longas pernas bronzeadas artificialmente arqueadas em um ângulo para formar a maior parte de um hexágono e os dedos dos pés apontaram para o chão de cada lado do editor. As mãos dela agarraram a nuca do velho; ela agarrou os cabelos grisalhos dele entre os dedos e gemeu. Ela curvou os ombros, jogou a própria cabeça para trás e puxou o rosto de Horváth para seu peito.

A limusine deixou os dois na frente do apartamento de John, na Andrássy út, e John ainda ria consigo mesmo ao girar a maciça chave esquelética na fechadura da porta da frente do prédio. O herói da antitirania – a memória do povo – havia lhe comprado uma prostituta quirguiz de nome Claudia, com olhos de gato e um pouco de odor corporal europeu sob um perfume frutado. Eles tomariam uma xícara de café e dariam a noite por encerrada, e no dia seguinte ele mostraria que tinha espírito esportivo, seria um dos rapazes, faria negócios da maneira que era feita por ali, evidentemente, e ainda manteria tanto a auto-estima quanto uma boa saúde genital.

Mas aí a garota tirou a roupa com tanta velocidade e facilidade que John percebeu a prática que as *strippers* têm de se despir mais rápido do que as outras pessoas, e suas prioridades mudaram.

Mais tarde, a garota disse:

– Agora eu finjo o final pra você, ok? – No começo John pensou que ela devia estar tendo um problema de vocabulário ou talvez estivesse oferecendo um serviço especial de origem escandinava, mas não: ela ficou olhando para ele com uma expressão de garçonete cansada no fim do turno. – Agora, senhor. Ok? Agora? Ok?

– Sim, está bem, meu Deus, vá em frente e... – Mas os gritos e gemidos dela já começavam a sacudir as molduras das fotos de John, e uma torrente de palavras em quirguiz encheram seus ouvidos, convenientemente estrangeiras, mas passíveis de tradução se ele quisesse.

Infelizmente, um tempo razoavelmente longo se passou depois do *tour de force* dela antes que John entendesse que ela esperava um final semelhante dele; ela estava esperando que ele completasse. "Alguma outra coisa, senhor? Alguma outra coisa?" John fechou os olhos. Nesta nova escuridão, ele imaginou, enquanto ele se debatia contra a garota, contra a qual estava se debatendo... aquela mesma garota, mas a única diferença era que ele estava gostando. Visualizou-se rugindo com prazer mundano masculino, agarrando as partes dela que, na verdade, ele estava agarrando mesmo agora, e por trás dos olhos fechados, John visualizou seus próprios olhos bem abertos e se arregalando ainda mais com o calor e a eletricidade que percorriam seu corpo, derramavam fogo de sua espinha e cóccix. Ele viu aquelas duas pessoas felizes desfrutando uma da outra sem dúvidas nem segundos pensamentos, vivendo em lugar nenhum a não ser naquele abraço nuclear. Ele imaginou suas mãos agarrando um ao outro até que o sangue descesse rubro pela perfuração que as unhas dela fariam nos nós dos seus dedos.

Ele imaginou os dois corpos se espremendo cada vez mais até que toda a distância entre eles fosse apagada.

Não adiantou. Ele abriu os olhos e viu os dela abertos com impaciência também. As mãos dele agarravam o travesseiro atrás dela.

— Alguma outra coisa, senhor? Alguma outra coisa?

— Cale a boca, porra. Já te disse que não, caralho. — Ele cuspiu. Fechou os olhos mais uma vez e enterrou a cabeça entre os seios dela, arqueou as costas e, com um gemido, retribuiu o favor dele e fingiu até o fim também.

III.

A ÚLTIMA NOITE DO 1990 DE JOHN: JOHN E NICKY DIVIDINDO UM BEIJO sob um poste de esquina, a neve caindo rápida (passando de branca para amarela e branca de novo ao atravessar diagonalmente o feixe de luz do lampião). Desceram até o Blue Jazz lotado enquanto o cantor americano estava dedicando a última canção do *set* da banda — "Georgia on My Mind" — à memória de Stalin. Quando John voltou do bar com três bebidas, Nicky já tinha se sentado e se apresentado a Nádja, e as duas mulheres estavam inclinadas por sobre a mesa uma na direção da outra, falando alto para se fazerem ouvir sobre a música e o burburinho ligeiramente altos demais.

— Meu querido rapaz, eu já gosto dela muito mais do que a menina do maxilar. Posso tocar a sua cabeça, minha garota?

— O maxilar? — perguntou Nicky ao seu *par*, enquanto baixava a cabeça e permitia que os dedos velhos percorressem a textura de seu crânio. — O maxilar?

— Deixa pra lá. Longa história.

— Já ouvi muito a seu respeito — ouviu Nicky dizer. Ficou um pouco surpreso ao ouvir a autoproclamada princesa da sinceridade dizer algo tão educado e ligeiramente mentiroso, pois ele nunca dissera nada a ela sobre Nádja.

Voltando: a expedição de Ano-novo de John havia começado algumas horas antes, na redação do *BudapesToday*, onde as pessoas circulavam ao redor das próprias mesas, tímidas entre colegas de trabalho que viam todos os dias havia meses e meses. Com Charles e Harvey fora, esquiando na Suíça ("Swiss misses give frosty kisses", Harvey dissera, sem ser provocado, enquanto Charles, sem que ninguém visse, revirava os olhos), John sentiu uma dor sincera, esperando que Nicky aparecesse. Não tinha estômago para entrar em 1991 com nenhum dos outros, nem mesmo com Karen Whitley, que ultimamente assumira uma atitude transparente de decepção distraída, sofisticada, do tipo é-assim-que-eu-sou, amarrada com um fio dourado de culpa e recoberta com um perfume forte de *spray* sabor baunilha que ainda traduzia disponibilidade.

Depois de passar uma hora chata naquela festa de escritório – ouvindo os *plots* de filmes semelhantes de quatro colegas de trabalho e Karen alternando insinuações e desdém para com ele – finalmente viu Nicky. Deu a ela a chance de sentir com as próprias narinas como a terra revolvida daquela reunião fedia, então pegou-a num canto e pediu que ela viajasse com ele por um mar alcoólico até a costa ensolarada e atraente de 1991 – uma terra verde e promissora, rica com frutas doces, alaranjadas e fibrosas e frutinhas vermelhas com forma de mamilos pequenos, uma ilha de felicidade sem igual, onde, na verdade (neste ponto ele mordeu a orelha dela), ele esperava seriamente ser coroado rei, um rei feliz e nu amado por sua munificência e ligeiramente temido por seus apetites imprevisíveis. Confessou a ela o que seu nariz já havia relatado: ele já havia içado velas para aquela travessia embriagada. Ela teria de nadar um pouco para alcançá-lo, mas ele estava disposto a esperar.

Antes que pudessem escapar, Editor subiu numa cadeira do escritório segurando um copo plástico com vinho branco húngaro barato e pintou um quadro de "próishperus tempush àfrentih", enquanto os dois navegantes agarravam as virilhas um do outro atrás de uma mureta formada por monitores de computador, mas, ao mesmo tempo, faziam caras de profundo interesse nas observações de seu chefe. Ela concordou em viajar com ele; fez cócegas no pomo-de-adão dele com as unhas e murmurou consentimento no ouvido dele. Ele sorriu para ela. Ela era provavelmente, ele percebeu, sua melhor amiga em todo aquele continente. Ao persistentemente não pedir nada dele, ao repetidamente rejeitar suas ofertas de qualquer coisa que lembre emoção ou afeto, ela havia se tornado (ele viu na luz fluorescente daqueles escritórios superlotados) tremendamente importante para ele. (Ele já havia navegado o bastante naquele cruzeiro noturno para ficar sentimental – mas não tanto que não conseguisse reconhecer isto e justificá-lo como a reação inevitável e aceitável à areia brilhante que rapidamente escoava da ampulheta de 1990.)

Apesar de concordar rindo, Nicky não partiu com ele. Enquanto John cambaleava, acenava e vomitava com enjôo em sua jangada de madeira, ela atravessou com facilidade os estreitos rasos que levavam a 1991 e pisou nas pedras achatadas de uma exposição após outra, clique após clique do obturador: John do lado de fora dos escritórios do *BudapesToday* pintando seu nome na neve branca; John em pé na ponte da Corrente, mãos enfiadas nos bolsos do casaco, ombros altos contra o vento, um cigarro apagado na beira dos lábios rachados, um policial húngaro troncudo de bigode congelado de brincadeira numa posição feroz fingindo acertar John na cabeça com um cassetete; Nádja e John no banco do piano conversando; uma mulher de rosto muito redondo no bar, chorando baixinho, metade do lábio inferior retorcido e inchado entre os dentes; o *bartender* húngaro magricelo inclinado com os cotovelos no bar, aparentemente ouvindo um cliente (mas só as suas costas); um casal mal-humorado numa mesinha, discutindo na frente de um terceiro amigo sem graça, e Nicky capturando o instante em que a bebida da mulher zangada voou horizontalmente para fora do copo na direção de seu namorado; o cantor negro segurando o microfone pelo pedestal com uma das mãos, olhando o relógio na outra e começando a dizer as palavras em húngaro aprendidas a duras penas anunciando o Ano-novo; casais se beijando enrolados em espirais de fumaças iluminadas por trás; um relógio digital mostrando 2:22 em vermelho, logo acima da cabeça da garota de cara redonda, agora feliz de novo e conversando animada e gesticulando, olhos arregalados e um pouco com cara de maníaca, para três homens: o saxofonista, um jovem executivo de RP americano com cavanhaque e os braços cruzados contra o peito segurando um exemplar da poesia de Jószef Attila, e o cantor, com a boca na máxima dilatação de um bocejo leonino...

Voltando: 11:42, no banco do piano:

— Agora, do que isso me lembra, cabeças raspadas e festas de Ano-novo? Ah, sim. Posso chatear você com uma lembrança?

— Por favor.

— Então, aqui estamos, em 1938. Véspera de Ano-novo também. Berlim era uma cidade muito animada, naquele tempo, uma certa eletricidade no ar, desde que você fosse, bem, você sabe, claro. Nem tudo estava claro ainda, entenda. Eu era um pouquinho rígida, provavelmente. Acreditava que tocava piano melhor quando era um pouquinho rígida. Então eu estava tocando. Quais seriam as canções? A maior parte de coisas alemãs, nada de jazz naquele ano para eles, é melhor conhecer sua platéia. Estamos numa festa particular. Graças ao amigo e um amigo, estou reunindo um bom dinheiro em festas. Uma temporada adorável: 1938 está se tornando 1939. Não sei por quanto tempo ainda vou permanecer na cidade. Talvez eu parta no mês que vem. Sou jovem, tudo é possível: amigos, romance, aventura. Você conhece esta sensação, tenho certeza. E agora um soldado – convidado da festa – fez uma sugestão, em voz bem alta, para mim. Ele sugere que eu e ele deveríamos comemorar o Ano-novo, que vai acontecer dali a alguns minutos, de maneira particular. Não tenho certeza se conseguiria sequer traduzir para você o que ele propôs; era uma daquelas palavras alemãs compridas até o infinito e que, em uma palavra, consegue transmitir o que em inglês seria um parágrafo muito longo. Então vamos deixar isso por conta de sua imaginação, Sr. Price. Acho que, com sua linda e provocadora amiga ali ocupada com sua câmera, não há muita coisa que você não possa imaginar. Berlim: meu cruel carrasco está usando calças de equitação. Ele é jovem, mas é um oficial. E as cicatrizes: ele tinha uma fina linha cortando a bochecha e outra ainda mais comprida na cabeça. A segunda não seria tão óbvia, mas ele tinha a cabeça raspada, como sua nova amiga. Eu não digo nada, toco um pouco mais alto, estou torcendo para que ele vá embora. Mas ele fala de novo, desta vez mais alto, bem alto. Eu sou muito jovem: não sei o que fazer. Então minto e digo: "Obrigada, mas sou casada." "*Ach*, a pequena *fräulein* é cassada? Onde esstá esse marido que manda você para sse vender como puta tocadora de piano?" Não tenho amigo nenhum na festa, é tarde, e estou hospedada num hotel do outro lado da cidade. Estou começando a imaginar finais horríveis para a noite. Ainda estou tocando, finjo que preciso olhar para as teclas, muito embora isto seja um pouco humilhante para mim, fingir isto, e então, antes que eu possa ficar mais apavorada ou dizer algo inteligente, mas tolo, o que também era uma possibilidade, sou salva. Outro oficial aparece no outro lado do piano. "A ssenhorita é amiga minha", mente o recém-chegado. "Sse ela quer ficar ssozinha, então aconselho você a deixá-la ssozinha." Este recém-chegado é do mesmo posto, acho, ou talvez mais alto. Também usa calças de equitação. Cabeça raspada. A cicatriz na bochecha é a mesma. Como um homem chamando a atenção de seu reflexo no espelho. Sorrio para meu salvador e movo minhas sobrancelhas como uma senhora e continuo a tocar. Claro que o primeiro soldado também é um pouquinho rígido e não quer terminar assim comigo tão fácil. O medo vai embora rápido, e agora eu confesso meu orgulho: estou valendo a atenção de dois jovens militares. Estou segura agora, por isto posso desfrutar deste momento. E também confesso que me divirto quando o primeiro soldado insulta o segundo, e o segundo o insulta em resposta. Um ameaça o outro em vozes muito baixas. O primeiro se inclina sobre o piano e dá um tapa em meu herói. Eu continuo a tocar, mas agora não vou perder nada olhando idiota para as teclas. E confesso, eu sorri. Foi delicioso, John Price.

A melhor fotografia de quase um rolo inteiro que Nicky expôs dos três minutos seguintes: eles dois sentados lado a lado no banco do piano, Nádja mais perto da parede, John mais perto da platéia. Iluminados do alto por *spots* projetados para bandas, seus rostos estão mais brilhantes em cima, com mais sombra nos pescoços e nos corpos. A mão esquerda de Nádja mergulha nas teclas enquanto a outra flutua logo acima delas, preparada para atacar com um ágil movimento circular a próxima idéia melódica. Ela usa o vestido vermelho que usava na noite em que se conheceram, que ela usava com freqüência. Ele inclinou a cabeça para apresentar sua orelha esquerda à história dela e mesmo assim mirar o fluxo da fumaça que soltava para cima e para a direita, para longe dela. Acima de ambos, pintado na parede, o saxofonista tenor Dexter Gordon – com asas e halo e um pouco entediado – inclina a cabeça exatamente da mesma maneira e emite uma corrente de fumaça de cor clara paralela à de John.

– Com isso, eles se afastam de mim muito devagar. O primeiro soldado me dá um olhar muito sério, muito perigoso, um pouco lupino. Se ele voltasse sozinho de qualquer combate que porventura fosse acontecer, então eu certamente não deveria esperar um tratamento de luvas de pelica. Mas meu herói sorri muito gentilmente, quase ri, para me dizer que é apenas um jogo bobo e que nada de mal acontecerá. Ele tira sua jaqueta cinza. E, John, eu estou muito satisfeita. Eu sei que mulheres não devem confessar este tipo de coisa hoje em dia. Claro, não somos seus brinquedinhos para vocês fazerem o que quiser, seus homens terríveis. Mas eu confesso! Sou culpada de crimes de pensamento contra minhas irmãs! Era uma pura sensação de novo poder, como se me dissessem que eu seria coroada rainha à meia-noite. Sinto, naquele momento, que posso ter qualquer homem que quiser naquela sala, ou em toda Berlim, e, na verdade, conheci meu marido pouco depois. Mas voltando: eles vão sair do apartamento, mas primeiro eles se tornaram muito educados um com o outro. Cada um tenta abrir a porta para o outro; eles levam algum tempo até mesmo para ir para fora. As mesuras e as batidas de calcanhares se tornam uma farsa de *music-hall*. Eles não olham para mim durante isso, mas é para mim que o fazem. Finalmente eles conseguem deixar a sala: meu herói finalmente concordou em aceitar a cortesia de seu inimigo, e sai primeiro. A porta se fecha em silêncio atrás deles. As multidões de convidados, muitos bêbados, muitos dançando, preenchem o espaço. Eu continuo a tocar, e a anfitriã se aproxima de mim para fazer um pedido musical.

Meses depois, a primavera de 1991 estava fazendo seu ataque inicial às muralhas do inverno, e a chuva branca de março fazia um som sibilado de ácido queimando ao fazer buraquinhos cinza-prata nas profundezas das crostas de manchas marrons de neve velha, deixando para trás uma paisagem de crateras lunares, e à noite, quando a temperatura indecisa caía novamente abaixo da cifra crítica que havia tão recentemente ultrapassado, a neve que ganhara a liberdade para virar água reverteu novamente para gelo sujo e areia e toda uma estação de tráfego suspenso no tempo e congelado e cheiros de cachorro. A fotografia de John e Nádja e Dexter Gordon jazia sobre uma mesa de trabalho no estúdio subaquecido da fotógrafa. Seu estilete ajustável se movia lentamente ao redor da orelha, do cabelo e do nariz de John, e sua corrente de fumaça, que era agora parte tão integral de seus lábios rachados em forma de círculo como um cometa, é impensável, é uma coisa inteiramente diferente sem sua cauda. Seu perfil inclinado e a corrente de fumaça estavam destinados a aparecer no topo de uma composição de seu torso nu (imperceptivelmente mais jovem) sobre as patas traseiras galopantes de um bode (cortesia de uma viagem de campo fotográfica ao campo na Morávia). Correndo bastante e exalando aquela fumaça fria, cinza, agora sem origem, o sátiro John em breve passearia com um tranqüilo andar caprino sobre patas com cascos e coxas cabeludas e nuas sobre os tijolos hexagonais da praça Vörösmarty. Uma semana mais tarde, quando o trabalho de colar, refotografar e revelar tivesse acabado, ele iria caçar – ao redor da multidão de metal agrupada aos pés de Vörösmarty – uma donzela, nua, olhando para trás e rindo de seu perseguidor mítico soltando fumaça. Suas tranças compridas e louras sopradas pelo vento não seriam suficientes para disfarçar o rosto de Nicky e sua gargalhada ligeiramente falsa. Seus braços estavam esticados para diante, longe do bode, os dedos tensionados em garras de inconfundível avidez pelas outras bundas de mulheres que desapareciam na parte de trás da estátua do poeta; todas as três participantes da colagem fotográfica se caçavam em um permanente círculo ao redor do monumento.

Mas voltando: naquela noite de março (que estava mais fria do que fins de janeiro, para quem já estava desejando com tanta intensidade a primavera), o estilete cortou com sucesso o último componente, removendo as mãos de John dos quadris de Nicky e o torso vertical de John da cabeça sorridente e de suas invisíveis regiões inferiores. Nicky espalhou pela mesa as várias peças enroladas de sua futura obra, começou a avaliar diferenças de escala e sombra, quando uma voz sarcástica e resmungona chamou das sombras que cobriam a cama:

– Acho que é um pouco demais você fazer isso com fotos dele enquanto eu estou aqui.

Nicky não levantou a cabeça: até deixou tempo suficiente passar em concentração sem interrupção para que a reclamação fosse repetida, quando finalmente ela se permitiu uma resposta, suavizada pelo atraso:

— Não me lembro de ter pedido permissão a você. É um milagre absoluto que eu possa *sequer* trabalhar com você aqui. — A necessidade de explodir em lágrimas — tediosas, a raiz de muitas dores de cabeça naquela primavera — se anunciou, mas seu amadurecimento não foi permitido. Gritar também era um tédio, causa de muitas horas desperdiçadas enquanto idéias para obras de arte afundavam até restarem apenas resíduos ocos. Uma coisa fácil e divertida havia se transformado em uma coisa estúpida e pegajosa. O apelo inicial de Emily — sua inocência, sua total transparência, sua pronta maleabilidade — havia de algum modo atraído Nicky para aquilo, aquele casamento de meia-idade, um ciclo de brigas e perdão em que o trabalho ficava ameaçado e Nicky estava começando a se acostumar a ser repreendida. — Escuta, desculpe — disse Nicky finalmente, mas não conseguiu olhar para ela. — Por favor, não faça isso. Por favor, fique quietinha esta noite. Estou tão cansada de brigar. Fique quietinha aí. Durma e me deixe ficar olhando pra você. Adoro poder trabalhar com você cochilando e acordando. Só me deixe trabalhar. Por favor.

— Você o viu esta semana. Você prometeu que não iria vê-lo mais, e eu sei que você o viu.

— Você *sabe* que eu o vi? — A extremidade frágil de sua ternura atenuada se rompeu. Nicky largou o estilete e levou as mãos à testa. A lâmpada brilhante atarrachada à sua mesa de trabalho lançava sombras escuras e peculiares de sua cabeça e dedos contra a parede. — Diabos, a amiga dele morreu. Por favor. Esta noite não, ok?

— Esta noite não? Bom, e que tal nunca, então? Está bom pra você assim?

— Ai, meu Deus, até este exato instante eu não tinha entendido por que meu pai gostava tanto de bater em garotas, mas agora... é, nunca está bom pra mim. Eu estou cansada de vocês dois. Vocês são iguaizinhos. Vocês são uns fracotes. Vocês *deviam* estar juntos. Saia daqui pra eu poder conseguir trabalhar, porra. — Mas a última frase foi em vão; Emily já tinha ido embora.

Voltando: o primeiro instante de 1991. O cantor anunciando em hunglês a meia-noite e provocando beijos e gritos de alegria, lábios franzidos e sobrancelhas erguidas, uma rodada de bebidas por conta da casa e combates de brincadeira com tacos de bilhar, apertos de mão e uma súbita generosidade com tabaco em todas as suas formas, tréguas em discussões e o aparecimento estranho e súbito deflagrado de longos e subterrâneos tentáculos de sentimentos. John beijou de leve a pianista no rosto.

— Aí já está bom, Price. — A voz de Nicky veio por trás deles. — Não posso deixar que ele fique pondo as mãos em outra mulher em Budapeste, Nádja. — A fotógrafa beijou os lábios bêbados dele, e então se sentou do outro lado de Nádja, os três apertados no banquinho do piano. Nicky colocou outro filme na máquina, e Nádja brincou, exagerando a lotação do espaço, fingindo que só conseguia mover os antebraços para tocar.

— Então meus alemães, John Price. Eles voltam talvez depois de um quarto de hora. A passagem do Ano-novo chegou e foi embora, como aqui, e agora estamos em 1939. Eles saíram para lutar por mim, e quando voltam, muita coisa mudou. Eles brigaram, isto fica claro. Tanto meu inimigo quanto meu herói estão com as camisas ensangüentadas e marcas nos rostos. As calças de equitação de meu herói estão rasgadas no joelho. O vilão tem um olho que está ficando roxo em gradação de tons, mas é como tentar ver o movimento do ponteiro de um relógio. Meu herói também tem um corte na bochecha, logo acima da cicatriz. Mas, acredite em mim, estas são coisas que você *não nota* no começo. Como assim? Porque no começo você nota como eles estão *felizes*; você vê que agora eles são grandes amigos, neste ano. Muita coisa mudou em um ano. No começo, vejo que, em 1939, nem um dos dois liga o suficiente para mim sequer para olhar na minha direção. Eles entram na sala com os braços enlaçados sobre os ombros um do outro. Pedem *kirsch*. Fazem um brinde um para o outro, apertam as mãos e se abraçam. Outro *kirsch*, outro abraço. É nojento. Isso não tem nada a ver comigo. Talvez o combate os tenha feito *respeitar* um ao outro, ou uma provocação do tipo que os homens às vezes idolatram quando passam muito tempo longe das mulheres. Talvez eles fossem amigos antes, talvez façam isso com freqüência em festas, encontrem uma garota para mexer e assustar e, em seguida, a humilham. Talvez tenham algum tipo de amizade íntima que exija esse ritual.

Anos mais tarde, escolha uma idade para John, escolha uma cidade em qualquer lugar, e outra véspera de Ano-novo começa com conhecidos e bebidas em seu novo apartamento. Eles perguntam sobre os quadros pendurados nas paredes, lembranças cuidadosamente emolduradas e transportadas de suas viagens pelo mundo, a primeira coisa que ele desembala e coloca em cada nova casa. E quando os estranhos param na frente do retrato preto-e-branco do piano na sala enfumaçada com a velha e o rapaz lado a lado, alguém pergunta quem a tirou e alguém pergunta quem é, e John (respondendo ambas ou nenhuma) diz, "Uma velha amiga". Uma curiosidade educada toca a foto antiga do bebê chorando, e em seguida outro convidado (o marido recém-apresentado de uma conhecida, cujo nome ainda não aderiu à memória de John; um fã de jazz e de conhecimentos gerais e uma espécie de sabe-tudo incorrigível, ele e John vão começar a detestar um ao outro de modo irreparável antes do fim da noite) diz: "Bem, se você me perguntar, vou dizer que é Dexter Gordon", e a conversa muda para astros do jazz do século vinte.

Voltando, John estava bem longe em sua travessia do oceano agora, sem sinal de – e sem interesse de avistar – terra. Estava muito bêbado e por isso alternando mau humor, tristeza, desorientação e também falava demais.

– Nem sei o sobrenome dela – ele reclamava para Nádja, quando Nicky estava do outro lado do salão fotografando alguma coisa. – Dá pra acreditar? Quero dizer, eu vi, mas nunca a ouvi pronunciá-lo. Tem um sinal de acentuação ali em algum lugar, se você conseguir encontrá-lo, porque eu não consigo...

No instante seguinte, as duas mulheres estavam sentadas na frente dele, rindo. Quando Nicky chegou, ele não tinha idéia; ela estava do outro lado do salão, e o que era tão engraçado assim, afinal?

– Foi aquele babaca ali que me acertou com uma pedra. – John olhava para um homem sentado no bar, obviamente um americano, conversando com uma garota americana comum. – Aquele é o babaca, Nic, me acertou uma pedra. – O homem fungava muito, e o bar na frente dele estava cheio de guardanapos embolados. – Quem me acertou. Vamos lá nós dois dar porrada nele. – Nicky ria, enquanto John avançava, piscando e falando antes que seu inimigo o tivesse sequer notado. O obturador de Nicky não parava de clicar. – Quer me acertar com uma pedra? Você não pode sair por aí me acertando com uma pedra. Eu vou te mostrar como me acertar com uma pedra.

O homem virou a cabeça na direção do bêbado zangado que cambaleava na frente de sua companheira de viagem, uma amiga da infância que acabava de sair de um divórcio complicado no fim de um casamento muito curto.

– Perdão? – replicou o turista ao pouco que tinha ouvido ("asssertákumapeda"). Sua voz era suave, congestionada devido ao resfriado, ligeiramente apologética.

– Não é o bastante, meu camarada. Tarde demais pra pedir perdão. Essa não foi legal.

– Nós conhecemos você?

– Ah, acho que nós que levamos pedra na cabeça somos tantos que vocês têm dificuldade de lembrar. – John se jogou em cima de seu inimigo jurado, mas não conseguiu manter o equilíbrio, e caiu de joelhos, agarrando o braço do homem ao cair. Quando o braço foi instantaneamente puxado ("Ei, cara, tire as mãos de mim"), John continuou a queda e bateu com o lábio – com dentes incisivos afiados num ângulo perfeito – nos pés da mulher e, em seguida, foi levado em outra direção por Nicky.

– Guarde isso pra mim, meu amor. – Ela o consolou. – Meus pés precisam de mordidas bem ferozes também.

Nicky o colocou sentado em uma cabine, colocando de vez em quando um copo com gelo na boca dele e vendo-a ficar lentamente inchada e vermelha.

– Não estou em condições de lutar, para ser honesto – admitiu John, e o copo caiu, gelo e água rosa ficando pretas sobre a superfície da mesa. – Ei, escute. – Ele não conseguia abrir os olhos, mas alguma coisa nele compensava: suas sobrancelhas, seus lábios, os músculos de suas bochechas se tornaram todos enormemente expressivos, e ele parecia um vampiro muito agitado e cego enquanto o sangue lhe escorria pelos cantos da boca. – Ei, escute. Acho que eu preciso dizer isso agora, preciso mesmo. Eu te amo, Emily. Eu sei que você não quer ouvir isto agora, mas eu te amo.

– Que bom. Obrigada – disse ela, e John desmaiou por algum tempo. Mais tarde, Emily já devia ter ido embora, porque, caído na cabine, a postura idêntica a de quando adormecera, a não ser pelos olhos semi-abertos, viu Nádja falando com Nicky. Elas riam e fumavam a algumas mesas de distância, as cabeças juntas, e John percebeu que devia estar sonhando, porque aquelas duas nunca haviam se encontrado. Viu-as tocarem as mãos uma da outra quando falavam, viu Nicky tirar fotos em *close* do rosto da velha, de suas mãos e ombros, viu-as apontarem para ele em sua cabine e fazerem caras de pena – um momento tão clichê de cinema que parte dele ficou pensando na pobreza de imaginação de um sonho árido daqueles. Mais tarde, aquela preocupação foi atenuada por uma longa e febril rodada de REM que pareceu se estender para sempre, em velocidades cada vez menores, e ele acordou sozinho em 1991 no vapor de terebintina do apartamento de Nicky, vestido e suado na cama dela com resoluções não lembradas e resoluções pouco lembradas, e um desejo incessante de sentir que aquele ano poderia ser, de alguma maneira não-especificada, o ano *dele*.

IV.

NO COMEÇO DE JANEIRO, JOHN REPAROU, COM UMA TRISTEZA SURPREENDENTEMENTE grande, um certo ar de ficção científica nas datas no alto dos jornais. Pensou em Mark simplesmente indo embora, simplesmente sabendo que aquele lugar não era bom para ele e que algum outro lugar seria melhor e assim partindo decisivamente em um momento de força certamente temporário. John ficou pensando, enquanto olhava para a improvável e estranha data que abria caminho vacilante na mesa de jornais do hotel, se aquele lugar era mesmo bom para ele, se não devia ir embora. Mas ele tinha muito a fazer ali, tinha muitos laços.

Do lado de fora, grandes flocos de neve se materializavam do cinza monocromático logo acima de sua cabeça, como se o céu estivesse sendo passado por um ralador de queijo. Ele ficou em pé na ponte da Corrente e se lembrou de ter beijado Emily Oliver ali, havia meses. Esta doce lembrança já tinha *meses*, embora, claro, uma fração de segundo depois provocasse uma reação de vergonha, já que aquela memória querida estava ligada em nível atômico à lembrança dolorosa dos momentos terríveis que a seguiam, e a estupidez que ele havia exibido a ela por meses, e o segredo dela que ele ainda guardava orgulhosa e burramente. (E o beijo não havia sido sequer naquela ponte, só então ele se lembrou.) Meses haviam se passado desde então: ele não a havia sequer visto desde o Halloween. Que direito o fantasma dela tinha de entrar nele a hora que bem queria? E se aquele beijo condenado sobre a ponte não tivesse sido o último? Se aquela noite ele a tivesse abraçado dormindo contra o peito, tão próxima que a respiração do nariz dele penteasse os cílios dela? Ou se ela estivesse aqui agora e ele se inclinasse para beijá-la, mas novamente ela dissesse que não e por isso ele simplesmente a empurrasse com força sobre a grade e ela gritasse enquanto caía, desaparecendo na neblina reconfortante muito antes que ele ouvisse o delicioso e distante *splash*.

Estava precisando de uma mudança, exatamente como Mark, uma folga das mesmas velhas pessoas, embora seu círculo estivesse diminuindo mês a mês, desde o ponto alto social de sua chegada, em maio passado. Precisava ir para onde fosse cercado por amigos do tipo certo. Ele pertencia a Praga; sabia disto havia quase um ano. A vida esperava por ele ali, esperava com algum objetivo atingível, mas elegante e emocionante.

Em vez disso, naquela tarde, Editor lhe dera uma história que o levara a um subúrbio distante ao romper de uma aurora clara e fria demais. Ele ficou tremendo até o maxilar doer e a espinha se contrair em espasmos entre as omoplatas. Ficou esperando e observando uma instalação de treinamento externa cercada por uma planície congelada com terreno de cascalho e lixo empilhado atrás de cercas.

— Eu vi você frio esta manhã com sua canetinha e seu caderninho — unh — e você estava desejando estar dentro do prédio do vestiário. Você não podia sofrer frio.

— É verdade.

— E — unh — eu vejo você fazer perguntas do técnico muito frio e você estava muito infeliz. Eu sabo exatamente então o seu problema. Sabe o seu problema?

— Meu problema?

— Escute — unh — eu conto uma história pra você.

— Agora?

— Sim, sim — unh — agora.

Ele estava de volta à segurança de seu apartamento agora, mais aquecido, já que em cima dele estava agachada uma patinadora nua, exibindo uma disposição olímpica e muita verve competitiva. Suas mãos (e a maior parte de seu peso) pressionavam os ombros de John, prendendo com eficiência seu torso e seus braços; ele só conseguia levantar a cabeça um ou dois centímetros. As coxas dela iam para a frente e para trás dos joelhos num ritmo feroz e metronômico.

— Escute, rapaz, quando vou treinar nas manhãs de inverno e estamos lá fora no gelo, está frio pra cacete. Você só faz isso uma vez e sabe. — Ela respirava com facilidade apesar do ritmo atlético. — Para nos aquecer, o técnico diz: "Vocês fazem doismilequinhentos metros o mais rápido que puderem." Nós fazemos, patinamos muito. E então — unh — nós fazemos de novo. Depois da sétima vez de doismilequinhentos metros, a gente sente muita dor, e eu acho que minhas pernas nunca doeram tanto, preciso parar.

John levantou a cabeça o máximo possível e olhou para aquelas pernas agora. As panturrilhas triangulares (quase piramidais) esculpidas estavam paralelas às suas coxas, e as próprias coxas dela se dobravam para cima e para baixo a uma velocidade extraordinária. No ápice da ação dela, as coxas emergiam dos joelhos a um ângulo de quase noventa graus, e, do ponto de vista dele, pareciam enormes pistões pulsantes, construídos em alguma empresa com equipamento robótico e *laser* de última geração em ambiente 99,999% limpo de partículas.

— Mas eu vou além da dor — unh. É como você fica grande e vai para os jogos e ganha ouro. Eu sei disso. Então eu nem penso na dor e patino. Finalmente, depois de mais duas rodadas de doismilequinhentos metros, eu digo: "Técnico, minhas pernas queimam demais agora." Ele olha pra mim — unh — como se eu peidei, sabe? E ele diz: "Sim, é claro que elas queimam. Isso é bom. Corra mais doismilequinhentos metros. Não pare, porque você sabe o que vem depois da queimação?" Sabe a resposta, John? Você — unh — você sabe o que vem depois da queimação?

— Não, acho que não.

— Eu também disse não. "Técnico, o que vem depois da queimação?" — unh. — Ela soltou o ombro esquerdo dele tempo suficiente para afastar alguns cachos suados rebeldes da testa. A mão dela voltou à posição; seus dedos caíram naturalmente sobre as marcas brancas que haviam deixado para trás. — Ele disse: "Depois da queimação vem a agonia, ok? Agora, patine." E ele dispara a arma. Ele tem uma arma sempre no treinamento para começar corridas e também inspirar. Ele usa sempre as — unh — balas de verdade.

— O quê? Como é que você sabe isso?

— Ele — unh, unh — uma vez tentando nos fazer patinar mais rápido e ele aponta para o ar e dispara e um pássaro cai no gelo — unh. Isto é para você também — unh — John. Depois da queimação vem a agonia. Você deve — unh, unh — percorrer o caminho todo até a agonia, porque quem sabe — unh, unh, unh — o que esperava o bravo do outro lado! — O balanço acelerou mais, a velocidades inspiradoras. — Agora, garoto! Agora!

Quando ela sai de cima, por um instante se torna quase humana: seus lábios estão um pouco ressecados; tem algo branco no canto do olho dela que ele quer limpar. Quando ela se vira, coloca as pernas do lado da cama, senta e acende o abajur de cabeceira, a luz amarela filtra os cabelos dela. Ela puxa os fios úmidos juntos e passa um elástico neles, e o movimento das mãos dela faz com que John se lembre de alguém, mas não sabe exatamente quem. As mãos dela não são, afinal, hiperdesenvolvidas, mas iguais às de uma menina. A curva das costas dela, quando ela se senta na beira da cama, logo além do alcance dele, e de sua cabeça, agora virada para o abajur e o ombro dela, o canto de um olho pouco visível sobre esse ombro e seus braços trancados e as palmas de sua mão pressionando com força o colchão: ele sabe que ela está esperando por ele. Quase consegue pensar na palavra certa agora para trazê-la para ele e eles poderem começar, mas aí John já adormeceu.

Mais tarde, ela estava falando novamente.

— O que eu quero dizer é isso. O que eu disse. Você é como eu, eu acho, mas precisa forçar mais adiante. Vejo isso quando você estava em pé frio com seu caderninho. E depois, também, quando você diz algumas coisas. Você sabe, ele é o melhor treinador do mundo. Você entende que eu não estou falando só de patinar agora?

Ele a viu se vestir, um dos cotovelos apoiando-o no sofá-cama aquiescente demais. Do outro lado da sala, ela parecia convincentemente humana, mas distante demais para se levar muito a sério. Vestia jeans, enrolados várias vezes nos tornozelos e também dobrados sobre o alto de seu cinto largo de couro preto, apertado até um furo feito por ela mesma muito além da opção de fábrica. Compridos demais e muito largos na cintura, os jeans ainda ameaçavam estourar nas coxas. (Naquela manhã, em suas perneiras prateadas, elas se assemelhavam a duas peças de bagagem.) Ela colocou o sutiã, uma gaze rosa adquirida durante um intervalo de uma hora dos treinos, das corridas, do sono e da alimentação cuidadosamente medida, mas voraz, em uma viagem de três dias ao leste da França.

Ele esperava que ela não o sabatinasse sobre o que havia acabado de dizer, porque não conseguia se lembrar de nada, nem sequer duas palavras, a não ser a parte sobre o pássaro azarado, mas ele sentia um último fragmento, um afeto por essa garota que agora colocava um pouco de maquiagem e pegava o casaco e a sacola; ele quase meio que desejou que ela passasse a noite lá, ao invés de ir para casa para tomar *shakes* de proteína e criticar vídeos em câmera lenta de corridas antigas, dormir cedo e sozinha.

A MTV tocava uma canção pop — aquela canção, a que parecia estar em toda parte naquela temporada, a canção que penetrou nos ouvidos de John tanto que muito embora ele não conseguisse cantarolá-la direito, a cada vez que a ouvia, reconhecia-a com a sensação aguda de esbarrar em um velho e adorado amigo. Uma composição elaborada e romântica, de letra difícil de se entender, mas algo sobre perda e resgate ficou na cabeça de John e não saiu. A música parecia ter sido escrita e gravada unicamente para atingir John em momentos de felicidade ou tristeza, camaradagem ou solidão, até que qualquer coisa de memorável em toda aquela estação fosse acompanhado por esses sons cantados por um groenlandês sombrio de dois metros de altura, lembrando a ele de que o resgate era possível e iminente.

E ela tocou, na manhã seguinte, numa rádio na redação, enquanto ele lutava contra o tédio de um primeiro parágrafo sem inspiração e um irritante cursor piscando —

Como diz a velha piada: "Quem era aquela mulher que eu vi com você ontem à noite?" "Não era mulher: era um membro da equipe de natação feminina da Alemanha Oriental." A mística massuda e cheia de esteróides daquelas amazonas do bloco oriental que deram uma surra nas nossas atletas com cara de menininhas, nos últimos quarenta anos de competição internacional, está agora aberta a mais investigações, e depois de receber um acesso sem precedentes | | | |

– quando Charles ligou do hospital.

V.

25 (Q) (III). SE DURANTE O PRAZO DESTE CONTRATO, QUALQUER UM DOS Sócios ficar incapacitado de modo a não poder efetuar ou conduzir atividades normais e, conseqüentemente, cumprir as tarefas ou comunicar a outros seu desejo do cumprimento das tarefas que lhe foram exigidas sob este acordo, então nesse caso ("Incapacidade"), o Sócio não-incapacitado ou qualquer outro representante, como o Sócio havia previamente delegado por escrito, deverá ter autoridade completa na gestão e na operação dos negócios da Sociedade, tomar todas as decisões operacionais em ligação com os negócios da Sociedade sem consultar o Sócio incapacitado se esta consulta for impossível devido à Incapacidade. A Incapacidade deverá ser confirmada por escrito por um médico na presença tanto do Sócio não-incapacitado quando do advogado abaixo assinado designado para a Sociedade. Terceiros lidando com a Sociedade durante a Incapacidade de qualquer um dos Sócios deverão confiar na assinatura do Sócio não incapacitado, ou do representante delegado expressamente.

VI.

JANEIRO MORREU E FEVEREIRO NASCEU EM UM HOSPITAL, QUE POR TODA A sua extensão era como se não passasse de um único corredor quase sem janelas e uma sala semiparticular, muito quente e inteiramente sem janelas, ambos com azulejos de um branco sujo, ambos com um cheiro forte, depois fraco, depois forte novamente de antis-sépticos frios e, sob isso, alguma coisa persistentemente, irredimivelmente, animadamente séptica.

— É um momento terrível para isso acontecer.

— E existe um momento bom, Sr. Gábor? — Krisztina Toldy não olhou para o sócio júnior.

— Mas é claro que eu não quis dizer que...

— Nós confiamos em sua confiança e conhecimento para nos sustentar por algum tempo. Sim.

— Claro, eu apenas quis dizer... — Na fluorescência errática do salão, a pele dela tinha a cor do luar e os brancos de seus olhos um amarelo-bactéria. Charles gostaria que ela tivesse colocado um pouco de maquiagem, até mesmo um pouquinho de base cor-de-pele na testa.

Neville interrompeu.

— Fui informado de que sua família mais imediata consiste em um primo distante no Canadá. Isto está correto, Károly?

— A Srta. Toldy sabe mais do que eu a respeito.

Visivelmente desinteressada na questão, ela fez gestos impacientes com a cabeça e os pés, ansiosa para voltar ao quarto do inválido.

— Ele não tem nenhum membro direto da família. Seu testamento está com o advogado em Viena. Ele não tem contato com o primo canadense.

— Nenhum herdeiro — confirmou Charles. — Ele sempre me falava de Krisztina aqui como sua família mais próxima.

— *Fala*, Sr. Gábor. Ele ainda não morreu.

— Eu não quis dizer...

Ela voltou a entrar no quarto de Imre.

O hospital ficava afastado da rua, um anel de alas decrépitas de tijolos aglomerados para aquecimento ao redor de um pátio cheio de neve com caminhos abertos com pás, onde enfermeiros musculosos com camisas de mangas curtas transportavam macas e cadeiras de rodas de um prédio a outro. O conjunto lembrava um reformatório modelo do século dezenove que, um século mais tarde, havia há muito crescido e abandonado os ideais de seus arquitetos, agora não reformava ninguém, mas aprisionava muitos. Quando John havia andado o suficiente por ali sem rumo e perguntado a pessoas bilíngües o suficiente e entendido errado respostas suficientes para finalmente chegar ao prédio certo, encontrou Charles sentado lindamente em uma cadeira dobrável de madeira no corredor longo imediatamente do lado de fora do quarto de Horváth. O sócio júnior estava examinando uma resma de tabelas financeiras sobre um portfólio de couro. Batia com a ponta tampada da caneta nos papéis com um balanço rítmico, e seus lábios se moviam ligeiramente numa análise silenciosa dos batalhões de números que desfilavam sob seu comando. Ao seu lado, entre seu ombro e o caixilho da porta do quarto de Imre, um esfregão brotava de um balde de plástico branco e repousava contra os azulejos, olhando descansado sobre o ombro de Charles, ocasionalmente deslizando coquete ao longo da parede na direção dele.

John, sabendo que era uma pergunta idiota, pronunciou-a como a pergunta idiota que era:

– Então, você está *ok?*

– O quê? É, sei lá. Quero dizer, é claro, você sabe, é uma coisa terrível.

– É verdade.

– E a qualidade do atendimento aqui, meu Deus. Acho que esse pessoal dos direitos dos animais negocia melhores condições de higiene para ratos de laboratório. Eu sequer cortaria meu cabelo nessas condições. Acho que eu poderia pegar um derrame só de me sentar aqui. Sinceramente, esse pessoal...

Descendo o corredor longo e reto (que lembrava um exercício de estudante de arte em perspectiva do Renascimento), uma enfermeira atrás de uma mesa cantava baixinho aquela canção – a canção de John – e a letra com sotaque húngaro que percorria todo o caminho até ele em sussurros esporádicos: *serrá que você não vê... não há reshposta anão serr... nóish podíamosh ishtar no céééu... perdidosh porr tantu tempu, muita...* – mas ela havia entendido errado o verso "Trabalho a noite inteira, e só penso em nós", e as palavras chegaram a John assim: *Trabalho a noite em telha, e só pênis em nóish.*

– Qual é a graça? – Charles olhou para ele com cara feia. – Deixa pra lá. Acho que até são engraçados, eu acho, as coisinhas das quais a vida da gente depende, sabe? – Charles passou as mãos pelos cabelos, um gesto exótico de cansaço que John nunca vira Charles se permitir.

– Sei – disse John. – Essas coisas fazem você perceber isso. E *você*, está bem? – Ele colocou a mão no ombro do homem sentado.

– Quero dizer, meu Deus. Um vaso sangüíneo pequeno, minúsculo estoura e de repente meus jovens dias de trabalho são passados entediado até as lágrimas aqui nas entranhas nojentas de azulejos do Hospital Memorial Boris Karloff. – Soltou o ar com força. – Brincadeira. – John jogava o esfregão de uma mão para a outra.

O derrame havia feito seu estrago sem ser notado, ou pelo menos sem ser noticiado, por talvez dois dias antes de Horváth ser encontrado. Testes demonstraram que isso provavelmente havia sido deflagrado na sexta-feira anterior. Krisztina estava visitando a família em Györ; Charles estava em Viena em serviço de imprensa; Imre, sozinho em Budapeste, provavelmente havia sofrido o fim de semana inteiro de sintomas que preferiu não levar a sério. Quando Charles tropeçou nele, na segunda-feira, pelo menos algumas das oportunidades de avaliar danos neurológicos já haviam sido perdidas. Os médicos não eram precisos; Charles resmungou que as táticas elaboradas de evasão teriam provocado vaias de estudantes de primeiro ano em uma apresentação de estudo de caso. Em conferências rápidas e silenciosas, os médicos aqueciam uns aos outros com uma animada discussão sobre a probabilidade de um potencial "dano à fala" em oposição a "dano na linguagem", uma distinção que Charles teria achado obscura mesmo que Imre não estivesse agora comatoso pelo terceiro dia consecutivo.

— Achamos que ele vai acordar quando estiver pronto — sugeriu um dos médicos, colocando gentilmente uma mão consoladora nos bíceps de Charles. — Sim, claro, Charles havia respondido baixinho, dando palmadinhas na pata branca e peluda do braço do doutor. — Garotos em fase de crescimento precisam dormir muito.

— Coitado. — Ele suspirou para John. — Sinceramente, que confusão para ele. Quase me sinto na obrigação de ter adivinhado isso. Você acha que eu devia ter adivinhado? Ele me contou uma história, outra noite, no escritório, e não lembrava que já havia contado a mesma história para mim no dia anterior.

Charles recrutou John para tomar o seu lugar por algumas tardes enquanto ele comandava a editora. John deveria ligar para o celular de Charles se alguma coisa mudasse. Ao longo dos dias seguintes, quando ficava entediado, John ligava para dar relatórios sobre troca de lâmpadas e o progresso decepcionante do esfregão abandonado. Uma vez, Harvey atendeu ao telefone e, embora tivesse passado logo John para falar com Charlie, John esqueceu a piada e não tornou a ligar.

Tentando se equilibrar nas pernas traseiras da cadeira dobrável, John percebeu lentamente que deveria manter sua órbita respeitosa e não se desviar demais na direção do sol. Como procurador de Károly, tinha permissão para se sentar na cadeira de madeira de Károly no corredor e ouvir indefeso os médicos conferenciando em húngaro. Mas Krisztina Toldy ficava sentada dentro do quarto, ao lado da cama de Imre, tirava dúvidas constantemente com os médicos, e falava pouco ou (quase sempre) nada para John, quando entrava e saía da sala do paciente e fechava muito delicadamente a porta atrás de si.

Ele lia. Rabiscava anotações para colunas. Andava a esmo até o fim do corredor telescópico para olhar pela janela suja, a única dali, para ver a barreira de correntes logo depois do vidro, para ver o pátio e a fábrica que soltava fumaça do outro lado da rua. Todos os dias, quando virava a esquina e se aproximava do hospital, tentava calcular do chão onde estava aquela janela. O prédio não parecia comprido o bastante para conter o corredor; a caminhada da cadeira de madeira até a janela exigia um domínio consciente de energia inspirada pelo tédio. Quando voltava dessas jornadas desanimadas, olhava para o relógio, depois fechava os olhos e tentava adivinhar quando trinta segundos ou um minuto haviam passado. Raramente acertava; seu relógio interno parecia ser feito de molas enferrujadas e juntas pegajosas e desconjuntadas girando em engrenagens gelatinosas. *Quantas bolas de golfe caberiam neste corredor?* E Krisztina Toldy sairia do quarto de Imre e John levantaria as sobrancelhas para perguntar: *Alguma novidade?* E ela passaria pelo corredor sem olhar para ele, e ele subitamente se sentiria acusado de ações malignas, imaginaria que ela achava que tudo o que ele queria era a notícia da morte de Imre finalmente, como se não estivesse ali para mais nada e Charles não quisesse nada além do falecimento do velho relatado rapidinho, rapidinho ao celular.

Depois de cinco tardes, o esfregão ainda não tinha mudado de posição, e John se perguntou se o funcionário encarregado dele havia desistido dele ou se era esperado que as famílias de pacientes no pós-comunismo limpassem as salas durante o tempo de visita aos seus entes queridos. Finalmente ocorreu a John, olhando para a água no balde, que havia escurecido durante seus dias de vigília, que ele poderia escrever uma coluna sobre aquele pequeno posto avançado da autêntica cultura húngara que nenhum expatriado em situação confortável jamais teria motivos para visitar. Seria uma exposição reveladora de uma situação escandalosa, e, melhor ainda, seria um pedido apaixonado de ajuda ao Ocidente para ressuscitar o outrora pujante serviço médico da Hungria sem alegria. Isto começaria uma nova e impressionante direção em seu trabalho. Purificado no fogo branco do protesto e borbulhando de emoção, ele se juntaria à sua geração para melhorar o mundo. Abriu o bloco de notas e ficou batendo a caneta nos dentes. Um pouco depois, Krisztina emergiu e saiu muda pelo corredor até o elevador. Não era banheiro ou telefone. Ela ficaria fora por algum tempo.

Vestido com uma bata hospitalar, Imre estava deitado sobre as cobertas: um cobertor bem dobrado envolvia seus pés e a parte inferior das pernas. Fluidos viajavam em diferentes velocidades ao longo de uma rede de tubos previsíveis. Não havia vozes de televisão, apenas máquinas velhas que piscavam e emitiam bipes sem censura. John ficou surpreso por se sentar em apenas outra cadeira de madeira dobrável; supunha que o lugar ali seria mais bem equipado. Do outro lado de uma cortina branca manchada, flutuavam outros bipes, meio segundo mais lentos que os de Imre. As duas máquinas – a de Imre e a do desconhecido coberto – emitiam bipes duas vezes em uníssono, e depois o oculto ficava um pouco para trás, um pouco mais a cada vez, até ficar tão para trás que se chocava com o próximo bipe de Imre e tornava a se fundir lentamente em um uníssono temporário.

John ficou olhando para a barriga de Imre, que respirava lentamente sobre o colchão convexo sob as telas piscando e os tubos enroscados. Olhou rapidamente para os lábios retorcidos e as bochechas com novas espinhas, e acabou desviando o olhar apressado.

Olhou para suas próprias mãos e se lembrou de um telefilme que vira, certa vez, em que a amantíssima família de uma velha comatosa falava para seus ouvidos que não reagiam, determinados em seu amor feroz que de algum modo "ela pode nos ouvir, diabos, eu sei que ela pode, e eu farei qualquer coisa, está me ouvindo? Qualquer coisa por ela, não vou desistir dela, então não ouse desistir dela...". E assim por diante, sem desejar ser ouvido por quem quer que esteja atrás da cortina, John deslocou a cadeira para a cabeceira da cama, apoiou os cotovelos nos joelhos e começou a falar com o peito do chefe de seu amigo.

– Bem, eu certamente espero que você melhore, Imre. Você é muito impressionante quando não está, você sabe, assim. Não gosto de pensar no que aconteceu. Parece errado que isto aconteça, e que seja com alguém que viu tudo o que você fez e, e viu... Aquela coisa toda da sua vida como uma obra de arte. Fico pensando, valeu a pena? Fico pensando muito nisso a seu respeito. Valeu a pena? Combater tiranos? Tudo de que você abriu mão para estar no lado certo quando ele parecia o lado que iria perder? Às vezes, imagino fazer um sacrifício incrível para alguém ou alguma coisa: ah, eu perco um membro ou fico paralisado ou até mesmo perco a cabeça sob alguma tensão extrema... e então, se alguém me perguntar – e se eu estiver sem braços e pernas ou paralisado ou apenas semilúcido – se me perguntarem se valeu a pena. E sempre me pergunto o que diria. Eu gostaria tanto de saber que diria: "Ah, sim, valeu a pena. Claro que valeu a pena", mesmo estando sentado ali com alguma mutilação horrível. Penso muito em você, para falar a verdade. Me ocorre que você sabe alguma coisa muito, ah, muito... Seria uma vergonha, óbvio, se, você sabe, eu me sentiria muito mal... Na verdade, eu, ah, me sinto muito mal, ahn, sobre toda essa...

John teve vergonha de sentir a garganta apertar. Esfregou os olhos até a sensação de cócegas passar. Seu absurdo parecia não ter mais limites, e então ele começou a pensar imediatamente naquele programa brega de televisão, quando Krisztina Toldy bateu com firmeza no seu ombro. Ela ajeitou os cobertores e o travesseiro de Imre como chamando a atenção dele, embora John não tivesse tocado em nada.

— Ah, oi — ele disse.

— Sim.

O tempo andava de modo estranho no hospital. No corredor, ele se acumulava em poços, parados e estagnados, de modo que o relógio mal conseguia reunir forças para registrar uma mudança de acordo com o desconforto que John sentia em sua cadeirinha do lado de fora do quarto proibido de Imre, enquanto se sentava e aguardava, talvez para sempre, pela chegada diária de Charles ou do especialista. Então, de repente, o calendário desfolhava datas como uma árvore no outono, e John perceberia, surpreso, que uma semana, dez dias, duas semanas, quase três semanas haviam se passado e Imre ainda não se movia, não reagia e ainda Charles pagava John para montar guarda para ele, enquanto administrar os negócios da editora mantinha o sócio júnior "incrivelmente ocupado".

Dois dias depois, um pouco de animação. Um dos olhos do paciente se abriu quando o especialista soprou nele, assim como o fizera todos os dias por três semanas. Ele tornou a se fechar, e as leituras do cérebro não mostraram muita diferença.

No dia seguinte, Charles e Krisztina providenciaram para que Imre fosse transferido para uma clínica particular em Buda, dirigida por médicos suíços.

— Pelo que sei, os médicos húngaros são grandes gênios — admitiu Charles —, mas precisamos fazer tudo o que pudermos por ele, entende? Claro que parece que este é um lugar melhor. — Agora John estava sentado em uma cadeira ergonômica de aço moldada com uma pequena divisão que acomodava suas nádegas separadamente. Ele se recostava na parede azul-clara do corredor enquanto, de hora em hora, aos cinco primeiros minutos da hora, médicos o cumprimentavam com acenos de cabeça e entravam na sala reluzente de cromo e mármore, e depois saíam para fazer uma ou duas anotações na prancheta azul-clara translúcida aninhada em um *rack* de plexiglas translúcido encaixado na porta hidráulica suspirante, que tinha uma plaquinha de bronze gravada e aparafusada no dia em que o paciente dera entrada, como se fosse um novo executivo: ZIMMER 4 – HERR IMRE HORVÁTH. Logo abaixo, descendo o corredor acarpetado, pelas costas de um médico que desaparecia aos poucos, flutuava a melodia assobiada da canção de John.

— Não posso adiar isso mais, eis a questão. Sei que não é a coisa mais gentil que posso dizer no momento — disse Charles, dois dias depois, quando Neville falou num alemão abafado e pausado com um dos médicos —, mas ele não está exatamente dando pulos da cama para dirigir sua empresa, e este não é o momento ideal para esse tipo de moleza.

— Preguiça pura — concordou John.

— Eu gostaria mais era que ele continuasse dormindo, mas há coisas bastante importantes que estavam em fogo brando há algum tempo e agora estão definitivamente fervendo, e será que você podia então me fazer um grande favor? Tenho um grupo que, na verdade, foi você que ajudou a reunir, e preciso de um corpo quente numa cadeira, num jantar, na próxima segunda, e, francamente, não vai ser o de Imre. Pode conseguir não ter um derrame entre hoje e segunda?

Neville apertou a mão do médico suíço e voltou a se juntar aos dois americanos.

— Nestas circunstâncias — disse ele com sua voz profissional de BBC —, a determinação de incapacidade é uma coisa relativamente simples. Já providenciei a documentação.

Naquela noite, as filas para entrar no A Házam ofenderam os freqüentadores antigos. Cordas de veludo mantinham sem ironias os aspirantes a convidados à distância. Do lado de dentro, logo depois da porta, menções da imprensa e de guias de viagem sobre a casa estavam emolduradas e penduradas sob as palavras húngaras para *Conforme Visto Em*. Um cartaz de aspecto calculadamente malfeito profetizava a chegava de A Házam 2 e A Házam 3, que apareceriam em breve em outros bairros de Budapeste, e Praházam, que deveria surgir em Praga antes disso. Essa polinização iminente (as casas teriam todas as mesmas fotos autografadas de ditadores, os mesmos refletores, a mesma mobília aleatória) era o principal investimento húngaro da empresa antiga de Charles. Riscando para sempre a casa de suas agendas, John e Charles preferiram provar os prazeres do Baal Room, recém-aberto por três jovens empreendedores irlandeses e decorado com um tema infernal. No bar comprido em forma de uma prateleira escarpada de rocha derretida, John e Gábor se sentaram em banquetas de veludo vermelho, enquanto *barmen* com chifres, sem camisas e com calças colantes lhes trouxeram Unicum em caveiras humanas falsas e, novos no emprego, pareciam nervosos, conscientes da ameaça que suas caudas pontudas de espuma representavam para as garrafas no recinto. Jaulas suspensas no teto cavernoso abrigavam homens e mulheres em sungas e biquínis de couro cuidadosamente rasgados, dançando/se contorcendo sobre caldeirões de plástico contendo *spots* vermelhos piscando, enquanto leões-de-chácara bem musculosos com tridentes estilizados e rostos com pinturas primitivas percorriam o ambiente à procura de encrenca. Em um palco grande, sob luzes estroboscópicas que se moviam para todos os lados, as pessoas dançavam ao som de música pop inglesa mixada com uma gravação de gritos humanos em *loop*.

Cheio de coragem graças a alguns crânios cheios, John executou a manobra de abertura da técnica da confusão-com-a-atriz-de-cinema com a mulher à sua esquerda quando, da banqueta à sua direita, Charles disse em tons confessionais:

— Foi ótimo falar com você no hospital, naquela manhã. Ajudou. Sério. Sabia? — Por estranho que parecesse, sentia que Charles falava sério, mas não entendia de que conversa ele estava falando. Uma boa conversa no hospital em uma manhã?

— Ei, tudo bem. Sem problema.

Voltou à esquerda, mas o alvo da confusão com a atriz de cinema havia desaparecido. Teve de reconhecer que não era uma perda devastadora.

A música acelerada acabou e foi substituída pelo grito agudo e devastador de um homem em tormento excruciante. Gargalhadas demoníacas se seguiram enquanto o homem soluçava de se engasgar. Então vieram os tambores suaves e românticos e acordes de sintetizador de abertura da canção favorita de Charles: o DJ levara quase uma hora para atender ao seu pedido.

VII.

— O NEGÓCIO, KÁROLY, É QUE VOCÊ ESTÁ SENTADO NO TOPO DO MUNDO e não...

— Charles.

— ...parece sequer saber o que fazer com isso. O que foi?

— É *Charles*.

— Ah, certo...

Na segunda à noite, os ilhéus dos Mares do Sul prometidos estavam atrasados, e por isso, de uma vasta distância, de muito além da mesinha redonda feita para cinco, por sobre o topo de seu próprio disco trêmulo preto de Unicum, John viu Charles e Harvey massagearem seus coquetéis e conversarem um com o outro. Notou essa ligeira evidência do nervosismo de Charles: as superfícies suaves e intercambiáveis dele mudavam, e o nojo que sentia por Harvey emergia por baixo de sua camada protetora (embora Harvey, distraído por seu próprio nervosismo, não tivesse notado).

— Eles vão vir. Eles vão vir — Harvey garantiu a eles, sem que lhe perguntassem nada, e fez uma tentativa de levantar o astral morto com eletricidade e estilo: — Então, me diga com honestidade: você acha que ele está comendo a Toldy?

— Nossa, você é um sujeito escroto. — Charles olhou para o relógio e deu dois tapinhas no mostrador. — Se *estava*, agora não está mais em condição.

— Ah, nunca se sabe, Károly...

— *Charles. Charles.* É inglês. Sua língua nativa.

— Sim, mas ela fica bem em cima dele num quarto particular, é o que você estava dizendo, certo? Poderia ter sido um daqueles derrames que revigoram o sangue, se você me entende. Já ouvi falar de coisas assim.

— Charles, dá pra você calar a boca desse babaca? — Harvey e Charles levantaram as cabeças surpresos, e John percebeu envergonhado que ele não havia apenas pensado. Mas o tom da gargalhada de Charles teve um toque especial: Harvey reconheceu na hora a ótima brincadeira de John, que não era para ser levada a sério.

As espessas cortinas marrons da sala de jantar particular, cercando a mesa por três lados, se abriram silenciosas e um garçom trajando *smoking* segurou o veludo escuro para a passagem dos ilhéus dos Mares do Sul. O homem branco como cera que vinha à frente era o mais jovem, apenas alguns anos mais velho que Charles, mas prematuramente grisalho de todas as maneiras com seus óculos de contador imitando um modelo antigo. Plasticamente bonito e com os cabelos tratados semanalmente, ele abriu caminho, pigarreou e permitiu que seu chefe entrasse primeiro no enclave de luxo lotado. Ali estava a surpresa prometida de John e uma bolha momentânea de tempo congelado para examiná-la: uma simulação tridimensional de um famoso rosto de TVs e jornais, um sotaque australiano de *talk shows* e programas de notícias, a expressão austera ou ligeiramente presunçosa (apenas duas opções) que decorava uma dezena de capas de revistas todo ano. Harvey deu as boas-vindas e o apresentou com grande respeito. Antes de se sentar ou aceitar as apresentações, entretanto, a visão se virou para o garçom e pediu um obscuro e antipodal coquetel como se fosse o homem de verdade — o homem da televisão — e, assim, John não teve mais nenhuma dúvida. O chapéu de caubói, que era sua marca registrada, a imensa verruga, quase uma ilhota, na costa sudeste do nariz, as sobrancelhas que lembravam florestas primordiais e que as moças da maquiagem da TV deviam passar longas horas para colar e tornar semelhantes a traços humanos finos: os adereços eram todos familiares. Mais estranhas, entretanto, eram as discrepâncias: assim que entrou no cercado com cortinas, o australiano tinha uma série de tiques nervosos, maus hábitos evidentemente suprimíveis apenas durante o tempo de um perfil de noticiário, nada além disso. Onde o rosto da televisão sempre fechava em seus entrevistadores fora das câmeras com intensidade executiva, o Melchior em 3-D nunca fazia contato visual direto, e por isso mais uma vez John quase se convenceu de que um impostor havia se juntado a eles, naquela mesa privada, no Rei dos Hunos. Sob a luz fraca, sob a única parede sólida decorada com reproduções emolduradas de gravuras apresentando grupos de caça reais, John sentiu um estranho, porém perceptível, alívio por encontrar ali outro homem maior que a vida que não era muita coisa, na verdade, era muito menos do que o mundo fora levado a acreditar.

Hubert Melchior não era dono do maior império de mídia do mundo. Havia um homem em Atlanta e outro australiano, e havia, provavelmente, poderes em Hollywood e Frankfurt e os prédios envidraçados de Manhattan, cujos nomes não haviam borbulhado para a superfície da consciência do mundo, todos os quais tinham tentáculos mais longos, mais influência, mais televisões e livros e jornais para expressar suas opiniões com marca registrada. Mas com o bastante para se destacar, Hubert Melchior era um daqueles nomes que — mesmo se você nunca acompanhasse o mundo dos negócios e das finanças — sempre lhe pareciam familiar. ("Ele não é aquele sujeito que fez aquela campanha publicitária, aquela dos cangurus pegando fogo?")

— Esses são os caras que assustaram tanto você, Kyle? — Melchior resmungou ao se sentar com um grunhido. Seu assistente grisalho deu uma risadinha e assentiu na deixa. A brincadeira foi feita com um tom monocórdio estranhamente sem humor, quase um murmúrio, não a falsa animação corporativa que John esperava. Melchior não olhava para seu assistente, mal havia olhado o suficiente para John ou Charles para determinar se eles eram, na verdade, suficientemente intimidadores ou não para ter assustado Kyle tanto assim. Em vez disso, olhou para as próprias mãos, que, com as palmas para baixo, deslizavam sobre a mesa de madeira em padrões lentos e aleatórios.

— Me assustaram? Não, não, apenas me fizeram pensar, Sr. Melchior — disse o homem mais novo, com as entonações semi-humanas de assistentes executivos humilhados e sem esperanças no mundo todo, envelhecendo duas vezes mais rápido que seus empregadores. Sorriu para os três americanos, em nome de Melchior e do seu próprio, oferecendo um contato visual extra com os cumprimentos da corporação.

Melchior era felinamente enfastiado. Ficou raspando um peixe-estrela pequeno e bulboso de cera de vela que havia aportado na mesa. A unha do seu polegar esquerdo raspou seis ou sete vezes em rápida sucessão, então limpou as migalhas de cera com movimentos rápidos de varredura do dedo mínimo da mão direita. Alternou – raspando com o polegar, limpando com o mínimo, raspando com o polegar, limpando com o mínimo – muito tempo depois que qualquer pessoa pudesse ver qualquer cera pingando, muito depois que seus olhos e sua atenção já estavam em outro lugar, e ainda assim as suas mãos poliam por conta própria.

– Senhor G'bore – murmurou ele, desdobrando o guardanapo e amaciando as dobras individuais com cuidado. – Vi seu rosto por toda parte, certa manhã. Um jornal no bolso aqui e ali não fazem mal a um sujeito jovem. Conheça os caminhos do jogo, é o que eu digo.

Charles riu educadamente da fala autista emitida na mesma voz de um tédio mal reprimido.

– E com você e seu chefe ali, esse Sr. Horváth, nos jornais toda vez que ele se virava, os guardanapos do coitado do Kyle estavam sempre molhados. Ele só ficava dizendo assim: "Não é o momento certo, não é o momento certo, Sr. Melchior." Não foi, Kyle, meu rapaz? "Não é o momento certo..."

– O Sr. Horváth, embora mais velho... espero ter deixado claro que o Károly aqui está aqui como representante inteiramente da...

– "...não é o momento certo, não é o momento certo", só por causa de alguma bobagem sobre... – Melchior havia ouvido a interrupção de Harvey, mas não levantara a cabeça dos padrões invisíveis que estava desenhando na mesa com um dedo indicador rígido, não perdeu tempo brigando com Harvey, simplesmente continuou falando, e nenhum ruído na Terra poderia tê-lo feito parar. – Uns dois artigos em jornais e o Kyle aqui está chorando feito uma garotinha dizendo que é "inoportuno" para nós participarmos de concorrências da privatização húngara. "Inoportuno", depois de tudo o que construí. – A confissão neutra, porém sincera, de Melchior de que seu império de mídia de bilhões e bilhões de dólares havia sido temporariamente perturbado por Charles e John, entre todas as pessoas, deflagrou em John um forte sentimento de orgulho. –

Meu Jesus... Tive de escutar bobagens sobre como não deveríamos mexer com o processo de privatização, deveríamos deixar os húngaros lidarem com seu próprio governo primeiro. Que grande bobagem. E agora vocês estão sentados aqui, e você é apenas um rapazinho, e não é mais húngaro do que eu. — Fez um gesto para Charles, mas não olhou para ele. — Olhe aqui. Verdade seja dita, percebemos um pouco tarde as necessidades de mídia neste canto do mundo. Mas agora chega de bobagens. Vou ficar três dias na cidade, e tenho seis jornais, seis editoras, duas emissoras de TV e uma *start-up* de cabo para conversar, então não vamos perder muito tempo cortejando as ovelhas, certo? Ou ela bale para nós ou nós vamos em frente. — Até mesmo aquelas coloridas vulgaridades corporativas australianas emergiam na mesma voz vagamente entediada, levemente sociopata, e Melchior provou sua salada, achou o gosto ruim, colocou-a de lado. — Sua pequena editora é boa e eu a quero, mas não tenho a vida toda para fazer isto. Existem outras dezoito que eu quero se os húngaros, os tchecos e os polacos vão significar alguma coisa para a Median. O Harvey aqui está nos dizendo que não precisamos do seu chefe para esta conversa. Por quê?

— Infelizmente, ele... — começou Harvey.

— É, eu fiquei sabendo. Lamento — disse Melchior.

— Acho que um ponto principal, um possível ponto de contato, que é o que eu me vejo sendo capaz de ajudar aqui, o que eu estou procurando para, preventivamente, ser discutido seria, ela se tornaria a Editora Midian? — perguntou Harvey, atuando o mais rápido possível, antes que os eventos atuassem por si mesmos.

Finalmente Melchior olhou para alguém: Charles, que mal havia dito uma palavra desde a chegada dos australianos.

— Certamente ela irá se tornar um orgulhoso membro da família Median, e vai receber um suporte de marca adequado como resultado, muito mais apoio do que você será capaz de lidar com o que sobrar de seu pequeno fundo privado ali, Sr. G'bore. — Um vasto conhecimento pessoal implicado, ele voltou ao trabalho de realinhar seus talheres, que não foram usados. — Você é parente daquelas irmãs, a propósito? As atrizes? Então me diga: o nome da editora importa para alguém neste país?

Tudo tinha acontecido tão rápido que John mal se deu conta do que estava se passando: quando o último prato de salada deixou a mesa por mãos sem corpos, John finalmente compreendeu que a Editora Horváth não estava apenas à venda, mas que o destino já havia se encarregado dos detalhes de como ela seria chamada quando fosse engolida, ainda respirando, para dentro da barriga de serpente da Multinational Median Corporation, onde ela rapidamente seria desmembrada em seus componentes irredutíveis.

Charles soltou o ar das bochechas devagar e balançou a cabeça de um lado para outro.

— Muito distante — confessou. — Por intermédio de meu bisavô, me disseram, primos em algum grau. Nunca as conheci, claro. É um nome relativamente comum na Hungria.

— Acho que Károly está em uma, uma, uma situação delicada, ou meio delicada — sugeriu Harvey. — Deveríamos ser sensíveis às necessidades, ou seja, às necessidades de ambos os lados, ou não lados, porém interesses, as necessidades naturais desses interesses.

— *Charles* — Charles o corrigiu irritado.

— Certo. — Harvey olhou para ele de modo neutro. — O quê?

Charles ignorou a pergunta geral de Melchior e ofereceu, em vez disso, um bufê de coisas específicas. Começou a listar publicações individuais da Horváth Holdings e projetos prospectivos, além das descrições dos catálogos. Apresentou títulos, autores e publicações como um jogador de cartas de Las Vegas embaralhando cartas no ar.

— *Nosso Forint* — ele dizia — ...e aqui faço uma pausa apenas como possível exemplo de algumas questões que podemos enfrentar... *Nosso Forint* é conteúdo com a marca de gerações de tradição e sentimento do consumidor por trás...

— Esse é o seu balanço comercial. — A voz de Melchior registrava um ligeiro interesse, mas não era uma pergunta, e John viu como o australiano simulava sua expressão de intensidade profunda durante entrevistas de TV: pontos focais às costas filmados de lado. — *Nosso Forint*, hein? — Estendeu a mão e apanhou, com um som de estalo, o baralho inteiro em sua trajetória de arco no ar. — Não. Talvez por algum tempo ele permaneça com esse nome, mas você sabe o que temos. Você não é idiota, senhor G'bore. Você selecionou esse título por um motivo e aprecio sua franqueza no negócio. Você sabe que depositamos enormes recursos para o lançamento de *Mmmmmoney*. Queremos que *Mmmmmoney* seja uma publicação mundial, globalmente uniforme, mas com seções locais inseridas, bem alinhavadas no corpo da edição para cada mercado. Essas inserções poderiam, talvez, ter nomes regionais. Eu e Kyle não vemos motivo para não chamar a seção húngara de *Nosso Forint*, se puder me convencer de que está interessado nisto.

— Acho que é provavelmente um ponto de partida razoável. — Harvey olhava de um lado para outro entre as duas pessoas interessantes da mesa.

Melchior olhou Charles no olho e sorriu, quase como se fosse humano. Ele havia oferecido a Charles a impressão pública de uma concessão, havia dirigido um pequeno elemento do todo, e esperava que a reação dele fosse extrapolada externamente, e assim o australiano empurrou sua cadeira e se levantou; não precisava ficar para outro prato. Concentrou-se em enfiar as mãos com marcas de idade em luvas de pelúcia, no instante em que sua entrada, destinada agora aos cachorros e à lavadora de pratos, chegava à mesa. Seu assistente levantou-se, pronto, guardanapo na mão, mas Melchior sairia sozinho; Kyle terminaria de comer com os três americanos. Melchior alisou o forro de seu chapéu de caubói com uma ação ensaiada, alternando a palma e as costas da mão.

— Com base no que o Harvey aqui nos disse, a quantia de seu lance e o valor da fábrica de Viena, Kyle aqui tem um envelope com uma cifra dentro. Deverá ser o bastante para você. Não é uma posição de negociação. É final. Não posso ir acima disso, então ou o seu pequeno negócio se junta à família Median ou ficará sozinho em um território da Median e passaremos nossos primeiros meses aqui dedicados a tirar você do caminho. Kyle vai esperar um dia, no Hilton, para que vocês digam se estão interessados. Foi um prazer conhecê-los, cavalheiros. — Nenhum contato visual. Nada de apertos de mão. E o chapéu de caubói e a verruga e o linguajar arrastado e anti-social anormal foram engolidos pelas cortinas marrons.

Havia um certo prazer frio na companhia de Melchior, John só percebeu quando o veludo parou de balançar e se ajustou em um mar vermelho vertical. Ele não parecia gostar nem um pouco de seu trabalho, mas também parecia inteiramente livre de artifícios em seu desempenho. Ele dizia: "Eu quero isto" e "Eu pago tanto por isso" e "Não, não vou dar a ela o nome de seu chefe comatoso" e ponto final.

— Um excelente cervo — disse Kyle com sinceridade, um brilho ansioso e triste no rosto. Deixado sozinho por alguns minutos entre pessoas mais ou menos de sua própria idade, ele se apressou para aproveitar o momento o máximo possível. — Existem lugares legais para se ir por aqui depois do jantar? Casas noturnas, dança ou coisa do gênero?

— Vamos ver o envelope, Kyle.

— Certo.

Charles encostou o envelope fechado na têmpora.

— Aproveite o cervo, Kyle. — Colocou a carta, sem abri-la, no bolso, e todos passaram o resto da noite imaginando quando ele finalmente iria abri-la. Kyle, que sabia muito bem quando estava sendo dispensado, não disse mais uma palavra. Ele e Harvey pagaram a refeição.

Na rua fora do restaurante, fez sinal descaradamente para dois táxis, e Harvey tentou dar uma palavrinha em segredo a ele, porque podia ver que a separação forçada era por uma boa razão estratégica e que Charles obviamente queria que ele executasse certas manobras avançadas de negociação assim que ficasse sozinho com Kyle.

— Charles, Charles, escute — disse ele, passando o braço pelo ombro de Gábor, caminhando com ele como um amigão para longe dos outros. Charles se abaixou para amarrar o cadarço do sapato, levantou-se olhando em outra direção, foi até o táxi, empurrou John para dentro e apertou duas mãos. — *Károly* — corrigiu Harvey.

Charles não abriu o envelope, nem sequer parecia se lembrar de que estava em posse dele, até que ele e John haviam escapado, deixado os outros dois em pé na noite fria de fim de fevereiro, o jovem australiano obviamente chateado por ser deixado na companhia de outro chato de meia-idade, para ver novamente, como em tantas cidades onde outros negócios eram feitos, alguém que tivesse o mínimo senso de diversão se dirigindo para outra direção, em outro táxi.

O táxi havia percorrido vários quarteirões antes que Charles, sem perder seu lugar num discurso praticado, porém ainda fresco, sobre a guerra do Golfo, retirasse o envelope do bolso do paletó. Acariciou o envelope com timbre do Hilton sem olhar para ele e falou dos charmes ambíguos de Saddam Hussein, então finalmente, lentamente, ele abriu o envelope com desinteresse calculado: rasgou a borda, descrevendo as frias verdades econômicas atrás das justificativas políticas esquentadas para o combate no deserto. Com um suspiro tranqüilo, soprou o envelope por dentro para formar um cilindro e retirou devagar uma folha, que não estava muito interessado em desdobrar. Uma boa platéia, John ficou adequadamente surpreso com o langor de Charles e sua tranqüilidade, ou pelo menos pelo seu desejo insaciável de surpreender. Motivos de guerra analisados ("Você *pode* ser humanitário e ganancioso ao mesmo tempo; só fica mais difícil"), Charles desdobrou o papel datilografado, mas não olhou para ele ("Eu acredito *mesmo* que você *pode* fuzilar, matar de fome, enterrar pessoas vivas, queimá-las e bombardeá-las, até mesmo pessoas inocentes, por razões humanitárias, mas é preciso muita maturidade emocional"). O brilho dos postes que passavam iluminava seu rosto em poças regulares e deslizantes de amarelo-claro, cada qual identicamente manchada com as transparências cinzentas das manchas do vidro do táxi.

— Ok, confesso, estou um pouco impressionado. Olhe logo essa coisa.

Charles curvou a cabeça numa mesura e finalmente leu a folha datilografada.

— Hm — ele se permitiu. — Era o que eu havia imaginado. — Começou a rir e balançou a cabeça. — Se eu estivesse *bêbado*.

John redirecionou o taxista e levou Charles ao Blue Jazz pela primeira vez. A animação cada vez maior e indomável de seu amigo e sua confissão de que a oferta de Melchior o havia surpreendido induziu em John uma sensação calorosa com relação a Charles que ele raramente vivenciara, e isto justificava compartilhar seu lugar favorito com seu parceiro de comemoração.

O calor da camaradagem durou até pouco antes de retirarem os casacos e se sentarem: Nádja não estava lá, para decepção de John, e em vez disso o ambiente estava sujo com os sons verde-ervilha de um sexteto de *free jazz* de vanguarda.

— Eu *adoro* essa música! — exclamou Charles, e John imediatamente lamentou não ter ido para o Baal Room. — Jazz é *tão* maravilhoso. Todos estalando os dedos ao som da bateria.

A conversa foi agradável, pelo menos. Para John, ouvir Charles explicar a refeição que tinham acabado de comer era como sair para uma noite completamente diferente, já que aparentemente toda uma noite de eventos havia se passado sem que John tivesse sequer notado. Charles descreveu a admiração franca que sentia pela "habilidade de jogar" de Melchior, do que gostava muito. Os pequenos tiques esquisitos, a confissão sincera de que estava sendo passado para trás, a forma casual e tosca como ele abusava de Kyle, os modos rudes de sim-ou-não/agora-ou-nunca/sem-negociação/sem bobagens empolgaram Charles, e ele respeitava "o trabalho que havia sido feito para sua preparação". A afirmação de John de que havia sido a personalidade natural de Melchior divertiu Charles quase ao ponto de se engasgar.

— Tudo aquilo foi muito bem-feito — Charles o contradisse —, mas não teria sentido se Melchior não conseguisse ligar e desligar aquilo à vontade. Se é que aquilo tudo foi só ele — ensinou, paciente —, então o homem não é nada além de um psicótico usando chapéu de caubói. Pior, apenas um homem de negócios sortudo, ao invés de um homem habilidoso. Não, ele é um homem sério, nosso Hubert. Foi tudo muito bem armado, por isso não se sinta mal.

Mas — e digo isto com certeza profissional — é tudo uma encenação, mesmo que ele não pare mais de fazer isto, mesmo que ele o faça até dormindo e vá morrer fazendo isto.

Charles tinha ficado curioso para conhecer o homem, claro, mas certamente não havia esperado uma oferta que pudesse levar a sério — talvez uma oferta de investimento minoritário, talvez uma compra ligeiramente inflacionada de seus 49%, ele havia meio que esperado em dezembro, quando Harv começou a parecer digno de crédito quanto a uma apresentação. Mas aquilo... aquilo era "gloriosamente alto, lindamente alto, alto para além de qualquer sonho".

John desejou a presença de Nádja; sentiu que seria capaz de prestar mais atenção a Charles se apenas ela estivesse no palco, se soubesse que a noite terminaria com apenas eles dois, ele levando-a para casa. Ele jamais a levara para casa antes, e parecia uma pena que isto não tivesse acontecido. Saboreou uma imagem de uma nova tradição noturna: no encerramento silencioso e cinzento das noites de trabalho dela, ele a levaria para casa e eles tomariam chá ou xerez e bateriam um bom papo na sala com lareira antes que ele partisse para... qualquer lugar. O apartamento de Nádja seria um tesouro da vida fantástica dela, tão lindamente, tão completamente vivida: aquele catálogo de livros e discos tão improvavelmente rascunhado — vincado e amarelado, mas ainda ali na essência; fotografias de todas as pessoas e lugares da vida dela; cartas em uma grafia notável, de eras em que o correio passava três vezes ao dia; desenhos dela, que ela tratava com cuidado, mas não idolatrava, considerando que eles haviam sido feitos por mãos de grandeza, mãos por cujas outras obras mais bem-acabadas museus lutaram uns contra os outros como crianças zangadas. Em uma prateleira, misteriosos suvenires: uma bala deflagrada; uma antiga e vincada carteira de identidade emitida por alguma organização há muito desativada para um rapaz há muito tempo envelhecido ou morto; uma citação enrolada e amarrada com laço, emitida por um governo que sumira da face da terra. "Boa noite, John Price", ela diria, na sua voz de estrela de cinema estrangeiro, ou bom dia, como pode ser o caso, e beijariam os rostos um do outro na porta, e ele andaria no ar da manhã e se sentiria no lugar certo, pronto para ir encontrar... quem fosse.

— Mas o tamanho do lance dá meio que retrospectivamente um novo sentido a tudo o que aconteceu no jantar. Você pode ver que eles estão com pressa, certo? Nós os deixamos esperando, graças a Imre. Então agora faça um lance alto, absorva o prejuízo que for necessário, porque é uma disputa acirrada de posse, esta é a ordem do dia — John reparou na animação alucinada do amigo, toda a sua frieza dissolvida pela bebida quente, e talvez até mesmo pelos gritos e uivos que ricocheteavam do palco.

— Eles não têm *strippers* aqui? Por que é que você vem tanto aqui?

Claro, fazer aquisições agressivas no mundo da mídia era um jogo perigoso. Comprar jornais não era a mesma coisa que comprar uma fábrica de conservas. Jornais falam: force um a vender ("...tirar vocês do caminho...") e poderia obter duas semanas de violento abuso verbal do próprio objeto de seu desejo antes de conseguir consumar o acordo e calar sua boca. E assim, Charles prosseguiu incansável, ali estava um detalhe interessante: a Median havia começado com Horváth antes de conversar com todos aqueles outros veículos que Melchior havia relacionado.

— E por que é que ele quer a Horváth primeiro? — Melchior havia elogiado Charles quanto a ter conseguido uma boa cobertura de imprensa e compreendido sua importância. — Entendeu? Ele quer a Horváth primeiro por causa...

— Sei, sei, por sua causa.

— Não, filho. Melchior quer a Horváth primeiro por causa — Charles beliscou a bochecha de John o suficiente para que ele soltasse um grito — de você, meu querido. — A Median conseguiria tudo de um jeito ou de outro, mas valia o tempo e o dinheiro de Melchior tentar fazer as coisas na ordem certa. A Median havia optado por não fazer um lance de privatização pela Horváth Kiadó, porque John havia convencido Harvey que havia convencido Kyle que havia convencido Melchior de que nenhum estrangeiro poderia ganhar um lance por algo tão altamente simbólico quanto a editora. E agora Melchior respeitava os homens que o haviam feito esperar. E queria a ajuda deles: a primeira aquisição da Median na Hungria — e na Áustria — ocorreria sob a luz suave e lisonjeira da cortesia de notícias favoráveis da Equipe Charles, em vez das luzes histéricas desnecessárias que saudaram a primeira aquisição de Melchior na Tchecoslováquia, onde alguns editoriais apocalípticos e metidos a virtuosos haviam provocado protestos de verdade, "um bando de pessoas muito idiotas deitadas no chão à frente dos escritórios de algum jornal *underground* vagabundo, cujos editores sentimentais não perceberam que haviam acabado de ganhar na loteria da vida". *Se vamos nos vender, vender nossa história a homens com dinheiro e sem rosto, por que nos damos a todo o trabalho de nos rebelarmos, e de ensinarmos a nós mesmos a dizer a verdade, não importam as conseqüências? O que pode significar quando esse órgão decide se render ao primeiro milionário descerebrado que nos oferece um pouco de dinheiro em espécie? Agora que somos um país livre e um país pobre, o que não estaremos dispostos a vender? Só espero que meus irmãos tchecos sejam mais sábios que os homens que me empregam e que...*

Do outro lado do salão, o líder da banda, as mãos gigantes aninhando um pequeno trompete, murmurou uma despedida agradecida em húngaro no microfone, e a gravação de "April em Paris", de Thelonious Monk, derramou-se pelos alto-falantes. Os dois amigos começaram a jogar um jogo muito desajeitado de sinuca, e John estava bem ciente das gracinhas de jogadores melhores esperando pela mesa.

— Sujeitos desse nível — Charles inclinou-se, apoiado no taco, e falou enquanto John jogava — não perdem seu tempo com avaliação de valor de cada ativo. Isto eles deixam para personalidades reluzentes como a de Kyle. Os sujeitos no topo simplesmente têm os instintos certos, e o que não funciona no começo eles fazem funcionar por pura força de vontade. Não tem como você não gostar disso. Ele vai fazer a Horváth dar lucro, mais rápido do que eu posso, simplesmente por causa do tamanho da Median. Para fazer as pessoas sentirem que estão *pedindo* a você para agir. Tão bonito isto. — Charles se sentou na borda da mesa. Seus pés balançavam e ele segurou o taco embaixo do queixo; um pouco de giz azul fez um círculo na ponta de seu nariz. Ele tinha a cara de um garotinho doido para jogar uma partida de beisebol. — Honestamente, John, não sou um cara sentimental, certo? Mas isso é raro, não é não? Ver algo tão bonito assim. É elegante. — A questão que Charles levou duas horas para abordar era que ele precisava mais uma vez de John, tanto de sua máquina de escrever quanto para falar com alguns de seus colegas de imprensa que ele fizera quando o negócio com a Horváth tinha começado. — Hubie demorou para chegar aqui, porque acreditou em você. Você tem um talento de rara habilidade. Este é o começo de uma carreira séria para você. Você tem a capacidade de fazer as coisas *acontecerem*. Isto coloca você acima da massa das pessoas. Você pode ver as coisas como elas são de verdade. As pessoas acham que o mundo e os jornais estão simplesmente cheios de todos os tipos de atos de Deus. Mas você entende o verdadeiro significado delas. Você provou que pode controlar a mecânica do que outras pessoas pensam que são forças da natureza.

John levou quase três horas e vários drinques para se lembrar de perguntas no bar: "E Imre?", mas, a essa altura, Charles já tinha pegado um táxi de volta para a colina Gellért.

Ficou sentado, sozinho, no canto direito do bar, as palavras de Charles ainda cantando ("como os rapazes da guerra do Golfo vivem dizendo, não entre se não sabe como vai sair"), e ficou olhando o telefone público antiquado laureado por guirlandas pretas de grafites em três idiomas. Seus pensamentos se moviam com a fluidez do álcool: *Esse é o telefone que Emily usou uma vez apresentei ela para Nádja queria que Nádja nunca tivesse me dito o que viu nela.* E perguntou ao *bartender* onde estava a pianista.

— Ela morreu, cara. Que pena, era uma boa senhora.

John ficou ali parado, esperando que a piada imbecil desse lugar a uma resposta séria, e disse, a voz esganiçada: "É mesmo?", e ouviu a confirmação, assentiu, mastigou o lábio escorregadio e rebelde, saiu lentamente do bar. Quis ir ao banheiro, mas, quando estava no meio do salão, começou a correr.

VIII.

A RESPIRAÇÃO DELA ESTAVA UM POUCO ACELERADA; ISTO NÃO ESCAPOU À atenção do médico suíço. Ela insistiu: ele havia apertado a mão dela quando ela disse seu nome.

— É extraordinariamente improvável, *fräulein*, neste estágio da progressão, que aconteça uma virada dessas e, embora eu saiba que isso é difícil de ouvir, quem não é médico costuma se enganar com... — Krisztina Toldy fechou os olhos com força, balançou a cabeça, estremeceu muito levemente como se para tirar do pescoço e dos ombros o frio jeito alpino daquele médico, recusava-se absolutamente a ouvir outra palavra. Não tinha tempo para descrenças perversas. Ela dissera o nome de Imre e finalmente Imre havia respondido; era uma verdade simples.

Mas o sorriso uniforme do médico se desfraldava, firme e imóvel sobre sua barba negra triangular bem penteada. De sua grande altura, ele olhava para a mulherzinha frenética embaixo como uma garotinha com fantasias sobre Papai Noel, e sujeitou-se a ser levado até o quarto do paciente, a segurar a mão flácida do paciente e a ser silenciado por uma Krisztina cada vez mais nervosa, enquanto — cada minuto mais lento que o anterior — entoava o nome de Imre. Ele ficou em pé ao lado da cama, em frente a ela, ligeiramente curvado, a prancheta translúcida debaixo do braço, bastante consciente do tique-taque do relógio, sua mão úmida na do homem comatoso, e uma dose medida de raiva começou a diluir sua paciência, gota a gota, repetição a repetição de *Imre... Imre...*

— Agora, por favor, me escute, *fräulein*. Eu preciso insistir. Tenho total simpatia pela senhora, mas *Herr* Horváth está enfrentando... *mein Gott*. —

E então, com atenção renovada, aguardou em silêncio por mais alguns minutos (que agora passaram voando onde antes haviam se arrastado), até rabiscar em alemão, em sua prancheta, os fatos observados: *22:20–22:35: paciente reagiu à verbalização produzindo leve pressão com a mão. 3x/.25 hora, cada ocasião imediatamente após a enunciação do nome do paciente, apenas mão direita.* Krisztina se curvou e beijou gentilmente a testa adormecida, acariciou o rosto contorcido de barbas prateadas.

— É MARAVILHOSO, isso é maravilhoso, Krisztina. Estou absolutamente empolgado. Por favor, me ligue assim que houver mais notícias. Estarei aí esta noite. E é claro que vou contar a todos aqui a boa notícia. — Ele desligou. O entusiasmo dela foi contagiante. — Estas planilhas aqui — disse ele ao jovem australiano, ambos trabalhando até tarde, com as gravatas afrouxadas, formando Ys soltos — são vendas em língua estrangeira do catálogo de clássicos húngaros, por país. Obviamente não é nenhuma mina de ouro, mas um investimento de baixo custo e renovável com segurança...

— MESMO ASSIM, deve-se ter uma visão realista do desenrolar dos eventos — disse o médico, injetando uma dose saudável de suicismo. Ele era capaz de perceber, com a clareza de visão que os amigos há muito apreciavam nele, que aquela jovem desequilibrada podia facilmente cair vítima de reações hiperemocionais se o paciente não desse imediatamente um pulo da cama e dançasse para ela. A imagem o divertia, e ele exibiu o sorriso tanto pelo seu próprio prazer quanto para aliviar o excesso de empolgação.

"CUIDADO, MUNDO CRUEL, Porque aí Vem a Hungria!" — A consideração em duas partes escrita por John sobre a contribuição húngara para a coalizão da guerra do Golfo fez com que ele viajasse direto por vários dias. Ainda não tinha exaurido suas reservas cada vez menores de ironia; notou a incongruência dos locais por onde andava para os monólogos internos que só conseguia desligar temporariamente e com grande dificuldade. "Eu Sou um Idiota Sentimental e Patético", por exemplo, berrava tão alto quando ele se sentou na sala de espera do recém-empossado funcionário de relações de imprensa do quartel-general do Exército húngaro que era como se estivesse tocando no sistema de alto-falantes. "Ela Era Uma das Poucas Pessoas Que Sabiam Viver" cantou seu libreto *kitsch* um dia depois, num acampamento militar, enquanto um assessor de imprensa o levava de um para outro prédio com pouco aquecimento. "Que Espécie de Maluco Canta Por Uma Hora em Um Banheiro Húngaro?", deu a primeira de suas várias exibições ao ritmo do acompanhamento de prática de morteiros, numa planície cheia de neve e vento, a meio caminho entre Pápa e Sopron. A digitação da primeira parte de "Cuidado, Mundo Cruel..." no escritório do *BudapesToday* foi atrasada mais tarde por um *revival* particularmente insistente de "Eu Sou um Idiota Sentimental e Patético Etc.". Ao meio-dia do dia seguinte, interrogou impaciente e quase bilíngüe três empregados do Blue Jazz antes de encontrar um que pudesse lhe dar o endereço da casa de Nádja. "Ela Era Uma das Poucas Etc.", murmurou uma reprise baixinho, enquanto andava de um lado para outro, na porta do prédio de apartamentos, naquela tarde, na manhã seguinte e na outra tarde, ridiculamente incapaz de entrar ou bater na tinta descascando da portinha recortada na entrada de carruagem velha. Surpreso com sua evidente falta de coragem, recuou até a casa de Nicky. Ela era a única pessoa que podia imaginar acompanhando-o, não importa quantas semanas haviam se passado desde a última vez em que se viram.

UM ANCINHO DE PLÁSTICO curvo raspou a sola do seu pé e depois voltou à bolsinha especial de feltro no bolso do jaleco do médico. Havia experiências controladas envolvendo séries de ruídos altos e vozes dizendo palavras diferentes em diferentes volumes. Longos sopros com hálito de paprikás varriam seu rosto. Agulhas espetaram os dedos dos seus pés, no começo suavemente, depois com ferocidade depois que o médico havia deixado o quarto, e Krisztina enfiava as agulhas com força suficiente para fazer brotar gotículas de sangue vermelho nas superfícies grossas e calosas dos pés amarelos. Quando deixada a sós, ela segurava a mão dele e entoava seu nome, com uma inflexão um pouco mais forte do que um crente que vai à igreja todos os dias e para quem o significado disso tudo já começou a se perder. Uma máquina especial abria suas pálpebras, permitindo depois que elas, com um zumbido quase calmante, descessem para repouso. Um especialista deu a notícia de que pesquisas recentes haviam sugerido, em certos casos que não eram muito diferentes do de *Herr... Herr* (examinando embaraçado a prancheta)... *Herr* Hortha aqui, que parece que talvez algumas pessoas achem que um estímulo elétrico bem posicionado e muito suave possa provocar um efeito salutar. Krisztina declinou a proposta de eletrocutar seu herói por uma suposição tão incerta. Uma enfermeira inglesa muito gentil sugeriu que músicas que tivessem agradado ao cavalheiro, quando acordado, poderiam muito bem ser o que apressaria um pouco os eventos; ela já havia visto isto funcionar muito bem antes. E, assim, um pequeno CD *player* e um CD de música cigana tradicional (ambos pagos com prazer por Charles) foram trazidos rapidamente e realmente produziram, aos olhos atentos de Krisztina, uma contração esporádica e minúscula da face direita, bem como pelo menos duas pressões da mão direita nível 2, mas, depois disto, mais nada. E então, num fim de noite – muito tarde –, com a televisão tocando alto (uma explicação orgulhosamente vaga do que as Forças Especiais dos EUA haviam realizado por trás das linhas iraquiana), Krisztina deu um tapa na cara de Imre. Ela estava praticamente morando em dois quartos de hospital desde o fim de janeiro, e agora, depois do breve momento de empolgação do aperto de mão, não importa com que doçura, altura, sedução ela pronunciasse seu nome, ele não produzia mais qualquer resultado. Ela havia bebido um pouco aquela noite, e um pouco de autopiedade havia penetrado em sua corrente sangüínea junto com o álcool. Seus sentimentos normalmente homogeneizados haviam talhado ligeiramente e, para sua própria confusão, ela estava com raiva de Imre. Ela o esbofeteou naquela noite, duas vezes, enquanto implorava a ele, falando coisas disparatadas. Bateu nele de raiva e frustração e também porque podia ser a tática não convencional e desesperada, mas bem-sucedida, orientada por sentimentos mais certos e profundos do que a complacente medicina suíça. De qualquer maneira, ele não abriu os olhos, e, depois de aumentar o volume da televisão ("cada um desses rapazes carregava o que chamamos de 'bola quente', e quanto menos falamos sobre isto, melhor"), ela se sentou pesadamente na cadeira anatômica ao lado do leito e se permitiu chorar, ligeiramente e com grande controle.

– LAMENTO OUVIR ISSO. Eu tinha grandes expectativas com a música. Por favor, me mantenha informado. Não, não, claro que não, está tudo bem. Por favor, fique aí. As operações aqui vão continuar sem você. Ah, de jeito nenhum, eu é que lhe agradeço. – Charles desligou. – O negócio é que Krisztina é realmente um ativo importante para a organização. Você deve mantê-la – não estou ensinando o Padre-nosso ao vigário, sei que você tem o seu próprio pessoal, mas ela é nativa, e isto pode ajudar bastante. – Recusou um cigarro australiano.

EU SEI QUE SOU APENAS um dos parasitas, mas às vezes temos a melhor visão de nosso corpo hospedeiro. Francamente, daqui onde estou, pensar na Hungria e seus camaradas pós-comunistas subitamente se tornando quase membros da OTAN *dá a sensação de ser apresentado aos filhos da nova esposa do seu pai, agora seus irmãos de criação de merda, que se mudam para sua casa e começam a brincar com seus brinquedos e a chamar seu pai de "pai". Mas que coração não se volta para os magiares, os novos garotos numa escola grande? Assim como o último fracote a ser escolhido na hora de se dividirem os lados para uma partida de futebol, a Hungria fica ali, meio sem graça, na lateral do campo, até que o presidente Bush finalmente disse: "Diabos, venha pra cá, Zsolt! A gente pode usar a sua disposição!" Ou, como o Tenente Pál, meu hospedeiro em prática de morteiros, explicou de modo tão eloqüente: "Não estou inteiramente certo de que nossos morteiros sejam muito eficientes numa situação no deserto. Então ficamos mais felizes e também mais confiantes em ajudar enviando a equipe médica." Ora, a água está correndo mais rápido embaixo da ponte do que antes, e esta guerra histórica em particular parece ter se tornado uma lembrança antes mesmo que tenhamos a chance de iniciar um racionamento, fazer serviços de guarda civil no meio da noite ou dormir com as esposas abandonadas dos soldados. É difícil manter registro dos eventos históricos que acontecem hoje em dia, como um amigo meu apontou uma vez. Estamos no começo de março, e então isso nos coloca no delírio e na exuberância do período pós-guerra. Claro, uma guerra que começa com exortações churchillianas de sangue, suor e lágrimas, vitória a qualquer custo, a salvação do mundo livre, mas termina com o equivalente militar de uma criança violentamente retardada esquecendo por que está brincando com um rato e em seguida o jogando de lado enquanto ainda pode recuperar o fôlego...*

— EI, ME LIGA QUANDO chegar. Meus ilhéus acabaram de chegar. Esses caras se movimentam. Adoro ver pessoas eficientes em ação. Tinha esquecido até da cara deles de tanto tempo que vivo aqui. Ah, e gostei muito daquela sua matéria sobre a guerra do Golfo. Me liga quando tiver um minuto para falar do mundo real, ok?

— EPA, É O REI DE 1991! Há quanto tempo, sua majestade. Como é que vai o Príncipe do Amor? — Ela lhe deu um beijinho na bochecha e o levou pela mão até o varal meio frouxo esticado do lado de fora das cortinas pretas que formavam seu quarto escuro. Penduradas no varal giratório, ainda levemente úmidas, dez ampliações que ela havia acabado de fazer: cabras no campo, a estátua de Vörösmarty, pinturas francesas clássicas de deusas nuas em poses variadas, cada coxa mais generosa que a anterior. Também havia quadros, ainda raiados de líquido reflexivo que estava evaporando, de eventos nos quais ele era o astro, mas que nunca fizeram a curta viagem até sua memória de curto prazo. Olhou para eles surpreso, ficou se perguntando se seriam colagens, mas pareciam normais demais para Nicky ter se importado, e elas perturbavam, ainda que muito delicadamente, se não a memória exatamente, pelo menos uma sensação de plausibilidade pessoal: um banco de piano com ele e Nádja sentados, Dexter Gordon fumando na parede logo atrás deles; uma banqueta de bar cuja perna ele parecia estar beijando, dois rostos intrigados atrás dele; seu rosto com uma iluminação chapada do alto, no palco do Blue Jazz, segurando o microfone, os olhos meio fechados, sonolentos, lábios curvados em um meio sorriso lascivo e canalha; a metade superior do seu corpo em uma cabine no Blue Jazz, a cabeça apoiada de qualquer maneira nas duas mãos, uma linha fina de baba captando uma luz azul, o único filamento de cor na composição em preto e branco.

— Você vem comigo? — ele finalmente conseguiu perguntar, e chegou até mesmo a implorar um pouco, para implodir a resistência inesperada e sem motivo específico que ela apresentava. — Pela arte. Não sei, você pode achar, sei lá, artístico. Eu gostaria de companhia. Andei por lá nos últimos três dias. Acho que você, sabe, por curiosidade. — Uma parte muito pequena dele se perguntou em silêncio se este não poderia ser o momento muito esperado em que ela simplesmente iria até ele.

KRISZTINA HAVIA ADORMECIDO, justo às três da tarde, na cadeira anatômica, braços cruzados, calcanhares enfiados embaixo da barra transversal da cadeira, a cabeça pendendo pesada, perto do colo dela. Apesar do sono, a dor na nuca persistia, e em seu estado de vigília ela sentia o espaço machucado entre cada vértebra, empapado, quente e tão duro que quase dava para ouvir o barulho dos ossos raspando. Ela jogava a cabeça de um lado para o outro à procura do travesseiro que por semanas só havia conhecido em sonhos, e seus olhos se abriram por um momento, e ela viu Imre olhando para ela. Antes que o pensamento tivesse registrado, os olhos dela se fecharam novamente, e ela levou vários segundos para lutar para acordar, para romper com a superfície surpreendentemente espessa e emergir para um despertar completo. Mesmo então, perdeu mais um ou dois segundos tentando concentrar seu olhar. Os olhos dele estavam fechados. Poderia ter sido um sonho. Ela pegou a mão dele, acariciou sua testa e começou a cantar, triste.

— ESTÁ PRATICAMENTE A mesma coisa — respondeu Charles. — Obrigado por perguntar. Estamos sempre esperando notícias de progresso.

— E então a posição dele em relação a este acordo?

— Não mudou — respondeu Neville.

O CONCIERGE DO PRÉDIO dela — um homem de aparência atlética e de bigode, vestindo um traje de *jogging* vermelho brilhante — deu um largo sorriso ao olhar John e Nicky por entre as cortinas de renda da porta de seu apartamento, que ficava logo depois do arco que dava para o pátio. Com um olhar ele percebeu que eram estrangeiros, e já abriu a porta se desculpando.

— *Nem English, nem Deutsch.*

John disse simplesmente "Nádja" e fez uma cara para expressar o fato de que não estava esperando ser levado até a porta do apartamento de uma mulher viva. Só naquele momento se deu conta de que não sabia o sobrenome dela.

— *Igen* — o homem assentiu com simpatia.

John fez a mímica de girar uma chave.

— *Igen?* — perguntou. O homem deu de ombros com um gesto amplo e olhou para o chão, levantando as sobrancelhas numa exibição bilíngüe de hesitação. — Minha avó — disse John em inglês, e então conseguiu falar em húngaro: — A mãe de minha mãe. — O húngaro tocou os cabelos molhados e penteados para trás, demonstrando confusão, e aí John colocou uma das mãos em cima da outra, para simular uma árvore genealógica. — Minha mãe — disse ele, e moveu a mão que estava por baixo. — E minha mãe — disse ele, e moveu a mão que estava por cima: — Nádja. — O superintendente deu de ombros, trancou sua porta e subiu com eles quatro lances de escadas, as sandálias atléticas batendo ritmicamente. John imaginou sua pobre amiga idosa subindo e descendo todos esses degraus, todos os dias.

— *Amerikai?* — perguntou o homem a eles, quando pararam para respirar no alto. — *Yoowessay?*

— *Igen.*

O super assentiu com admiração e significado, com cara de inteligente. — *Igen, igen*, yoowessay, yoowessay, *nagyon jó*. — Levou-os até uma passagem pequena e escura que se desviava do corredor principal. Parou na frente da última porta, no fim da passagem mal iluminada, e sacudiu disciplicente as chaves. — *Jó*. New York City — tentou a título de puxar papo.

— Sim, New York City — concordou John.

— Ah! Califórnia — sugeriu o homem, assentindo.

— Sim, sim — concordou John. — Califórnia.

Finalmente ele destrancou a porta e a manteve aberta para os americanos.

— Ok — disse ele, quase com tristeza, talvez esperando ser convidado para entrar. — Ok. — Finalmente ele recuou, deixando a família da falecida a sós no apartamento. O som de uma trava se fechando fez com que ele parasse por um momento.

— POR FAVOR, POR FAVOR, Imre. Por favor, Imre. Por favor, Imre. Eu vi você antes, não vi? Imre? Por favor, de novo, Imre.

NEVILLE DISTRIBUIU quatro cópias do documento e abriu a sua própria cópia na página 6.

— Temos dois pontos ainda para discutir. Lamento terrivelmente trazê-los à tona agora, mas talvez possamos chegar rapidamente a um consenso e iniciar os acordos conforme o necessário. Acho que todos ainda poderemos estar por aqui às quatro. Seu vôo é a que horas?

DOIS APOSENTOS — um retângulo estreito que entrava por um lado de um pequeno quadrado — sugeriam a primeira câmara sedutora de uma tumba faraônica, embora não tão bem iluminada assim. John procurou uma luz. Nicky foi até o outro lado da sala quadrada e puxou a cortina verde-ervilha fina e manchada da única janela. John percorreu devagar o perímetro dos aposentos: podia sentir o aroma inconfundível da falta de ocupação. Uma vara de metal giratória, torta e descolorida saía da parede logo acima do pé da cama pequena, e de lá pendia o vestido vermelho de Nádja em um cabide. A cama estava desfeita; os lençóis estavam finos em alguns pontos. Na mesinha-de-cabeceira, uma brochura de um romance-rosa, aberto com a capa voltada para cima, passando um pouco da metade. Em sua capa de cabeça para baixo, sob o título em inglês e o nome do autor, um homem musculoso e sem camisa com um sabre apertava os braços de uma mulher, que jogava a cabeça para trás e levantava a perna. Ao lado do livro estava um dicionário inglês-húngaro esfarrapado e um bloquinho de notas cheio de palavras apertadas em húngaro, a tradução em andamento do romance. No chão, um pequeno gravador cassete, com duas fitas sem rótulo em cima dele. Pendurada em um gancho em cima do fogão pequeno, uma guirlanda de pimentas vermelhas secas e pontudas, um arranjo diabólico. No minúsculo banheiro de Nádja (um *closet* recuado fora do retângulo da entrada), John encontrou um jardim florido de vidros de perfume, uma coleção sem nenhuma lógica, seja para uso diário ou investimento obscuro, dezenas de vidros, equilibrando-se na pia e em uma mesinha torta de vime e sobre o piso esporadicamente azulejado, a maioria dos vidros com apenas algumas últimas bolhas de aroma em suas barrigas, líquidos dourados, límpidos e azul-claros que iam fundo o bastante apenas para recobrir as pontas de seus tubinhos de plástico do *spray*. Roupas de baixo — dolorosamente velhas, velhas, velhas — se moldavam à borda da banheira rachada.

Encontrou Nicky ainda em pé, à beira da janela, segurando contra a luz uma pequena foto emoldurada.

— Olhe o que ela guardava — disse ela, feliz. — Mas não posso dizer que aprovo a moldura. — Ela lhe mostrou a foto do Ano-novo ao piano, sob o mural com Dexter Gordon fumando, a única foto do apartamento. Não havia cartazes nas paredes, nenhuma carta, nenhum fragmento disto ou daquilo, nenhuma medalha, nenhuma prova. Ele desabou sobre a cama.

— Não tem nada aqui. Nada — resmungou ele, surpreso ao não desenterrar nenhuma evidência no baú nanico de gavetas, nada além das poucas roupas e moedas de forint, do pente e da escova. — Esta não é a vida dela — disse ele, triste. Talvez alguém já tivesse passado por ali e retirado artigos pessoais, enquanto John vagabundeava na rua, no vento e no sol fraco de março. — É uma bela foto — disse Nicky —, se é que eu posso dizer isto. Ela estava tão feliz quando eu trouxe a ela um bolo de fotos para escolher. Foi muito lisonjeiro. E doce. Ela falava de você com muito bom humor. — John reparou, enquanto a luz do sol sobrevivente os acariciava, apesar das unhas roídas e das cutículas destruídas, seus dedos longos curvados graciosamente e ela segurava a foto à luz da janela com uma gentileza que ele achou comovente, ainda que fosse um ato de amor a si mesma. Ela também poderia ser uma pianista com aqueles dedos. Ele puxou a cortina fina e manchada pelo trilho amassado; ela passou pela frente da janelinha novamente. Ele imaginou os dois naquele apartamentozinho, na escuridão forçada de um blecaute de guerra, na luz elétrica imprevisível e ameaçadora de uma crise, um golpe, um contra-ataque. Tanques passavam pela rua, sua rua, onde ele havia vivido por todos aqueles anos em paz com ela. Colocou a foto na mesinha, cobriu o romance com ela e pegou em suas mãos.

— AGORA ESCUTE AQUI, Sr. Howard. Tenho certeza de que o Sr. Melchior não veio até aqui só para você lhe dizer que tem alguma mudança significativa a esta altura dos acontecimentos.

— Deixa estar, Kyle — novamente o tom monocórdio, os olhos em qualquer lugar, menos em outro rosto humano.

— Conforme mencionei antes, não são mudanças de grande monta, mas não posso, em sã consciência, aconselhar que Charles...

— Talvez seja melhor deixar isso de lado, Nev. Hubert viajou muito para fazer isto.

— AH, MEU IMRE, obrigada, obrigada. Pode me ouvir? Você pode me dar um sinal de que está me ouvindo? Você tem olhos tão bonitos, você é tão bom de mostrá-los para mim! Obrigada. Pode apertar minha mão? Pode? Ah, muito bem! Não se canse, claro. Você é tão bom, tão bom. Eu quero chamar o doutor agora. Ah, você não sabe onde está, coitadinho, você é tão bom. Eu já volto num instante. Não tenha medo. Eu estou aqui, eu nunca saí de perto de você. Você não está me entendendo, não é? Ah, você parece tão perdido, por favor, acredite em mim, você vai entender, você vai voltar ao normal logo, Horváth úr.

E SE ELES VIEREM PEGÁ-LO, então é assim que ele deseja ser levado, dos braços dela, daquele leito estreito, que mal consegue suportar o peso dos dois. Deixe que eles todos subam de seus tanques para se sentar, babar e aplaudir enquanto ela e John os ignoram. As mãos dela estão por todo lugar, a boca por todo lugar, as roupas dos dois, vazias, desmontadas em uma pilha inútil — que os russos fiquem com tudo. Embora eles nunca tivessem deixado seu adorado apartamento, conseguiram escapar com sucesso, ele e sua esposa com as belas mãos de pianista e a voz rouca e os pelinhos macios de um dia de crescimento na cabeça raspada e o gosto adquirido daquele tremendo maxilar. Sua bela e brava esposa: ela não escolheria estar em nenhum outro lugar, mas ali, fazendo amor com ele; ela escolheria uma cidade sob ataque com ele em vez de qualquer paraíso seguro sem ele. E a lista que eles haviam passado tantas horas fazendo, deixe estar, deixe que os russos a queimem, comam ou a entreguem a criptógrafos empolgados e intrigados. Não existe fronteira para cruzar que eles não possam cruzar, aqui e agora enquanto seus corpos se fundem — o dele e o de sua esposa — e se fecham com tanta força que não há mais uma distinção clara de onde um começa e o outro termina; aconteceu uma fusão, assim como todas as vezes em que eles estão juntos; partes são trocadas, e ninguém termina exatamente o mesmo que começou. Então que eles fiquem com o piano dela, os cavaletes, telas e quartos escuros, todos os papéis secretos dela da embaixada — ao diabo com isso tudo.

— VOCÊ PODE PISCAR? Pode? Ele piscou, doutor? Ele piscou para nós, não foi? Ah, Imre — Horváth úr, desculpe se chamo o senhor de Imre. É que você ficou dormindo por tanto tempo...

— *Fräulein*, talvez devêssemos permitir que ele se ajuste lentamente. Não queremos que ele tenha um choque...

— Sim, está bem, mas me deixe. Horváth úr, se você puder me ouvir, é só piscar duas vezes rápido. Pode fazer isso por... ei! Isso! Você é tão corajoso! Suíço, viu isso? Viu? Você não iria acreditar em mim, mas você viu! Ele ouve, e pode dizer que sim. De agora em diante, duas piscadas é sim, ok, Imre? E uma é não. Até você falar, vamos fazer assim... Ah, tenho tanto para lhe contar, sim. Me solte, suíço! Ok, eu saio com você, mas, Horváth úr, eu volto. Descanse agora, Imre, e eu vou lhe contar tudo quando estiver sentindo mais energia. Por favor, suíço, me solte.

— INCRÍVEL. COMPREI esta porcaria em Tóquio há uma semana e agora ela não funciona mais. Não escreve uma maldita vírgula. Paguei quinhentos dólares para gravar um monograma a ouro nesta porcaria.

— Por favor, use a minha.

BATIDAS NA PORTA, baixinho no começo, mas logo em seguida mais altas. "*Amerikai?* Ei, *amerikai! Mit csinálnak? Nyissák ki az ajtót!*" O som de tropas — John se segurou por mais um momento —, o som de tropas que sabiam que ele estava ali. Que eles quebrassem a trava, derrubassem a porta e invadissem, pobres imbecis, crianças cruéis e mal orientadas; que eles me fuzilem assim como estou agora, porque tombarei para a frente, exausto, sobre o corpo dela, sobre seus braços uma última vez.

A SENSAÇÃO ERA NOVA, alguma coisa vibrando por músculos de borracha. Ele ficou surpreso ao sentir seus pensamentos se movimentando bem mais rápido do que os eventos correspondentes. Uma sensação peculiar e maravilhosa, como acordar depois de um sono incrivelmente longo e profundo. A visão das canetas percorrendo os documentos era notável: elas se moviam tão rápido que Charles podia ver a tinta se derramando em rios negros ao redor das minúsculas esferas nas pontas das canetas; podia ouvir o raspar destas esferas correndo para dentro daqueles canais e, em seguida, estalando, enquanto ele congelava. No espaço de uma única assinatura, ele teve tempo suficiente para pensar no coitado do velho Mark Payton, que não era (incrível!) tão idiota assim, afinal: existem *mesmo* momentos que importam muito, momentos que se arrastam por todas as três zonas de tempo — passado, presente, futuro – e forjam deles estranhos híbridos: futuro-passado, presente-futuro, passado-presente. Enquanto sua própria caneta escavava, derramava e congelava as belas linhas e curvas elegantes de sua assinatura, ele sabia dos sentimentos que teria sobre aquele momento quarenta anos no futuro, o amor cada vez maior que teria por aquele exato instante. Ele ouviu a beleza não somente no som de sua caneta raspando o papel, naquele instante, como a beleza cada vez maior daquele mesmo som a cada ano que passava, como se um ruído pudesse ir ficando cada vez mais alto a cada eco, soando talvez mais alto que tudo em um aniversário (12 de março de 1992; 12 de março de 1999; 12 de março de 2031), mas também bem alto em datas sem qualquer relação com essa, deflagrado por pequenas coisas: uma caneta dourada quebrada, um homem com uma verruga de tamanho substancial abaixo do nariz, uma colônia de perfume metálico como a do pobre Kyle, uma gravata como a de Neville (que gosto estranho que todos os britânicos parecem ter – onde foi que ele achou um estampado daqueles?). Mas, acima de tudo, havia aquele presente – a visão daquela assinatura e o tremendo testemunho dela. Ele havia vendido por muito mais do que havia comprado. Definitivamente, comprovara sua alquimia. O que era a genialidade financeira, a não ser a capacidade de ver o futuro com mais rapidez do que as outras pessoas? Aquela assinatura – que, naquele exato instante, se derramava da superfície daquela minúscula esfera metálica – provava que ele poderia agarrar a própria alma dos ativos, poderia avaliar seu valor essencial antes de qualquer outra pessoa, poderia então misturar com aqueles ativos sua própria semente mágica e potente. Payton tinha razão, e por um momento era *verdade*: ele sinceramente invejava a paixão acadêmica do pesquisador (...um dos aspectos mais bonitos do jogo...). Seu coração batia nos ouvidos, e ele subitamente teve medo de ficar vermelho, dar risinhos ou deixar aqueles homens saberem o que ele estava pensando.

– SEU COLEGA É MUITO leal ao senhor e esteve consigo por cada um desses dias, há muito tempo. – Imre não tinha controle muscular para sorrir ou chorar, mas a notícia, no húngaro ruim daquele médico frio, de que seu sócio não deixara sua cabeceira (ao longo do que quer que tivesse sido aquela experiência) penetrou as nuvens de sua semiconsciência cíclica, e ele esperava que Krisztina ou o médico lhe trouxessem seu colega o mais rápido possível. Ele compreendia que estava num hospital, e que estava muito cansado e que seus olhos se moviam, mas nada além disso, e que sua garganta estava terrivelmente seca. Mas que Károly não havia saído de perto de sua cabeceira, que ele havia estado ali todos os dias por um período muito longo durante isso... os olhos de Imre tornaram a se fechar, e o médico limpou a poça de umidade do canto da boca de seu paciente.

— EI, *AMERIKAI!* NEW YORK! Califórnia! Ei, ei! *Tor! Porte!*

— Ah, pelo amor de Deus, *se liga*, porra! — Nicky desceu da cama, foi nua, pisando nas tamancas, até o retângulo estreito e abriu a porta que chocalhava. De frente para aquela careca nua, com sua fúria e desagrado que falavam por si mesmos, o agasalho vermelho se retirou, lançando uma torrente defensiva de sacanagens desanimadas para a visão nua, e depois lhe deu as costas, ameaçando algo ininteligível em húngaro. Quando Nicky voltou, pronta para recomeçar de onde havia parado, encontrou seu parceiro às lágrimas. "*O que é isso?*", ela perguntou, ainda zangada com a interrupção e agora horrorizada por essa violação grosseira das regras da casa. Mas ela não era cruel; podia se recostar um pouco contra a parede branca e amarela e segurar a cabeça do rapaz que chorava e acariciar seus cabelos encaracolados úmidos e sussurrar as pequenas insensibilidades embaraçosas que as pessoas pareciam gostar que sussurrassem naquelas situações, enquanto brigava consigo mesma por todo o trabalho que poderia ter feito naquela tarde.

IX.

MARÇO. UMA SÉRIE DE ARTIGOS DE JORNAL E MATÉRIAS DE TELEVISÃO. Uma dezena de círculos concêntricos irradiando de um epicentro em Budapeste (a mesa de John, para sermos sismicamente específicos) e se propagando em ondas a partir dali, atravessando oceanos: *Eu juro que é a minha última coluna sobre esse negócio, mas vale a pena manter um olho nas viradas dele, enquanto suas pernas balançam na sua poltrona confortável, no saguão do Hotel Forum, e você pergunta irritado à garçonete indiferente por que ela não consegue fazer café direito. Porque agora, com a Median, a nova Hungria Democrática-capitalista™ mereceu a confiança ruidosa e vulgar de uma multinacional de verdade, e não pode haver melhor endosso para uma nação órfã e ex-vermelha que espera entrar para a família de nações sob as bênçãos de olhos frios de homens cujo dinheiro é importante para eles...*

...se você se lembrar de nossa história de alguns meses atrás sobre nosso garoto conterrâneo, aquele jovem de Cleveland, muito longe, no Leste europeu, cuja garra e determinação...

FINALMENTE, JANELAS puderam ser abertas por alguns centímetros no meio do dia. Krisztina abriu uma delas. "Temos que comemorar com um pouco de ar fresco", ela disse baixinho, pois para mexer e derramar em igual medida, Imre havia utilizado um canudinho: um fiozinho de suco de laranja havia borbulhado entre seus lábios e, saciado, ele piscou uma vez só quando perguntaram se ele queria mais. Será que ele queria um pouco de ar? Será que ele precisava de mais um travesseiro? Será que ele gostaria de ouvir um pouco de música cigana? Ela ainda não conseguia fazer com que ele falasse das questões da gráfica com suas piscadas. Decidiu que ele não precisava se preocupar com isto ainda, embora ela soubesse que simplesmente não conseguia suportar ser a pessoa que iria lhe contar ou, talvez pior, ser a última a saber que ele já sabia daquilo o tempo todo e simplesmente nunca se importara em dizer para *ela*, que havia aprovado tudo muito antes de ficar doente. Mesmo assim, ela não conseguia olhar para ele, doente e zonza pelo caldo de culpa e fúria que fervia dentro dela. Incapaz de gritar ou chorar, ela tentou se forçar a aproveitar seu papel de enfermeira *full-time*, uma voz de ânimo entediada com um sorriso artificial e olhos cansados que se permitiam ir para casa uma vez por dia para um banho e trocar de roupa, e, ela notara ultimamente, com tristeza cada vez maior, que não estava sequer aproveitando os prazeres costumeiros do início de primavera. Notara recentemente que Budapeste estava no que sua mãe costumava chamar de "tempo impaciente", quando as crianças exigiam o fim do inverno, e odiavam os espaços escuros entre os prédios que protegiam o restinho da última neve da temporada, restos teimosos e horríveis que tinham exatamente a forma das sombras dos seus protetores.

A FIRMA DE ADVOCACIA de Neville Howard ocupava o segundo andar de uma *villa* italianada, no alto da Andrássy út, cujo primeiro andar ainda era um remanescente rosa pálido e esmaecido de outros tempos, tempos vermelhos em que a *villa* ficava na avenida da República do Povo, de tempos ainda mais vermelhos em que ela havia ficado no alto da avenida Stalin. Para irritação risonha da firma, o primeiro andar da *villa* ainda estava ocupada pela Sociedade de Promoção da Amizade Soviético-húngara, que vira recentemente seus ideais e objetivos desaparecerem em um evento surpreendente atrás do outro, até que seu embaixador soviético se viu procurando outro trabalho, nem sequer pensando em seus velhos Amigos. Os membros da sociedade se agarravam ao interior da *villa* como gavinhas de hera confusas, e engoliam a bile e suas dúvidas, ouviam os cumprimentos irritados de seus novos vizinhos — especialistas em mercado de ações — e hoje olhavam pelas janelas que permaneciam com eles, para os bancos de madeira ornamentados da Andrássy út. Lá, sob o sol recém-quente e a neve que rapidamente cedia terreno, um jovem cliente (um recém-criado gênio financeiro) e um jovem advogado (sua estrela em rápida ascendência na firma) se reuniram depois do almoço, ambos se reclinando e esticando as pernas, permitindo que o sol os aquecesse através de suas pálpebras fechadas e sobretudos abertos.

— Ele está ligeiramente melhor — disse o jovem cliente. — Pareceu feliz em me ver, pelo menos do que se conhece dele. Pena. Expliquei o negócio, o valor de suas ações, os arranjos feitos para seu tratamento. Acho que ele ficou aliviado ao ver que eu havia cuidado de tudo, até onde ele me acompanhou. Ahhh. Sentimentos mistos provavelmente inevitáveis, claro. Então escute. Você ficará encarregado de executar todas essas coisinhas para ele, já que meus planos estão bem encaminhados.

— Claro, naturalmente — disse o advogado.

NESTA PARTE DO CANADÁ, primavera não significa calor, mas o jovem ruivo gordinho, ligeiramente dopado pelas pílulas, estava satisfeito em esperar seu passeio no frio de doer os ossos do lado de fora. Ele havia se acostumado a gostar de ficar ao ar livre, naqueles últimos meses; depois de Budapeste, as cercanias rurais ali tinham um aspecto atemporal inofensivo (a não ser por uma vista, através da janela panorâmica do salão de jogos, desconfortavelmente reminiscente do quadro O *último dos moicanos*, de Thomas Cole). Sentou-se na sua bagagem, sem conversar com o psicólogo tranqüilo que esperava junto com ele. Quando o furgão de seus pais chegou para apanhá-lo, ele aceitou outro dos cartões de visita do médico e foi lembrado do mnemônico útil para paz diária, e apertou a mão de seu médico. Absorveu abraços carinhosos de seus pais, agora na segunda década de perceber seu filho triste e fechado, e ele afundou no banco de trás com o velho cão labrador cor de chocolate que ele batizara com o nome de um dos cães de Carlos I, anos antes. Viu o hospital do colegiado se afastar pela janela do carro, reparou que ainda não tinha sentido saudades do tempo que passara ali, e teria sido preciso muito esforço para que ele dissesse que as pílulas não eram basicamente uma melhoria, mais ou menos.

NA ÚLTIMA NOITE DE MARÇO, mais uma semana se passaria antes que você se sentisse tentado a tomar sua bebida noturna no pátio e, mais duas antes, que você pudesse atender a esta tentação sem lamentá-la rapidamente e voltar para dentro, xícaras e pires na mão. Mas, naquela última noite de março, sentado no calor de dentro do Gerbeaud, perto das vistas reminiscentes da janela, mas longe das correntes frias da porta, com o som de pratos batendo e o cheiro dos grãos de café entrando ou saindo de latinhas de metal, relaxando sob os espelhos iluminados e as luzes espelhadas, acostumado à visão agora doce das garçonetes mal-humoradas, com suas botas de vinil com franjas, tomando todo o tempo necessário no seu caminho de volta de um trabalho não importava a você no seu caminho para onde você estivesse indo onde não importaria se você estivesse atrasado ou não, você poderia encontrar muito poucos lugares mais agradáveis para se sentar sozinho e tomar um café do que o Gerbeaud, a menos que você se incomodasse com a predominância inconfundível de americanos barulhentos tendo conversas como esta:

— Agora, *isto sim* é engraçado. Adivinhe só quem apareceu no meu apartamento ontem à noite, de pilequinho. Não? Krisztina Toldy. Ela *se jogou* em cima de mim. Se jogou. Assim, tipo, "Oi, tudo bem, boa noite, vamos pular os drinques e me pega logo de uma vez". O modelo clássico de se jogar. Espere, a coisa fica ainda mais engraçada. Então eu digo: "Não, desculpe, bruxa velha malvada, dispenso", e ela fica violenta. Extremamente. Como se ameaçasse me *matar*. Me "matar". Ela me diz que está com uma arma, e vai atirar em mim. "Atirar em mim? Por não fazer sexo com você?" O que, você sabe, não deixa de ser engraçado. E sabe o que ela faz? Não? Nem adivinha, Sr. Price? Ótimo: ela começa a beijar meu pescoço. Coisinhas pontudas com lábios secos. Como se fosse um roedor dando mordidinhas para ver se eu sou salgado o suficiente para armazenar para o inverno. Então, lutando contra minha grande necessidade masculina de vomitar, eu digo: "Não, espere aí, tirando as armas de lado, eu não vou fazer sexo com você." Mas o que foi que as nossas mães nos ensinaram, John? "Por favor", ela diz. "Por favor, por favor." O que eu gostaria de ouvir de todas as minhas admiradoras ninfo-violentas. Então eu digo: "Gostei muito da oferta, e de sua educação, seus modos são impecáveis, mas não vou..."

— E ei, pronto! A arma existe *mesmo*. Sabe, armas podem ser assustadoras, até mesmo as pequenas, o que, para ser justo, acho que tenho que admitir que poderia ser a descrição certa daquela ali. "O que eu disse de seus modos, Srta. Toldy? Você se lembra daquele comentário? Bem, dadas as circunstâncias, tenho que dizer..." – mas aí ela me diz – e estou traduzindo literalmente, direto para o vernáculo inglês – "Cale a boca, porra ou eu" – ela – "mato você."

– Me matar? O que foi que *eu* fiz?

– Não, desculpe, John, tradução ruim. *Eu*. A questão era que agora eu estava de boca fechada, por isso não podia perguntar quais eram as minhas outras opções, qual era o alvo de negociação dela, como costumávamos dizer na escola de administração, não conseguia bolar um mapa para chegar até o sim, e aí eu engoli em seco. Já sei o que eu tenho que fazer. Faço que sim com a cabeça, filosoficamente, sob as circunstâncias, e começo a desabotoar a camisa, tipo, "Tudo bem, tudo bem, vamos fazer sexo e ninguém precisa levar um tiro", e admito que na minha cabeça passam os seguintes pensamentos: (a) podia ser pior; ela podia ser mais feia, (b) ser assim tão desejável é uma cruz que eu tenho que carregar, e (c) não está completamente fora de questão que, nos estertores da paixão, eu consiga desarmá-la. Então começo a desabotoar a camisa e lhe dar uma espécie de amostra básica. "Ok, muito embora eu esteja fazendo isto na mira de uma arma, não sou um completo estraga-prazeres, então venha aqui dar uma olhada." E sabe o que ela faz?

– Ela mata você.

– Não, mas foi uma boa tentativa. Ela abaixa a arma e começa a *chorar*.

– Você está brincando.

– Não estou, não. Juro pelo Deus sujo do seu povo aflito e desagradável. Ela começa a gemer. O que para mim é um pouco demais, porque, puxa, eu estava até disposto a ir em frente. Ela estava chorando de soluçar. So-lu-çar. Então abotôo de novo a camisa, tipo assim bem delicado, tento tirar a arma, assim tipo, "Ei, é claro que você está bastante abalada, gata, vamos colocar isto aqui de lado enquanto você desabafa à vontade e vamos esperar até você se sentir melhor antes de chamarmos a polícia corrupta e suja do seu país e vermos quem consegue pagar mais propina para eles." Mas, por incrível que pareça, ela não faz isso e meio que aponta a arma para mim de novo, sem muita convicção. Mas o tamanho da convicção não faz a menor diferença nessas horas, e por isso sento no sofá e espero o veredicto dela sobre como passaremos a noite. Como eu disse, sou o tipo de homem que prefere fazer sexo com uma bruxa feia de meia-idade em vez de ser morto a tiros. Uma dessas coisas que mexem comigo.

– Todo mundo sabe isso a seu respeito. Nós admiramos isso.

— Estou disposto a crer que meu domínio da situação era um pouco fraco naquele ponto. Então eu acho que me sentei no sofá e fiquei vendo aquela mulher chorar e ocasionalmente sacudir a arma para mim, por, estou pensando aqui, digamos, uns dez minutos, pouco mais que isto. Soluça, soluça, funga, treme e aponta tremendo a arma para mim, abaixa a arma. Soluça, soluça, soluça, repete tudo. Assim, tipo, quinze minutos. E para quê? Ela atirou em mim? Não. Me obrigou a fazer sexo com ela? Não. Ela chorou, apontou a arma e começou a dizer que tinha uma exigência a fazer de mim e aí eu comecei a desabotoar a camisa outra vez e ela disse "Não, não é isso, não é isso", e começou a chorar de novo e depois de um tempo ela simplesmente vai embora. Eu olho pela janela, e ela estava com um táxi lá esperando o tempo todo. Essa foi a minha noite de sábado. Isso e depois pornô alemão a cabo.

— Mas por quê?

— Porque todas elas parecem a garota St. Pauli.

— Vou repetir: por quê?

— Ah, puxa, John. Sei lá, não tenho idéia. Vamos ponderar as possibilidades. Será que ela realmente teve um dia ruim? Eu a faço se lembrar do sujeito que matou o cachorro dela? Ela foi criada na miséria, sem amor e num ambiente violento? Hmm, é um mistério impressionante que vai nos deixar na dúvida até a morte. Ah, a propósito, será que você pode me levar ao aeroporto daqui a duas semanas? Vou pegar uma van emprestada para minhas coisas, tenho umas novidades legais esta semana.

— Bem, você tinha contado algo a ela?

— Eu? Não. Eu acho que você fez isso, em seus artigos. Eu disse foi *ele*.

— Você chamou a polícia?

— Ah, mas é claro! É *exatamente assim* que quero passar minhas últimas semanas neste cu de mundo. Ah, qual é, não faça essa cara. Ela não atirou em mim, afinal, concentre-se no positivo! Era para ser uma história engraçada. Seu povo é uma raça vingativa. A coitada estava desabafando um pouquinho. No fim das contas, ninguém saiu ferido e ninguém precisou fazer sexo com ninguém velho e feio. Eu já tinha me certificado de dar algum dinheiro a ela também, sabe? Nem era minha obrigação. Dei um bônus para ela no acordo. Ela merece. E pra você também, a propósito. Neville vai te procurar.

As perguntas gaguejadas, semiformuladas e maldirecionadas que Charles teria sacaneado e deixado sem resposta de qualquer maneira foram poupadas de seu destino humilhante quando ouviram uma batidinha na janela atrás de seus próprios reflexos, e uma careca e um portfólio entraram. No tempo que Nicky levou para andar até a porta e depois virar à esquerda para chegar à mesa deles, John e Charles não foram capazes de inventar uma mentira ou um plano convincentes.

— Oi, rapazinho. — Ela beijou John na boca, e ele tinha cheiro de álcool. — Oi, eu sou Nicky — disse ela para o homem de terno.

— Eu te conheci no verão, se não estou enganado — respondeu Charles.

— Ah, é, isso mesmo, no A Házam, isso mesmo. — Ela pegou a mão de Charles e fez uma mesura, largou suas coisas numa cadeira vazia atrás dela e pegou emprestada uma moeda para pagar seu pedágio ao dragão que guardava o banheiro. — Você fala húngaro, certo? Peça alguma coisa legal pra mim.

— Bem, rapazinho — disse Charles, quando o pires branco fez um barulho e a garçonete idosa sentada na banqueta de veludo assentiu séria quando Nicky passou —, não é um começo promissor de uma noite de gentis rituais de cortejo. Quer dar o fora e eu te cubro?

— Tarde demais. Que o gentil ritual de cortejo comece. — E alguns segundo depois, John estava se levantando e Emily estava descendo até a outra cadeira vazia entre os dois homens.

— Olá, cavalheiros. Fico muito contente de vê-los mantendo boas e velhas tradições.

Ele havia cheirado fumaça de óleo diesel misturada com perfumes da primavera, numa manhã recente, e decidira que ele e Emily eram enfim iguais; ter guardado o segredo dela durante o longo e atribulado inverno provava alguma coisa. Antes que sua confiança desaparecesse, ele a convidara do nada para um passeio *à trois* (em um domingo qualquer, pelo amor de Deus). E, na verdade, ela respondera com tanta ansiedade que ele por um momento ficara tranqüilo, largara o telefone, se recostara e recebera visões novas e quase convincentes de futuros êxtases emilianos. E, mesmo assim, vê-la se sentando em uma cadeira e ajeitando o rabo-de-cavalo era algo inegavelmente arrasador. Suas aparições no inverno e na primavera em seus sonhos haviam sido esfuziantes, emocionantes: ela havia sido múltiplas expoentes de si mesma, uma essência feminina universal fervilhante, pouco contida, praticamente hindu. Mas, em pessoa, ela era incapaz de mudar de forma, não brilhava, estava visivelmente cansada. Era tão branca quanto qualquer outra não-*stripper* depois de um inverno na planície da Europa central. Sua camisa branca Oxford pendia frouxa, derrotada e amarrotada.

Nicky voltou e o beijou de novo na boca, um gesto inteiramente gratuito: afinal, ele não a via desde o apartamento de Nádja, três semanas antes, e, além disso, ela já o havia beijado alguns minutos atrás. E por isso ele pensou, por um momento, que Nicky estava se sentindo ameaçada pela chegada daquela garota desconhecida e estava imediatamente tornando todos os relacionamentos claros para a estranha, mas ele tinha de admitir para si mesmo que estas coisas não aconteciam. Apresentou as duas mulheres. O rosto de Charles projetou uma expressão favorita.

— Prazer em conhecê-la — disse Emily, e John notou uma frieza na voz dela, ou (corrigiu-se imediatamente) simplesmente esperou ter notado isto. Brincou com a idéia corolária de que talvez ela estivesse com ciúmes, e que daquela vez uma história diferente e melhor pudesse acontecer.

— Sim, bom, pra ser bastante precisa, nós nos conhecemos no verão, no A Házam. — Nicky corrigiu-a com uma certa irritação subjacente.

— Mesmo? — John viu a confusão momentânea de Emily. — Sim, é claro. Agora me lembro. — Ele apreciou o desejo de Emily de tornar as coisas mais fáceis para as pessoas.

Tudo ficou em silêncio até que Charles pediu para ver o portfólio de Nicky e ela tirou do papelão preto uma colagem fotográfica.

— Ela se chama *Paz* — disse ela, passando a foto para Emily, que a segurou para os dois homens que se inclinaram para ver melhor:

Uma família de quatro pessoas aproveitando um piquenique no parque. Dispostos ao redor de um cobertor azul da cor do céu, cercando uma cesta de vime cheia de comida brilhante, mãe e pai sorridentes, uma menina sorridente e um menino mais novo sorridente. Todo mundo sorria. A mãe estava no processo de desembalar, sorridente, a refeição. O menino sorria faminto. O pai, sorrindo, apoiava a mão no ombro da mãe. A menina, que usava um vestido de menina, estava deitada de bruços, descansando a cabeça sorridente nas palmas das mãos e dando chutes para o alto. A mãe não tinha um dente. O menino estava babando do canto da boca, e sangrando ligeiramente na orelha mais próxima; as calças marrons estavam grotescamente molhadas de urina. O pai não estava olhando com fome para a comida; acompanhe seus olhos: ele estava olhando com fome para outro lugar. A garotinha tinha três bandagens paralelas que aderiam a ambas as suas solas dos pés descalços. Parcialmente obscurecido por uma árvore, um homem — nu debaixo de uma capa de chuva, um chapéu fedora e óculos de sol — estava agachado defecando enquanto fotografava a família de seu ponto escondido.

— Esse aí é você, Johnny — explicou Nicky, rapidamente, baixinho, sem muita vontade de elaborar sobre o óbvio. No canto superior esquerdo, besouros — "a estação dos gafanhotos", Nicky esclareceu — estavam acabando de entrar na cena; o número limitado, porém ocupando um espaço com densidade, indicava que havia um grande enxame prestes a aparecer de fora da foto. Por último, no fundo distante, em um lago no parque, um barco a remo com uma figura em pé, insegura em cima dele. A figura — distante demais para se distinguir o gênero — segurava um remo no alto, apanhada no movimento imediatamente anterior a bater em alguma coisa ou em alguém no barco ou na água.

— É basicamente um grande foda-se ao meu pai — disse Nicky, seca, antes de acrescentar — ou a qualquer um que tentar me possuir.

— É muito perturbador, como tenho certeza de que foi sua intenção — disse Emily, com um pouco de presunção. Passou a foto a John. — Você obviamente tem uma imaginação muito ativa — retrucou.

John ficou desorientado. Como de costume, ele não tinha a menor idéia do que dizer a respeito de uma das obras misteriosas de Nicky, e suspeitava de que ela estivesse tentando lhe dizer alguma coisa com a menção de gente tentando possuí-la, mas Emily estava agindo de modo inegavelmente hostil. Ele nunca havia visto duas mulheres detestarem uma a outra tão rapidamente, e não ousou se permitir acreditar no que queria tão desesperadamente acreditar. Ele precisava morder os lábios para não falar; finalmente tinha algum poder sobre ela.

— Então, por que seu pai merece esse grande... você sabe? — perguntou Emily, uma matrona da sociedade jogada no meio de uma conversa inevitável com uma prostituta que acabou de invadir o seu convescote.

— Que gracinha — murmurou Nicky. — Você não diz "foda-se". Mas que gracinha mesmo, caralho. Esta foi a coisinha merdinha mais bonitinha que já ouvi, puta que pariu, sabe lá há quanto tempo, caralho. Porra, estou até com lágrimas nos olhos, merda.

— Desculpe. Acho que para você eu sou engraçada. Só não fui acostumada a praguejar o tempo todo.

— Praguejar? Você não foi acostumada a praguejar? Ai meu caralho de Cristo, que maravilha. Johnny, onde foi que você encontrou esse anjo? Deixa pra lá. Meu pai merece um grande, você sabe, por causa da mesma merda de sempre: bebedeira, abuso emocional e físico, incesto, blablablá.

— Bom, você teve obviamente uma vida muito difícil — disse Emily, com sua voz mais doce. — Isso é terrivelmente triste. — John e Charles, fãs de tênis, moviam as cabeças de um lado para o outro e olhavam um para o outro para se certificar de que ainda existiam. – Por outro lado – disse Emily, atacando corajosa, mas devagar, apesar da mancha vermelha que começava a se formar na careca de Nicky –, talvez ele tenha tornado você forte.

– Me tornado forte? Você é o quê, alguma espécie de tarada por Nietzsche?

– Só estou querendo dizer que talvez seus dons especiais, seus talentos artísticos, sua personalidade evidentemente muito exuberante, tudo isto venha de sua experiência ambígua com ele, e ele tenha feito de você quem você é.

– O *quê?* – Nicky começou a se levantar, mas John a pegou pelo braço. – Tire as mãos de mim. – Ela cuspiu nele, puxando a mão fechada num punho. Mas se sentou, embora uma gotinha de saliva tenha pulado de seus lábios para a camisa de Emily. – Então foi ele quem me fez? Vá se foder, garota caipira. Quem me fez fui eu. Você consegue compreender o que isso quer dizer, docinho? Quem me fez fui eu. FUI EU. Ladislau não fez merda nenhuma. A participação dele terminou com o esperma, muito obrigado, caralho.

Quanto mais zangada Nicky ficava, mais calma Emily ficava, e John julgou ter visto um brilho de prazer no súbito domínio que ela adquiriu sobre a artista furiosa.

– Bem, quem fica para o jantar, então? – perguntou Charles.

– Não, eu estava indo para casa. Foda-se isto tudo. – Nicky se levantou e recolheu as coisas. – Você sabe onde me encontrar quando a coceira aparecer – disse ela para John, diretamente em pé atrás dele. Ela se curvou sobre o alto da cabeça dele e o beijou de cabeça para baixo, profunda ainda que necessariamente sem jeito. Ela se afastou, um fio de saliva conectando suas bocas como um eco do beijo. Sussurrou alguma coisa ácida e pegajosa na orelha dele que estava mais próxima da janela, e depois falou para os outros: – Até outro dia, Charlie. Tchau-tchau, Madre Teresa. – Ela os deixou em um silêncio pontuado pela risada de Charles.

O trio calculado de John caminhou até a escuridão fria da praça Vörösmarty, passando pelos andaimes da Kempinski e entrando na praça Deák, subindo a Andrássy à procura de comida. Seus pensamentos confusos se emaranharam no vento: as provocações frias e agudas de Emily, a resposta venenosa e sussurrada de Nicky: "Larga essa caipira sapatão e vem ficar comigo hoje." Ele havia saboreado o espetáculo das duas mulheres lutando por ele, e gostara de ver Charles vendo aquilo. Mas na sua calma de combate, Emily parecia acusá-lo de falta de sinceridade, pois como ele podia estar com Nicky, alguém tão diferente de Emily em tudo? Emily caminhava naquele silêncio opressivo e acusador (a não ser pela conversa dela com Charles). Leram um cardápio em um suporte de metal enferrujado na frente de um restaurante e Charles vetou o estabelecimento. Emily obviamente achava que Nicky havia atacado por ciúmes ou porque John a instruíra para fazê-lo, havia convidado Emily para lá precisamente para aquele tipo de emboscada infantil. (E ali estavam eles, tentando escolher um restaurante na Andrássy como se nada tivesse acontecido.) Mas Emily *havia* combatido; ela *estava* com ciúmes. E, ao lado dela, como ela parecia maravilhosa: cheia de energia, calma, serena, essencial, ao passo que Nicky era uma confusão, um ouriço, pontudo com grandes medos cortantes e apetites descontrolados. E, naquela noite, Emily havia arriscado sua sinceridade ao lutar por ele, colocado seu coração à mostra só um pouquinho, o suficiente para revelar isto. Ela dissera o que podia dizer para que John soubesse que ela estava pronta para ele. (Ela e Charles riram de alguma coisa em uma vitrine de loja empoeirada e caindo aos pedaços.)

Uma abertura de poucas gotas de chuva começou a tamborilar no asfalto, e, em seguida, toda a orquestra desafinada desabou desajeitada por entre as nuvens. Charles gritou alguma coisa sobre a santidade dos vincos da sua roupa e correu para o primeiro restaurante que conseguiu achar. Emily se preparou para ir atrás, mas John pegou a mão dela quando Charles desapareceu na porta mal-iluminada, e os dois ficaram meio debaixo da luz de um poste e completamente debaixo da chuva.

– O que você está fazendo? – gritou ela sob a chuva, e ele viu metade do rosto dela em sombras, metade na luz molhada, e entendeu o porquê. Colocou as mãos nas faces frias e molhadas dela e a beijou. – O que você está fazendo? – repetiu (no mesmo volume, mas com entonação diferente), e o empurrou, a segunda mulher em quinze minutos.

– Você está me deixando frustrado – confessou ele.

– Evidentemente.

– Mas não precisa mais ser assim. Acho que você caiu numa armadilha...

Ela concordou.

– Vamos entrar e comer alguma coisa – concluiu ela por ele.

– Venha comigo pra casa – disse ele, pegando a mão dela. – Venha comigo pra casa. Eu sei que você...

– O quê? John. Chega. Por favor. – Mas a mão dela ainda estava na sua, e isto não era pouca coisa.

– Não – disse ele. – Sou eu quem estou falando. Me escute. Nunca falei tão sério sobre nada antes. Você precisa acreditar.

Ela retirou a mão e, dizendo alguma coisa inaudível sob o barulho da chuva no asfalto reluzente, voltou-se para o restaurante, e ele percebeu que agora era o momento que todos os homens esperam a vida inteira para enfrentar.

— Emily, espere. Eu vou te dizer. E se eu te dissesse que eu sei? Sei há muito tempo. Eu sou jornalista. Eu poderia ter dito ao mundo inteiro o que você é de verdade, mas não disse. Eu entendo você.

— O que eu sou de verdade? O que aquela idiota te contou? Por que você deu ouvidos a ela? Ela é uma pervertida, uma louca. — Afastou cachos molhados da testa, respirou fundo, chegou até a sorrir um pouco. — Mas tudo bem, vá em frente. Estou muito curiosa para ouvir o que ela disse.

— Será que vou precisar dizer com todas as letras? Tudo bem. Vou falar por nós dois. Pode se esconder se quiser, mas saiba que não precisa se esconder de mim. Você *não pode* se esconder de mim. Eu *gosto* de você. Não me importa se você é uma espiã.

Emily ficou inteiramente parada por um momento; parecia estar olhando para um ponto além de John, e John viu que finalmente a havia alcançado. Mais um instante se passou, e ela falou tão baixinho que ele teve que se inclinar para ouvir:

— John, seu babaca, vá se foder.

X.

PODER-SE-IA ARGUMENTAR QUE TODO AQUELE EVENTO HAVIA SIDO UM importante quebra-gelo, uma válvula de pressão. Mais um empurrão e aquilo tudo seria passado, e eles finalmente começariam. A manhã seguinte: a chuva simbolicamente passada, céu azul, ponte de pedra amarela, pássaros cantando sobre os carros cantando, um rio em movimento perpétuo, fiapos de nuvens como cílios se abrindo após um doce sono conjugal. (Mesmo assim, uma dúvida amorfa o perturbava por dentro, zumbindo logo além de seu alcance, fazendo caras feias quando ele não estava olhando diretamente.) Ele preparou o discurso que faria para ela, e o som do Danúbio era audível desta que era a melhor de todas as pontes possíveis, fornecendo um som de tímpanos para os oboés das aves e a seção de cordas automotivas. Logo à sua frente, trabalhadores da limpeza municipal, trajando coletes laranja, paravam e varriam as calçadas com vassouras duras de galhos amarrados, vassouras de bruxas. Quando John passou, um varredor se apoiou em sua vassoura e captou seu olhar, sem expressão. John lhe desejou bom dia em húngaro. O velho varredor resmungou uma resposta ambígua e voltou a varrer formando uma pilha com pedacinhos de céu azul e branco – pedaços de espelho esmagados e espalhados sobre a calçada.

À frente dele, na calçada, na sombra do Parlamento, uma jovem estava ajoelhada, de costas para ele, a cabeça baixa. Passando ao lado dela, olhando para trás sem reduzir o passo, viu que ela estava fazendo carinho num gato, que estava deitado na calçada com a cabeça no colo dela. A jovem chorava em silêncio, e as entranhas do gato se espalhavam úmidas pelo chão. Os olhos alaranjados e semiabertos do gato acompanharam John preguiçosos quando ele passou, mas a pobre criatura não tinha mais energia para mexer a cabeça ou as patas. A mulher acariciava a cabeça macia e parada do animal. Para John, ela não parecia ter medo, muito embora estivesse chorando, embora não tivesse opções, não podia chamar um resgate aéreo de cirurgiões de gatos. Ela chorava e acariciava o animal, e John não tinha palavras para perguntar o que aconteceu, para ser de qualquer ajuda ou conforto. Ele continuou a caminhar, abalado, e tentou se concentrar na mensagem escrita para Emily (um fracasso se ela não conseguisse ser atraída para o saguão para ouvir seu discurso principal).

Reconsiderou as observações preparadas (*Eu nunca faria nada para...*). Ele ensaiou e fez ligeiras alterações quando um fuzileiro desconhecido ligou lá para cima (*Eu só disse o que disse para mostrar a você que eu...*). "Ela está de licença", a voz com sotaque do Alabama, abafada pelo microfone, era filtrada pelo plexiglas a prova de balas. "Sim, a partir de hoje. Não, não disse por quanto tempo. 'Licença agendada' foi tudo o que eles disseram. Quer deixar um recado, senhor?" Na volta na direção do rio, ele editou o apelo que agora havia sido redirecionado para o bangalô dela. (*Eu só precisava que você visse como...*) No caminho, ele entrou na redação e ensaiou graciosamente as respostas dele (*Claro que não estou zangada com você, venha cá, essas coisas acontecem, mmmm, você é terrível...*).

– Excelente. Uma visita-surpresa de Proyce. Um momento do seu tempo, senhor. – Os modos de Editor ultimamente estavam seguindo o modelo de um bedel de Dickens, e John riu daquele chamado – a sobrancelha séria, o dedo indicador torto se curvando e se desdobrando devagar como se Editor estivesse fazendo cócegas em uma criança invisível e assustada. Editor fechou a porta, sentou-se devagar e começou a marcar as páginas com força. – Muito bem, Price. Você está demitido. Esvazie a sua mesa e saia daqui em – sejamos justos – quinze minutos. E não: nada de referências.

John se sentou na cadeira extra e esfregou os olhos, ainda secos e coçando depois de uma noite relativamente insone (Você teria realmente desejado que eu fosse virgem e desesperado?).

— Cara, estou acabado. Não durmo direito há séculos. Ah, antes que eu me esqueça, o artigo sobre a *stripper* vai levar mais um dia, eu acho. Está quase terminado.

— Não será necessário — murmurou Editor, e riscou violentamente uma linha.

— Ah, não me venha com essa. Sério, só mais um dia. Tenho um compromisso esta tarde, com um quarteto que faz um negócio de orgia no deserto. Prometo: termino amanhã.

Editor levantou a cabeça.

— Você ainda está aqui? Não ouviu o que eu disse? Os quinze minutos começaram quando eu disse quinze minutos.

— Eu também tive outra idéia. O que acha de uma série de perfis de embaixadores, coisas sociais? Tênis com o dos EUA. Saídas inúteis à procura de bons restaurantes com o francês. Casas de sexo com o dinamarquês. Compras em lojas tristes e pobres com o búlgaro e o norte-coreano.

— Você ficou louco? É um negócio muito simples. Pegue as suas coisas. Deixe as minhas. Vá embora. Não passe nunca mais na minha frente.

— Você está zangado com alguma coisa?

— Sr. Price. Se é assim que deseja gastar os seus — abertura dramática do punho da camisa, inspeção do relógio de plástico preto, cálculo mental, recolocação do punho, entrelaçamento de dedos sobre a mesa — treze minutos, que seja. Você achou que a embaixada não iria reclamar? Você achou que eu te defenderia? Ou que você passaria por um símbolo da imprensa livre? É crime publicar nomes de funcionários de embaixada e dizer que eles são espiões, mesmo ameaçar fazer isto. A embaixada fica furiosa, esteja você certo ou não. E eu é que seria o responsável.

— Eles disseram que eu disse que eu ia... eu não disse que ia... — Por um longo momento, John ficou olhando para o homem que não piscava. A ínfima possibilidade de que ela tivesse entendido tudo errado, que tivesse falado com algum superior, que haviam ligado para Editor...

— Você ainda está aqui? Você não vai me aborrecer com um discurso sobre imprensa livre, vai, meu jovem retardado? Você não é tão burro assim. Vá embora.

John ficou sentado muito quieto e tentou pensar.

— Quer que eu ligue para alguém para explicar?

— Não, quero que você vá embora. Agora.

— Você vai me demitir por isso? Ridículo. Briguei com minha namorada e você está me demitindo por traição? Isto é um absurdo.

— Você ainda está aqui. Muito bem, Sr. Price. Aparentemente você está pensando que eu sou um macaco. Admito que isto aqui não seja o maldito *Times* ou o *Prague Post*, mas não somos, sabe, absolutamente corruptos, seu merdinha. Você escreveu ou não escreveu perfis para este órgão em troca de pagamento do seu perfilado?

— Isto está completamente fora de contexto. Você não está entendendo, seja qual for a sua fonte. O tom disso, isso não foi essa coisa séria que acho que você está pensando.

Editor começou a ficar mais agitado, e suas narinas pareciam ter ganho vida própria.

— Você ainda está aqui? Muito bem. Sr. Reilly, o funcionário da segurança da embaixada, grosseiro e verborrágico, que me acordou de um sono profundo noite passada, também me informou que ela *não* é sua namorada, Sr. Price, mas que o senhor tem, eu vou citar o infeliz, "perseguido de forma predatória a jovem em questão até o momento presente". Então o senhor vai ter que me desculpar, Sr. Price, se lhe pergunto mais uma vez, *o senhor ainda está aqui, porra?*

— Isto não faz sentido algum. São mentiras categóricas.

— Que delícia! Até que enfim você nega. Chantagem sexual? Mais ou menos. Violação da confiança deste jornal? Sim, mas não foi sério, foi mais uma questão de como se interpretam as coisas. Perseguir alguém? Definitivamente não. Mistah Proyce, o senhor ainda está aqui?

Não, John finalmente não estava mais. O relógio grande pendurado na redação deslocava confortavelmente o ponteiro dos minutos, com um clique estrondoso, no número três, quinze minutos após sua chegada, e John saiu pela porta da frente com as três coisas que ele podia dizer de direito que eram dele. Do lado de fora, Karen Whitley o deteve, o beijou, sussurrou:

— Se eu puder fazer alguma coisa... — e correu de volta para o escritório.

Apesar de diversos esforços ao longo de diversas horas, ninguém respondeu no bangalô estranhamente vazio dela, e assim, com uma velocidade irreal e o súbito cair da noite, o cenário muda e John está agora batendo a uma porta do outro lado do rio, em Peste. (Ele tomou uma rota diferente na volta; não queria correr o risco de ver aquele gato.) Percebeu — com aquela lucidez evanescente que poderia ser esquecida um instante depois — que ele havia cometido um erro de categorização: Emily não era séria, mas estava um pouco desequilibrada. Ele bateu à porta da única pessoa séria que conhecia. Ela lhe daria um papo sem emoção, direto e reto, uma ducha de realidade fria na irrealidade gosmenta do dia.

Ela abriu a porta e deixou-a aberta. Sem dizer palavra, ela voltou pela sala até o trabalho dela. Sentou-se em uma banqueta de madeira coberta de tinta, apanhou um pincel, mas imediatamente colocou-o de volta onde estava. Com um meneio dos quadris, girou a banqueta para ficar de frente para ele.

— Então, o que aconteceu noite passada? Você trepou com a caipira? Trepou?

— Por que é que *você* está puta?

— Você trepou. Não acredito.

— Pare com isso. Vim aqui porque, porque eu só precisava conversar. Acabei de ser demitido, estou um pouco...

— *Por favor*. Pare. Pare agora. Segure o choro, ok? Me explique uma coisa: como foi que *eu* me tornei a pessoa para a qual você sempre vem chorando? Uma vez tudo bem, mas aquela foi uma exceção estranha. Eu sou a pessoa menos qualificada no mundo para o trabalho. Acho que não poderia existir ninguém menos interessado nisso, ok? É exatamente porque temos regras da casa. — Ela girou novamente os quadris e tornou a pegar o pincel.

— Você está com *ciúmes*?

Ela jogou o pincel longe; ele atingiu um espelho sujo de corpo inteiro com um barulhinho fraco e duas manchas de azul no vidro.

— Ai meu Deus. Vocês me matam. Vocês me matam, caralho. Se eu estou com ciúmes, acredite em mim, não é nada para me orgulhar, garanhão. Eu não poderia estar mais enojada com todos nós.

— Por favor, fale comigo. Estou me sentindo...

— Sério, John, o que quer que você esteja *sentindo*, bem, é a vida, e não é sequer a parte mais interessante dela. Portanto, me poupe.

Ele caiu na cama dela e jogou uma bola de tênis suja e toda manchada de tinta no teto, apanhando-o de volta logo acima de seu rosto.

— Já que você me perguntou, não, eu não "trepei com a caipira", embora por que, logo você, de todas as pessoas, iria ligar para isto, não faço a menor idéia. Conheci ela por mais tempo do que conheço você. Sempre senti algo por ela, não sei, algo como...

— Pelo amor de Deus, caralho, porra, merda. — Com um ruído alto, o cavalete caiu no chão e deslizou para trás em seu reflexo. John apanhou a bola de tênis e continuou paralisado, uma das mãos agarrando o pêlo amarelo como se ele fosse um gato que havia virado pedra. – Escute aqui, imbecil, todo mundo está apaixonado por alguém, ok? Todo mundo. Todo idiota que eu conheço. Isto é até meio chato. Se todos nós falássemos de nossas dores secretas, elas não seriam mais secretas e todos seríamos tão parecidos que provavelmente nos mataríamos. – Ela olhou para ele e respirou fundo. A voz mudara para alguma coisa mais silenciosa e forçosamente mais gentil: – Por favor, por favor, *por favor*, saia daqui e me deixe trabalhar.

Ele estava deitado em sua própria cama. O bangalô de Emily havia persistentemente proclamado seu vazio, e o telefone dela, sua solidão não receptiva. Sua própria secretária eletrônica não tocou menos de quinze vezes, o telefone desligando sem deixar recado, e uma mensagem longa e ameaçadora de "Lee Reilly, quero conversar com você sobre algumas reclamações de um numeroso número dos membros do sexo feminino da equipe da embaixada, tive diversas reclamações, na verdade, senhor, feitas por muitas de nossas senhoras com relação ao que só pode ser denominado..." – desligou a secretária. Ficou deitado em sua própria cama, e as palavras daquela canção favorita passaram por sua cabeça, embora com uma voz com sotaque húngaro que ele não reconhecia. Cochilou e acordou diversas vezes, como uma criança indo e vindo com medo da água fria do mar. Nádja entrou pela porta envidraçada de sua varanda e trouxe a luz do luar junto. "É uma questão de força de vontade, John Price", disse ela, naquela voz macia de estrela de cinema. "Porque as pessoas fortes simplesmente não fazem isso." "Isso o quê?", perguntou ele. "Não sentem ou não falam a respeito?" "Exatamente", disse ela, e se sentou no peito dele com um som fraco, mas indiscutível, de quebrar. Lentamente, numa carícia, ela passou o dedo jovem, transparente, lunar sobre os lábios fechados dele. Lenta e suavemente, ela enfiou o dedo em sua boca, usando primeiro a unha transparente e lunar, depois seus dedos ancestrais descarnados – no começo, uma suave sondagem sexual. Subitamente John começou a ficar com medo, mas não sabia como manipular os músculos do maxilar para impedir a intrusão dela. Então ela passou a unha na língua dela com um som de rasgar, e depois, com o mais leve dos toques, fez com que seus dentes se quebrassem. Com a língua furada e pregada, se contorcendo toda, os dentes caíram garganta abaixo, a não ser por um molar grande demais no topo de duas raízes do tamanho de presas de morsa, que ela puxou da boca dele e segurou entre o polegar e o indicador diante de seus olhos arregalados e cheios de lágrimas. "Uma coisa para incluir no relatório", murmurou ela, e uma mão velha roçou sobre sua virilha, saiu por onde havia entrado, atravessando a porta envidraçada fechada, levando consigo o luar.

Ele dormia muito, freqüentemente, mas nem sempre à noite. Lee Reilly lhe deixou diversas mensagens, assim como Karen Whitley. Da voz rascante do sul dos EUA de Lee Reilly e da fraseologia ornamentada de soldado, ele tentou reconstruir o homem propriamente dito; desenhou um fuzileiro careca, troncudo, com bigode e presbiopia (que lembrava um detetive particular de televisão que estava sendo exibido agora, dublado, na TV a cabo alemã). Viu diversas versões aproximadas desse desenho composto nas ruas de Budapeste, e tentou, sempre tarde demais, não fazer contato visual. Seria difícil encontrá-la sem dar de cara com Reilly ou seus homens. Será que ele resistiria a uma surra? Será que seus atacantes sussurrariam terríveis ameaças ou simplesmente confiariam na força irresistível da mudez impossível de incriminá-los? Será que eles se declarariam ou posariam de arruaceiros húngaros, jovens saindo drogados de alguma casa noturna, ciganos? Olhos roxos. Nariz quebrado. Chutes nas costelas ou nos testículos. E então, dando entrada no Hospital Memorial Boris Karloff para receber pontos reciclados, dados por alguma enfermeira fumante e malcheirosa.

Ela não voltou para casa. Quando a porta do seu bangalô se abriu, depois de um período dolorosamente de fechamento e ele pulou do banco de madeira do outro lado da rua, deu de cara com uma das Julies que saía.

— Ei, você! Há quanto tempo a gente não te via — ela falou, completamente normal. — Como é que você está? Não, ela está de licença. Tipo, o padrão é de duas semanas, mas não sei. Ela não disse. Mas, ei, eu digo a ela que você passou. Mas você devia sair com a gente de vez em quando, mesmo *sem ela*, hein? Ah, desculpe, meu amor, isso foi maldade minha, não foi? Cá entre nós, eu acho que vocês ficariam realmente ótimos juntos. Bom, *mas é claro* que nós conversamos sobre isso, bobinho. Mas não tem quem convença a Emily, não é? Você sabe bem disso. Ela é tipo assim, ah, sei lá. De qualquer maneira, você devia vir. Julie e eu vamos sair esta noite, vamos ao novo...

Ele se sentou no Gerbeaud — se não naquele mesmo dia, então em um dia muito parecido com aquele. Tinha tempo de sobra para matar, e o tempo estava comparecendo obedientemente ao pelotão de fuzilamento. Os dias se recusavam lentos a se diferenciar uns dos outros. Ela poderia ir ao Gerbeaud, mantendo as boas e velhas tradições.

Reilly parou de deixar mensagens, e, assim, de novo com a autoconfiança lá no alto, John se arriscou e foi novamente ao saguão da embaixada. Um fuzileiro diferente (ou o mesmo fuzileiro com uma máscara diferente) disse: "AssenhoritaOlivershtádelicensenhorquerdeixarrecado?" John balançou a cabeça em negativa ao alto-falante de metal. Saiu do prédio no instante em que uma limusine discreta estava desembarcando seu passageiro na calçada. John reconheceu o embaixador, o Robin Hood do Halloween, lembrou-se das mãos dela apertando os cordões de seu gibão verde-bandeira.

— E-e-ela está d-de licença, filho — gaguejou ele ao responder à repentina pergunta de John na calçada, quando policiais húngaros portando metralhadoras os cercaram, voltados para fora do círculo à procura de atacantes em potencial, um casulo de costas de vinil azul fornecendo uma súbita e desorientadora privacidade externa para aquela entrevista improvisada.

— Para onde ela foi? — John exigiu saber.

— V-v-você está parecendo a mulher do em-em-baixador francês: "O-o-onde está a *douce* Emilie, hein? Que-querremos marrcar um j-j-antar com ela?" Mas, filho, co-co-como eu disse a Madame Le-Le-Le-Le, licenças s-são assuntos particulares.

Com a deixa dada por sinais sutis demais para John notar, a concha de policiais se abriu em uma das extremidades e o embaixador foi absorvido para dentro do prédio. John viu a treliça de ferro forjado preto, enquanto o diplomata agradecia graciosamente à mesura enferrujada, mas formal, do Velho Péter. A polícia se dissolveu em cabines leves e nos cantos. A banda andina estava em algum lugar ali perto, violões e flautas, montanhas e condores, amor e vingança, cassetes à venda.

A campainha tocou, estava tocando, havia estado tocando, logo pararia de tocar — uma ducha de tempos verbais molhou seu sono até ele se levantar e ir tropeçando até a porta.

— Não tem despertador não, bobalhão? — Charles estava vestindo um jeans rasgado, tênis e uma camiseta de banda de rock que já tinha saído da moda havia muito tempo. — Acorda, meu camarada. Você pode dormir na van e bater com ela no caminho para casa. Aí não vai ser mais problema meu.

A van laranja, com os dizeres MEDIAN HUNGARIA pintados em preto nas laterais, estava com as posses de Charles na barriga. Charles dirigiu, curvado para a frente, o queixo nas mãos que estavam no volante, ouvindo o rádio entrar e sair com muita estática da faixa de AM.

— Você parece triunfante — disse John, enquanto entravam em uma rodovia indistinguível das rodovias de Ohio, Califórnia, Ontário, Nebraska.

— Só estou parecendo assim porque estou mesmo triunfante.

Charles foi a primeira pessoa cuja elevação a uma celebridade menor John havia testemunhado (ou ajudado a construir). A jovem usina de força que fizera seu nome no Leste Selvagem estava indo para casa para um trabalho de fachada com alguma empresa de capital de risco, ou banco de investimentos ou fundos de investimento financeiro ou coisa do gênero em Nova York, alguma bobajada financeira, cujos detalhes John não podia se dar ao trabalho de apreender. Charles era saudado como o único herói-sobrevivente do rápido e auto-infligido declínio de sua velha empresa, até mesmo em artigos que John não havia escrito, plantado ou inspirado. E agora ele estava voltando ao seu mundo, via Zurique, como um cruzado (crucifixo branco sobre fundo vermelho na fuselagem do avião) de volta de uma Terra Santa conquistada, vindo assegurar ao seu povo que o Evangelho deles é verdadeiro e poderoso, e que os demônios vermelhos foram convertidos com facilidade.

— Você se despediu de Imre?

— Sim, mamãe, eu me despedi. Sabe, as tão apregoadas "habilidades de comunicação" dele — Charles soltou o volante para fazer as aspas com os dedos, e a van entrou na pista mais lenta — foram superestimadas enormemente. Quero dizer, eu perguntei a ele: "Imre, não é verdade que, tirando grandes flutuações no valor do forint — e me interrompa se isso parecer mais ou menos provável para você do que estou supondo —, então o valor das propriedades vienenses da editora em relação às suas propriedades húngaras só irão aumentar ao longo do tempo, mesmo supondo que a Hungria fosse aceita na União Européia nos próximos dez anos, ou não?" E, John, ele piscou duas vezes, o que, me disseram, quer dizer sim.

O último dos prédios de Peste se aproximou, passou, cedeu o campo para o zumbido firme de linhas elétricas e cercas interrompidas por ansiosas placas verde-esmeralda, cada qual corrigindo a anterior sobre a que distância o aeroporto se escondia.

— Vai sentir saudades de Budapeste, considerando seu grande triunfo aqui?

— Não.

— Não, sério. Vai?

— Sério mesmo? Não.

— Qual é, Charles. Você não está triste por ir embora? Você deve ter algum sentimento em relação a... a.. — John deixou a frase morrer, e Charles buzinou e condenou eloqüentemente os crimes de outro motorista.

— Tenho que admitir que estou um pouco decepcionado com você, JP. Quando te conheci, tinha grandes esperanças em você, mas agora me escute. Você se permitiu se tornar um daqueles mendigos chatos que saem por aí implorando às pessoas que compartilhem seus sentimentos. Você é um mendigo de sentimentos horrível, sacudindo sua latinha de moedas. O mundo não precisa de mais discussão de nossos sentimentos. Não é um bom caminho; não funciona. Confie em mim. Já passei por isso. Pensei *muito* nisso. As pessoas que falam sobre os seus sentimentos são miseráveis. Não sou a favor da repressão, mas, sério, você não pode levar os sentimentos a sério. Confie em mim, este é o melhor conselho que posso lhe oferecer como seu amigo. — Batucou no volante, despreocupado, no ritmo do pop inglês que abria caminho à força através da estática da rádio AM. — Você é muito parecido comigo, sabia? Você é a pessoa mais parecida comigo que já encontrei no país dos húngaros. Só que sem o foco e, e a disposição para pagar certos preços. E o carisma, óbvio. O fato é que — e isto é *ciência*, John — quanto *menos* você falar deles, menos você os nota, até que, finalmente, você consegue se tornar um ser humano de verdade e não uma bola de *sentimentos* quicando pra cima e pra baixo o dia inteiro olhando o seu próprio rabo. — Ele olhou para John, e a van fez uma curva fechada para a direita. — Mas tudo bem, meu pequeno mendigo, tudo bem, aqui estão eles então, meus lindos sentimentos: eu odeio isto aqui, odeio esta cidadezinha suja, odeio os húngaros, compadre, e essas corrupçõezinhas meia-boca de merda deles e a preguiça e essa atitude que eles ensinam aos filhos desde o berço de que o mundo lhes deve a salvação, porque a história deu uma surra neles e eles estão sendo sempre traídos e todo o resto. Como esse pessoal choraminga é que me mata. Os húngaros são — até o último homem — um bando de...

— *Você* é húngaro. Você. É. Húngaro.

— Isso não foi legal, John. Justo agora que eu estava tentando te ajudar.

John continuou preso pelo cinto de segurança à van, quando estacionaram na área de carga suíça, e Charles saiu para iniciar o tipo de negociações de trabalho que eram sua marca registrada: colocou uma nota de dez dólares atrás da outra nas mãos abertas de um dos funcionários com aventais, dando instruções rígidas enquanto pagava. Depois que uma quantia suficiente de dinheiro encheu a mão do funcionário (o homem chegava até a movê-la para cima e para baixo, como se avaliando o peso), todo o restante do trabalho na área foi temporariamente abandonado; toda a equipe de quatro carregadores troncudos (com aventais escarlates e cruzes brancas no peito) abriram a van e gentilmente colocaram as posses de Charles em um carrinho com rodas. Etiquetas foram afixadas com carinho e a papelada rapidamente processada. Apertos de mão de parte a parte. Mais umas notinhas de dez.

— Sabe do que eu vou *mesmo* sentir saudades? — perguntou Charles, enquanto a van laranja, muito mais leve agora, fazia uma curva em U cantando os pneus e descia acelerada a via da frente até o terminal de passageiros. — Porque você tem razão. Eu vou ter *mesmo* uma lembrança duradoura da minha estada aqui. Uma lembrança que abrange, ah, tudo para mim — minhas experiências pessoais, mas também um significado simbólico, o que este país estava vivendo enquanto eu estava aqui. Mais ainda, um quadro de toda uma era para minha geração. O momento que resumiu tudo isto — suas mãos abarcaram um grande e vago espaço —, aquilo que contarei aos meus filhos, se eu conseguir fazer justiça a isto, quero dizer. Eu sei que não sou um grande comunicador. Sou apenas um homem de negócios. Mas você sabe o que aquele momento foi para mim, John? É gozado: ver a coisa acontecer e saber que aquele é *o* momento que você irá guardar com carinho, para sempre em seu coração. Sabe o que foi para mim? Foi quando aquelas duas garotas incrivelmente feias brigaram por você. Nunca vi mulheres feias brigando antes. Foi revigorante.

John girou o botão do rádio em uma vã tentativa de caçar um sinal claro. A voz de um DJ austríaco cortou a neblina, falando em cima de uma música. Charles batucou o volante no ritmo, enquanto a van diminuía a velocidade e tomava seu lugar na fila, ronronando.

— Eu andei pensando em não contar aos meus pais que estava voltando para Nova York. Estava pensando em pagar a você para escrever para eles cartas de mim aqui, dizendo a eles o quanto eu adoro a cidade. Que eu havia decidido pedir a cidadania. Casar com uma boa garota húngara. Me acomodar no apartamento de infância do meu pai. Enviar a eles fotos falsas que sua amiga careca poderia fazer de mim e meus filhos húngaros fazendo piqueniques na ilha Margaret. E, durante todo esse tempo, eu estaria, na verdade, em casa, fazendo fila na Zabar's como uma pessoa normal. Infelizmente, você me fez ficar famoso e por isso agora eles vão se sentar no meu sofá e falar de todas as glórias da Budapeste de 1938. — Ele dirigiu mais alguns metros, pegou o *ticket* de estacionamento, enfiou-o atrás do pára-sol. Deu uma risada estranha, triste. — Eu contei a você que eu era o segundo filho deles? Nasci depois que eles tiveram um menino que morreu, Mátyás. Ele tinha quatro anos quando morreu de leucemia, que é uma coisa longa e terrível. Ainda existem fotos dele por toda a casa. Cresci com isto. Eu sempre me senti assim, meio, não sei... como se esperassem que eu... – Charles mordeu o lábio e parou no estacionamento rápido, entre dois Trabants. Ficou parado, olhando para fora pelo vidro do carro.

– Você está de brincadeira – disse John.

– É sim, é verdade. Mas, mesmo assim... – Caminharam na direção do terminal. – Eu era um gêmeo, e o outro garoto nasceu morto... *isso* é verdade.

– Não é não.

– Não, acho que não.

Cartazes de propaganda cobriam as paredes do terminal: anunciando empresas de consultoria, de contabilidade, de relações públicas, de redes de computador, empresas de recolocação temporária bilíngües, fabricantes alemães de preservativos. O endereço público derramava húngaro democraticamente em cabeças que entendiam e cabeças que não entendiam. Os dois americanos se escancharam em cadeiras de plástico. O cartão de embarque de Charles batia asas como uma cauda com penas do bolso de trás de uma extravagante maleta de couro preto com monograma (um sinal inteligente de que não se devia julgar o passageiro com sua camiseta e jeans rápido demais). Beberam seus cafés expressos em copos de isopor, e Charles disse, pensativo:

– Sabe, poderíamos dizer que Imre foi quem levou a melhor nesse acordo.

– Naturalmente. Ele está quase inteiramente paralisado.

– Engraçado, mas não. Existem aqueles que diriam que ele conseguiu mais do que merecia.

– O que isso quer dizer?

– Ah, nada. Esqueça. Não concordo com essa velha implicação – gole – de qualquer maneira, eu não devia estar espalhando isso. Ele é um bom homem, nosso Imre. E me deu uma grande oportunidade. Fiquei feliz por ter condições de ganhar algo com isso, para nós dois. E para os meus investidores.

– Era isso o que ele queria? – John perguntou baixinho, apenas um pouco sem graça.

– Ter um derrame? Sim, acho que sim.

– Era isso o que ele queria?

– Você entende que ele era o maior acionista, não entende? Eu ganhei mais dinheiro para ele do que ele jamais teria imaginado. Fiz de Imre Horváth um multimilionário quando ele já não podia sequer dirigir sua própria empresa. Você entende isto, não entende?

Fora do alcance dos ouvidos de John, Charles disse uma coisa que fez a *hostess* da Swissair rir antes de aceitar o *ticket* dele. Virou-se e meio que acenou para John, um gesto que apontava a bobagem de acenar adeus em aeroportos. Entrou no pequeno túnel de madeira que levava para Nova York. E desapareceu. A coisa toda podia ter sido um cenário de cinema construído às pressas. John saiu arrastando os pés, passando pelas fileiras lentas de táxis, pagou o estacionamento com o dinheiro que Charles havia metido na sua mão antes de embarcar. *Isso é tudo? É assim que uma era termina?*

Saiu da via da frente e viu Charles caminhar novamente até o túnel de embarque, mais uma vez oferecer a passagem para a linda aeromoça suíça no portão, mas, desta vez, John acrescenta um sentido e um fim adequado: um ruído, uma ruptura sônica no firmamento, a frustração de uma divindade que não irá tolerar que os eventos aconteçam sem um sentido. E Krisztina Toldy — um arcanjo de vingança brilhante, pulsante, assexuado — grita o nome dele, apenas o sobrenome dele, como se ela invocasse com ele todos os seus ancestrais, sua nação, sua tribo do Danúbio: *Gábor!* Ele se vira no meio do embarque VIP. Sua mão esquerda segura a maleta preta com monograma; a mão direita segura uma ponta do seu envelope de embarque. Da outra ponta, a aeromoça puxa seu cartão de embarque, mas agora esta aeromoça é jogada para trás, contra a porta de madeira suja do portão de embarque, e sua blusa branca com rendas está rapidamente se tornando vermelha, como o contorno de uma rosa de desenho animado preenchida por um animador. Quando a cabeça dela atinge a porta, seu chapeuzinho redondo estilo Jackie Kennedy cai sobre os olhos dela. O chapéu se posiciona comicamente contra o nariz, enquanto a forma, em convulsões, cai no chão, e os seios que John estava justamente admirando arfam com um ruído estranho e seco. Mais uma vez, o estrondo de um Deus furioso, mais uma vez o som de vidro se quebrando, de seu nome gritado pela harpia sedenta de sangue, e agora a camiseta de Charles é que se enche de vermelho no ombro, a ponta fálica de uma guitarra destruída no processo, e finalmente uma emoção pura, sem ironia, lampeja no rosto de Charles Gábor, testemunhada por dezenas de pessoas. Elas gritam e se escondem debaixo de cadeiras de plástico, e irão se lembrar para sempre do aspecto de órgão interno da gengiva velha e seca que viram no momento em que a realidade perfurou o artifício e a irrelevância de todos os dias e de todas as coisas. O que resta de Charles Gábor não tem tempo de implorar, de manobrar uma posição: o tiro seguinte rasga a carne de sua bochecha. Ele cai, e a última coisa que vê nesta vida é aquela mulher em pé em cima dele. Ela dispara duas vezes no pescoço dele, e então, aos soluços, vira a arma para si mesma.

John estacionou no terreno atrás do armazém da Median, onde Imre Horváth havia varrido o chão, na noite de 23 de outubro de 1956. Esperou a canção terminar de tocar no rádio, que ele havia finalmente conseguido fazer funcionar em FM. Na porta corrediça de metal, perguntou por Ferenc, assistente do escritório, e jogou as chaves para ele. Pegou o metrô para casa. Estava estranhamente exausto. O sono não queria esperar mais um minuto. A cabeça batia contra as costas do banco de plástico.

XI.

ELE ESTAVA DEITADO NO SEU SOFÁ-CAMA. UMA BRISA DANÇAVA COM AS folhas iluminadas do lado de fora, e então com sua cortina fina. Motores chocalhavam o ar. O controle remoto cabia perfeita, ergonomicamente, na linha de seu antebraço e pulso, uma extensão de sua vontade.

Se ele pudesse explicar para ela, em tempo real, tudo o que havia lhe acontecido — cada sentimento e ação mal entendida e distorcida, cada intenção grotescamente mal trabalhada —, então na paixão, nas lágrimas e nos pedidos de desculpas que certamente aconteceriam finalmente eles chegariam à sua ligação, e ela seria dele e existiria um nós. *Eu ando a noite toda e só penso em ser nós.* Ela adormeceria em seus braços depois, e nós iríamos acariciar a pele suave debaixo do queixo dela e a linha curva de osso que tornava seu maxilar tamanho esplendor. Ele espalharia os cabelos dela sobre o travesseiro convexo e branco de cegar. Ele abriria lentamente, como um pára-quedas, um lençol frio sobre o corpo dela, cada um de seus membros relaxado, mas perfeitamente reto, e seu corpo pressionaria o sudário, se destacaria nos mínimos detalhes. Rolando para o lado dela agora: a linha que ia do final das costelas até a curva do quadril se curvaria através de três dimensões como uma força viva, a linha dos sonhos que assombraria os sonhos perturbados, insatisfatórios de animadores, engenheiros automotivos, projetistas de utensílios culinários, violoncelistas desesperadamente solitárias.

Jovens machos americanos, vestidos no estilo de cinco anos antes, falavam em alemão uns com os outros por meio de lábios estranhos e eram recompensados com gargalhadas devastadoras. Ele reconheceu a *sitcom* americana, popular quando ele estudara no segundo grau, agora dublada e reexibida na TV a cabo alemã. Lembrava-se com facilidade dos nomes dos personagens: Mitch, Chuck, Jake e Clam. Os quatro homens – agora Fritz, Klaus, Jakob e Klamm – aprontavam das suas *auf Hochdeutsch* em um apartamento de TriBeCa, em um bar do SoHo, em escritórios kafkianos no centro de Manhattan, em parques do Brooklyn, até que John reconheceu aquele mesmo episódio. Ele se lembrava vagamente de um sofá em seu dormitório de calouro, lembrava-se de ficar ali, parado, com três amigos paradões (um dos quais cujo nome lhe escapava inteiramente). Eles tinham visto aquele mesmo episódio. Os quatro personagens haviam feito uma aposta, ele se lembrava. O primeiro deles a conhecer uma garota e manipular os eventos de modo a que ela o convidasse ao apartamento dela para lhe preparar uma "boa refeição caseira" ganharia cem dólares de cada um dos outros três.

Cinco anos depois, em alemão, John mal conseguia crer em como as roupas e os cabelos dos homens estavam datados. Mil novecentos e oitenta e seis não fora há tanto tempo assim, mas ali – com os lábios deles formando palavras inteiramente diferentes daquelas que saíam pelos alto-falantes da televisão – eles pareciam tão antigos quanto os *hippies*, os sujeitos de cabelos com brilhantina, os pracinhas da Segunda Guerra, as melindrosas, os *doughboys* da Primeira Guerra, os eduardianos, os elisabetanos. Lembrou-se da última cena do episódio com alguns minutos de antecedência, lembrou-se de que estava sentado no sofá com seus três amigos, enumerando e ridicularizando os absurdos do programa e os insultos à inteligência deles: os quatro personagens derrotados ficavam sentados no próprio sofá mole, vendo a televisão, sacaneando com mau humor, mas com inteligência, um filme romântico exagerado da década de 1930, no qual uma mulher prepara para seu namorado padrão uma boa refeição caseira.

John levou o polegar ao botãozinho de borracha adequado e cada canal exibiu um ou dois quadros para ele em pedidos desesperados de atenção – uma corrida de carros mudando de pis, bolas de bilhar ricocheteando perto do buraco mais próxi, uma frente fria vinda do Atlân, Hungri, ungaro, ale, lemãe, alemã, fran, na execução de um esforço de guerra não-conven – até que uma série de estímulos elétricos que se moviam mais rápidos do que o pensamento tiraram seu polegar do botãozinho de borracha e quatro lindas louras e peitudas alemãs gemiam e agradavam um homem de meia-idade muito gordo com um punhado de cabelos grisalhos e sem roupas a não ser por um monóculo.

O controle remoto escapou para o chão e ele ficou ocupado demais para pegá-lo. Seus olhos se estreitaram e seus pensamentos se desconectaram, enquanto o sangue evacuava seu cérebro. Um carro parou do lado de fora e buzinou para chamar um passageiro, e quando abriu a porta, a música do estéreo estava tão alta que a música chegava até mesmo a três andares de altura. As quatro mulheres se revezaram de forma educada e eficiente, e John se imaginou no meio delas, imaginou os rostos delas embaixo dos seus cabelos louros, os rostos de Emily Oliver e Nicky M, de Karen Whitley e da patinadora veloz e das duas garotas que haviam achado que ele era um astro de cinema, e — seus pensamentos se libertaram de toda e qualquer censura — até mesmo a velha Nádja e Krisztina Toldy; e sinapses zumbiram e até mesmo o rosto de Charles Gábor apareceu por um momento antes de ser substituído por outra Emily Oliver e outra, quatro vezes, de todas as direções, equipadas com braços e mãos extras, quatro cabeças e rostos, uma hidra de Emily, que sorria e resfolegava para ele, vinda de todas as direções, e o servia de maneiras que nenhuma gravidade terrestre jamais permitiria.

Respirando mais devagar, e as fotografias de sua mulher e filho em seus lugares de costume... *preciso me lembrar de levá-las comigo.* Adormeceu quando o barulho do carro e de seu rádio desapareceu no final da Andrássy, e (um último esforço com o polegar) a televisão murmurou boletins do tempo por todo o mundo, pois ele ultimamente estava achando difícil dormir sem o som da televisão baixinho na sala. Sonhou, acordou e zapeou por entre canais e cochilou de novo e acordou mais uma vez e cochilou mais uma vez e acordou de novo e assim por diante. Charles Gábor estava na TV, submetendo-se suavemente a um interrogatório. Ele e o entrevistador estavam sentados em poltronas de couro giratórias sob um sinal iluminado pendurado: DINHEIRO FALA. O entrevistador fez perguntas fáceis disfarçadas de questões agressivas: "Para um sujeito que *me* parece tão novo para ainda estar fascinado com o ato de *fazer a barba*, como foi que você *conseguiu* esta façanha, Charlie?

XII.

SUA BAGAGEM LIMITADA SE ENCAIXA COM SATISFATÓRIA SIMETRIA E ARESTAS lisas, como uma bagagem de brinquedo especialmente para o compartimento superior anatômico de um trenzinho de brinquedo. Ele se senta à janela aberta e olha para a plataforma, a própria palavra com cheiro de possibilidade, de potencial.

A plataforma da estação, onde partidas e chegadas mudam tudo e... Quem poderia vir me ver partir? Ah... Mesmo assim, há algo de emocionante... A chave esquelética gigante será um grande motivo para conversas lá, se eles não usarem chaves do mesmo tipo. Nas ruas com paralelepípedos, com meu grupo, ou minha cabeça em um travesseiro com o rosto certo me encarando... Aquela ali é ela, será que ela soube, procurou, me rastreou... Bem, os mesmos cabelos, parecidos. *Veja isto, esta era a chave do meu..* Plataforma. Como o início de um filme: o rapaz na estação de trem, prestes a partir para quem sabe onde, lugares desconhecidos, partindo bem na hora...

O trem avança aos trancos, e seu coração vai com ele. Seu coração salta mais longe, ao longo dos quilômetros de trilhos, bem mais rápido do que o trem propriamente dito, sobre fronteiras, para novas vidas, quase chega ao seu objetivo, mas é trazido elasticamente de volta. Logo depois do teto da estação, os prédios que ladeiam os trilhos, como propriedades na frente do canal, deslizam, aceleram em solavancos irregulares de velocidade. Através do nevoeiro de 1º de maio, ele deixa a cidade para trás; encara o caminho para onde vai – não o que está deixando –, pronto para o que quer, para quem quer que apareça.

Um campo de verde e de uma ou outra fábrica, fazenda, abrigo, colina eviscerada (camada congelada de verde sobre bolo cinza) com guindastes imóveis e caminhões abandonados, a dança sedutora mágica de linhas negras ondulantes na janela.

Aquele pobre velho, uma obra de arte, viver uma obra de... É tudo um jogo, lembre-se, e os vencedores são aqueles que sabem a diferença entre o que é sério e o que não é. Não é, afinal de contas, guerra, tirania, pobreza, tortura, nazistas ou soviéticos. Não é realmente fatal, afinal, apenas um distúrbio digestivo, evitar certas comidas, não como se ele não se tornasse um multimilionário. Eu entendo isso. É só manter claro o que é sério e... essas coisas que aconteceram não são mesmo... elas são apenas...

A periferia é a pior parte. Durante horas sentado na mesma posição, você sente – deliciosamente – nada. Você está livre de passado e futuro, você flutua em um potencial amniótico, mas aí a periferia e os últimos vinte minutos se esticam para sempre, ficam imensos, bloqueiam sem piedade sua chegada cada vez mais urgente.

A vida irá começar aqui, ao final desta viagem. Sairei do trem e desembarcarei na plataforma. Mas lá haverá a verdadeira Europa, intocada pela guerra: nenhuma "velha cidade" reconstruída para o benefício de turistas que gostam de se iludir. Honestidade em tudo. E esta honestidade atrai um tipo diferente. Lá encontrarei as pessoas com as quais... passei um aniversário em Budapeste.

Não, isto pode ser verdade? Será que eu não notei? Cheguei no ano passado, em maio, estamos agora em maio, então o que foi que eu fiz? Não importa. Este ano será diferente, cercado de seriedade. A vida real aguarda, nascimentos, uma reden...

O trem faz círculos e círculos. Depois de cruzar todo este globo em uma linha reta acelerada, o trem reduz a velocidade e traça uma espiral em círculos imperceptivelmente menores ao redor de seu destino, e ele imagina estar condenado a vagar para sempre pela interminável periferia, um limbo cinzento de quase-lá. O trem continua sua viagem por subúrbios sombrios, o destino ainda invisível; de algum modo ele se oculta logo do lado de dentro da espiral infinita, adia o momento. Ele cochila.

A temperatura da janela contra seu rosto muda, subitamente fica quente. Ele acorda, e lá ela está finalmente, com metade de seu próprio rosto transparente e molhado levemente superposto sobre ela como uma marca-d'água. Lá está ela, embora ainda muito longe, estranhamente distante, apesar de todos os minutos agonizantes queimados em aproximação. Ela está inteiramente contida, uma única imagem exposta num relance de um momento: uma terra de torres e palácios de brinquedo e portões pintados de dourado e pontes com estátuas de olhos tristes espiando sobre uma água preta enevoada, uma aldeia de paralelepípedos e vitrais não atingidos por canhões, e aquele castelo de contos de fadas flutuando sobre ele, flutuando livre de qualquer amarra, uma cidade onde certamente qualquer coisa será possível.

Este livro foi impresso nas oficinas da
DISTRIBUIDORA RECORD DE SERVIÇOS DE IMPRENSA S.A.
Rua Argentina, 171 – Rio de Janeiro, RJ
para a
EDITORA JOSÉ OLYMPIO LTDA.
em julho de 2004

*

72º aniversário desta Casa de livros, fundada em 29.11.1931